U0574255

教育部人文社会科学重点研究基地
重大项目

海外汉学与中国文论

·欧洲卷·

方维规 主编

北京师范大学出版集团
BEIJING NORMAL UNIVERSITY PUBLISHING GROUP
北京师范大学出版社

总　序

以"海外汉学与中国文论"作为项目的标题，即已显示出我们对研究范围与目标的大致限定。讲得更明确一些，也就是对海外学者的中国古典文论研究的一种再研究。鉴于近年来国内学界对与此相关的话题表现出的日益递进的兴趣，本课题意在通过知识学上的追踪，比较全面地展示出该领域的历史进程，及穿梭与流动其间的各种大小论题、已取得的主要成就等，并冀望借此推进与之相关的研究。

诚然，正如我们已看到的，题目中所示的"汉学"与"文论"这样的术语并非含义十分确定并可直接使用的概念，而是长期以来便存在着判说上的分歧，进而涉及在具体的学术操作过程中如何把握话题边界等的问题，并不能模糊处之，绕行不顾。选择怎样的一种命名，或赋予这些命名何种意义，不仅要求充分考虑指涉对象的属性，而且也取决于研究者的认知与态度。有籍于此，我们也希望在进入文本的全面展示之前，首先为业已择定的几个关键概念的使用清理出一条能够容身的通道，以便在下一步的研究中不再为因之带来的歧解或疑惑所纠缠。

一、为什么是"汉学"？

目前我们习惯上使用的"汉学"一语，译自英语"Sinology"。虽然"Sinology"在早期还不是一个涵盖世界各地区同类研究的称谓，但20世纪之后，随着西方汉学日益成为国际学界关注的重心，它也遂逐渐演变为一个流行语词，甚至也为东亚地区的学者所受纳。仅就这一概念本身而言，如果将之译成"汉学"，那么至少还会涉及两个不甚明了的问题：一是在西语的语境中，"Sinology"这一概念在最初主要反映了怎样一种意识，并在后来发生了哪些变化？二是为什么在起初便将这一西语名词对译成了"汉学"，而不是译作"中国学"或其他术语，以至于造成了目前的各种争议？如果我们能对这两个问题有所解答，并梳理出一个可供理解与认同的思路，进而在其间（中外两种表述）寻找到某些合适的对应点，那么也就可以对这一概念的使用做出限定性的解释，使我们的研究取得一个合理展开的框架。

总起来看，海外对中国的研究进程因地区之间的差异而有迟早之别。例如，日本与韩国的研究便先于欧美等其他地区，甚至可以溯至唐代或唐以前。然而，正如目前学界一般所认同的，如将"Sinology"或"汉学"这一近代以来出现的称谓视作一种学科性的标记，则对之起源的考察大致有两个可供参照的依据：一是于正式的大学体制内设立相应教席的情况；二是"Sinology"这一示范性概念的提出与确立。关于专业教学席位的设立，一般都会追溯自法国在 1814 年于法兰西学院建立的"汉语及鞑靼—满族语语言文学教席"（La Chaire de langues et literatures chinoises et tartars-mandchoues），随后英（1837）、俄（1837）、荷（1875）、美（1877）、德（1909）等国的大学也相继开设了类似的以讲授与研究汉语（或中国境内其他语种）及其文献为主的教席。[①] 后来的学者在述及各国汉学史的发生时，往往会将这些事件作为"Sinology"（汉学）正式确立的标志，似乎并没有存在太多的疑义。

关于"Sinology"这一术语的缘起，据德国学者傅海波（Herbert Franke）的考订，1838 年首先在法文中出现的是"sinologist"（汉学家），用以指称一种专门化的职业，但尚不属于对学科的命名。[②] 作为学

---

① 各国首设教席的时间是参考各种资料后获取的，然也由于学者们对此教席上的理解（究竟何种算是正式的）并不完全一致，因此也可能存在出入。

② 参见 Herbert Franke，"In Search of China：Some General Remarks on the History of European Sinology"，Ming Wilson & John Cayley（eds.），*Europe Studies China*，London，Han-Shan Tang，1995.

科性概念的"Sinology"的流行，另据当时资料的反映，当在19世纪六七十年代。① 尤其是70年代出现在英文版《中国评论》上的几篇文章，即发表于1873年第1期上的欧德理（Ernest John Eitel）撰写的《业余汉学》②，同年第3期上以"J. C."之名发表的《汉学是一种科学吗?》③，已明确地将"Sinology"当作学科的用语加以讨论，从而也刺激与加速了这一概念的传播。从欧德理等人所述及的内容看，其中一个关键点在于，将已然出现的专业汉学与此前的所谓"业余汉学"区分开来，并通过后缀"-ology"使之成为一门在学术体制内能够翘首立足的"学科"。正如1876年《中国评论》刊载的一篇题为"汉学或汉学家"（"Sinology"or "Sinologist"）的小文所述，经过将法文的"sinologue"移换为英文的"sinologist"，研究中国的专家也就可与在其他学科中的专家如"语文学家"（philologist）、"埃及学家"（Egyptologist）、"鸟类学家"（ornithologist）等齐肩而立。④ 由此可知，在当时，Sinology也是为对这一领域的研究进行学科性归化而提出来的一个概念（同时也带有某种排他性⑤），因而与在大学中设置专业教席的行为是具有同等意义的，它们共同催生了一门新的学科。

从研究的范畴上看，尤其从所设教席的名称上便可知悉，这些教席基本上是以讲授与研究语言文学为主的。例如，法兰西学院的教席冠以的是"语言文学"，英国早期几个大学所设的教席也冠以类似的名目，如伦敦大学学院、伦敦国王学院所设的教席是"professor in chinese language and literature"，牛津与剑桥大学等所设的教席称为"professor of chinese"，其他诸国初设的教席名称大多与之类似，这也与其时欧洲的东

① 参见 Robert C. Childers，"'Sinology' or 'Sinologist'"，*The China Review*，Vol. 4，No. 5，1876，p. 331.
② E. J. Eitel，"Amateur Sinology"，*The China Review*，Vol. 2，No. 1，1873，pp. 1-8.
③ J. C.，"Is Sinology A Science"，*The China Review*，Vol. 2，No. 3，1873，pp. 169-173.
④ 参见 Robert C. Childers，"'Sinology' or 'Sinologist'"，*The China Review*，Vol. 4，No. 5，1876，p. 331.
⑤ 很明显，"业余汉学"这个称谓带有某种蔑视的含义，故也有一些学者提议，可将"Sinology"确立以前的汉学称为"前汉学"（protosinology）。

方学研究传统与习则，以及大学基础教育的特点等有密切的关系。当然，我们对"语言"与"文学"的概念仍应当做更为宽泛的理解。例如，所谓的"语言"并非单指词汇、语法等的研究，而是更需要从"philology"（语文学）的意义上来知解。① 所谓的"文学"（或"中文"），事实上涵括了各种杂多性文类在内的书写文献，毕竟当时在西方也还没有出现现代意义上的"文学"概念。正因如此，后来的学者往往多倾向于将"Sinology"视为一种基于传统语言文献的研究类型。

当然，尽管对形式化标志（教席与名称）的描绘是有意义的，但落实到具体的研究实践中，情况要复杂得多。在"中国学"这一学科概念正式确立之前，或者说在被笼统地概称为"Sinology"的时代，我们也务须注意到几种混杂或边界并不确定的现象。一是尽管汉语文献的确已成为此期研究的主要对象，但跨语种的研究始终存在于"Sinology"这一名目下，这当然也与"Sino-"的指称范围有关。② 19 世纪前（即"前汉学"时期）的来华传教士，如张诚、白晋、钱德明等人，兼擅几种中国境内语言的事例似不必多提，即便是法国的第一个汉学教席也是取鞑靼语、满语与汉语并置设位的，座主雷慕沙（Abel Rémusat）及其哲嗣儒莲（Stanislas Julien）等人的著述均反映出对多语系的熟练掌握，而 19 世纪至 20 世纪前半期，擅长数种境内（周边）语种的汉学家更是大

---

① 这既与其时的 Sinology 主要建立在语文学（philology）与文献研究的基础上，同时也与 19 世纪西方学院系统中的东方学—印欧、闪米特语语言学的分科意识有关。19 世纪相关的代表性著作，可参见 Joseph Edkins, *China's Place in Philologu: An attempt to Show that the Language of Europe and Asia Have a Common Origin*, Trubner & Co., 1871. 关于 philology 在 19 世纪时的含义及后来语义的缩减与变化，则可参见 René Wellek & Austin Warre, *Theory of Literature*, Third Edition, Harcourt, Brace & World, 1956, p. 38.

② "Sino-" 的词源近于 "Sin" "Sinae" 等，而对后面这些名称的考订可见卫三畏的著述，尽管会以汉族为主体，但均属对总体上的中国区域的一个称名。参见 S. Wells Williams, *The MiddleKindow*, New York, Charles Scribner's Sons, 1883, pp. 2-4.

有人在①，并均被归在"Sinology"的名目之下，而不是单指汉语文献的研究。二是跨时段的研究，这是指在对传统古典文献的研究之外，海外对中国国情的研究也不乏其著，这在下文还会提及。三是跨体制的研究，即便是在强势性的"专业汉学"概念初步确立之后，所谓的"业余汉学"也并未由此消失，而是仍然在相当长的一个时期占有重要的地位，有些成果还达到了很高的学术水准。这种趋势至少延续到20世纪30年代。既然如此，"Sinology"尽管会被赋予一个相对集中的含义，但同时也会呈示出边界的模糊性。尤其是因为存在着跨语种（同时也是跨种族）研究的现象，当我们将"Sinology"转译为"汉学"这一看似含有确定族性特征，在范畴上也更为狭隘的对应语时，的确很难不遭人诟病，并使这一译名从一开始便带上了难以遽然消弭的歧义。② 以故，后来也有学者提出当用"中国学"这一称谓来弥补中译"汉学"一语的不足。

　　关于另一相关概念，即"中国学"的称谓，其含义也并不是十分确定的，从早期的事例看，中国学界其实在20世纪40年代之前，也存在着常用"中国学"指称海外同类研究的现象，在多数情况下，与当时措用的"汉学"概念之间并无严格的区分。日本自近代以来，也出现了"中国学"的称名，虽然就日本学界内部的变化看，其所指称的应是一种有别于传统"汉学"的新形式，但如果我们将之置于国际化的背景上看，

---

　　① 此处需要注意的是，因为这些研究多仍投射到对中国的研究中，因此大多数当时的研究者，并没有将自己多语种的研究划分为"汉学""满学""蒙古学""藏学""西夏学"等不同的学科区域。中国境内由各少数民族语言形成的所谓"××学"的独持性及与汉学的分限，始终都是含糊不清的。

　　② 关于使用"汉学"来对称国外的研究，日本学者高田时雄在『國際漢學の出現と漢學の變容』一文中认为，可能最初与王韬在《法国儒莲传》中将儒莲的《汉文指南》（Syntaxe Nouvelle de La Langue Chinoise）误译为《汉学指南》有关。原文见『中國一社會と文化』，第17號，18～24页，2002。但我认为，将这一事件确定为"汉学"通行的依据，会有偶证之嫌。"汉学"之通行更有可能是受到日本等用名的影响，因为日本（包括韩国）在早期都习惯用"汉学"或"汉文学"来称呼对中国古籍的研究，这也是从他者的位置出发对中国研究的一种表达，并多集中在汉语文献上。而在中国国内，约至20世纪20年代以后，用"汉学"指称海外研究的说法也已逐渐流行，至20世纪40年代则愈趋普遍，并出现了莫东寅的综合性著述《汉学发达史》。

则所谓的"中国学"并未超出西方近代汉学的基本框架，并且也是在其影响下发展起来的。而这一新的称谓的获取，也与西语中将中国称为"Sinae""China"有直接的关系。①

当然，目前学术界更为流行的是"Chinese Studies"，这一词语国内后来也多直译为"中国学"，并一般将之归功于第二次世界大战后以费正清为代表的"美国学派"的发明，视其为一种新范式的开端，并以为可借此更替具有欧洲传统特色的"Sinology"的治学模式。毫无疑问，"Chinese Studies"的出现所带来的学术转型是可以通过梳理勾勒出来的，但是如果限于笼统的判识，也会引起一些误解。譬如说，一是所谓的将中国的研究从汉民族扩展至对整个"国家"地域的囊括。这点其实在我们以上描述20世纪40年代之前"Sinology"的概况时已有辨析，并非为新的范式所独据，而早期费氏等人在研究中所凭借的也主要限于汉语文献（甚至于不比"Sinology"的研究范围更广）。二是所谓的开始将对当代中国的政治、经济、社会等纳入研究的视野之中。这其实也如上所述，是19世纪西人中国研究本有的范畴。勿论那些大量印行的旨在描述与研究中国政体、商贸、交通、农业、外事等的著述，即便是在19世纪来华人士所办的外文期刊，如《中国丛报》《中国评论》《皇家亚洲文会会刊》等中，也可窥知西人对这些实践领域或"现场性知识"所持的广泛兴趣了。以此而言，要想将"Chinese Studies"与"Sinology"做一时段与内涵上的分明切割，是存在一定困难的。美国战后新兴的中国学的最主要贡献，或更在于其将对近代以来中国社会诸面向的研究明确地移植进学科的体制之中，从而打破了以传统文献研究为主要旨趣的"Sinology"在体制内长期称雄的格局，而这也正好接应了当时在美国兴起的社会科学理论（既称为"科学"，又称为"理论"），并借此而获得了一些新的探索工具。

---

① 此处也可参见梁绳祎早年所撰《外国汉学研究概观》："日人自昔输入中国文化，言学术者以汉和分科。近所谓'中国学'者，其名称畴范均译自西文。"（参见《国学丛刊》第5册，1941）由此可知，其当时仍受西方"汉学"的影响，而非后来流行的"中国学"的影响。

即使如此，我们也需要再次注意到，"中国学"（特指以美国学派为发端的）这一范型的最初构建便是携有强烈的实用化动机的，又多偏向于在特定的"国家"利益框架下选择课题，从而带有"国情"研究，甚至于新殖民研究的一些特点。[①] 早期日本著名中国研究专家，如白鸟库吉、内藤湖南等的所谓"中国学"研究同样未能免脱这一路径，并非就可以不加分析地完全称之为一种"科学"的研究。当然，"中国学"也一直处于自身的模式转换之中，因此我们也需要进一步关注这一连续体在不同时期，尤其是当代所发生的各种重大变动。[②] 与之同时，虽然"中国学"所造成的影响已于今天为各国学者所认同与步趋，但并不等于说"Sinology"就随之而消隐至历史的深处，尤其在人文学科中，不仅这一命名仍然为当代许多学者频繁使用，而且如做细致的窥察，也能见其自身在所谓的"中国学"范畴以外，仍然沿着原有轨道往下强劲延伸的比较清晰的脉络，并在经历了多次理念上的涤荡与方法论上的扩充之后，延续到了今日。就此而言，在比较确定的层次上，也可将赓续至今的以传统语言文献资料为基础的有关中国的研究，继续称作"Sinology"。[③] 当然，有时它也会与"Chinese Studies"的治学模式含混地交叠在一起，尤其是在一些史学研究领域中。

由上述可知，"Sinology"这一命名，至少会与"Chinese Studies"、中译语的"汉学"、中译语的"中国学"这三个概念存在意义上的纠葛关系，四者之间均很难直接对应，尽管语义上的缝隙仍有大小之别。中国

①　对此新殖民话语模式的一种透彻分析，也可参见 Tani E. Barlow, "Colonialism's Career in Postwar China Studies", *Positions: East Asia Cultures Critique*, Vol. 1, No. 1, 1993.

②　前一阶段已发生的变化，可参见黄宗智：《三十年来美国研究中国近现代史（兼及明清史）的概况》，载《中国史研究动态》，1980（9）。该文已将之厘为三个阶段。

③　关于"Sinology"的名称与含义变化，汉学家中许多人都发表过自己的看法。举例而言，瑞典学者罗多弼（Torbjorn Loden）在《面向新世纪的中国研究》一文中认为，汉学这一名称的界义范围是有变化的，可宽可窄。参见萧俊明：《北欧中国学追述（上）》，载《国外社会科学》，2005（5）。又如德国学者德林（Ole Dörning）在《处在文化主义和全球十字路口的汉学》中认为，我们可以根据不同情况使用"Chinese Studies"与"Sinology"这两个不同的概念，而"Sinology"是可以在一种特殊的语境中被继续使用的。参见马汉茂等：《德国汉学：历史、发展、人物与视角》，52～53 页，郑州，大象出版社，2005。

学者也曾于这一问题上多有分辨，并提出过一些建设性的意见。但是就目前来看，还无法达成统一的认识。撇开那些望文生义的判断，这多少也是由概念史本身的复杂性所造成的。在此情形之下，相对而言，也按照惯例，将"Sinology"译成"汉学"，并与"Chinese Studies"或中译的"中国学"有所区别，仍是一种较为可取的方式。在这样一种分疏之下，鉴于本项目所针对的是海外学者的中国传统文论研究，而海外的这一研究针对的又是汉语言典籍（不涉及中国境内的其他语种），因此即便是从狭义"汉学"的角度看，也不会超出其定义的边界，不至于引起太多的误解。再就是，本项目涉及的这段学术史，除了依实际情况会将20世纪以来的研究作为重点，也会溯自之前海外学者对中国文论的一些研究情况。至少在早期的语境中，西方的这一类研究尚处在"Sinology"的概念时段之中，因此以"汉学"来指称之也是更为妥帖的。这也如同即便我们允许用"中国学"这一术语统称其后发生的学术活动，但用之表述20世纪前的研究，无疑还是甚为别扭的。

二、什么样的"文论"？

"文论"这一概念同样带有较大的不确定性，既因为"文学"与"文论"的语义均处于历史变动之中，也因为对"文论"的理解也会因人而异，有不同的解说。

"文学"概念的变化似不需要在此详加讨论了，而"文论"概念的变化，如不是限于目前既有的名称，而是从更大的学科谱系上来看，就中国而言，根据我们的考察，大体经历了以下几个命说的阶段。第一阶段是古典言说时期，学者也略称之为"诗文评"。这一名称行用于晚明焦竑《国史经籍志》、祁承爜《澹生堂藏书目》，后被《四库全书总目提要》列为集部中一支目之后，使得过去散布在分类学系统之外的各种诗话、文则、品评、论著、题解等，均有了统一归属，尽管收录难免有显庞杂，然也大致显示了试图为传统相关领域划分与确定畛域的某种意识。第二阶段是现代言说时期，以陈钟凡1927年的《中国文学批评史》为公认的标志，始而通用"批评（史）"的命名，后如郭绍虞、罗根泽、朱东润、方孝岳、傅庚生等民国时期该领域最有代表性的学者也均是以这一概念来冠名自己的著作的。"批评"的术语似延续了古典言说时期的部分含义，但正如陈钟凡所述，实源于西语中的"批评"①，因此在使用中也必然会注入西方批评学的主要理念，比如对松散的知识进行系统化、学理化的归纳与整合，在"批评"概念的统一观照与指导下将来自各文类的、更为多样的文学批评史料纳入其中，同时排除那些在诗话等中的非文学性史料②，以现代的思维方式重新梳理与评述传统知识对象等，由此将批评史打造成有自身逻辑体系的新的学科范型。第三个阶段大约从 20 世纪 40 年代萌蘖并历经一较长过渡，至 80 年代初而最终确立了以"文论"（"文学理论"）为导向性话语的当代言说系统。③"文论"或"文学理论"遂成为学科命名的核心语词，这也与西方同一领域中所发生的概念转换趋势衔接。与此理论性的冲动相关，一方面是大量哲学、美学的论说被援入体系的构建中，甚至于将之作为支撑整个体系性论说的"基础"；另一方面是不断地从相关史料中寻绎与抽取理论化的要素，使之满足于抽象思辨的需要。受其影响，该期对传统对象的研究一般也都会以"文论史"的概念来命名。相对于批评史而言，"文论"的概念也会带有更强的意义上的受控性与排他性，从而使过去被包括在"批评史"范畴中的许多史料内容，进而被删汰至言说系统以外。

　　由以上梳理可知，文论或文论史概念的确立，并非就是沿批评与批评史的概念顺势以下，可与此前的言说模式无缝对接，而是包含新的企图，即从批评史的概念中分出，并通过扩大与批评史之间的裂隙，对原

---

　　① 参见陈钟凡：《中国文学批评史》，5 页，南京，江苏文艺出版社，2008。

　　② 这种意识也见于朱自清评罗根泽的一段论述："靠了文学批评这把明镜，照清楚诗文评的面目。诗文评里有一部分与文学批评无干，得清算出去；这是将文学批评还给文学批评，是第一步。"朱自清：《诗文评的发展》，见《朱自清全集》（三），25 页，南京，江苏教育出版社，1996。

　　③ 对这一过渡情况的描述与探讨，可参见黄卓越：《批评史、文论史及其他》，见《黄卓越思想史与批评学论文集》，1～17 页，北京，北京语言大学出版社，2012。

有的学科进行再疆域化的重建。关于这点，中西学者都有较为明确的认识，并曾为此提出过一套解释性的框架。罗根泽在 20 世纪 40 年代出版的《中国文学批评史》"绪言"中，以为从更完整的视野上看，西语的"criticism"不应当像此前国人所理解的只有"裁判"的意思，而是应当扩大至包含批评理论与文学理论。若当如此，我们也就有了狭义与广义两套关于批评的界说，而广义的界说是能够将狭义的界说涵容在内的。① 以此而复审中国传统的文学批评，总体而言，当将之视为广义性的，即偏重于理论的造诣。以故，若循名质实，便应当将"批评"二字改为"评论"。② 很显然，罗根泽的这一论述已经开始有意地突出"理论"的向度，但为遵循旧例，仍选择了"批评"的概念命其所著。

在西方，对后期汉学中的文学研究产生较大影响的有韦勒克、艾布拉姆斯等人所做的分疏。这自然也与此期西方开始从前期的各种"批评"转向热衷于"理论"的趋势密切相关。在 1949 年出版的《文学理论》（*Theory of Literature*）一书中，韦勒克即将"文学理论"看作一种区别于"文学批评"的智力形态，并认为在文学研究的大区域内，"将文学理论、文学批评与文学史三者加以区分，是至为重要的"③。他后来撰写的《文学理论、文学批评和文学史》（Literary Theory, Criticism and History）一文，再次重申了理论的重要性，认为尽管理论的构建也需要争取到批评的辅助，但换一个视角看，"批评家的意见、等级的划分和判断也由于他的理论而得到支持、证实和发展"④。为此，他将理论视为隐藏在批评背后的另一套关联性原则，认为理论具有统摄批评的作用。艾

① 参见罗根泽：《周秦两汉文学批评史》，3～6 页，上海，商务印书馆，民国 33 年（1944）。罗著《中国文学批评史》最初由人文书店梓行于 1934 年，只有一个简短的"绪言"，未全面论述其对"批评"与"批评史"的意见。后所见长篇绪言则始刊于 1944 年重梓本，然其时是以分卷形式出版的，该书正题为"周秦两汉文学批评史"，副题曰"中国文学批评史第一分册"。

② 参见罗根泽：《周秦两汉文学批评史》，8～10 页。

③ René Wellek & Austin Warre, *Theory of Literature*, p. 39.

④ René Wellek, *Concepts of Criticism*, Yale University Press, 1963.［美］雷内·韦勒克：《批评的概念》，5 页，北京，中国美术学院出版社，1999。

布拉姆斯的观点与韦勒克相近，但他在这一问题上的着力点是试图阐明"所有的批评都预设了理论"①，即前辈所完成的各种批评著述，都是隐含某种理论结构的。以故，我们也可以借助理论来重新勾勒出这些批评活动的特征，或统一称之为"批评理论"，从而进一步将理论的价值安置在批评之上。沿着这一思路，我们可以看到，20 世纪 70 年代，刘若愚在撰述其声名甚显的《中国文学理论》（*Chinese Theories of Literature*）一书，并演述其著作的构架时便明确表示同时参照了韦勒克与艾布拉姆斯的学说，以为可根据韦勒克的建议，在传统通行的两分法的基础上（文学史与文学批评），再将文学批评分割为实际的批评与理论的批评两大部分，从而构成一个三分法的解说框架。② 根据艾布拉姆斯的意见，"将隐含在中国批评家著作中的文学理论提取出来"，以形成"更有系统、更完整的分析"③，这也是他将自己的论著取名为"文学理论"而不是"文学批评"的主要理由。与刘若愚发布以上论述差不多同时，在西方汉学的多个领域中出现了以理论为研究旨趣的强劲趋势。无独有偶，中国国内的研究也开始迈入一个以大写的"文论"为标榜的时代。

　　然从历史的进程来看，"文论"（文学理论、文学理论史）主要是迟延性的概念，并非可以涵括从起始至终结，以致永久不变的全称性定义。在历史系谱中曾经出现的每一个定义，不仅均显示了其在分类学上的特殊设定，而且也指向各有所不同的话语实践。尽管某种"理论性"也许会像一条隐线那样穿梭于诸如"诗文评"或"文学批评"的历史言说中，以致我们可以将之提取出来，并权用"文论"的概念去统观这段更长的历史，然也如上已述，这种"理论性"依然是被不同的意识、材料与规则等组合在多种有所差异的赋名活动中的，由此也造成了意义的延宕。这也要求我们能以更开放的姿态怀拥时间之流推向我们的各种特殊的

---

① ［美］M. H. 艾布拉姆斯：《艺术理论化何用？》，见《以文行事：艾布拉姆斯精选集》，47 页，南京，译林出版社，2010。而这样一种鲜明的主张，在其 1953 年撰述《镜与灯：浪漫主义文论及批评传统》时即已形成，并在后来一再强调与补充说明之。

② 参见 ［美］刘若愚：《中国文学理论》，1～2 页，南京，江苏教育书版社，2006。

③ 参见 ［美］刘若愚：《中国文学理论》，5 页。

"历史时刻"，及在此思想的流动过程中发生的各种表述。这既指原发性的中国文论，又指汉学谱系中对中国文论的研究。

此外，从研究的实况看，大约 20 世纪 90 年代伊始，无论是中国国内学界还是国际汉学界，在相关领域中又出现了一些新的变化。以中国国内为例，像"文学思想史""文学观念史""文化诗学"等概念的相继提出，均意在避开原先"文论"概念所划定的区域而绕道以进，其中也涉及如何在多重场域中重新勘定文论边界等问题。在新的研究理念中，这些场域被看作或是可由思想史，或是可由观念史与文化史等形构的，它们当然也是被以不同的理解方式建立起来的。如果我们承认有"文学思想"（literary thought）或"文学观念"（literary idea）或"文学文化"（literary culture）等更具统合性的场域的存在，那么也意味着借助这些视域的探索，是可以重组引起定义的关联性法则的。其中之一，比如，也可以到文学史及其作品中寻找各种"理论"的条理。事实上，我们也很难想象绝大部分文学制品的生产是可以不受某种诗学观、文论观的影响而独立形成的。文学史与批评史、文论史的展开也是一个相互提供"意识"的过程，因而至少在文学作品中会隐含有关文学的思想、观念与文化理念等。① 甚至也有这样一种情况，如宇文所安曾指出的，曹丕的《论文》、欧阳修的《六一诗话》，以及陆机的《文赋》、司空图的《二十四诗品》本身便是文学作品。② 按照这样一种理解，我们也就可以突破以批评史或文论史"原典"为限的分界，将从文学史文本中"发现文论"的研究一并纳入文论研究的范围。再有一种新的趋势，便是当学者们试

---

① 关于这点，前已为马修・阿诺德所述，参见 Matthew Arnold, "The Function of Criticism at the Present Time", *Essays by Matthew Arnold*, London, Humphrey Milford, Oxford University Press, 1925. 宇文所安对之也有解释，如谓："每一伟大作品皆暗含某种诗学，它总是以这种或那种方式与某一明确说出的诗学相关（如果该文明已形成了某种诗学的话），这种关系也会成为该诗作的一部分。"另一方面，又谓："文学作品和文学思想之间绝非一种简单的关系，而是一种始终充满张力的关系。"Stephen Owen, *Readings in Chinese Literary Thought*, Harvard University Press, 1992, p. 4. 也可参见［美］宇文所安：《中国文论：英译与评论》，"中译本序"，2~3 页，上海，上海社会科学出版社，2003。

② 参见［美］宇文所安：《中国文论：英译与评论》，12~13 页。

图用某种理论去审视传统的文献资源时，也有可能以这种方式重构规则性解释，即将历史资源再理论化或再文化化。这里涉及的理论可以是文学研究系统中的新批评、叙事学等，也可以是某些文化理论，如性别理论、书写理论、媒介理论、翻译理论等。后者之所以能够被移植入文学或文论的研究中，是因为存在一个"文本"（"文"）的中介，而文本又可被视为是某种"想象性"构造的产物。这种"建构文论"的方式在习惯了实证模式的眼睛中或许显得有些异类，但其实有一大批中国传统文论也是据此形成的。其结果是使得文化理论与文学理论的边界变得愈益模糊。

正是由于这些新的学理观的出现，"文论"的本质主义假设受到了来自于多方的挑战。在 20 世纪 90 年代之后的汉学领域中，为严格的学科化方式所界定的文论研究已经开始渐次退位，由此也打开了一个重新识别与定义文论的协议空间。一方面是文论愈益被置于其所产生的各种场域、语境之中予以考察，另一方面是对理论的诉求也在发生变化，从而将我们带入了一个以后理论或后文论为主要言述特征的时代。或许，我们可以称之为文论研究的"第四期"。既然如此，同时也是兼顾整个概念史的演变历程，便有必要调整我们对"文论"的界说，以便将更为多样的实验包含在项目的实施之中。为了遵循概念使用上的习惯，当然仍旧可以取用"文论"这一术语，但我们所意指的已经不是那个狭义的、为第三阶段言说而单独确认的"文论"，而是包容此前或此后的各种话语实践，并可以以多层次方式加以展示的广义的"文论"。尽管根据实际的情况，前者仍然会是一个被关注的焦点。

而正是在疏通以上两大概念的前提下，我们才有可能从容地从事下一步工作。

三、附带的说明

本课题初议之时，即幸获教育部重点研究基地北京师范大学文艺学研究中心的大力支持，并经申报列入部属重大科研项目之中。我们希望在一个全景式的视域下展现出海外中国文论研究的丰富面相，并为之设计出三个研究单元：欧洲卷、东亚卷、英美卷，分别由方维规教授、张哲俊教授与我担纲主持，在统一拟定的框架下各行其职，分身入流。

就几大区域对中国传统文论研究的史实来看，东亚（主要是日本与韩国）无疑是最早涉足其中的。中国、日本与韩国等均处在东亚文化交流圈中，这种地域上的就近性给日、韩等地对中国文论的研究提供了先行条件。即便是在 20 世纪之后，东亚诸国的研究出现了一些融入国际的趋势，但仍然会受其内部学术惯力的影响与制约，形成独具特色的谱系。随后出现的是近代欧洲汉学及其对中国文学、文论的研究，将这一大的地理板块视为一个整体，也是常见的，似无须多加论证。但不同国家的学术研究以及知识形态会受到自身语言、机制等方面的规定性限制，多保留自身的一些特点，并呈现出多系脉并发的路径。英国的汉学与文论研究，从主要的方面看，最初是嵌入欧洲这一知识与文化共同体之中的，特殊性并不是特别明显，然而由于 20 世纪之后北美汉学的崛起，两地在语言上的一致及由此引起的频繁沟通，遂为后者部分地裹挟。从一个粗略的框架上看，也可将两地区的研究共置梳理。以上即我们进行各卷划分与内部调配的主要根据。与之同时，正因各大区域之间在文论研究方面存在差异（加之也为避免与国内一些已有研究的重复），各分卷主编在设计编写规划时，也会有自己的一些考虑，在步调上并非完全一致。当然，本书的撰写也受到一些客观条件，尤其是语种上的约束，尽管我们也邀请到了目前在意大利、德国、法国与韩国等地的一些学者参与项目撰写，却也无法将所有地区与国家的研究都囊括于内，不过遗缺的部分是有限的。

汉学研究作为一种"他者"对中国的研究，即便是在一般性知识组织的层面上，也会与中国的本土性研究有所不同，甚至差异颇大，也正因此，给我们带来的启发必将是十分丰富的。关于这点，中国国内学者已有大量阐述，可略而不论。然而，如果对这一学术形态做更深入的思考，则又会触及文化与知识"身份"的问题。有一道几乎是与生俱来的，首先是身体上然后是观念上的界分，规定了这些异域的学者在对"中国"

这一外部客体加以观望时所采取的态度。在许多情况下，这些态度会潜伏于意识深处，需要借助自反性追踪才有可能被发现。而我们对之所做的研究也不出例外，等于是从"界"的另一端，再次观望或凝视异方的他者，由此成为另一重意义上的，也是附加在前一个他者之上的他者。像这样一些研究，要想彻底担保自身的正确性与权威性，并为对方所认可，显然存在一定困难。即使是在貌似严整的知识性梳理中，也免不了会带入某种主体的习性。但是，如果将理解作为一种前提，那么两个"他者"之间也可能产生一种目光的对流，在逐渐克服陌生感与区隔感之后，于交错的互视中取得一些会意的融通。这，或许也是本项目期望获取的另外一点效果吧！是以为记。

黄卓越

导　论

　　本书为"海外汉学与中国文论"研究项目的子课题"中国文论在欧洲"的研究成果。所谓"在欧洲",自然不是无所不包、应有尽有。根据项目规划,英美部分独立成卷,故英国不在本书论述之列。另外,因研究实力所限,俄苏而外,东欧其他国家亦无力顾及,实为憾事。本书主干部分,选取法、德、俄、意四国为考察对象。不管就历史发展(纵向)还是特定时期(横向)而言,这四个国家的相关研究虽有先后,且水平不一,但都有其典型意义,可以让人看到欧洲相关研究之极有价值的截面。

　　欧洲的中国文论研究,总体说来都是 20 世纪下半叶的事,但要从 19 世纪或更早说起,这是查考中国文论之接受状况的必要铺垫。因此,本书各章都会论述相关国家对中国文学从初识到认识的逐步提高,从而折射出中国文学在欧洲的接受状况及其发展的大概样貌。唯有在此基础上,才能综览法、德、俄、意学者研究中国文论的整个发展历程,叙写这些国家对于中国文学和中国文论的认识和思考,其时间跨度从发端到当代。

　　梳理和分析欧洲 20 世纪之前的普通文学史著述或者汉学家著述中的中国文学,首先或至少会有两个方面极为醒目。

　　其一,读者马上就会发现,彼时欧洲人对中国文学实在所知甚微;不仅如此,时人的一些中国文史知识,不乏稚浅甚至纰缪。可是,这一考察自有其可贵之处,或许可以改变一种偶尔见于中国学界的看法:伏尔泰(Voltaire,1694—1778)早已根据耶稣会传教士马若瑟(Joseph de Prémare,1666—1736)所译杂剧《赵氏孤儿》,改编成"儒家道德五幕剧"《中国孤儿》；歌德（Johann Wolfgang von Goethe，1749—1832）读过《赵氏孤儿》《玉娇梨》《今古奇观》《百美新咏》《花笺记》等书，两三百年前的欧洲已经相当了解中国文学。实际情形当然远非如此。尤其在 19 世纪那个欧洲中心主义时代，中国依然处于欧亚大陆的边缘，其文学连被边缘化的资格都没有。如本研究所示，当时那些关于中国文学及其背景知识的极为简易的介绍文字可以让人看到，不仅内容多为迪蒙之言，论述文字也不总是言之凿凿的。

其二，读者可能会因早期文学史著述之"无所不包"而感到纳闷，或诟病其舛误。其实，由来已久的 literature 概念，早先基本上不是我们今天所理解的"文学"，而是"文献""典籍"或"书卷"等意思。换言之，19 世纪的英、法、德文献告诉我们，"文学"（literature，littérature，Litteratur）至 19 世纪末依然是"博学""学识"等概念的同义词，现代"文学"概念远未占有主导地位。在彼时《牛津英语词典》中，它也只能是几种含义中的最后一个义项，且为晚近出现的含义。只有在这时，我们才能理解早期文学史专著或普通文学史叙写中国文学时的经传诸子史册，理解经史子集一应俱全的杂文学观。其实，在 19 世纪的欧洲，类似的被称作文学史的论著是很常见的。

另外，我们也必须看到，孔子学说、老庄思想是中国古代文化和思想的重要基石，古代美学思想和文学观念与之有着千丝万缕的联系，甚至在不少方面是相通的，一些文论思想已经散见于早期儒家和道家的论说中。不仅《尚书》中的"诗言志"成为后世文论的座右铭，《论语》《左传》《国语》等经籍对于中国文论皆有影响，比如，诗学的社会功用观，即文以载道等观念。因此，20 世纪前西方世界对于中国经典的译介，对于理解中国文论的某些重要范畴有着极大意义，不少古代文论思想是从经典演绎、转化而来的。

本书第一章"19 世纪欧洲对中国文学的基本认识"，以"19 世纪欧洲百科全书中的中国文学"开篇，自有其道理。一般而言，百科全书包含各种辞书和工具书的成分，供人查检相关知识和事实资料，是衡量特定时代和国家学术水平的标志之一。19 世纪欧洲百科全书中的中国文学知识，无疑是那个时代欧洲对中国文学之认识水平的折射，具有较高的参考价值。同时，各种百科全书中的中国文学条目，亦可见 19 世纪的欧洲时代精神即欧洲中心主义对中国的成见，并制约了欧洲的中国语言文学研究。20 世纪之前的欧洲百科全书表明，当时西方的中国文学知识是极其有限的。

另外，第一章所涉及的欧洲 19 世纪普通文学史著述中的中国文学，同样具有一定的代表性，读者能从这一截面了解到西方早期中国文学史论的一般状况。在对早期欧洲汉学家的中国研究有了较多了解之后，那些不谙汉语的普通文学史家的中国文学论，尽管其相关知识源于汉籍译介和汉学研究，但观点未必与汉学家相仿，甚至迄今有其参考价值。这类考证更能推测当时欧洲认识中国文学的总体状况。至于有些学者对于中国文学传统的怀疑态度，以及他们的中国观，都是那个时代的产物，我们不必完全用今天的认识标准来衡量。本研究的很大一部分篇章的首要追求，不是评判孰是孰非，而是注重"述而不作"，加之一些背景性说明及少量评论。

第二章"中国文论在法国"第一节"文学中国在法国（16 世纪至 19 世纪）"，在很大程度上与第一章的内容密切相关，考察中国文学何时以何种方式进入法国，涉及中国诗歌、小说、戏剧以及理论在法国的翻译和介绍，与第一章形成互补互证的关系。中国文学在 16 世纪至 19 世纪法国的接受历史，充分反映出彼时法国对中国的期待视野，这在当时的欧洲具有代表性。对相关历史发展的考证和梳理，也是海外汉学史的重要组成部分。18 世纪的法国开始主导欧洲的汉学发展，19 世纪的法国影响更甚。第一节中对历史文献的钩稽和整理，周至而细致，宛如重要书目的清单，具有较高的文献索引价值。还需指出的是，对于中国经典的早期译介以及中华文化的早期认识，具有了解中国及其文学的语境化意义。

文论研究首先依托于文论文本阅读，而对 19 世纪的法国汉学界来说，译介和阅读中国文学作品依然是其首要志趣，即所谓"以文学作品观风俗"，这在第二节"从 19 世纪到 20 世纪初的法国中国文论"中一览无余。也就是说，中国文论研究彼时尚未展开。尽管一些汉学家凭借自己的阅读经验和感悟，探寻中国文学的视点，其中或有关注中国人的审美趣味，但是基本上还未涉及中国文论本身，阐释中时常不乏皮相之谈。进入20世纪之后，情况才有所改观。这一节中最引人入胜之处，是挖掘和呈现被历史尘封的珍贵资料，即20世纪早期旅法中国留学生用法语写成的博士论文或学者专著。对此，目前中国学界还知之不多，这些资料具有较高的学术价值。陈绵、蒋恩铠、焦菊隐、朱家健、沈宝基、敬隐渔、吴益泰、贺师俊、郭麟阁、曾仲鸣、张天方（张凤）、徐仲年，他们或论京剧昆曲，或评中国小说；他们的论说，有作品专论，有门类考究，也有文学通史类著述；他们的选题、着眼点和品评标准，与以往传教士或汉学家的偏好不同；他们在本土的教育背景使其带着自己的文化底蕴，必然注重中国人眼中的重要作品和传统评判标准。正是在他们的合力下，法国的中国文学译介和研究登上了一个新的台阶。诚然，他们注重对中国文学整体的把握，以史为重，仍未进入文论著作的专门研究。可是就在这些时常兼具述、译、评的中国文学论述中，他们善于赓续本土前辈学者的见解，加之本来对传统文论的谙熟，常能史论结合甚至并重。此时，涉猎刘勰、钟嵘，本在情理之中。从某种意义上说，这些研究在拓宽法国汉学研究视野的同时，亦有开启文论研究之功，至少能让后来研究者按图索骥。

第二章第三节"20世纪法国汉学的文学和文论研究转向"，所论学者均为汉学大家，如葛兰言（Marcel Granet，1884—1940[①]）、戴密微（Paul Demiéville，1894—1979）、汪德迈（Léon Vandermeersch）、程抱一（François Cheng）、朱利安（François Jullien），令人肃然起敬。其中，唯有朱利安是为数不多的较多钻研中国古代文论的法国汉学家之一，另外四人则从各自的研究领域出发，阐释与中国文学史观和文学特征相关的论题。五位学者在其论著中或多或少涉及中国文论中的一些关键概念，往往独具匠心，这不但令这个领域的汉学同行难以望其项背，也使

[①] 本书中已逝国外著名学者有生卒年备注，其他国外学者等无此备注。

他们的研究成果迥异于中国学者的探讨。他们的共同特征是，不因袭中国传统经典诠释，从跨文化、跨学科立场出发，开拓文学及文论研究的新视野，创立新的学说。例如，作为社会人类学家和汉学家的葛兰言，把《诗经》当作研究上古中国社会生活的材料（《古代中国的节庆与歌谣》，1919），根究文学、社会、思想之间的内在关联，同时考据《诗经》的创作手法。汪德迈则在文字研究中探索中国思想和文学的特质（《中国思想的两种理性：占卜与表意》，2013）。关于朱利安的研究，后文还将细说，此不赘言。毫无疑问，他们的一些思考，时常涉及根本性问题。

第三章"德国的中国文论研究"，首先对德国汉学的历史、中国典籍的翻译及与之相关的文论研究做了总体回顾。虽然德国的专业汉学起步较晚，但在进入20世纪以后，其研究发展迅速，很快就赶上了其他欧洲国家的研究水平。尤其是卫礼贤（Richard Wilhelm，1873—1930）在20世纪早期翻译大量中国经典之后，德国时有中国典籍译作出版。翻译从来就是德国的强项，汉籍翻译亦不例外。此外，一些重要的中国文学史专著也在20世纪前三十年相继问世。在各类中国文学作品早期译作的导论和注释中，我们常能见到文论方面或长或短的阐释，文学史著作中亦有中国文学史观和审美取向的零散论述，这些都为中国古典文论研究打下了坚实的基础。然而，真正从事中国古代文论研究，则是进入20世纪60年代以后的事了。

着先鞭者为德邦（Günther Debon，1921—2005）的《沧浪诗话——中国诗学研究》（1962）。嗣后，中国古代文论研究呈逐级上升趋势，时有专著问世。中国古代文论中的一些世代相传的代表性著作，相继被译成德语，并以注释本形式刊行，以致当代许多中国古代文学译作的译注和导论中，文论话题时而掺杂其中，可见其启发和阐释作用。而在中国文学史专著中，更是常见对中国文论的必要阐发。例如，顾彬（Wolfgang Kubin）主编的十卷本《中国文学史》，虽以文学史为主要研究对象，但其中的作品分析和文学批评，不乏关于中国文论的精到论述。所有这些都足以显示德国的中国文论和美学思想研究的体量及理论高度。

鉴于本书的架构安排和各章篇幅，不宜对德国可圈可点的中国文论研究做面面俱到的评述，只能选取数例，以呈现相关研究的基本面貌和研究水平。本章的大部分内容是个案研究，即介绍和评述几部较有代表性的著作。先介绍德邦概述中国传统诗文评的长文《中国的文学理论和文学批评》（1984），然后分述德邦论《沧浪诗话》、马汉茂（Helmut Martin，1940—1999）论《李笠翁曲话》（1966）、傅熊（Bernhard Führer）论《诗品》（1995），以及卜松山（Karl-Heinz Pohl）的专著《中国的美学和文学理论：从传统到现代》（2007）。

在整个西方汉学界，对于中国古代文论之总体性综合研究极为罕见，德邦论文《中国的文学理论和文学批评》对于历史悠久但零散而缺乏系统的中国文论的整体概观，实属较早的尝试之一，这也是其主要价值所在。而卜松山著中国文论通史类专著，迄今仍属个别。另外，中国古代文论多半见于诗话、词话、曲话和诗人评述，德邦、马汉茂、傅熊的作品研究显然有其代表性。无论是单篇作品阐释还是全面系统论述，这些研究的最大贡献是对研究对象的总体把握和对相关文献的系统梳理，清晰地呈现出中国古代文学思想的脉络和观点，亦即古代文论中的一些颇具特色的思想和范畴。然而，若与前文论及的法国汉学大家的研究相比，德国的中国文论研究则细致有余、建树不多。

但要指出的是，一方面，面对一种别样的文化，亦即中国历史文化中别样的文学艺术及其哲学背景，西方学者的中国文论研究中有着大量介绍性文字，这既在于其研究对象的陌生性，也在于他们知道自己是在为西方读者撰述。另一方面，西方学者考察中国文论，或多或少会带着西方人的目光，也就是他们所熟知的自己的文学传统和理论，这就常能显现中西比较的倾向。正是这种视野的融合，时而能够见出独特的视角、分析乃至创见，或提出一些中国人不会问的问题。

第四章"中国文论在俄苏"，同样先从中国文学在俄国的早期传播和相关知识积累说起。而谈论俄罗斯汉学的历史，人们首先会想到喀山大学早在1837年就在东方系设立了汉语教研室，这在全世界都是很早的。人们还会想到俄国东正教驻北京使团。俄罗斯最早的关于中国的知识，除了译自欧洲文字的文献外，主要源自使团返俄成员，如1741年在彼得堡科学院开办汉语学习班的罗索欣（К. Иралион Россохин，1717—1761），或俄罗斯第一位汉语教授西韦洛夫（П. Дмитрий Сивиллов，1798—1871）及其沃依采霍夫斯基（П. Иосиф Войцеховский，1793—1850），他们利用汉文或满文翻译介绍了不少中国经典；包括后来编纂《中国文学史纲要》（1880）的王西里（В. Павлович Васильев，又译为瓦西里耶夫，1818—1900），也曾随东正教使团来过中国。20 世纪之前，俄罗斯不但有《中国文学史纲要》那样的里程碑之作，还有格奥尔吉耶夫斯基（М. Сергей Георгиевский，1851—1893）的专著《中国人的神话观念与神话》（1892），系统探索了中国古代神话。

以司空图《诗品》研究而开启俄罗斯研究中国文论之先河的阿列克谢耶夫（В. Михайлович Алексеев，1881—1951，中文名阿理克），无疑是推动俄罗斯之中国文论研究的关键人物。换言之，这位跨越帝俄和苏联两个时代的学者，是第一个致力于中国古典文论研究的俄罗斯汉学家。而他的具有开创意义的专著《司空图〈诗品〉译注研究》（1916），竟是其硕士学位论文，委实令人击掌！此外，他在这个领域还有其他值得称道的译介和研究，如陆机的《文赋》（翻译与研究）、钟嵘的《诗品》（翻译）等。他将自己钟爱的《诗品》与欧洲经典诗论相提并论，认为它能和贺拉斯（Quintus Horatius Flaccus，前 65—前 8）、布瓦洛（Nicolas Boileau Despréaux，1636—1711）的著作媲美。他还尝试将中国文论与西方诗学进行比较研究，这方面的代表性论文是《罗马人贺拉斯和中国人陆机论诗艺》（1944）和《法国人布瓦洛及其同时代中国人论诗艺》（1947），这在中西比较诗学领域的开拓性意义是显而易见的。另外，他的重要论文《论中国文学中"文"的定义和中国文学史家的任务》（1917），对推动俄罗斯的中国文论研究也具有开创意义。

《司空图〈诗品〉译注研究》这部整个欧洲汉学界较早的古文论研究专著，其重要意义还在于研究方法上的"创新"。《诗品》原文不过一千余字、寥寥数页，阿氏《诗品》研究著作却有 790 页之巨！给人夸张之感。这缘于其研究套路，即翻译和研究并举的著述模式。当然，这也是欧洲古典学研究的一种基本模式，阿氏将之挪入汉学研究。全书不但有评论、题解、翻译（直译，意译）、注释以及附录和词语索引，还介绍了《诗品》的不同版本、注家、仿作等，另将他多年收集的相关资料纳入其中，包括《诗品》英译本及阿氏点评，这便是此书厚度的由来。后来学者未必能有阿列克谢耶夫那样的治学之功，阿列克谢耶夫在汉学领域的研究范式及其开导性意义是毋庸置疑的。他的中国文论译作和研究，在欧洲也产生了深远影响，如前文论及的德国研究，即德邦论《沧浪诗话》、马汉茂论《李笠翁曲话》、傅熊论《诗品》，还有一些类似研究，大体上均属此类。

与整个西方研究中国文论的情形相仿，尽管俄国早先已有学者涉及中国的个别文论著述，甚至有《司空图〈诗品〉译注研究》那样的力作，但在 20 世纪上半叶，该领域研究依然是十年九不遇的状况。直到进入 20 世纪 50 年代以后，苏联的中国文论翻译和研究才出现前所未见的状况。阿列克谢耶夫的高徒费德林（Т. Николай Федоренко，1912—2000）除了发表专著《当代中国文学》（1953）和《中国文学》（1956）外，还与郭沫若合作主编四卷本俄译《中国诗歌选》（1957），并为此书撰写了三万言绪论，又在 1958 年出版专著《〈诗经〉及其在中国文学中的地位》。另外，克里夫佐夫（А. Владимир Кривцов，1921—1985）不但撰有《中世纪中国的美学观点》和《王充的美学观点》等论文，还于 1963 年以"公元前 6 世纪到公元 2 世纪的中国古代美学思想"为题通过其副博士论文。之后，波兹涅耶娃（Д. Любовь Позднеева，1908—1974）、波梅兰采娃（Е. Лариса Померанцева）、利谢维奇（С. Игорь Лисевич，1932—2000）、戈雷吉娜（И. Кирина Голыгина，1935—2004）、克拉夫佐娃（Е. Марина Кравцова）等汉学家，都在中国文论研究方面成就卓著。尤其是利谢维奇，他在中国文论的起源、传统中国诗学和古代文学思想的形成、魏晋南北朝的文学思想研究方面颇有建树。20 世纪 80 年代以来，无论是在苏联高等院校教材中，还是在苏联科学院领衔编纂的大型学术丛书《世界文学史》或六卷本《美学思想史》中，中国传统美学思想和文学理论已是必有之题。

第五章论述"意大利汉学界的中国文论研究"。如果从"传教士汉学"说起，意大利汉学是最古老的，却在后来逐渐被超越。"二战"以后，专业汉学才在意大利真正确立，从而又被归入欧洲最年轻的汉学行列。说到意大利的中国研究，人们想到的往往只是利玛窦（Matteo Ricci，1552—1610）之辈，很少关注后来的研究成果，这当然事出有因。意大利的汉学相对薄弱，长期默默无闻。就中国文论研究而言，意大利学者约在 20 世纪 60 年代才真正步入这个领域，白佐良（Giuliano Bertuccioli，1923—2001）和兰契奥蒂（Lionello Lanciotti，1925—2015）则是那个年代（有意无意）推动意大利之中国文论研究的关键人物。他们开风气之先的中国文学史纂以及一些单篇论文，均已旁及中国文论的内容，这是一个可喜的起点。20 世纪七八十年代，意大利汉学进入一个新时期，对中国的关注而引发的对中国文学的关注，也使汉学研究今非昔比。然而在文学研究领域，当时的意大利汉学家似乎只偏爱文学史命题，尤其对中国现代文学关注较多，如五四时期的白话文运动、新文学的发生和发展等，文论研究还未真正进入汉学家的视野。诚然，阐释鲁迅的《中国小说史略》、论述胡适的"八不主义"，都可能涉及文论话题，但那往往是附带的，缺乏深入查考。

另外，尽管意大利的中国文论研究与法国、德国、俄苏的研究状况有很大差距，但是姗姗来迟的文论研究还是登场了。其中最耀眼者，当为珊德拉（Alessandra Lavagnino）注译的刘勰《文心雕龙》，该书于 1995 年面世，这对意大利的中国文论研究来说，更显得非同凡响。除原典翻译外，珊德拉另有《刘勰及其文学创作模式》《研究中国古代 3 至 6 世纪的文学评论资料》《刘勰的"文学基石"：〈文心雕龙〉的翻译、引言和注释》《翻译〈文心雕龙〉的若干术语问题》等论文，彰显其专家本色。

新近意大利汉学引以为荣的是史华罗（Paolo Santangelo）倡导的"中国情感论"，被视为意大利研究中国文论和文学思想所形成的鲜明特色，得到国际汉学界的瞩目。史华罗的代表作是《中国之爱情——对中华帝国数百年来文学作品中爱情问题的研究》（1999），他的研究重点是钩稽和整理明清两代史料中有关情感和心态的文本，查考"情感"在中国社会中的意义与地位。从诸多国际学术研讨会来看，不少意大利学者或在其他国家从事研究的意大利裔学者，似乎颇受这一研究志趣的浸染，这在本书第五章的相关部分可以见出。无疑，采用跨学科方法综览文学和非文学文本，考证中国历史中的情感文化，实有其值得称道之处。然而对文论研究来说，中国文论本身在诸多研究中至多只是辅助材料，并非其实际研究兴趣所在。

外编"发明中国，抑或从中国美学中发明思想——朱利安关于中国美学的研究"，全面梳理和阐释朱利安的中国美学研究。他是对中国当代学术有着较大影响的哲学家和汉学家。围绕朱利安著作的各种争论，无疑为中国传统文化研究和中西思想比较研究提供了颇多启示。他的研究成果具有重要的理论和现实意义，可为中国学界提供一种外部视角，既可有效地激活思想，为弥补理论与实践的分裂拓展思路，亦可为中国古典人文学术研究提供一种跨越文化、超越单一学科体系的模式。这个专题研究注重文献比照与概念辨析，擘肌分理，唯务折中。同时，整个研究以分析见长，颇有新意。现将"外编"内容归纳如下。

该文以全球化语境下中欧之间的思想交流和文化对话为背景，以中国古代美学思想的现代诠释为进路，深入考察了朱利安中国古典美学研究所涉及的主要议题。该研究在全面梳理国内外已有研究成果的基础上，把朱利安的汉学研究主题概括为诗学或美学问题、意义策略问题、效率问题、道德问题以及哲学本身的问题，进而选择六个核心观念（淡、势、迂回、不可能的裸体、大象无形、间），系统论述其问题由来、方法、论证策略及思想意义，具有较重要的理论价值。

与儒释道皆有渊源的"淡"，是中国各种古典艺术共同的审美理想。淡，是"道"之味、水之味。它具有抗拒现实化断裂的倾向，表征着一种全面性经验。它还可以作为一种审美调节机制发挥作用。"势"，跨越动静二元对立，具有拆解西方范畴体系的工具潜能。凭借造势，中国艺术从技艺操作层直接延伸入精神超越层。"迂回"涉及意义的微妙性；政治外交与历史书写中的迂回，发生在诗与意识形态之间，事实与判断之间；在古典诗学中，迂回（兴）有意无意地发于情景之间，生成隐喻的距离，达成言有尽而意无穷的审美效果。究其根底，对言语的不信任态度——言不尽意——导致迂回的发生。

朱利安用迂回的策略思考"不可能的裸体",即从裸体在西方的在场思考其在中国的缺席,在裸体缺席背后,挖掘出形式和理想的缺席、艺术再现论和哲学本体论的缺席。《本质或裸体》可作为《大象无形》的序曲。在《大象无形》中,朱利安延续海德格尔开启的本源之思,同时思考西方当代艺术遭遇的表征危机。他试图从中国古典画论中清理出一条"去本体论"(de-ontology)之路,因为中国绘画具有本源性意味,画的是介于形神之间的大象无形,是无法对象化的对象,是"写意"(抽象)而非"绘画"。用道家悖论性的表述方式,可称之为"不画之画(depic-tion)"。基于逻各斯与道的分歧,西方画与中国画呈现出一系列差异。

朱利安几乎所有研究都指向"之间",且在充分"用间"。"间"既是思想工具,也是对话可能发生的场地。为了思想的便利,朱利安的著述具有蒙太奇式的效果。有学者指责他的汉学研究太过主观而缺乏可信度,甚至会引发文化间的误解。因此,我们不能将他笔下的中国视为真实的中国或具有内在一致性的中国。他的研究不以中国为目的,而以思想为目的。他围绕中国的所有思考,皆在发明中国,或用中国经典激发思想。

在本课题的研究过程中,项目组成员或多或少学到了一些东西,这是一个边学边做的过程。时常觉得做得很累,并非全是力不从心之感,有时深感"巧妇难为无米之炊",中国文论研究毕竟是西方汉学中一个起步很晚的弱项。这有客观原因,也有主观因素:中国古代文论相对薄弱,远不如其他文类那么丰富;并且,除《文心雕龙》外,成体系的文论著述难得一见,也就是缺乏系统理论。加之文论的体例驳杂,文本时常艰涩,常令人望而却步,何况外国人多少还有语言问题,敢于涉足其间者不多,成果自然有限。

然而,项目参与者都做了很大努力,尽量挖掘有用的文献,梳理和提炼相关资料。能够做成现在这样,当为努力的结果。因此,我想在此对所有撰稿者表示真诚的谢意。作为本书主编,本人撰写的文字以及相关章节的翻译近十万字。另外,为了使本书能在内容和行文上形成一个有机整体,我对全书做了统稿,对有些章节或翻译文字,做了较多修改。

尚有不尽人意之处，由我承担责任。最后，我要特别感谢我的学生熊忭，他的硕士和博士学业几乎陪伴了这个项目的全程，他不但做了许多项目杂事，还在统稿时查证了许多缺漏的资料，整理了全书文章的注释，并做了书后的中西文人名对照表。

本书各章节撰稿人如下：

雷乔治（Georg Lehner），第一章"19 世纪欧洲对中国文学的基本认识（以百科全书和德语区相关研究为中心）"（方维规译）；

金丝燕，第二章"中国文论在法国"第一节"文学中国在法国（16 世纪至 19 世纪）"；

罗仕龙，第二章第二节"从 19 世纪到 20 世纪初的法国中国文论"；

萧盈盈，第二章第三节"20 世纪法国汉学的文学和文论研究转向"；

方维规，第三章"德国的中国文论研究"（除第六节外）；

熊忭，第三章第六节"卜松山与《中国的美学和文学理论》"；

柳若梅，第四章"中国文论在俄苏"；

李蕊（Lavinia Benedetti），第五章"意大利汉学界的中国文论研究"；

秦晓伟，外编"发明中国，抑或从中国美学中发明思想——朱利安关于中国美学的研究"。

方维规
2016 年冬

目　录

第一章　19 世纪欧洲对中国文学的基本认识
（以百科全书和德语区相关研究为中心）

一、19 世纪欧洲百科全书中的中国文学

（一）引言

有关中国语言文字以及中国书籍的最早信息是在 16 世纪中期以后传入欧洲的。欧洲对中国文学的接受，则始于 17 世纪末、18 世纪初，也就是在最早的拉丁语译文刊行之后。本文所谓文学，均为"四部"之书。《中国贤哲孔子》（*Confucius Sinarum Philosophus*，1687）出版之后，即刻引起欧洲人对中国哲学的广泛接受。[①] 杜赫德（Jean-Baptiste du Halde，1674—1743）在其《中华帝国通志》（*Description … de l'Empire chinois*，

---

① 这部由柏应理（Philippe Couplet，1623—1693）在巴黎以拉丁文出版的著作，包括柏应理"序言"，殷铎泽（Prospero Intorcetta，1625—1696）撰《孔子传》，以及 17 位耶稣会传教士合译的《大学》《中庸》和《论语》。参见［德］克恩：《中国哲学在欧洲的介绍》，见［德］朔宾格：《欧洲哲学史概论》，第 1 卷；《17 世纪哲学》，第 1 卷；《一般论题，伊比利亚半岛，意大利》，225～295 页，巴塞尔，1998（Iso Kern, *Die Vermittlung chinesischer Philosophie in Europa*, in *Grundriss der Geschichte der Philosophie in Europa*, in Jean-Pierre Schobinger（Hg.）, *Grundriss der Geschichte der Philosophie*, begründet von Friedrich Ueberweg, völlig neubearbeitete Ausgabe, 1 Bd.; *Die Philosophie des 17. Jahrhunderts*, Bd.1: *Allgemeine Themen-Iberische Halbinsel-Italien*, Basel, 1998, pp. 225-295）。

1735，又译为《中华帝国及其鞑靼地区地理、历史、编年、政治、自然之描述》)中刊印了马若瑟(Joseph de Prémare，1666—1736)译元杂剧《赵氏孤儿》，该作后来是以伏尔泰改编的《中国孤儿》(*L'Orphelin de la Chine*，1755)而享誉西土的。① 第一部被译成欧洲语言的中国小说是《好逑传》，据说这部小说最早是一个英国商人在广州着手翻译的，时间是 18 世纪初，后来由珀西(Thomas Percy，1729—1811)修订出版。纽伦堡博学家穆尔(Christoph G. Murr，1733—1811)又将该作从英文转译成德文，并在 1766 年刊行于莱比锡；1766 年另有一个法文译本问世。②

卫匡国(Martino Martini，1614—1661)的《中国上古史》(*Sinicae Historiae Decas Prima*，1658)，让欧洲人了解到中国丰富的历史编纂学传统。德金(Joseph de Guignes，1721—1800)主要根据《文献通考》撰写的《中国文献要义》，记述了中国史纂概貌。③ 冯秉正(Moyriac de Mailla，1669—1748)译《通鉴纲目》，并补写宋至清初的历史，合为《中国通史》十二卷，刊行于 1777 年至 1785 年，得到欧洲人的广泛接受。④

欧洲初识中国文学，以及后来对中国文学的进一步认识，亦见之于一些普及知识的书籍，比如百科全书和大型辞书，还有 19 世纪以降的百科类书。它们起初面向学者，属于书斋知识，后来则面向受过教育的人

---

① 论欧洲对《中国孤儿》的早期改编，参见［法］高第(Henri Cordier)：《西人汉学书目》(*Bibliotheca Sinica*)，第 1787～1789 栏。

② 参见［德］吉姆：《嘎伯冷兹与中国小说〈金瓶梅〉的翻译》，45～46 页，注 88，威斯巴登，Harrassowitz，2005(Martin Gimm，*Hans Conon von der Gabelentz und die Übersetzung des chinesischen Romans Jin Ping Mei*，Sinologica Coloniensia 24，Wiesbaden：Harrassowitz，2005，pp. 45-46，Anm. 88)。

③ ［法］德金：《中国文献要义》，见《皇家铭文与语言文学科学院史》，190～238 页，1774(Joseph de Guignes，*Idée de la littérature chinoise en général，et particulièrement des historiens et de l'étude de l'histoire à la Chine*，in *Histoire de l'Académie Royale des Inscriptions et Belles-Lettres，avec les Mémoires de Littérature tirés des Registres de cette Académie depuis l'année M. DCCLXIX*，tom. 36，Paris：Imprimerie royale，1774，pp. 190-238)。

④ 关于这些译作对欧洲了解中国古代历史的意义，参见［英］鲁惟一、［美］夏含夷：《剑桥中国古代史》，2 页，剑桥，剑桥大学出版社，1999［Michael Loewe，Edward L. Shaughnessy (Eds.)，*The Cambridge History of Ancient China. From the Origins of Civilization to 221 B. C.*，Cambridge：Cambridge University Press，1999］。

或曰知识阶层。18—19世纪的那些对后世产生深远影响的百科全书类的工具书，发展源于法国、英国和德国这些语区，因此，本研究仅考察这三个语区的百科全书。

法文、英文和德文百科全书不同程度地介绍了中国文学知识。法语和德语百科全书中的相关条目为"中国文学"，而英语百科全书一般是在"中国"条目中记述中国文学，这与英语百科全书的编排法有关，它在每个条目下设有分类详解。在本文所考察的时期内，三个语区对中国文学知识的不同记述和介绍，同其研究中国文学的不同力度关系不大。

(二)中国文学的意义和规模：总体评估

尽管19世纪有许多欧洲学者研究中国文学，但是中国文学对欧洲读者的影响却很有限。19世纪80年代末，迈尔(Joseph Meyer，1796—1856)主编的《教育阶层百科全书》(*Conversations-Lexikon für die gebildeten Stände*)第四版中写道："我们对中国文学的认识依然处在初级阶段。我们的文化建立在希腊—罗马和希伯来文化的基础上，印度人和波斯人同我们有着亲缘关系；我们与阿拉伯人早在中世纪就有精神交往，其影响一直延续至今。相反，中国艺术和知识从其发端到最新发展，对欧洲精神养成来说完全是陌生的。其崇拜者的圈子如此狭小，实在不用诧为奇事。"[1]

各种百科全书对中国古籍的数量均予以足够的重视。在埃施(Johann S. Ersch，1766—1828)和格鲁贝尔(Johann G. Gruber，1774—1851)开创的《科学与艺术大百科全书》(*Allgemeine Encyklopädie der Wissenschaften und Künste*)中，汉学家肖特(Wilhelm Schott，1802—1889)在其撰写的条目中指出，欧洲对中国的成见，制约了对中国语言和文学的研究，因此只有很少的学者从事中国文学研究，"不足为奇，至今只有很

---

① [德]迈尔：《教育阶层百科全书》，4版，第4卷，30页，"中国语言、文字和文学"，维也纳、莱比锡，1886。

小一部分中国文学得到我们应有的重视，我们甚至不了解其整体概貌"①。

《布洛克豪思》(*Brockhaus*)大百科全书第七版中写道："中国人的文学卷帙浩繁。"②在皮尔勒(Heinrich A. Pierer，1794—1850)开创的《皮尔勒大百科词典》(*Pierers Universal-Lexikon*)第二版(1841)中，汉学家嘎伯冷兹(Hans Conon von der Gabelentz，1807—1874)与他的朋友、该百科词典后来的主编勒贝(Julius Löbe，1805—1900)共同撰写了"中国文学"条目，指出："中国文学是一个古老的文学；与其他亚洲文学相比，它是非常丰富的。"《布洛克豪思》第九版(1843)、迈尔《教育阶层百科全书》首创版(1845)，以及拉鲁斯(Pierre A. Larousse，1817—1875)主持编修的《拉鲁斯百科全书》，都称中国文学"无疑是东方最广博的"。③

波蒂埃(Guillaume Pauthier，1801—1873)为《世界人物百科全书》(*Encyclopédie des gens du monde*)所写条目"翰林"、毕欧(Edouard Biot，1803—1850)为《19世纪百科全书》(*Encyclopédie du dix-neuvième siècle*)所写的中国语言文学条目，以及迈尔《教育阶层百科全书》首创版中无名氏撰写的"中国语言、文字和文学"条目，都试图用数据来说明问题。这几部百科全书还记述了乾隆时期的官修图书工程。根据乾隆谕旨纂修的《四库全书总目》或116卷，或122卷，卷数不等缘于不同刻版。④

当时欧洲对中国文学的研究，完全依托于欧洲图书馆馆藏的中国书籍。《皮尔勒大百科词典》第二版中这样写道："欧洲对中国文学的认识，只局限于图书馆中不多的一些中国书籍，尤其是巴黎、柏林和慕尼黑图

---

① ［德］埃施、［德］格鲁贝尔主编：《科学与艺术大百科全书》，1编，第16卷，369页，1827；肖特著"中国文学"；另见《爱丁堡百科全书》，第6卷，276页："欧洲的中国文学知识依然所知无几。"

② 《布洛克豪思》，7版，第2卷，630页。

③ ［德］迈尔：《教育阶层百科全书》，第1卷，7页，2页，338页，1845("中国文学")。另见《维甘德百科全书》，第3卷，310页，1847："在整个东方，中国文学无疑是最丰富的，也是地域、种族和历史意义上最重要的。"这些文字亦见《布洛克豪思》，14版，第4卷，225页，1894："中国语言、文字和文学"。另参见［法］拉鲁斯：《19世纪大百科全书》(*Grand Dictionnaire Universel du XIXe siècle*)，第4卷，131页，第3栏："中国"，1869。

④ ［法］拉鲁斯：《19世纪大百科全书》，第7卷，1845；［德］迈尔：《教育阶层百科全书》，第7卷，第2部分，335～342页，1845。

书馆所藏之书。"①最早在16世纪进入欧洲的中国卷帙,主要去向是梵蒂冈图书馆和西班牙埃斯科里亚尔图书馆。这些书籍原先纯属欧洲近代早期的好奇之物,学究的好奇。18世纪以降的百科全书在论及欧洲的中国典籍时也会说到这种学究的好奇,并一再提及17世纪末从中国运至巴黎的49册书籍。②

(三)百科全书所记述的中国文学著作

直至19世纪20年代,百科全书涉及的中国文学著作,基本上囿于四书五经。《爱丁堡百科全书》(*Edinburgh Encyclopaedia*,1808/1830)认为,傅尔蒙(Etienne Fourmont,1683—1745)发表于1737年的巴黎《皇家图书馆汉籍书录》,以及上文提及的德金《中国文献要义》,是详细了解中国文学的重要参考材料。③

随着汉语言文学研究逐渐专业化,这种状况发生了根本性变化。柯恒儒(Julius Klaproth,1783—1835)编制的《柏林皇家图书馆中文、满文书籍索引》(*Verzeichniss der chinesischen und mandshuischen Bücher der Königlichen Bibliothek zu Berlin*,1822,后文简称为《书籍索引》)、雷慕沙(Jean-Pierre Abel-Rémusat,1788—1832)撰写的《亚洲札记》(*Mélanges Asiatiques*,1825/1826),以及马礼逊(Robert Morrison,1782—1834)著《中国杂录》(*Chinese Miscellany*,1825),使得后来百科全书中论述中国文学的相关段落,总共可以罗列约190部中国文学著作,其中包括"经典"文本。若是算上其他一些(下文将要谈到的)作为参考资料而被援引的文献,被提及的中文著作书名已经200个有余。

肖特依托于柯恒儒的《书籍索引》而为《科学与艺术大百科全书》撰写的条目,提供了一个中国文学综览,从古代经典到历史、舆地、诗歌、

---

① 《皮尔勒大百科词典》,2版,第6卷,448页,1841。

② 1697年5月,耶稣会士白晋(Joachim Bouvet,1656—1730)从中国回到巴黎,自称是康熙皇帝的特使,将随身携带的49册中国书籍作为康熙皇帝的礼物送给法王路易十四。参见《德国百科全书》,第3卷,666页,1780(*Deutsche Encyclopädie*,3,1780)。

③ 《爱丁堡百科全书》,第6卷,277页,注释。

小说、辞书以及"某种形式的混合文献、类书和杂书"①，这在德语百科全书中还是第一次。肖特关于中国语言、文字和文学的百科全书条目又在 15 年后被译成法语，收入《天主教百科全书》（*Encyclopédie Catholique*）。②

对早期《布洛克豪思》不同版本的比较，可以让人看到与中国文学有关的条目在篇幅和质量上的显著提高。在第四版至第七版中，"中国语言、文字和文学"条目的信息相当有限。③ 比如，第七版的相关条目只有17 行字，除《书经》外，只提及《通鉴纲目》《大清律例》，乾隆皇帝的"沈阳颂歌"《盛京赋》（1743）④，以及《禹碑》。另外还专门提及《京报》："北京每周出版一份写在绸缎上的规格非凡的报纸，可被视为中华帝国的年鉴；皇帝时常亲自审阅。"⑤

《布洛克豪思》1833 年开始刊行的第八版，不再单独设立"中国文学"条目，这一内容包含在"中国"条目之中，且与《布洛克豪思》中的其他条目一样，不标明作者姓名。"中国"条目共有 57 行字，也就是刚好超过一页（这个版本每页 53 行）。与第七版不同，第八版罗列了四书五经的所有书名，另外还提到当时能够见到的汉语书籍的欧洲语言译本。史书部分中能够见到司马迁的《史记》、司马贞的《史记索隐》，以及司马光的《资治

① ［德］埃施、［德］格鲁贝尔主编：《科学与艺术大百科全书》，1 编，第 16 卷，369～374 页，1827；肖特著"中国文学"。

② ［奥］雷乔治：《欧洲的中国知识：体现于百科全书的法德文化传输（1750—1850）》，载《国际日耳曼学评论》，2008（7）。（Georg Lehner, "Le savoir de l'Europe sur la Chine: transferts culturels franco-allemands au miroir des encyclopédies (1750—1850)", in *Revue Germanique Internationale* 7, 2008）

③ 《布洛克豪思》，4 版，第 2 卷，489～491 页，1817；5 版，第 2 卷，540～541 页，1820；6 版，第 2 卷，503～504 页，1824；7 版，第 2 卷，629～630 页，1827："中国语言、文字和文学"。

④ 参见［美］艾略特：《鞑靼的局限：帝国地域和国族地域中的满洲里》，载《亚洲研究杂志》，2000（8），603～646 页，尤其参见 614～617 页（Mark C. Elliott, "The Limits of Tartary: Manchuria in Imperial and National Geographies", in *Journal of Asian Studies* 59, 3, Aug., 2000）。

⑤ 《布洛克豪思》，7 版，第 2 卷，630 页，1827。

通鉴》和马端临的《文献通考》。哲学著作中提到《孝经》和《道德经》。天文学、生物学、数学和医学书册被列入"重要"文献。总括性的文字述及"汉语、满文和其他文字"的"多卷本"百科全书、百科词典和文法书。关于中国戏剧和小说，文中只提及当时已有译本的作品。或许借鉴了雷慕沙的《亚洲札记》，该条目最后指出："许多印度著作也被译成汉语，主要是为佛教徒而翻译的。"①

19世纪40年代的德语百科全书，如《皮尔勒大百科词典》第二版②，《布洛克豪思》第九版③、迈尔《教育阶层百科全书》首创版④，它们对中国文学的介绍要比那个时期的英语和法语百科全书更为详尽。这一发展是从《皮尔勒大百科词典》第二版的"中国文学"条目开始的。语言学家嘎伯冷兹和勒贝共同撰写的条目，对《布洛克豪思》第九版和迈尔《教育阶层百科全书》首创版来说具有示范意义。他们必须正视雷慕沙所说的事实，即"不能按照欧洲准则来排列中国文学著作"。⑤

嘎伯冷兹和勒贝将整个中国文学分成如下类别：(A)甲级经典著作；(B)乙级经典著作；(C)其他一些哲学、宗教和伦理著作，包括佛教和基督教著作；(D)辞书和语言类著作；(E)诗歌文学；(F)小说文学；(G)历史小说；(H)市井小说；(I)戏剧文学；(J)舆地志和民族志；(K)纪行；(L)法典；(M)统计书；(N)史籍；(O)邻国史籍；(P)年表；(Q)钱币志；(R)自然史籍；(S)医书；(T)数学书；(U)天文志；(V)艺术、工艺等书；(W)类书和汇编；(X)文学史；(Y)选集；(Z)童蒙读物(其中提及《三字经》和《千字文》)。这种划分似乎经受了考验，17年后的《皮尔勒大百科词典》第四版对此几乎未作改动，只是将"邻国史籍"和"年表"归入"史籍"。

德国的这种中国文学划分形式，终究属于欧洲的划分体系。与之相

---

① 《布洛克豪思》，8版，第2卷，604～616页；"中国"，612～613页，1833。
② 《皮尔勒大百科词典》，2版，第6卷，448～454页，1841。
③ 《布洛克豪思》，9版，第3卷，395～400页；"中国语言、文字和文学"，1843。
④ [德]迈尔：《教育阶层百科全书》，第2卷，335～342页，1845。
⑤ 《皮尔勒大百科词典》，2版，第2卷，448页，1841。

反，毕欧的《19 世纪百科全书》则严格按照中国传统的"四部"进行划分。①
出版家维甘德（Otto Wigand）主持编修的《维甘德百科全书》（*Wigand's
Conversations-Lexikon*）中的"中国语言和文学"条目对中国文学著作的划
分，远比布洛克豪思、皮尔勒和迈尔的划分更实用。而 1869 年开始刊行
的拉鲁斯《19 世纪大百科全书》中的"中国"条目所提及的中国著作，其数
量超过了 19 世纪 40 年代德语百科全书中的中国书籍。②

（四）欧洲对中国"严肃文学"的基本认识

迈尔《教育阶层百科全书》首创版对中国"严肃文学"做出如下毁灭性
的断语："至于严肃文学，或许没有哪一个东方民族能够拿出比中国人更
多的作品，尽管也没有哪个民族像中国人那样缺乏诗性天赋。他们早熟
而刻板，缺少诗性创造所需要的清新才气。"③

这一评价缘于欧洲对中国文学史知识的缺乏。拉鲁斯《19 世纪大百
科全书》声称，尽管中国人也有大量文学史著作，但这（在欧洲人眼里）是
远远不够的；除了些许作品评述外，它们主要是著作编目。在该条目中国
文学部分的末尾，我们甚至可以见到如下武断结论：中国文学史著作
还未问世。这一方向的唯一（但也不尽人意的）尝试，是肖特撰写的《中国
文学论纲》（*Entwurf einer beschreibung der chinesischen literatur*，柏林，
1854）。④《大英百科全书》（*Encyclopædia Britannica*）第十一版中依然写
着，汉文中还没有一部中国文学史。⑤

（五）中国诗

在雷斯（Abraham Rees，1743—1825）于 1802 年至 1820 年主持编修
的《百科全书》（*Cyclopædia*）中，Versification（诗律，诗法）条目亦观照了

---

① 《19 世纪百科全书》，第 7 卷，477 页，1845。
② ［法］拉鲁斯：《19 世纪大百科全书》，第 4 卷，131～133 页，1869。
③ ［德］迈尔：《教育阶层百科全书》，第 1 卷，341 页，1845。
④ ［法］拉鲁斯：《19 世纪大百科全书》，第 4 卷，133 页，第 2 栏，1869。
⑤ 《大英百科全书》，11 版，第 6 卷，222 页，1910。

中国诗的缘起。伏羲做过捕鱼诗("on the piscatorial art"),神农则在其诗作中描写了土地的丰腴。古代的一种普遍现象亦见之于中国:秉政者/立法者也是吟诗者。中国人的宗教、政治和伦理思想很早就体现在诗歌之中。这一传统一直延续到少昊。该条目接着写道:后来,统领和歌者的功能分离了。直到孔夫子出现,中国又有了歌者。①《爱丁堡百科全书》对中国诗着墨较多,并同样探讨了中国诗的起源。就"诗"这个字的组合而言,它表示"寺庙之言"("words of the temple"),让人揣想这个文学体裁的神性起源("divine origin"),尤其是其祭祀("for sacred uses")之用。该条目作者还指出,中国士大夫对诗的评价并不高,只视之为一种消闲形式。严格地说,汉语中没有真正意义上的诗:"它只是倚重类比,指称一种特定形式的文学创作。"②《爱丁堡百科全书》"中国"条目中的例证,取自巴罗(John Barrow,1764—1848)的《中国之旅》(*Travels in China*,1804)。另外,该条目还提及乾隆皇帝的写诗抱负:韦斯顿(Stephen Weston,1747—1830)发表于1810年的英译乾隆诗《征服苗子》(The Conquest of the Miao-tse),一首沏茶诗,以及《盛京赋》。③

关于《盛京赋》的文字,早在1773年就见于欧洲百科全书。德菲利斯(Fortunato de Felice,1723—1789)在瑞士伊弗东刊行的《百科全书》(*Encyclopédie*)中,已有"赋"的条目:"赋"是中国诗中的一个门类,格调庄重而高尚。德金于1770年在巴黎发表译作《颂歌》(*Éloge*),将"赋"这一诗的形式介绍到欧洲,并认为中国的"赋"能与品达(Pindar,约前522—前438)的颂歌媲美。在瑞士伊弗东刊行的《百科全书》认为,时人还可进行更多比较,比如,腓特烈大帝(Friedrich der Große,1712—

---

① [英]雷斯编:《百科全书》,XXXVII辑,L2v("Versification")。
② 《爱丁堡百科全书》,第6卷,277页。
③ 参见《爱丁堡百科全书》,第6卷,277页。关于《盛京赋》,参见同一条目的注释,以及《爱丁堡百科全书》中的相关条目:韦斯顿的《征服苗子》(伦敦:Baldwin,1810);另参见高第编撰的《西人汉学书目》,第1791栏。

1786)的《普鲁士颂》，中国人会视之为"赋"。①

　　迈尔《教育阶层百科全书》中写道，乾隆皇帝被看作"近代最出色的诗人之一"。②《维甘德百科全书》中国文学条目的作者埃里森（Adolf Ellissen，1815—1872）也盛赞乾隆的文学成就："新近最受欢迎的诗人之一［……］是著名的乾隆皇帝（1735—1795），他是当政清朝的第四任君主，诗集有 14 卷之多。他的茶歌，他赞美沈阳山水的《盛京赋》（沈阳，满文音为谋克敦/Mukden，是满人先祖位于辽东的古都），他颂扬清将班弟、兆惠、富德征服厄鲁特—卡尔梅克叛军，平定准噶尔（1754—1757）的诗作，他于 1785年为京城乾清宫举行的'千叟宴'写下的诗行，由钱德明（Joseph-Marie Amiot，1718—1793）介绍到欧洲，然而译笔蹩脚，前两首诗刊载于一部专集（1770），后两首诗收入其编著的《北京传教士关于中国历史、科学、艺术、风俗习惯录》。"③

　　在埃施、格鲁贝尔《科学与艺术大百科全书》中，肖特关于"中国文学"的文字极为简略："中国人的诗亦见之于各种古代典籍，不乏非常古老而卓越的作品。之后，中国有过许多擅长作诗和育人的诗人，甚至还有小说家和戏曲家。"④毕欧为《19 世纪百科全书》所写的条目与迈尔《教育阶层百科全书》首创版中的"中国语言、文字和文学"条目，都具体介绍了中国诗："中国诗艺术的主要规则，有时押韵有序，有时交替押韵。古时韵律无常，后来出现的押韵规则，体现于五字句或七字句的音调。"⑤

　　迈尔《教育阶层百科全书》中这样写道："古诗似乎常见四行诗节，每行四字；现在每行五字或七字最为常见；韵律非常随意。表达之美完全取决于选字；字能恰好切合思想，便是美之极点。因此，中国人主要是

---

　　①　伊弗东：《百科全书》（*Encyclopédie*，Yverdon-Ausgabe），20 辑，303～304 页，1773。——关于可以追溯到《文选》（公元 5 世纪）的中国"京城颂歌"传统，参见［美］艾略特：《鞑靼的局限：帝国地域和国族地域中的满洲里》，615 页。

　　②　［德］迈尔：《教育阶层百科全书》，第 1 卷，341 页；"中国语言、文字和文学"，1845。

　　③　《维甘德百科全书》，第 3 卷，316 页，1847。

　　④　［德］埃施、［德］格鲁贝尔主编：《科学与艺术大百科全书》，1 编，第 16 卷，372页，1827；肖特著"中国文学"。

　　⑤　《19 世纪百科全书》，第 7 卷，480 页，1845。

为眼作诗,而非为耳。"①几年之后,欧洲人对中国诗的一些基本规则的认识大为提高。《布洛克豪思》第十一版中写道:

　　古代民间诗歌之简单的押韵艺术,已经不够用了,人们开始在单个诗行中用韵,并且做出多种交叉押韵。现在的诗行通常由五字或七字组成。"和谐"(韵)规则在唐代形成,一句诗行中的有些字必须同另一句诗行中的有些字保持特定的关系。一句诗行的含义不能同另一句诗行的含义重叠。严格意义上的诗,其主旨不会超出教诲的、描述的、婉约的、讽刺的范畴。②

　　嘎伯冷兹和勒贝在《皮尔勒大百科词典》第二版中提及《全唐诗》,称这部康熙皇帝谕旨编修的唐诗总集中出现的诗人"是评价后世诗歌的准绳"③。《布洛克豪思》第九版极为粗略地论及中国诗,指出诗歌在中国"未被忽略",其"大量卷帙"将会"逐渐被西方认识"。该版还提及李白和杜甫。④ 而在第十四版中,二者不仅被称作"诗杰"⑤,而且还各有专门条目。《维甘德百科全书》对中国诗做了较为详细的评述:"在中国浩繁的诗歌文学中,《诗经》之后享有盛誉的是李白和杜甫的诗作。唐第七代皇帝肃宗时期是李白诗歌创作的鼎盛期,他死于代宗时期,也就是 763 年,或如民间传说,李白骑鲸归天。年岁稍小的著名诗人杜甫应举不第,然而诗艺精湛,亦死于代宗时期,即 770 年。享誉中国的还有诗文总集《昭明文选》,选录了先秦至南朝梁代的诗文辞赋。遐迩闻名的《全唐诗》收录了繁荣昌盛的唐朝(618—907)诗歌作品,其中一些诗歌已经通过翻译在

---

　　①　[德]迈尔:《教育阶层百科全书》,第 1 卷,341 页,1845:"中国语言、文字和文学"。

　　②　《布洛克豪思》,11 版,第 4 卷,436 页:"中国语言、文字和文学",1865;亦见《布洛克豪思》14 版,第 4 卷,228 页:"中国语言、文字和文学",1894。

　　③　《皮尔勒大百科词典》,2 版,第 6 卷,450 页,1841。

　　④　《布洛克豪思》,9 版,第 3 卷,399 页,1843。

　　⑤　《布洛克豪思》,14 版,第 4 卷,228 页:"中国语言、文字和文学",1894。

我们这里流传。"该条目最后介绍了《全唐诗》序言的内容，并提及另外一些中国诗人的名字，如柳宗元(773—819)、苏轼(1037—1101)、黄庭坚(1045—1105)等。①

《布洛克豪思》第十四版中关于"中国语言、文字和文学"的条目，还涉及欧洲对中国诗的研究："几乎所有时代都有中国诗的里程碑，即便欧洲对此所知不多。"②在这一条目中，中国诗的发展也被理解为原初形式的流失：

> 在这些诗的本真的原生性与后世理智的、生硬的艺术之间横着一条鸿沟。古老的、更多民歌性质的诗所具有的那种简朴的韵律艺术，不再令人满意。人们开始在单个诗行中不断交叉韵律，当然，这已经多少见之于《诗经》中的某些颂辞(颂)。③

(六)中国小说

1830 年前后，德国读者对中国小说越来越感兴趣，不同的工具书也提及这种状况。《最新时代与文学百科全书》(*Conversations-Lexikon der neuesten Zeit und Literatur*)中的"中国文学"条目的佚名作者提及这一发展的背景：

> 德国读者近期对中国小说的关注，并不像对待其他东方文学那样缘于语言兴趣，至少在我们这里不是如此；对于中国的那些迷人的小说，至今还没有一部德语翻译作品，即根据原文或依托于东方语言研究翻译出来的作品。迄今，我们仅出于对题材和事物的兴趣，

---

① 《维甘德百科全书》，第 3 卷，314～315 页，1847。
② 《布洛克豪思》，14 版，第 4 卷，228 页："中国语言、文字和文学"，1894。
③ 《布洛克豪思》，14 版，第 4 卷，228 页："中国语言、文字和文学"，1894。

接触那些基于原文的法语和英语译文，然后进行转译。①

雷慕沙将中国小说《玉娇梨》译成法文，其译者导言中的相关文字，无疑是时人了解中国小说的基础。除了论述各种小说题材外，该文还涉及中国小说的结构："中国人的小说，部分是叙事体，部分是诗体，有些则从头到尾是对话体，完全如同剧本。[……]小说各章称为'回'。"②

《布洛克豪思》第九版对汉语小说的文学意义和价值做出如下判断："各种小说[……]多半诗意贫乏，呈现的都是些最平常的生活关系，尽管如此，它们忠实而形象地描写出人民的所有感受、思想和行为方式，极为生动地把我们带进家庭生活，这是观察细腻的游客也无法觅见的东西。"③《布洛克豪思》在以后的一些版本中指出，中国小说的文化史意义超过文学意义。④

皮尔勒、布洛克豪思、迈尔等百科全书指出，在中国人自己眼里，"有些小说高于其他所有小说"。《布洛克豪思》提及"四大奇书"，"四部很厚的小说，但还不很有名"。接着，该条目提及《十才子书》："写得很通俗，里面还有上述有些小说的节选。"《布洛克豪思》和迈尔《教育阶层百科全书》对《今古奇观》和《龙图公案》中的一些短篇小说的评价是"诗性极浓，非常典雅"⑤。《皮尔勒大百科词典》第二版对中国小说的划分更细一些，"四大奇书"被称作"历史小说"，《十才子书》则为"市井小说"。⑥

《布洛克豪思》第十四版中指出，肖特进一步将中国小说分成三类：历史小说、幻想小说、市井小说。他把《三国志》和《水浒传》归入"历史小说"。

---

① 《最新时代与文学百科全书》，第 1 卷，413～415 页："中国小说"；此处引自413 页。

② 《最新时代与文学百科全书》，第 1 卷，415 页。

③ 《布洛克豪思》，9 版，第 3 卷，399 页，1843。类似观点亦参见[德]迈尔：《教育阶层百科全书》，第 1 卷，342 页，1845。

④ 《布洛克豪思》，11 版，第 4 卷，436 页："中国语言、文字和文学"，1865。

⑤ 《布洛克豪思》，9 版，第 3 卷，398～399 页，1843；[德]迈尔：《教育阶层百科全书》，第 1 卷，342 页，1845。

⑥ 《皮尔勒大百科词典》，2 版，第 6 卷，650 页，1841。

"幻想小说"讲述"神异鬼怪故事及其对人的命运的影响",儒莲（Stanislas Julien，1797—1873)1834 年以《白与蓝，或两个蛇仙》(*Blanche et Bleue，ou les deux couleuvres fées*)之名译成法语的《白蛇传》就属于这一类。关于第三种类型的小说，《布洛克豪思》中写道："市井小说或家庭小说比其他类型的小说客观得多，忠实地呈现出中国人特性的正反两面，以及这个国家的公共生活和家庭生活。"除《好逑传》和《玉娇梨》之外，《平山冷燕》亦属这类。①同《布洛克豪思》第十四版相仿，数年之前的迈尔《教育阶层百科全书》第四版也记述了中国小说，并在"市井小说"名下提及另一部小说：

　　《金瓶梅》讲述一个富有的好色之徒的故事，它其实不是一部完整的小说，而是一段编造的生平。若是完全可译的话，那简直是一部中国生活的百科全书。作者肯定是个少有的天才：细腻而深刻的性格刻画，对各色各样的社会圈子和人生知识之逼真的描写，令人折服的、高超的笑话，间或透着确实感人的诗意和闲情逸致。然而，除了不少冗长的段落，该作有一个不折不扣的癖好(这会阻碍这部作品之欧洲译本的出版)，即不知廉耻地、赤裸裸地描写那最肮脏的东西。所有这些都使这部作品不同凡响。②

　　德语百科全书简述了有关小说的内容，而拉鲁斯主编的 1869 年版

————————

　　①　《布洛克豪思》，11 版，第 4 卷，437 页，1865；《布洛克豪思》，14 版，第 4 卷，228 页，1894："中国语言、文字和文学"。《布洛克豪思》的引语，直接录自肖特撰写的《中国文学史论纲》(柏林，1854)，117～118 页。

　　②　[德]迈尔：《教育阶层百科全书》，4 版，第 4 卷，33 页："中国语言、文字和文学"。吉姆：《嘎伯冷兹与中国小说〈金瓶梅〉的翻译》，126 页，注 316 猜测，该条目的作者是嘎伯冷兹。《皮尔勒大百科词典》(2 版，第 6 卷，450 页，1841)以及《维甘德百科全书》(第 3 卷，316 页，1847)都已提及《金瓶梅》，《布洛克豪思》(9 版，第 3 卷，400 页，1843)加入《金瓶梅》讲述"富有的生药铺店主西门庆的铺张生活"之句。关于"四大奇书"的出典及其评价，显然来自库尔茨的《论中国文学中的几个最新成就——致哥廷根大学埃瓦尔德教授》(Heinrich Kurz, *Über einige der neuesten Leistungen in der chinesischen Litteratur. Sendschreiben an Herrn Professor Ewald in Göttingen*, Paris: Königliche Druckerei, 1830, S. 6, Anm. 1)。关于库尔茨的中国文学记述，参见[德]吉姆：《嘎伯冷兹与中国小说〈金瓶梅〉的翻译》，43～44 页。

《19 世纪大百科全书》仅提及一些小说的名字。关于中国小说的价值，该百科全书中写道，中国小说"是中国人的思想、情感、风俗和生活方式的细腻而忠实的写照，并让人窥见私人生活的秘密，这是那些最著名的、极有天赋的旅行家的洞察力也无法企及的"①。

（七）中国戏剧

19 世纪前 25 年编修并大量刊行的《爱丁堡百科全书》指出，中国戏剧既不注重时间、地点、情节的统一，也不区分悲剧和喜剧。② 当时欧洲人所掌握的中国戏剧知识，主要来自德庇时（John F. Davis，1795—1890）译元杂剧《老生儿》（*Laou seng urh, or an heir in his old age*，London，1817）译者导言中的论述。《最新时代与文学百科全书》指出："中国戏剧中时常插入曲词或唱段，德庇时的译本对曲词做了一些删节。"③

《皮尔勒大百科词典》第二版强调了这个中国文学门类的丰富性："[……]剧作是对话体的主人公身世叙述（故而谓之为记，即记叙），配以歌曲；神话叙事和滑稽故事等，均缺乏戏剧艺术，离题的片断中断剧情。尽管如此，人们还是可以赞赏中国戏剧之真正的民族特色，它来自中国人的诗性观赏方法本身。"④

与《皮尔勒大百科词典》不同，《布洛克豪思》在"戏剧诗性"方面强调一种亚洲境内的传输。就戏剧诗性而言，"中国人没有本土作品，而是通过佛教从印度传入的"。《布洛克豪思》第九版指出，中国戏剧满足不了"戏剧的较高要求"。对这个中国戏剧的风格，做了如下评述："论其风格，部分是简单叙述，部分是诗句形式，每个登台者都能说出台词。另外，每部戏中都有一个歌手，按照熟悉的曲调演唱，类似于希腊悲剧中伴唱的歌队，但是粗糙不堪。"⑤

---

① ［法］拉鲁斯：《19 世纪大百科全书》，卷四，13 页，1869。
② 《爱丁堡百科全书》，第 6 卷，279 页。
③ 《最新时代与文学百科全书》，第 1 卷，577～578 页（"德庇时"）。
④ 《皮尔勒大百科词典》，2 版，第 6 卷，450 页，1841。
⑤ 《布洛克豪思》，9 版，第 3 卷，400 页："中国语言、文字和文学"，1843。

　　《皮尔勒大百科词典》第二版试图对中国戏剧表演特色做一个简要的描述:"中国戏剧中有一部分面具表演,比如整套化装的动物会,通过造型、动作和声音来模仿相应的动物;另有一部分是木偶戏,用欧洲中世纪的表演方法来演出童话;还有一部分是真正的戏剧,主角是人。"①

　　《维甘德百科全书》则写道,中国戏剧通常由序幕("楔子")和四场("折")组成,最后一场往往会出现出人意料的转折。② 该文作者埃里森还论述了中国戏剧的历史发展:"中国戏剧艺术的历史发展可分为三个阶段:传奇,戏曲,元本。传奇始于唐玄宗(唐朝第六代皇帝)时期,约在公元 720 年前后;戏曲发展于宋朝,从公元 10 世纪至 13 世纪;元本亦称杂剧,兴盛于元代(这是延续至 1368 年的蒙古王朝)。"③

　　《布洛克豪思》和《维甘德百科全书》都断言,直至 19 世纪中期,所有通过翻译而被介绍到欧洲的中国剧作,均出自《元人百种曲》。④ 毕欧在《19 世纪百科全书》中称之为最丰富的元代杂剧选集。⑤ 对于元杂剧的意义,《维甘德百科全书》将之与欧洲戏剧做了比较:"对中国人来说,元杂剧百种中的戏曲家至今也是这一艺术之无法超越、不可企及的楷模,就像莎士比亚(William Shakespeare,1564—1616)之于英国、歌德和席勒(Friedrich Schiller,1759—1805)之于德国一样。"⑥《布洛克豪思》第十四版中说,巴赞(Antoine Bazin,1799—1863)"完整分析并部分翻译"了元杂剧,"就情节的发展、布局的设置和场景的安排而言",中国戏剧同欧洲戏剧具有同样的特征。⑦

　　拉鲁斯《19 世纪大百科全书》对《元人百种曲》的记述,同样依托于巴赞对中国戏剧的研究,并根据欧洲观点对元杂剧(多半包括作者姓名)做

---

　　① 《皮尔勒大百科词典》,2 版,第 6 卷,427 页,1841。
　　② 《维甘德百科全书》,第 3 卷,315 页,1847。
　　③ 《维甘德百科全书》,第 3 卷,315 页,1847。关于这一历史发展的较为详细的论述,参见[法]拉鲁斯:《19 世纪大百科全书》,4 卷,132 页,第 4 栏,1869。
　　④ 《维甘德百科全书》,第 3 卷,315 页,1847。
　　⑤ 《19 世纪百科全书》,第 7 卷,480 页,1845。
　　⑥ 《维甘德百科全书》,第 3 卷,316 页,1847。
　　⑦ 《布洛克豪思》,14 版,第 4 卷,228 页:"中国语言、文字和文学",1894。

了分类。该文附有关于中国戏剧的参考书目。另外还指出,中国文学中常有各种因袭作品,比如纪君祥的《赵氏孤儿》来自司马迁的《史记》。①

从各种百科全书对中国文学的结论性评论中可以见出,欧洲匮乏的中国文学知识这一事实与当时盛行的中国负面形象密切相关。迈尔《教育阶层百科全书》中的"中国语言、文字和文学"一文的佚名作者的结论是:"人们在这一简要概述中可以看到,中国文学中的所有杰作都是古代作品。晚近时代不仅没有进步,而且有着非常明显的倒退。整个生活消损在空洞的形式之中,国家遏制创造力,推崇盲目依傍,怎会不出现如此状况?人们只会步伟大祖先之后尘,注疏、解诂、收集、节选。故此,晚近作家三五成群,只在印证席勒之言:国王造大屋,忙坏马车夫。"②

(八)结语

欧洲百科全书对中国"严肃文学"的陈述,总是依托于"四部"的梗概性记述框架。从百科全书中的各种条目中可以见出,人们在19世纪20年代和30年代初期对中国小说兴趣颇浓。欧洲对于中国戏剧的认识,起初主要来自1792年和1793年在华英国使团成员的报道;19世纪三四十年代,法国汉学家的戏剧研究越来越受到重视。论述中国诗歌的文字,开始主要依托于英国人寄自广州的研究成果,后来也评介了法国的相关研究。德语百科全书中的中国文学知识,起初建立在法国刊行的中国图书编目的基础上。19世纪下半叶,肖特撰写的《中国文学论纲》(1854)常被引用。

欧洲百科全书中的中国文学条目,不但可以让人看到欧洲学者对这个专题的研究越来越多,而且可以让人看到中国文学研究参考书目的变化和增长。此外,中国文学条目也体现出19世纪欧洲常见的中国形象的影响。这些形象不但见之于一般出版物,也出现在一部分由汉学家撰写的文章之中,或一部分以这些文章为依托的欧洲百科全书条目之中。

① 参见[法]拉鲁斯:《19世纪大百科全书》,第4卷,133页,1869。
② [德]迈尔:《教育阶层百科全书》,第1卷,342页,1845。

二、19 世纪上半叶德语区之语言文学史著述中的中国文学

(一)引言

19 世纪上半叶,德语区的文学史编撰经历了根本性变化。将文学概念限定于"美文学"的所有尝试,终于在 19 世纪 40 年代获得突破。在这之前,"文学史"(historia literaria)的传统著述,一般包括广而又广的书卷和学术文献。① 德国大学模式的彻底改革,亦构成传统"文学史"(Literärgeschichte)走向普通文学史的学术背景。② 在这一改革进程中,东方学进入学科体制③,此外还有汉学的发端④。本文着重探讨普通文学史著述中的中国文学篇章,也就是五位文学史编撰者在其文学和语言专论中的中国文学论说。在 19 世纪早期,这些论说主要关注"四书五经"。对于中国在科学和艺术领域的广博文献,彼时德语学界只做过一些零星探讨。另外,从本文所涉及的中国文论中,亦能见出不同作者的中国观。

(二)不同作者的中国论

瓦赫勒(Ludwig Wachler,1767—1838)的类似辞书的文学史论著《普通

---

① 参见[德]魏玛:《德国文学研究史》,帕德博恩,Fink,2003(Klaus Weimar, *Geschichte der deutschen Literaturwissenschaft*, Paderborn:Fink,2003)。

② 参见[瑞士]吕埃格编:《欧洲大学史》,第 3 卷,《19 世纪至第二次世界大战:1800—1945》,43~45 页,慕尼黑,Beck,2004(Walter Rüegg〔Hg.〕, *Geschichte der Universität in Europa*. Band 3:*Vom 19. Jahrhundert zum Zweiten Weltkrieg*〔1800—1945〕,München:Beck,2004)。

③ 参见[瑞士]吕埃格编:《欧洲大学史》,第 3 卷,《19 世纪至第二次世界大战:1800—1945》,366~371 页。

④ 参见[丹]隆特贝格:《作为学术门类之欧洲汉学的确立:1801—1915》,见[丹]克劳森、[英]斯塔斯、[丹]韦德尔-韦德尔堡:《文化相遇:中国、日本与西方》,奥尔胡斯大学出版社,15~54 页,1995(Knud Lundbaek, "The Establishment of European Sinology as an Academic Discipline, 1801—1915, " in Søren Clausen, Roy Starrs, Anne Wedell-Wedellsborg〔Eds.〕, *Cultural Encounters:China, Japan and the West. Essays Commemorating 25 Years of East Asian Studies at the University of Aarhus*, Aarhus:Aarhus University Press,1995)。

文学史论稿：为学子和好学者而作》（1794），是这个研究领域的最早成果。诚如作者明确指出的那样，该论著对中国文学的论述还完全依托于杜赫德的《中华帝国通志》。瓦氏的相关描述是颇为离奇的：

> 　　毫无疑问，中国人都很喜爱吹嘘古代中国以及中国人的学养，其程度让人难以置信。不过，他们似乎在许多方面确实比其他国家的人做出了更大的成就，尤其在工艺方面和文学建制上走得更远。据说宋太宗藏书阁里的藏书有八万册之巨，其中有四万册是印刷书籍。然而，中国人的全部学识很少或完全没有引起我们的兴趣。中国的历史文献充满夸饰和虚妄，医术等文献充斥着迷信和陈旧见识，哲学文献则多半阐释孔子论说。①

1804年至1833年，瓦赫勒的《文学史辞书》至少还刊行了三个修订本。我们在下文中会不断看到，对于欧洲人之中国文学史知识的增长来说，早期汉学家的研究成果功不可没。任教于哥廷根大学的东方学家艾希霍恩（Johann G. Eichhorn，1753—1827）于1807年发表了专门为欧洲的"亚洲语言概况史"而作的五卷本文学史。② 作者论述了当时欧洲学者对中国知识的认识状况、普遍观点以及本文所关注的中国文学。除此之外，他还罗列了彼时欧洲人所了解的汉语类书目，并记述了欧洲人如何印刷汉字等问题。艾希霍恩认为"中国语言、文字和文学在欧洲已经逐渐为人所知"，他对此做了详细介绍。③

---

　　① ［德］瓦赫勒：《普通文学史论稿：为学子和好学者而作》，第2卷，119～120页，莱姆戈，Meyer，1794（Ludwig Wachler, *Versuch einer Allgemeinen Geschichte der Literatur. Für studirende Jünglinge und Freunde der Gelehrsamkeit*, Lemgo: Meyer, 1794, Bd. 2）。关于宋太宗（976—997年在位）藏书阁的记述，亦见瓦氏作《文学文化通史辞书》（*Handbuch der allgemeinen Geschichte der literärischen Cultur*, 1804），第1卷，334页。

　　② 参见［德］艾希霍恩：《新的语言概况史》（又名《从古至今的文学史》），第5卷，第1册，哥廷根，Vandenhoeck und Ruprecht，1807（Johann Gottfried Eichhorn, *Geschichte der neuern Sprachenkunde*〔*Geschichte der Litteratur von ihrem Anfang bis auf die neuesten Zeiten*〕, Fünfter Band, Erste Abtheilung, Göttingen: Vandenhoeck und Ruprecht, 1807）。

　　③ ［德］艾希霍恩：《新的语言概况史》，63～89页，1807。

　　艾希霍恩文学史竣稿付梓之时(1805)，阿德隆(Johann Ch. Adelung，1732—1806)编纂的圣经主祷文《米特里德》(*Mithridates*)第一卷问世。①阿德隆去世以后，法特尔(Johann Vater，1773—1826)续编《米特里德》，原主编的侄子阿德隆(Friedrich Adelung，1768—1843)参加了第四卷(末卷)的续编工作，主要工作是编写该卷的汉语部分。这部著作的编纂可以让人看到，1806年至1817年的欧洲之中国语言研究，在数量上和质量上都已进入新的阶段。②

　　与瓦赫勒多次修订的《普通文学史论稿》相比，格雷塞(Johann Gräβe，1814—1885)发表于1837年的《世界所有已知民族普通文学史辞书：从发端

---

　　①　[德]阿德隆编：《米特里德，或普通语言大全：附约500种语言和方言的主祷文》，第1卷，柏林，Voss，1806(Johann Christoph Adelung，*Mithridates，oder allgemeine Sprachenkunde，mit dem Vater Unser als Sprachprobe in bey nahe fünf hundert Sprachen und Mundarten*，1. Theil，Berlin：Voss，1806)中文部分见34～64页；补编见[德]阿德隆编：《米特里德，或普通语言大全，附约500种语言和方言的主祷文，及两位语言学家的重要论文，法特尔博士续编》，11～31页，柏林，Voss，1817(Friedrich Adelung[弗里德里希·阿德隆]编)，463～466页(Johann Severin Vater[法特尔]编)(Johann Christoph Adelung，*Mithridates oder allgemeine Sprachenkunde mit dem Vater Unser als Sprachprobe in bey nahe fünfhundert Sprachen und Mundarten. Mit wichtigen Beyträgen zweyer großer Sprachforscher，fortgesetzt von Dr. Johann Severin Vater*，Berlin：Voss，1817)。关于阿德隆编《米特里德》，参见[德]特拉邦特：《天堂里的〈米特里德〉：语言思维小史》，慕尼黑，C. H. Beck，2003(Jürgen Trabant，*Mithridates im Paradies. Kleine Geschichte des Sprachdenkens*，München：C. H. Beck，2003)。关于《米特里德》中的其他东亚和中亚语言，参见[德]卡皮查：《日本在欧洲：从马可·波罗到威廉·冯·洪堡的欧洲日本知识，文字和图片文献》，第2卷，844～847页，慕尼黑，Iudicium，1990(Zu weiteren ost-und zentralasiatischen Sprachen im Mithridates vgl. Peter Kapitza Hg.：*Japan in Europa. Texte und Bilddokumente zur europäischen Japankenntnis von Marco Polo bis Wilhelm von Humboldt*，2 Bde，München：Iudicium，1990)；[德]福尔曼：《阿德隆〈米特里德〉中的藏语条目》，见《亚洲研究》，第55卷，第2册，493～528页，2001(Ralf Vollmann，"Der Beitrag über Tibetisch in Adelungs *Mithridates*"，in *Asiatische Studien* 55，2，2001：493-528)。

　　②　参见[丹]隆特贝尔格：《作为学术门类之欧洲汉学的确立：1801—1915》。关于早期"汉学家"和"汉学"概念，参见[奥]雷乔治：《汉学——关于一个专业名称史的杂记》，见《波鸿东亚研究年鉴》，第27卷，189～197页，2003(Georg Lehner，"Sinologie - Notizen zur Geschichte der Fachbezeichnung"，in *Bochumer Jahrbuch für Ostasienforschung* 27，2003：pp. 189-197)。

到当代》①，其内容显然丰富得多，且有详细的文献附录。该著又名《世界所有已知民族普通文学史辞书，或埃及人、亚述人、犹太人、亚美尼亚人、中国人、波斯人、印度人、希腊人和罗马人的文学史，从书写文化之始至西罗马帝国的没落》。这部著作的中国部分，是时至斯时欧洲认识中国文学史之最详尽的总汇。与艾希霍恩和瓦赫勒一样，格雷塞对中国作品的记述也很简约；有所不同的是，他通常以大量注释来表明出典。

蒙特（Theodor Mundt，1808—1861）是黑格尔和兰克的学生。他在《普通文学史》（1846）第一节"东方文学"的末尾，几乎用了20页的篇幅来记述中国文学史。② 作者在这一部分的导论中指出：

> 中华帝国的居民从来就把自己的国家视为整个世界，因此才有如此国名。他们觉得自己身处中花[华]，花香中凝聚着全世界的精髓。这一民族在其闭关自守状态中，自古就过着一种独特的精神生活。他们绝对受到各种约束的摆布，同时却享受着一种恒久的生存，还有一种知足的成就感。③

时论家舍尔（Johannes Scherr，1817—1886）也著有一部《从远古到当代的普通文学史：学人手册》，而且从"东方"说起。与蒙特相仿，舍尔持

---

① ［德］格雷塞：《世界所有已知民族普通文学史辞书：从发端到当代》，第1卷，第1册，德累斯顿、莱比锡，Arnoldi，1837（Johann Georg Theodor Gräße，*Lehrbuch einer allgemeinen Literärgeschichte aller bekannten Völker der Welt. Von der ältesten bis auf die neueste Zeit*，Ersten Bandes erste Abtheilung，Dresden/Leipzig：Arnoldi，1837）。

② 参见［德］蒙特：《普通文学史》，第1卷，《古老民族的文学》，156～173页，柏林，Simion，1846（Theodor Mundt，*Allgemeine Literaturgeschichte*，Erster Band：*Die Literatur der alten Völker*，Berlin：Simion，1846）。

③ ［德］蒙特：《普通文学史》，第1卷，156页。

有当时欧洲的常见观点，即中国长期处于同外界隔绝的状态。① 作者所
描述的中国文学之总体历史框架是：

> 对于这个奇特的民族，我们欧洲人多半习惯于用讥笑的眼光来
> 观看他们的外表。在新近历史中，他们又遭遇被英国人用鸦片毒害
> 的悲惨命运，从而引起我们的关注和同情。其实在遥远的古代，这
> 个民族已经拥有稳定的农耕文化所具有的安分守己之基因。②

上述五位作者对中国文学传统的探讨，不少地方带着很强的批判意
识。他们的中国文学研究，在编排上部分依托于中国图书编目之范例，
而著作分类则部分按照欧洲的划分范畴。这些作者当然很明白，欧洲人
对中国文学的认识程度是极为有限的。瓦赫勒在 1804 年写道："关于中
国文学［……］，我们的有些信息很不完整，有些信息夸大其词。"其实，
欧洲人对中国文学并无多大兴趣，其原因是"这一民族还一直处于封闭
状态"③。

尽管如此，艾希霍恩还是援引迈纳斯（Christoph Meiners，1747—
1810）在《在华耶稣会士论著》（*Abhandlungen Sinesischer Jesuiten*，1778）
"导论"中的观点，希望人们认真审视中国文学："［……］现在是放弃陈旧
信念的时候了。迄今，我们的中国文学研究几乎一事无成，我们当用批
判的火炬照亮这一领域。"④对于当时在欧洲讨论了很久的汉籍经典之真
伪问题，阿德隆和瓦赫勒都做了详细的论述。阿德隆的阐释，显然话里
有话，带着批判的口吻：

---

① 参见［德］舍尔：《从远古到当代的普通文学史：学人手册》，《科学与艺术新大百科
全书》抽印本，2～7 页，斯图加特，Franckh，1851（Johannes Scherr，*Allgemeine Geschichte
der Literatur von den ältesten Zeiten bis auf die Gegenwart. Ein Handbuch für alle Gebildeten*，
aus der *Neuen Encyklopädie für Wissenschaften und Künste* besonders abgedruckt，Stuttgart：
Franckh，1851）。

② ［德］舍尔：《从远古到当代的普通文学史：学人手册》，3 页。

③ ［德］瓦赫勒：《文学文化通史辞书》，第 1 卷，334 页。

④ ［德］艾希霍恩：《新的语言概况史》，107 页。

中国文字源远流长，这就出现了一个确实很得体的质疑：所有古碑荡然无存，当初的书写材料没有保存至今。[……]中国纸张这一唯一的书写材料，正是所有已知书写材料中最易消损的[……]。这就需要不停地誊写和传抄。倘若中国古代典籍确实像人们所说的那么古老，誊写和传抄就得持续两三千年之久。①

瓦赫勒也在其《文学史辞书》中国文学部分的结尾处写道：

那些在大焚书(公元前 213 年)中毁灭、后来(公元前 146 年)从流传或所谓废墟中拯救出来的典籍，其中一部分甚至是在公元 5 世纪才被奉为经典的。怀疑这些汉籍经典的真实性的理由很多，且很有力；尤其是中国人自己也无法掩饰他们的狐疑。但是另一方面，这个民族的生活在根深蒂固的机制中僵化，执着地拒绝任何观念变化，这都强有力地抵御着一切伪造之怀疑，以保证中国人之神圣的宗教、政治遗产的同等权利，一如东亚其他民族的状况。②

(三)五经(《易经》《诗经》《书经》)

瓦赫勒在其《文学史辞书》1804 年版中，论及五经中的几部著作：

中国人为其古老文化而自豪。或许，他们确实比其他民族更早拥有有序的国家形态和完整的科学体系，但我们无法认可其充满神话的历史。民族的自满、僧侣统治和摄政独裁，都制约了这个国家

---

① [德]阿德隆编：《米特里德》，第 1 卷，37～38 页。

② [德]瓦赫勒：《文学史辞书》，第三版修订本，第 1 册，《古代文学史与导论》，81～82 页，莱比锡，Barth，1833(Ludwig Wachler, *Handbuch der Geschichte der Litteratur*, Dritte Umarbeitung, Erster Theil: *Einleitung und Geschichte der alten Literatur*, Leipzig: Barth, 1833)。

的持续进步。他们的语言有着原始语言的所有特征，他们还有许多古老的、形象的、常很甜美的诗歌。中国最著名的大儒是鲁国的孔子（生于公元前550年之后？），他所整理加工的生活智慧，见于《易经》《书经》和《春秋》；四书里有对这些著作的注疏。①

瓦赫勒一再修订了他的辞书。在1822年的版本中，他保留了能够体现欧洲学者惯有的叙写中国形象的文字，对中国圣书（"经"）做了概要介绍："一是《易经》，伏羲义理及其诠释；二是《书经》，伦理释例和箴言；三是《诗经》，古代歌谣；四是《礼记》，礼仪规训和习俗；五是《乐经》，声乐艺术残篇；六是《春秋》，国史。"②

格雷塞在其《世界所有已知民族普通文学史辞书：从发端到当代》中，一再强调孔子的意义。他在介绍五经之前写道：

> 孔子的最大贡献，是其在伦理和国法上的建树。他收集和整理了传统观念和治国文献，辑录了其中精华，使其成为神圣之书，即所谓经书。③

舍尔也对孔子做了如下记述：

> 他不把自己的学说看作新学说，而称为古代圣贤的遗产，极力

---

① ［德］瓦赫勒：《普通文学文化史辞书：古代、中古至1500年的历史》，62～63页，马尔堡，in der neuen akademischen Buchhandlung, 1804（Ludwig Wachler, *Handbuch der allgemeinen Geschichte der literarischen Cultur. Geschichte der älteren und mittleren Zeit bis zum J. n. Ch. G. 1500*, Marburg: in der neuen akademischen Buchhandlung, 1804）。

② ［德］瓦赫勒：《文学史辞书》，2版修订本，第1册，《古代文学史与导论》，70页，法兰克福，Hermann, 1822（Ludwig Wachler, *Handbuch der Geschichte der Litteratur*, Zweyte Umarbeitung, Erster Theil: *Einleitung und Geschichte der alten Litteratur*, Frankfurt am Main: Hermann, 1822）。另参见该著3版修订本，第1册，81～82页。

③ ［德］格雷塞：《世界所有已知民族普通文学史辞书：从发端到当代》，第1卷，第1册，305页。

将之传给后人。他带着勇气、尊严和毅力完成了这一使命，却也蒙
受过很大的屈辱和伤害。①

1.《易经》

格雷塞援引杜赫德、德金和《书经》译者宋君荣（Antoine Gaubil，
1689—1759）的记述，认为《易经》是"伏羲义理和孔子诠释"。欧洲人对这
部作品的看法有很大的分歧，"因其文笔晦涩、文字古奥神秘，有人视之
为算术之作，另有人把它看作用于扶箕的巫术之书"。无论如何，《易经》
"或许偶尔用来从事神秘之事的观察，是用于占卜的"②。蒙特亦指出：
"《易经》是伏羲之卦，其中包括孔子评注，［……］里面隐藏着中国人原本
的秘密学说。"③舍尔则称《易经》为"变易或顺应自然之书，是一种自然哲
学体系"④。

2.《诗经》

格雷塞陈述了《诗经》的内容。他认为《诗经》之问世，乃孔子之功劳，
孔子"从3000多首流传于民间的古代诗歌中辑录了311首。他剔除了地方
俚歌、淫秽的歌谣、讽刺歌和即兴诗，只遴选了歌颂君王和英雄的荣耀、
赞扬国法和礼俗、祭拜天神威严的诗文"⑤。关于《诗经》的内部结构，格雷
塞提及"国风""雅"和"颂"。《诗经》中的所有诗篇，都与夏商周三代有关。
蒙特也写道：《诗经》是"孔子收集的中国民谣"⑥。格雷塞和蒙特对《诗经》
流传史的记述，都依托于柯恒儒于1802年发表在《亚洲杂志》(Asiatisches

---

① ［德］舍尔：《从远古到当代的普通文学史：学人手册》，4页。
② ［德］格雷塞：《世界所有已知民族普通文学史辞书：从发端到当代》，第1卷，第1
册，305页："易经。"
③ ［德］蒙特：《普通文学史》，第1卷，《古老民族的文学》，162页。
④ ［德］舍尔：《从远古到当代的普通文学史：学人手册》，4页。
⑤ ［德］格雷塞：《世界所有已知民族普通文学史辞书：从发端到当代》，第1卷，第1
册，282～283页。
⑥ ［德］蒙特：《普通文学史》，第1卷，《古老民族的文学》，162～163页。

Magazin)上的评述中国作品的论文。①

德国东方学者莫尔(Julius Mohl，1800—1876)编写了拉丁语《诗经》，后来，两种德语译本均由此转译而成。②舍尔就此写道：

> 《诗经》是古代中国歌集，凡311首。这些诗歌是孔子从3000首民间歌谣中挑选出的重要诗文，并被分成4个部分。这部美妙的歌集所呈现出的诗情画意是清新的，常常也是庄严的，转而又是伤感的，还有一些诙谐的。这都绝佳地展现出古代中国的人民生活场景，让人看到那色调鲜艳的、活泼的、充实的人生。③

3.《书经》

格雷塞称《书经》为"君王、贤臣的课本，内容涉及历史、伦理和形而上学，形式为号令、格言、对话"，在中国享有"很高的声誉"。他还记述了《书经》在秦始皇焚书之后的文本史："该著是伏生老叟在秦代焚书之后凭记忆所撰，但是后来(公元前104年)又在孔子故宅一段墙壁的残垣中发现一部，其文字竟然无人能够通晓。"④蒙特对《书经》和《诗经》做了较为详细的介绍，他指出，《书经》是"对上古国史的伦理和形而上学的阐

---

① ［德］格雷塞：《世界所有已知民族普通文学史辞书：从发端到当代》，第1卷，第1册，283页；［德］蒙特：《普通文学史》，第1卷，《古老民族的文学》，164～165页。另参见［德］柯恒儒：《论中国古代文学》，见《亚洲杂志》，第2卷，491～492页，1802(Julius Klaproth，"Ueber die alte Literatur der Chinesen"，in *Asiatisches Magazin* 2〔1802〕)。

② ［德］莫尔：《孔子编诗经》，斯图加特、图宾根，Cotta，1830(Julius Mohl Hg.，*Confucii Chi-King sive Liber Carminum*，Stuttgart & Tübingen：Cotta，1830)。德语译本：吕克特译：《诗经：孔子收集的中国歌集》，阿尔托纳，Hammerich，1833(Friedrich Rückert，*Schi-king. Chinesisches Liederbuch*，*gesammelt von Confucius*，Altona：Hammerich，1833)；克拉默尔译：《诗经，或中国歌集》，克雷费尔德，Funcke，1844 (Johann Cramer，*Schi-King*，*oder Chinesische Lieder*，Crefeld：Funcke，1844)。

③ ［德］舍尔：《从远古到当代的普通文学史：学人手册》，5页。

④ ［德］格雷塞：《世界所有已知民族普通文学史辞书：从发端到当代》，第1卷，第1册，305～306页。文字无人能够通晓，指其为晚周民间别体字或先秦六国时字体，即所谓"逸书"。

释"①，当为"中国上古历史编纂的精品"，其老版本(即与伏生所传的《今文尚书》相对的《古文尚书》)由孔子编修而成：

> 孔子的明确目的是，加强中国原初的、不变的治国之法；以古代圣帝明王的嘉言为依托，宣扬仁君治民和贤臣事君之道。《书经》是中国政治哲学之概要，是追述古代帝王言行的托古之作，旨在以此发展生活伦理之根本原则。②

舍尔借助已有各种孔子著作的译本，对孔子学说精义做了如下阐释：

> 孔子哲学并非那种多少带着矜夸的思辨，而完全是一种实用哲学，涉及生活的一切关联和社会生存的所有关系。这一哲学的远大抱负，是执着地追求自我及他人的完善。这一准则显然是崇高的，将真正的高贵、美好和人性融为一体。③

(四)四书

英国基督教传教士在印度塞兰坡(Serampore)刊行的儒学经典，是瓦赫勒相关论述的基础材料。他说："《大学》和《中庸》这两部极受推崇的著作，当为孔子嫡孙子思所作；前者为君主规范，后者为不变的中和之道。"《孟子》因儒莲于1824年至1826年发表的拉丁文译作而在欧洲广为传布，瓦赫勒称孟子为"最著名的先贤之一"④。

---

①　[德]蒙特：《普通文学史》，第1卷，《古老民族的文学》，162页。

②　[德]蒙特：《普通文学史》，第1卷，《古老民族的文学》，163页。

③　[德]舍尔：《从远古到当代的普通文学史：学人手册》，4页。

④　[德]瓦赫勒：《文学史辞书》，3版修订本，第1册，《古代文学史与导论》，82页。儒莲根据满文译文完成拉丁文二卷本《孟子》(Stanislas Julien, *Meng Tseu vel Mencium inter Sinenses philosophos, ingenio, doctrina, nominisque claritate Confucio proximum, edidit, latina interpretatione, ad interpretationem tartaricam utramque resensita, instruxit, et perpetuo commentario, e Sinicis deprompto, illustravit,* Parts 1-2, Paris, 1824—1826)。

舍尔对四书各部都做了简要介绍。他称《大学》为"大哲学家孔子所作，其弟子曾子注疏"；而《中庸》之义为"不变之中和"，该著具有"伦理和形而上学"内涵。舍尔联系古希腊贤者来评注《论语》，认为孔子同其弟子的"哲学漫谈"，"从内容到形式都让人想起色诺芬的《苏格拉底回忆录》"。另外，他把《孟子》的作者看作"孔子学说之最著名的阐释者和发展者"①。蒙特则指出，除了"神圣的国家经典"五经之外，还有"被称为四书的稍低一等的典籍，借助伦理观察和规训来呈现道德行为和生活"②。

（五）史纂，哲学，自然科学

艾希霍恩、瓦赫勒和格雷塞都在其论著中指出，中国拥有的传统著述远比经书的内容丰富得多。艾希霍恩主要论述了中国史纂著作，他的论述或许依托于德金的《中国文献要义》：

> 真正可靠的中国现存之文献，似乎当从唐代（约从公元 618 年起）撰述算起。自这个朝代起，史籍的内容有其可信的内在逻辑，对古书的考证和勘查也初见端倪，不再是传说和虚构所呈现之扭曲的历史。③

瓦赫勒在其《文学史辞书》第二册论述中世纪文学史时，也涉及欧洲早就提出的中国史籍的资料考证问题。在他那里，从隋代到唐代似乎也是史纂真实性的界线：

> 中国人自古闭关自守，他们同印度人和波斯人曾有过一些交往，与西亚没有交通。关于中国文学状况的资料，不是神话般的夸张，就是残缺不全的文字。617 年之后，资料才稍微可信一些。然而，

---

① ［德］舍尔：《从远古到当代的普通文学史：学人手册》，4 页。
② ［德］蒙特：《普通文学史》，第 1 卷，《古老民族的文学》，166 页。
③ ［德］艾希霍恩：《新的语言概况史》，107 页。

由于这个民族从前同外部世界长期处于隔绝状态，这些材料对外国来说意义不大，对世界发展亦无任何影响。①

唐朝初期的一些新发展，本身就被视为时代界线。不仅如此，艾希霍恩将朝代更迭与景教僧侣进入中国联系在一起："叙利亚僧侣阿罗本偕同一些布道者到达中国，中国开始与西域国家建立起往来关系。于是，关于中国的文献，终于逐渐被人了解。"②类似的文字亦见于瓦赫勒的著作，他确凿不移地记述了唐太宗时代的文学繁荣："635年去中国的叙利亚基督教派，似乎在藏书浩繁的唐太宗统治时期在中国生根。兹后，阿拉伯人传播的知识开始流传，中国人对外界的认识似乎也在逐渐增多。此前的中国史书，充满宗教神秘色彩，很难让人领略其中奥秘，也很难用文字来破解其义。在中国，对史籍的甄别和批判运用，是近代才有的事。"③

格雷塞根据当时已有百年历史的杜赫德《中华帝国通志》，论及唐早期皇帝(7世纪和8世纪初)如何推进文学的普及和科学的发展。关于唐中期至宋初的发展，格雷塞写道："然而，唐初对精神文化的倡导，后来却消失了。直到宋二世太宗(976年)之时，随着大藏书阁的修建，这一事业重又兴起。"格雷塞还补充说，中国书籍主要局限于"历史、神学和数学"④。

舍尔则赞扬中国编年史和年谱的翔实和准确，尤其是史学家中的司马迁、司马贞、司马光和马端临"声名卓著"。为了便于读者理解，舍尔逐一介绍了几位史学家各自所生活的世纪。⑤

---

① ［德］瓦赫勒：《文学史辞书》，3版修订本，第2册，《中世纪文学史》，106页，莱比锡，Barth，1833(Ludwig Wachler, *Handbuch der Geschichte der Litteratur*, Dritte Umarbeitung, Zweyter Theil: *Geschichte der Litteratur im Mittelalter*, Leipzig：Barth, 1833)。

② ［德］艾希霍恩：《新的语言概况史》，107页。

③ ［德］瓦赫勒：《文学史辞书》，3版修订本，第2册，《中世纪文学史》，106页。

④ ［德］格雷塞：《世界所有已知民族普通文学史辞书：从发端到当代》，第2卷，第1册，55页，1839。

⑤ ［德］舍尔：《从远古到当代的普通文学史：学人手册》，7～8页。

瓦赫勒在其《文学史辞书》中，论及中国的自然科学著作：

中国的哲学局限于古老格言和比喻。医术则依托于以往的片面经验，且充满迷信。至于算术和几何，那里有一些基本概念。在生活中很有用的应用力学方面，常见一些相左观点。最引人注目者，或许是不少天象观察；这一活动直属北京高层官府，如同从前在埃及一样，与政府和国家管理机构的关系很近。①

格雷塞对中国哲学的论述，比其他学者细致深入，而且出典明确，提供许多参考文献。他主要参考了温迪施曼（Karl Windischmann，1775—1839）的四卷本《世界史进程中的哲学》（Die Philosophie im Fortgange der Weltgeschichte，1827—1834），施图尔（Peter Stuhr，1787—1851）的宗教史研究，以及德金在《皇家铭文与语言文学科学院史》（Mémoires de l'Académie Royale des Inscriptions et Belles-Lettres）中的相关论述。在他看来，人们不能不假思索地把孔子和孟子的学说看作哲学。他援持温迪施曼和施图尔的说法，认为老子"或许是希腊人阿那卡西斯（Anacharsis）的同时代人。根据中国传说，他西行途中拜访过大秦国（里海以西的疆域，叙利亚、埃及等地）的智者"。格雷塞还指出，在中国被视为哲学家的"子"，"是指所有那些论说异族及其教派之宗教观点的男子，这些观点在中国人眼里只是哲学元素而已；诸子还包括那些探讨数学、天象、医术、占卜术和战争术的人"②。

格雷塞关于中国医道的具体知识，源自李明（Louis le Comte，1655—1728）的《中国近事报道》（Nouveaux mémoires sur l'état présent de la Chine，1687—1692）和杜赫德的《中华帝国通志》：

---

① ［德］瓦赫勒：《文学史辞书》，3 版修订本，第 2 册，《中世纪文学史》，106～107 页。
② ［德］格雷塞：《世界所有已知民族普通文学史辞书：从发端到当代》，第 1 卷，第 1 册，382 页。

　　尽管中国人拥有一些满是迷信的医术，比如切脉和诊断气血，而相传 4000 多年前的黄帝所作医书，是中国郎中行医的依据；并且，谁都可以随意配药，其医学水平自然不会很高。[①]

舍尔在中国科学文献的论述上用笔不多：

　　中国的学术文献卷帙浩繁，无数藏书阁中堆满了自然史、数学、天文和医学书卷。中国士子笃行不倦地编修百科全书，上个世纪开始刊行的一部无所不包的著作，据说将达 18 万卷。[②]

(六)中国诗

《世界所有已知民族普通文学史辞书：从发端到当代》是格雷塞文学史读本的修订本，在"现代东方文学概要"的最后部分，作者也论述了"美文学"。与他此前根据 18 世纪欧洲著述来论述儒家经典不同，修订本详细罗列了 19 世纪欧洲汉籍译本的书目。他所呈现的中国文学无疑可以让人看到，19 世纪中期欧洲人对中国文学确实所知甚微：

　　《诗经》体现出诗歌艺术的昌盛，在这之后，中国未曾出现重要诗人。公元 8 世纪的杜甫和李白，我们只是知道他们的名字而已(儒

---

　　①　[德]格雷塞：《世界所有已知民族普通文学史辞书：从发端到当代》，第 1 卷，第 1 册，502 页。

　　②　[德]舍尔：《从远古到当代的普通文学史：学人手册》，7 页。"据说将达 18 万卷"之说，无从具体查考。就所说时间而言，可能同 1772 年开始编修的《四库全书》有关，可是该丛书的卷数或册数亦与此说不相符。

莲译《中国孤儿》附录中的杜甫悲歌"羌村三首"是个例外)。①

蒙特对中国诗歌艺术的论述较为详细，并认为"中国诗歌不乏不同形式的创造，各种类型应有尽有"。他记述了杜甫诗歌之脍炙人口的状况："人们几乎在所有图书馆、交往场所和最简易的茅屋里都能遇见杜诗，他的诗句被写在墙壁、扇面和洗漱用品上。"②

舍尔论及李白和杜甫对中国诗歌的意义，视二者的诗歌为新式诗歌的开始。他认为，虽然《诗经》以后的诗歌无法与《诗经》作品相比，但是8世纪的这两位诗人当被看作"诗歌创作形式之新方向的开拓者"。"杜甫和李白开创的诗韵和格调，至今被人推崇。这种中国诗歌形式是，每一诗行必须具有完整的意义，一句诗行的含义不能同另一诗行的含义重叠，字数有着严格的要求，另外还须押韵。"杜甫有过"丰富多彩的冒险生活，他的三首以'赋'命名的叙事诗在中国极为流行"③。

格雷塞把乾隆的诗作看作"纯粹的怪异之作"④。

(七)中国小说

以格雷塞之见，中国小说作品非常丰富，但是小说内容无法恭维。可

---

① ［德］格雷塞：《世界所有已知民族普通文学史辞书：从发端到当代——为自学和讲座而作，选自作者的普通文学史读本》，第 3 卷，《16 世纪初至当代的文学史》，第 1 册，《诗歌史》，1089 页，德累斯顿、莱比锡，Arnoldi，1848（Johann Georg Theodor Gräße, *Handbuch der allgemeinen Literaturgeschichte aller bekannten Völker der Welt*，*von der ältesten bis auf die neueste Zeit*，*zum Selbststudium und für Vorlesungen. Ein Auszug aus des Verfassers größerem Lehrbuche der allgemeinen Literärgeschichte*，Dritter Band：*Geschichte der Literatur vom Anfang des sechzehnten Jahrhunderts bis auf die neueste Zeit*，Erste Abtheilung：*Geschichte der Poesie*，Dresden/Leipzig：Arnoldi，1848）。

② ［德］蒙特：《普通文学史》，第 1 卷，《古老民族的文学》，169 页。

③ ［德］舍尔：《从远古到当代的普通文学史：学人手册》，6 页。

④ ［德］格雷塞：《世界所有已知民族普通文学史辞书：从发端到当代》，第 3 卷，《16 世纪初至当代的文学史》，第 1 册，《诗歌史》，1089 页。19 世纪上半叶，欧洲人曾盛赞乾隆皇帝的诗歌成就，他的《盛京赋》等诗作被译成多种语言。迈尔《教育阶层百科全书》称其为"近代最出色的诗人之一"，《维甘德百科全书》则视其为"新近最受欢迎的诗人之一"。

是，他又从欧洲19世纪30年代和40年代极为流行的小说价值观出发，认为中国小说"作为风俗画和思维形态之表现是极有韵味的"①。

舍尔则以科举制度为背景来分析中国小说的内容："因此，在近代中国已经相当发达的无数中长篇小说中，主人公多半是书生，其首要志向便是体面地通过严格的科举考试，戴上博士帽，然后娶回三寸金莲之娇娘[……]"②作者在此基础上做了一个中西比较：

> 尤为引人注目的是，中国小说让我们想起自己的社会和交往形式。茶会和酒席，学术生涯中的酒兴，博士帽和会试，出行和驿站，衣冠楚楚的拜访和社交晚会，为达到目的而不择手段，对主子言听计从，一切都是裙带关系，对家世讳莫如深，伪装和奉承，撒谎和欺骗，谄上欺下，社会的堕落和惯常的虚浮，习俗的腐化和对虚礼的斤斤计较，对享受的追求，哗众取宠，男人的无聊和娘儿们的无知，令人绝望的贫困和傲慢的金钱——tout comme chez nous [一切都和我们这里一样！]③

舍尔还在小说的风格和形式中见出中西小说的一些相似之处，尤其是小说文本中插入诗句，以篇章来构筑小说，每章常有警句之类的开场。不过对欧洲读者来说，中国小说或许缺乏"丰富的创造性想象"，作家叙事也"过于枯燥"④。

(八)中国戏剧

关于中国戏剧，格雷塞在论述元代戏曲高峰期的作品时说：

---

① ［德］格雷塞：《世界所有已知民族普通文学史辞书：从发端到当代》，第3卷，《16世纪初至当代的文学史》，第1册，《诗歌史》，1089页。

② ［德］舍尔：《从远古到当代的普通文学史：学人手册》，6页。

③ ［德］舍尔：《从远古到当代的普通文学史：学人手册》，6～7页。

④ ［德］舍尔：《从远古到当代的普通文学史：学人手册》，7页。

中国拥有可观的戏剧文学，而欧洲时至 13 世纪还远非如此，这是我们的趣味使然。且不论中国戏剧中的情节还未走出孩提阶段，其表现形式与我们的戏剧相比，则是完全异质的。同样，中国戏剧完全忽略场景布置，舞台造型则由演员来扮演，这是我们很难习惯的。①

舍尔对中国戏剧的论述较为详细，他也借助人生不同发展阶段的比喻来进行阐释：

中国文学中存在大量戏剧作品，只是其戏剧艺术还完全处于孩提时期。他们的戏台是由桩子搭建的小铺子，演员的脸上涂着应有尽有的脂粉，乐队是单调的，完全没有场景布置。[……]近期中国的表演艺术似乎有所提高，至少莱伊（George T. Lay，1800—1845，中文名为李太郭）的观点如此，他特别推崇中国戏剧服装的华丽和演员表情的精准。②

---

① ［德］格雷塞：《世界所有已知民族普通文学史辞书：从发端到当代》，第 3 卷，《16世纪初至当代的文学史》，第 1 册，《诗歌史》，1089 页。在 19 世纪下半叶的普通文学史著作中，另有一些对中国戏剧之较为详尽的、不乏中国批判意识的评论。参见［德］克莱因：《戏剧史》，第 3 卷，《公元初至 10 世纪末欧洲以外的戏剧与拉丁语戏剧》，373～498 页，莱比锡，Weigel，1866："中国戏剧"（Julius Leopold Klein，*Geschichte des Drama's*，III：*Das aussereuropäische Drama und die latein. Schauspiele n. Chr. bis Ende d. X. Jahrhunderts*，Leipzig：Weigel，1866，S. 373-498："Das chinesische Drama"）；［德］哈特：《世界文学史与所有时代和民族的戏剧史》，第 1 卷，31～64 页，诺伊达姆，Neumann，1894（Julius Hart，*Geschichte der Weltlitteratur und des Theaters aller Zeiten und Völker*〔Hausschatz des Wissens，Abt. I，Bd. 15〕，Bd. 1，Neudamm：Neumann，1894）。

② ［德］舍尔：《从远古到当代的普通文学史：学人手册》，7 页。舍尔援引的莱伊著作是：《真实的中国人——中国伦理、社会特性、生活方式、习俗和语言：兼及中国艺术、科学、医术，以及传教事业等》，伦敦，Ball，1841（George Tradescant Lay，*The Chinese as they are：their moral and social character，manners，customs，language；with remarks on their arts and sciences，medical skill，the extent of missionary enterprise，etc.*，London：Ball，1841）；该著德文译作名为《中国和中国人》，汉堡，Hoffmann und Campe，1843（G. T. Lay，*China und die Chinesen*，Hamburg：Hoffmann und Campe，1843）。

蒙特写道,中国文学在戏剧门类上"能够拿出大量作品"。那些"了不起的历史剧",呈现出"极为震撼、令人惊悚的东西",武夫、鬼神和恶魔会戴着"瘆人的丑陋面具"登场。蒙特把"小型喜剧"形容为"来回折腾的一帮演员"上演的滑稽戏,他认为舞台布景的缺失是值得一提的:

> 场景不是通过舞台布景或任何一种人工装饰来体现的。演员的手势足以显示一扇门;或者是一个腿部动作,便能表明演员骑在马上。①

(九)结语

格雷塞在其中国文学略论的结尾处,提及汉译"西方"文学题材的尝试。他对翻译成就的预期充满疑忌:

> 中国近期开始在自己的土地上移植外来作品,例如《伊索寓言》。要那些一本正经的中国人能够品味这类作品,真不知需要等到何时!②

当时欧洲人对其所了解的中国文学传统的怀疑态度,以及他们对中国文学封闭性的强调,是本文所考察的普通文学史之中国文学探讨中的共同特点。当时欧洲文学史家对中国文学的记述,多半是在论述欧洲古典文学的章节里,说到底是一种附带性的叙说。他们怀疑中国古代经典的实际产生年代,从而一再怀疑儒家经典的真实性。

尽管如此,他们对中国戏曲、诗歌和小说的评说,还是使那些对普通文学史感兴趣的读者,对中国文学门类有了最初印象,尽管这里的门

---

① ［德］蒙特:《普通文学史》,第 1 卷,《古老民族的文学》,170 页。
② ［德］格雷塞:《世界所有已知民族普通文学史辞书:从发端到当代》,第 3 卷,《16世纪初至当代的文学史》,第 1 册,《诗歌史》,1089 页。

类是按西方范畴界定的。至于中国文学中的有些题材，人们看到了它们同欧洲文学的相似之处。对中国文学的规模及其多样性的有限陈述，源于当时欧洲人在这个领域的零星认识。而普通文学史中对这种稀少知识的阐释，带着当时在欧洲学者中逐渐增多的对中国的批判态度。

第二章　中国文论在法国

一、文学中国在法国(16 世纪至 19 世纪)

中国文学何时以何种方式进入法国,这是本篇研究的主题。其中包括理论、诗歌、小说、戏剧的翻译与介绍情况,时间段放在 16 世纪至 19 世纪。

然而早在公元 9 世纪就陆续有欧洲人来华,他们将游历见闻记述下来辑为著作,逐渐在欧洲形成关于东方、亚洲与中国的形象。这些早期著作,成为 16 世纪到 18 世纪欧洲中国观形成的历史铺垫。最早成书的是《中国印度见闻录》(Akhbār al-Sīn wa'l-Hind)。公元 851 年,即唐大中五年,大食(波斯语 Tazi 或 Taziks 的译音,即阿拉伯帝国)商人苏莱曼(Sulayman)与航海家瓦哈比(Ibn Wahab),经海路到中国广州,回国后口述其见闻,由作家哈桑(Abu Zeid Hassan)整理笔录,约在 916 年成书为《中国印度见闻录》,20 世纪 30 年代刘半农父女合译为《苏莱曼东游记》。法国对此书的重视始于 18 世纪,至 20 世纪仍然经久不衰。1718 年雷诺多(Eusèbe Renaudot,1646—1720)首次翻译发行法译本(*Anciennes Relations des Indes et de la Chine de deux voyageurs mahométans qui y allèrent dans le IXe siècle de notre ère*,BnF① Arabe 2281)。1811 年,

---

① BnF 为法国国家图书馆 Bibliothèque nationale de France 的缩写。

东方学家蓝歌籁(Louis-Mathieu Langlès，1763—1824)在巴黎出版十卷本《贵族查尔丁到波斯和东方其他地方的旅行》(*Voyages du chevalier Chardin en Perse et autres lieux de l'Orient*)一书，并出版《中国印度见闻录》法译本，书名为《九世纪基督时代阿拉伯、波斯人印度中国游记》(*Relations des voyages faits par les Arabes et les Persans dans l'Inde et à la Chine dans le IXe siècle de l'ère chrétienne*)，此书于1845年在巴黎由 Joseph Toussaint Reinaud 再版。1922年，费琅(Gabriel Ferrand，1864—1935)在巴黎出版附有长篇序言的《中国印度见闻录》法译本《阿拉伯商人苏莱曼印度中国游记》(*Voyage du marchand arabe Sulayman en Inde et en Chine*)。1948年，索瓦杰(Jean Sauvaget，1901—1950)将《中国印度见闻录》的首卷翻译成法语，书名为《中国印度见闻录：851年写成的中国印度见闻》(*Aḫbār aṣ-Ṣīn wa l-Hind：Relation de la Chine et de l'Inde rédigée en* 851)，为之作序并注释，由巴黎 Belles lettres 出版社出版。

1252年，弗拉芒方济各会教士鲁不鲁乞(Guillaume Rubruquis，1215—1295)，受法国国王路易九世派遣，到蒙古帝国首都哈拉和林(Karakorum)传教。1255年，他给国王写信，详细叙述了履行使命的情况与所在国的文化，其中谈到中国宗教情况。此信成书稿《东方行记》(*Itinerarium ad partes orientales*)，后名为《鲁不鲁乞东游记》。

1275年，意大利旅行家马可·波罗(Marco Polo，1254—1324)经丝绸之路到中国旅行，1295年返回威尼斯，在1298年到1299年于监狱中口述成手稿《奇妙世界》(*Le Devisement du monde*)，俗称《马可·波罗游记》(*Les voyages de Marco Polo*)。该书的法文本1307年由骑士叟普瓦(Théobald Cepoi)完成，而意大利文本则在1496年才首次在威尼斯出版。

摩洛哥旅行家白图泰(Ibn Battuta，1304—1377)曾来华，去过杭州、泉州以及北京。白图泰返回摩洛哥后，口述其旅行见闻，经国王书记官卡尔比(Ibn Juzay al'Kalbi)用阿拉伯文记录成书《伊本·白图泰游记》，这本书于1355年问世。这部笔录是阿拉伯帝国及西方国家了解中国的窗口，1853 年由 Charles Defrémery 和 Beniamino Raffaello Sanguinetti 翻译成法文《伊本·白图泰游记：阿拉伯文、法文译文》(*Voyages d'Ibn Batoutah：Texte Arabe，accompagné d'une traduction*，BnF 8-O2-191〔A〕)，1874 年在巴黎出版。

14 世纪英国作家约翰·曼德维尔(John Mandeville，1300？—1372)根据马可·波罗和鲁不鲁乞的游记，写出《曼德维尔游记》(*Itinerarius Johannis de Mandeville a terra Angliae in partes ierosolimitanas et in ulteriores transmarinas editus*，BnF RES-O2F-8)，介绍中东、中亚、印度和契丹(中国)。

1322 年，罗马方济各会修士鄂多立克(Friar Odoric，1286—1331)来华，经泉州入中国，游历福州、杭州、金陵(今南京)、扬州、明州(今宁波)、北京等地，经西藏回国，后在病榻上口述东游经历，由另一教士索拉纳的威廉(Gulielmus de Solagna)用拉丁文笔录成书《鄂多立克东游录》(*Récit de voyage d'Odoric da Pordenone，The travels of Friar Odoric*)，1351 年完成。法文版最早或是 1891 年在巴黎由乐湖(E. Leroux)出版社刊行的《圣·法兰索瓦教士博德诺的鄂多立克十四世纪亚洲行》(*Les voyages en Asie au XIVe siècle du bienheureux frère Odoric de Pordenone，religieux de Saint-François*，BnF 4-O2-808)。

直至 16 世纪初，法国对中国的认识，基本上通过欧洲其他国家关于中国的见闻著录获取。16 世纪的法国，与欧洲共历文艺复兴，对中国的介绍情形如何呢？中国古典戏剧、小说是否与中国古典诗歌同步进入法国？是否要等到 18 世纪欧洲"中国热"兴起，由法国来华的耶稣会士率先译介而引进法国？

(一)16 世纪法国对中国的期待视野：儒家经典—中国的文化身份

16 世纪的欧洲，眼光落在两个国度：一是古希腊，二是中国。前者是遥远的历史与邻近的地理文化的参照，后者是当代的文化与遥远的地理文化的参照。中国就这样作为文艺复兴的重要参照进入欧洲的近代发展史。此时的中国，在欧洲看来是一个遥远而又现代的理想国。这与 18

世纪和 20 世纪中国在欧洲的形象有所不同。

16 世纪，欧洲对中国的介绍，受到波斯人阿克巴尔（Seid Ali Akbar Khatai）的影响。阿克巴尔用波斯文著《中国纪行》，于 1516 年在君士坦丁堡成书并献给奥斯曼帝国苏丹赛利姆一世（Salim I，1467—1520）。全书 21 章，从地理、经济、法律制度、历史、文学艺术与宗教等方面介绍中国。19 世纪，在君士坦丁堡托普卡帕故宫（the Topkapl Palace）档案中发现该书，它对欧洲东方学的重要性与《马可·波罗游记》相当。

1563 年，葡萄牙历史学家巴洛斯（João de Barros，1496—1570）用葡萄牙文所著《亚洲史》（*Décadas da Ásia*，*les Décades de L'Asie*）问世，其中第三卷介绍中国。

1565 年，葡萄牙人佩雷拉（Galeote Pereira）将自己在中国的经历写成著作《中国报道》（*Algumas cousas sabidas da China*，*Some things known about China*），初版为意大利文，在威尼斯问世，1577 年出版英文版。

1569 年，葡萄牙耶稣会士克路士（Gaspar da Cruz，1520—1570）用葡萄牙文写的《中国志》（*Tratado das cousas da China*）在葡萄牙埃武拉（Igreja）出版。

1575 年，西班牙传教士拉达（Martin de Rada，1533—1578）著《记大明的中国事情》（*Relacion de las cosas de China que propiamente se llama Taylin*），此书为《大中华帝国史》提供了重要参考。

1585 年，西班牙传教士门多萨（Juan González de Mendoza，1540—1617）的《大中华帝国史》（*Historia de las cosas más notables*，*ritos y costumbres del gran reyno de la China*，*Histoire des faits mémorables*，*des rites et coutumes du grand royaume de Chine*，BnF 8-O2N-191〔B〕）在罗马和威尼斯以西班牙文与意大利文出版，法文版于 1589 年在巴黎问世。该书另有拉丁文、德文、英文、荷兰文等版本。

1591 年，意大利耶稣会士、远东巡查员范利安（Alexandre Valignani，1538—1606）请 1582 年来华的意大利耶稣会士利玛窦（Matteo Ricci，1552—1610）翻译中国经书。1593 年，利玛窦在韶州学习四书，并以拉丁文将《大学》《中庸》《论语》《孟子》的主要部分译出。1594 年利玛窦完成拉丁文翻译（*Tetrabiblion Sinense de Moribus*），同年将译稿呈送梵蒂冈，未刊行，原译本后佚。

在利玛窦之前，意大利耶稣会士罗明坚（Michel Ruggieri，1543—1607）也是遵范利安的要求研读中文。罗明坚 1579 年到澳门，1588 年返欧洲。他翻译的《大学》第一章，1593 年刊载于罗马的《百科精选》中。他还将《孟子》译为拉丁文，这是欧洲语言中《孟子》的最早译本，但没有刊行，稿本今存于意大利国家图书馆。

传教士中，初涉五经的研究者当为利玛窦。他在《天主实义》一书中引《尚书》《论语》《左传》《大学》《中庸》《老子》《孟子》《庄子》，试图证明西方的天主在中国古已有之，这就是中国古典经书中的上帝。《天主实义》分上下卷，共七篇，1595 年在南昌出版，1601 年、1604 年再版于北京，1605 年杭州出版刻本。今罗马梵蒂冈图书馆和法国国家图书馆有藏本（Biblioteca Apostolica Vaticana①，Rac. Gen. Or. III-248 (10)，BnF，chinois 6820）。

16 世纪的法国，对中国的了解，仍旧依 13 世纪以来的传统，取自其他文化对中国的介绍。不同的是从 16 世纪开始，向欧洲介绍中国的主要是葡萄牙、西班牙、意大利的传教士，而非商人或旅行家。传教士群体对中国，首先注重的是它的历史与思想。儒家经典作为反映中国思想的重要文本被翻译并介绍到欧洲。儒家经典中的善治思想开始被关注，并影响到欧洲政治哲学和 18 世纪的启蒙运动思想家。这一时期的中国在文艺复兴时代的西方想象中，是理想国度的参照。

(二)17 世纪法国对中国的期待视野：一个遥远帝国的文化借鉴

17 世纪初，葡萄牙和西班牙等国对中国的介绍在欧洲仍然居领先地位。进入 17 世纪中期，法国不再仅仅满足于阅读拉丁文或译自拉丁文的中国文本，而要直接与中国相遇。从 17 世纪下半叶起，法国传教士的汉学研究开始引领欧洲其他国家。

---

① 　Biblioteca Apostolica Vaticana，梵蒂冈图书馆，本文后面用缩写 Vat.。

1645 年，葡萄牙耶稣会传教士曾德昭（Alvarus de Semedo，1585—1658）在巴黎出版法文版《大中国志》（*Relatio de magna monarchia Sinarum，ou Histoire universelle de la Chine*）。

葡萄牙耶稣会传教士安文思（Gabriel de Magalhāes，1609—1677），1640 年来华去四川，1648 年到北京，1650 年到 1668 年写成文稿《中国的十二特点》（*Doze excellencias da China*），由柏应理返回欧洲述职时带给法国大主教德斯特雷（Caesar d'Estrees，1628—1714）。后者带着极大兴趣看完此书，转给熟谙葡萄牙语的法国外交官伯努（Claude Bernou，1638—1716）。伯努将之译成法文，于 1689 年在巴黎出版，取名为《中国新史》（*Nouvelle relation de la Chine*，BnF 4-O2N-1161）。

1643 年，意大利耶稣会士卫匡国来华，1652 年前后，以拉丁语语法解释汉语，写就《中国文法》（*Grammatica Sinica*）。① 1655 年出版拉丁文《中华新图》（*Novus Atlas Siensis*）。1666 年，卫匡国在巴黎出版法文版《中国图志》（*Description géographique de la Chine*，BnF VD MAT-3.5-BOITE FOL，部分著作可查 BnF SNR-1〔MARTINI，Martinus〕）。该书被译成英文、西班牙文、荷兰文。1658 年在慕尼黑出版拉丁文版《中国历史》（*SinicŒæ historià decas prima：res à gentis origine ad Christum natum in extrema Asia，sive magno Sinarum imperio gestas complexa*），由古龙（Louis Coulon，1605—1664）译成法文（*Histoire universelle de la Chine*）于 1667 年在法国里昂出版。1692 年再由法国人伯乐提（l'abbé Le Peletier）译成法文，在巴黎出版。

卫匡国 1659 年在杭州建天主教堂②，1661 年去世，葬于老东岳大方井天主教司铎公墓。

利玛窦的继任者、第一个将《五经》（*Pentabiblion Sinense*，《诗经》

---

① 参见 Melchisedec Thevenot，BnF GE FF-8432。

② 作为中国历史上著名的三大律宗戒台佛寺之一，杭州的昭庆寺如今只剩下一个正殿的外壳，作为杭州少年宫的内殿。参见沈宏：《追寻昭庆律寺的昔日辉煌——挖掘外国友人为我们所保存的历史记忆》，载《文化艺术研究》，2010(1)（"Looking for the Past Glory of the Monastery of Manifest Congratulations"，in *Studies in culture and art*，N°1，2010，pp. 12-27）。

《尚书》《礼记》《周易》《春秋》）译为拉丁语的是法国耶稣会士金尼阁（Nico-las Trigaut，1577—1628），此译本于 1626 年（明天启六年）在杭州刊印。同年出版《西儒耳目资》，这是首部用音素字母对汉字进行标音的字典，浙江图书馆古籍部文澜阁有藏本。

金尼阁将利玛窦留下的拉丁文文稿整理翻译成法文《基督教远征中国史》（*Histoire de l'expédition chréstienne au royaume de la Chine*，BnF 8-O2N-346），于 1616 年在法国里昂出版。此书在欧洲产生很大影响。

1662 年（康熙元年），殷铎泽与葡萄牙耶稣会士郭纳爵（Ignatius da Costa，1599—1666）用拉丁文写出《中国的智慧》（*Sapientia Sinica*）一书，书中有《大学》译文以及《论语》部分译文，在江西建昌刻印，由传教士带回欧洲。1667 年和 1669 年（康熙六年和八年），殷铎泽的拉丁文《中庸》译文以《中国的政治伦理》（*Sinarum Scientia Politico-moralis*）为书名分两期在中国广州和印度果阿（Goo）出版，1672 年再版（*Sinarum scientia politico-moralis，sive Scientiae sinicae liber*，BnF FOL-O-3152N-598）。

法国皇家科学院图书馆馆员特维诺（Melchisédech Thévenot，1620—1692）编著的《关于各种神奇旅行的记录》（*Relations de divers voyages curieux : qui n'ont point este' publie'es, et qu'on a traduit ou tiré des originaux des voyageurs franccois, espagnols, allemands, portugais, anglois, hollardois, persans, arabes & autres orientaux* / données au public par les soins de feu M. Melchisédech Thévenot，BnF GE FF-8432）1664 年在巴黎出版，内收 15 页卫匡国 1652 年完稿的《中国文法》（*Grammatica linguae sinensis*）。

与此同时，旅居罗马的德国耶稣会士季歇尔（Athanasirs Kircher，1602—1680，又译为基歇尔）于 1667 年在荷兰阿姆斯特丹出版所著《中国宗教、世俗和各种自然、技术奇观及其有价值的实物材料汇编》（*China Monumentis qua Sacris qua profanis, Nec non variis Naturae & Artis*

Spectaculis Aliarumpe rerum memorabilium Argumetis illustrata）。①

1681 年，在原属比利时现为法国境内出生的赴华耶稣会传教士柏应理受耶稣会中国传教会的委派，回罗马向教皇汇报在中国的传教工作。1682 年，柏应理回到欧洲，赴罗马朝见教皇英诺森十一世（Pope Innocent Ⅺ，1611—1689），所献四百余卷由传教士编纂的中国文献，入藏梵蒂冈图书馆。1687 年，柏应理的拉丁文著作《中国哲学家孔子》（*Confucius Sinarum Philosophus*，BnF O2N-206〔A，3〕）在巴黎出版，献给路易十四。此书由殷铎泽、郭纳爵、鲁日满（François de Rougemont，1624—1676）和恩理格（Christian Herdtricht，1624—1684）等耶稣会传教士翻译的中国经典集合而成，柏应理在他的长篇序言中介绍了中国的宗教状况，并详述了耶稣会的传教战略。书的副标题为中文"西文四书直解"（内有《大学》《中庸》《论语》，缺《孟子》）。1688 年，在阿姆斯特丹和巴黎出版《中国哲学家孔子》的节译本《孔子的道德》（*La morale de Confucius，philosophe de la Chine*，BnF 8-S-509）。1691 年，英国人弗雷泽（John Fraser）在伦敦出版英文节译本《孔子的道德》（*The Morals of Confucius，a Chinese Philosopher*）。

1681 年，柏应理准备回欧洲述职，南京天主教徒沈福宗（Michael Alphonsius Shen Fu-Tsung，1657—1692）接受其邀请一同前往。1684 年 9 月沈福宗抵达巴黎，与柏应理一起在凡尔赛宫受到法国国王路易十四的接见。此次会见的详细记录最早以通信形式发表在 1684 年 9 月巴黎的《风雅信使》（*Mercure Galant*，1672—1724）季刊上，作者署名"博识者巴黎人卡欧冕"（Savant M. Comiers，parisien）。该季刊面向大众读者，提供最新最有趣的新闻。柏应理的中国见识与沈福宗的现场书法演示，促使路易十四下定决心派遣使者到中国去，为法国在亚洲的影响打开局面。

为避免与葡萄牙传教士使团发生纠葛，路易十四以科学交流为名目

---

①　简称《中国图说》，参见张西平：《来华耶稣会士与欧洲早期汉学的兴起——简论卜弥格与基歇尔〈中国图说〉的关系》，见沈弘主编：《当中国与西方相遇…… *When China meets the West*…》，9～27 页，杭州，浙江大学出版社，2010。

派遣使者。1685 年，首批法国耶稣会传教士以"国王的观察员与数学家"的名义被派往中国。两年后，这个法国科学传教团抵宁波港，进京见康熙大帝。该团共五位成员，以洪若翰（Jean de Fontaney，1643—1710）为首，还有白晋（Joachim Bouvet，1656—1730）、张诚（Jean-François Gerbillon，1654—1707）、刘应（Claude de Visdelou，1656—1737）、李明（Louis le Comte，1655—1729）。他们均为数学家。法国王室希望以此打破当时葡萄牙垄断亚洲的局面。

路易十四的期待得到实现。所派的这批法国科学家均为巴黎皇家学院（Académie royale des sciences de Paris）院士。他们抵达中国后，很快进入状态，了解中国的文化、科学，很受康熙皇帝的信任。他们的笔录是珍贵的史料，有些文稿没有出版，为法国国家图书馆藏本。

白晋用拉丁文著《易经要旨》（*Idea generalis doctrinae libri I-king*），并进行《诗经》研究。1697 年，白晋在巴黎出版《中国现状》（*L'État présent de la Chine*，BnF IFN-8608275）、《康熙帝传》（*Portrait historique de l'empereur de Chine*，BnF O2N-250）。后一本书 1699 年在伦敦出版英文版（*The Present Emperour of China Presented to the Most Christian King*），并有德文版和拉丁文版。

刘应是《书经》《礼记》的拉丁文译者，致力于中国思想典籍的节译与评述①，所著三卷《中国宗教哲学》（*De religione sinarum philosophorum*，Tome I，Vat. lat. 12863；Tome II，Vat. lat. 12864；Tome III，Vat. lat. 12865）与所译《礼记·郊特牲》（*Ritualis Sinensium Li-Ki capita*，*Kiao-Te-Seng*；

---

① Claude de Visdelou，*De religione sinarum philosophorum*，Tome I（Vat. lat. 12863，p. 478），Tome II（Vat. lat. 12864），Tome III（Vat. lat. 12865，p. 142），Notarius Florentins，M. C. C. C. XVIIII. 该书体例是拉丁译文（Textus，*sic.*）加解释（Interpretano，*sic.*）加注释（Nota，或者 Nota Tralatoris，*sic.*）。*Vocis tou*（天）*Tien et interprétatio ex vocabularii quod Lh ya inscribitur*（Vat. lat. 12853）。*Canon chronoogique sinicae*，Claude de Visdelou（Vat. lat. 12862）。*Histoire Sinica latine versa*，Tomes I-VI（Vat. lat. 12855，12856，12857，12858，12859，12860）。

Tci-fa，Tci-y，Tci-tum，Vat. lat. 128-152)①藏于梵蒂冈图书馆。1740 年，刘应所译《书经》(Ie Chou-king ou le Livre par excellence : les Se-chou ou les Quatre livres moraux de Confucius et de ses disciplesm，BnF 23911)在巴黎出版。他的《中庸》拉丁文译本(De perfecta imperturbabil-itate Liber Canonicus，Vat. lat. 12866)与《书经》(Chou-Kim latine ver-sus，Vat. lat. 12854)拉丁文译本手稿藏于梵蒂冈图书馆。《书经》手稿为 681 页，体例为一段拉丁文翻译、一段解释、一段注释，解释与注释部分偶有汉字。所著《易经概说》(Notice sur le livre chinois I-king，1728)附刻于宋君荣(Antoine Gaubile，1689—1759)的《书经》(La Morale du Chou-King，1851，BnF 8-O2N-308)，之后刊行。他和马若瑟共同翻译的《书经》(Le Chou-king，un des livres sacrés des Chinois，qui renferme les fondements de leur ancienne histoire，les principes de leur gouverne-ment & de leur morale)于 1770 年刊行。刘应还译出《诗经》部分诗(Oda，Cu Cu，Segue : Oda Yun Han，Opere varie，Vat. lat. 12853)。

雷孝思(Jean-Baptiste Régis，1665—1737)1698 年作为法国国王派遣的第二批十名耶稣会士之一来华，他将《易经》译为拉丁文，此书 1834 年由莫尔在德国的图宾根及斯图加特印行，书名为《易经注释第一部分评论》(Y-king，antiquissimus Sinarum liber quem ex latina interpretatio-ne)，1839 年，续出第二册，原稿或拉丁文抄本藏于巴黎国家图书馆(BnF 17240)。

法国国王派遣耶稣会士数学家前往中国的决策，为法国在欧洲汉学中的地位建立了坚固的基础。从 16 世纪到 17 世纪，在关于中国的记载中，传教士从哲学、政治、文化、园林、中医、教育制度与中国语言等角度，把中国描写成一种美丽的文明、一个先进的理想国。欧洲传教士的著作对 18 世纪的启蒙思想家影响很大，而耶稣会传教士的超群努力也

---

① Ritualis Sinensium Li-Ki capita，Kiao-Te-Seng ；Tci-fa，Tci-y，Tci-tum，trad. en latin par Claude de Visdelou，annoté par P. J. F. Fouquet，1710 (Vat. lat. 128-152). De Li-Ki seu commentariis De Officiis，trad. en latin par Claude de Visdelou，annoté par P. J. F. Fouquet (Vat. lat. 128-152 ；Vat. lat. 128-153).

为后来的"礼仪之争"埋下伏笔。因为法国的参与，17世纪末欧洲出版的关于中国的著述，其数量和深度都达到史无前例的程度。法国后来居上，成为开辟欧洲汉学领域的先锋，也成为最重要的汉学研究基地。

直到17世纪末，法国和欧洲其他国家对中国的接受重在哲学、政治、文化、历史、语言方面；所翻译的典籍情形亦是如此，属于广义上的文史哲经典，尚无狭义上的文学作品翻译出版。在16世纪和17世纪的欧洲，中国作为一种文化理想而存在。

(三)18世纪中国在法国：经典的文学艺术中国

在"中学西传"中，来华传教士的角色越来越重要。传教的使命促使他们向欧洲译介中国典籍，这些传教士的著作和译作奠定了欧洲汉学的基础。在继续翻译研究儒学典籍、史学著述、中国的科学技术书籍的同时，传教士们开始翻译和研究文学作品，1687年后来华的法国耶稣会士的"中学西传"之著述的数量位居西方传教士之首。①

派遣使者仍不能满足路易十四对中国的兴趣，1706年，另一个中国人进入凡尔赛宫。此人不再是被接待的客人，而是路易十四的中文翻译，名为Arcade Hoang(1679—1716)，译名黄嘉略，原名黄日升②。1701年，黄嘉略因服丧返家乡，与法国传教士梁弘仁(Artus de Lionne，1655—1713)相识，时梁弘仁准备前往罗马教廷报告"礼仪之争"和中国教区的情况。1702年2月，梁弘仁带着黄嘉略从厦门起航，8个月后到达法国首都巴黎，随即赴罗马向教廷汇报。黄嘉略在罗马的三年中受到过教皇的接见，写有《罗马日记》。1705年，黄嘉略随梁弘仁回到巴黎，此后直到1716年37岁去世，旅法11年。1713年娶法国妻子，先住巴黎第六区盖奈戈街(Rue Guénégaud)，1714年1月迁入附近的卡耐特街(Rue des Canettes)。不久妻子去世，黄独自抚养幼女。

---

① 张国刚：《从中西初识到礼仪之争——明清传教士与中西文化交流》，319～321页，北京，人民出版社，2003。

② 参见 Danielle Elisseeff, *Moi Arcade*, *interprète du Roi-Soleil*, Paris, édition Arthaud, 1985；许明龙：《黄嘉略与早期法国汉学》，北京，中华书局，2004。

　　路易十四任命黄嘉略为自己的汉语翻译，他的任务是编写《汉法辞典》和《汉语语法》。在两位后来成为著名汉学家的年轻人——傅尔蒙（Etienne Fourmont，1683—1745）和弗雷莱（Nicolat Freret，1688—1740）的帮助下，黄嘉略用法文撰写《汉语语法》，并编著《汉法辞典》。《汉语语法》手稿现存于巴黎国立图书馆，《汉法辞典》未完稿存法国国家图书馆（BnF，Chinois 9234）。黄嘉略译出《玉娇梨》三章，并留下一部用法语写的日记，日记手稿亦留存法国国家图书馆（BnF，NAF 10005）。1716 年，黄嘉略为法国国家图书馆所藏中文书籍作书目（*Catalogue des livres chinois qui sont dans la Bibliothèque du Roy*，1716，BnF，in ARCH AR 68，fol. 85-92）。①

　　法国从 1702 年至 1776 年陆续出版《耶稣会士中国书简集》（*Lettres édifiantes et curieuses*，*Nouvelles des missions du Levant extraites des "Lettres édifiantes et curieuses"*，BnF RES P-Z-2379〔8〕）丛书，其中包括法国耶稣会传教士王致诚（Jean-Denis Attiret，1702—1768）详述圆明园及其周边园林的一封书简。王致诚的祖父与父亲皆为画家。王自幼受父亲启蒙，十几岁时赴罗马画室学习。1735 年，33 岁的王致诚进入耶稣会。他擅长人物画和宗教画，耶稣会需要一位艺术家会士赴华，他欣然应召前往，1738 年 1 月 8 日离开法国，翌年 8 月 7 日抵北京。他觐见乾隆皇帝，献所画"东方三圣朝拜"，乾隆当即任命他为皇室画师。他在中国一待就是近 30 年，画出近 200 幅宫廷人物像，同时继续作宗教画。他白天在皇宫，晚上和礼拜天在教堂。1747 年，王致诚的书简《北京附近的皇室园亭》出版，影响巨大，与其他欧洲读者极为期待的书简一起为推动 18 世纪的"中国园林"和"中国热"起了很重要的作用。此书简后来被译成英文（*A Particular Account of the Emperor of China's Gardens Near*

---

　　① 参见 Nicolas Clément，"Catalogue de 1682. Bibliothèque du roi"，in *Livres chinois* (1682，BnF，N°1611—1614)；Léon Feer，"Introduction au Catalogue spéciale des ouvrages bouddhique du Fonds chinois"，in *T'oung pao*，I，1898，IX，pp. 201-214。

Pekin，Trans. Sir　Harry　Beaumont，London，1982，BnF　2003-215854)。①

苏格兰建筑师、园林艺术家钱伯斯（William Chambers，1723—1796)勋爵，于 1740 年至 1749 年在瑞典东印度公司工作，多次游历中国，研究中国建筑和中国园林艺术。1749 年，他到巴黎学建筑学，之后五年在意大利学建筑学，于 1755 年返回英国。他著于 1757 年的《中国房屋建筑》(*Designs of Chinese Building*)为欧洲首部介绍中国园林的专著，影响很大。钱伯斯在伦敦建造丘园（Kew Garden)，并于 1773 年再出著作《论东方园林》(*A Dissertation on Oriental Gardening*，BnF 2003-215854)。

在向欧洲介绍中国文化的热流中，传教士把翻译儒家经典作为进入中国文化和政治的要务。由罗明坚开始，经几代人 130 年的努力，1711年，比利时传教士卫方济（Franciscus Noël，1651—1729)在布拉格出版拉丁文全译《中国六大经典》(*Sinensis Imperii Libri Classici Sex*)，包括《大学》《中庸》《论语》《孟子》《孝经》和《小学》，法国耶稣会传教士杜赫德1735 年在巴黎出版的著作《中华帝国通志》中对此书有介绍。《中国六大经典》的法译本《中华帝国经典》(*Les Livres Classiques de l'Empire de la Chine*)由布鲁盖（François-André-Adrien Pluquet，1716—1790)完成，于1783 年至 1786 年分七卷出版（BnF R-20547)。《中华帝国通志》于 1741年、1749 和 1774 年分别由英、德、俄三国翻译出版。英译本（节译本）最初出版于 1736 年，1741 年出版全译本。

1728 年，法国耶稣会士马若瑟用拉丁文写成《汉语札记》(*Notitia Linguae Sinicae*)，1831 年出版。该书同时研究官话白话和文言的语法。此书手稿藏法国国家图书馆（Miss. Orient. 9279)。马若瑟的《易经》论稿手稿藏于梵蒂冈图书馆（Vat. lat. 515)。马若瑟选译的《书经》《诗经》并

---

① 参见 William Chambers (1723—1796)，*A dissertation on Oriental*，trad. de l'anglais par Nicolas Fréret (1688—1749)，*Dissertation sur le jardinage de l'Orient*，Paris，Saint-Pierre-de-Salerne：G. Monfort，2003。

《诗经》中的《天作》《皇矣》和《抑》等八首，也被杜赫德收入《中华帝国通志》(BnF VD MAT-3.5-BOITE FOL)，稿本藏法国国家图书馆。1731年，马若瑟把元代纪君祥杂剧《赵氏孤儿》译成法文，题为《中国悲剧赵氏孤儿》(*L'Orphelin de la maison de Zhao*，*Zhaoshi gu'er*)。①

1733年，法国耶稣会士孙璋(Alxander de la Charme，1695—1767)开始用法文翻译《礼记》，并着手《诗经》的拉丁文翻译，1830年由莫尔编辑，在德国斯图加特出版，书名为《孔子编诗经》(*Confucii Chi-king sive Liber carminum*)，为欧洲最早的《诗经》全译本。原稿收藏于法国国家图书馆(BnF NUMM-74452)。

冯秉正编译的12卷法文版《中国通史》(*Histoire générale de la Chine*)由 Moyriac de Mailla, Joseph-Anne-Marie de (S. J.，Le P.) 于1777年到1785年在巴黎出版(BnF 4-O2N-210)，第13卷为译者所著《中国概述及中国人的法律、习俗、科学与艺术》(*Description générale de la Chine，les lois，les mœurs et usages，sciences et arts des Chinois，etc.*)。②

宋君荣出身贵族，自小立志走罗明坚、利玛窦等耶稣会士之路，被送去耶稣会学校读书，接受天文学、古典语言和文学的培养，成绩优异，年轻时就被看作未来法国巴黎科学院的优秀学者，但他志在赴华传教。他于1722年来到中国，在华37年后去世。在华期间，他全力学习汉语和中国经典，从事《诗经》《书经》《礼记》和《易经》的翻译，及中国天文学和史学研究。《书经》1739年译毕，在他去世11年后即1770年由德金编辑，在巴黎刊行(*Le Chou-King，un des livres sacrés des Chinois*，BnF 4-O2N-299，1851；*La Morale du Chou-King*，BnF 8-O2N-308)。《诗经》译稿于1749年寄回欧洲，没有刊行。

宋君荣通晓天文学和史学，写成《书经中的天文学》(Astronomie dans le

---

① 马若瑟关于中国的书信于1861年在巴黎出版(*Lettre inédite du P. Prémare sur le monothéisme des Chinois*，BnF BR-33510)。

② 参见许明龙：《欧洲十八世纪中国热》，88页，北京，外语教学与研究出版社，2007。

Chou-king)一文，为《书经》译著附录。他的《中国天文学史——中国天文学考》(Traité historique et critique de l'astronomie chinoise) 一文，收录在苏西埃(Etienne Souciet，1671—1744)编的《中印古籍或现代文集中的数学、天文学、地理、编年史与物理观察》(Observations mathématiques，astronomiques，géographiques，chronologiques，et physiques，tirées des anciens livres chinois，ou faites nouvellement aux Indes et à la Chine，BnF V-6362)一书内，于1729—1932年出版。1739年在巴黎出版《成吉思汗传和元代全史》(Histoire de Gentchiscan et de toute la dynastie des Mongous，ses successeurs conquérans de la Chine，BnF FB-38762)，将清翰林院侍读邵远平著《元史类编》部分译成法文。他还从《唐书》中选取了几篇译为法文(Histoire de la grande dynastie des Thang)，收入《中华帝国通志》，第15—16卷。他所著《中国纪年学概念》(Traité de la chronologie chinoise，BnF 4-O2N-801)一书于1814年在巴黎出版。

法国耶稣会的巴多明神父(Dominique Parrenin，1665—1741)译注孔子，1788年在巴黎出版《自然法典——孔子之诗》(Le Code de la nature，poème de Confucius，BnF YA-559)。法国耶稣会士韩国英(Pierre-Martial Cibot，1727—1780)所译《大学》《中庸》，被收入巴黎出版的《关于中国之记录》(Mémoires concernant l'histoire，les sciences les arts，les moeurs，les usages，etc.，des Chinois，par les missionaires de Pékin，BnF 4-O2N-54)丛书(1776—1789，16卷)卷一。

1731年马若瑟在北京译出《赵氏孤儿》法文版《中国悲剧赵氏孤儿》后，英、德、俄等译本随之而出。伏尔泰于1755年将此剧法译本改编成《中国孤儿》(L'orphelin de la Chine)，在法国上演。

同古典诗词、戏曲一样，中国古典小说也是在18世纪开始进入法国的。殷弘绪(Père d'François-Xavier Entrecolles，1664—1741)神父将《今古奇观》中的《吕大郎还金完骨肉》《庄子休鼓盆成大道》和《怀私怨狠仆告主》三个故事，用法文编译概述，由杜赫德收入其主编的《中华帝国通志》(1735，vol. 3，第292~303页、第304~324页和第324~338页，BnF VD MAT-3.5-BOITE FOL)。继英国人威尔金森(John Wilkinson)翻译并于1761年出版《好逑传》英译本后，1766 年里昂出版了由英译本转译的未署名的法译本。

17 世纪下半叶至 18 世纪上半叶，欧洲启蒙运动的中心在法国。法国百科全书派思想家从传教士的书信中了解中国，他们欣喜地发现，中国为自然神论国家，由儒家的道德思想治国。法国启蒙思想家开始崇尚儒家的"德治"。例如，伏尔泰认为，人类社会的典范是中国，它是举世最优美、最古老、最广袤、人口最多而且治理最好的国家(《哲学辞典》)。中国将政治与伦理道德相结合的治国方法被当时的启蒙思想家们视为欧洲各国的借鉴之镜、理想的善治坐标、欧洲未来的参照系。无论欧洲思想家们是否同意中国的"德治"，以及"礼仪之争"的各方态度如何，中国文学作为中国思想的核心，因满足欧洲对"他者"的想象而被欧洲接受。

(四)19 世纪法国对中国的期待视野：文学中国

19 世纪的法国对中国的关注极为广泛，欧洲启蒙时代产生的对"他者"的好奇心是一个重要因素。广义的中国文学继续被接受，广义是指集文史哲为一体的中国之文，此时的文学接受开始包含佛典与佛经故事翻译。①

法国首任汉学教授雷慕沙于 1826 年在巴黎出版所译《玉娇梨》(*Iu Kiao-Li，ou Les Deux cousines*)，1827 年编纂出版三卷《中国小说集》(*Contes chinois，traducteur：Francis Davis，Thoms，Le P. d'Entrecolles，etc.*，BnF Y2-61862)，1836 年出版《佛国记》(*Foĕ Kouĕ Ki-Relation des royaumes bouddhiques. Voyage dans la Tartarie，dans l'Afghanistan et dans l'Inde*，BnF FOL-O2-562)。

---

① 佛经法译始于法国学者伯努夫 (Eugène Burnouf，1801—1852)，他于 1834 年在法兰西学院开设梵文课，将《妙法莲华经》由梵文译成法文 (*Le lotus de la bonne loi*，BnF YA-353)。

法国汉学家儒莲[①] 1832 年当选法兰西学院教授，他精通梵文、中文。儒莲于 1832 年在伦敦发表《灰阑记》全译本（*Hoeï-Lan-Ki / L'Histoire du Cercie de Craie*，BnF YA-739），1834 年在巴黎出版所译《白蛇精记》（*Blanche et Bleue，ou Les deux couleuvres-fées*，BnF Y2-18321），同年出版法译本《赵氏孤儿》（*Tchao-chikou-eul，ou l'Orphelin de la Chine*，BnF YA-855）。1853 年出版《大慈恩寺三藏法师传》（*Histoire de la vie de Hiouen-Thsang et de ses voyages dans l'Inde depuis l'an 629 jusqu'en 645*，BnF SMITH LESOUEF R-10565），1857—1858 年出版法译本《大唐西域记》（*Mémoires sur les contrées occidentales*，BnF 8-O2S-56），1859 年翻译出版《百句譬喻经》（*Les Avadânas：contes et apologues indiens inconnus jusqu'à ce jour，suivis de fables，de poésies et de nouvelles chinoises*，YA-749，YA-750）。1860 年在巴黎出版《中国小说集》（*Nouvelles chinoises*，BnF Y2-56906）和《平山冷燕》（*P'ing-chan-ling-yen. Les Deux jeunes filles lettrées*，BnF SMITH LESOUEF R-10547），1864 年出版《玉娇梨》法译本（*Les deux cousines，roman chinois* [Texte imprimé] / *Yu kiao li*，BnF SMITH LESOUEF R-10545），同年出版所译《千字文》法文版（*Thsien-tseu-wen. Le Livre des mille mots，le plus ancien livre élémentaire des chinois*，BnF SMITH LESOUEF R-10530）和《三字经》拉丁文版（"*San tseu king*" *Trium litterarum liber a Wang Pe-heou sub finem XIII.* saeculi compositus，BnF 8-IMPR OR-10517）。1842 年出版法文版《道德经》（*Lao Tseu Tao te king，Le Livre de la Voie et de la Vertu*，BnF Z RE NAN-4663），1872 年在日内瓦出版

---

① 儒莲的主要著作有：*Discussions grammaticales sur certaines régles de position qui，en chinois，jouent le même rêle que les inflexions dans les autres langues*（1841）；*Exercices pratiques d'analyse，de syntaxe，et de lexigraphie chinoise*（1842）；*Industries anciennes et modernes de l'empire chinois*《中华帝国的古今工业》（1869）；*Syntaxe nouvelle de la langue Chinoise fondée sur la position des mots suivie de deux traités sur les particules et les principaux termes de grammaire，d'une table des idiotismes，de fables，de légendes et d'apologues*《汉语文法》（1969）。

法译本《西厢记》(*Si-Siang-ki*, *ou l'histoire du pavillon d'Occident*, BnF SMITH LESOUEF R-10639)。

巴赞①是雷慕沙和儒莲的学生，东方语言学院教授。他于 1838 年在巴黎出版《中国戏曲选》(*Théâtre chinois*, *ou Choix de pièces de théatre*)，1841 年出版《琵琶记》(*Le Pi-Pa-Ki ou Lhistoire du Luth*, BnF YA-609)。在译介戏曲之余，于 1835 年出版《近代中国或有关这个庞大帝国的历史和文学的文献记载》，从总体上介绍中国小说和戏曲。1850 年巴赞在巴黎出版研究著作《元代明初中国文学史图略》(*Le Siècle des Youên*, *ou Tableau historique de la littérature chinoise*, *depuis l'avènement des empereurs mongols jusqu'à la restauration des Ming*, BnF Z-41452)，1856 年出版《中华帝国宗教起源、历史与构成研究》(*Recherches sur l'origine*, *l'histoire et la constitution des ordres religieux dans l'Empire chinois*, BnF 8-IMPR OR-116〔5，8〕)。

汉学家沙畹(Édouard Chavannes, 1865—1918)②深入研究佛教与道教，1894 年出版译注的义净和尚《大唐西域求法高僧传》(*Mémoire composé à l'époque de la grande dynastie T'ang sur les religieux*

① 巴赞关于中国的主要作品有：*Notice du "Chan-Haï-King"*, *cosmographie fabuleuse attribuée au grand Yu*(1840)；*Rapport fait à la Société Asiatique sur une chrestomathie chinoise publiée à Ning po en 1846* (1848)；*Le Siècle des Youên*, *ou Tableau historique de la littérature chinoise*, *depuis l'avènement des empereurs mongols jusqu'à la restauration des Ming* (1850)；*Recherches sur les institutions administratives et municipales de la Chine*(1854)；*Recherches sur l'origine*, *l'histoire et la constitution des ordres religieux dans l'Empire chinois* (1856)；*Grammaire mandarine*, *ou Principes généraux de la langue chinoise parlée* (1856)；*Notice historique sur le Collège médical de Péking*, *d'après le "Taï-thsing-hoeï-tièn"* (1857)；*Mémoires sur l'organisation intérieure des écoles chinoises*(1859)。

② Édouard Chavannes, *Documents sur les Tou-kiue (Turcs) occidentaux*, Paris：Librairie d'Amérique et d'Orient, 1900；Reprint：Taipei：Cheng Wen Publishing Co., 1969.

Édouard Chavannes, *Trois Généraux Chinois de la dynastie des Han Orientaux. Pan Tch'ao* (32-102 *p. C.*)；*-son fils Pan Yong*；*-Leang K'in* (112 *p. C.*). *Chapitre LXXVII du Heou Han chou*, *T'oung pao* 7(1906).

Édouard Chavannes, *Les pays d'occident d'après le* Heou Han chou, *T'oung pao* 8(1907), pp. 149-244.

éminents qui allèrent chercher la loi dans les pays d'Occident，BnF 8-IMPR OR-1)，1895 年出版所译《史记》(*Mémoires historiques de Se-ma Ts'ien*，BnF 8-NF-29051)，同年出版《悟空入竺记》(*Voyages des pèlerins bouddhistes. L'Itinéraire d'Ou-K'ong*〔751-790〕，BnF O2K-1006)。1910 年至 1934 年在巴黎出版所译《中国佛藏中五百故事选》(*Cinq cents contes et apologues extraits du Tripitaka chinois et traduits en franëais*，BnF 8-IMPR OR-295)。1927 年在巴黎出版《公元 3 至 8 世纪起源于印度的中国寓言》(*Fables chinoises du IIIe au VIIIe s. de notre ère（d'origine hindoue）*，BnF 8-NF-55945，8-IMPR OR-11086〔2〕)。沙畹对与文学密切相关的中国绘画也有所涉猎。①

德理文(D'Hervey de Saint-Denys，1822—1892)于 1859 年出版专著《中国面对欧洲》(*La Chine devant l'Europe*，BnF 8-O2N-161)。他对中国诗歌和小说非常关注，1862 年出版《唐诗》译注(*Poésies de l'époque des Thang*〔VIIe，VIIIIe et IXe siècles de notre ère〕，Z RENAN-9118)，1870 年在巴黎出版《离骚》(*Le Li-Sao*，BnF YA-733)，1873 年编著出版《中国古代作家文献中的中国中部与南部少数民族论稿》(*Mémoire sur l'ethnographie de la Chine centrale et méridionale*，*d'après un ensemble de documents inédits tirés des anciens écrivains chinois*，8-IMPR OR-2631〔4〕)，同年在日内瓦出版法译《三字经》(*Deux traductions du San-Tseu-King et de son commentaire*，BnF 8-Z-9737〔6〕)，1887 年出版专著《孔子与儒家理论研究》(*Mémoire sur les doctrines religieuses de Confucius et de l'école des lettrés*，BnF 4-O2N-820)，1885 年编译出版《中国小说三种》(*Trois nouvelles chinoises*〔I. Les Alchimistes. II. Comment le ciel donne et reprend les richesses. III. Mariage forcé〕，BnF 8-NF-31465)，1892 年出版选自《今古奇观》的《短篇小说六则》(*Six nouvelles nouvelles*，*Choix de Kin-Kou-Kï-Kouan*：*des numéros* 32：*Femme et*

---

① *La peinture chinoise au musée Cernuschi（avril-juin* 1912)，BnF 4-NF-18751，co-auteur：Raphaël Petrucci，Bruxelles，G. Van Oest，1914.

Mari Ingrats，N°38：*Chantage*，N°4：*Comment le Mandarin Tang Pi Perdit Et Retrouva Sa Fiancée*，N° 11：*Véritable Amitié*，N° 37：*Paravent Révélateur*，N° 24：*Une Cause Célèbre*，BnF 8-Y2-46613）。①

俞第德（Judith Gautier，1846—1917）自小对东方文学兴趣浓厚，遂学汉语。《玉书》（*Le Livre de Jade*，BnF 8-Z-41052）②是她翻译中国诗歌的处女作，1867 年在巴黎由 Alphonse Lemerre 出版。两年后俞第德出版中国文化研究专著《皇龙》（*Le dragon impérial*，BnF 8-BL-26801）。

帕维（Théodore Pavie，1811—1896）于 1839 年出版所译《中国童话与短篇小说选》（*Choix de contes et nouvelles*，BnF SMITH LESOUEF R-10615，Y2-22974），1845 年出版所译《三国志》上下两册（*San-Koue-Tchi. L'Histoire des Trois Royaume*，BnF Y2-65473）。

帛黎（Théophile Piry，1851—1918）于 1880 年在巴黎出版所译《二度梅》（*Erh-Tou-Mei ou Les pruniers merveilleux*，BnF 8-Y2-3471〔1〕）。

1889 年，中国驻巴黎公使馆的总兵衔军事参赞陈季同（Tcheng Ki-tong，1851—1907）将军编译出版《中国人自画像》（*Les chinois peints par eux-mêmes*，BnF 8-Y2-43333）上下两册，上册戏曲，下册译《聊斋》中的《王桂庵》《香玉》《青梅》等共 26 篇故事。

儒学经典的翻译在 19 世纪初期和末期的法国汉学中依然占据重要地位。19 世纪初的翻译有 1834 年汉学家莫尔在斯图亚特出版所译注的《中国古典〈易经〉》（*I-King antiquissimus Sinarum Liber*，BnF 8-O2N-304），1839 年出版第 2 册；波蒂埃于 1832 年在巴黎出版法文版《大学》（*Le Ta-Hio，La Grande Etude*，BnF 8-O2N-303），1873 年在巴黎出版所译《三

---

① 选自《今古奇观》：第三十二卷·金玉奴棒打薄情郎、第三十八卷·赵县君乔送黄柑子、第四卷·裴晋公义还原配、第十一卷·吴保安弃家赎友、第三十七卷·崔俊臣巧会芙蓉屏、第二十四卷·陈御史巧勘金钗钿。

② 参见 Muriel Détrie，"Le *Livre de jade* de Judith Gautier"，in *Revue de littérature comparée*，Paris，1989/3，pp. 301-324（Judith Gautier，*Livre de Jade*，BnF 8-YE-12744）。孟华：《从 19 世纪法国作家笔下的中国形象看汉学研究的形象建构功能》，见沈弘主编：《当中国与西方相遇…… *When China meets the West*…》，36～42 页，杭州，浙江大学出版社，2010。

字经》(*San Tseu King*，*Le Livre classique des trios caractères*，BnF Z-62518)；加莱(Joseph-Marie Callery，1810—1862)于 1853 年在意大利都灵出版所译法文版《礼记》(*Li ki*，BnF 4-O2N-310)；法国日本研究学者罗斯尼(Léon de Rosny，1837—1914)于 1891 年在巴黎出版法文版《山海经》(*Chan-Hai-Cing*，*antique géographie chinoise*，BnF 8-O2N-907〔1〕)。

　　19 世纪中期以来，儒典最重要的翻译家是在河北献县传教的法国耶稣会士顾赛芬(Séraphin Couvreur，1835—1919)。他于 1895 年出版《四书》(*Les Quatre livres*，BnF 8-IMPR OR-843)，1896 年出版《诗经》(*Cheu king*，BnF 8-O2N-1324)，1897 年出版《书经》(*Chou king*，BnF 4-IMPR OR-4330)，1899 年出版《礼记》(*Li Ki ou Mémoires sur les bienséances et les cérémonies*，BnF VMC-9681〔1-2〕)。这几部经典均以拉丁语、法语、文言三语出版。① 他的三语版《诗经》，距离欧洲最早的法文版《诗经》，即由法国耶稣会士孙璋译、莫尔编辑，1830 年出版于德国斯图加特的《孔子编诗经》，已经有 66 年。

　　中国文学在法国的接受历史，反映出法国对中国的期待视野。16 世纪的法国从儒家经典入手阅读中国，儒家经典代表中国在欧洲的文化身份。17 世纪的中国仍然是遥远而理想的文化帝国，法国通过欧洲他国传教士阅读中国，并开始直接与中国交往。此时，中国文学尚未进入法国的阅读期待。18 世纪的法国开始主导欧洲的汉学发展，"国王数学家"传教士的中国典籍翻译成为欧洲汉学的奠基石。中国文学逐渐进入法国的阅读视野，马若瑟 1732 年出版的《中国悲剧赵氏孤儿》、孙璋的《诗经》法文全译是两个重要标志，尽管后者的出版要等到 1830 年。19 世纪，中国文学进入法国视野，诗歌、戏曲、小说与佛经故事同步。雷慕沙 1836 年出版的《佛国记》，儒莲 1832 年出版的《灰阑记》全译本、1834 年出版

---

　　① 　进入 20 世纪，顾赛芬于 1914 年出版法译本《春秋左传》(*Tch'ouen ts'iou et Tso tch-ouan*，*la Chronique de la principauté de Lou*，光启出版社，1951 年巴黎 Cathasia 再版，BnF 4-O2N-2392)，1916 年出版法译本《仪礼》(*Le Cérémonial*，1951 年巴黎 Cathasia 再版，BnF 4-O2N-2415)。

的《白蛇传》和《赵氏孤儿》、1864 年出版的《玉娇梨》，巴赞 1841 年出版的《琵琶记》，沙畹 1895 年出版的《悟空入竺记》，德理文 1870 年出版的《离骚》，俞第德 1867 年出版的《玉书》，帕维 1845 年出版的《三国志》等均为标志。此时期儒学经典翻译继续稳健发展。法国对中国的期待视野表现为：经典延续，文学主唱。

二、从 19 世纪到 20 世纪初的法国中国文论

（一）法国 19 世纪中国文论

早在 17—18 世纪，法国对中国文学的研究就已有相当出色的初步成果。众所周知的例子之一是马若瑟翻译的元杂剧《赵氏孤儿》，导致法国乃至全欧洲的转译、改编与传播，以及由此衍生而来的对中国戏曲本质的探索。18 世纪的法国汉学家主要是传教士，其凭借优秀的汉语能力以及身处中华大地的亲历见闻，为后世的文学与文论等研究奠定了坚实基础。19 世纪初，法兰西学院开设汉语讲座，汉学研究从此正式以学科的身份进入法国学院，开启法国的中国研究新篇章。19 世纪的汉学家坚持翻译传统，将许多重要的中国文学作品陆续译为法语，其对中国文论的研究正是奠基或依附于文学作品的译介。而法国汉学家对中国文学作品的认知，不能脱离其对"文学"概念的认知。因此，汉学家主要是以西方的文学概念，将中国文学分为戏剧、小说、诗歌三大领域来进行了解，其对文论的研究与介绍，主要也是通过这三个领域进行，而较少见综合性、跨文类的文论思索。本节将以文学作品的研究为主线，分述汉学家对文学作品的研究及其借此所发展出来的中国文学论述。

1. 戏剧

虽然戏剧文类很早就进入法国汉学家的视野，但是直到儒莲之前，并没有中国戏曲的全译本问世。1832 年，由儒莲执笔翻译的《灰阑记》出版，这是第一出完整翻译为法语且未将唱词删除的元杂剧译本。1834 年，儒莲重译《赵氏孤儿》，保留原剧的宾白与曲文，而未像马若瑟那样

将唱词删除。儒莲原本有意陆续翻译出版多出杂剧剧本，不过在《灰阑记》《赵氏孤儿》两剧译本问世之后，流传于世者仅有《看钱奴》未出版法译手稿，[①] 以及儒莲死后出版的《西厢记》前四本译文。儒莲对于中国戏曲的兴趣，主要集中在语言方面。他在《灰阑记》前言里，洋洋洒洒列出诸多中国语言里的特殊表达法。1869—1870 年，儒莲出版《中国语文指南》（*Syntaxe nouvelle de la langue chinoise*），以其翻译的《赵氏孤儿》为例，逐字逐句并列中法双语的曲词，将其作为学生学习汉语口语的教材。儒莲的戏剧翻译成就颇高，对戏剧作品里使用的语言的研究亦多有着力，但就中国戏剧本身的源流、体制、文学价值等，并没有特别深入的申论。

　　至于儒莲的学生巴赞，则在 19 世纪的法国，为中国戏曲研究开拓新局。1838 年，巴赞出版《中国戏曲选》（*Théâtre chinois*），根据当时法国皇家图书馆所藏明代臧懋循编《元曲选》，翻译《㑳梅香》《合汗衫》《货郎旦》《窦娥冤》四个剧本。剧本前附中国戏曲介绍序文一篇，并翻译臧懋循《元曲选》书前所附的《天台陶九成论曲》正文、《涵虚子论曲》正文，以说明元杂剧的渊源、体制、行当、表演等。巴赞根据《元曲选》附录的《曲论》，将元杂剧作者分为"士""无名氏""娼夫"三等，配合剧作家个人著作剧本数量，制成表格加总之后，推断现存元杂剧共 564 种。总的来说，巴赞对中国戏曲的认识与分析，主要也就是通过阅读这百出剧本，以及前辈传教士汉学家（如白晋等人）在中国的戏曲观赏见闻录。由于巴赞不曾亲眼看过中国戏曲演出，所以他的研究特别注重形式分析与文献考证，并将戏剧当成反映庶民生活的社会研究材料。一方面，巴赞在翻译时若遇有历史典故或特殊表达，则悉心查阅前人相关著作，置译本注释以为参考。另一方面，巴赞指出通过戏剧可以观风俗，尤其"家庭题材的戏剧"可以将"中国人的民情风俗活生生地呈现在我们眼前"。[②] 巴赞首先把梳前辈汉学家格鲁贤（Jean-Baptiste Grosier，1743—1823）、钱德明等人

---

　　① 李声凤：《法国汉学家儒莲的早期戏曲翻译》，载《上海交通大学学报（哲学社会科学版）》，2015(2)。

　　② Bazin aîné, *Théâtre chinois*, Paris, Imprimerie Royale, 1838, p. XXIII.

的著作。在这些长居中国的汉学家的眼中,中国的风俗四千年不变,尤其女性地位低下,一辈子过着大门不出二门不迈的孤寂生活。然而巴赞引用《㑇梅香》的三个片段,以此推定元代的女性并不像前辈汉学家们说的那样完全被关在房内,严男女之防:(1)引楔子"一番家使他王公大人家里道上覆去"言,说明侍女可出门到王公贵族家中报信;(2)楔子里白敏中初见侍字闺中的小蛮及侍女樊素,裴夫人明言"不索回避";(3)第二折白敏中染病,樊素"领老夫人言语","须索走一遭去"。在同一篇介绍文中的另一处,巴赞再次提到以戏剧观风俗之效。他指出,外国(特别是人们还不熟悉的国家)戏剧有两个功能,一是"描绘人情风俗",二是"像图像般呈现历史事件"。巴赞引用《老生儿》为例,认为该剧让读者了解到中国家庭里妻与妾的权利地位关系,以及丧葬过程中的用语与祝祷词等。同理,巴赞指出《㑇梅香》让读者看到由皇帝钦点的婚姻,以及恋爱男女与父母家长如何从这些外在的仪节中松绑。至于《货郎旦》则让读者了解中国封建时期那些坏人如何撰写贩婴合同,而原来的贩婴行为其实只是收养弃婴的某种变形手段等。

　　为了让读者迅速掌握中国民俗风情而不致迷失,巴赞的翻译工作注重分门别类。在《中国戏曲选》里,巴赞翻译了《涵虚子论曲》的"杂剧十二科"分类法,让法国读者明白元杂剧的题材可分为神仙道化、林泉丘壑、披袍秉笏、忠臣烈士、孝义廉洁、叱奸骂谗、逐臣孤子、铍刀赶棒、风花雪月、悲欢离合、烟花粉黛、神头鬼面共十二个类别。不过,巴赞在此只针对某些字词做出大致的解释,并未深入剖析每一种类别的差异。例如,他指出"笏"的功能是为了避免直视皇帝,"风花雪月"一词表示爱情故事,"烟花粉黛"一词表示风尘之事等。在其后出版的《元朝一世纪》里,巴赞再度就中国戏曲的剧本主题进行分类,从优至劣共分为七个等级:一是历史剧;二是道士剧;三是性格喜剧;四是情节喜剧;五是家庭剧;六是仙佛神话剧;七是公案剧。巴赞尤其推荐元杂剧里的历史剧,如《梧桐雨》《连环记》等,认为它们以优美的形式再现了古代中国历史。道士剧排名第二,则是因为当中展现了中国的奇风异俗。上述两个等级的剧本,正好反映了前引《中国戏曲选》里的品评标准:戏剧要能"描绘人情风俗",或者"呈现历史事件"。

　　巴赞虽对道士题材颇有兴趣,但对佛教度脱剧评价甚低。他在《中国戏曲选》里已指出,这些剧本都只是一些调笑逗弄的滑稽剧,跟宗教关联甚少。[1] 在《元朝一世纪》里,巴赞进一步分析嬉闹题材的剧本。他认为,元代以前的中国并没有严格意义上的喜剧,只有丑角剧(bouffon)、滑稽剧(burlesque)及闹剧(farce)。由于喜剧生成迟滞,且喜剧写作技巧困难,所以中国尚未出现特别重要的喜剧作家。针对名列第三、四位的喜剧,巴赞指出,"类型性格喜剧"具有讽世与道德意义,可以说是中国观众的"道德学堂"。[2] 不过巴赞也说,这一类型的喜剧数量不多,《元曲选》里只有《看钱奴》等五出"类型性格喜剧"。大部分中国喜剧属于"情节喜剧"(comédie d'intrigue),巴赞认为,这种类型的喜剧较容易撰写,只可惜"中国式的笑点既不细致也不生动,有时甚至拖沓沉重,偏离了喜剧写作的法度"。话虽如此,但巴赞再次以风土观点指出"情节喜剧"不可替代的优点。他说,"这种喜剧之所以会让欧洲读者感兴趣,是因为在其中可以看到风俗人情";它们之所以对中国观众的胃口,是因为有许多"意想不到的惊奇,枝节旁生以延宕剧情推演,而剧情尤其精彩"[3]。

　　根据巴赞的构想,哪些喜剧剧目具有这种"观风俗"的优势呢?巴赞将《元曲选》里的二十四出剧本归类为"情节喜剧",占了百种曲的五分之一强,有《金钱记》《鸳鸯被》《玉镜台》《谢天香》《救风尘》《曲江池》《墙头马上》《玉湖春》《风光好》《秋胡戏妻》《荐福碑》《倩女离魂》《扬州梦》《两世姻缘》《酷寒亭》《红梨花》《㑇梅香》《金线池》《留鞋记》《对玉梳》《百花亭》《竹坞听琴》《萧淑兰》以及《望江亭》。除了《㑇梅香》之外,其他喜剧皆未完整译出,只有《金钱记》《鸳鸯被》《秋胡戏妻》《倩女离魂》与《酷寒亭》等剧片段收录于《元朝一世纪》。此外,巴赞于 1841 年出版南戏《琵琶记》译本,开创法国对南戏与传奇的研究。可惜巴赞之后,大多数汉学家的兴趣集

---

① Bazin aîné, *Théâtre chinois*, p. XXXIII.

② Bazin aîné, *Le Siècle de Youên*, Paris, Imprimerie Nationale, 1850, p. 204.

③ Bazin aîné, *Le Siècle de Youên*, pp. 205-206.

中于元杂剧，南戏与传奇的研究要到 20 世纪才逐渐受到关注。

除了元杂剧、明清传奇之外，法国汉学家著作里偶有中国小戏演出记载。例如，亚冉（Jules Arène，1850—1903）的《俗雅中国》（*La Chine familière et galante*，1876 年出版）里记录作者在中国亲身见闻的民间小戏，如《铁弓缘》的演出、在中国友人协助下翻译流传于民间的《拔兰花》等剧本。《俗雅中国》的价值在于其是中国剧院所见所闻的第一手记录，是珍贵的旅游书写与历史记录材料，虽无文论分析，却丰富了法国对于中国戏曲的认知。①

1886 年，晚清外交官陈季同出版法文著作《中国人的戏剧》。② 此书是第一部由中国人以法语撰述的向法国读者介绍中国戏剧的著作。陈季同学贯中西，故能时时引用法国戏剧的人物与掌故，借以说明中国戏剧的特点及其与西方戏剧异同之处，可说是中国人初次以比较文学的视角分析中国戏剧，并且试图极度彰显中国戏剧的优点。全书通过剧院、作者、剧本、剧作类型（历史剧、性格喜剧等）、剧中角色的性格及其所呈现的风俗等面向，生动地将中国戏剧的风格、形式、内容介绍给法国读者。本书副标题为"比较风俗研究"，其不同于前人研究之处，乃是本书不仅通过剧本本身所描写的人物与故事来了解中国的风俗民情，而且还借由剧院的演出情形、戏剧观众的关注与活动、剧作家的动机与视角等角度分析中国社会的民情。也就是说，陈季同不只关注戏剧文本本身，更注意到戏剧在编写与演出过程中与观众的互动，乃至此文艺形式从创作到呈现是如何体现其所处社会的兴趣爱好与思维的。《中国人的戏剧》所研究的已不仅是剧中角色所代言的风俗民情，还包括读者与观众接受度所反映的社会风俗。另外，陈季同将中西戏剧并列，以彰显中国戏剧的地位，但有时引用的材料却不一定全然属实。例如，为了凸显《琵琶记》所体现的文学价值，陈季同特意陈述该剧在法国上演的情况，但近年

---

①   关于本书所记之事，参见罗仕龙：《从〈补缸〉到〈拔兰花〉：19 世纪两出中国小戏在法国的传播与接受》，载《戏剧艺术》（上海戏剧学院），2015(6)。

②   Tcheng Ki-tong, *Le Théâtre des Chinois：étude de mœurs comparées*，Paris，Calmann Lévy，1886.

已有研究对该剧是否真的曾在法国演出提出质疑。[①]

　　整体而言，19 世纪法国汉学家对中国戏曲文本的认识集中在元杂剧，研究成果奠基于巴赞。其后虽有零星的剧本翻译、改编[②]，但对于戏剧文本与文论的研究并没有获得更深入的发展[③]。明清戏曲方面的研究屈指可数，唯独李渔受到较多注意，其小说《十二楼》有三个故事早在雷慕沙所译的《中国小说集》里即已收录。至于其戏剧作品，则是在 1879 年由晁德莅（Angelo Zottoli，1826—1902）神父译为拉丁文，以"文学课程讲义"的形式在上海出版，供传教士学习汉语使用，所译剧本有三，即《慎鸾交》《风筝误》《奈何天》的选段。1891 年，耶稣会神父彪西（Charles de Bussy，1875—1938）将其转译为法语。在此前一年，亦即 1890 年，于雅尔（Camille Imbault-Huart，1857—1897）将另一出李渔剧作《比目鱼》的故事情节以散文体译成法语，发表在《亚细亚学报》（*Journal asiatique*）上。[④] 于雅尔以极其简短的篇幅介绍李渔及其《笠翁十种曲》，盛赞之余并未详析其作品风格及剧作意义，自然更不可能深入探究李渔诸多关于戏曲的论述文字。即便如此，李渔仍是 19 世纪少数以剧作家身份被法国读者认识的中国作家。就这一点来说，李渔与元杂剧对法国汉学家的吸引力主要都来自生动的情节及充满特色的中国社会风俗。这似乎也说明为何情节较多、节奏较沉缓的多数明清传奇无法为当时的汉学家所重视。

　　2. 诗歌

　　"以文学作品观风俗"的想法，同样出现在诗歌研究方面。1843 年，

---

　　① 参见罗仕龙：《19 世纪下半叶法国戏剧舞台上的中国艺人》，载《戏剧研究》，2012（10）。

　　② 如俞第德、夏朋堤（Léon Charpentier）等人，都曾根据元杂剧改编戏剧作品。这些创作并未直接涉及文论研究，此不赘言。可参见 Shih-Lung Lo, *La Chine dans le théâtre français du XIXe siècle*, thèse de doctorat, Paris, Université Sorbonne Nouvelle-Paris III, 2012。

　　③ 关于中国戏剧在 19 世纪的法译及其在法国的接受，可参见李声凤：《中国戏曲在法国的翻译与接受（1789—1870）》，北京，北京大学出版社，2015；Shih-Lung Lo, *La Chine sur la scène française au XIXe siècle*, Rennes, Presses universitaires de Rennes, 2015。

　　④ 见法国学者卡瑟（Pierre Kaser）一系列"法语中的李渔"相关研究：https://kaser. hypotheses. org/22♯more-22。

毕欧于《亚细亚学报》发表长文《诗经：中国古代风俗研究》。① 文中明言，"《诗经》有如风俗画卷，它是源自东亚最了不起的著作之一，同时真实性无可争议"；"这部诗歌作品选辑全然真实，一般来说以简明且天真的形式表现，反映古代中国人源自纯然天性的风俗习惯，且为有意研究这些风俗的人提供丰富的资源。这些资源远比《尚书》《左传》《国语》等历史典籍易于探索，虽说在这些历史典籍的长篇道德论述中，关于风俗与古代中国人的社会建构确乎居于核心"②。毕欧进一步指出，《礼记》《周礼》两书虽然关乎古代中国的风俗习惯，但书中内容牵涉太广，文句又极度精简，以致理解与翻译不易，而历代评注又让文句衍生更多歧义。在上述经典的全译本问世以及汉学家的深入研究以前，毕欧认为《诗经》至少提供了可信赖的素材，便于研究古代中国风俗。毕欧对《诗经》的阅读，并不是纯然从文学欣赏的角度切入。在他眼中，每一句歌谣都是信息来源。他的研究是化整为零，将《诗经》所录作品逐句拆散后又重新组合，拼贴出中国古代社会的方方面面，包括中国人的外观构成、衣着服饰、建筑与居所、射猎、捕鱼、农耕与放牧、日常饮食准备、使用的金属、材料、征伐与武器、政府组成与社会地位尊卑、宗教信仰、命运占卜、基本天文观念、祭仪、婚姻、家规、刑罚惩处、谚语与观念、史料等二十个单元主题。每一个主题都引述《诗经》原文以为佐证，巨细靡遗地描绘出古代中国万象。

　　毕欧将文学作品作为社会研究史料的方法，启发了后世另一位钻研诗歌的汉学家德理文。③ 1862 年，德理文翻译出版《唐代诗歌选》。在选

---

① 毕欧本人并未翻译《诗经》。他在文章中指出，其根据的乃是孙璋的拉丁文译本。此译本注释详尽，但写成后并未立即于法国出版，而是在 1830 年由德国出版社出版，成为欧洲刊行的第一个《诗经》全译本。1838 年，毕欧为此书重新作注后印行，并于同年在《北方期刊》(Revue du Nord) 第二期发表《诗经》研究专论。以上关于《诗经》的翻译进程，引自刘国敏：《法国〈诗经〉翻译研究书目勾陈》，见《诗经研究丛刊》，2012 年，22 辑，1～15 页。

② Édouard Biot, "Recherches sur les mœurs des anciens Chinois, d'après le Chi-king", Journal asiatique, novembre 1843, pp. 307-308.

③ 关于德理文生平事考，可参见孟华：《众说纷纭德理文》，载《比较文学与世界文学》，2015(2)；蒋向艳：《法国汉学家德理文的中国古典诗观》，载《国际汉学》，2009(1)。

录的唐诗译文之前，德理文附有长序一篇，题为《中国人的诗歌艺术和诗律》。他引用毕欧《诗经》研究的论点，"当我们进行历史研究，试图检视风俗、社会生活的细节，以及某一民族在某一特定时代的文明发展程度时，一般来说我们很难在逐条逐年记事的记载里找到线索，借此形塑整个社会图像，因为这些记载里多半充斥着各种关于征伐与战事的叙述。相较之下，查阅传说、故事、诗歌、通俗歌曲等，则让我们获益良多，因为在这些作品里保留了时代的特色。也因此，在两个相隔甚远的时代之间，我们可以找到连续不断的特殊风俗习惯，而这些风俗习惯却在历史典籍里不留痕迹"①。德理文坦言，这正是他投身翻译唐诗，甚至可说是他研究中国文学的主因。相较于西方自希腊时代以来的变动，中国虽历经与外界的接触，甚至数度被异族征服，但仍能维持文化的一贯性与同质性，以其自身的优越性同化蛮夷，"近距离研究这个社会，在其文学的形貌中寻找突出的特点，难道不是一件极有意义之事吗？"②

　　不过，德理文在强调中国文明的延续性时，并不是将其视为一个迟滞不变的古老文明，而是更着重观察其进程。若要理解中国文明之演变，就必须研究各个时代的文学作品，尤其是诗歌，而不能仅止于在《诗经》里翻找档案。他引用毕欧翻译的《诗经》，指出其所反映的中国文明在男耕女织时期的初始特色，然而自此之后，中国社会的变迁让诗人有了不同的观看与感知的方式，特别是在宗教情感与女性地位两方面。③ 在宗教情感方面，德理文认为《诗经》时代的中国人充满对绝对神性的崇拜与

---

① Léon d'Hervey de Saint-Denys, *Poésies de l'époque des Thang*, Paris, Amyot, 1862, p. 11.

② Léon d'Hervey de Saint-Denys, *Poésies de l'époque des Thang*, p. 15.

③ Léon d'Hervey de Saint-Denys, *Poésies de l'époque des Thang*, p. 22.

敬畏（德理文以中国古代经典里的"上帝"名之）①，而随着儒、道思想的发展，道德约束逐渐取代神性敬畏；在女性地位方面，德理文指出《诗经》时代的女子坦率，直接表达爱意，充满活泼气息，但儒家盛行之后，文学作品里的女性情感转而以闺怨为主，语调卑微，叹息夫君之不在。②正是基于这种以诗歌观风俗的精神，德理文接着介绍先秦两汉以来的诗歌（如《离骚》、汉诗等），借其分析不同时代的社会与民众情感，并依此推论"诗歌之树在《诗经》的时代生根，随着李陵、苏武繁衍枝干，在汉、魏影响之下吐叶，而在唐代开花结果"③。德理文以不同的唐代诗人作品为例，分析当时中国人各种不同的思想情感及其成因，如佛教传入以后所产生的人生观、友人相聚的欢快、孤寂的体悟、对故土的依恋、被政治放逐的伤感、对美的评价（特别是关于王昭君的诗作）等，同时在诗中看到当时的生活习惯，如饮宴安排、山林河川之景、战事征召等民情。德理文将唐诗当作中国文明鼎盛时期的文学代表，并进而通过诗歌里细腻传达的情感与思维理解当时的中国民众，可说将唐诗视为一幅开卷浮世绘。

德理文《唐代诗歌选》的长序第二部分集中在诗歌格律的分析上。德理文主要从汉语的语言特性与句式结构着手，探究中国诗歌（唐诗）何以能发展并维持严谨的格律。至于在实践层面如何能写出符合格律的诗歌，

---

① 德理文在另一部中国诗歌研究论著《离骚章句》里提到，远古时代的中国人在经典里屡屡提到"上帝"之名，也就是"统治的主"的意思。"上帝"居于天，凡于地上践行美德者，可随侍"上帝"之侧，而世界运行的规律是由"上帝"独自决定的。除了"上帝"以外，没有其他次要的神力或半神。这种观点让18世纪的西方传教士误认为中国人的信仰与希伯来宗教的一神信仰相通。然而德理文指出，事实上中国自儒、道兴盛以来，纯粹的宗教情感越来越罕见，取而代之的是各种迷信与对宗教的怀疑论。例如在屈原的作品里，就可以发现他对神祇的情感，不过只是诸多"诗意的虚构"(fictions poétiques)，其对天上统治者的想象出自神话，而不是宗教的情怀。见 Léon d'Hervey de Saint-Denys，*Le Li-Sao：poème du IIIᵉ siècle avant notre ère*，Paris，Maisonneuve，1870，p. XXV。

② Léon d'Hervey de Saint-Denys，*Poésies de l'époque des Thang*，p. 27.

③ Léon d'Hervey de Saint-Denys，*Poésies de l'époque des Thang*，p. 47.

则并非德理文关注的重点。① 在长序最后，德理文简要说明他的翻译原则。他根据前述分析中国的语言特性，反对字对字的直译，因为单一的汉字在诗句中有时并无意义，有时则语意含糊，必须通过上下文的其他字词才能体现正确的意义。为此，德理文期许其对唐诗的翻译能提供一个"整体的图像"，读者阅读唐诗时"必须穿透诗歌所蕴含的意象与思想，试图从中掌握作品的主线，以保存作品原有的力量与色彩"②。德理文的唐诗译作，通过其详尽缜密的考据，在忠实于原作意义的基础上，不局限于逐字逐句的比对，而更注重意境的彰显。这是他的唐诗译作与研究迄今仍有极高学术价值的原因所在。相较于德理文谨慎的唐诗研究与翻译，另一位汉学家俞第德的诗歌翻译就显得毫无拘束，从根本上来说已经是自由创作。俞第德《玉书》(Le Livre de Jade)收录唐诗、宋词诸家名作，是当时欧洲流传甚广的中国诗集，唯其创作成分远胜于研究，限于篇幅，此且按下不表。③ 高蹈派诗人布勒蒙(Émile Blémont, 1839—1927)所改编的《中国诗》(Poèmes de Chine)也是类似的情形。

　　德理文的另一部中国诗歌研究论著是《离骚章句》。④ 卷首有篇题为《初步研究》的长文兼序，接着节录《史记》关于屈原生平的介绍，最后一部分则是《离骚》译文。《初步研究》首先介绍屈原生平、《离骚》的创作背景与年代、楚辞的渊源，以及《离骚》乃楚辞中最主要之作品等基本概念。德理文指出，中国诗歌根据其诗律不同，概分为四大范畴，亦即诗、(楚)辞、歌、赋。其中诗的格律最为严谨，歌的格律宽松，赋介于诗文之间，格式繁复。最后简介楚辞的格式组成。德理文相当注意诗歌的格律与音韵，他强调，不管形式是古是今，所有中国诗歌都是为了吟唱而

① 曾仲鸣在《中国诗史论》里详细说明了如何按律作诗。见本章关于 20 世纪初期文论的部分。

② Léon d'Hervey de Saint-Denys, *Poésies de l'époque des Thang*, p. 109.

③ 关于俞第德的诗歌翻译，可参见孟华：《"不忠的美人"——略论朱迪特·戈蒂耶的汉诗"翻译"》，载《东方翻译》，2012(4)。朱迪特·戈蒂耶即俞第德，俞第德是她给自己取的中文名字。

④ 本书由德理文撰述，并由中国人李少白协助。可参见陈亮：《李少白与法文本〈离骚章句〉》，见《中国楚辞学》，20 辑，53～59 页，北京，学苑出版社，2013。

作。因此，楚辞在撰写时虽然格式不及唐诗严谨，但一旦吟唱起来，诗句里或柔和或急促的个别汉字发音，将使那些看似不规整的诗行听起来自然悠扬，即便是最不规整的诗段也可以根据同样的曲调吟唱。① 这是楚辞的擅长之处。然而，德理文也指出，一如其他形式的中国诗歌，《离骚》乃至整个楚辞（《离骚》即楚辞的代表作）的措辞常有不精确之处，以至于难以理解；唯有仰赖读者个人的介入与诠释，诗作才成为具有完整意义的作品。于是翻译《离骚》时遭遇双重挑战：译者不一定能完全掌握原作者的意境，译成外国文字后又欠缺原作里每个汉字所能引发的联想，使得楚辞有时不免让读者误以为徒具"庸劣文学价值"。② 关于"精确"的要求使得德理文在阅读《离骚》时在专有名词如"昆仑""扶桑"等词汇上耗费相当多的考据精神，希望能确切指出这些地点的现实所在之处。德理文会关注这个角度，或许并不是因为他不辨神话传说与现实地理之别，而是因为他将屈原视为一位伟大的旅行文学作者。他引用后代西方传教士与旅行文学作者的著述，将他们所描绘的中国地理环境与屈原笔下展现的名山大川相结合，认为早在西方探险家进入这些所谓秘境之前，屈原及其同时代的人早就已经游历过。德理文感怀道："我有时会幻想，一个巨大的谜可能藏在这些黑头发且古老的中国人民的起源之中。他们从北方不知何处而来，抵达黄河流域，不像原始的人们，却像是来自一个成熟的文明，为了避免跟各地的土著民族混合才来到此处，但中国人民又不断试着回到其文明的摇篮地区以寻找文明之光。如果有一天我们能确切证明'扶桑'就是现在的美洲，而中国人最早关于'扶桑'的概念早已湮没在古代的话，那么我们面前不是横摆着一个奇异的谜团吗？"③从这一段评论来看，德理文在前文洋洋洒洒地列举"扶桑"等地名之考，甚至

---

① Léon d'Hervey de Saint-Denys, *Le Li-Sao : poème du IIIe siècle avant notre ère*, p. XVII.

② Léon d'Hervey de Saint-Denys, *Le Li-Sao : poème du IIIe siècle avant notre ère*, p. XXI.

③ Léon d'Hervey de Saint-Denys, *Le Li-Sao : poème du IIIe siècle avant notre ère*, pp. XLII-XLIII.

大胆假设中国人早于哥伦布发现美洲大陆，并不是任意胡言，而是在翻译《离骚》的过程中让思想与精神驰骋在奔放的想象与浪漫情怀里。

　　除此之外，德理文认为《离骚》至少体现了两个特点，这两个特点是其他中国诗歌所不具备的。《离骚》的一个特点是篇幅浩大，是中国文学里罕见的长篇诗歌，唯其罕见，所以历代点评不断，显示后人对屈原与《离骚》自叹弗如。《离骚》的另一个特点是文字文献学的贡献。德理文指出，由于秦始皇焚书，后代诗人必须不断设法重新找回失落的传统，而《离骚》的文字恰好满足了这个需求。关于秦始皇焚书及《离骚》的传承，德理文大胆提出一个假设，认为焚书的影响并不如一般人所设想得那么严重。他指出，《离骚》早在秦始皇焚书八十余年前即已完成，以其内容而言不可能免除被焚毁的命运。然而，焚书百余年后的司马迁、班固等人都在编修的史册中提及屈原与《离骚》；汉代刘向不但不需要多费唇舌向读者说明《离骚》的优点，甚至还在文选里收录屈原同时代人的作品。到了朱熹编注《楚辞集注》时，不仅有各种注解，还批评在此之前的文选之讹误，而没有提到可能是因为焚书所导致的流传版本之变异。凡此种种都让德理文推测，楚辞经历秦始皇统治而流传至今。而德理文也无法相信，面对焚书的中国文人会眼睁睁地看着楚辞消失。这是德理文的文学史观点，不一定符合史实，或许很难说他没有受到《离骚》的浪漫主义思想的影响。

　　德理文的诗歌研究固有优长之处，然而相较于戏剧与小说，中国诗歌研究在法国毋庸置疑是相对落后的。法国驻广州领事馆的汉学家于雅尔在《18 世纪中国诗人袁子才之生平与作品》（1884）一书的序言中指出："中国诗歌是一片宽广丰硕的田地，然而迄今为止几乎仍未被开发。甚少汉学家致力于此中国文学里的困难领域。即便有之，则特别以我称为古典诗的作品为研究主题，也就是《诗经》《离骚》以及唐诗。有人以探险的态度尝试翻译歌曲、浪漫诗歌或通俗作品的片段，但这些分散刊登于四处的零星片段并不能让我们对今日中国的诗歌缪斯有客观正确的概念。

直到撰写本书之际，知识人仍深深瞧不起真正的中国现代诗。"①这段评述中所指的研究古典诗的汉学家，自然是德理文无误。德理文以唐诗为中国诗歌的鼎盛代表，而于雅尔则点出唐代以降诗歌未受汉学家重视的事实。于雅尔认为，凡对中国文学未深入了解者，自然将其归咎于中国文学在唐以后的没落，而将一切至善尽美之事归于上古时代。在于雅尔看来，《诗经》只能算是中国诗歌的初生期（第一期），而唐诗标示中国诗歌的蓬勃发展（第二期），但自宋代至清代仍有可观之处。他的著作就是针对第三期的"现代中国诗"。于雅尔此书选自《随园随笔》，选译袁枚的诗作数篇。于雅尔与德理文一样，认为中国诗人对长诗的写作敬而远之，诗歌主题亦不好宏伟。袁枚诗作亦如是，以精巧为功，然文学价值却丝毫不逊于长篇大作。于雅尔认为，袁枚"生来具有柔情的灵魂与易感的想象力，同时对于事物又有一种焦躁不安的质疑，能在诗句里放入充满情感的精致元素、优雅的意象，描写笔法充满生命力与真实性，迷人且有魅力。其诗句简单一如散文，没有繁复雕饰、没有虚情假意，就像出口成诗一般。其诗作主题并非隐藏在群花蔓刺之间，让人想起帕斯卡（Blaise Pascal，1623—1662）的名言'在简单自然里蕴含最多可能性'。袁枚的作品似乎正是以此为圭臬，他丝毫不以炫目技巧哗众取宠，不汲汲于无益的细节，也不耽溺于沉重且模糊难解的词句。固然袁枚也常引用文学与历史典故以及古代人物，但这并非像今天大多数诗人一样，乃是为了展现其虚无的渊博学识。袁枚在作品里掌握吸收典故用法，毫无烟火气地让它们自然而然进入其诗作里，［……］而不是在作品里诉诸这些细如牛毛的诗歌装饰元素，洋洋洒洒地展示"②。于雅尔不否认袁枚作品

---

① Camille Imbault-Huart, "Un poète chinois du XVIIIᵉ siècle. Yuan Tseu-Ts'aï, sa vie et ses œuvres", *Journal of the China Branch of the Royal Asiatic Society for the year 1884*, New series, Vol. XIX, Part II, Shanghai, 1886, pp. 1-42.

② Camille Imbault-Huart, "Un poète chinois du XVIIIᵉ siècle. Yuan Tseu-Ts'aï, sa vie et ses œuvres", pp. 25-26.

里有大量的历史、传说、神话、神学、地理、天文等素材①，但最看重的仍是袁枚自然简单如散文的诗作风格。这是 19 世纪末期法国汉学界少见的对单一中国诗人风格的深入评析。

　　于雅尔另一本关于中国诗歌的著作是《14—19 世纪中国诗》，1886 年出版。② "14—19 世纪"，指的自然是明、清两代。"14—19 世纪中国诗"也正是于雅尔在前述研究袁枚之书里力倡研究的"现代诗"。《14—19 世纪中国诗》选录明代刘基、杨基的诗作，明末清初草堂诗选，以及清代袁枚、乾隆帝、曾国藩等人的诗作。书末附有于雅尔抄录（可能未正式出版）的贵州司马氏诗作，"以《诗经·国风》风格写成"，叹中法战争之事，诗后有左宗棠阅毕之感。此书所有作品皆为首次译为法语，并附有详尽的注解，包括文学意象的说明、文字典故、历史事件、诗人生平等。在收录的译介作品前附有简介一篇，分为三大部分：第一部分说明中国诗歌分期（《诗经》为初生期，唐诗为复兴期，自宋以降则为近现代），第二部分说明近现代诗的地位，第三部分则详述翻译过程的难点与取决。在第一部分里，于雅尔首先引用法国文豪伏尔泰名言"无论何处，有才之人总是以诗行为创作之始"，肯定中国诗歌在文学上的重要性一如西方诗歌。于雅尔以《诗经》为依据，指出中国诗歌的生成早于散文，而历代散文及文类的发展受到诗歌的影响。基于这个前提，于雅尔试图推论出中国诗歌的"诗性"，亦即中国文学的根本特质。于雅尔认为，一方面，从《诗经》历经儒家的编选就可以看出中国人秉性积极且务实，凡事看重物质面与存在面，以至于对诗歌的纯思辨面向较无兴趣，而是让实际的利益压制美好的情感，甚至摒弃一切内心灵动。然而另一方面，中国人天生具有诗意，拥有高尚的思想，对真善美有热切的追求。这种天生的诗意很奇异地与唯实际利益为导向的原则融合在一起，其体现在诗歌创作

　　① Camille Imbault-Huart，"Un poète chinois du XVIIIᵉ siècle. Yuan Tseu-Ts'aï, sa vie et ses œuvres", p. 26.

　　② Camille Imbault-Huart，*La poésie chinoise du XIVᵉ au XIXᵉ siècle*, Paris, Ernest Leroux，1886.

中的结果，就是中国人喜爱大自然，喜爱在花间云下沉思，喜爱散步于溪边河畔看鱼儿嬉戏、水势东流，喜好登高俯瞰天地，喜好在竹柳荫翳之间饮酒，喜好听鸟儿在树丛间歌唱等。有时虽会不经意想起所爱之人，但中国式的爱从来不是理想型的，而是在诗里行间暗示对所爱之人、事、物的绝对拥有。此外，中国人虽然偶尔也有模糊的爱国情操，但往往只是一闪而逝的感觉，以至于中国人自身也弄不清这种情操究竟有什么崇高伟大之处。在第二部分里，于雅尔重申早前的观点，认为中国诗歌的创作者乃至于研究者（包括汉学家）每多贵古贱今，以仿古为最高成就。于雅尔却慧眼独具，认为近现代（亦即宋代以降）乃有真正的诗人，力抗中国诗歌的衰落，使中国诗歌从庸俗、华而不实的博学、肤浅等弊病之中挣脱出来，而其中自然以袁枚为最优。① 第三部分重申典故翻译之不易。整体来说，本书关于明、清诗歌的研究主要体现在每篇诗作翻译的辞章考据与注解方面，而在简介里详加阐述中国诗歌之本质，可以说是19 世纪晚期关于中国诗歌相当有个人见解的一本著作。尤其选录的诗作并非传统意义上的重要文学作品，更凸显于雅尔本人鲜明的品评观点。

3. 小说

18 世纪的耶稣会传教士已经翻译过多篇中国小说集。1827 年，雷慕沙出版三卷《中国小说集》②，收录前辈或同侪汉学家译出的小说，作为其于法兰西学院任教所使用的汉语教材。③ 书中收录的作品主要为德庇时、汤姆斯（Peter P. Thoms，1814—1851）——以上两人为当时居住于广东的西方学者——以及殷弘绪神父所译，选辑主要作品是道德故事以及短篇小说这类"次要文类"。雷慕沙指出，"这种类型的作品篇幅一般来说都不太长。从艺术的观点来说，这种类型的作品比不上小说家的长篇大论，其故事的脉络与角色的描绘一般来说都不引人注意，却可以在这些

---

① 于雅尔特别指出，相较于已有丰硕研究成果的第一、二期的中国诗歌，第三期的中国诗歌尚未引起法国汉学界重视。在此之前仅有钱德明神父翻译的乾隆诗作，以及英国人司登得（George Carter Stent）、法国人亚冉零星翻译的诗歌。

② Jean-Pierre Abel-Rémusat, *Contes chinois*, Paris，Moutardier，1827.

③ 钱林森：《中国古典戏剧、小说在法国》，载《南通大学学报（社会科学版）》，2008(2)。

作品里看到层出不穷的事件与细节，用以吸引读者的注意力，并且让人更加认识私人生活的内幕以及社会较低层民众的家庭习惯"。

　　事实上，雷慕沙于 1826 年出版其本人翻译的"第三绣像才子小说"《玉娇梨》，称这本书是真正有价值的风俗小说，认为它"能把极其鲜明而又巧妙的形式用于道德评判，能够抓住一些异常微妙的差别，能够成功地描绘出如此精细的习俗和非常进步的文明形态，并且还为时代描绘出真实的画卷。而在同一时代，我们这里却只能产生出拙劣的韵文故事或极其平庸乏味的荒诞故事"①。但在《中国小说集》序言里，雷慕沙直指这本才子佳人小说的缺失："有些读者可能会在其对话中被某种一致性所震撼。这种一致性来自作者极力想体现的人物举止与语言，而这些人物无非是高尚、有教养的人，可为良伴与佳偶的男子，以及情操高洁的女子。人们发现这本小说里的人物太过精巧，表达的口吻也太过优雅。"雷慕沙指出，类似的"责难"将不会见于《中国小说集》，因为这套小说里的人物贩夫走卒皆有之，甚至还有偷拐抢骗的故事情节，"补齐了中国习性的描绘"。雷慕沙编选《中国小说集》的标准是将中国小说作为观察社会百态的素材，在这一点上他与稍后倡导以戏剧观风俗的巴赞并无二致，只是观照的群体与文类或有不同。而在中国文学地位较低下的小说，却在学院派汉学建立伊始的法国成为极具指标性的读物。这一方面固然是因为 19 世纪小说文类在西方国家的蓬勃发展使得汉学家的品评标准不免受到影响，另一方面也是因为 19 世纪大多数法国学院派汉学家并无机会亲赴中国，以至于只能借鉴理应描写人世百态的小说、戏剧来理解中国社会。特别是中国人所欣赏的作品，理应最能反映中国社会。长年旅居中国的德庇时、汤姆斯所翻译的小说之所以特别受到雷慕沙青睐，与此也不无关系。

　　致力于小说、戏剧翻译的儒莲，同样也对庶民大众喜爱的作品感兴趣。1834 年，儒莲翻译出版清代玉山主人撰《白蛇传》(*Blanche et Bleue*,

---

　　①　黄嘉略曾译此小说但未译完，雷慕沙译本是第一个完整译本。1864 年，儒莲重译之。引文是钱林森教授所译。

ou Les deux couleuvres-fées）。在译本前言里，儒莲列举了两部在中国"获得极高评价"且在欧洲相当成功的小说《玉娇梨》及《好逑传》，指出它们"忠实地精心描绘上层社会的风俗，书中首要人物都是文人士子"。但是，儒莲接着强调，在中国还有另一种小说，其格局或许不够恢宏，但流传度不见得逊于才子佳人小说，且同样可以吸引欧洲读者的好奇心与兴趣。这种类型的作品的主要诉求对象是底层民众，内容则基于民间信仰，主旨是借由神奇且足以震撼想象力的故事达到宣达教化或维持社会稳定的目的。而《白蛇传》恰恰属于这一类型的民间小说。

　　儒莲的学生帕维于 1839 年出版他本人翻译的《中国童话与短篇小说选》，书中收录的故事选自《今古奇观》《西游记》《龙图公案》等通俗作品。① 其中《今古奇观》并非首次出现在法国读者的视野里，18 世纪的耶稣会传教士殷弘绪神父已翻译过书中其他数篇作品。② 在序言里，帕维委婉指出小说在中国的地位：中国人"不让［短篇小说与故事］这类无关紧要的作品纳入文学领域，历代皇帝敕令编修的浩瀚文库把那些简短篇幅的故事、充满想象力的小说都排除在外，至多只把这些作品当成学子打发时间的玩意儿。我们［西方人］没有中国人那么懂得品评，甚至没办法选辨作品，不过这些或多或少被鄙夷的故事作品，我们读起来也颇愉悦，就像我们读其他严肃作品时也能得到身心舒缓一样"。简短数语点出短篇小说文类的特质乃是耳目之娱，此一特质在中国社会被视为小道，而在西方读者看来，其乐趣却不逊于经学。然而帕维的见解并非全无疏漏，如《四库全书》事实上便收录有子部小说。

　　另外，帕维还注意到短篇小说的主题。他指出："即便第一眼看起来像是百无聊赖之作，但几乎每篇短篇小说与故事都取材自历史事件、传说，或源自［儒释道］三教的警世名言。而这些内容丰富、大量传抄且于

---

　　① Théodore Pavie, *Choix de contes et nouvelles*, Paris, Librairie de Benjamin Duprat, 1839. 其中《龙图公案》选译的故事是《石狮子》。

　　② 1735 年，杜赫德编选的《中华帝国通志》在巴黎出版。该书第 3 卷收录殷弘绪神父翻译、选自《今古奇观》的三篇小说，亦即《吕大郎还金完骨肉》《庄子休鼓盆成大道》和《怀私怨狠仆告主》。

不同时期成书的短篇小说选辑，虽然作者之名早已亡佚，但历经时代考验，足以与任何一种同类型的无名文选相提并论，不管是用诗歌还是用散文体写成的作品，就像在各个国家民族里的情形一样，而且通常能以最真实也最动人的笔触，描绘其民族的风俗与民众信仰。"如同同时代的汉学家一样，身为儒莲学生的帕维将小说视为观察中国风俗民情的载体，并认为中国短篇小说与世界其他文学有相同的功能，借此共通性将中国文学纳入世界文学的体系中，强调中国文学不是一个独立存在的文学体系。然而事实上，中国文学对于西方汉学家如帕维者，仍有其难以跨越的障碍，那便是帕维于前文所提到的历史掌故。在序言最后一段里，帕维直陈汉语之不易掌握，尤其在阅读文学作品时，常被各种典故指涉乃至意在言外的词语所困惑甚至误导。同样的问题其实早已困扰过儒莲①，这或许也是儒莲后来投注大量心力于语言研究，将小说和戏曲作为语言研究材料的原因之一。对于帕维来说，中国文学或许一如世界各地文学作品，足以反映民情风俗，但如果连语言本身的意义都还不能确定，又焉能正确解读其中所反映之事？这是 19 世纪前期汉学家在理解与分析中国文学作品时最需要小心处理的问题。

　　儒莲在同一时期翻译了《三国演义》中的"董卓之死"，以及《喻世名言·滕大尹鬼断家私》(译名为《行乐图，家庭画像或神秘的绘画》)、《醒世恒言·刘小官雌雄兄弟》(译名为《雌雄兄，两个不同性别的兄弟》)(以上三篇合并出版时题为《中国小说集》②)。儒莲在"董卓之死"正文前附有简短介绍，说明三国时代的历史背景、《三国志》与《三国演义》的成书经过与概要。儒莲高度评价罗贯中的文笔，认为他"以高贵且精彩绝伦的风格，为干燥的史实增添味道，将其杜撰的极有意思的戏剧成分融入章回叙事"，有效地使其作品大获成功。儒莲的高度评价使三国故事渐被法国读者注意，而有了后来帕维于 1845—1851 年出版的《三国演义》前 35 回

---

① 见儒莲译《灰阑记》前言。

② Stanislas Julien, *Nouvelles chinoises*, Paris, Moutardier, 1860.

译本。① 除此之外，儒莲还指出元杂剧《连环套》也同样以董卓之死为主题。不过儒莲并未深入申论中国戏曲、小说文本之间的互动关系（如相互改编），仅点到为止。

儒莲晚年译出另外两本中国小说，分别是《平山冷燕》（1860 年出版）与《玉娇梨》（1864 年出版）。在《平山冷燕》前言里，儒莲开宗明义指出其翻译动机（事实上也就是这本小说的价值所在）：第一，这本小说以生动且高潮迭起的手法，忠实呈现了中国人的品位与文学习性；第二，这本小说所使用的近现代文字风格既典雅又才华横溢。② 儒莲固然注意到小说体现的中国人情风俗，但同时注意到作品的文字功底，颇有将文学作品视为"文"的味道。儒莲根据其阅览经验，将中国小说大致分为四类：第一类传播推广国族历史故事，第二类描绘公私领域的风土人情，第三类劝善惩恶，第四类嘲讽无知之人。一方面，儒莲引用中国文论"十才子书"的品评标准，以凸显排行第四的《平山冷燕》的价值；另一方面，他也强调中国的戏曲、小说数量虽多，但无论如何难登大雅之堂，不但没有任何一本戏剧、小说选辑，甚至连作者之名也大多亡佚，不见于史传。当然，儒莲最在乎的还是语言问题，而不完全是文学论述本身。在同一篇前言稍后，儒莲再次盛赞《平山冷燕》的语言"细微巧妙、精心营造，并且相当困难"③，接着花了极长篇幅讨论中文口头语与书面语的不同、中文之可译与不可译的问题、小说文本里穿插的诗词是否需要翻译、如何借由理解角色的语言风格了解其性格等。④ 就《平山冷燕》作品而言，儒莲认为其最重要的文学价值正在于语言，因为其中包罗万象，有高尚典雅风格的官方文书，也有充斥各种象征表达的诗行，而其中主要角色展

---

① Théodore Pavie, *Histoire des trois royaumes*, vol. 1, Duprat, 1845；vol. 2, Duprat, 1851.

② Stanislas Julien, trad., *P'ing-chan-ling-yen. Les Deux Jeunes Filles lettrées*, Paris：Didier et Cie, 1860, p. I. 法语标题将"平山冷燕"意译为"两位年轻才女"。

③ Stanislas Julien, trad., *P'ing-chan-ling-yen. Les Deux Jeunes Filles lettrées*, p. VIII.

④ 儒莲无非是想要强调，即便没有以汉语为母语的人士的协助，仍能通过大量且勤奋的阅读，借助现有的词典完全理解复杂细微的中国文学书写。

现了十分渊博的学问，尤其是历史、神话典故以及官职方面的知识，对
欧洲读者来说都是难以想象的。一言以蔽之，儒莲认为《平山冷燕》的语
言成就足以使其在法国成为中国小说的代表作之一。1864 年，曾由雷慕
沙全译的《玉娇梨》在他手中重译。① 关于此书的意旨与文学价值，儒莲
转引大段雷慕沙译本的序言作为简介，然而他本人最大的兴趣仍在语言，
强调希望借助此书帮助后进学子精进汉语。② 为此，儒莲大量比较雷慕
沙译本与其译本，直陈雷慕沙译本在语言方面的缺失与错误③；而儒莲
译本则是逐个字句穷究本意，并详考历史与语言典故。儒莲列举了两本
在翻译时可为参佐的韵、辞书，即《佩文韵府》与《骈字类编》，反复强调
贴近原文的零距离翻译。相较于同时代其他汉学家多注意中国文学的社
会意涵，儒莲的中国文论乃是建立在坚实的字句理解的基础上的，以考
据、辞章为重。

　　其他在 19 世纪上半叶译成法语的才子佳人小说还有《好逑传》《画图缘》
（节译）。《画图缘》作者即为撰写《玉娇梨》《平山冷燕》的天花藏主人。弗雷
斯奈(Fulgence Fresnel，1795—1855)将其中两章译为法语，译名为《画图缘，
或神秘之书》(*Hoa Thou Youan*，*ou Le Livre mystérieux*)，1822—1823 年刊
登于《亚细亚学报》。④ 弗雷斯奈针对翻译中国小说的语言问题提出其折中
见解，认为法译中国小说必须适时调整原作以符合读者的阅读理解习惯，
但不可过度西化，必须尽可能保留原作的"当地色彩"。如"小姐""知府"
"知县"等词汇，与其取意义相近的法语词汇翻译，不如直接采用音译。⑤
至于《好逑传》，18 世纪已有艾度斯(Marc-Antoine Eidous，1724—1790)

　　① Stanislas Julien，trad.，*Yu-kiao-li*，*ou Les deux cousines*，Paris，Didier，1864. 法语
标题将"玉娇梨"意译为"两位表姐妹"。

　　② Stanislas Julien，trad.，*Yu-kiao-li*，*ou Les deux cousines*，p. xvi-xvii.

　　③ 儒莲摘录书中段落进行比较，"就汉语的观点而言，有种文学之美乃是其主要的趣
味，也就是中国作者用以雕饰长篇小说、短篇小说或戏剧作品的历史典故。这些典故还用来
彰显作者的博学，让读者信服之。然而在初译里几乎不见踪影，全然消失"。见儒莲译《玉娇
梨》，XIX-XX 页。

　　④ *Journal asiatique*，1822，tome I，pp. 202-225；1823，tome III，pp. 129-153.

　　⑤ "Note sur les traductions"，*Journal asiatique*，1823，tome III，pp. 129-133.

根据珀西(Thomas Percy，1729—1811)的英译本转译而来的法译本，题为《好逑传，或天作之合》(*Hau-kiou-choaan，ou L'Union bien assortie*)。此译本于 1828 年再版①，除附有旧版的前言之外，还有出版社的新版序言一篇。新版序言(未标示作者)指出，《好逑传》被雷慕沙视为最佳的中文小说，并用于汉语教学。序言中还评价道，《好逑传》读之趣味盎然，架构完好，情节曲折，"故事的构想与叙述皆好，是人性中最迷人的光彩之一"，"就像在《玉娇梨》中看到的一样，本书[《好逑传》]无疑让我们看到中国人的小说如何在叙述中贴近真实与自然，而不放任于毫无节制的浪漫想象；其布局架构中有艺术巧思，亦有端正规则，可看到统领整体的一致性，且所有情节都指向同一个方向"。这个观点重视《好逑传》的文学技巧，以其合宜的自然本色为优点。

另外，《好逑传》在 19 世纪初期还有德庇时的英译本；而 1842 年出版的达西(Guillard d'Arcy)译本，题为《好逑传，或机巧女子》②，则是第一个直接由汉语译为法语的全译本。达西注重的仍是《好逑传》故事所传达的人情世故。他指出，前辈汉学家孜孜矻矻，穷究中国的历史、法制、艺术与科学成就，但甚少着墨于中国各民族"私底下的生活细节"。达西质疑的是，如果一个外国人只通过历史方面的著作来理解法国，那就不算真正了解法国社会；同理可证，欲真正认识中国社会，不能只靠外在的材料。达西指出："就像任何一个个体一样，每一个国家民族也都有完全不同的两面：外在的那一面总是气派恢宏，其下却似乎被什么遮盖住似的；另一面也就是内在居家赤裸裸呈现的那一面，对旁观者而言，这个面向不见得比较没意思。"达西认为，《玉娇梨》让欧洲读者见识到中国学子的生活，《白蛇传》呈现中间阶级的生活，而《好逑传》则展现了另外一个不同的中国社会群体。达西不忘提醒读者本书的"中国性"，希望读者莫先入为主地注意故事情节不合常理之处，而必须知道这是中国作者

---

① *Hau Kiou Choaan*，*Histoire chinoise*，traduite de l'anglais par M＊＊＊，Lyon，chez Benoît Duplain，1766；Paris，Moutardier，1828.

② Guillard d'Arcy，trad.，*Hao-Khieou-Tchouan*，*ou La Femme accomplie*，Paris，Jean Maisonneuve，1842.

亲身见闻所记，反映的乃是真实的中国社会与民情。达西的评价让我们
注意到，在中国读者眼中用以吟风弄月、寄托诗怀的才子佳人小说，在
法国汉学家眼里却往往一再被强调其现实意义。

　　至于 19 世纪下半叶译成法语的才子佳人小说则有《二度梅》，清惜阴
堂主人撰，帛黎翻译。① 帛黎在译本前言中指出，《玉娇梨》《平山冷燕》
等小说虽然忠实反映才子佳人的情爱追求与中国文人精英阶级的社会姿
态，但其内容繁复，只适合像儒莲、雷慕沙这样的鸿儒，一般读者实无
耐性亦无能耐亦步亦趋。帛黎认为，唯有《二度梅》这一类型的小说才能
更精准地反映中国社会的风土人情，并且声称他之所以翻译《二度梅》，
乃是传承自《好逑传》以来的精神。对帛黎来说，《二度梅》是"用以教化的
道德小说，跟随着他们[书中角色]日常生活所为，可以看到各种规训，
诸如效忠君王、孝顺父母、夫妇相敬、朋友之义等，这些是[中国]这个
民族哲学与宗教体系的基础。除了一两处场景带有虚构的神奇色彩之外，
这本小说里完全没有生硬牵强、超乎中国人常情的不符真实之事物"②。
即便书中有一些西方人眼中看似荒诞的信仰元素，帛黎认为这恰恰是本
书之优点，因为他不要求一般读者穷究其学理，而是邀请读者体验这种
因为儒释道经典历经不同时代传抄，在广阔的中华大地上因地变化，融
合哲学、道德甚至迷信元素，最后构成中国人信仰的重要元素。帛黎显
然在以一个外在客观的角度欣赏中国的民俗人情，而不将小说混同于研
究素材。至于语言风格方面，帛黎认为《二度梅》流畅的书写展现了中国
日常生活场景，情节巧妙紧凑，令人读之欲罢不能。虽然有时稍微穿凿
附会，泪多于笑，但帛黎不忘时时提醒，《二度梅》本是写给中国读者阅
读的，故不应全然以法国读者的观点批评，并列举多种中国的风俗（如一
夫多妻）分析之。

　　19 世纪下半叶法国汉学家最感兴趣、对其而言也最能反映中国人情

---

　　①　A. Théophile Piry, trad., *Erh-tou-mei, ou Les Pruniers merveilleux*, Paris, Dentu,
1880. 帛黎曾长期任中国海关邮政总办，译有《圣谕广训》(1879 年出版)。

　　②　A. Théophile Piry, trad., *Erh-tou-mei, ou Les Pruniers merveilleux*, p. i～iii.

风俗的小说，无非就是《今古奇观》。荷兰汉学家施古德（Gustave Schle-gel，1840—1903）将其中《卖油郎独占花魁》《女秀才移花接木》两篇译为法语。施古德虽有旅居中国的经历，但在译本前言中坦承深入中国民间以理解习俗之困难。其关注《今古奇观》的重点之一，乃是书中人物从事的各行各业以及这些行业与欧洲同类型行业之比较。借由《卖油郎独占花魁》的故事并引用前辈汉学家巴赞的研究，施古德分析中西青楼女子从事职业内容之不同，多加凸显中国妓女的才艺及其与士人交往的面向。借由《女秀才移花接木》的故事，施古德注意到"讲古人"的行业，并认为早年耶稣会传教士之所以在中国受人轻贱，乃是因为他们于街头四处传播教义，貌似说书人，语言能力却又不够强，于是不被中国民众重视。

　　法国汉学家方面，继雷慕沙等人之后，德理文于 1885 年、1889 年分别出版两册选自《今古奇观》的故事，标题皆为《中国小说三种》，1892年又出版《短篇小说六则》，共计翻译出版 12 篇《今古奇观》故事。德理文固然没有直说他通过小说观察风土人情，但事实上目的如此。小说之译介与研究价值在于其故事本身，而不是文学或文字的优美程度。在 1885年出版的《中国小说三种》序言里，德理文分别指出三篇小说所呈现的中国社会风俗：《夸妙术丹客提金》让读者看到中国炼金术的起源、风行乃至于群体相信这套论述；《看财奴刁买冤家主》让读者看到中国人的鬼神观与轮回果报思想，以及儒释道三家思想如何融合成一套独特的道德观；《钱秀才错占凤凰俦》则让读者见识到独特的中国婚俗与民俗。德理文在同一篇序言里接着指出翻译外国文学的方法不外乎有二：一是但求意旨正确，容许重新调整编写原作；二是力求贴近原文的忠实翻译。德理文的翻译成果无疑是采用第一种方法的"意译"。① 这或许正是根源于他对《今古奇观》的评价：视之为一部具有社会研究价值的参考资料，而不只是一部以文艺价值取胜的纯文学作品。正因为如此，文字本身实不如故事本身来得重要。德理文研究小说的这套方法，显然已经开始偏离文学作为文学的路数了。

---

　　①　孟华：《众说纷纭德理文》，载《比较文学与世界文学》，2015(2)。

综观 19 世纪的法国汉学界，对中国文学的研究系于作品翻译，特别是汉学大家（如儒莲）的精心翻译。文论方面的研究以戏剧类型的成就最高，然而主要仅仰赖巴赞的全力投注。后继者治学之功远不及其，只能不断重读既有的全译本或节译本，从中验证前人所举证的中国社会风俗趣味之所在。改编、重译的元杂剧虽多，但对戏曲文论本身的研究较少。诗歌的研究重视文辞与意象，启发法国作家甚多。小说研究以才子佳人、传奇类型为主，"四大奇书"等后世视为掷地有声的文学代表作当时反而未受青睐。事实上，文论研究需有足够的文本阅读为基础，对于 19 世纪的法国汉学界来说，一方面，它尚处在大量阅读中国文学作品的阶段；另一方面，中国文学书籍的取得渠道亦相当有限。凡此皆限制了纯文论的研究，研究者常常只能通过个人阅读作品的经验尝试归纳中国文学的脉络与视点，其论述有时显得零星且片断。然而，也正是因为有 19 世纪汉学家广泛的阅读与翻译，才让 20 世纪初期法国的中国文学研究得以大幅迈进。

（二）法国 20 世纪初期中国文论

19 世纪末期，法国汉学发展在沙畹的主导下，侧重社会科学。文学因为不够"科学"，以至于常无法跻身学院派主流汉学家的研究对象中。[①] 从 20 世纪初起，诸多中国学生赴法勤工俭学，完成博士论文，其中一部分系以中国文学作为论文题目。这些中国学生在国内所接受的文学教育不可避免地受到传统文学论述与品味的影响，也因此在选题时往往展现出与西方汉学家不同的偏好，其结果是丰富了法国的中国文学研究视角，让更多法国学者注意到过去未曾发现的文学作品、作者、类型或评价的思路。中国留学生的博士论文主要在巴黎大学、里昂中法大学两所学校完成，其中多数答辩后皆获出版，改写了法国的中国文学研究面貌。相

---

① André Lévy, "The *Liaozhai zhiyi* and *Honglou meng* in French Translation", Leo Tak-hung Chan, Ed., *One into Many*: *Translation and the Dissemination of Classical Chinese Literature*. Amsterdam and New York: Rodopi, 2003, p. 91.

关论文主题涵盖戏剧、小说、诗歌三大文类：戏剧研究注重总体史料耙梳，以及不同戏曲类型的细化分析；小说研究在法国汉学界确立《红楼梦》《儒林外史》等经典的地位；诗歌研究则以翻译成就最大，并启发法国诗人的创作。影响所及，这一阶段也开始出现宏观式的中国文学史写作，带入更多关于文论的研究。

1. 戏剧

20 世纪投身中国话剧创作者，不少曾留学法国。如陈绵，他于 1929 年以《中国现代戏剧》在巴黎大学获法国国家文学博士[①]，这是第一部由中国人在法国完成的以中国文学为研究主题的学术论著。陈绵将"中国现代戏剧"的年代定义为 1853 年起至 1929 年止，亦即清咸丰三年以降。这一时期，太平天国定都南京，国家动荡不安，原本流行于全国（特别是南方）的昆曲顿失舞台，走向衰落。根据陈绵的定义，"中国现代戏剧的主体是京剧。[②] 秦腔占有次要位置。至于弋阳腔与昆曲，只不过是一去不回的荣光的残存物罢了"。[③] 因此陈绵的论文架构在对京剧的研究之上，分为七个章节：第一章讲述现代（即今人所认识的晚清民初）戏剧的起源、基本元素、作者群等；第二章是京剧的舞台样式、表演程式、服饰；第三章论及京剧角色行当；第四章为京剧的剧本结构、语言风格、诗歌及文学性；第五章为京剧的唱念做打与音乐；第六章是京剧的故事类别，及其与古典小说之间的关联；第七章则是京剧的道德意识、思想境界等。

对当时的法国读者而言，戏曲表演仍是一项极难想象的艺术形式。19 世纪晚期固然有过零星的中国艺人在法国演出，但传播范围甚小。陈绵从方方面面的细节解读京剧表演元素，以科学精神条分缕析之，奠定法国学界研究京剧的基石，这是该书最大的贡献之一。就京剧的剧本而言，陈绵着重建立一套分门别类的准则。他首先指出，京剧剧本的分类不能套用西方戏剧的标准，因为两者本质不同。陈绵罗列六套既有的分

① 博士论文于答辩同年出版。Mien Tcheng, *Le Théâtre chinois moderne*, Paris, Les Presses modernes, 1929.

② 陈绵在论文里使用的是"京调"一词。笔者采用今人较为通用的"京剧"。

③ Mien Tcheng, *Le Théâtre chinois moderne*, pp. 13-14.

类法①，分析每一套分类法的不足，进而说明他将在该书中根据戏剧文本的取材不同，将京剧的文本分为"历史剧""浪漫剧""神话剧""社会剧"四类，前三类内容主要取材自通俗小说。这套分类法对法国汉学界来说事实上并不陌生，因为巴赞在《中国戏曲选》的序言里也正是以不同的故事主题对中国戏剧予以分类的。陈绵的这套分类法主要强调小说与戏曲的紧密关系及其共有的通俗本质，他分门别类介绍各种不同类型的通俗小说及其改编而成的京剧剧本。对于熟悉通俗小说戏曲的中国观众或读者而言，其叙述或许略显琐碎，但却为法国汉学界建立了一套大致清晰的京剧文本目录及源流考概要。

　　陈绵以"忠孝节义"四个字总结京剧"悲剧"的道德意识与思想境界，翻译全本《八义图》借以佐证分析，并介绍改编自《八义图》的《屠赵仇》，说明两者异同。陈绵选择此剧本，可以说继承并延续了法国的中国戏剧研究传统，因为首出译为法语的中国戏剧乃元杂剧《赵氏孤儿》，而《赵氏孤儿》正是伏尔泰《中国孤儿》以及其他多出欧洲戏剧的灵感来源。值得注意的是，陈绵将《八义图》冠以"悲剧"之名，却又说"这出戏虽然没有什么文学价值却感人异常，原因在于它的真"；既说本剧"真"，却又说"中国戏剧［的叙事］时空自由"，不受限制。② 陈绵并没有进一步阐述"悲剧""真"等在西方戏剧中至关重要的观念，而事实上，恰恰正是"悲剧""真"等观念之不同，凸显了中西戏剧美学之不同。至于其他类型的剧本，陈绵节译历史剧《八大锤》《宁武关》两剧以说明"孝"的道德观念，全译《三娘教子》说明中国女性对家庭的无私奉献等。另外，也介绍了带有警世意味的偷情故事《翠屏山》、斗智的《连环套》等。陈绵的论文虽然是以戏剧（京剧）为主题，但事实

---

　　① 第一种，根据剧本演出的性质，分为大戏、小戏、文戏、武戏、连台戏等；第二种，根据戏剧主题，分为惨戏、哭戏、玩笑戏、情节戏、粉戏等；第三种，根据表演艺术的要求，分为唱工戏、做工戏、科白戏、武功戏等；第四种，根据主角不同，分为老生戏、小生戏、武生戏、青衣戏、小旦戏、老旦戏、花旦戏、武旦戏、丑戏、武丑戏等；第五种，根据戏剧故事的来源不同，分为列国戏（"列国志"类型的故事）、三国戏、水浒戏、精忠戏（岳飞故事）等；第六种，根据京剧里演唱曲调不同，分为皮黄戏（如《卖马》）、梆子戏（如《大登殿》）、昆曲（如《宁武关》）等。

　　② Mien Tcheng, *Le Théâtre chinois moderne*, p. 136.

上是对当时流行的中国通俗文学做了概括性的介绍。其弊病是因为篇幅限制，所论及的剧本常常一笔带过。在没有译本问世，甚至连中文本也未在法国流通的情况下，这样的泛泛介绍也仅能止于蜻蜓点水。

陈绵的论文固然以京剧为研究主轴，但作为一位戏剧艺术的实践者，他不忘在七个章节之后，外加"附录"一篇，介绍晚清以来取法西方的中国戏剧。陈绵大致以"新剧"一词概括此时期的各种新形态的戏剧，如文明戏等，讨论范围包括新式舞台设立、演出、主要演员、戏曲改革等。在剧本文学方面，陈绵从《茶花女》《黑籍冤魂》等早期话剧的尝试之作谈到南开剧校的新剧实验，并介绍现代戏剧作家欧阳予倩，以及留学生谢寿康以法文撰写的《李碎玉》（1927年出版）。这是中国话剧自1907年出现以来，首次有法国学术论著较为全面地梳理其发展脉络，也是法国学界认识中国话剧的开始。陈绵从昆曲的衰落写起，以新剧的各种尝试作结，其目的并不只在于历史性的回顾，更是试图以中国戏剧为样本，勾勒出中国文明寻找现代性的进程。他在文末指出，在当前中国的一切都在面临转变的时代里，各种思想与不确定性在混乱中碰撞与融合，但不管在学术知识层面也好，在政治与社会层面也好，都将出现"一个新秩序"，"它将调和三千年的文化传统以及对于现代人性的向往"①。可以说，这部由中国留学生完成的论文不再将中国文学视作亘古至今稳定不变的作品（一个相对于西方的不变他者），而赋予其可新可变、与时俱进的意义，为中国文学的论述开辟了新的空间。

陈绵以昆曲衰、皮黄兴作为"现代戏剧"的起点，此一历史架构为蒋恩铠沿用。1932年，蒋恩铠在巴黎大学高等中国研究所的资助下，出版《昆曲：中国古代戏剧》。② 在前言里，蒋恩铠开宗明义，指出京剧继昆曲的没落而居主流位置，并于注释中列出陈绵的《中国现代戏剧》一书，一古代一现代，颇有不容青史尽成灰之慨。在对昆曲的体制、剧本等面

---

① Mien Tcheng, *Le Théâtre chinois moderne*, p. 181.

② Tsiang Un-Kaï, *K'ouen K'iu, le théâtre chinois ancien*, Paris, Librairie Ernest Leroux, 1932.

向进行分析之前，蒋恩铠对当时中国学术界的戏曲研究做了概括性的评述，列出 12 本代表性著作，借此证明中国戏曲为学界看重，显示中国学者也有能力整理国故，如今只是借蒋之笔传达中国学者的研究成果。蒋所列出的著作中，首位是王国维《宋元戏曲史》。蒋明确指出，《宋元戏曲史》是首部研究中国戏曲的专著，资料翔实。[①] 其后列出的著作还包括陈乃乾《重订曲苑》、吴梅《中国戏曲概论》、谢无量《中国大文学史》、童斐《中乐寻源》、陈钟凡《中国韵文通论》、董康《曲海总目提要》[②]、王季烈《螾庐曲谈》、刘振修《昆曲新导》、吴梅《元曲研究》、吴梅《顾曲尘谈》、王季烈与刘富梁《集成曲谱》，洋洋洒洒，既有专论戏曲或昆曲音乐之书，亦有从文学史研究角度剖析之书。蒋恩铠的著作以昆曲艺术为着眼点，意图展现的视野兼具历史、文学、音乐。陈绵与蒋恩铠一京一昆，是法国汉学史上首度有意识地以单一戏剧种类为研究课题的专论双璧。

　　蒋恩铠在其著作里就昆曲的渊源流变、体制结构有相当详尽的分析。在文学成就方面，蒋恩铠先讲体制，指出昆曲文本展现出"中国文学里最精致细腻的笔法，既可抒情亦可写事"[③]。根据文字呈现形式不同，昆曲文本分为曲词、宾白、诗三个部分，其中最重要的自然是演唱用的曲词。蒋恩铠强调曲词部分的文字与曲牌调性紧密结合，故摘译《琵琶记·南浦嘱别》《狮吼记·跪池》《长生殿·絮阁》《长生殿·惊变》《还魂记·写真》《浣纱记·寄子》《浣纱记·别施》《水浒记·后诱》《桃花扇·寄扇》等折子的曲文为例说明之。宾白部分以《南柯记》译文为例，说明该部分以散体写成，综合运用书面语、口头语两种风格。至于剧中人物所吟咏的诗词，则以《金雀记》简略说明。体制说明完后，蒋恩铠介绍较为重要的作家与作品。蒋指出，就取材而言，昆曲并不像京剧那样有许多改编自通俗小说、历史小说之作，大多数故事的渊源较不可考；有些昆曲剧本带有神话色彩，"不但不减损其文学价值"，"作者的想象力时常增添剧情美感，

---

　　①　Tsiang Un-Kaï, *K'ouen K'iu*, *le théâtre chinois ancien*, p. 5.

　　②　蒋恩铠与当时不少学者常把此书归于黄文旸名下。不过实际上，清人黄文旸的《曲海》与董康的《曲海总目提要》无关。

　　③　Tsiang Un-Kaï, *K'ouen K'iu*, *le théâtre chinois ancien*, p. 62.

而习惯于这些［神话］观念的观众自然也喜爱这种带有浪漫色彩的种类"。① 真正可称得上历史剧的，只有孔尚任《桃花扇》一剧。至于与历史无直接相关的剧本，蒋恩铠首先提出李渔，评价其"作品知名度甚高，但从文学风格与音乐方面来说无甚价值，其成功归因于出人意表且饶富趣味的情节"②。另外则是《牡丹亭》，"剧情趣味，然纯属虚构"③。就思想境界与道德意义而言，蒋恩铠同陈绵一样，以"忠孝节义"四字总结昆曲剧本文学的精神，并依此分析个中最具代表性的高明《琵琶记》。为了让读者能更进一步了解昆曲（传奇）剧本的编写方式与关目结构安排，蒋恩铠以《长生殿》为例，逐一说明各出的情节进展。④ 值得一提的是，《昆》全书不管是音乐方面的曲式、唱腔等分析，抑或传奇剧本方面的故事思想、语言、结构等，都极少论及今日被视为昆曲代表作的《牡丹亭》及其作者汤显祖，即便偶然提及，也仅是寥寥数语带过，未有较深入的分析。中国文学里的经典之作《牡丹亭》，在很长一段时间里成为法国汉学史上的遗珠。一直到1998年，汉学家雷威安（André Lévy）的《牡丹亭》全译本问世，才让不谙汉语的法国读者首次完整见识到传奇剧本的样貌。

　　1937年，另一位中国留学生焦菊隐以《今日之中国戏剧》获巴黎大学国家文学博士学位。⑤ 论文共有九个章节，分别是"引论——中国戏剧发展史概述""戏剧文学""表演技巧（艺术）""演员职业的状况""戏剧教学""剧场""戏剧成就""改革的趋向""结论"。总体而言，着重中国戏剧行业的实务介绍，兼顾传统戏曲与现代戏剧的视野。焦菊隐指出，中国古典戏曲向有南、北流派之分，风格各异，而源自南方的昆曲在乾隆年间流行全国，进入庙堂之高，可以说是古典戏剧文学的巅峰。此后，民间戏

---

① Tsiang Un-Kaï, *K'ouen K'iu, le théâtre chinois ancien*, pp. 72-73.

② Tsiang Un-Kaï, *K'ouen K'iu, le théâtre chinois ancien*, p. 74.

③ Tsiang Un-Kaï, *K'ouen K'iu, le théâtre chinois ancien*, p. 74.

④ Tsiang Un-Kaï, *K'ouen K'iu, le théâtre chinois ancien*, pp. 78-88.

⑤ 论文通过答辩，同年由法国 E. Droz 出版社出版，1977 年瑞士日内瓦 Slatkine 出版社重印。本论文全文中译收录于北京人民艺术剧院戏剧博物馆编：《焦菊隐文集（一）：理论》，116～231 页，北京，北京文化艺术出版社，2005。

曲流行，戏剧的文学成分趋向没落，而民间戏曲艺人虽然技艺精湛，但知识水平不高、社会地位低下。因此，虽然戏曲表演在中国百般锤炼、精益求精，但是戏剧文学的发展却停滞不前；艺人为求演出效果，不断传抄、改写过去的文学剧本，固然使剧文越来越符合场上之用，却也越来越无法显出剧作家的原创语言与风格。这是焦菊隐对戏剧文学演进最直接的陈述，让一向只注重元杂剧的法国汉学界注意到戏剧文学于近世之衰。

　　焦菊隐在有限的篇幅内尽可能将晚清民国以来的戏剧文学作者系统化整理，罗列《缀白裘》《戏学汇考》《戏考》（王大错编）、中华戏曲专科学校所编教材等剧本集，分析其优劣得失。如前所述，十八九世纪法国汉学家对中国戏剧文学的认识与想象主要根植于法国国家图书馆所收藏懋循编《元曲选》，焦菊隐所提出的剧本集对法国汉学界而言无疑是项新的认识。焦菊隐尤其注意到戏剧演员对于剧本的介入与创造，因此将古典戏剧的作者群以时代概分为晚清民间艺人与民国戏曲作家两大部分，接着将视角转向"五四"以后的现代戏剧。在晚清民间艺人方面，焦菊隐列举罗瘿公、卢胜奎、孙菊仙等三十余位编写剧本的作者，其中不少作者本身也是艺人，具有丰富实作经验。在民国戏曲作家方面，焦菊隐根据其创作倾向与思想体系分为三类：第一类以梅兰芳、齐如山为代表，从古典文学艺术中提炼出可为当代戏曲所承继发扬的元素；第二类以金仲荪、西安易俗社作家群为代表，将戏剧创作当作宣传思想的利器；第三类则以陈墨香为代表，主要是依循传统的编剧规则，着力于剧情的佳构与巧思。焦菊隐写作博士论文期间，正值程砚秋访欧（1932—1933）、梅兰芳访美（1935）后不久，中国戏曲再度受到西方注意。焦菊隐可以说进一步为法国汉学界说明了中国戏剧文学的发展现状。

　　在现代戏剧的作家方面，焦菊隐将其进程分为四个阶段。第一阶段为1919—1922年，戏剧文学尚在试验阶段，技巧不佳，情节平淡，代表作有蒲伯英《道义之交》、陈大悲《英雄与美人》等。第二阶段为1923—1925年，代表作家为侯曜。第三阶段为1926—1931年，代表作家有丁西林（《一只马蜂》《压迫》）、洪深、余上沅、熊佛西、田汉（《名优之死》

《咖啡店之一夜》《南归》)、宋春舫、郭沫若等。第四阶段为 1932 年以降，代表作是曹禺的《雷雨》和《日出》。焦菊隐罗列的现代戏剧作家及代表作大致与今天我们在话剧史中所认识的现代戏剧相差无几，他对所引剧本的评价在今天看来仍不失准确，例如，他说田汉的"文辞富有诗的境界却不能很好地适应戏剧的要求，这便是为什么他的剧本读起来比演起来更有吸引力的缘故"①。这些论述一方面说明了焦菊隐的文学判断力与前瞻性，另一方面也让法国汉学界较为清楚地认识了中国现代戏剧文学概貌。

《今日之中国戏剧》的一个特点，是注意到以外语创作为主的中国剧作家王文显与熊式一。焦菊隐特别指出在欧洲受到欢迎的熊式一作品《王宝钏》，其灵感来自传统老戏《红鬃烈马》，一方面凸显中国戏剧家可与西方戏剧家平起平坐，另一方面也展现中国传统文学对现代戏剧能提供的养分，这两点直到今日都值得学者关注。另外，焦菊隐也将触角延伸到翻译戏剧在中国的接受情况这一问题，认为《夜未央》《社会之阶级》是最早译为汉语的西方剧本。关于此一问题，今日学界仍有争论，且不乏学者研究过，② 此不赘言。

除了上述著作以外，20 世纪初期自然不乏较为通论性的中国戏曲介绍，这些介绍主要着眼于其绚丽的造型风格、独特的表演方式等。例如，朱家健撰述的小册子《中国戏谈》(Le Théâtre chinois，1922)、普佩(Camille Poupeye)的《中国戏剧》(Le Théâtre chinois，1933)，都在正文之外加上数十帧图画，向读者展示中国戏曲的服饰、造型、舞台之美。朱家健《中国戏谈》介绍戏剧源流(杂剧、传奇、昆曲、京剧乃至文明戏)以及戏曲故事的来源，其论述特别着力于演员的行当、训练、表演程式，乃至梨园规矩与迷信等。就戏剧文学与文本而言，朱家健强调中国戏剧的道德价值，认为剧场在中国人的眼里不只是公众娱乐场所，更是贩夫走卒的道德学堂。这个观点近于 20 世纪初期流行的"戏园者，普天下之大学

---

① Tchiao Tch'eng-Tchin, Le Théâtre chinois d'aujourd'hui, 1937，p. 32. 此处引用的是戴明沛、徐家顺、张琳的译文，见《焦菊隐文集(一)》，137 页。
② 例如韩一宇：《清末民初汉译法国文学研究(1897—1916)》，北京，中国社会科学出版社，2008。

堂"一说。① 不同于新文化倡导者以戏剧为改革手段，朱家健之说毋宁说
更接近"不关风化体，纵好也徒然"的传统思维。他指出："戏剧作为道德
教育的场所，必须激发美善的情感，在舞台上重现重大历史事件。这些
历史事件需要彰显勇气、爱国情操、忠义、牺牲奉献等；它还必须谴责
罪恶，让观众看到背叛无信之徒、作恶多端者、忘恩负义者、不忠诚的
妻子等所遭受的惩罚，并且借由嘲讽的作品批判社会上可笑的风俗陋
习。"②什么样的戏剧文本符合朱家健的道德标准呢？ 此处朱家健所引述
的剧本有二：一是舍亲生儿子以救侄儿的《桑园寄子》，一是朱买臣休妻
的故事。而在本书另一段落里，朱家健翻译当时的一份戏单，向读者介
绍中国剧院的节目安排。③ 戏单上共有七个节目（含杂耍、戏曲折子等），
朱家健完整叙述的故事只有《桑园会》以及《四郎探母》，其他皆轻描淡写、
一笔带过。朱家健所选的这几个剧本，强调的价值观乃是牺牲小我以完
成大义，坚守妇德，尽忠尽孝。借此，朱家健向法国读者勾勒出中国戏
剧的主题意识。在书中结论部分，朱家健总结道，他认为中国戏剧最重
要的三个面向乃是道德性、艺术性与音乐性。他指出："由于中国风俗的
严格，除了极少数的例外，戏剧作品必须发自于高尚的情感。淫秽色情
的戏剧若见于公众舞台之上，必然触怒观众的廉耻之心。推及极致的结
果是，爱情在戏剧作品中的地位差不多被一笔勾销，纯粹的肢体舞蹈也
不会在舞台上出现。这跟西方的戏剧恰恰相反。"④朱家健的这一番见解
固然在一定程度上反映了实际情况，亦即历代皆有的查禁诲淫诲盗之戏。
不过，爱情是否真的不见于中国戏曲？ 如果说《西厢记》之类的爱情主题
戏剧的确在中国常被视为"淫戏"（如《红楼梦》等小说里的批评），这一类
的戏剧作品反而是最吸引西方汉学家的作品类型之一。甚至连此一时期
的中国学者也对《西厢记》重新评价并撰述论文，如沈宝基翻译注释的《西
厢记》（见下文）。另外，朱家健所采取的道德视角往往不是西方汉学家关

---

① 语出陈独秀：《论戏曲》，载《新小说》，第 2 卷，1905。

② Tchou Kia-Kien, *Le Théâtre chinois*, Paris, M. de Brunoff, 1922, p. 14.

③ Tchou Kia-Kien, *Le Théâtre chinois*, pp. 21-23.

④ Tchou Kia-Kien, *Le Théâtre chinois*, p. 29.

注的焦点，西方汉学家更偏好在文学作品里观察道德规范下所产生的风俗习惯，而不见得是道德规范本身。又如，西方汉学家感兴趣的神仙道化戏剧，在朱家健的论述中则完全不见踪影。这一点也是朱家健的戏剧文论迥异于法国汉学家的戏剧研究传统之处。

　　就单一剧本的研究而言，如上文所说，19 世纪末 20 世纪初有《西厢记》的研究。这或许是迟来的注视，因为剧情与《西厢记》相仿的另一出元杂剧《㑇梅香》（郑光祖作）早在巴赞的《中国戏曲选》里就已经有全译本，且历经不同改编，影响甚广。① 《西厢记》较为完整的译本首见于儒莲手笔（1872 年翻译，1880 年出版；出版时儒莲已过世）。但这个译本被知名汉学家德莫朗（Soulié de Morant，1878—1955）强烈批评为迟滞。德莫朗认为，儒莲译本"对艺术家或对文人雅士来说，读起来都备感痛苦。原作风格里晶莹剔透的优雅气韵，在学究沉重的手笔下消失殆尽。独到原创且动人心扉的意象，屈服于路易·菲利普时代的粗俗风格，悉数被碾轧破碎"②。然而通晓汉语的德莫朗并没有重译《西厢记》，而是借重其本身的文学素养，将《西厢记》改编为小说《少女爱人金莺：13 世纪中国爱情小说》（L'amoureuse Oriole，jeune fille ：roman d'amour chinois du XIIIème siècle，1928）。只是，德莫朗沾沾自喜的小说在沈宝基看来却是不堪卒读，因为他在"无关紧要的段落上大作文章，借题发挥，却常删去原作的优美诗行。总之，其作品中已完全不见王实甫的诗意"③。沈宝基1934 年以《西厢记》为论文主题，获里昂大学博士学位。④ 他指出了儒莲、德莫朗的译文问题。他虽限于论文篇幅而没有重新翻译《西厢记》全文，但以论文专门章节详述《西厢记》各折剧情，间以选录（甚至重新改写的）宾白、唱词穿插其中。事实上，沈宝基的译文也只是择要改译。所以，不论中、法两国汉学家有多少责难，关于《西厢记》前四本的法语全译本，

————————

　　① 参见罗仕龙：《中国喜剧〈㑇梅香〉在法国的传译与改编》，载《民俗曲艺》，2015(9)。

　　② George Soulié de Morant（trad.），L'amoureuse Oriole，jeune fille ：roman d'amour chinois du XIIIème siècle，Paris，Flammarion，1928，p. 10.

　　③ Chen Pao-ki，Si Syang Ki，Lyon，Bosc Frères，M. & L. Riou，1934，pp. 59-60.

　　④ Chen Pao-ki，Si Syang Ki，Lyon，Bosc Frères，M. & L. Riou，1934.

至 20 世纪上半叶也只有儒莲的译本是全译本。

沈宝基在论文里首先简介中国戏曲与元杂剧的源流、历史分期以及主要作家。他认为，法国虽有不少汉学家提到过元杂剧，"但我们不得不责怪他们并不精确的翻译，以及他们肤浅的研究"①。为此，沈宝基以单一剧本（也就是《西厢记》）为研究对象，全书兼顾考证（源流、前四本与第五本的作者身份及其他创作、剧中人物张君瑞的原型）、翻译（各折节译与梗概），以及批评（文学技巧分析、历代对《西厢记》的褒贬）。最后一部分事实上并非沈宝基个人的见解，而是选录沈德符、周德清、毛声山、焦循、郑振铎等自古到今的研究，将其翻译为法语。一如沈宝基在序言里所坦言承认的，他不敢妄言提出崭新的一家之言，但撷取古今中外的论点至少可以弥补过去仅有《西厢记》译本而无深入研究之弊病。在全书下结论时，沈宝基重申其一贯论点。② 例如，第五本为关汉卿所作，并简析关汉卿、王实甫二人创作观点之不同等。沈宝基指出，相较于其他元杂剧，《西厢记》有以下几个特殊之处：（1）一般元杂剧楔子较短，但《西厢记》第二本的楔子长度已如同一折；（2）元杂剧多为一人主唱，但《西厢记》并未严格遵守此一规制，因而在结构上表现出良好的协调，每一折都在剧情转折上有其不可替代性；（3）文学技巧丰富多变，以"曲折"为最，尤其表现在老夫人毁约、莺莺怒叱红娘、莺莺与张生初见面时斗气、草桥分别等片段。王实甫擅长的文学技巧，尚包括在剧中大量且巧妙运用惊喜、排比、反论、拟声等技巧，并使用象征的形象制造和烘托欢乐与悲伤的情境效果；（4）人物情感描绘深刻，每个角色个性鲜明。相较之下，关汉卿续作的第五本在文学技巧上就显得较为单调，其胜过王实甫之处乃是风格较为自然，角色心理铺陈更为人性化。就历代的批评与接受而言，沈宝基指出，过去中国学者对此剧褒贬不一。贬者认为其情节老套、结构拖沓、文辞剽窃，且不熟悉地方用语。褒者则强调该剧的诗韵上乘，是能为普世欣赏的杰作，尤其是作者对人性的理解、对爱

---

① Chen Pao-ki, *Si Syang Ki*, p. 9.

② Chen Pao-ki, *Si Syang Ki*, pp. 167-168.

情的分析、对礼教的摈弃等，都展现了独到之处。沈宝基归纳道，从《西厢记》于后世的流行以及所受到的赞誉来看，贬者提出的理由显然不及褒者所言。一般读者把《西厢记》与《琵琶记》列为中国戏曲之代表作，但《西厢记》受欢迎程度远胜于《琵琶记》。金圣叹将《西厢记》收于"六才子书"，更是充分肯定其文学价值。整体来说，沈宝基的《西厢记》研究以赓续前辈中国学者的成果为主，而恰恰是这些西方（法国）学者所未曾查阅的观点，丰富了法国的元杂剧单一剧本研究。

2. 小说

随着 20 世纪新文化运动与新文学的兴起，法国汉学界对中国小说的认识势必已无法仅停留于《玉娇梨》等古典作品。1929 年，敬隐渔翻译的《中国现代短篇小说家作品选》在里昂出版，鲁迅等新文学作家之名遂进一步为法国读者所知。

敬隐渔曾就读于里昂中法大学，近年已有学者对其短暂且谜一样的人生进行翔实考察。[①] 1926 年，他向罗曼·罗兰推荐《阿Q正传》译本，获刊于《欧罗巴》文学杂志。此一译本后收于《中国现代短篇小说家作品选》，并迅速被转译为其他欧洲语言。除了《阿Q正传》以外，《中国现代短篇小说家作品选》还收录鲁迅《孔乙己》《故乡》，茅盾、冰心、郁达夫、许地山、陈炜谟等人的作品，以及敬隐渔本人所撰写且亲译的《离婚》，共九篇作品。敬隐渔显然不只把自己定位为译者，更是一位与文坛群英并列，且足以代表中国现代文学创作的作者。作为第一本以法语介绍中国现代文学的选辑，《中国现代短篇小说家作品选》的选译原则与翻译成就自然值得关注。然而书中所选的作品并未明确标注来源，其"前言"更婉言各篇作品实已润色改编，以符合法国读者阅读习惯。法国学者何碧玉（Isabelle Rabut）——比对敬隐渔译本与中文原著之异同，考察译本。[②]

---

① 　张英伦：《敬隐渔传奇》，上海，上海文艺出版社，2015。

② 　Isabelle Rabut, "J. B. Kin Yn Yu, un traducteur chinois en France dans les années 1920", in Isabelle Rabut (dir.), *Les belles infidèles dans l'Empire du milieu. Problématiques et pratiques de la traduction dans le monde chinois moderne*, Paris, You Feng, 2010, pp. 185-199.

例如，书中所收录的茅盾作品，法语标题《幻象》(*Les Illusions*)，实则为《蚀》三部曲的第一部《幻灭》大幅改编而来，故事情节重新排列组合，叙事顺序与原著差异甚大，甚至还有敬隐渔自己添加的成分。法语标题为《幻灭》(*Un désenchanté*)的郁达夫作品，实则取自其《银灰色的死》，删除片段虽不多，但基本是敬隐渔大幅自由改写。至于鲁迅的《阿 Q 正传》，法语标题译为《阿 Q 传》(*La vie de Ah Qui*)。何碧玉认为，虽然仅删了一个"正"字，但却使鲁迅原欲讽刺传记文体传统的趣味荡然无存；原著作为序言用途的第一章在法译本里悉被删除，而鲁迅作为作者在小说中穿插的评述也被删去，可见译者敬隐渔只想保留故事性的成分。[1] 其他各篇删除、改写的段落，俯拾皆是。这本小说选辑，事实上也就不仅是一部单纯的文学选辑，而多少可以说是敬隐渔对于现代文学的个人体会。

　　在选译的各篇小说之前，敬隐渔附有一篇简短的介绍，勾勒出现代中国小说的几项特点。[2] 他将现代小说的生成与共和革命联结在一起，认为自 1912 年以来，智者"从昆仑山顶跃入世俗漩涡之中"，从独善其身转而体会到吸收与反馈的必要需求，不断汲取各国新知。过去的士人以"道"为尊，以习古书、评古文为职志，偶尔吟诗作咏，言语精雕细琢。而现代的作家不懂"道"之精妙，于是只能离经叛"道"，做起小说，特别是学习西方人的各种小说之法。然而敬隐渔又指出，小说并非源自今日，道家的庄子正是一位擅长说故事的作者，且足以让人理解中国文化之精神。敬隐渔的论述虽然显得散漫、跳跃，但总结起来，一方面，强调现代意义的小说，其原型已可于先秦思想家如庄子的作品中得见；另一方面，认为当时国人积极仿效西方，尝试各种不同的可能。敬隐渔指出，中国人（作家）与其说是艺术家，不如说是演员，因为他们不愿意致力于单一枯燥的工作，而更希望尝试种种可能。敬隐渔又指出，中国现代作家还是文学里的"学生"，他们追随胡适教授提倡的白话，因为这种语言

----

　　① Isabelle Rabut, *ibid.*, p. 193.

　　② J. B. Kin Yn Yu, *Anthologie des conteurs chinois modernes*, Paris, Les éditeurs Rieder, 1929, pp. 9-12. 敬隐渔在本书封面的署名是 J. B. Kin Yn Yu, 不过简介末尾的署名则是 Kyn Yn-Yu。

简单易用，特别适合这些"学生"，而当中最优秀者，就是过去负笈东洋的日本留学生鲁迅。也正因为这些作家还是"学生"，所以或有词不尽达情意之处，不易读懂，遑论翻译。敬隐渔评论道，读这些作家的作品，必须看其整体所欲表达之旨趣，而无须纠结于那些看似毫无关联的文句内容，正如道家所谓"道可道，非常道"。这样的论点，一方面先行排除中国现代小说在西方批评家眼中可能遭遇的非难，另一方面也似乎是呼应编者前言，为译者敬隐渔的任意删减改写提供支持，因为最有价值的是作品的整体意旨，而不是那些细枝末节的字句。

古典小说方面的研究也有进一步发展。过去传教士、汉学家选译小说常着眼于故事中所展示的民俗风情，其品评标准和偏好与中国读者不尽相同。中国留学生撰写的题材正好弥补了这个缺口；他们不能避免中国文化底蕴的影响，因此选题自然倾向于中国读者认为重要的作品。最有代表性的，是吴益泰的中国小说分类研究，题为《中国小说评论与书目论集》。① 在前言里，吴益泰直言要对中国小说进行全面的评点。他指出，一般法国读者对中国小说的印象停留在 19 世纪（以前）翻译的几本小说，如《玉娇梨》《好逑传》《平山冷燕》《今古奇观》等。真正在中国文学史上为中国学者重视的"四大奇书"从未被完整翻译为法语，少数现有的翻译片段则年代久远且数量有限，一般读者根本不得其门而入。除极少数对中国极有兴趣的人外，一般人根本不知中国小说为何物。同时，虽然这些小说在巴黎的大型图书馆都可以找到，但迄今欠缺学者完整研究。

吴益泰在其论文的第一章里先追本溯源，对小说的渊源与历史背景做一通盘介绍。他指出，小说起源由来已久，在《庄子》里已有短篇的想象作品，但真正重要的小说要到戏剧的黄金时期过后才出现。在此之前，西方人所谓"小说"在中国其实以各种不同的形式存在。吴益泰从字源字义着手，指出中国人是在"小说"一词前加上前缀形容词以区别笔记小说（les anecdotes 或 contes）、短篇小说（les nouvelles）、长篇小说（les

---

① Ou Itaï, *Essai critique et bibliographique sur le roman chinois*, Paris, éd. Véga, 1933.

œuvres de longue haleine），而长篇小说又可称为章回小说（romans à
chapitres ou épisodes）。其字源起于宋仁宗，当时国家太平，于是人们常
向皇帝讲述故事，既提供消遣，又让他认识风俗与民众习惯。吴益泰引
用布鲁诺（Ferdinand Brunot，1860—1938）《法语历史考》（Histoire de la
langue française）一书的定义，认为中国与西方的小说概念与定义不尽
相同：中文里的"小说"一语，原本是指篇幅短的作品，不处理道德或哲
学议题。《汉书·艺文志》虽列出 15 位小说家的 1380 部作品，但这些作
品谈论风俗与记事，都不是现代文学意义上的"小说"。

　　吴益泰在字源分析的基础上，继续理出历来中国文学与"小说"相关
的作品。他指出，中国小说真正的起源是神话与传说，如远古的《山海
经》《穆天子传》，晋朝的《桃花源记》，六朝的《博物志》《搜神记》《异苑》
等。唐有"传奇"，是与小说关联较为密切者（吴益泰特别指出这个词不该
翻译为 romance，而该翻译为 ballade），可分为：（1）"情感传奇"（bal-
lades sentimentales），如《霍小玉传》《会真记》《李娃传》《长恨歌传》等，
文后附《霍小玉传》片段翻译；（2）"骑士传奇"（ballades chevaleresques），
如《红线传》《无双传》（明代有改编剧作《明珠记》）、《虬髯客传》（明代有改
编剧作《红拂记》），文后附《无双传》片段翻译介绍；（3）"奇谈传奇"（bal-
lades merveilleuses），如《枕中记》（汤显祖将其改编为《邯郸记》）、《南柯
太守传》（汤显祖将其改编为《南柯梦》），文末附《南柯梦》介绍。吴益泰接
着分析，至宋代时，传奇文类已趋没落，较为著名者仅有《太平广记》、
洪迈的《夷坚志》等。宋代重要文类为话本与白话小说，《梦粱录》里虽提
到小说与话本之不同，但今日人们两者混用。吴益泰说明，目前只有两
个话本流传，亦即《五代史话》《京本通俗小说》；其他如《大唐三藏取经诗
话》《大宋宣和遗事》皆已不是话本，而更像今日的小说。元、明两代有
"讲史"，如《水浒传》与《三国演义》，这两本小说的成功使得作家为各朝
各代都著有通俗演义，如《东周列国志》《后汉演义》《隋唐演义》等。除此
之外，明代神怪小说风行，如各种"平妖传"、《西游记》《四游记》《封神
传》《三宝太监西洋记》等。与此同时，自唐传奇以后少见的风俗小说重新
出现，如《金瓶梅》（四大奇书之一），后有《玉娇李》以及各种仿作，如《玉

娇梨》《平山冷燕》《好逑传》，这三部小说在中国并不是特别出色，但却被翻译，主要是因为篇幅比较短。事实上，篇幅长就是中国小说翻译量少的主要原因。明代末年，类似话本的小说大为风行，如"三言"、"二拍"等。清代小说在形式上没有什么特别的变化，历史小说继续流行，情感小说则以《红楼梦》最为杰出。有些作者模仿唐传奇，喜爱写一些鬼神之事，两本较著名的选辑是《聊斋志异》和《阅微草堂笔记》。不过，清代倒是出现三种新的类型小说。（1）讽刺小说（roman satirique）：其实古已有之，不过以前多半是为了攻击或嫉妒某人，现则讽世。清代讽刺小说之首，当推《儒林外史》。此外还有《官场现形记》《二十年目睹之怪现状》《老残游记》等，这些都是清代讽刺小说的代表作。（2）风俗小说（roman des mœurs）：主讲戏子伶人之事，唐代有之，但多半没有什么情节，只是短篇的奇趣纪事而已。清代风俗小说最重要者，乃是《品花宝鉴》《花月痕》《青楼梦》等。吴益泰认为，这些小说最大的缺点就是纯想象，没有什么写实成分，只是硬把《红楼梦》搬至妓女世界。唯一例外的是《海上花列传》，其以写实笔法忠实呈现妓女生活，不加个人好恶评论。（3）侠义小说（roman de cape et d'épée）：这类小说或受《水浒传》启发，唯一不同的是它们所呈现的勇气与侠骨是为了忠君而不是造反。较为著名的侠义小说有《儿女英雄传》《三侠五义》《彭公案》《施公案》。除了这三种新形态的小说之外，清代还有"显才小说"，其故事内容各异，但书写方式都是为了排比炫技，如《野叟曝言》《燕山外史》《镜花缘》等。最后，吴益泰提到新文化运动中的小说与欧洲的小说越来越相近，但因为这些小说还在发展，所以不多论述。

　　以上关于小说渊源与历代演进，吴益泰巨细靡遗地予以陈述，特别重视分门别类。事实上，"分类"正是吴益泰此书最重要的论述核心，他希望通过有条理的现代化分类，让跨越两千年、浩瀚无涯的中国小说能更清楚地被法国读者所认识。在其论文的第二章里，吴益泰提出当时流行的多种分类法，逐一加以评论，指出其优缺点，最后再提出一套自认较为合宜的分类法。首先引述鲁迅《中国小说史略》采行的胡应麟六种分类，将其与纪晓岚为《四库全书》所做分类（杂事、异闻、琐语三类）比较。

吴益泰挑选纪晓岚所列小说清单，将它与胡应麟的分类法比较之后，认为纪晓岚分类可归纳为两种：杂事即为胡氏的杂录，后两种其实就是志怪，只是纪晓岚把长篇的称为异闻，短篇的称为小语。另外，纪晓岚将胡应麟称为丛谈、辩订、箴规的三类作品列为杂家，而不赋予传奇之名。吴益泰认为，纪晓岚显然采用了"小说"一词最原始的定义，因为他所提到的两类志怪其实只包括胡应麟的志怪跟传奇，而异闻、小语只是纯想象，不能跟小说完全画等号。

吴益泰又提出另一套小说的"现代分类"（只说是当代作家的分类，未明言是何人建立的分类法）。这套分类将小说分为：(1)神魔小说(romans des esprits et des magiciens)，如《西游记》《封神演义》；(2)讲史(histoire commentée)或历史小说(romans historiques)，如《三国演义》《水浒传》；(3)人情小说(roman des mœurs)，如《金瓶梅》《红楼梦》《平山冷燕》；(4)狭邪小说(romans licencieux)，如《品花宝鉴》《青楼梦》；(5)显才小说(romans faisant montre de savoir)，如《镜花缘》《野叟曝言》；(6)讽刺小说(romans satiriques)，如《儒林外史》《老残游记》；(7)侠义小说(romans de chevalerie et de justice)，如《三侠五义》《施公案》；(8)短篇小说与故事(romans courts，nouvelles et contes)，如《今古奇观》《聊斋志异》。吴益泰认为，这一套分类大致完美，但仍不够精确，且不符合欧洲人的理解。如《红楼梦》《平山冷燕》被归为人情小说，但欧洲人会认为它们是情感小说(romans sentimentaux)；而所谓狭邪小说根本不能跟西方的狭邪放荡之作相提并论，因为对欧洲人来说，这些中国狭邪小说充其量只是讲述伶人戏子世界的人情小说。

最后，吴益泰提出一套自己认为理想的分类，有时另起新名，并与前述分类相互比较，包括：(1)神怪小说(roman de magie)，也就是前述的神魔小说；(2)半历史小说(romans semi-historiques)，亦即前述的讲史或历史小说；(3)情感小说(romans sentimentaux)，如《玉娇梨》《平山冷燕》《红楼梦》；(4)人情风俗小说(romans des mœurs)，如《金瓶梅》《青楼梦》《品花宝鉴》；(5)炫耀卖弄小说(romans de parade)，也就是前述的显才小说；(6)讽刺小说(romans satiriques)；(7)侠义小说(romans de

cape et d'épée)；（8）短篇小说与故事选辑（recueils de nouvelles et de con-
tes）。吴益泰指出，后三种也就是中国最惯常使用的小说分类。

　　以上关于字源、历史乃至小说的主题分类，在吴益泰的著作里都有
相当烦琐的分析与说明，时而显得片断与零碎。吴益泰以充满现代性的
精神，试图为传统小说理出科学脉络，但因所论相关作品有许多根本未
曾在法国翻译或刊行，一般读者甚至汉学家恐怕都容易坠入五里雾中。
尽管如此，吴益泰还是为法国的中国小说研究建立了一套完整的谱系，
让后世的研究者可以继续按图索骥，进行深化研究。

　　1933 年，贺师俊的巴黎大学博士论文《论〈儒林外史〉》①出版，其指
导教授为汉学家葛兰言（Marcel Granet，1884—1940）。全书分为三大部
分：第一部分是关于作者与作品的基本介绍，并引用中国学者对该书的
评价，包括谢无量《中国大文学史》、鲁迅《中国小说史略》，以及钱玄同、
陈独秀、胡适三人对《儒林外史》的评价。② 第二部分介绍书中的主要人
物，包括正面典型王冕、周进和范进，投机分子牛浦郎、匡迥（匡超人），
重义轻利的杜少卿、虞育德，吝啬的胡屠户、严监生等。第三部分则是
小说精彩片段选译。全书论述较少，偏重人物与情节介绍、选译，是西
方学界第一次研究这部清代讽刺小说的专论。③ 不过，《儒林外史》的全
译本则迟至 1976 年才问世。④

　　以上三大部分的正文前，有篇贺师俊本人撰写的简介，概述"小说"
一词的定义及其在中国文学史上的发展概况。贺师俊固然不是第一位将

---

　　①　Ho Shih-Chun, *Jou Lin Wai Che. Le Roman des lettrés*, *étude sur un roman satirique chinois*, Paris, Librairie L. Rodstein, 1933. 贺师俊将《儒林外史》书名译为"文人小说"（Le Ro-man des lettrés）。

　　②　1920 年，上海亚东图书馆出版新式标点符号版《儒林外史》，钱玄同、陈独秀、胡适各作《新叙》一篇。

　　③　书籍取得不易是导致研究成果晚出的主要原因。根据贺师俊的资讯，当时全法国只有两本《儒林外史》，分别收藏于国家图书馆以及东方语文学院。见贺师俊论文，7 页。

　　④　Wou King-tseu, *Chronique indiscrète des mandarins*. Trad. Tchang Fou-jouei, préf. André Lévy. Paris, Gallimard, coll. "Connaissance de l'Orient", 1976.

中国小说译为法语者，也不是第一位将"小说"等同于"roman"的法译者，① 但他却是少数注意到"小说"一词原意的法译者。虽然贺师俊并未在这个论点上深入探讨（毕竟其论文主题是《儒林外史》而非小说史），但至少显示他意识到这个问题，并将中国传统文论里对"小说"的认识引进法国汉学的研究里。

贺师俊首先阐述小说在传统中国文学里的地位，指出"小说"一词原蕴含有"次等文学"或"次要文学"之意，古代经典如《庄子》《史记》《汉书》等著作中凡言及"小说"一词，都将其视为较不入流的作品。这个观念一直延续到清代前期。贺师俊引用乾隆年间进士翟灏的著作《通俗编》，"古凡杂说短记，不本经典者，概比小道，谓之小说"，借此佐证小说在中国文学里长期被轻忽的事实。贺师俊接着论及小说发展简史。他指出，在中国古代，可列为"小说"的文类相当广泛，甚至诸子百家的传世经典里亦有类似小说的故事，唯古代小说今已不存，仅存《汉书·艺文志》15 篇标目。贺师俊引用胡应麟《少室山房笔丛》的说法，指出中国小说自六朝兴，取材以神话为主；引用鲁迅《中国小说史略》的观点，指出唐代小说大兴，多取材自历史故事，又名传奇；又引用郎锳《七修类稿》的说法，认为现代意义的小说起自宋仁宗，"盖时太平盛久，国家闲暇，日欲进一奇怪之事以娱之"。后来写下之后，自然以口头语记录，成为评话。贺师俊引用中国文人论及小说的研究，在极短的篇幅中勾勒中国小说的脉络，使得这篇论文虽然是以法语写成的，却有浓厚的中国小说史观。特别是引用贺师俊同时代文学批评家鲁迅的观点，更使这篇法语短文几乎不见法国汉学的影响。

贺师俊也提醒读者注意小说语言的问题：唐代以前的小说多以文言为主，间有穿插白话；自宋以后，仅用白话。形制方面，贺师俊以明清章回小说为例，指出小说分章节叙事，各章长度相近，以诗词开场，以

---

① 长篇小说在法语里称为 roman，短篇小说则称为 nouvelle；在中文里以前缀词"长""短"描述其差异，但在法语里却是两个不同的单词。因此，"小说"并不完全在词义上等同于"roman"。

诗词作终。常用的"话说""且听下回分解"等串联章节的写作模式，证明小说原本有口传叙事的成分。这个观点自然呼应了前文《七修类稿》的小说起源观。贺师俊引用谢无量的说法，指出章回体的雏形乃是讲述宋代徽、钦二帝被俘之事的《宣和遗事》话本，其后出现的小说，如享誉中外的《水浒传》《西游记》等，也都是章回体小说。贺师俊最后总结道，《儒林外史》虽以传统的章回体形式写成，但题材却甚具新意，是中国文学史上一流的讽刺小说。这个简短有力的评价，无疑再次强调了《儒林外史》在中国文学史上的经典地位。

继贺师俊以单一小说作品为主题的研究之后，郭麟阁于 1935 年出版其于里昂大学完成的博士论文《论〈红楼梦〉，一部 18 世纪著名中国小说》。① 全书除前言与结论外，分为五章。在前言里，郭麟阁主要点出《红楼梦》中的神佛道元素，并引述《西游记》《聊斋志异》以及当代的社会轶闻，说明中国民间对此信仰的深信不疑，同时也似乎暗示不能因为《红楼梦》的故事内容与场景，就理所当然地视其为写实人生小说。郭麟阁的著作问世之前，已有贺师俊论著写实精神、讽世色彩明显的《儒林外史》出版。《儒林外史》《红楼梦》两部清代小说，主题一实一虚，正好呈现两种不同的创作面向。

郭书第一章为《红楼梦》作者考辨。郭麟阁引述胡适等人研究，证明《红楼梦》作者为曹雪芹，续作者为高鹗。接着引用胡适《红楼梦考证》、吴修《昭代名人尺牍小传》、李斗《扬州画舫录》、韩菼《有怀堂文稿》、章学诚《丙辰札记》《陈彭年传》、顾颉刚《江南通志》《四库全书总目提要》、袁枚《随园诗话》《八旗人诗钞》所录敦诚、敦敏兄弟诗作等材料，归纳出曹雪芹生平概貌、创作年代等信息。这些材料主要根据胡适《红楼梦考证》中所言予以精简整理而来，部分材料并未完全遵循胡适的说法。例如敦诚、敦敏兄弟的诗作，胡适《红楼梦考证》本录《赠曹雪芹》《访曹雪芹不值》《佩刀质酒歌》《寄怀曹雪芹》四首，但郭麟阁仅录标题有"曹雪芹"的三首，未录《佩刀质酒歌》。

---

① Kou Lin-Ke, *Essai sur le Hong Leou Mong*（*le Rêve dans le Pavillon rouge*），*célèbre roman chinois du XVIIIe siècle*, Lyon, Bosc frères, M. et L. Riou, 1935.

郭麟阁《论〈红楼梦〉》第二章为故事情节说明暨片段翻译，是 1981 年华裔汉学家李治华《红楼梦》全译本问世前较为详尽的摘译本。第三章为《红楼梦》历来在中国的诠释角度，以及不同的版本。郭麟阁列举《红楼梦》研究的四大流派：第一派认为《红楼梦》为顺治帝与董小宛之事，以王梦阮《红楼梦索隐》为代表；第二派将《红楼梦》视为哀明之亡的政治小说，以蔡元培《石头记索隐》为代表；第三派认为《红楼梦》写纳兰性德之事，以俞樾《小浮梅闲话》为代表；第四派主要认为《红楼梦》讲康熙宫廷事及继位纷争，代表著作有佚名《醒吾丛谈》，以及新近于 1927 年出版的寿鹏飞《红楼梦本事辩证》。以上四种流派的前三派实见于胡适《红楼梦考证》，胡适对此三种流派之说批评甚多，称为"附会红学"。至于第四派则为郭麟阁根据同时代的其他出版所归结出的意见。郭麟阁特别在该章中另辟一节，专论胡适的考证。可以说，郭麟阁《论红楼梦》不但为法国读者介绍了《红楼梦》繁复多彩的故事，也将历来"红学"的纷论呈现在法国汉学界面前，将法国汉学界导引入中国学者的《红楼梦》研究。

为了帮助未读过《红楼梦》全书的读者进一步理解小说意境与旨趣，郭书第四章分析了小说的创作背景，如社会政治情况、宗教信仰、曹雪芹的人生观和遁世思想等。第五章则分析《红楼梦》的文学成就，如结构布局、人物刻画、语言风格、诗文描写等。最后，在结论里略叙《红楼梦》对后世的启发与影响，包括改编自《红楼梦》段落的戏曲作品。整体而言，郭麟阁此书兼具评说与论述，又把中国"红学"索隐派、考证派的思辨内容与依据带进法国汉学研究的视野中，称其为法国"红学"的奠基之作，实不为过。[1]

---

[1]　其他同时代的《红楼梦》研究还有：Lee Chen-tong, *Étude sur le Songe du Pavillon rouge*（《红楼梦研究》）, Paris, Rodstein, 1934；Lu Yueh Hwa, *La Jeune fille chinoise*（《年轻的中国女子》）, Paris, Loviton and Company, 1936；Pao Wen-wei, traduction du chapitre 57（《红楼梦》第 57 章翻译）, Pékin, Etudes françaises [Fawen yanjiu], 1943。以上资料引自雷威安的研究，见 André Lévy, "The *Liaozhai zhiyi* and *Honglou meng* in French Translation", *in One into Many：Translation and the Dissemination of Classical Chinese Literature.* Amsterdam and New York：Rodopi, 2003, pp. 91-92。

　　长篇小说之外，短篇小说的译介与研究主要集中在志怪类，如魏德尔（Maurice Verdeille，1875—1940）翻译的《雷峰塔全传》，[①] 或哈尔芬（Jules Halphen，1856—1928）选译的《聊斋》（Contes chinois，1923）等，主要延续自 19 世纪于雅尔、陈季同等人翻译《聊斋》的基础。哈尔芬的《聊斋》译本法文标题为《中国短篇故事》，其评论着眼于宗教及其衍生出的社会与科学观察。他在译文序言里阐述说明道、佛、儒三种宗教在中国民间信仰中的地位，在细节上反驳雷慕沙在《中国语文论》（Essai sur la langue et la littérature chinoises，1811）里提出的观点。例如，哈尔芬引用雷慕沙翻译的《道德经》，以子之矛攻子之盾，认为道家思想本为探讨本质之学，其与迷信挂钩乃后代之事。哈尔芬又指出，佛教僧侣并非雷慕沙所认为的江湖郎中，其幻术一如西方宗教里所出现的神迹，只为吸引非信众。哈尔芬认为，由于道、佛流行，故《聊斋》等小说里幻化身形的主题受到中国民众的喜爱。同时，哈尔芬也指出，相较于民间流行的道、佛文化，文人所信仰的宗教乃是儒教，轻忽《聊斋》一类作品。此外，哈尔芬也把《聊斋》当作理解中国社会的参考，因为书中故事所呈现的民间万象多与中产市民阶级的生活经验与趣味有关，且医疗（外科手术）发达。综上所述，哈尔芬推论道，《聊斋》里常见的狐仙其实并非动物幻化的人形，而是擅长幻术、有宗教修炼且科学（医学）知识丰富的中产阶级。综观哈尔芬的论点，可以说是将《聊斋》置于人情世故的框架下研究，而不是只注重其奇幻鬼魅的元素。

　　哈尔芬的译介出版后不久，拉卢瓦（Louis Laloy，1874—1944）也出版了《聊斋》选译本，法文标题为《魔法短篇故事》（Contes magiques，1925），共收录 20 篇首度译为法语的《聊斋》故事。拉卢瓦同样从宗教观点入手，不过他认为中国人自古以来便相信超自然力量的存在，这与任何宗教无关，而是来自道家世代相传的"神秘主义传统"，认为万物有灵，

----

①　此即为清代玉花堂主人校订的《雷峰塔奇传》，原书分为 13 回，魏德尔将其拆解，编为 23 回，易名《雷峰塔全传》。儒莲也曾翻译过这本小说，题为《白蛇传》。另，魏德尔于 1921 年至 1926 年翻译多篇短篇小说，取自《广东新聊斋》《小小说》《粤东新聊斋》《听雨轩笔记》等当时流行的通俗读物。译文刊载于西贡《印度支那研究学会学报》（Bulletin de la Société d'Études indochinoises）。

而佛教的传入加深了道教的超自然信仰，双双证明一切可感知物皆为虚空。拉卢瓦引述《聊斋》的故事为证，说明蒲松龄对佛家的深入认识以及对道家思想的倾慕使得《聊斋》具有浓厚的佛道色彩，尤以道家为重。然而，蒲松龄并非只是单纯采集民间的故事。拉卢瓦进一步阐释蒲松龄的文学技艺，认为他超越同时代的其他短篇小说家，特别是"情感之真实、色彩之生动、故事情境之哀婉、风格之强烈，使得中国的文学批评家有理由将蒲松龄与古代的哲学、历史大师相比较，如庄子、列子、司马迁、班固等"。这是法国汉学家少数针对中国小说家文字风格所进行的点评。

3. 诗歌

相较于戏剧、小说方面的论述，19 世纪末期到 20 世纪初期法国的中国诗歌研究成就首先体现在作品翻译方面。关于诗歌的翻译与研究，又可大致分为两个类别：一是以《诗经》为中心而开展的研究，着眼点是它作为儒家经典不可替代的位置；二是以诗词等为中心而开展的研究，着重于其纯文学价值。

就《诗经》相关研究而言，19 世纪和 20 世纪之交最重要的两本著作当推顾赛芬翻译的《诗经》(1896)，以及葛兰言所著专论《古代中国的节庆与歌谣》(1919)。[①] 这两本著作恰好反映《诗经》研究的两个不同面向。

顾赛芬从 1895 年至 1910 年陆续翻译出版多部中国古籍，包括《四书》《诗经》《书经》《春秋》《仪礼》等，这些书又数次再版，是当时最权威的法译中国古籍，即便在今日仍有相当高的参考价值。根据顾赛芬在序言中所说，他翻译《诗经》过程中最主要的依据是清邹圣脉所辑《诗经备旨》以及《毛诗正义》。邹圣脉治学延续宋代讲究义礼之法，《诗经备旨》多从朱熹《诗集传》之说。除了言明《诗经备旨》《毛诗正义》以外，从序言中还

---

① Marcel Granet, *Fêtes et chansons anciennes de la Chine*, 1919. 本书有两个中译本：(1)［法］格拉耐：《中国古代的祭礼与歌谣》，张铭远译，上海，上海文艺出版社，1989；(2)［法］葛兰言：《古代中国的节庆与歌谣》，赵丙祥、张宏明译，桂林，广西师范大学出版社，2005。另外，葛兰言本人曾将其专著择要摘录刊于《亚洲艺术期刊》，题为《古老中国的情歌》，见 Marcel Granet, "Chansons d'amour de la vieille Chine", *in Revue des Arts Asiatiques*, vol. 2, n. 3, septembre 1925, pp. 24-40。

可以看出顾赛芬参考了《钦定诗经传说汇纂》《诗经体注》《皇清经解》等。①
顾赛芬主要遵循中国学者的治学脉络与诠释方法，以《诗经》作为诗歌的
渊源正统，并以其作为理解儒家思想主体的文本。顾赛芬在序言之后的
《诗经》简介里，详述《诗经》成书原因以及现存版本的渊源，说明"赋比
兴"的定义与《诗经》所收作品的形式，同时更引用《论语》里孔子对《诗经》
的两段评述，说明这就是《诗经》的道德教诲所在。顾赛芬引用的第一段
《论语》是："小子，何莫学夫《诗》？《诗》可以兴，可以观，可以群，可以
怨。迩之事父，远之事君。多识于鸟兽草木之名。"第二段引用的是"《诗》
三百，一言以蔽之，曰'思无邪'"。值得注意的是顾赛芬对这两段《论语》
文字的翻译，因为它们恰恰反映出顾赛芬是如何理解诠释《诗经》的内容
的。首先是"《诗》可以兴"，此处"兴"被视为学习《诗经》的首要功能，顾
赛芬将其译为"践行美德"(pratiquer la vertu)，这显然跟一般中国读者将
其理解为譬喻(即"赋比兴"里的"兴")、激发情感之意不同，如孔安国注
为"引譬连类"，朱熹注为"感发意志"。顾赛芬引用的另一段《论语》是"思
无邪"选段。为了解释这段引文内容，顾赛芬引用朱熹《四书集注》以为补
充。顾赛芬所引用的朱熹原文是"凡《诗》之言，善者可以感发人之善心，
恶者可以惩创人之逸志，其用归于使人得其情性之正而已"。顾赛芬译为
"《诗经》中所描述的善，可以激发人们培养心中自然而生的美德(excite
l'homme à développer les vertus naturelles de son cœur)；书中描述的恶，
则可刺激人们压制内心的恶欲念。这一切可以帮助人们达致情感的正直，
不偏不倚"。不管是《论语》原文还是朱熹《论语集注》的解释，顾赛芬都在
法语翻译中加入了道德的观点，强调《诗经》的社会教化功能在于宣扬美
德并激发向善之心。顾赛芬继续申论道，《诗经》隐恶扬善，其终极目标
就是要让人民"善善恶恶"(Tout tend à inspirer l'amour de la vertu ou
l'horreur du vice)。顾赛芬一字春秋，将《诗经》定位于淳化风俗之书，而
不只是一般的纯文学。然而顾赛芬也注意到，即便是康熙年间以官方之

---

① 关于顾赛芬《诗经》译本的研究，可参见刘国敏：《顾赛芬〈诗经〉译本研究》，载《国
际汉学》，2015(3)。

力编纂的《诗经》版本，仍有"夫子们难于向学子启口之事"。此处顾赛芬的意思，显然是指《诗经》中大胆热烈的情爱成分。顾赛芬的观照重点，在于《诗经》原典内容及其如何被历代所解释与教授。葛兰言因此认为，顾赛芬的翻译可以说是当时一般人所认知的最忠实的《诗经》法语译本。①

　　葛兰言是另一位对《诗经》进行深入研究的汉学家。他以人类学的方法，将《诗经·国风》里的情爱之歌作为研究上古中国社会生活样貌的材料，而不仅把《诗经》作为儒学经典或纯文学作品来解读。葛兰言认为，《诗经·国风》里的诗歌原本具有仪式上的价值，是一种传统的、集体的创作，根据某些已经先于创作而存在的主题在仪式舞蹈过程中即兴创作而成。从歌谣的内容可以看出，其创作场合是古代农业节庆中重要的口头表演仪式，而这些歌谣见证了这些定期集会的情感。如果古代的歌谣让后世的诠释者不断从中看见道德教诲，那是因为这些道德通过歌谣内容里的象征性来表现，且通过仪式来传递。除此之外，葛兰言也将《诗经》里的歌谣与后代的民间歌谣进行比对，发现诸多类似的特质。葛兰言的这一套论述系统为中国古典文学的研究开拓了一条崭新的道路，兼具跨学科、跨领域的优点。不过，葛兰言的研究仅限于《诗经·国风》一百六十篇，虽占《诗经》半壁天下，但另有半壁在葛兰言的研究中隐而未显。这或许也是他并未以"诗经"二字作为著作标题的缘故。

　　在顾赛芬与葛兰言的《诗经》研究之间，专研东方音乐与戏剧的汉学家拉卢瓦也曾翻译过《诗经·国风》部分篇章，原刊登于《新法兰西期刊》，后于 1909 年结集成册，名为《王国之歌》(Chanson des royaumes)。拉卢瓦所编选的《诗经·国风》篇章数量相当有限，只有《周南》四篇、《召南》九篇，以及《邶风》九篇，且篇名及所选作品都已重新命名。《周南》改为《周与北方国家》，收录《新婚之歌》《婚礼之后》《不在》《心愿》；《召南》改为《召与南方国家》，收录《劳动之歌》《祭品》《花楸树》《拒绝》《不在》《等待》《侍女》《弃妇》《呼求》；《邶风》改称《蒲待国》(Pays Pudeï)，收录《分离》《士兵悲歌》《春之歌》《休妻》《士兵之歌》《舞者》《回途》《约会》《担忧》。

---

　　①　Marcel Granet, *Fêtes et chansons anciennes de la Chine*, op. cit., p. 16.

根据译文内容，《周与北方国家》的《新婚之歌》，事实上就是《周南·关雎》；《召与南方国家》的《劳动之歌》即《召南·采蘩》；《蒲待国》的《分离》即《邶风·燕燕》。此处不逐一指对。

拉卢瓦的译文看似在自由改写，但他在著作序言里却强调忠实于《诗经》原文的重要性。拉卢瓦所说的"忠实"，主要有两个面向：一是诗歌的形式，二是诠释的角度。他明确指出过去的译本多采意译，忽略了《诗经》作品的诗歌本质之美，即便是顾赛芬的翻译，在拉卢瓦眼中也只能算是"释义"（paraphrase），而无法表现原作的音韵之美。为了说明这一点，拉卢瓦使用不少篇幅解释中法两国语言的差异及其在翻译中所导致的不可避免的困难。例如，他以《周南·关雎》的"寤寐求之"为例，指出这句中文的意思就是"醒—睡—找—她/他"。通过四个汉字的并排，意义自然产生。拉卢瓦认为，西方研究者与译者在翻译或理解的过程中，往往自行添加字词使之符合语法规则，但也可能因此背离了《诗经》原文最质朴的情感表达方式。当然，拉卢瓦实际翻译的作品并没有采用这种极度直白，甚至可以说接近语言暴力的翻译策略，而仍然以有语句连贯意义的押韵诗行形式译出，以利于读者阅读与理解。拉卢瓦对《诗经》的另一项"忠实"体现在诠释的角度上。如同许多汉学家一样，拉卢瓦也引用了《论语》里"兴观群怨"的社会功能论，说明《诗经》在儒家道德教育里的重要性。然而拉卢瓦强调，《诗经·国风》所收的民间歌谣，虽然已经过孔子筛选，但其民间质朴特质仍在，其最重要的主题就是爱情婚嫁与劳动生活。他据此原则挑出最能体现这种民间生活的诗作，在反复吟唱的形式中，让读者看到自然田野的比喻以及最温柔亲密且深刻的情感。这是一种纯粹的情感，不需要负载任何思想或道德意义。拉卢瓦在文末总结道："孔子想在这些歌谣里寻求明确的教诲，恐怕是走错路了，不过他宣称这些歌谣有益人心，这倒是没错。这些歌谣体现中国无限的宁静与和平，而这对我们来说，或许并不是没用的一门课。"他的这一番言论显然出于对西方文化的失望，而冀求在中国文化里寻找人类和平的契机。《诗经》的研究，在他笔下成为一种世外桃源的想象。

以上是关于《诗经》的研究。

就以诗词为中心开展的研究而言，20 世纪初期最重要的人物有二：一是中国留法学生曾仲鸣①，二是法国外交官暨汉学家德莫朗。曾仲鸣以法语撰写的中国诗歌相关著作主要有三本：1922 年的《中国诗史论》②，1923 年的《中国无名氏古诗选译》③（后于 1926 年再版），以及 1927 年的《唐人绝句百首》④。从书名的编排及出版顺序来看，曾仲鸣显然有意以较完整的方式系统化介绍中国诗歌的渊源、流变，并以译作辅正其论述。事实上，曾仲鸣在《中国无名氏古诗选译》初版序言里洋洋洒洒地列出在他之前出版的重要中国诗论与诗集，包括波蒂埃的诗经研究、德理文的唐诗选、于雅尔的明清诗选、德莫朗的宋词选等，进而指出，他之所以致力译介从古至隋代的"古诗"，正是为了填补法国在中国诗歌研究上的漏失。因此，《中国无名氏古诗选译》与《唐人绝句百首》两书要旨都是为了介绍作品，以收录题材的广泛为要务，而不特别强调论述。⑤例如，《中国无名氏古诗选译》再版序言中，曾仲鸣特别提醒读者他新增了几首未见于初版的作品，尤其是脍炙人口的乐府诗《孔雀东南飞》（曾仲鸣译为"为焦仲卿之妻所作之诗"）。至于《唐人绝句百首》中，虽然有超过三分之一的篇幅集中在李白（十四首）、王维（十首）、刘长卿（七首）、卢纶（五首）等人，但大部分诗人只有一两首诗入选，借此呈现唐诗的丰富面貌。曾仲鸣在这两本诗选里并没有特别针对文论的意见，但却稍微提出了他对文学翻译的看法。他在《中国无名氏古诗选译》初版序言中指出，文学翻译既困难又容易让人泄气，特别是诗歌的翻译，因为所有音韵都在语言转换的过程中消失了，读者能体会到的美不在于诗歌本身，而在

---

① 1921 年，中法大学在里昂成立，吴稚晖任校长，曾仲鸣任秘书长。

② Tsen Tsonming, *Essai historique sur la poésie chinoise*, Lyon, Jean Deprelle, 1922.

③ Tsen Tsonming, trad., *Anciens poèmes chinois d'auteurs inconnus*, Paris, Ernest Leroux, 1923.

④ Tsen Tsonming, trad., *Rêve d'une nuit d'hiver. Cent quatrains des Thang*, Paris, Ernest Leroux, 1927. 法语标题直译为《冬日之梦：唐人绝句百首》。封面中文标题只取"唐人绝句百首"，今从之。

⑤ 例如，《唐人绝句百首》的序言里，曾仲鸣一再强调唐诗之美，并且以繁花盛开的花园里一株清香的花朵等来比喻，但并未特别指出唐诗究竟美在何处。

于诗歌内容所提示的意境。为此，他引用德莫朗《宋词选》里所说的，诗歌翻译主要是勾勒原著意境，让读者能够体会，而不是以字句本意为最主要考量。

相较于上述两本以一般大众为阅读对象的翻译诗选，曾仲鸣的毕业论文《中国诗史论》顾名思义是以"史"观为中心所发展出来的诗论。书中诗人生平、作品译介仍然占有相当重要的地位，同时也不厌其烦地梳理了历代诗歌体裁的演变、格律音韵等形制，又将朝代兴替更迭与诗歌风格变迁联结，使得一部中国诗歌文学史同时镶嵌了政治社会的星星点点于其中。从中法文学交流的意义上来说，此书首度完整地系统呈现中国诗歌四千年进程，而不局限于断代或单一流派诗人的研究。而曾仲鸣在章节安排上也大致遵循"一代有一代之文学"的概念，将中国学界的诗史分期观引进法国汉学的诗歌研究中。更重要的是，相较于西方文学以小说、戏剧为主流的研究，中国文学历来以诗歌为主干。曾仲鸣《中国诗史论》的出版，无疑也让法国读者确认了诗歌在中国文学史中的核心地位，因为在同一时期以及在此之前的法国汉学界，事实上并没有小说、戏剧文类的文学史论或通史出现。

《中国诗史论》在前言里，将诗歌与中华民族的气质底蕴以及中国的政治命运相联系。曾仲鸣开宗明义，指出诗歌是中国文学之核心，对中华民族的影响主要有二："中华民族在历史上从不好战，且厌征伐。其和平精神从何而来？乃是诗歌柔美、情感丰沛之影响。中华民族自足于本身所有，从不强取豪夺他人之物，但亦不容许侵略者染指其领土。其爱国精神从何而来？乃是诗歌气宇轩昂、鼓舞士气之影响。"①"诗歌与中国文学体现四千年文明，不仅深深刻划于我民族血脉之中，更在邻邦之思想与历史中留下明显印记。日本、朝鲜、安南之文学，皆渊源自中国文学。"②这样的文学史观，无疑源自局势动荡、国将不国的担忧；而这样的感时忧国思维，同时反映在《中国诗史论》中作品的筛选原则上。例如，

---

① Tsen Tsonming, *Essai historique sur la poésie chinoise*, pp. 7-8.

② Tsen Tsonming, *Essai historique sur la poésie chinoise*, p. 8.

秦代诗歌一章是以项羽《垓下歌》为代表，汉代诗歌则不以扬雄、司马相如的赋为代表，而取高祖《大风歌》、武帝《秋风辞》以及反映质朴情感的古诗十九首等。

　　除了强调诗歌在中国文学里的主要地位，以及中国文学为东亚地区文学的根源之外，作为留学生的曾仲鸣，自然也没忽视文化交流的意义。他指出，中国诗歌除了自身底蕴之外，还曾在历史上受到印度的影响，特别是佛教，让中国诗歌的情感演进、中国文学与哲学都有所变化；至于现代诗歌，则受到西方文明的冲击，期待借由新精神、新气象的书写重新赋予古老民族以年轻活力。曾仲鸣在论及外来的影响时，有时仍不免流露出前述忧国忧民的思维。例如，论及魏晋南北朝时，曾仲鸣指出，时局动乱连带影响文学发展，盛行的佛教虽未改变中国诗歌的形式，却在诗歌中注入了新的哲学与宗教思想。曾仲鸣接着阐述佛教里的无我、出家等观念，认为这是一种悲观的思想，并引用东晋高僧支遁的诗为证。曾仲鸣总结道："这些诗人的悲观主义甚至影响人民群众，一点一滴失去能量，整个国家也因此被这些'不抵抗'的思想所吞噬，以致不久就被外来的野蛮民族入侵。"[1]曾仲鸣以古讽今之意，不言而喻。

　　就章节编排而言，《中国诗史论》结构工整。在简短的前言之后有一篇中国文学及中国诗歌的概括介绍，将中国文学分为韵文、非韵文（散体）两大类，诗歌则分为古体诗与近体诗。古体诗项下再细分为四言、五言、七言，分项细述；近体诗项下则详尽说明四声调、格律、对偶排比、典故等，其中尤其重视音韵与格律的说明，将近体诗烦琐复杂的规矩逐条说明，知无不言，言无不尽，堪称当时法国汉学界最完整也最清晰条陈的中国诗歌格律，迄今亦少见有更深入的相关研究，这是《中国诗史论》对法国汉学界的中国文论研究最重要的贡献。《中国诗史论》接下来分为十二章，依据年代次第介绍，包括：（1）中国诗歌源起（伏羲、神农、尧舜）；（2）古典诗歌，如《诗经》；（3）辞赋，如《离骚》与屈原；（4）秦代诗歌，如项羽《垓下歌》；（5）汉代诗歌，如高祖《大风歌》、武帝《秋风

---

[1]　Tsen Tsonming, *Essai historique sur la poésie chinoise*, pp. 70-71.

辞》、李陵与苏武的五言新诗、古诗十九首与《孔雀东南飞》；（6）魏晋南北朝诗歌，如曹植、陶潜、谢灵运与谢朓；（7）唐诗，中国诗歌黄金时代，分为四个时期，第一期（初唐）以王勃、杨炯、卢照邻、骆宾王、陈子昂为代表，第二期（盛唐）以李白、杜甫、王维、孟浩然为代表，第三期（中唐）以韦应物、白居易、张籍为代表，第四期（晚唐）以李商隐为代表；（8）宋词，以苏东坡、陆游为代表；（9）元曲，以戏曲为代表；（10）明代，中国诗歌逐渐没落时期，以刘基、高启、杨基为代表；（11）清代诗歌，以吴伟业、王士祯、袁枚为代表；（12）迈向复兴的当代诗歌，以胡适、汪精卫为代表。

　　《中国诗史论》论及的诗人固然不止于上述罗列者，但除此之外多是一笔带过。至于上述罗列者，曾仲鸣采用的写法是先写诗人生平，再挑选诗作翻译并予以简单评述，在有限的篇幅里，结构井然清晰，甚少旁生杂枝。但也正因为如此，曾仲鸣的"诗史"看似各朝各代都有述及，事实上有强烈的个人文选论述色彩。除了前述的秦、汉诗歌侧重帝王将相作品之外，还有两个较为突出的特点：一是以戏曲作为元代诗歌的代表，二是特意凸显汪精卫在现代诗中的文学地位。曾仲鸣在关于元代诗歌的章节里，略为提及元曲的格律较唐诗、宋词自由，但并未介绍任何散曲"诗人"，而是用诗歌格律的自由将元代戏曲联结起来。而事实上，元杂剧本身并不是纯粹由诗（曲）构成的文学形式。曾仲鸣虽未在正文中明言他的选取标准，但似乎采用了西方古典戏剧观点，将戏剧作者归为诗人。关汉卿、王实甫等杂剧作家也在《中国诗史论》中跻身诗人之列，等于肯定了元杂剧及戏曲在中国文学史上的地位。

　　至于现代诗的章节，在全书中也具有相当分量。时值 1922 年，新文化运动、五四运动的各种呼声言犹在耳，却可以在《中国诗史论》中占有单独一章论述，显见曾仲鸣前言里对中国文化新生的强烈信念。曾仲鸣将现代诗的生成归功于中国革命的影响以及西方文化的冲击两种力量。政治的革命扫除过去的旧秩序，而年轻的民国公民向往着一切新生勃发的事物，包括西方物质文明以及一切不同于旧中国的文化思潮。曾仲鸣以"避免模仿过去的作品""取消严格的格律规定""弃用典故""将口头语引

入书写"四项原则，总结现代诗人追求的目标。① 这四项原则多少有点胡
适"八不主义"与白话文运动诉求的味道。例如，曾仲鸣说："近几年来，
阅读大众已不限于上层社会，阅读的人数日益增加也更加多元，所以我
们希望文学可以是群众以及各阶层的人们可及之物，人人都能理解。"于
是，在现代诗人里，曾仲鸣特别以胡适《尝试集》里的《人力车夫》为代表。
《中国诗史论》里另一位被视为现代诗代表的是汪精卫。曾仲鸣不但指出
汪精卫"或许是新一代诗人中最了解欧洲各国文学，也最能将它们与中国
文学结合的"，并且几乎是毫无理由地赞扬他："在其尚未出版的作品里，
可发现极高文学价值者。通过这位我们必须认识的作家，才能知道我们
实际上能在关于新思想的中国诗歌里做些什么。这些近作的优点，现在
论断言之过早，但我们认为他文辞优雅且音韵悠扬的诗作，或许是现时
中国文学里最优异的篇章。"②曾仲鸣先引一首汪精卫幼时之作，赞其"虽
然有点简单，但非常真诚"③。接着，曾仲鸣引用汪精卫成年之后所做的
《见人析车轮为薪，为作此歌》《大雪》(节选)④两首作品，作为说明汪精
卫诗歌优点的范例。曾仲鸣论道："在他的诗行里，他以一种知性与智性
的灵感取代音韵与感性的灵感。对他来说，诗歌借由观察、博学与哲思，
构成现代科学精神的一部分。他常说，一个好的诗人，必须以真为先，
并且应该在传递真实的同时表达美。"⑤曾仲鸣与汪精卫的关系密切，最
后甚至因为汪精卫而被误杀。《中国诗史论》如此看重汪精卫的文学地位，
不一定是出于客观考量，但无论如何，从曾仲鸣所选的胡适、汪精卫诗
作可以看出他关注底层民众，并认同汪精卫诗作所倡导的奉献自身于社

---

① Tsen Tsonming, *Essai historique sur la poésie chinoise*，pp. 140-141.

② Tsen Tsonming, *Essai historique sur la poésie chinoise*，p. 143.

③ Tsen Tsonming, *Essai historique sur la poésie chinoise*，p. 144.

④ 《见人析车轮为薪，为作此歌》全诗为：年年颠蹶南山路，不向崎岖叹劳苦。只今困
顿尘埃间，偃蹇依然耐刀斧。轮兮轮兮生非，徂徕新甫之良材，莫辞一旦为寒灰。君看掷向
红炉中，火光如血摇熊熊。待得蒸腾荐新稻，要使苍生同一饱。曾仲鸣节选的《大雪》片段是
"如何弃置道路隅，遂令泥土同狼藉。吁嗟乎，莫怨雪成泥，雪花入土土膏肥，孟夏草木待
尔而繁滋"。

⑤ Tsen Tsonming, *Essai historique sur la poésie chinoise*，p. 144.

会的信念。

　　胡适《白话文学史》(1921)里大力称颂、誉为最伟大的民间诗歌的《孔雀东南飞》，在20世纪20年代有两个法文译本。除了上述曾仲鸣《中国无名氏古诗选译》再版(1926)所收录的译本之外，早在1924年，就有张天方(张凤)法译本问世。在这本名为《孔雀》的小册子里，张天方在译文之后附有一篇长文《诗歌在中国的演变》(L'Evolution poétique en Chine)，内容主要论述诗歌对中国文化的影响、诗歌的类型以及传统与现代因素对中国诗歌演变进程的影响。张天方开篇列举尧舜时期以及民国时期的诗歌各一首，指出诗歌在中国文化里无所不在，不论是四时节日、婚丧喜庆抑或士农工商，诗歌充斥于中国民众生活里的每一处。张天方以功能论解释此现象，认为古代民众不识字者众，为推广教化、树立民众可遵循的规范，一切宣传引导多以有韵律的诗行书写，便于民众记诵并实践之，如《易经》《道德经》就是例证。

　　不过，张天方此文并没有继续针对诗歌的社会功能多加探讨，而是通过类型研究的方法，对中国诗歌进行了全面介绍，并提出相关问题。其类型研究可大致分为四种方式：一是"一代有一代之文学"式的历史时期分类，二是中法类型比较，三是诗歌主题分类，四是清代与民国时期诗坛派别。在第一种分类里，张天方指出中国诗歌特别缺少长诗，较为知名者仅白居易、文徵明、朱彝尊(竹垞)等(张天方委婉说明自己也尝试创作长诗)，译为外语者更是屈指可数。在第二种分类中，张天方认为西方文学里的各个流派，包括前古典时期、古典时期、浪漫主义、新浪漫主义、自然主义、现实主义、象征主义、神秘派、印象主义、立体主义等，都可以在中国文学与诗歌里找到相对应的派别或作品。张天方列举汉代至清代多位诗人，将其皆列入所谓"立体主义"的范畴。[①] 第三种分类中，张天方指出中国诗人关怀社会至深，从杜甫、白居易乃至郑板桥等，都有各种批评时政、关心家国的诗作。至于第四种分类，则是张天方此长文着墨最多者。张天方首先简述清代诗歌演进，并述及各时期概

---

　　① 　Tchang Fong，*Le Poan*，Paris，Jouve et Cie，1924，pp. 25-26.

况：初期以钱谦益、王士禛为代表，坚守格律，可视为唐诗的继承人；其后乾隆以诗取才，却有朱彝尊《曝书亭记》独树一帜；嘉庆、道光年间考据之风盛行，诗歌不盛；接下来又有同光体，以王闿运《湘绮楼日记》为代表。在回顾完清代诗歌演变之后，张天方谈论晚清民国的诗人与诗作。他将此一时期的诗人又分为两类，第一类是传统派，第二类是创新派。传统派又细分为闽派、浙派、北京地区、南派四类，分项细述，最后总结晚清民国传统派诗人的影响。张天方认为闽派之影响在于"意见之公允，情感之强烈，文句之严谨，词语之崇高"，年轻学子非经漫长学习不能仿效，"其诗艺可改正时人好用苍白无力之词语与流俗形式之流弊"。① 浙派的影响则是"让年轻人起而奋力多学多知，且能言国族与地方文明之丰富璀璨"。② 北京地区的诗人风格较不统一，也无显著影响。南派诗人则多年轻，积极投入并见证传统诗的演变。至于创新的现代诗方面，张天方同样也先论述其渊源，指出中国文化热切期待西方活水，广纳各国风潮。张天方将现代诗分为京派、海派、港派三个类别：京派以胡适、陈独秀、沈尹默、周作人等为代表；海派以郭沫若、胡怀琛等为代表，并特别论及商务印书馆、中华书局等出版社在上海诗歌创新风潮中所扮演的重要角色；港派则摘录两首其学生的诗歌作品片段为代表。不管京派还是海派，张天方在介绍时都不忘加入个人观点评论，并非只是平铺直叙地陈述。例如，论及海派的胡怀琛时，张天方说："其《大江集》之风格与形式皆简单，介于新文体与旧文体之间，且或许有点太过无味、沉闷且浅薄。"③ 最后，张天方总结道，新体诗由于发展时间尚短，其影响将随着白话文的进一步推广而增强。同时，新体诗的诗人一方面从古典文学中汲取灵感，如《西厢记》《红楼梦》，特别是长短句不规律、格式较为自由的元曲；另一方面则是向西方文学学习，尤以新浪漫主义、超现实主义为主。张天方的这篇论著，可以说是当时对中国诗歌特别是

---

① Tchang Fong，*Le Poan*，p. 36.
② Tchang Fong，*Le Poan*，p. 36.
③ Tchang Fong，*Le Poan*，p. 41.

现代诗较为全面的说明，但因所举的例子几乎都没有翻译，以至于对有心认识中国现代诗的法国读者而言，不免显得零碎片断。

1923 年，德莫朗翻译出版《宋词选》。[①] 在此之前，在严格意义上较为重要的诗集翻译可以说只有德理文的《唐诗》。[②] 如前文所述，俞第德《玉书》、布勒蒙《中国诗》里所收录的作品虽然都脱胎自中国诗，但已经是大幅度改写，不能算研究，而是诗人才情洋溢的再创作了。德莫朗《宋词选》最重要的意义主要有两点：第一，他回归到德理文的翻译路线，以呈现中文诗歌原貌为目标，而不延续俞第德、布勒蒙的自由创作路线；第二，他具有中国诗歌的文学史分期意识，以"宋—词"为译著的主体，接续德理文的"唐—诗"译著。《宋词选》前言第一句话就开宗明义，指出"宋词在西方几乎不为人知"[③]，接着列举现有的少数几篇宋词译本以兹佐证，包括俞第德改写的几首苏轼、李清照作品，以及亚瑟·伟利（Ar-thur Waley，1889—1966）、翟理斯（Herbert Giles，1845—1935）等英国汉学家翻译的寥寥数篇作品。德莫朗明言，在中国文学史上，宋词的地位并不逊于唐诗，其音韵规范、格律严谨，但唐诗迄今不断吸引西方译者，宋词却知音寥寥。德莫朗大量引用《马可·波罗游记》里对杭州的描述，结合自己在杭州的亲身生活经历，将宋词之美与南宋都城杭州之美联结起来，将宋词视为仅有的宋代文明留存的至美精华遗迹，这就是他决定译注宋词最根本的动机所在。

德莫朗既以发扬宋词为己任，因此在编选上尽可能遍及不同的词家作品。他在前言中指出，《宋词选》的选材主要依据王文濡编《宋元明诗评注》（上海，1916）、康熙年间查培继辑编《词学全书》，以及个别词家的作

---

① Georges Soulié de Morant, *Florilège Des Poèmes Song* ：960—1277 *Après J.−C.*, Paris, Plon-Nourrit, 1923.

② 德莫朗翻译中国诗歌，有时大幅参考前人译作。例如，《中国文学论集》里选译的《离骚》片段，据陈亮的比对研究，实为他根据德理文的译本改写而成。参见陈亮：《楚臣伤江枫，谢客拾香草——论法国汉学家德理文及其〈离骚章句〉》，见中国屈原学会编：《中国楚辞学》，第 18 辑，172 页，北京，学苑出版社，2011。

③ Georges Soulié de Morant, *Florilège Des Poèmes Song* ：960—1277 *Après J.-C.*, *op. cit.*, p. I.

品集。总的来说，德莫朗《宋词选》不但收录李清照、朱淑贞、柳永、欧
阳修、苏轼、周邦彦、秦观、陆游、范成大等知名词家的作品，也搜罗
多位较不知名作者的作品，将宋词的不同旨趣、主题全方位呈现在读者
面前。而作为一位译者，德莫朗注意到的不仅是宋词作者与文类在文学
史上的地位，更从中法两国语言的差异来思考诗歌翻译的问题。德莫朗
首先指出，中文里的每一个汉字都已经是意义完备的个体，同一个汉字
可以是名词也可以是动词，可以表示现在、过去或未来。因此，相较于
文句本身相当精确的法语而言，中文文句的意义不是光由文句本身决定
的，而是借由文句在读者心中召唤一种情感，由读者自行去进行精确的
理解。于是，同样的中文文句或篇章翻译成法语之后，可能会有许多差
异甚大的译本，但只要能在读者心中召唤出与原文同样的感情，那就是
正确的翻译。由于汉字的这项表意特性，德莫朗认为只有直译才能更好
地传达中国诗文原作的精神，尽可能根据原文将字词并列，不需要特地
加上符合法语语法习惯的冠词、助词等。除此之外，德莫朗还提到一些
中法两国语言差异所导致的诗歌创作差异问题，如法语诗歌多用通俗浅
近的字词，且法语拼音文字完全比不上中国文字的形象美感。

　　德莫朗对中国诗歌的译介与分析是以历史分期作为根据的，继宋词
之后，他的目光转向清代诗歌。1932 年，德莫朗出版《中国之爱选辑》。[1]
此书译自 1914 年扫叶山房出版的雷瑨编选的《五百家香艳诗》。德莫朗在
前言中提出他编译此书的两个原因：第一，情爱既是西方文学也是中国
文学创作的重要主题，但何以除了李清照、朱淑贞两大女词人的作品之
外，其他爱情诗歌都未曾翻译成法语？他既有机会获得通篇以情爱为主
题的诗选，故当仁不让推荐给读者。第二，《五百家香艳诗》所收的作品
年代，上起 17 世纪清兵入关，下至辛亥革命，可以说完全是有清一代的
文学产物，故将其视为清诗代表译介之。此处姑且不论德莫朗的观点陈
述恰当与否，但德莫朗显然已体认到"情"字乃中国诗歌之中心。正因如

---

　　[1]　*L'Anthologie de l'amour chinois*：*Poèmes de la lasciveté parfumée*，Paris，Mercure
de France，1932.

此，德莫朗的译本系于"情"字，不直接根据原书按作者分类依次翻译，而是根据情之所起、情之所逝的过程，将情爱发展分成"初恋""相遇""欲念"等十七种不同面貌，进而在这十七项下根据作者年代前后编排之。

德莫朗以文学史进程的观念，不但继"宋诗"之后赓续研究"清诗"（按：法语里的"诗""词"一般通译为"poème"，所以就西方文学史的观点来说，是同一种文体在不同时期的格式、风格演变，而非像中国文学史的习惯将其视为两种体裁），而且进一步将"清诗"分为四个发展阶段。第一期是17世纪初期，"有才者众，风格鲜明，自由诚挚，惟叙事甚于抒情"①，名家辈出，吴伟业、李渔等人同时以戏曲见长。第二期为18世纪，"风格转为文饰，大量使用寓意联想丰富的词汇，取代过去清新单纯的文句表达"②。第三期是19世纪初期与中期，"令人感受深刻的印象无可避免地减弱，不自觉地消逝在趋于完美的形式里；其时诗作风格变得有点像竞相表现各种修辞的综合物，［……］许多作品精致有余，动人不足"③。第四期则是19世纪末，风格扬弃辞藻，返璞归真。④

就翻译方法而言，德莫朗大致延续他在《宋词选》中采用的直译法，经由直接铺陈文字，让读者自行创造理解。他重申，中国文字的图像性以及一字一音的韵律特点使得诗行本身就有丰富的提示性，并非法语翻译能够复制。这个观点为许多西方现代主义作家所共有。另外，德莫朗在前言文末使用许多篇幅说明中国诗歌里惯用的譬喻，如以"风月"代替爱情、以"云雨"婉言肌肤之亲等，洋洋洒洒，再次体现他对中文的热爱。除了诗歌选辑之外，德莫朗也翻译过短篇小说集，如《中国奇谭》，收录有《灯草和尚》《宝莲灯》等故事。⑤ 不过书中仅收译文，未有评析论述，此不赘言。

曾编选《诗经》作品的汉学家拉卢瓦，则于1944年出版诗歌选辑。题

① *L'Anthologie de l'amour chinois*：*Poèmes de la lasciveté parfumée*, p. XIII.
② *L'Anthologie de l'amour chinois*：*Poèmes de la lasciveté parfumée*, p. XIII.
③ *L'Anthologie de l'amour chinois*：*Poèmes de la lasciveté parfumée*, p. XIII.
④ *L'Anthologie de l'amour chinois*：*Poèmes de la lasciveté parfumée*, p. XIV.
⑤ Morant, *Les contes galants de la Chine*, Paris, Eugène Fasquelle, 1921.

为《中国诗选》①，以时代先后排序，呈现每一个朝代或时期的诗歌风貌，读之或可对中国诗歌发展的进程有粗浅概念。就选取的作品而言，拉卢瓦除了收入他早前所译的《诗经》作品，以及法国读者较为熟悉的唐诗之外②，将先秦、两汉的儒、道思想纳入中国诗歌史的发展中。拉卢瓦一方面重申孔子对《诗经》的重视及其在编选"诗三百"的过程中所扮演的关键角色，另一方面强调佛老思想对后世诗歌创作的影响。因此，该书开篇两首"诗歌"分别选自《道德经》的"道可道，非常道""不出户，知天下；不窥牖，见天道"两段文字。书中还收录了楚辞、乐府、宋词等作品，全书止于苏轼《渔父》。拉卢瓦虽然在序言中稍微提及现代诗的重要性，并以胡适为例，但并没有选译现代诗作品。

4. 文学史

德莫朗除了翻译、专论之外，更是最早以"文学史"的概念进行中国文学研究的汉学家之一。1912 年，德莫朗《中国文学论集》出版。③ 此书虽无"文学史"之名，却已有中国文学史的架构。④ 全书根据文类与发展顺序分为十二个章节，分别是：(1)史前文明的中国；(2)中国文字书写；(3)从古代到公元前 6 世纪；(4)哲学；(5)哲学末期；(6)历史；(7)初期的笔记与小说；(8)诗歌；(9)哲学的复兴；(10)戏曲与小说；(11)选辑；(12)新闻事业。写作风格夹叙夹议，有时附有所论作品的片段翻译。每一章最后列出与该章主题相关的作品书目。

这十二个章节虽以文类主题作为标题，事实上同时根据历史先后编

---

① 　Louis Laloy, *Choix de poésies chinoises*, Paris, Fernand Sorlot, 1944.

② 　全书收录的 54 首作品中以唐诗最多，占一半以上，其中又以李白诗最多，共 16 首。

③ 　George Soulié de Morant, *Essai sur la littérature chinoise*, Paris, Editons Mercure de France, [1912] 1924.

④ 　一般咸信，英国学者翟理斯所著的《中国文学史》(1901 年出版)，是第一部以西方语言写就的中国文学史。方维规教授在《世界第一部中国文学史的"蓝本"：两部中国书籍〈索引〉》一文中则指出，西人修中国文学史的时间可上溯至德国汉学家肖特的《中国文学论纲》(1854 年出版)。此处笔者暂不深究法国学者撰写中国文学史始自何时，但可以确定的是，19—20 世纪西方学者尝试撰写中国文学史时，不一定有"史"之名，但事实上已具备"文学史"的精神与思维。

排，从三皇五帝起以迄晚清民国。同时，为了做出清楚的历史时期划分，以致同一章节内纳入差异甚大的不同文类。不过大致而言，德莫朗此书仍大致清楚提供了中国文学发展的脉络。例如，"哲学""哲学末期"两章论述先秦思想与文艺，包括孔孟、老庄、管仲、杨朱、孙武等诸子百家，乃至屈原《楚辞》。"初期笔记与小说"章节写1—7世纪（汉代到隋代）的短篇文学发展，既包括志怪笔记，也纳入《说文解字》与司马迁的星象之作《天官书》。"哲学复兴"章节写宋代之事，包括《资治通鉴》、宋词、王安石与朱熹的思想等。"戏曲与小说"章节写元代之事，包括历史题材的杂剧，又有《西厢记》《琵琶记》等剧，并且还论及剧场形制、演员、舞台、作者、后世品评及翻译等，章末述及明代小说《三国演义》《水浒传》，以及《西游记》《好逑传》选段译文。"选辑"章节分为十二个小节，分述清代诗歌、小说、戏曲、史地、医药、艺术、法律、农业等各种不同类型的文选。"新闻事业"一章分为三小节，分别是20世纪中国民族主义发展与新闻报刊、通俗刊物与书报杂志、外国作品翻译，章节中简介大报、小报及其发行情况，并附上选自晚清革命刊物《二十世纪之支那》的文章一篇。从以上章节概述，可以看出本书实已具备中国文学史雏形。

　　然而，这部文学史所选的作品，却不尽然符合今日我们对于"文学"的定义。除了诗歌、戏曲、小说以外，书中更多的内容是关于文字学、思想、历史，乃至各种不同类型的社会科学，这其中自然牵涉到20世纪初期对于所谓"中国文学史"的概念想象，究竟何等作品能纳入中国文学史的体系当中。事实上，这个时期同时也是中国学者开始撰写中国文学史之初，如林传甲《中国文学史》（原为京师大学堂讲义，1904）、黄人《中国文学史》（原为东吴大学堂国学讲义，1904）等。我们很难确定德莫朗在撰述《中国文学论集》时是否受到中国学者的影响或启发，但可以确定的是，德莫朗关于"中国文学"的概念实与中国学者有共通之处，亦即涵括了经学、史学等范畴，同时又大胆地纳入新兴的报刊俗文学。1917年，宋春舫以法文撰写《现代中国文学》，论述晚清民国以来的文学发展史（详见下文）。然而，作为中国学者的宋春舫反倒是采用西方的文学观点，将其文学史论述限定于小说、诗歌、戏剧三种文类之中。

　　回到德莫朗《中国文学论集》纯文学的部分。以关于戏剧的章节为例，德莫朗一方面延续法国汉学家长久以来的传统，援引耶稣会传教士在中国的戏剧见闻以及巴赞的研究以为佐证，另一方面亦提出个人见解，尤其注意系统化整理的知识，使读者得以建立清晰简明的中国文学史观。例如，就戏剧文本而言，德莫朗指出："中国戏剧的类别完全可以对应到西方戏剧，亦即正剧（drame）、情节喜剧（comédie dramatique）、喜剧，乃至音乐喜闹剧（vaudeville）。"①德莫朗接着分述上述各种类型戏剧的文学与表演特征，如"正剧以武戏为大宗，［……］而历史剧则是最耐人寻味者。有些绝妙的正剧类似于西方的幻仙剧（féerie）""性格喜剧（comédie de caractères）与情节喜剧是欧洲人眼中最饶有趣味的，深究之便可看出各种经典类型角色，例如守财奴、登徒子、浪荡儿等，各种角色都极富表现力，细致有味，并非简单的写实可比""音乐喜闹剧准确说起来就是粗俗的闹剧，数量较少，只需由演员根据脚本即兴发挥即可"。18 世纪的传教士汉学家曾在中国戏剧里看出西方悲剧的崇高精神（最好的例证就是翻译《赵氏孤儿》的马若瑟神父），然而在 20 世纪初的德莫朗眼中，中国似已没有悲剧，只有体现世态的人间喜剧与反映道德的正剧了。

　　就戏剧发展进程而言，德莫朗将中国戏剧的历史分期划分为四个阶段。② 第一阶段为 8—10 世纪，为二到三人歌舞表演，仅具戏剧雏形。第二阶段为 10—12 世纪，仅有"对话小说（传奇）"。第三阶段为 12—14 世纪，已有真正的戏剧作品，统称为"杂剧"。其后直至 20 世纪为第四阶段，包括"有对话的小说（也就是以前的传奇）以及各种现代作品"。德莫朗将戏剧历史分期陈述得相当简略，甚至有语意混淆之处，如第二阶段的唐传奇与第四阶段的明清传奇，在表现形式与内容上都有相当差异，其历史渊源与承继关系难以用"有对话的小说"一语概括。同时，德莫朗同多数法国汉学家一样，将杂剧视为中国戏剧的黄金时代，并将杂剧文本区分为三种风格："古典与历史学家风格（经史语）""诗意风格（乐府

---

①　George Soulié de Morant, *Essai sur la littérature chinoise*, *op. cit.*, p. 241.

②　George Soulié de Morant, *Essai sur la littérature chinoise*, *op. cit.*, , pp. 242-243.

语）""说话风格（天下通语），并带有一些当地方言（乡谈）"。德莫朗指出，
这三种风格可以根据写作需要交互运用，而其中最丰富的当推"诗意风
格"，用于表达高贵的情感以及历史剧，在三种风格里"意象最丰富也最
东方"，充满各种比喻与描述，以至于"常常损害［作品］思想的清晰"。德
莫朗所说的这三种风格，根据其所附的拼音，可知实出自元代周德清《中
原音韵·作词十法》的第二法"造语"①。所谓"造语"，意指"填词作曲时
所用的词句"②。周德清认为，曲辞的语言成分至关重要，故写曲文之人
可作之语为"经史语、乐府语、天下通语"。周德清详细阐述之："未造其
语，先立其意；语意俱，高为上。短章辞既简，意欲尽。长篇要腰腹饱
满，首尾相救。造语必俊，用字必熟。太文则迂，不文则俗。文而不文，
俗而不俗，要耸观，又耸听，格调高，音律好，衬字无，平仄稳。"此外，
周德清也列举了不可作之语，有"俗语、蛮语、谑语、嗑语、方语、书生
语、讥诮语、全句语、拘肆语、打油语、双声叠韵语、六字三韵语、语
病、语涩、语粗、语嫩"。可以看出，周德清原文同时谈到语言内容、音
韵、风格等不同面向。德莫朗的解读稍有简化之嫌，虽尚能提出一家之
言，惜未能深入分析。例如"乐府语"，指具有文饰的语言，其运用标准
即下文所说的"文而不文"。③　不过，德莫朗对中国戏剧的关注不只是针
对故事内容、社会功能等，更注意到戏剧作为文学体裁的纯文艺价值，
将中国戏剧作品当作纯文学作品欣赏其语言之美。这是德莫朗的戏剧研
究之长。

　　除了戏曲文论之外，德莫朗对于戏剧文学写作方式也有意见。他指
出，欧洲读者常认为中国戏曲的缺失首先在于剧作家没有仔细考虑清楚
各场的编剧大纲，以致常有情节轻重不分、转折失当的情况，无法良好

---

　　①　作词十法包括：知韵、造语、用事、用字、入声作平声、阴阳、务头、对偶、末
句、定格。
　　②　李惠绵：《中原音韵笺释——韵谱之部》，557 页，台北，"国立台湾大学"出版中心，
2016。
　　③　李惠绵：《中原音韵笺释——韵谱之部》，558 页。

地表现各个段落应有的剧情效果。① 德莫朗看似是以中西比较的方法分析中西戏剧异同，但是他的解读却失之偏颇。根据德莫朗的分析，中国戏剧的上述问题是因为剧作家注重形式而非内容，力求符合时代风格（不管是诗意文雅的风格，抑或浮夸雕饰的风格），而不太在乎剧情的内在逻辑是否连贯。德莫朗给的另一个原因仍然牵涉到"诗意风格"，他认为大多数中国戏剧是以此风格写就的，读者若无法彻底理解这种文字风格就无法理解剧情，而观众对于剧情若没有烂熟于心就看不懂演出。其结果就是，每逢需要渲染烘托剧情让观众感到感情丰沛的时候，或为了切割宣叙调的段落，剧作家就会加入诗行唱段，因为这些诗歌以诗行写就时，很难有人懂；有时候唱段与诗行念白之间并没有分得很清楚，观众看得愉快，而不在乎剧情与台词的清晰与连贯。② 此处德莫朗虽然点出中国戏曲写作的特点，如格式规范的严谨、曲文与宾白的穿插等，但事实上，不管是元杂剧还是明清传奇，都有情节紧凑跌宕的例子（如欧洲读者熟知的《赵氏孤儿》），而诗行与曲文的交错运用也不仅供视听之娱。同时，许多戏曲里运用的诗行与唱段都广为观众与读者所知，且为中国诗歌的经典成就。德莫朗对于中国戏剧的认知与分析及所引文论，虽时有谬误，在格局上也未必能超越前辈学者的戏剧研究，但他另辟蹊径，也算是开拓了中国戏剧研究的一个方向。

基于对中国戏剧的热忱，德莫朗于 1926 年出版《中国现代戏剧与音乐》，书中戏剧、音乐的篇幅各占一半，"现代戏剧"一语所指的是自清代晚期起风行全国的京剧。德莫朗着重介绍戏剧表演、剧场发展等内容，但亦强调戏剧的文学价值，认为"即便去除肢体表演、音乐与舞蹈，其文本读起来仍饶富趣味，因为这些作品以极富表现力的风格写成，其中包含的诗歌本身亦具有价值"③。同时，德莫朗也强调戏剧的通俗价值，指出不但经典剧目（特别是折子戏）不断重演，跨越时代与地域限制，且辛

---

① George Soulié de Morant, *Essai sur la littérature chinoise*, op. cit., p. 246.

② George Soulié de Morant, *Essai sur la littérature chinoise*, op. cit., pp. 246-247.

③ George Soulié de Morant, *Théâtre et Musique modernes en Chine*, Paris, Librairie orientaliste Paul Geuthner, 1926, p. VII.

亥革命以来，民众对戏剧的热情有增无减。就戏剧文本而言，该书有"剧本"一章，介绍中国戏剧源流、历代重要剧作家及作品，特别是清中叶以后的"现代戏剧"，根据主题分为爱情、友情、荣誉、竞争、喜剧与错误喜剧五大类别，并附全本《翠屏山》译文。

　　继德莫朗的中国文学史之后，中国学者以法语撰写的中国文学史亦出现于学界。1917 年，北京日报出版社印行宋春舫《现代中国文学》。此书印行数量较少，且在中国而非在西方国家出版，所以影响力与知名度较低。其之所以值得今人注意，原因有二：一是该书为中国学者以法语撰写的第一本中国文学史论著，二是该书以"当代"文学为主题。宋春舫在书中并未明确定义"当代"，但从前后章节行文之间可以看出他的意思当指民国肇建以来的文学。从辛亥革命成功至《现代中国文学》出版之间，虽然仅五年光景，但宋春舫将新文学的变革与期望与民国新兴勃发的生命力联结在一起。他在"文学革命辩言"章节里强调文学的社会功能，认为文学应以批评、呈现人类生活为职志，而非"为文学而文学"。宋春舫以元代戏曲为例，指出其之所以伟大，乃是由于作品中"充分理解人类生活，而这正是所有文类的文学的唯一目标"。宋春舫继而指出，元代以前的文学之所以了无生气，就是因为无法反映人生。如同德莫朗的著作，宋春舫《现代中国文学》虽未以"史"之名冠之，然而事实上已有文学史之架构与思路，为当代/民国文学作见证。书中的章节编排分为小说、诗歌、戏剧三个文类，下设备不相同的章节详述其建立于古典文学的基础，以及新的文学（"当代"）如何承继或启发自古典文学。宋春舫在"文学革命辩言"里还强调，人生的文学是白话的文学。因此，他特别注意到清末民初的通俗文学，如《广陵潮》、弹词小说、黑幕小说等作品或文类各有专章论述，可以说为法国的中国文学研究提供了一个新的视角。尤其是熟稔法国文学的宋春舫，每每以法国文学比拟所论之中国文学作品时，都能因此看出中国文学未能跻身世界文学之林的问题，悠游两种文学之间的论点别有趣味。例如，他在"论《红楼梦》"章节中指出其作者曹雪芹在中国知名度高，一如法国 18 世纪末畅销通俗小说《保尔与薇吉妮》（*Paul* et Virginie)的作者。① 宋春舫大力赞扬《红楼梦》里对人情世故、婚姻规范、女性家族地位的描写，认为此书本可成为成功的社会小说，可惜却耽溺于对女性角色过于细腻的描写，一如法国作家普莱沃（Antoine Prévost，1697—1763）或布尔热（Paul Bourget，1852—1935）小说中常见的流弊，故而最终无法达成曹雪芹原来预期写就的社会小说。凡此种种论点，皆说明《现代中国文学》在文学上的诸多观点时有创新，惜受限于发行与流通，此书迄今未能引起学者太多关注。

　　另一位以法语撰写文学史的则是徐仲年，他于1932年出版《中国诗文选：从起源到今日》，书中选文内容自先秦至明清，夹叙夹议，可以说是一本无史之名、有史之实的文选暨文论。全书架构系按历史编年排列，于每章节内又以诗歌、戏剧、小说、哲学、历史五类分项论之。在最后一个章节谈论民国时期文学以及白话文运动时，除诗歌、小说、戏剧之外还增列"散文"一项。事实上，对文类的分门研究乃是徐仲年撰写此书的目标之一。在序言里徐仲年开宗明义，指出学界欠缺一本"通论"性质的文选。此前出版的中国文学文选内容涵括面不够广，且多贵古轻今，其共通缺陷有三。第一，将小说与戏剧排除在文学选辑之外。第二，许多文选编者过度重视选文的多样性，以至于选文片段虽多却显得零碎；有些选文片段虽有特别可观之处，但其文学价值并非一时之选。第三，文学评论者对于作品里的道德意识与其道德功能过度强调，以至于许多真正具有文学价值的作品反而被排除在文选之外，有时是因为作家的私人生活被认为不够检点，有时是因为作品内容虽有文采但被认为流于轻浮。凡此种种，都使徐仲年认为其时中国文学文选有不足之处。因此，他认为必须要重新检视种种文学作品，建立新的作品排比品位以及新的通论文选架构。

　　就选取的作品而言，徐仲年指出，其目的不在于搜罗所有的经典作

---

① 宋春舫未在正文内明白指出此法国小说的作者。该书作者系贝尔纳丹·德·圣皮埃尔（Jacques-Henri Bernardin de Saint-Pierre，1737—1814）。《保尔与薇吉妮》叙述的是两个出身于不同家庭的年轻男女在模里西斯岛一起被抚养长大，彼此既有兄妹情谊又有爱恋情愫，最后却因命运捉弄而无法厮守终身。此书在18世纪末相当畅销。

品，而是为初接触中国文学者挑选必须认识的作品。也就是说，《中国诗文选》乃是一部入门之作，从书中所选段落不难看出徐仲年的用意之一乃是激发法国读者的兴趣。例如，《儒林外史》选"范进中举"故事，《西游记》选孙悟空借芭蕉扇等。徐仲年进一步说明何以文选里以诗歌、小说、戏曲为重，因为在中国文学里"诗歌尤其丰富，小说迄今为止无端被轻贱，戏剧则被过去的文人误以为是次等艺术"①。相较之下，徐仲年在文选里虽然也选哲学、历史作品片段，但对此类作品并非全无保留。他指出，若要理解中国哲学（经学）作品，首先需对中国民族性有深入研究，故在此文选里仅就各流派选取代表性的片段。至于历史作品方面，徐仲年认为"中国历史既丰富又贫乏"：丰富的是，历朝历代都有不同名称与形式的国史编修单位，而文人或多或少也以一己之力或群力撰写史书。然而，若与西方同类型史书相比较，就可看出中国文人的历史书写多为片段、笔记、回忆录等，欠缺整体架构与思维。为此，徐仲年在编选时不得不减少哲学、历史作品的分量，仅作概略性介绍。同宋春舫一样，徐仲年通过文学作品选译穿起文学史时，深受西方文学史的文类观念影响，以诗歌、小说、戏剧为主流。徐仲年更明确将史、哲列于次要地位，这显然不同于此前中国文人以经史为重、小说为贱的观念。他所编的"诗文选"，事实上就是根据西方的"文学"观念将中国的文艺作品分类。徐仲年指出他兼融中西的理念：一方面，他同多数中国人一样，自幼接受儒、释、道三家之言，不偏倚任何一家；另一方面，在法国十年的求学经历让他习得"求真与自由"的价值观，因而他决意摆脱教条，不为任何一家之说背书。这也正是徐仲年编纂《中国诗文选》的原意。

另外，徐仲年还指出中国文学研究历来欠缺精确的毛病。仅以中国文学史上最知名的诗人李白为例，在《辞源》（徐仲年称其为"中国最好的词典"）里竟查无李白生卒年份；而在一般的文学论著里，关于李白生卒年份之说却有十数种之多。为此，徐仲年不得不在编选《中国诗文选》时

---

①　Sung-Nien Hsu, *Anthologie de la littérature chinoise*, *des origines à nos jours*, Paris, Delagrave, 1932, p. 5.

放弃考证，以作品为重，而对相关年份持保留态度，多以问号标示之；对于所选片段，同样以批判精神审视之。最后，徐仲年说明此文选的翻译理念乃是"紧密的翻译"，也就是逐字将原文里表达的意念"严格且忠实"地翻译出来。徐仲年之所以采用这种"字对字"的翻译，原因有二：首先，法语里不见得能找到对应于中文表达法的词汇；其次，即便可以找到相近的词汇，也不能保证其绝对吻合原意。

以上关于 20 世纪初期的中国文学通史撰述，说明中国文学在法国的传播与研究基本上已经趋于成熟。学者不再仅关注作品翻译，也不局限于单一作品或作家的研究，而是将视野扩及中国文学整体，乃至于进一步思索其特质与内涵。正是在这样的基础上，中国文论的研究才进一步开展，继而在 20 世纪下半叶出现丰硕成果。

三、20 世纪法国汉学的文学和文论研究转向

如同西方汉学是随着首批欧洲人进入中国而诞生的，法国汉学亦始于传教士们的远征，因此从一开始就打上了"行走"的印记。所谓"行走"，是说法国汉学从诞生伊始就不局限于学院式的研究，而是涵盖了以各种形式（如传道、游记、诗歌等）对他们所见所闻甚至是所想的异文化的记录、发问和求索，其特质就在于"汉学"意义的流动性和它所研究对象的变迁和丰富性。正如在传教士们努力学习汉语和中华文化典籍、试图以儒者身份进入中国官方视野以便传教的十六七世纪，汉学并不仅仅指以学术思维分析中国并用撰写真正人文著作的方式来解释的学科，20 世纪法国对中国文论的研究也并非从文论本身开始。法国汉学家倾向于从哲学、社会学、史学、宗教角度切入中国文化和文学，着重于表达自己对文学的理论诠释视角。

事实上，法国汉学的文学、文论研究在 20 世纪发生了明显转向，这首先和法国学术界自身转向有关。自 19 世纪末索绪尔和俄国形式主义一路发展而来的新思潮在法国学界一路激荡碰撞，直到 20 世纪 40 年代雅各布森（Roman Jakobson，1896—1982）和列维-斯特劳斯（Claude Lévi-

Strauss，1908—2009）在纽约的相遇催生了结构主义，并在"二战"后成为法国乃至整个西方思想的主流。但汉学界的结构主义研究方法似乎来得更早，1919 年葛兰言写的《古代中国的节庆与歌谣》就已经使用可称为结构主义的研究方式了，并且葛兰言在书中挑战了以《毛诗》为代表的诗为教化之诠释，提出《诗经》基本上是中国古代社会生活，尤其是节庆和祭祀活动的记录和写实，与政治、道德风化的关系较远。葛兰言之后，继承其衣钵的康德谟（Max Kaltenmark，1910—2002）、施舟人（Kristofer Schipper）都属人类学和社会学范畴，所以对法国汉学的文学、文论研究影响不大。真正的影响发生在 20 世纪 70 年代之后，尤其是参与 60 年代结构主义运动的程抱一、后来将结构主义方法转化为哲学相异性的朱利安，以及晚年从文字切入中国思想和文学的汪德迈（Léon Vandermeersch）的著作的出版。他们作品的共同点是不对中国传统经典诠释亦步亦趋，而以自身跨学科和跨文化的背景为法国汉学的文学、文论研究提供了新视角。本节将重点介绍葛兰言、程抱一、汪德迈和朱利安。

　　注重文本本身翻译和介绍的传统并没有因此被丢弃，其中雷威安和班巴诺（Jacques Pimpaneau）可为代表。班巴诺在 1989 年出版的《中国文学史》（*Chine, histoire de la littérature*）中涉及文论的部分有三章，分别为"文学思想的诞生""刘勰的文学思想"和"刘勰之后的文学思想"，但这三章并不是专门对文论展开研究，而是将文论和文学作品放在一起以编年史的方式进行介绍。"文学思想的诞生"一章着重讲的是先秦文学作品。班巴诺认为中国人在没有文学概念的情况下创造并发展文学，比如，对孔子来说，"文"只是指四教（文、行、忠、信）中的一教。先秦时代的"文"常常无关文学，就如汉代的王充指出的，文学这一词语既没出现在经典文集诗集里，也没出现在史书里，却出现在那些论权术、法术、礼乐的书中。这也是为什么儒家所说之"文"通常与文学审美无关，而与道德、政治、风俗有关。墨家也是如此，而且更强调道德和苦修。道家的庄子是个例外，他从来没有说过什么是文学、什么是文学之美（在那个时代，"文学""美学"和"艺术"的概念都不存在），但文学之美却真实深刻地存在于他的文本中。"刘勰的文学思想"一章则在以较大篇幅介绍《文心雕

龙》内容的同时，也节译了曹丕的《典论·论文》和陆机的《文赋》，比较三
人对"文"看法的异同。"刘勰之后的文学思想"一章或选译或介绍司空图、
严羽和李渔等人的论述，再辅以介绍相应的诗人和作品。比如，班巴诺
翻译了司空图《二十四诗品》里的一节："风云变态，花草精神。海之波
澜，山之嶙峋。俱似大道，妙契同尘。离形得似，庶几斯人。"班巴诺认
为诗和道相契是早已有人谈论过的，但司空图将诗歌之美与海澜这样的
自然界音乐相比，增加了感官体验；而花草风景入诗后亦可以成为写作
风格的一种。所以随后班巴诺就以较大篇幅介绍分析了符合这一审美情
趣的苏轼其人及其作品①。2004 年班巴诺出版了《中国经典文学选集》
（*Anthologie de la littérature chinoise classique*），较之《中国文学史》，这
是一本更纯粹的文学和文论作品选译集。雷威安则在翻译一系列中国古
典作品的同时，于 1994 年主持出版了《中国文学辞典》（*Dictionnaire de
littérature chinoise*），有近五十位法国汉学家参与《中国文学辞典》的编
撰。《中国文学辞典》以人名、地名和专有名词（如移民文学）为索引，中
国历代著名文论作者几乎都被收在词条内，而且注释清晰完整。比如"曹
丕"词条②，介绍了曹丕的生平和作品，提到王夫之对他的评价，说他是
古体长诗之鼻祖，深刻影响了诗人鲍照和李白。同时，词条也介绍了曹
丕的《典论·论文》，认为他是中国提出文学批评问题的第一人：不仅将
"文"视为一种只取决于自身的独立的门类（与政治脱钩），而且将"气"提
到衡量文章优劣的高度。此书自出版以来多次再版，很受欢迎。但书中
也有不少令人遗憾的遗漏，比如司空图、金圣叹和王夫之等重要的文学
评论家都未被列入词条。

　　著名汉学家戴密微则难以被归到这两类，他介于葛兰言和雷威安、
班巴诺之间：如葛兰言一样跨界极广、视野极宽，同时又非常注重翻译
和考据，只是所涉领域多在宗教。但他深爱中国古典文学，尤其是诗歌，

---

①　Jacques Pimpaneau, *Chine*, *histoire de la littérature*, Arles, Philippe Picquier, 1989,
pp. 87-143.

②　*Dictionnaire de littérature chinoise*, Paris, PUF, 1994, p. 29.

在东方语言学院和法兰西学院开课时吸引、影响过一批年轻学子，其中包括程抱一和拉康（Jacques Lacan，1901—1981）。本文将专辟一节介绍戴密微少而精的诗歌研究。

（一）葛兰言和朱利安的《诗经》进路

1. 葛兰言的《古代中国的节庆与歌谣》

葛兰言是法国汉学家、社会人类学家，一生著作颇丰，有《古代中国的节庆与歌谣》《古代中国的舞蹈与传说》《中国宗教史概论》《中国的文明》《中国人的思想》等，可算是西方汉学家中系统地研究中国文化的第一人。他1884年出生于法国东南部小镇，青年时代（1904—1907）在巴黎高等师范学校求学，主修历史学，期间成为法国社会学、人类学奠基者涂尔干的学生，并与其外甥同时也是其学术传承者莫斯结下终生友谊。之后师从沙畹，在其门下学习汉语，由此将研究兴趣从日本转向中国，开始研究中国家庭、法律和葬礼礼仪，并通过将三者视为有某种整体性对应关系来解读中国文化。葛兰言曾在1911年到中国做实地调查，与日后参与《红楼梦》翻译的汉学家铎尔孟（Andre d'Hormon，1881—1965）结成莫逆之交。独特的经历让葛兰言同时具有社会学、汉学甚至历史学的背景和视角，正如葛兰言弟子杨堃所言，其学说渊源可分为两个：一是涂尔干与莫斯所领导的法国社会学派，二是沙畹所开创的法国的中国学派。有这两种背景，再加上"葛氏自己特有的天资与学力，即神话学家的眼光与细读、慢读和重读的苦学，他乃成就了一种新的学说，而且开创了一个新的学派"①。

杨堃说的葛兰言开创的"新学说和新学派"意指以中国为分析对象的一种社会学方法，目的是为其师在法国社会学派中的地位正名。虽然也有西方学者如英国人类学家弗里德曼（Maurice Freedman，1920—1975）和美国汉学家伯德（Derk Bodde，1909—2003）曾为葛兰言常常只被视为

---

① 杨堃：《葛兰言研究导论》，见王铭铭编选：《西方与非西方：文化人类学述评选集》，200～201页，北京，华夏出版社，2003。

汉学家而无名于社会学界抱不平，但无法改变的是，他的新学说对法国
当代汉学的影响远大于对社会人类学的影响。戴密微曾评价他在 20 世纪
初就以"我们今天称作结构主义的方法"来研究汉学，并由此在后辈学生
中播下了"萌芽的思想"。① 而杨堃对其导师研究方法的总结则具体化了
戴密微的判断："葛兰言的比较法，我们已经说过，是仅在中国本部文化
中将各不相同而互相联系的诸阶段拿来互相比较。他虽说仅用这一种比
较法，但因为中国文化极其古老，而且前后一贯，从未中断过，故他可
用的资料亦异常丰富，而且比较的效果亦特别精确并极有意义。因为一
般的比较仅是静态的比较，而葛兰言的这种比较法则是一种动态的与发
展的研究法。"②在杨堃看来，葛兰言之所以采取这种动态的、"科学的、
史学的比较法"，是因为"中国文化最适于应用这样的比较法。而葛兰言
方法论的精华亦在此"③。无论是戴密微说的"结构主义的方法"还是杨堃
说的"动态研究法"，其实指的都是葛兰言在研究中国文化尤其是中国文
学时，不是只就文本论文本，而是透过文本寻求文学和社会、思想之间
的内在关联和对应来整体性把握文化的方式。比如，葛兰言说自己研究
《诗经》时是把《国风》当作一个整体来研究的，既考虑到它晚近的历史，
也考虑到它最初的事实。

　　发表于 1919 年的《古代中国的节庆与歌谣》，就是这种研究方法论的
体现。此书通常被视为葛兰言的《诗经》民俗学研究，但其中也对《诗经》
的文学创作手法做了不少探讨。《古代中国的节庆与歌谣》分为两部分，
第一部分是对《诗经》部分诗篇的重读和对道德教化的祛魅，第二部分是
对中国古代节庆的整理和描述，意在找出《诗经》文本和古代的民间节庆
祭祀活动之间的内在联系。葛兰言批评汉代以来用道德解释《诗经》甚至

---

　　① ［法］戴密微：《法国汉学研究史》，见耿昇：《法国汉学史论》，126 页，北京，学苑
出版社，2015。

　　② 杨堃：《葛兰言研究导论》，见王铭铭编选：《西方与非西方：文化人类学述评选
集》，212 页。

　　③ 杨堃：《葛兰言研究导论》，见王铭铭编选：《西方与非西方：文化人类学述评选
集》，212 页。

使诗歌服务于政治伦理的做法掩盖了《诗经》的原初面貌——"一种传统的、集体的创作，它们根据某些已经规定的主题在仪式舞蹈的过程中即兴创作出来"①。他试图透过对《诗经》文本的重读还原文本的原初意义，从中管窥古代中国的社会形态。因此他说："我要努力寻找一种方法，这种方法比诠释的方法更为深入，从而能揭示诗歌的本义。"②

葛兰言首先反对的是传统"象征主义"，即汉代以来对《诗经》的诠释正统，这种诠释着眼于象征的秩序且建立在一种"公共正义（droit public）理论"之上，并在政治行为与自然现象间预设了一种对应关系。葛兰言认为，正统注释家们对象征主义的偏爱和执着于预设对应关系的企图将他们引入连他们自己有时也不得不承认的荒唐境地。

葛兰言所说的"象征主义"涉及两个方面。一是他所说的象征的功用：政治行为与自然现象的对应关系，也即诗歌和道德教化的关系。二是指象征的手法（这一点常常被葛兰言的研究者所忽略），即《诗经》的文学创作手法："我们必须注意中国学者所说的比和兴。这些术语与其说是文学家使用的创作手法，不如说是卫道士运用的一个体系。田园景象的运用并不仅仅是简单地表达观念，或使之更能吸引人们的注意，其自身就具有道德价值，这在某些主题上极为明显。"③

很显然，葛兰言将"比"和"兴"视为象征主义手法。需要指出的是，他用"comparaison"（比较）来翻译"比"，用"allégorie"（寓意）来翻译"兴"。葛兰言似乎已经意识到中国文学里的"比"和西方文学里的"比喻"不同，但他似乎并没有看到"allégorie"与"兴"几乎完全无法等同：前者是以一物讽他物，两者间必然存在某些相似的关联；后者是以咏一物来引另一物，两者间未必需要相似的关系。所以当葛兰言用"allégorie"来翻译"兴"并将"兴"等同于一种象征手法时，他必然会在阅读《诗经》和注释时产生疑惑。比如他引用《桃夭》一篇，并列出历代注释者做的注疏："我遵循着那些注

---

① [法]葛兰言：《古代中国的节庆与歌谣》，赵丙祥、张宏明译，6页，桂林，广西师范大学出版社，2005。

② [法]葛兰言：《古代中国的节庆与歌谣》，5页。

③ [法]葛兰言：《古代中国的节庆与歌谣》，38页。

释者的解释，但小心翼翼地避免把他们的评论加到我的行文当中。要是留心去读，即便在这样简单的一首诗里，象征主义也会遇到很多困难。"①但即便绕开中国传统注释，在西方"象征主义"概念的笼罩下，他也无法得到解释。所以他接着质疑《桃夭》第一、二句的寓意性，如果从象征的本义和修辞功用来看，《桃夭》第一、二句无法为第三、四句提供象征意义。葛兰言的疑惑其实存在悖论：如果无法解释为何"兴/寓意"这一修辞手法没有提供明确的喻体，只能证明要么是诗歌的作者们缺乏想象力，《诗经》是一部平庸之作；要么就是注释扭曲了诗歌原意。葛兰言选择了后者：他避开了传统注释，同时也不再纠结于"兴/寓意"为何无喻体的问题。虽然他并没有修正对"兴"的翻译，但他找到了可以解释的理由：比喻作为西方文学最重要的修辞方式却没有在中国受到足够重视，是因为比喻需要个人的想象去发挥和感受，而这恰恰是在中国文化里最受限制的。

所以葛兰言抛开了"兴"和"象征"，并声称自己要摈弃所有那些关于象征或暗示诗人"微言大义"的解释，而要将注意力集中在对词语或句法的注释上，同时也要区分那些竭力追求训诂精确性的注释和那些仅被拿出来证明其理论正确性的注释。因为他认为《诗经》最鲜明的修辞手法的确是"对应"，不过不是预设的政治与自然之间的对应，而是一种透过对语词内部关系的关注可以看到与外部对应关系的"表达的对应"。

所谓"表达的对应"是指《诗经》的表达方式对应着社会活动的表达方式，即《诗经》歌谣的形制本身（如对偶和重复）在语词、言语和句式之间构成了一种内在对应。这又连接着一种外在对应，如古代社会节庆中的男女情歌对唱。葛兰言认为中国歌谣在形制上极为简单，一般都由一系列变化极少的诗节组成，每节又是严格对应的，他称为由二行诗的两组配对单句组成：在他看来，作为诗歌基本形式的二行诗对应着实际生活中男女对唱的基本形式。在情歌对唱中，为了表现情感，面对面地对唱情歌的男女需要借助一种芭蕾舞似的言语姿势逐渐展开。也就是说对唱

---

① ［法］葛兰言：《古代中国的节庆与歌谣》，8页。

男女创造出对称的两两布局，正与诗歌的结构布局一致。葛兰言总结道：男女情歌对唱以诗歌形式来表达情感，情感也在情歌对唱中得到具体的表达。

但这种情感并非个人的，而是集体的。葛兰言常说中国文化是去个人化的文化，[①] 同样，他在《诗经》里发现"一个显著的事实是，诗歌中不含任何个人情感"[②]，也就是诗歌并非由个人的感情因素激发出来。比如诗歌里的恋人要么面目不清，要么都是一副面孔，而且都以同样的方式表达情感，几乎找不到一首展示独特个人情感或热烈激情的诗歌。《诗经》里常常出现的"君子""淑女"等，可以指代任何场合的任何恋人。而且《诗经》里没有哪个词能够表示恋人独特的可爱之处，顶多会涉及恋人的魅力和华服——据葛兰言说，"只有一次提到了她美丽的眼睛"。不仅如此，《诗经》里明喻手法也非常之少，只有一首诗把女子比作洁白的花朵，但这种比喻可以用在所有人身上，这绝不是要描写某个独特的个人。所以这些没有个性的恋人所表达的只是没有个性的情感，歌谣与其说表达了情感，不如说表达了某一情感主题。

因此在葛兰言的眼里，《诗经》并不是自由运用鲜活的个人感受、激情和灵感来表达爱情，其措辞和用语更适合表达群体性的日常情感，而非个体性感受。同样，这爱情的宣告之所以能在传统俚谚里找到表达的方式，恰恰是因为情感本身不是由任何有选择的个人情感喜好引起的。《诗经》在形制上采取简单的梯级运动的表达方式也对应着这种去个人化：对称姿态的交互出现是在对偶的运用过程中产生的，对偶是体现诗歌韵律的基本原则。所以葛兰言认为重复运用只有少许技巧变化的对句是《诗经》的创作原则，至于其他诗律技巧则形成于这一原则之上，这种重复和对称的语言间接地表达了人类的某种事实。

因此，《诗经》的创作手法与其内容高度契合，这不仅仅指"对称句法的技巧"与早期即兴创作的自发本质相对应，即便在后来，在民间诗歌被

---

① Marcel Granet, *La pensée chinoise*, Albin Michel, Paris, 1968.

② [法]葛兰言：《古代中国的节庆与歌谣》，73 页。

宫廷吸收后，对称句法的技巧也被学院派转化成讽喻（allusion）。葛兰言认为这也没有违反对应的本质，相反加强了传统的意义："文学讽喻不过是对古老主题的重复。这种对主题的运用绝不仅仅是因循守旧，这是因为，提到一个主题也就等于唤起了它最初所具有的强度，并最大可能地唤起了传统的意义，以及与之相连的原始情感。平行句法以韵律确立了事物和世界间的平行关系，这其中丝毫没有作者的影子；而在文学讽喻中，个人的情感则深深地掩藏在古老的情感之下。"①

　　也正是在这样一种整体性解读上，葛兰言试图继续在《诗经》文本、社会活动和思维方式之间建立对应体系。他把《诗经》里能体现某种对应的韵律技巧称为"类韵"（rythme analogique），并且认为这个技巧折射出一种中国式逻辑，他称之为"中国式推论"（sorite chinoise）："中国式推论是由一连串命题组成的，它们之间的对应关系通过类韵来证实，用类韵来阐发这些命题。在原始的自然对应中，由类韵建立的形式关系不过是一种内在关系的自然感性表达，而这内在关系又来自一种传统对称关系，后者被置于以对称形式所解读的必要事实之上。"也就是说，透过类韵本身所蕴含的逻辑关系可以窥见中国人的原始思维方式。葛兰言更进一步提出：《诗经》是古代节庆和祭祀时即兴之作的集成，其诗歌对应着原始社会生活结构，比如，两性交换。

　　《古代中国的节庆与歌谣》甫一发表就引起很多关注，也招致不少批评，比如对《诗经》的解读过于倚重顾赛芬的翻译，有时不辨文献真伪，难免造成误读并直接影响其结论。但如果说 20 世纪初的葛兰言深刻影响了法国当代汉学，大概不算言过其实，因其研究预示着一种新的汉学研究方法的诞生。正如弗莱舍（José Frèches）所言：葛兰言对历史和语言文字的敏感，都预示着结构主义的到来，给法国汉学播下了新思想的种子。② 法国当代最著名的汉学家如康德谟、施舟人、汪德迈、程抱一和朱利安都深受他的影响，尤其是他对《诗经》的解读深刻影响了朱利安。

---

① ［法］葛兰言：《古代中国的节庆与歌谣》，129 页。
② *La Sinologie*，Paris，PUF，1975.

　　2. 朱利安的《隐喻的价值》和《迂回与进入》

　　出生于 1951 年的朱利安与葛兰言一样曾就学于巴黎高师，同样是从其他专业(古希腊哲学专业)"半路出家"学中文，同样是在中国发生巨大变革的前夜来到北京学习(葛兰言是在 1918 年即五四运动前一年来到北京的，朱利安则是在"文化大革命"结束前一年即 1975 年来到北京的)，因此也同样有跨学科的视野。朱利安受葛兰言的影响自不必说，从他创建葛兰言中心并任中心主任就可见一斑。只是这种影响呈现出一种反向张力：以反思葛氏方法论(如何整体把握中国文化?)、反观葛氏对中国文化尤其是文学的观察(什么是中国文化自身所产生的概念?)，同时重新追溯文本的方式来体现。他的博士论文《鲁迅：文字和革命》(*Lu Xun：écriture et révolution*)于 1979 年出版，其中隐约可见葛兰言方法论的影子，即重读细读并翻译文本，从符号、象征和精神心理学进入解读鲁迅。然而用能指所指的结构主义方式理解鲁迅似乎无法为朱利安搭建一条真正解读中国文化的通道。

　　六年后朱利安出版了他的第二部著作《隐喻的价值：中国传统中诗歌诠释的范畴》(*La Valeur allusive，Des catégories originales de l'interprétation poétique dans la tradition chinoise*)。他在书的开头就提出问题：是否存在着从一开始就可以确定其普遍性的范畴? 朱利安认为，如果有人提出适用于所有不同文化文类的范畴，那不过是痴人说梦。但在现实中，又恰恰存在着经由这种臆想而阐发出的一种"令人满意"的比较研究方法。该方法在平行模式下，透过这些范畴系统记录一领域和另一领域之间对应关系的特殊观念，并以阐明这种对应关系为最终目的。这样的范畴自以为能最大范围地将一文明概念并入另一文明的中心，却没有想到自己是否真正有能力从一文明过渡到另一文明。"因为那些在我们看来如此具有'普遍性'并且成为我们出发点的范畴，总是停留于、依附在它们因之产生的，甚至我们不再意识到的特殊语境里。求助于这种自以为具有'普遍性'的范畴有根本性分裂的危险。也就是说，它和在另一种文化语境里有着更原初的和更独创的，并被认为可以供给该文化养分的范畴有分裂的风险，从此它在这种异质观念中失去更具特异性和更有意涵的可能。"①

　　也就是说，朱利安认为西方的文学范畴和概念不适用于中国，不赞成从西方概念出发来解释中国文学的方法，因为那样是以忽视甚至抹去中国文学和思想的独特性为代价的。在《隐喻的价值》一书末尾的参考文献中，葛兰言的作品依然在列，但朱利安的研究方法已经发生了改变：他将目光投注在中国、希腊文化的源头上，追寻它们的初始样态，不以寻找相似性为目的，不以归类为前提做中西哲学比较研究，将两种思想并列审视，互为镜像；以相异性为基础做汉学研究，回溯到中国文学的源头，探寻文学概念最初的孕育、产生和发展，从中国迂回、反思希腊。也正是沿着这个思路，朱利安开始研究中国文论，成为极少数关注研究中国古代文学理论的法国当代汉学家之一。朱利安是一位非常多产的学者，从 1985 年至今，他出版了 32 本专著，涉及中国文论的有《隐喻的价值》《迂回与进入》《淡之颂：论中国思想与美学》《势：中国的效力观》《从生存到生活》。其中着重于对《诗经》和《诗经》之后的文学理论如《文心雕龙》的讨论，则是在《隐喻的价值》和《迂回与进入》两本书中。

　　《隐喻的价值》的研究对象是中国的抒情传统，以及在这种传统观照下的中国文论概念；《迂回与进入》则通过对中国文学表达方式的研究，来看一种间接的、迂回的语言如何能有效进入意义。对《诗经》和"兴"的理解、诠释是这两本书共同的重点，两本书中对"兴"所折射的意识范畴的评论观点也有很多覆盖之处，因此本节将它们放在一起讨论。和葛兰言一样，朱利安也对汉代以来经学家们将《诗经》联系道德政治作诠释持怀疑态度，但和葛兰言从民间节庆祭祀活动寻找和《诗经》的对应关系不同，朱利安是从古典文论进入对《诗经》的修辞和哲学解读的。

　　朱利安从孔子的"《诗》可以兴，可以观，可以群，可以怨"引申说明"兴"并不仅仅折射作者与世界接触时所引发的情感意识，更重要的是唤起读者对诗歌的感受。而当后来的注释者们比如《毛传》作者将"兴"服务于"讽谏"，并且与"赋""比"并列视为诗学语言模式的一种时，他们事实

---

①　*La valeur allusive*，*op. cit.*，pp. 3-15.

上忽视了"兴"的本义是"激发"。《毛传》之后的学者们对"兴"是否能够以"引入者"的方式激起诗歌的主题有过很多不同的解读①，但无论他们倾向哪种解释，都无法否认"兴"是一种间接表达的语言形式，这种诗歌语言并不直接指向那些希望被关注的意义，即"兴"所唤起的意义，却可以让人去体会这意义，又不必去证明。朱利安称之为迂回的语言，比直接语言更有效力。《诗经》于战国时期在政治、外交语言中被广泛引用，或许和"兴"的用法有关。比如在《召南·鹊巢》这一鲁国穆叔出使晋国时所吟之诗中，第一、二句"维鹊有巢，维鸠居之"以男女婚姻关系来隐喻君臣关系，提供了一种便利的迂回方法，以此来表达最大程度的称颂，又不会趋于阿谀奉承，也不会使这种称颂承受风险。②

　　"兴"的价值不仅仅在于它是一种间接迂回的语言，还在于它是一种影射但又不依托于相似性，而是用"引发"来达成的修辞语言，因为"兴"的一个重要功能是"主题引入者"（motif introducteur）。为了厘清何为"兴"的概念，朱利安需要论证来自西方和中国的两种误读。从西方学者的研究来看，他们对"兴"的翻译一开始就将对这个概念的理解引入误区：西方学者一概将"兴"翻译成"寓意"（allégorie），几乎没有人将"兴"译为与启发、引发有关的词语。朱利安认为，轻易将中国的"兴"的概念与西方的"寓意"的概念联系起来是件很奇怪的事情，因为"在中国诗传统中，很难看到寓意的形象"③。而在西方文学里，"寓意"是一种通过形象或幻想重新解释文本的意义以使之符合叙述者观点的修辞方式，其特殊的意义在于透过"寓意"能将古希腊诗歌从"非理性"中解救出来，洗去一切亵渎宗教的不洁。因此，朱利安倾向于将"兴"翻译为非西方修辞概念的"incitation"（引起，鼓动），意图将之放置在西方文学范畴外来讨论。也正是如此，才可以透过"兴"看到诗歌后隐藏的特殊中国思维方式：诗歌从"激

---

　　① *La valeur allusive*, *op. cit.*, pp. 67-73.

　　② ［法］弗朗索瓦·于连：《迂回与进入》，杜小真译，77 页，北京，生活·读书·新知三联书店，2003（弗朗索瓦·于连，即本书中的朱利安——编者注。下同）。François Jullien, *La valeur allusive*, *op. cit.*, pp. 175-202.

　　③ 《迂回与进入》，169～170 页。

发"的关系而非"再现"的活动中诞生，因为世界不对意识构成客体，而是在世界和意识的相互作用中充当意识的对话者。①

从中国历代学者对《诗经》的注释来看，"兴"这一概念也并非那么清晰。如果只用间接迂回的抒情方式定义它，必会让"兴"面目模糊并且与"比"混同，这也是后来不少评论家越解释越混乱的原因。如果说郑众的"比者，比方于物，诸言如者，皆比辞也。司农又云：'兴者，托事于物，则兴者起也，取譬引类，起发己心，《诗》文诸举草木鸟兽以见意者，皆兴辞也'"对"兴"的定义还比较符合《诗经》里的用法，那么在他之后，东汉郑玄的定义"赋之言铺，直铺陈今之政教善恶。比，见今之失，不敢斥言，取比类以言之。兴，见今之美，嫌于媚谀，取善事以喻劝之"就不免有些概念混淆。至于唐代的孔颖达，更没有捕捉到"兴"的特质："赋、比、兴如此次者，言事之道，直陈为正，故《诗经》多赋在比、兴之先。比之与兴，虽同是附托外物，比显而兴隐，当先显后隐，故比居兴先也。《毛传》特言兴也，为其理隐故也。"如果依郑玄和孔颖达所说，"比"和"兴"就没有本质差别了，都是间接迂回的语言，都是以相似性来讽喻的一种修辞。只不过对郑玄来说，"比"是对"今之失"的譬喻，"兴"的对象则是"今之美"；而对孔颖达来说，"比"较于"兴"则更为明显。②

在《隐喻的价值》第五部分的第二章，朱利安翻译引用了刘勰在《文心雕龙·比兴》里的论述来看"兴"的概念在历代的梳理：

> 《诗》文宏奥，包韫六义；毛公述《传》，独标"兴"体，岂不以"风"通而"赋"同，"比"显而"兴"隐哉？故比者，附也；兴者，起也。附理者，切类以指事，起情者，依微以拟议。起情故兴体以立，附理故比例以生。比则畜愤以斥言，兴则环譬以托讽。盖随时之义不一，故诗人之志有二也。③

---

① *La valeur allusive*, *op. cit.*, pp. 67-73，亦见《迂回与进入》，141 页。

② *La valeur allusive*, *op. cit.*, pp. 175-182, p. 189.

③ *La valeur allusive*, *op. cit.*, pp. 178-181.

"比"和"兴"都是表达诗人情感的，但"比"是由比附进入，而"兴"则是由起兴进入。也就是说，比附是要用类比的方式来说明事理，而起兴则是托物，由情感的引发来抒发议论。朱利安特别注意到了刘勰使用"类"/"起情"和"附理"/"依微"来区分"比"和"兴"，他认为这是确定了两者间根本区别的开始。然而刘勰在追溯历代对"比""兴"的解释时，自己也不免陷入悖论中：

> 观夫兴之托谕，婉而成章，称名也小，取类也大。关雎有别，故后妃方德；尸鸠贞一，故夫人象义。义取其贞，无疑于夷禽；德贵其别，不嫌于鸷鸟；明而未融，故发注而后见也。
>
> 且何谓为比？盖写物以附意，扬言以切事者也。故金锡以喻明德，珪璋以譬秀民，螟蛉以类教诲，蜩螗以写号呼，浣衣以拟心忧，席卷以方志固：凡斯切象，皆比义也。至如"麻衣如雪"，"两骖如舞"，若斯之类，皆比类者也。
>
> 楚襄信谗，而三闾忠烈，依《诗》制《骚》，讽兼"比""兴"。炎汉虽盛，而辞人夸毗，诗刺道丧，故兴义销亡。于是赋颂先鸣，故比体云构，纷纭杂沓，倍旧章矣。

刘勰采用《毛传》的解释（后妃方德）来定义"兴"，然而随即发现这与自己先前说的"兴者，起也［……］起情者依微以拟议"有冲突，就使用《易经》的诠释方式来连接这两种说法①，但还是不免自相矛盾，所以就说"兴"是明而未融，可见关于"兴"的解释从来就不甚明了。但是对于"比"，刘勰没有任何犹豫，一口气用了好几个例子来说明"比"的类比、相似特点。

最后刘勰总结说"诗刺道丧，故兴义销亡"，在努力将"兴"区分于"比"（一个销亡，一个纷纭杂沓）的同时似乎忽视了"兴"在后代文学中的

---

① 朱利安将"夫人象义"中的象与《易经》中"象"的概念相联系，并翻译成法语représentativité/représenter，这种翻译和解释有待商榷。

重要性。

而钟嵘的解释则颇有新意："文已尽而意有余，兴也；因物喻志，比也；直书其事，寓言写物，赋也。"朱利安认为钟嵘在"比"和"兴"之间引入了一种不对称的解释：文已尽而意有余，指的是"兴"作用的效果，因物喻志是对"比"的功能描写。这种不对称事实上对应了"比"和"兴"本身字面的意义："兴"可以超越语言，而"比"需要透过语言来显露。[1]

朱利安反对将"兴"等同于"比"，他认为《诗经》里的"兴"往往不以类比为起点，向我们展示了将人类主题和自然主题联系起来的独特方式。事实上，葛兰言的《诗经》研究也是从寻找人和自然社会的对应关系开始的，只不过他将"兴"译为"寓意"，使自己陷入困局。和葛兰言一样，朱利安也从《诗经》的诗歌体裁分析入手。他认为《周南·关雎》的第一、二句（关关雎鸠，在河之洲）和第三、四句（窈窕淑女，君子好逑）是在不同范围内平行展开的两种陈述，二者相遇而不相连。第一种陈述像副歌一样在随后的诗节中反复出现，却并非作为第二种陈述的补充，而是引出第二种陈述，后者构成了诗歌的主题。汉代以来的经学家们用道德连接这两种陈述，也就抹去了"兴"的"激发"作用，诗歌里对自然景象的描写就变成了只是更好地阐明男女之区别。这也就必然降低了《诗经》的文学性。[2]

那么，如果把"兴"放置在"类似"角度之外，从"导引"的视角来看呢？朱利安认为朱熹在《朱子语类·诗一》里的观点标志着重要转折："比是以一物比一物，而所指之事常在言外。兴是借彼一物以引起此事，而其事常在下句。但比意虽切而却浅，兴意虽阔而味长。"朱熹不仅让"兴"与"比"区分开来，即"兴"作为主题导入者（motif introducteur）引入诗歌最初的"动机"并构成了诗歌的主题，而且确定了"兴"的价值在于情与言之间的引发能力。朱熹说的"兴意虽阔而味长"可以从两方面来解读："兴"要传递的意义不是被预设的，而是后来获得的；然而它在这透明的修辞

---

① *La valeur allusive*，*op. cit.*，pp. 181-182.
② *La valeur allusive*，*op. cit.*，pp. 175-176，亦见《迂回与进入》，141～143 页。

中所失去的又在"味"中重新获得。也就是说，"兴"的不确定性反而可以
使得意义获得更丰富的解读和想象。朱利安以《召南·殷其雷》为例：

> 殷其雷，在南山之阳。
> 何斯违斯，莫敢或遑？
> 振振君子，归哉归哉！

依照汉代注释者从"类似"角度做的解释，他们从雷鸣中看到了王公
发号施令的形象和妻子对受命远离君王的丈夫的挽留：就如雷声从远处
可听到，王命也声震全国；就如雷声带来的春雨震撼、滋润了大自然，
王命也震慑人民并激发民众的热情。在汉代经学家们看来，自然从来不
只是自然，自然从来都是要反映王意的，而朱熹的解释可以让这首诗获
得情感的共鸣：突然听到的雷鸣使女子想到不在身边的丈夫。雷鸣从此
就获得了一种具体的意义：它突然闯入存在（女子），占据某种实在性，
又因为它自身所拥有的无穷的事物现象性，唤起某种关联。所以朱利安
说：正因为诗歌展现的最初的动因（雷鸣）没有任何确切的意义，而使其
扮演了开启情感的角色，这是一种不确定却又丰富的情感。①

可以确定的是，《诗经》中以"兴"开始的诗歌，通过在自然主题和之
后引出的人的情境之间的联想折射了一种意识范畴，这完全不同于基于
类比并将之系统化的意识范畴。更确切地说，"兴"来自我与世界之间的
直接接触，这种接触在转化成语言时，并非通过一种再现事件的语言而
达到，而是通过情感的传递而达成。因为我与世界处于共同的"频率"之中，
知觉同时也是情感（西方文学中知觉和情感是对立的），没有任何完全客观
化的东西，意义以"兴"的方式传递过来；与符号传递的方式相反，这种方
式让意义一直保持在模糊与扩散状态。朱利安认为，西方古典文学中没有
与"兴"相似的概念，只有到了当代诗歌评论中，当评论家们把肢体知觉确
定为一种主体性情感时，他们所说的"外部类比"才和"兴"比较接近。

---

① 《迂回与进入》，149～151 页。

　　"兴"的独特性还在于它既是直接的又是间接的：从情感引发的角度
来看，"兴"是非常直接的；而从意义传递的角度来看，"兴"又是非常间
接的。朱利安发现中国评论家其实很早就注意到了"兴"的情感特征，比
如西晋的挚虞就说"兴者，有感之辞也"；北宋的李仲蒙的提法更被作为
严格公式来参考：

> 叙物以言情谓之赋，情物尽者也。
> 索物以托情谓之比，情附物者也。
> 触物以起情谓之兴，物动情者也。

　　朱利安认为这三句话有着内在形态秩序，本身就表明了诗歌创作经
验的三个阶段和三种水平的演进。外物与内情是两极，在这两极之间的
感应是相互的，从"赋"到"比"再到"兴"，这种相互关系越来越紧密，诗
人的意识也越来越后退：世界固有的初始状态越来越具有决定意义，而
从意识进入的呈现在字面上的"情"则越来越隐退。换言之，诗歌创作理
论逐渐让位于诗意，我们与世界的关系越少透过语言的中介，我们获取
的诗意就越丰富、越深刻。正是在"兴"的引发结构下，情感变成最初的
驱动力，因而言与情也离得最远，言在于此而意寄于彼，最终在字词的
"彼岸"得到无尽的意义，所以"兴"是影射的。① 这也是朱利安《隐喻的价
值》的由来。

（二）戴密微和程抱一：古典诗歌的修辞与审美

　　1. 戴密微的《中国文学艺术中的山岳》和《中国古典诗词选·导论》
　　同为沙畹的学生，戴密微和葛兰言有很多相似之处又非常不同。他
们都是从其他专业转到汉学研究的，在开始学习中文前，戴密微的兴趣
在于学习俄罗斯语言和文学，葛兰言则中意日本文化；他们也都是从宗
教进入中国文化的，葛兰言着眼于民间宗教，戴密微则研究的是佛教；

---

①　*La valeur allusive*, *op. cit.*, pp. 182-185.

他们都喜欢诗歌，葛兰言研究的是《诗经》，戴密微则研究的是六朝诗歌和唐诗。他们都是博而深的学者，所不同的是葛兰言更注重新观点的凸显，戴密微的治学方式则颇有些像中国文人，将自己的观点透过对论述材料的选择和译介流露出来。因而前者的治学更偏理论，以他的研究方法和个人观点为代表；后者则更趋向史学，以他对文献的收集、甄别、介绍和翻译为代表。葛兰言和戴密微共同引领了 20 世纪法国汉学的两个方向，但如果说葛兰言的影响几乎只在汉学界，戴密微则影响了法国 20 世纪 60 年代各学科的学者，其中就包括著名的精神分析学家拉康。他在巴黎东方语言学院聆听过戴密微的课，称戴氏为"我的好大师"。

戴密微 1894 年生于瑞士洛桑，青年时期在慕尼黑、伦敦、爱丁堡和巴黎求学。在 1914 年以一篇有关音乐的论文获得巴黎大学的博士学位后，戴密微到伦敦学习中文，之后又回到巴黎法兰西学院拜沙畹为师攻读汉学。1919 年，他以法兰西学院寄宿生的身份到越南从事佛教研究，随后到中国游历，并在 1924—1926 年在厦门大学教了两年的书，讲授梵文和西方哲学。就是在厦门，戴密微迷上了唐诗，尤其对诗歌的音乐性着迷，他曾不分昼夜吟诵古诗，这一爱好自此贯串了他之后的整个学术生涯。在晚年，他曾多次对自己的学生谢和耐（Jacques Gernet，1921—2018）和汪德迈说，如果可以重新开始，他一定会选择中国古典诗歌作为学术方向。虽然戴密微倾力于佛教研究，但他对中国文学的喜爱及中国文学在法国的传播，让他成为无可争议的中国文学专家：他在法兰西学院的课以讲授中国诗歌始，亦以诗歌终；他是第一个介绍山水诗人谢灵运的法国汉学家，也对六朝诗词和在敦煌发现的唐代变文做过大量翻译；他的两部遗作里有一部是《〈王梵志诗集〉与〈太公家教〉》译注本。谢和耐评价说，戴密微为出版于 1962 年的《中国古典诗词选》所写的导论是迄今为止最好的有关中国诗词的导论。①

———————

① Jacques Gernet，"Notice sur la vie et les travaux de Paul Demiéville，membre de l'Académie"，in *Comptes rendus des séances de l'Académie des Inscriptions et Belles-Lettres Année* 1986，Volume 130 Numéro 3，pp. 595-607.

　　戴密微以史学研究方式进入文学研究，或许因此他并无意建立自己
的理论系统，也没有写过关于中国文学的专著。他对于中国文学、哲学
的所有观点散见于多篇文章，如《中国古典诗词选・导论》(*Introduction
d'Anthologie de la poésie chinoise classique*，1962)、《中国文学艺术中的
山岳》(*La montagne dans l'art littéraire chinois*，1965)等，以及一篇用
意大利文写成的论述中国文学的文章。

　　《中国文学艺术中的山岳》①发表于 1965 年的《法国—亚洲》(*France-
Asie / Asia*)杂志，介绍了中国历代文学中的"山/山水"概念。戴密微首
先引用孔子的"知者乐水，仁者乐山；知者动，仁者静；知者乐，仁者
寿"，指出"山水"尤其是"山"在中国的政治、宗教、文学、音乐、道德等
方面扮演了极其重要的角色，比如，历代皇帝登基仪式里最重要的是登
泰山封禅。先秦以降，"山"就是文学里一个重要的审美概念，特别是在
庄子作品里。如《逍遥游》中那段著名的"藐姑射之山，有神人居焉；肌肤
若冰雪，淖约若处子；不食五谷，吸风饮露；乘云气，御飞龙，而游乎
四海之外；其神凝，使物不疵疠而年谷熟"，姑射山开创了中国文学里隐
逸、避世远游的概念，而且这"远游"之远带来另一种文学视角："野马
也，尘埃也，生物之以息相吹也。天之苍苍，其正色邪？其远而无所至
极邪？其视下也，亦若是则已矣。"戴密微认为，这一"登高小天下"的视
角在后来的中国风景诗里占据了非常重要的地位。而《逍遥游》的下一章
《齐物论》中的"夫大块噫气，其名为风。是唯无作，作则万窍怒呺，而独
不闻之翏翏乎？山林之畏佳，大木百围之窍穴，似鼻，似口，似耳，似
枅，似圈，似臼，似洼者，似污者"，则是庄子借风声表达了他对山林的
喜爱。此外，庄子在《庄子・田子方》中还讲了另一个与山有关的典故。
伯昏无人要给御寇说明什么是"不射之射"，便带后者登高山，履危石，
临百仞之渊，再转身后退，脚的三分之二都悬在空中，然后请御寇来演
射。御寇伏地，汗流至脚跟。伯昏无人说："夫至人者，上窥青天，下潜

黄泉，挥斥八极，神气不变。今汝怵然有恂目之志，尔于中也殆矣夫！"
戴密微将这一段总结为登高的"晕眩"，认为也是后来在中国诗歌中一再
出现的主题。而且他将这一"晕眩"与神学家尼撒的贵格利（Grégorie de
Nysse，335—395）关于灵魂超越时空现实的"晕眩"相比较，认为二者有
相似之处。

　　山的美学和道家如此密切的关系还可以在屈原的作品里看到，宋玉
的《高唐赋》就是受他影响创造出了"巫山云雨"的神话和典故：

　　　　交加累积，重叠增益，状若砥柱，在巫山下。仰视山颠，肃何
　　千千，炫耀虹霓，俯视峥嵘，洼寥窈冥，不见其底：虚闻松声。倾
　　岸洋洋。立而熊经。久而不去，足尽汗出，悠悠忽忽。怊怅自失，
　　使人心动，无故自恐；贲育之断，不能为勇。卒愕异物，不知所出：
　　纵纵莘莘，若生于鬼，若出于神；状似走兽，或象飞禽；谲诡奇伟，
　　不可究陈。上至观侧，地盖底平，箕踵漫衍，芳草罗生。秋兰茝蕙，
　　江离载菁，青荃射干，揭车苞并。薄草靡靡，联延天天；越香掩掩，
　　众雀嗷嗷；雌雄相失，哀鸣相号。王睢鸲黄，正冥楚鸠；姊归思妇，
　　垂鸡高巢。其鸣喈喈，当年遨游，更唱迭和，赴曲随流。有方之士，
　　羡门高谿，上成郁林，公乐聚谷，进纯牺，祷璇室，醮诸神，礼太
　　一。传祝已具，言辞已毕，王乃乘玉舆，驷仓螭，垂旒旌，旆合谐，
　　绸大弦而雅声流，冽风过而增悲哀。

　　宋玉将"山"的主题从神话转到了宗教（"醮诸神，礼太一"），并让巫
山激起恐怖的体验（"使人心动，无故自恐"），形成了在高处的恐惧美学。
几百年后，道士葛洪在他的《抱朴子》里提到过同一种美学。而作为审美
概念的"山水"，则出现在晋朝。袁山松有过这样的记载：

　　　　常闻峡中水疾，书记及口传悉以临惧相戒，曾无称有山水之美
　　也。及余来践跻此境，既至欣然，始信耳闻之不如亲见矣。其叠崿
　　秀峰，奇构异形，固难以辞叙。林木萧森，离离蔚蔚，乃在霞气之

表。仰瞩俯映，弥习弥佳，流连信宿，不觉忘返。目所履历，未尝
有也。既自欣得此奇观，山水有灵，亦当惊知己于千古矣！

谢灵运则在他的山水诗中将这"山水之美"发挥到了极致。诗人登
高为的是寻求与宇宙、自然的对话。戴密微引用了他的《登石门最高
顶》：

> 晨策寻绝壁，夕息在山栖。
> 疏峰抗高馆，对岭临回溪。
> 长林罗户穴，积石拥阶基。
> 连岩觉路塞，密竹使径迷。
> 来人忘新术，去子惑故蹊。
> 活活夕流驶，噭噭夜猿啼。
> 沉冥岂别理，守道自不携。
> 心契九秋干，目玩三春荑。
> 居常以待终，处顺故安排。
> 惜无同怀客，共登青云梯。

谢灵运的山水诗中通常"风景如画"，和他同时代的著名画家顾恺之
也对山水之美有共鸣，他的《庐山图》被视为中国第一张山水画。最早的
山水诗和山水画几乎同时出现或许不是偶然，戴密微推测谢灵运和顾恺
之有私交，不仅因为他们都是士族、有世交，更因为他们对山水风景有
共同的感知。

谢灵运之后，从晋到隋唐再到宋、明、清，山水派诗歌成为文学主
流。李白可称为唐代山水诗的代表，他的《独坐敬亭山》（"众鸟高飞尽，
孤云独去闲。相看两不厌，只有敬亭山"）在戴密微看来是受了谢朓的《游
敬亭山诗》的启发："兹山亘百里，合沓与云齐。［……］上干蔽白日，下

属带回溪。[……]独鹤方朝唳，饥鼯此夜啼。"而《蜀道难》①则透露了在那个时代归隐山林已经成为一种风气，所有人都希望进山，无论是以退隐、游玩还是朝圣的方式。而且"山"总是和宗教联系在一起：人们进山往往投宿寺庙，建寺称为"开山"、出家称为"入山"。山林如同一片净土、一个类似"天堂"的去处。

到了清代，山水文学的风格又为之一变，戴密微称之为巴洛克风格。他以袁枚的《游黄山记》为例：

> 癸卯四月二日，余游白岳毕，遂浴黄山之汤泉，泉甘且冽，在悬崖之下。夕宿慈光寺。
>
> 次早，僧告曰："从此山径仄险，虽兜笼不能容。公步行良苦，幸有土人惯负客者，号海马，可用也。"引五六壮佼者来，俱手数丈布。余自笑赢老乃复作褓襁儿耶？初犹自强，至惫甚，乃缚跨其背。于是且步且负各半。行至云巢，路绝矣，蹑木梯而上，万峰刺天，慈光寺已落釜底。是夕至文殊院宿焉。
>
> 天雨寒甚，端午犹披重裘拥火。云走入夺舍，顷刻混沌，两人坐，辨声而已。散后，步至立雪台，有古松根生于东，身仆于西，头向于南，穿入石中，裂出石外。石似活，似中空，故能伏匿其中，而与之相化。又似畏天，不敢上长，大十围，高无二尺也。他松类是者多，不可胜记。晚，云气更清，诸峰如儿孙俯伏。黄山有前、后海之名，左右视，两海并见。
>
> 次日，从台左折而下，过百步云梯，路又绝矣。忽见一石如大鳌鱼，张其口。不得已走入鱼口中，穿腹出背，别是一天。登丹台，上光明顶，与莲花、天都二峰为三鼎足，高相峙。天风撼人，不可立。晚至狮林寺宿矣。趁日未落，登始信峰。峰有三，远望两峰尖

---

① 戴密微选译段落如下："噫吁嚱，危乎高哉！蜀道之难，难于上青天。[……]地崩山摧壮士死，然后天梯石栈相钩连。上有六龙回日之高标，下有冲波逆折之回川。黄鹤之飞尚不得过，猿猱欲度愁攀援。青泥何盘盘！百步九折萦岩峦。扪参历井仰胁息，以手抚膺坐长叹。[……]蜀道之难，难于上青天！"

峙，逼视之，尚有一峰隐身落后。峰高且险，下临无底之溪，余立
其巅，垂趾二分在外。僧惧挽之。余笑谓："坠亦无妨。"问："何
也？"曰："溪无底，则人坠当亦无底，飘飘然知泊何所？纵有底，亦
须许久方到，尽可须臾求活。"僧人笑。

次日，登大小清凉台。台下峰如笔，如矢，如笋，如竹林，如
刀戟，如船上桅，又如天帝戏将武库兵仗布散地上。食顷，有白练
绕树。僧喜告曰："此云铺海也。"初蒙蒙然，镕银散绵，良久浑成一
片。青山群露角尖，类大盘凝脂中有笋脯蠹现状。俄而离散，则万
峰簇簇，仍还原形。余坐松顶苦日炙，忽有片云起为荫遮，方知云
有高下，迥非一族。

薄暮，往西海门观落日，草高于人，路又绝矣。唤数十夫芟夷
之而后行。东峰屏列，西峰插地怒起，中间鹘突数十峰，类天台琼
台。红日将坠，一峰以首承之，似吞似捧。余不能冠，被风掀落，
不能袜，被水沃透；不敢杖，动陷软沙；不敢仰，虑石崩压。左顾
右睨，前探后瞩，恨不能化千亿身，逐峰皆到。当海马负时，捷若
猱猿，冲突急走，千万山亦学人奔，状如潮涌。俯视深阬怪峰，在
脚底相待，倘一失足，不堪置想。然事已至此，惝慌无益，若禁缓
之，自觉无勇。不得已，托孤寄命，凭渠所往，觉此身便已羽化。
《淮南子》有"胆为云"之说，信然。

初九日，从天柱峰后转下，过白沙矼，至云谷，家人以肩舆相
迎。计步行五十余里，入山凡七日。

这篇游记或许能让人回忆起石涛的《庐山观瀑图》，事实上，他的《苦
瓜和尚画语录》里有一段话既可以解释他自己的这幅画，又可以概括中国
历代诗歌绘画里的山水理论："山川使予代山川而言也，山川脱胎于予
也，予脱胎于山川也，搜尽奇峰打草稿也。山川与予神遇而迹化也，所
以终归之于大涤也。"

戴密微这篇文章的意义不仅在于厘清作为美学的"山水"概念在中国
历代文学中的演变，而且也第一次介绍了对法国汉学界来说几乎完全陌

生的宋玉、谢灵运、谢朓、袁枚、石涛等，尤其是他对道家的解释和对石涛的翻译、引用，引起了拉康的极大兴趣。从 1969 年开始，拉康便与程抱一一起研究"道"和石涛的绘画理论，中国诗画语言深刻启发了拉康的精神分析理论。

《中国古典诗词选》选择了从先秦《诗经》到清初纳兰性德和朱彝尊的三百多首诗词曲，是法国第一本比较全面翻译中国历代诗歌的选集，从开始到出版历时近 8 年（翻译工作从 1954 年到 1957 年，1962 年出版），戴密微本人没有参与翻译，但他负责对诗歌甄选的把关，并为此书撰写导论。这篇导论之所以到今天还一再被法国汉学家提起、被法国大众所熟知（再版多次，最新一次是在 2010 年），并非在于他提出了新颖的观点和思想，而在于他以非常简单明了的语言清晰而深入地将中国诗歌之美和特质展现了出来。25 页的导论不仅将中国诗歌形式的变迁整理出大概脉络，而且以注音翻译、意译和逐字翻译三种方式对比从先秦到南唐的多首诗词的翻译，比如，《诗经》中的《郑风·子衿》、李白的《独坐敬亭山》、杜甫的《春望》、李煜的《相见欢·无言独上西楼》，并在解释这些诗歌时将自己极有见地的观点融入分析中。具体有以下几点：中文作为一种诗歌语言的内在特质；典故在诗歌中的使用形成了一种文学隐射性（allusions littéraires，朱利安的《隐喻的价值》很可能就是受到戴密微的启发）；中国诗歌的审美特质很大部分产生于儒家入世思想和道家隐逸思想的对抗；中国诗歌的直觉之美。①

戴密微在导论里开篇就说中国是诗的国度，这和其语言——汉语的内在结构有关。汉语是一种甚至在日常生活用语中都可以押韵地表达的单音节语言，如果没有这种韵律，汉语的表达和思想之间可能就不那么契合。即便在散文体文学中，这种语言内在的韵律也是非常重要的：正是因为韵律和单音节语义相配合，理解汉语文章甚至不需要标点，读者根据韵律和语义来断句。戴密微同时强调，汉语里"断句"的"句"也是"诗

句"的"句"(法语里是两个完全不相干的词语)，"韵"同时指向单音节字和
韵脚，即语言的最小单位和韵律的最小单位是同一个字。另外，这样的
"松散"结构决定汉语的语法也必然是万金油式的，也就是说为了同时适
用于多种语式，它不可能有很多语法形态，比如时态和变位。这也是为
什么汉语并不折射一种分析性的思想，中国也从来没有产生过逻辑形式。
但同时，汉语的可塑性和变通性(如名词和形容词的通用)反而带来了语
意的丰富性，而且让语言本身具有一种非常利于诗歌的暗示能力。①

　　戴密微特别强调中国诗歌的情境特质，他认为中国诗歌的意象总是
由不经意的事件驱动，使人在偶然境况中突然了悟，这是中国诗歌中的
一种普遍性表达，与西方文学中的象征主义不可等量齐观。因为中国诗
歌从来就不是抽象化、概念化的结果，中国人极其敏感的直觉让他们越
过现实自身沉重的象征，直接捕捉到那永不终结的感觉。关于直觉，戴
密微还写过一篇非常著名的长文《心镜》(Le miroir spirituel，1947)，从慧
能的偈子出发，分析比较禅宗、庄子、印度佛教和基督教哲学对镜子意
象的观照。这也是一篇迄今一直被提及、引用的文章，但因其几乎不涉
及文学，本文也就不多介绍了。

　　戴密微认为，中国诗歌擅长给出意象，似乎没什么修辞概念，也无
从觅到雄辩的话语，更无抽象可言。有的是"稀疏"的思想，而且通常总
是一样的思绪，以及不断重复的内容，如边疆将士之怨、弃妇之怨、战
争的苦痛、宫殿的废墟；再如如画的风景，中国人比欧洲人早两千年发
现山水之美，并在他们的诗歌里一再吟诵；又如那些固定的表达(羚羊挂
角之类)。② 然而，中国诗歌却代表了人类诗意表达的最高成就，产生了
最精美的作品。西方需要跳出自己的文学范畴来欣赏中国诗歌：二十字
就可以组成一首伟大的诗，每一个字/音节都拥有一个自在自为的世界，
每一个字都可以有多种释义，正如一颗宝石有许多切割面。这种诗歌触

---

①　Paul Demiéville, Introduction d'*Anthologie de la poésie chinoise classique*，pp. 11-13.

②　Paul Demiéville, Introduction d'*Anthologie de la poésie chinoise classique*，*op. cit*，
pp. 35-36.

及一种审美的敏感，这是中国人世代相传的经验，是在西方人的情感心理之外的①。

2. 程抱一的《中国诗画语言研究》

程抱一是法国当代最著名的汉学家之一，法兰西学院院士。他原名程纪贤，1929 年出生于济南，少年时期成长于重庆，后求学于南京金陵大学，半年后因父亲出任联合国教科文组织教育官员，随亲人赴法国留学。自 1948 年到法国自学苦读 12 年后，程抱一在法兰西学院旁听戴密微讲课时受其赏识，从此投在戴密微门下，并通过他的引介进入法国汉学界。1963 年，程抱一进入戴密微毕业并任教的法国结构主义和符号学派的大本营——高等实践研究学院（Ecole Pratique des Hautes Etudes）学习。1967 年，程抱一通过其硕士论文《唐代诗人张若虚诗之结构分析：春江花月夜》的答辩。凭着这篇论文，他与法国汉学界之外的最前卫的知识分子有了互动，如罗兰·巴特、克里斯蒂娃和雅各布森，并得以在此基础上拓展写作，分别于 1977 年与 1979 年出版了《中国诗语言研究》与《虚与实：中国画语言研究》（2006 年翻译出版的中文版将这两本书合为《中国诗画语言研究》）。这两本书在法国学界产生极大反响，使程抱一有机会与他那个时代最著名的学者和作家对话，如哲学家拉康、德勒兹（Gilles Deleuze，1925—1995）、列维纳斯（Emmanuel Lévinas，1906—1995），作家亨利·米肖（Henri Michaux，1899—1984）、索莱斯（Philippe Sollers）（克里斯蒂娃的前夫）和汉学家莱斯（Simon Leys，1935—2014）等人。程抱一的个人经历和他的研究相辅相成，他的前期学术着眼于中国诗歌研究，后期则扩展到艺术美学直至个人的小说和诗歌创作。

程抱一的研究随着法国 20 世纪六七十年代的各种思潮一起摇曳。尤其是他的研究方式，很大程度上借鉴于拉康，也就是将人和内心以及外界的三重关系视为三大项：实存（réel）、想象（imaginaire）和象征（symbolique）。程抱一的文本分析通常基于这三大项：首先在文本中找出具有

① Paul Demiéville, Introduction d'*Anthologie de la poésie chinoise classique*, *op. cit.*, pp. 36-37.

表意价值的符号，然后分析它们之间的对比和相关联系或者对比兼联系的种种关系，最后透过这些关系探寻意义之后的引申意，也就是最高层次的象征。程抱一和后来的朱利安走的是相反的两条路，他并不纠结于中西文化之间的差异是否会带来不可通约性，他认为中西思想的思维定式和文化范式虽然非常不同，但在至高层次上是共通的。所以他着眼的是从作为最小表意符号单位的文字本身进入，探寻人的存在、建构和思维方式三层次，这与中国传统文学和审美体系并不相悖。他最赞赏王昌龄提出的文学三境论：物境、情境和意境。而中国审美形态也有三个层次：音韵、气韵和神韵。作为最高层次的意境和神韵是相通的，同时和拉康提出的最高层次——象征也是相通的。

　　出版于 1977 年、从汉字字形的构造着手展开对唐诗的分析的《中国诗语言研究》，明显受《中国古典诗词选·导论》和结构主义的双重影响。戴密微在其导论中着力最多的正是汉字的音韵如何表达汉语的语言特质。而语言也是结构主义的始点：语言是人类精神活动所创造的那个庞大思维世界的表层，透过语言可审视整个意义表达体系的结构。就如程抱一自己所说，过去人们以语言去解说宇宙及生命之奥秘，现在人们在自己创造的语言中探测自身的奥秘。①

　　程抱一在该书导论中首先回溯文字的起源。他指出，甲骨文是一种占卜或实用的符号，表现出轮廓、标志、凝结的姿态和视觉化的韵律节奏。由于汉字独立于语音而且没有形态变化，每个文字符号就是自在的整体。汉字的结构通常是由互相交错的笔画组成的，其字义也互相隐含："在每一个符号下，规约的含义从来不会完全抑制其他更深层的含义，这些深层含义随时准备喷涌而出；而根据平衡和节奏的要求形成的符号之整体，显示为一堆意味深长的'笔画（特征）'：姿态、运动、有意为之的矛盾、对立面的和谐，最后还有生存方式。"②这样的文字和占卜一起构

---

　　①　［法］程抱一：《中国诗画语言研究》，涂卫群译，9～10 页，南京，江苏人民出版社，2006。

　　②　［法］程抱一：《中国诗画语言研究》，9～10 页。

成了一整套表达系统，这种语言观对中国文学的形成有着决定性的影响：因为这种语言并非预设了一种"描述世界的指称系统"，而是寻找各种关系之间的对应并"激发对意义表达的再现活动"。事实上，程抱一强调的"描述世界的指称系统"和"激发对意义表达的再现活动"，正对应着西方"能指－所指系统"和中国"兴"的表达方式，所以他清楚地将中西文学表达体系做了区分，但同时又将符号概念作为当代批评理论的实践引入，并且根据汉语语境将符号概念做了相应改动。文字符号被用来做所有艺术(包括文学)实践的工具，更是这些实践过程中的基本要素。文学和其他艺术的表达实践服从于某些对比和象征规则，形成了既错综复杂又浑然统一的符号网络。而诗歌是诸符号系统构成的有机整体中的一个内在部分。要理解诗歌，不仅要从文字符号入手，也要参照整套艺术实践符号的网络和体系。① 因此，程抱一在导论里首先探讨的是书法、绘画、神话和音乐的结构，从整体把握诗歌语言结构。

此外，中国诗歌语言由于承担着其背后的思维方式，能再现典型的符号秩序。文言文孕育出的诗歌语言，特点是对自然和人类世界的现象进行系统的象征化，按照某些根本规律(这些规律有别于时间线性的、不可逆的逻辑)建构这些由象征形象化的汉字，孕育出一个符号世界，这个世界受到循环运动的支配，所有的构成成分不停地相互关联和相互延伸。中国的宇宙论是诗歌语言的根基所在，诗歌语言结构的不同层面都直接参照宇宙论的概念和手法：元气、虚实、阴阳、天地人、五行等。

《中国诗语言研究》正文分为两部分，第一部分有三章，是研究诗歌语言的三个构成层次；第二部分则是唐诗选译。第一部分的三章是循序渐进的三个层次，同时对应着拉康的三大项结构和中国文学的三种层次。因此，三章的题目分别是"虚实：词汇与句法成分""阴阳：形式与格律"和"人地天：意象"。

第一章将词汇与句法成分的概念导入古典诗歌分析，又将"虚实"这样一个并不存在于西方文论中的概念导出，作为解释诗歌词汇与句法以

_____

① 　[法]程抱一：《中国诗画语言研究》，15～16 页。

此种结构呈现的原因。程抱一提出诗歌里的实词和虚词对比建构了两个层次：交替使用实词和虚词的表层，使诗句更生动；还有一个深层，即虚词在语言里引入了一个深邃的维度，是一种"虚"的维度，即由冲虚之气所驱动的虚。事实上，程抱一此处说的"虚"已不仅仅是"虚词"的虚，而是在哲学意义上解读的虚。他引用袁仁林在《虚字说》里的话为证："诗限字为体，承按虚字，无处可用。然既有上下两边自然夹放，空际看去，初无字样之形影，而使人读之，自然知他有此字样。可以说出，可以不说出，此体裁之妙也。凡文之卓炼而不用虚字承接者亦然。昔程子诵诗，止加一二虚字，转换承接。而朱子解诗，亦用此法。俱是古人自放空际；后人吟咏时，点逗以明之。初非强入此。又可知虚字有放空中，而不必实用者。"他认为，袁仁林赋予虚字一种"形而上"的地位，因为他将实词和虚词间的辩证游戏等同于激荡宇宙虚与实的生机勃勃的运动。袁仁林的论述使人注意到"形而上"一词的全部暗示力量在于"而"这个虚字：如果人们使用"形上"来构成这个词，那么它就始终处于物理秩序中，正因为有了"而"这个中间词在语词中引入冲虚，才有了一种质的飞跃，并进入另一种秩序。

　　中国诗歌语言中还有很多特殊的省略，如人称代词和介词的省略。人称代词的省略使人称主语与人和事物处于一种特殊的关系中：通过主体的隐没，将外部现象内在化。① 此外，诗人也常常使用省略人称代词的手法来描写"连带"行为，即人的动作与自然的运行联系在一起。在"白云回望合，青霭入看无"中，两句诗的前一个词都以诗人为主语（望、入），后一个词都以自然为主语（合、无）。人称代词的省略让动作得以不分主客体而联系在一起，也暗示了人与宇宙的融合过程。而介词的省略常常和人称代词的省略联系在一起，"于"一类介词的省略与人称代词的省略相结合，去掉了动词对方向的指示，由此激发了一种可逆的语言：主语（主体）和宾语（客体），内部和外部处于一种交互关系之中。程抱一以《春江花月夜》中的两句诗（谁家今夜扁舟子，何处相思明月楼）为例指

---

① ［法］程抱一：《中国诗画语言研究》，31 页。

出，因为介词省略，第二句诗有两种解释：那思念明月楼的他在哪里？在明月楼里思念的她又在哪里？同时，这句诗的暧昧是有意为之的，因其符合情境的想象：分离两地的情人在夜里同时思念对方。

第二章在阴阳概念下看诗歌的形式与格律如何拥有想象的力量。中国诗歌的形式、格律与阴阳的辩证思想体系相关，这个体系建立在对仗的诗句和不对仗的诗句轮番出现或对比的基础上。通过其空间的内在组织，对仗在语言的线性进展中引入了另一种秩序：一种自足的秩序，围绕自身旋转，在其中符号互相应答并互相印证，仿佛摆脱了外部的束缚并存在于时间之外。这种秩序除了反映生活的特殊观念外，还体现诗人对符号怀有的无限信心：他们确实相信，以符号作为媒介，能够按照自己的愿望再造一个世界。

程抱一以律诗为例，分析节拍、韵式、声调对位（平仄）、音乐效果、句法层（对仗诗句/不对仗诗句）。在王维的诗句"行到水穷处，坐看云起时"中，对仗语词的作用不仅表现在诗歌形式上，还揭示了隐藏的意义。"行－坐"是动态和静态；"到－看"是行动和静观；"穷－起"意味着死亡和再生；"处－时"揭示的是空间和时间；而位于中间的对子"水－云"肯定了周而复始的宇宙转化（水蒸腾成云，云下降为水）。这两句诗再现了生活的双重维度，它们所暗示的生活方式正进入冲虚状态，不再将行动与静观、时间与空间分离，而将内心打开，加入生生不息的宇宙变化中。①

对仗在唐代极为重要，它整合了语言的所有资源：语音、字形、想象、成语等。对仗并不是单纯的重复，而是一种表意形式。在对仗中，每个符号都唤起与其相反或互补的符号，而所有符号则在互相协调或互相对比中引发自身和他者的意义。从语言学的观点来看，对仗是符号在时间的进程中进行空间转换。对仗的两句诗之间的承接不是因为连续的或逻辑的关系，而是通过互相应答形成了一个自在的世界，同时也通过将属于同一范式的词对称排列创造出一种"完整"的语言，这包含两种秩

---

① ［法］程抱一：《中国诗画语言研究》，61～62 页。

序，即线性、时间性叙述的进展和空间的维度。

虽然这些结构本身是表意的，但并不以其自身为目的。这些结构通过打破普通的语言、引入其他对比形式，似乎导向一种更高或者更深的层次，即意象和意象组织的层次。但同时，律诗作为古典诗歌最重要的形式，其对仗诗句又必须紧随不对仗诗句，并以不对仗诗句结尾。这些末句的不对仗似乎让诗歌从之前建构好的世界里出来，重新进入一个敞开的时间进程中，再次面临一切变化。对仗诗句和不对仗诗句之间的对比正是建立在由阴阳二项式所体现的对比与互补原则上的，体现了中国的阴阳哲学观。

程抱一在第三章以一种综合的视域来探讨诗歌的最高层次，即在人地天这三元维度下展开对形象化的修辞手法（意象）的考察。意象产生于人类精神和世界的相遇之时（人—地），也产生于人的想象能力和形象化的宇宙之间持续的、必然的交流中（人—天），而相遇和交流的前提是将人地天视为一个由生气、元气所激发的整体，正是这"气"令它们结成有机和表意的组合。程抱一援引了自魏晋到宋代的文论来说明"气"和诗的关系。作为"开创性"著作的曹丕《典论·论文》说：

> 文以气为主，气之清浊有体，不可力强而致。譬诸音乐，曲度虽均，节奏同检，至于引气不齐，巧拙有素，虽在父兄，不能以移子弟。

强调"气"之于诗的重要以及将诗歌提升到至尊地位的钟嵘《诗品》说：

> 气之动物，物之感人，故摇荡性情，形诸舞咏。照烛三才，晖丽万有，灵祇待之以致飨，幽微藉之以昭告。动天地，感鬼神，莫近于诗。

几乎与钟嵘同时代的刘勰撰《文心雕龙》，向来被视为中国最重要的文学理论之作。其基本思想是"文"，与西方的"文学"（littérature）有所不同，这个字的含义更广，可以指书写符号、指文化和文明。程抱一认为刘勰的"文"提出了一种人与宇宙交融的思想，人所发明的文字符号只有在与造化所揭示的秘密符号相连时才是永恒的。刘勰在《文心雕龙·原道》中说：

> 文之为德也大矣，与天地并生者，何哉？夫玄黄色杂，方圆体分；日月叠璧，以垂丽天之象；山川焕绮，以铺理地之形。此盖道之文也。仰观吐曜，俯察含章，高卑定位，故两仪既生矣。惟人参之，性灵所钟，是谓三才。为五行之秀，实天地之心。心生而言立，言立而文明，自然之道也。傍及万品，动植皆文：龙凤以藻绘呈瑞，虎豹以炳蔚凝姿；云霞雕色，有逾画工之妙；草木贲华，无待锦匠之奇。夫岂外饰，盖自然耳。至于林籁结响，调如竽瑟；泉石激韵，和若球锽。故形立则章成矣，声发则文生矣。夫以无识之物，郁然有彩，有心之器，其无文欤？

刘勰在《文心雕龙·物色》中又说：

> 春秋代序，阴阳惨舒，物色之动，心亦摇焉。盖阳气萌而玄驹步，阴律凝而丹鸟羞，微虫犹或入感，四时之动物深矣。若夫珪璋挺其惠心，英华秀其清气，物色相召，人谁获安？是以献岁发春，悦豫之情畅；滔滔孟夏，郁陶之心凝；天高气清，阴沉之志远；霰雪无垠，矜肃之虑深。岁有其物，物有其容；情以物迁，辞以情发。一叶且或迎意，虫声有足引心。况清风与明月同夜，白日与春林共朝哉！是以诗人感物，联类不穷。流连万象之际，沉吟视听之区；写气图貌，既随物以宛转；属采附声，亦与心而徘徊。

唐代曾在中国居住的日本僧人空海，写了一部重要的诗学著作《文镜秘府论》，此著作是对他在中国所学知识的生动见证，他对"文"的见解也与"气"相连，如他在《文镜秘府论·论文意》中说：

夫置意作诗，即须疑心，目击其物，便以心击之，深穿其境。
如登高山绝顶，下临万象，如在掌中。以此见象，心中了见，当此
即用。如无有不似，仍以律调之定，然后书之于纸，会其题目。山
林、日月、风景为真，以歌咏之。犹如水中见日月，文章是景，物
色是本，照之须了见其象也。夫文章兴作，先动气，气生乎心，心
发乎言，闻于耳，见于目，录于纸。意须出万人之境，望古人于格
下，攒天海于方寸。诗人用心，当于此也。

空海是最早开始在诗中考察诗人的意念如何与其所描绘的风景结合
在一起的学者之一，他暗示了人和风景的一种互逆性：意念化身风景，
风景显露意念。就这点而言，在空海之外不能不提及皎然和王昌龄，特
别是后者以既简练又层次鲜明的方式提出了三境论：物境、情境和意境。
正是从唐代开始，"气"渐渐具体化成"景"。司空图在《二十四诗品》中以
二十四个短章描写了诗歌创作的不同风格和手法，他指出，诗歌之美不
在于一种事先给定的独特现象，而在于一种相遇的过程，即风景和静观
风景之人的神遇，人将风景内在化，同时人也是风景的内在部分，因为
人和风景一样，都受相同的"气"驱使。司空图在写给王驾的信中就表达
了这种观念：

河汾蟠郁之气，宜继有人。今王生者，寓居其间，浸渍益久，
五言所得，长于思与境偕，乃诗家之所尚者。则前所谓必推于其类，
岂止神跃色扬哉？［……］
戴容州云："诗家之景，如蓝田日暖，良玉生烟，可望而不可置
于眉睫之前也。"象外之象，景外之景，岂容易可谭哉？

司空图所宣扬的"景外之景"让人想起中国哲学里的冲虚之气。到了
宋代，严羽的《沧浪诗话》就是追随这一诗歌理想的体现：

　　诗有别材，非关书也；诗有别趣，非关理也。然非多读书，多
穷理，则不能极其至。所谓不涉理路、不落言筌者，上也。诗者，
吟咏情性也。盛唐诸人惟在兴趣，羚羊挂角，无迹可求。故其妙处
透彻玲珑，不可凑泊，如空中之音，相中之色，水中之月，镜中之
象，言有尽而意无穷。

　　这些文论关注的都是意象作为人的精神与世界的精神的相遇。自宋
代起，尤其是在明清两代，无数诗话（诗话自此也形成了一个专门体裁）
提出"情景"这一概念。如果说空海和司空图曾以其他术语触及这一概念，
那么在王夫之那里，"情景"则作为一个统一的概念得到了确认。他在《夕
堂永日绪论内编》中说：

　　情景名为二，而实不可离。神于诗者，妙合无垠。巧者则有情
中景，景中情。[……]无论诗歌与长行文字，俱以意为主。意犹帅
也。无帅之兵，谓之乌合。李、杜所以称大家者，无意之诗，十不
得一二也。烟云泉石，花鸟苔林，金铺锦帐，寓意则灵。

　　也是从那时开始，人们不知疲倦地借助具体的例子，设法考察"情"
与"景"互相激越、互相配合、互相补充替换的方式。而这传统中的最后
一人，王国维在他的《人间词话》中则提出下列看法：

　　词以境界为最上。有境界，则自成高格，自有名句。五代、北
宋之词所以独绝者在此[……]有有我之境，有无我之境。"泪眼问花
花不语，乱红飞过秋千去"，"可堪孤馆闭春寒，杜鹃声里斜阳暮"，
有我之境也。"采菊东篱下，悠然见南山"，"寒波澹澹起，白鸟悠悠
下"，无我之境也。有我之境，以我观物，故物我皆著我之色彩。无
我之境，以物观物，故不知何者为我，何者为物。古人为词，写有
我之境者为多。然未始不能写无我之境，此在豪杰之士能自树立耳。
[……]无我之境，人惟于静中得之。

"情""景""有我""无我"，这些概念及其引出的修辞手法，蕴含着主体与客体的微妙关系。要厘清这种关系，就必须追溯到中国文学中最重要的两种修辞方式："比"（comparaison）和"兴"（incitation）。当诗人求助于意象（通常来自大自然）来形容他想表达的意念或情感时，他采用"比"。而当感性世界的一种现象、一片风景、一个场景在他心目中唤起一重记忆、一层潜在的情感或一种尚未表达的意念时，他便运用"兴"。在这两个修辞手法的深层，蕴含的是人与世界不断更新的关系。"比"和"兴"不仅是"叙述艺术"，更在于透过语言激发一种连接主体和客体的循环往复的运动。因此，产生于这一运动之间的意象并不是一种简单的反映，而是一种重启，可以导致内在的默化。在这一运动中，"比"体现在从主体到客体的过程中，即从人到自然的过程；而"兴"则引入相反的从客体到主体的过程，即从自然返回人的过程。任何求助于"比"和"兴"的诗，都以自己的方式建立了自古以来"道"所促成的人与自然的伟大对话。

（三）汪德迈：从占卜的文字到相关性之文学

汪德迈1928年出生于法国北部，青年时代在巴黎求学，就读于东方语言学院，同时学习汉语与越南语，并在索邦大学兼修哲学与法律。他分别在1948年、1950年和1951年获得汉语文凭、越南语文凭和法学博士学位，之后远赴东亚，在越南、日本以及中国香港地区任教十多年，同时继续汉学研究，1975年以一篇论中国古代体制的论文获得法国国家博士学位。汪德迈亦是戴密微的学生，并通过后者推荐，求学于饶宗颐，后来在日本京都又师从著名汉学家小川环树（Ôgawa Tamali，1910—1993）和重泽俊郎（Shigezawa Toshio，1906—1990）。汪德迈的汉学研究视野非常广，从甲骨文、儒家、法家、中国古代政治制度到中国思想史都有所涉及。他的著作有《法家的形成，古代中国特有的政治哲学形成研究》（*La Formation du Légisme. Recherche sur la constitution d'une philosophie politique caractéristique de la Chine ancienne*，1965）、《新汉文化圈》（*Le nouveau Monde sinisé*，1986）、《中国思想的两种理性：占卜与表意》(*Les deux raisons de la pensée chinoise — Divination et Idéographie*, 2013)等。

汪德迈和程抱一都是戴密微的学生,但形成鲜明对比:一位是中国人,在法国见证、参与了结构主义思潮;一位是法国人,在东亚与当代儒家著名学者有密切往来,并受业于他们。汪德迈无论在思想上还是在研究方法上都是法国当代的"新儒家"的代表人物。回巴黎后,他在戴密微任教过的高等实践研究学院开设了儒家思想课程,认为儒学人文主义才是商周王道的顶峰。他的学生程艾蓝(Anne Cheng,即程抱一的女儿)于 2009 年进入法兰西学院执教,成为新一代新儒家的代表。

出版于 2013 年的《中国思想的两种理性:占卜与表意》是汪德迈晚年的力作,从文字研究看中国思想和文学的特质。和程抱一不同的是,虽然也从语言文字入手,但汪德迈并没有借鉴结构主义:他将文字看作文化整体中的基座,但并非试图再构造一个整体的思想结构,而是沿着文字厘清文化的原初形态。基于对甲骨文的研究,汪德迈认为中国文字不是一种记录口语的工具(与西方相反),而是一种极其形式化的图形语言。它的出现源于龟卜兆纹的外推法,并由此产生文言文。这是一种离自然语言相当远的系统规范化的文字,体现另一种高度的抽象性,也是有别于西方的另一种理性。这种理性并非宗教性的神学,而是准科学的占卜学。透过这种文字我们可以看到中国思想是依靠占卜学所展开的思维来建构对世界的认知的,这正是中国和西方两种文化背离的开端。

《中国思想的两种理性:占卜与表意》也是汪德迈几乎唯一涉及文学和文论的著作。相对于起源于古希腊神话口述传统的西方文学,中国文学起源于占卜,并用书面语文言文记录原本与卜辞有关的各种资料。事实上,法国汉学家对中国文字也早有关注。比如,葛兰言在《中国人的思想》中专辟一章讲述汉字的叙述功能,他认为汉字的结构清楚地体现了其重在表述行为而非阐述思想这一特点。毕莱德(Jean Billeter)在《中国的书写艺术及其原理》(*Essai sur l'art chinois de l'écriture et ses fondements*, 2010)中指出,透过汉字本身还有汉字艺术(书法)可以审查中国道德、感性、感动和存在方式的起源。然而,从汉字研究延伸到文学及文论研究的只有汪德迈。该书第八章就是以"表意文字与中国文学"为题，研究两者的关系。①

公元前 13 世纪末期就被创造出来的中国文字，与其他以表意书写符号或字母书写符号来再现口语的文字不同，其书写符号体系并不反映口语。在其他表意文字里，由于发音与文字的能指和词意所指在同一层面，文字在理性化的过程中自然而然向发音延伸，并通过语言的第二链接（发音）而非其第一链接（语义）来抽象、简化文字体系。所以，字母文字最终普遍取代了表意文字。中国表意文字则相反，文字的能指意义与其发音并不一致，能指直接与词意所指相关；文字在理性化过程中被导向第一链接，不是向发音延伸，而是从文字的能指意义向书写延伸。

汪德迈将西方的自然语言与中国的非自然语言即文言做对比：自然语言记录口语，文言书写文字。前者把词语当作现实的逻各斯幻象，话语通过文字实体化，这种实体化又在人格化的神学中得到伸展。中国的文言即"文"之"言"，没有产生话语幻象，更不会使逻各斯幻象等同于话语幻象。事实上，"文"之"言"在于"文"之"道"，即在于事物之理的超现象投射。

基于这种观点，汪德迈对中国文字的起源有自己的看法。他认为文字初始阶段尚无成形文字，文字出现于占卜发展第三阶段的甲骨文辞，即由龟卜兆纹变成数字卦，而当时被囚于羑里的周文王姬昌就参与了这一文字演变。汪德迈不同意许慎对文字起源的提法，后者在《说文解字·叙》里说："古者庖牺氏之王天下也，仰则观象于天，俯则观法于地，视鸟兽之文，与地之宜，近取诸身，远取诸物，于是始作《易》八卦，以垂宪象。及神农氏，结绳为治，而统其事。"汪德迈认为，这种有关中国文字起源的说法是臆造的。伏羲神农造字的传说扭曲了中国文字与殷代占卜的真正传承关系，并有意将蓍占（用蓍草排列的方式来占卜）而非骨占（用骨头的纹路来占卜）作为该文字的起源。比如，文王的"文"字，开始

---

① *Les deux raisons de la pensée chinoise-Divination et Idéographie*，Paris，Gallimard，2013，pp. 144-167.

只是数字卦，后来以神话方式把数字卦转为文字之"文"。可是，许慎的观点并不是个例，他之前的扬雄就曾说："言不能达其心，书不能达其言，难矣哉！惟圣人得言之解，得书之体。白日以照之，江河以涤之，灏灏乎其莫之御也。面相之，辞相适，捈中心之所欲，通诸人之嚍嚍者，莫如言。弥纶天下之事，记久明远，著古昔之㖧㖧，传千里之忞忞者，莫如书。"事实上，扬雄这一段话和许慎的《说文解字·叙》都是照搬《易经·系辞》的内容，因为从周朝开始，中国史官就已经将殷商在中国文字起源上的贡献消隐了。

同样，文字之"文"这个表意字，没有实体化为对某一创始者的记录；对发源于萨满、崇尚天人合一而非神人合一的中国哲学来说，创世思想并不存在。而说中国文字在于道、是对事物之理的超现象投射，是因为道是超自然的"理性"，只有圣者（最初为萨满师）能够直接接触到。超自然的"理性"是指一种推理方式：由龟占与蓍草数字占卜得到象，再通过相关性（corrélativité）逻辑来推测天意。相关性是汪德迈提出的一个重要概念，它首先体现为一种思维方式。中国人关注的是宇宙与人（天—人）两者间的相关性，因此中国思想是宇宙而上的，而不是西方哲学的形而上。中国思想及文字的这种特性也决定了中国文化里人与社会的关系：人首先面对的是宇宙，而非社会。

因为汉字的这种特殊性，中国文学的起源也就独一无二。汪德迈认为文学之"文"来自占卜中的龟纹之"纹"和显示等级制度的纹身之"纹"，后来演变成暗示价值的修饰语，如文斾、文轩等。他引用刘勰《文心雕龙·原道》里对"文"的解释：

　　　　文之为德也大矣，与天地并生者，何哉？夫玄黄色杂，方圆体分，日月叠璧，以垂丽天之象；山川焕绮，以铺理地之形。此盖道之文也。仰观吐曜，俯察含章，高卑定位，故两仪既生矣。惟人参之，性灵所钟，是谓三才。为五行之秀，实天地之心，心生而言立，言立而文明，自然之道也。傍及万品，动植皆文；龙凤以藻绘呈瑞，虎豹以炳蔚凝姿；云霞雕色，有逾画工之妙；草木贲华，无待锦匠

之奇。夫岂外饰，盖自然耳。至于林籁结响，调如竽瑟；泉石激韵，
和若球锽。故形立则章成矣，声发则文生矣。夫以无识之物，郁然
有采，有心之器，其无文欤？人文之元，肇自太极，幽赞神明，
《易》象惟先。庖牺画其始，仲尼翼其终。而《乾》《坤》两位，独制《文
言》。言之文也，天地之心哉！若乃《河图》孕乎八卦，《洛书》韫乎九
畴，玉版金镂之实，丹文绿牒之华，谁其尸之？亦神理而已。

　　刘勰所说"虎豹以炳蔚凝姿"和"林籁结响，调如竽瑟"，与人的"心生
而言立，言立而文明"是相应的。"动植皆文"其实点出了一个非常重要的
观点：文学之于人与皮纹之于老虎、树叶间的风声之于森林之所以有相
似性，是因为其关系的建立并非通过比喻，而是通过相关性。而且刘勰
把"文"提到了一个非常高的位置：宇宙显现的最高境界是"文"，宇宙间
一切都成就"文"之美：山川，树木，龙凤，星宿与四季的运行，一切都
在显现无声的宇宙法则。"文"有广义和狭义两层含义：成就宇宙之美，
是广义的"文"；凸显宇宙之最精细之美则来自人的才能，是狭义的"文"。
广义的"文"将狭义的"文"包含在内。汪德迈认为，刘勰对于"文"的解释
不但表达了一种文学观，而且提供了一种哲学态度，或者说，刘勰的文
学观表达了一种人的存有论本质。中国思想不以哲学系统而以文学之美
亦即文学方式来表现，这也就是为什么中国文化给予文学以一种在其他
任何文化中都不可能找到的地位。汪德迈同时强调说，在刘勰的这段引
文里，只提到伏羲画出易经卦图（庖牺画其始），没有提及造字神话，也
没提到口语的产生，更没提到有"圣人"造字。中国的象形文字是一种天
然的与宇宙相接的文字，因其与占卜文字的渊源，在后来的书法尤其是
草书中还能看到原始的痕迹，如同巫师写下神迹，草书也要求传神而
挥洒。
　　中国文字起源于占卜这一观点在商以后的历史记录中慢慢消失，但
文字与占卜骨纹之间以相关性建立联系的传统却在文学中延续下来，这
一特点在唐诗里体现得尤为明显。汪德迈以李白的"犬吠水声中，桃花带
露浓""渡远荆门外，来从楚国游"、杜甫的"国破山河在，城春草木深"

"莽莽万重山，孤城山谷间"为例来解释。"犬吠水声中，桃花带露浓"以狗和狗的叫声对应桃花和桃花的颜色，以动态对应静态，以动物对应植物，这个动植物构成的情境同时又暗示着和人的对应。汪德迈提醒我们，这正是刘勰在《文心雕龙》里指出的"动植皆文"的关系，也是狭义之"文"（人之"文"）与广义之"文"（宇宙之"文"）的关系，这都无关于以"类似"为基础的修辞法（尤其是比喻），而是在这之外的对应关系，也即相关性。从这里可以看到中西文学中抒情方式的不同：西方的抒情大多表现为歌剧里的演唱、舞台上的戏剧化，而中国文化里的抒情方式则将自己写入诗画中，尤其是山水诗和山水画，中国古代戏曲则长时间被限定在文学框架内无法发展。

  正如中国社会道德以自然界的方式运行，中国诗歌是文学创作中对宇宙自然书写的符号，这和将自然置于人类对立面的希腊文明完全不同。中国的人文是以一种"宇宙的主体间性"呈现的，就如刘勰在《文心雕龙·物色》里所说："一叶且或迎意，虫声有足引心。况清风与明月同夜，白日与春林共朝哉！"从这个角度来说，中国文学修辞的一个重要传统就是体系化的文本间性，即通过引文、援引典故等办法使不同作者的文章得以互相交流，这与西方另辟文章阐释的做法不同。在西方希伯来圣经传承中，原文与注释的分离出于对作者文字的个人特性之价值的尊重，而中国文本继承传统，将注与疏同置，这正是文言互为文本或文本间性的结果。恰如中国诗歌里的人常常将自己投入自然，与之融为一体，中国文人学者注重自己融入经典的能力，即哲学性诠释的能力。

第三章　德国的中国文论研究

一、导言

作为一门专业，汉学在德国的历史并不久远。19世纪初，德意志土地上才开始科学意义上的中国研究。1829年，东方学家诺伊曼（Carl Neumann，1793—1870）把约6000本中国书籍从广州经伦敦运回慕尼黑，这便是巴伐利亚皇家图书馆与柏林皇家图书馆东方书库的基础。[①] 1833年起，肖特在柏林大学（现洪堡大学）讲授汉语和中国哲学，1838年晋升为编外教授，主持"汉语、鞑靼语及其他东亚语言"教学。1879年，贾柏莲（Hans Georg von der Gabelentz，1840—1893）担任莱比锡大学东方语

---

① 关于诺伊曼运回欧洲的汉籍数量，说法不一，亦有1.2万册之说。彼时，欧洲收藏中国书籍最多的法国国家图书馆的汉籍数量仅为5000本。诺伊曼回国以后，将2410本汉籍卖给柏林皇家图书馆（国家图书馆），3500本赠予巴伐利亚皇家图书馆（国家图书馆）。与巴伐利亚皇家图书馆的买卖关系不是金钱交易，交换条件是诺伊曼被任命为巴伐利亚皇家图书馆中国书库主管和慕尼黑大学的文学史、亚美尼亚语、汉语教授。诺伊曼撰有诸多史学专著，其中有《1807年至1810年出没于南中国海的海盗》(*History of the Pirates Who Infested the Chinese Seas from 1807 to 1810*, London: Oriental Translation Fund, 1831)，《亚洲研究》(*Asiatische Studien*, Leipzig: J. A. Barth, 1837)，《鸦片战争史》(*Geschichte des englisch-chinesischen Kriegs*, Leipzig: B. G. Teubner, 1846)，《大英帝国在亚洲的历史》(*Geschichte des englischen Reichs in Asien*, Leipzig: F. A. Brockhaus, 1857)，《鸦片战争至北京条约时期的东亚史：1840—1860》(*Ostasiatische Geschichte vom Ersten Chinesischen Krieg bis zu den Verträgen in Peking*, 1840—1860, Leipzig: Engelmann, 1861)。

言课程的编外教授，这是德语国家讲授汉语和日语的第一个教席。莱比锡大学、柏林大学和慕尼黑大学都设立过汉学临时教席，直到 1909 年，福兰阁（Otto Franke，1863—1946）在汉堡的德国殖民学院（汉堡大学前身）获得德国第一个汉学讲座教席。

肖特于 1854 年发表《中国文学论纲》①。就迄今所发现的文献资料而言，该著作当为世界上第一部中国文学史。② 进入 20 世纪之后，葛禄博（Wilhelm Grube，1855—1908）发表《中国文学史》（1902）③，何可思（Eduard Erkes，又名叶乃度，1891—1958）发表《中国文学》（1922）④，卫礼贤（Richard Wilhelm，1873—1930）发表《中国文学史》（1926）⑤。20 世纪早期的这些德语著作，均为西方世界较早的中国文学史纂。而德国汉学界对中国古代文论的研究，尤其像俄国汉学家阿列克谢耶夫的《司空图〈诗品〉翻译研究》（1916）那样的力作，则要到 20 世纪 60 年代才出现。

在 20 世纪的前 30 年中，德国汉学不仅在大学逐渐获得独立的学术地位，而且出现了不少杰出的汉学家及重要著作，以及许多中国经典和文学名著的译作。⑥ 第一代德国学院派汉学家在 20 世纪上半叶取得了卓越成就，令人瞩目，后起的德国汉学已经赶上了较早从事汉学研究的欧洲国家（如法国）的研究水平。但在"二战"结束前后，其领军人物先后去

---

① Wilhelm Schott，*Entwurf einer beschreibung der chinesischen litteratur*，in *Abhandlungen der Königlichen Akademie der Wissenschaften zu Berlin*，aus dem Jahre 1853，Berlin：Druckerei der Königlichen Akademie der Wissenschaften（F. Dümmler），1854.

② 参见方维规：《世界第一部中国文学史的"蓝本"：两部中国书籍〈索引〉》，载《世界汉学》，2013（12）。

③ Wilhelm Grube，*Geschichte der Chinesischen Litteratur*，Leipzig：C. F. Amelangs，1902.

④ Eduard Erkes，*Chinesische Literatur*，Breslau：Ferdinand Hirt，1922.

⑤ Richard Wilhelm，*Die chinesische Literatur*，Handbuch der Literaturwissenschaft 26，Wildpark-Potsdam：Akademische Verlagsgesellschaft Athenaion，1926.

⑥ 如福兰阁的五卷本《中华帝国史》（1930/50），佛尔克（Alfred Forke，1867—1944）的三卷本《中国哲学史》（1927/38）。译作如卫礼贤的德译《论语》（1910）、《老子》（1911）、《列子》（1912）、《庄子》（1912）、《孟子》（1914）、《易经》（1924）、《吕氏春秋》（1928）、《礼记》（1930）等；库恩（Franz Kuhn，1884—1961）的德译《中国优秀小说集》（1926）、《好逑传》（1926）、《二度梅全传》（1927）、《金瓶梅》（1930）、《红楼梦》（1932）、《水浒传》（1934）等。

世。此外，同其他许多知识分子一样，不少汉学家在纳粹统治时期移民海外，这给德国汉学带来了重大损失。"二战"后德国分裂，汉学在 20 世纪 50 年代的东德稍有起色（因其与中国交往较多），可是好景不长；而在西德，汉学直到 20 世纪 60 年代才逐渐恢复元气。①

　　中国古代文献的翻译是汉学研究的基础和保证，德国汉学界在这方面亦成果颇丰，卫礼贤在 20 世纪早期就在德国著名的迪德里西斯（Eugen Diederichs）出版社出版大量译作，几乎呈现了先秦诸子的思想全貌。诸子对文学艺术的态度及其思想对中国后世文艺观念的影响，借此可为德国读者所知悉。卫礼贤之后，德国的中国典籍翻译似乎从未断过，如施瓦茨（Ernst Schwarz，1916—2003）与莫里茨（Ralf Moritz）的《论语》译本②、德邦（Günther Debon）与施瓦茨的《道德经》译本③，后来还有顾若愚（Hermann Köster）的《荀子》译本④和谢林德（Dennis Schilling）的专著《咒语与数字——中国汉代占卜书〈太玄经〉与〈易林〉》⑤。

　　施瓦茨是东德卓越而多产的中国古典作品翻译家，其译作还有《智者

---

①　关于 20 世纪上半叶德国学院派汉学的发展状况，参见福兰阁的《现下在德国之中国学》（杨丙辰译）、海尼士（Erich Haenisch，1880—1966）的《五十年来德国之汉学》（王光祈译）、韩奎章的《德国人的汉学研究》等论文，均见李雪涛编：《民国时期的德国汉学：文献与研究》，北京，外语教学与研究出版社，2013。傅海波（Herbert Franke，1914—2011）于 1968 年发表专著《德国大学的汉学研究》（Herbert Franke, *Sinologie an deutschen Universitäten*, Wiesbaden: Franz Steiner, 1968）。关于德语国家奥地利的汉学发展状况，参见［英］傅熊：《忘与亡：奥地利汉学史》，王艳、儒丹墨译，上海，华东师范大学出版社，2011。

②　施瓦茨译孔子《论语》（Ernst Schwarz〔Übers.〕, *Konfuzius: Gespräche des Meisters Kung*, München: Deutscher Taschenbuch Verlag, 1985）；施瓦茨另有《子曰》译本（Ernst Schwarz〔Übers.〕, *So sprach der Meister*, München: Kösel, 1994）。莫里茨译孔子《论语》（Ralf Moritz〔Übers.〕, *Konfuzius: Gespräche〔Lun-Yu〕*, Stuttgart: Reclam, 1998）。

③　德邦译老子《道德经》（Günther Debon〔Übers.〕, *Lao-Tse. Tao-Tê-King. Das heilige Buch vom Weg und von der Tugend*, Einleitung und Anmerkungen von G. Debon, Stuttgart: Reclam 1961）。施瓦茨译老子《道德经》（Ernst Schwarz〔Übers.〕, *Laudse〔Laozi〕: Daudedsching〔Tao Te King〕*, Leipzig: Philipp Reclam jun. , 1970）。

④　Hermann Köster〔Übers.〕, *Hsün-tze*, Kaldenkirchen: Steyler, 1967.

⑤　Dennis Schilling, *Spruch und Zahl. Die chinesischen Orakelbücher. Kanon des höchsten Geheimen（Taixuanjing）und Wald der Wandlungen（Yilin）aus der Han-Zeit*, München: Scientia, 1998.

如是说：中国三千年思想财富》①，陶渊明《桃花源记》②，二卷本《镜中菊——中国古代诗歌》③，二卷本《吹箫引得凤凰来——中国古代叙事文》④等。尤其是《吹箫引得凤凰来》一书，近百页的"导论"不但叙说了中国文学的发展历史，还对中国古代文论多有阐发。节译文章从"四书五经"到晚清吴沃尧，时有与文论有关的内容。虽是文学读物，但对《报任安书》的翻译，必然对德语读者了解司马迁的文学、创作观点有所帮助。而对中国最早的文学理论与批评著作曹丕的《典论·论文》之节译，其意义更是非同一般，不但让德语读者得知中国"文人相轻，自古而然"之说，亦可见气质决定作品风格的独到观点："文以气为主，气之清浊有体，不可力强而致"，还有对文学之历史价值的认知，即"盖文章，经国之大业，不朽之盛事"。

　　如前所述，德国汉学界对中国或古代文论的研究起步较晚。克拉夫特（Barbara Krafft）的博士论文《王世贞——明代思想史研究》（1955）⑤从不同视角查考了王世贞其人其事及明代思想，对其中与文学艺术相关的部分做了专门讨论，这对西方人理解明代文艺风格有着重要意义。察赫（Erwin von Zach，1872—1942）的二卷本《〈昭明文选〉译文集》（1958）⑥虽

――――――――――

　　①　施瓦茨译的《智者如是说：中国三千年思想财富》（Ernst Schwarz〔Übers.〕，*So sprach der Weise. Chinesisches Gedankengut aus 3 Jahrtausenden*，Berlin：Rütten & Loening，1981）。

　　②　施瓦茨译的《陶渊明〈桃花源记〉》（Ernst Schwarz〔Übers.〕，*Tao Yüan-ming：Pfirsichblütenquell*，Leipzig：Insel，1967）。另有卜松山主编的德译本：Karl－Heinz Pohl（Hrsg.），*Tao Yuanming. Der Pfirsichblütenquell：Gesammelte Gedichte*，Köln：Eugen Diederichs，1985。

　　③　施瓦茨译的《镜中菊——中国古代诗歌》（Ernst Schwarz〔Übers.〕，*Chrysanthemen im Spiegel. Klassische chinesische Dichtung*，2 Bde，Berlin：Rütten & Loening，1969）。

　　④　施瓦茨译的《吹箫引得凤凰来——中国古代叙事文》（Ernst Schwarz〔Übers.〕，*Der Ruf der Phönixflöte. Klassische chinesische Prosa*，2 Bde，Berlin：Rütten & Loening，1973）。

　　⑤　Barbara Krafft，*Wang Shih-chen*（1526—1590），*Ein Beitrag zur Geistesgeschichte der Ming-Zeit*，Dissertation，Universität Hamburg，1955。

　　⑥　Erwin von Zach（Übers.），*Die chinesische Anthologie：Übersetzungen aus dem Wen Hsüan*，2 vols.，Cambridge，Mass.：Harvard University Press，1958. 早在 1939 年，察赫就翻译出版了《扬雄〈法言〉》，并对扬雄思想做了颇为详细的分析（Erwin von Zach〔Übers.〕，*Yang Hsiung's Fa-yen〔Worte strenger Ermahnung〕：Ein philosophischer Traktat aus dem Beginn der christlichen Zeitrechnung*，Batavia：Lux，1939）。

不属于文学理论范畴，但无疑有助于理论问题的探讨。

　　德邦的《沧浪诗话——中国诗学研究》(1962)①，开德国汉学界研究
中国古代文论之先河。马汉茂(Helmut Martin，1940—1999)的《李笠翁
曲话：一部 17 世纪的中国剧评》(1966，简称《李笠翁曲话》)②，是德邦
专著之后的又一部力作。嗣后，在各种论述中国古典文学的著述中，时
有关于中国古代文论之或长或短的解读。③　在马汉茂主编的多种系列丛
书中，四部专著直接与我们的论题有关：吕福克(Volker Klöpsch)的《诗
人玉屑：一个经典文学批评家眼中的诗歌世界》(1983)④，梅绮雯(Mari-
on Eggert)的《唯有我们诗人——袁枚：十八世纪的一个介于自我与惯例
之间的诗歌理论》(1989)⑤，傅熊(Bernhard Führer)的《中国第一部诗学
著作：钟嵘的〈诗品〉》(1995)⑥，李兆础的《传统中国文论：刘勰的〈文心
雕龙〉》(1997)⑦。以上著作均为中国古代文论的重要译注和阐释，其长
篇"导论"较为深入地查考了各自的探讨对象，同时涉及许多重要的中国

　　①　Günther Debon, *Ts'ang-Lang's Gespräche über die Dichtung. Ein Beitrag zur chine-
sischen Poetik*, Wiesbaden: Harrassowitz, 1962.

　　②　Helmut Martin, *Li Li-Weng über das Theater: Eine chinesische Dramaturgie des
siebzehnten Jahrhunderts*, first printing, Heidelberg, 1966, reprinted by Mei Ya Publications,
Inc, Taipei, 1968.

　　③　例如德邦《论中国艺术理论中的"美"概念》(Günther Debon, "Zum Begriff des
Schönen in der chinesischen Kunsttheorie", in *Heidelberger Jahrbücher*, 14/1970, 52-77)；又
如陶德文(Rolf Trauzettel)的《美与善——中国古代美学基础》(1985)一文，从思想史角度剖
析中国美学思想的经典文献，对于中国古典美学具有独到的认识(Rolf Trauzettel, "Das
Schöne und das Gute: Ästhetische Grundlegungen im chinesischen Altertum", in Helwig
Schmidt-Glintzer〔Hrsg.〕, *Das andere China*, Festschrift für Wolfgang Bauer zum
65. Geburtstag, Wiesbaden: Harrassowitz, 1985, 291-320)。

　　④　Volker Klöpsch, *Die Jadesplitter der Dichter: Die Welt der Dichtung in der Sicht
eines Klassikers der chinesischen Literaturkritik*, Bochum: Brockmeyer, 1983.

　　⑤　Marion Eggert, *Nur Wir Dichter-Yuan Mei: Eine Dichtungstheorie des 18. Jahrhun-
derts zwischen Selbstbehauptung und Konvention*, Bochum: Brockmeyer, 1989.

　　⑥　Bernhard Führer, *Chinas erste Poetik, Das Shipin (Kriterion Poietikon) des Zhong
Hong* (467?—518), Dortmund: projekt, 1995.

　　⑦　Li Zhaochu, *Traditionelle chinesische Literaturtheorie. Liu Xies Buch vom prächtigen
Stil des Drachenschnitzens* (5. Jh.), Dortmund: projekt, 1997.

古代文论思想。

另外，还有其他一些关于中国古代文论和美学思想的研究，亦有不少建树，如魏世德(John Wixted)的《元好问的文学批评》(1982)①、顾彬(Wolfgang Kubin)的《空山——中国文学中自然观的发展》(1985)②、斯特莱茨(Volker Strätz)《陆机诗歌的形式结构研究》(1989)③；或如施寒微(Helwig Schmidt-Glintzer)的通史类专著《中国文学史》(1990)④，从中国文学的起源时代说起，其中不乏关于中国文论的论述。⑤ 柯宝山(Hermann Kogelschatz)的著作《王国维与叔本华：一次哲学的相遇——中国文学自我理解在德国古典美学影响下的转变》⑥，以比较的方法对王国维美学思想做了极富启发性的研究，对这一重大的中西思想交流事件进行了反思和评价，在方法和内容上都很有价值。

瓦格纳(Rudolf Wagner)、马汉茂而外，当代德国汉学的另一个代表人物是顾彬。从博士论文《论杜牧的抒情诗》(1976)⑦到教授论文《空山——中国文学中自然观的发展》，顾彬的不少研究都与中国古典诗学亦即文论密切相关。尤其是他主编的鸿篇巨制《中国文学史》(十卷本，

① John T. Wixted, *Poems on Poetry：Literary Criticism by Yuan Hao-wen* (1190—1257)，Wiesbaden：Steiner，1982.

② Wolfgang Kubin, *Der durchsichtige Berg. Die Entwicklung der Naturanschauung in der chinesischen Literatur*，Stuttgart：Seiner，1985. 中译本为[德]顾彬：《中国文人的自然观》，马树德译，上海，上海人民出版社，1990。

③ Volker Strätz, *Untersuchungen der formalen Strukturen in den Gedichten des Luh Ki*，Würzburger Sino-Japonica 17，Frankfurt：Peter Lang，1989.

④ Helwig Schmidt-Glintzer, *Geschichte der chinesischen Literatur*，Bern：Scherz，1990.

⑤ 例如，在他看来，中国诗歌与世界上所有文学艺术一样，源自祭祀和宗教活动，也包括巫术和图腾崇拜。这实际上涉及文学艺术的本质问题，即实用性、公共性，而中国古代文学突出的特点正在于对这一职能的坚持和守护。

⑥ Hermann Kogelschatz, *Wang Kuo—wei und Schopenhauer. Eine philosophische Begegnung：Wandlung des Selbstverständnisses der chinesischen Literatur unter dem Einfluß der klassischen deutschen Ästhetik*，Wiesbaden：Steiner，1986.

⑦ Wolfgang Kubin, *Das lyrische Werk des Tu Mu* (803-852)：*Versuch einer Deutung*，Wiesbaden：Harrassowitz，1976.

2002/12)①，更是离不开对中国古代文论的论述。这套书中的卜松山
（Karl-Heinz Pohl）著《中国的美学和文学理论——从传统到现代》
（*Ästhetik und Literaturtheorie in China：von der Tradition bis zur Moderne*，2006)②，则是德国在这个研究领域的最新成果。说及当代德国的
中国美学和文论研究，人们首先会想到卜松山的诸多关于中国美学和文
论的著述③，这是他的专长。德国的中国文论研究能够具备如此体量，
能够诞生《中国的美学和文学理论》这样的研究著作，足以说明德国汉学
界对中国古代文论的研究已经达到了相当的高度。

　　《中国文学史》中的其他研究专著均以文学史而非文学理论为主要研
究对象，少有专门的、成系统的关于文学理论的探讨。不过，这些文学
史研究在进行作品分析和文学批评时，也会不时论及相关文学理论，且
不乏高见。鉴于《中国文学史》已有中文译本，所以除了本章将要专门论
述的卜松山的著作外，我们在此简略评说一下这套丛书中其他著作涉及

---

　　①　中译本已由华东师范大学出版社出版，其中的三卷半是他亲自撰写的。

　　②　［德］卜松山：《中国的美学和文学理论——从传统到现代》，向开译，上海，华东师
范大学出版社，2010。

　　③　从卜松山的如下论文可见一斑：《象外之象——中国美学概述》（"Bilder jenseits der
Bilder-Ein Streifzug durch die chinesische Ästhetik"，in *China：Dimensionen der Geschichte-
Festschrift für Tilemann Grimm*，hrsg. von Peter M. Kuhfus，Tübingen：Attempto，1990，
S. 225-247）；《论叶燮的〈原诗〉及其诗歌理论》（"Ye Xie's *On the Origin of Poetry*〔*yuan shi*〕-
A Poetic of the Early Qing"，in *T'oung Pao*，58〔1992〕，pp. 1-32）；《中国美学与康德》（"Chi-
nese Aesthetics and Kant"，in *International Yearbook of Aesthetics*，1/1996，pp. 14-25）；《死
法与活法：对中国文学与艺术中的法与无法的探讨》（"'Tote und lebendige Regeln'. Von der
Regelhaftigkeit und Regellosigkeit〔nicht nur〕in der chinesischen Literatur und Kunst"，in
*Zeichen lesen-Lese-Zeichen. Kultursemiotische Vergleiche von Leseweisen in Deutschland und
China*，hrsg. von Susanne Gößeu. Jürgen Wertheimer，Tübingen：Stauffenberg，1999，S. 141-
171）；《中国美学的跨文化视角》（"An Intercultural Perspective on Chinese Aesthetics"，in
*Frontiers of Transculturality in Contemporary Aesthetics. Proceedings Volume of the Intercon-
tinental Conference*，University of Bologna，Italy，October 2000. Grazia Marchianò/Raffaele
Milani〔Eds.〕，Turin：Trauben，2001，pp. 135-148）；《全球化时代的中国文化和美学》（"Chi-
nesische Kultur und Ästhetik im Zeitalter der Globalisierung"，in *Kritische Verhältnisse. Die
Rezeption der Frankfurter Schule in China*，hrsg. von Iwo Amelung u. Anett Dippner，Frank-
furt：Campus，2009，S. 337-352）。

中国文论的内容。

顾彬的《中国诗歌史——从起始到皇朝的终结》，专注于对作家作品的细读分析，并不关心白居易、苏轼、黄庭坚等人的文论观点，主要致力于解析其作品。但他对中国古代政治、社会背景的关注度明显高于卜松山，始终将中国诗歌的发展牢系于这条线索，多处谈及宋明"天理""文以载道"、公众向个人的转变等思想潮流对于文学的影响。虽然他的一些认识值得商榷，① 但他在《诗经》研究等多个问题上体现出的社会学研究方法，充分见出他对中国古代审美与社会功能不可分割这一现象的领悟，也显示出他拒绝贸然将中国古代文论与现代"文学理论"相比附的审慎态度。此外，他在该书的引论部分亦论及"比""兴"的文学手法，认为其中体现出中国古人对自然界、人类世界以及人类情感世界之间相关性的认识。他对司马迁"发愤著书"说、韩愈"不平则鸣"论、欧阳修"穷而后工"说这一讨论文学创作起源的思想链条也很有研究，认为这一系列论断在中国文学批评中占有十分重要的地位。②

司马涛(Thomas Zimmer)的《中国皇朝末期的长篇小说》，以具体的小说文本解析为重心，但在卷首部分对中国"小说"概念的由来、演变做了详细探讨，对中国小说文体的形成过程和特征辨析甚详。司马氏的研究立足于古代中国，沉潜入中国古代语境，避免了以今人或西方人的观念指摘中国古代价值的弊病。他对中国古典思想、中国古典点评家(李贽、金圣叹等)皆谙熟于胸，对"正""真""本色""天人合一""虚实""情理""因缘生法"等核心概念无不信手拈来。而且，他对于中国古代小说浓厚的史学气息也有着深刻的体悟，能够正视中国古代文学的社会意义。因此，不论是讨论明清小说还是讨论近代小说革命，司马氏都充分认识到

---

① 例如，他将"天"权威、"自然"权威的赋予归于韩愈、柳宗元，明显忽略了道家思想传统。见[德]顾彬：《中国诗歌史——从起始到皇朝的终结》，刁承俊译，239 页，上海，华东师范大学出版社，2013。

② 参见[德]顾彬主编：《苦闷的象征——寻找中国的忧思》，伯尔尼，Peter Lang，2001(Wolfgang Kubin[Ed.], *Symbols of Anguish: In Search of Melancholy in China*, Bern: Peter Lang, 2001)。

了这些文学现象背后深长的政治意味，没有陷入某种审美化的偏见。①

　　莫宜佳（Monika Motsch）的《中国中短篇叙事文学史——从古代到近代》一书对李渔的小说、戏剧理论有专节研究，认为李渔的戏剧三原则——立主脑、减头绪、密针线——同时也是小说的不二法门，对于作品逻辑之严谨性具有重大意义。她十分推崇李渔的反叛意识，认为李渔具有一种"新视界"，对中国的文学传统进行了"幽默化和新颖化"②加工，开时代之先河。此外，她对冯梦龙、凌濛初等人的叙事观念也研习甚精，这使得她在做文本分析时游刃有余，具有很强的理论性。莫宜佳对庞德（Ezra Pound，1885—1972）诗歌的研究也体现出她对中国诗歌文学精髓的把握。她认为庞德诗歌明显受到古汉语象形性的启发，因而具有汉字最基本的表达逻辑——形象性、诗性。③ 这一论断直击中国古代美学的核心精神，这一特征完全可以从汉字扩展到诗歌、辞赋、戏曲等一切中国古典文学艺术形式，而中国古代文论中的很大一部分内容——诸如"意境""起兴"等——正是对这一特征之实现方式的探讨。

　　《中国古典散文——从中世纪到近代的散文、游记、笔记和书信》由顾彬、梅绮雯、陶德文（Rolf Trauzettel）、司马涛合著，以独到的视角对一些我们熟悉的中国古代文本（如司马迁《报任安书》）做了别出心裁的解读。书中对韩愈、柳宗元、欧阳修、苏轼、袁宏道等人的散文作品的研究，也涉及一些文学理论因素，对韩愈的儒家独尊意识、欧阳修的"信简常"散文写作标准、袁宏道的"独抒性灵"论等均做了一定的分析，表现出对理论的关注。

　　本章第一节的内容，以德邦为德国"文学研究新百科辞典"书系主编的《东亚文学》（1984）一书中的一个章节、德邦概述的"中国的文学理论和

---

　　① ［德］司马涛：《中国皇朝末期的长篇小说》，顾士渊、葛放、吴裕康等译，上海，华东师范大学出版社，2012。

　　② 见［德］莫宜佳：《中国中短篇叙事文学史——从古代到近代》，韦凌译，上海，华东师范大学出版社，2008。

　　③ ［德］莫宜佳：《埃兹拉·庞德与中国》，海德堡，Carl Winter，1976（Monika Motsch, *Ezra Pound und China*, Heidelberg：Carl Winter，1976）。

文学批评"展开讨论。为了首尾呼应，最后一节主要评述卜松山专著。本章的主要目的，是介绍中国学界还不了解的研究成果；而对一些文论专著的介绍，在很大程度上是一种形式的"编译"。

在德国学术研究中，外国语言文学专业中有着这样一些博士论文或教授论文，它们是带有翔实注疏的经典著作之译作，加上一篇理解译作内容的导引性文字，即一篇颇具篇幅、具有学术含量的导论。本章另外三节所查考的书籍，即德邦的《沧浪诗话》译注、马汉茂的《李笠翁曲话》译注、傅熊的钟嵘《诗品》译注，便是这样的作品。我们的分析将集中于他们的"导论"，从而见出他们对中国诗学和文论的认识。这些著述的作者借鉴了大量参考资料，其中不乏中文材料，如朱东润、郭绍虞等中国文论家的坚实成果。然而，如顾彬在其《中国文学史》的"中文版序"中说："我们不是简单地报道，而是分析，并且提出三个带 W 的问题：什么（was）、为什么（warum）以及怎么会这样（wie）。"这一说法也适用于本章六节文字所探讨的著述。

二、德邦：中国的文学理论和文学批评

1968 年接替著名汉学家鲍吾刚（Wolfgang Bauer，1930—1997）担任海德堡大学汉学讲座教授的德邦，师从蒙古学家海西希（Walther Heissig，1913—2005）和汉学家傅海波（Herbert Franke，1914—2011）两位名师，后来成为德国最著名的中国古典诗词译者之一。[1] 他也是德国的中国古典诗学研究的开创者，其教授资格论文《沧浪诗话——中国诗学研究》（1962）便是德国该研究领域的奠基之作。

---

[1]　德邦中国诗歌译文见诸译诗集：《路遥白云间——三千年中国诗歌集》(*Mein Weg verliert sich fern in weißen Wolken. Chinesische Lyrik aus drei Jahrtausenden. Eine Anthologie*，Heidelberg：Schneider，1988)；《家宅迢迢人近物——中国诗歌三千年》(*Mein Haus liegt menschenfern doch nah den Dingen. Dreitausend Jahre chinesischer Poesie*，München：Diederichs，1988)；《鹤之唤——中国古诗》[120 首《诗经》作品] (*Der Kranich ruft. Chinesische Lieder der ältesten Zeit*，Berlin：Elfenbein，2003)。

　　1984 年，德邦主编的《东亚文学》一书作为"文学研究新百科辞典"书系第 23 卷出版①，该卷中国部分的不同章节是他与傅海波、鲍吾刚等德国著名汉学家分别撰写的，可谓德国的中国文学研究及至当时的最高水平。德邦撰写了"导论""中国诗的形式和特征"以及"中国的文学理论和文学批评"三个部分。② 本篇内容主要取自德邦论中国文学理论和文学批评，即他所概述的中国传统诗文评的历史。作为百科辞典的组成部分，述而不论是其主要特征，但这并不影响作者的阐释和评点，也难掩其审美观和价值判断。

　　在这一章节中，德邦开篇便断言，传统中国诗学与西方公认的，或至少是常见的讨论模式，有三点区别。

　　第一，中国人对于经典的诗歌、小说、戏剧三分法缺乏基本认知，因为史诗在中国无从说起，长篇小说的历史也不长，而且在同西方文学接触之前只被不多的一些人所重视。这一评价状况也适用于历史并不比长篇小说长多久的戏曲。中国的文学批评和理论首先是对诗歌而言的，兼及艺术散文。

　　第二，诗歌和散文这两个文类的分界并不总是清晰可见的，流传下来的文献有时很让人为难，不知文学批评和理论是指诗歌还是指散文。此外，传统中国没有一个诗人不写散文，也没有一个"散文家"不写诗。因此，诗学理论总是诗人提出的。

　　第三，文学自古在中国就有着极为重要的地位，而且中国文学作品不可胜数，故文学批评和理论在中国有着不同一般的意义。

　　鉴于此，德邦认为自己只能提纲挈领地考察和勾勒中国文论的发展阶段及其重要人物。他将中国文论的发展分为三个阶段：第一阶段主要奠基于伦理的文论立场(约公元前 6—2 世纪)；第二阶段呈现出强劲的审

---

　　①　*Ostasiatische Literaturen*，hrsg. von Günther Debon (*Neues Handbuch der Literatur-wissenschaft*，hrsg. von Klaus von See；23)，Wiesbaden：Aula-Verlag，1984.

　　②　[德]德邦："导论"(Einleitung)，1～8 页；"中国诗的形式和特征"(Formen und Wesenszüge der chinesischen Lyrik)，9～38 页；"中国的文学理论和文学批评"(Literaturtheorie und Literaturkritik Chinas)，39～60 页。

美观察方法(约2—8世纪);第三阶段的文学理论具有浓重的禅宗特色,亦可视为对禅宗的回应(约8—19世纪)。

(一)第一阶段(约公元前6—2世纪)

德邦指出,若不论甲骨文,中国最早的历史文献《尚书》中已有最古老的诗学明证,①"诗言志"乃中国诗学中最重要的信条之一。同样,孔子谈及《诗经》时,亦强调民歌和社会诗的道德功用,然《尚书》中诗与乐的统一以及"神人以和"的秩序力量已经不见踪影,从《论语》中著名的"兴于《诗》,立于礼,成于乐"之句可见一斑。在孔子那里,重要的是诗的教化功能和青年的性格养成,始自《论语》中"不学《诗》,无以言"。我们在孔子那里还能找到许多强调诗之道德功用的教诲。

孔子的这些格言,是我们论述中国文论传统时需要一再回顾的。并且如《左传·襄公二十年》所示,孔子向来被看作提倡"辞达"和"文采"的宗师:"仲尼曰:'《志》有之:言以足志,文以足言。不言,谁知其志?言之无文,行而不远。'"在此,"文"有多种含义,其原始含义为岩石的"纹理",后来表示"修饰""文字""文本""文学""文采""文治"等义,西文多半译之为"文学",而它总是同"文华辞采"有关。文与道德的联系后来亦见之于宋明理学,周敦颐(1017—1073)《通书·文辞》言"文以载道":

> 文所以载道也,轮辕饰而人弗庸,徒饰也。况虚车乎?文辞,艺也;道德,实也。笃其实而艺者书之,美则爱,爱则传焉。②

德邦另援引孔子之说,"子曰:'予欲无言。'子贡曰:'子如不言,则

---

① 德邦援引了《尚书·舜典》,"帝曰:'夔!命汝典乐,教胄子,直而温,宽而栗,刚而无虐,简而无傲。诗言志,歌永言,声依永,律和声。八音克谐,无相夺伦,神人以和。'"德邦认为,《舜典》约产生于公元前6世纪或该世纪前不久,这也是他将中国诗学从公元前6世纪算起的原因。但据诸多考证,《今文尚书》二十八篇,最早出自西周时期;而西周之前历史的各篇,如《虞书》《夏书》《商书》,均为战国时期之拟作。

② 德邦误认为这段文字是《周子通书·文辞》之"朱熹解附",并译"道"为"道德准则"。

小子何述焉？'子曰：'天何言哉？四时行焉，百物生焉。天何言哉。'"①
德邦认为，这种对言说和传流文字的怀疑，与《道德经》和《庄子》中的道
家思想有着内在联系，如《庄子·外物》中所述"得鱼忘筌""得兔忘蹄"的
故事："筌者所以在鱼，得鱼而忘筌；蹄者所以在兔，得兔而忘蹄；言者
所以在意，得意而忘言。吾安得夫忘言之人而与之言哉！"另外，《庄子》
中有圣人之言"不足贵"之说，并被贬为"糟粕"。②《道德经》亦有名言"知
者不言，言者不知"。这些观点只是许多类似论说中较典型者。

关于形式和内容孰轻孰重的问题，也就是中国古典美学中的文与质
（文质观），中国思想史上的这个重要时代的不同流派都有自己的观点。
墨子从其功利主义立场出发，重视质（内容），反对文饰，即先质而后
文。③同"重质轻文"相符，墨子也否定"乐"的实际价值。荀子针锋相对，
在《解蔽》中批判"墨子蔽于用而不知文"。在《礼论》中，荀子讲述了礼文
化的发展历程，分析了"礼"与"情""文"的关系，认为能使情感和仪式发
挥得淋漓尽致，才是最完备的礼。并且，礼节仪式和情感表达相互配合，
即情感和形式的和谐，才是适中的礼。④

儒家学说在东汉时代占统治地位，且颇具神秘主义色彩，加之谶纬
之学，从而使儒学变成"儒术"。"诋訾孔子""厚辱其先"的王充（27—约

---

① 这段孔子语录，德邦转译自韦利译本（*The Analects of Confucius*，translated and an-
notated by Arthur Waley，London：George Allen & Unwin，1938）。韦利在其评注中说，《论
语》第 17 篇的部分内容最无孔子特色。

② 《庄子·天道第十三》："世之所贵道者，书也。书不过语，语有贵也。语之所贵者，
意也，意有所随。意之所随者，不可以言传也，而世因贵言传书。世虽贵之，我犹不足贵
也，为其贵非其贵也。[……]桓公读书于堂上，轮扁斲轮于堂下，释椎凿而上，问桓公曰：
'敢问公之所读者，何言邪？'公曰：'圣人之言也。'曰：'圣人在乎？'公曰：'已死矣。'曰：
'然则君之所读者，古人之糟魄已夫！'"

③ 墨子曰："故食必常饱，然后求美；衣必常暖，然后求丽；居必常安，然后求乐。
为可长，行可久，先质而后文，此圣人之务。"（《墨子·佚文》）

④ 《荀子·礼论》："凡礼，始乎梲，成乎文，终乎悦校。故至备，情文俱尽；其次，
情文代胜；其下，复情以归大一也。""文理繁，情用省，是礼之隆也。文理省，情用繁，是
礼之杀也。文理情用，相为内外表里，并行而杂，是礼之中流也。故君子上致其隆，下尽其
杀，而中处其中。"

97），以其《论衡》"冀悟迷惑之心，使知虚实之分"，反叛汉代儒家正统，反对神化儒学。王充论"文"，不计其数，以"实"为据，疾虚妄之言。他把能著书立说者看作"文儒"，把能解释经书者视为"世儒"。人们一般认为文儒不如世儒，世儒能见实效，文儒华而不实。王充则说：世儒说的均为虚妄言论，文儒才写实在的文章，才是贤明之人。① 王充把学人分为不同等级：能讲解一种经书者为"儒生"，博览古今的是"通人"，能摘引传书、提出建议的是"文人"，能著书立说者为"鸿儒"。故儒生超越一般人，通人超出儒生，文人胜过通人，鸿儒又高于文人，即所谓超而又超之人。②

在王充那里，文与德并重。他援引《易》说：圣人之情，见之于文辞。他认为，文和质兼备，人才算完美。文采体现德行。道德越高，文辞越多采；道德越明显，文饰越鲜明。物以文饰为外表，人以文采为根基。③由此，他在《定贤篇》中把言论看作识别贤人的唯一标准："有善心，则有善言。以言而察行，有善言则有善行矣。"④也是在《定贤篇》中，我们能够看到王充阐释的"文"概念与形式美之间的关系：善于辞令还是文辞多彩，可以让人确认何为贤人。

于是，王充结合自己言说是非标准的《论衡》，提倡言论须优美文雅，而且浅显易懂：

> 《论衡》者，论之平也。口则务在明言，笔则务在露文。高士之文雅，

---

① 《论衡·书解篇》："著作者为文儒，说经者为世儒。""何以谓之文儒之说无补于世？世儒业易为，故世人学之多；非事可折第，故宫廷设其位。文儒之业，卓绝不循，人寡其书，业虽不讲，门虽无人，书文奇伟，世人亦传。彼虚说，此实篇。折累二者，孰者为贤？"

② 《论衡·超奇篇》："故夫能说一经者为儒生，博览古今者为通人，采摘传书以上书奏记者为文人，能精思著文连结篇章者为鸿儒。故儒生过俗人，通人胜儒生，文人逾通人，鸿儒超文人。故夫鸿儒，所谓超而又超者也。"

③ 《论衡·书解篇》："《易》曰：'圣人之情见乎辞。'［……］夫人有文质乃成。［……］故曰：德弥盛者文弥缛，德弥彰者人弥明。［……］物以文为表，人以文为基。"

④ 《论衡·定贤篇》。

言无不可晓，指无不可睹。观读之者，晓然若盲之开目，聆然若聋之
通耳。①

　　显然，这段文字是对时人之通行说法的尖锐回应，即圣贤之言论，
如玉隐石间、珠匿鱼腹，本来博大精深、深奥难懂，唯有依托注疏文字
才能得其要义：

　　充书形露易观。或曰："口辩者其言深，笔敏者其文沉。案经艺之
文，贤圣之言，鸿重优雅，难卒晓睹。世读之者，训古乃下。盖贤圣之
材鸿，故其文语与俗不通。玉隐石间，珠匿鱼腹，非玉工珠师，莫能采
得。宝物以隐闭不见，实语亦宜深沉难测。"②

　　锋芒毕露是王充的特色，他要明辨是非，批判儒术，《论衡》因而一
向被视为"异书"，遭到当时及后来历代统治者的冷眼和禁锢，自在情理
之中。直到 20 世纪，王充及其《论衡》才又"重见天日"。他的"人无文德，
不为圣贤"③之说，迄今具有启迪意义。

（二）第二阶段（约 2—8 世纪）

　　周代末期，屈原创作了凄楚悲壮的《离骚》；汉代，言之凿凿的"诗学
叙述"不同凡响。这就不难理解，为什么时至魏晋，独立的文论和批评能
够出现。

　　在魏王世子、曹魏开国皇帝曹丕（187—226 在位）那里，我们就可看
到早期对伦理与审美的区分。他在《与钟大理书》中说："良玉比德君子，
珪璋见美诗人。"他写于魏王世子时期的《典论·论文》，是中国名副其实
的最早的诗学著述。文章开篇便说"文人相轻，自古而然"，"建安七子"

---

① 《论衡·自纪篇》。
② 《论衡·自纪篇》。
③ 《论衡·书解篇》。

之说亦来源于此。受到当时流行的道家"气"概念的影响，他的中心命题
是"文气说"：

> 文以气为主，气之清浊有体，不可力强而致。譬诸音乐，曲度
> 虽均，节奏同检。至于引气不齐，巧拙有素，虽在父兄，不能以移
> 子弟。

他强调了文学经国的重要意义和历史价值，其乃流传万代的不朽
之事：

> 盖文章，经国之大业，不朽之盛事。年寿有时而尽，荣乐止乎
> 其身。二者必至之常期，未若文章之无穷。是以古之作者，寄身于
> 翰墨，见意于篇籍，不假良史之辞，不托飞驰之势，而声名自传
> 于后。

陆机（261—303）的《文赋》，因讲究遣词用典、尚巧贵妍而泛论纤悉，
但内容极为丰富，提出了许多新的观点。他强调，文学的艺术性是在虚
无抽象中搜求形象，在无声的虚寂中寻觅声音；有限的篇幅容纳邈远的
事理，丰沛的情思倾吐于寸心。[①]《文赋》把文体分成十类：诗、赋、碑、
诔、铭、箴、颂、论、奏、说。陆机的美学思想注重内容和形式的有机
结合，他要求避免五种文病，即"唱而靡应""应而不和""和而不悲""悲而
不雅""雅而不艳"。德邦认为，"雅而不艳"尤其值得关注，因为它与后来
受到禅宗思想影响的审美观截然不同。《文赋》重视节奏和音乐，常采用
音乐范畴论述审美活动，陆机亦以音乐为喻，认为"应、和、悲、雅、
艳"五者兼备，"暨音声之迭代，若五色之相宣"，才是好文章。鉴于文与
德在儒家思想中的重要意义，《文赋》结尾处再次突出文章传播道理的重
要作用：万物之理依托于文章，能救文武之道不至衰落，能使教化免于

---

① 《文赋》："课虚无以责有，叩寂寞而求音。函绵邈于尺素，吐滂沛乎寸心。"

泯灭。文章刻于金石，可以推广道德；文章播于音乐，更能日新月异。①

　　在叙写了曹丕和陆机的审美理念之后，德邦将目光转向公元头几个世纪中佛学东渐与中土声韵学的发展对中国文学思想的影响。对中国人来说，梵文佛经译事，面对的是一种多音节的屈折语言；并且，吟诵经文（佛经转读）要使汉文声调与梵语声调相适应。此外，魏晋南北朝以降，文章越来越骈俪化。这些都必然增强中国人对汉文声律和美感效果的意识。南朝齐武帝永明年间，周颙（约 473 年前后在世）、沈约（441—513），善识声韵，前者撰《四声切韵》，后者作《四声谱》，二著并行于世，确立"四声"之名。另外，沈约还提出了去除声律上的"八病说"。四声八病说一时附和者颇多。声韵之道大行，并被用于当时的诗歌创作（永明体，亦名新体诗）。《四声切韵》和《四声谱》皆佚，"八病说"也不可考，只留下名称和定义。然而，沈约编修的《宋书》流传至今，其中《谢灵运传论》中的一段文字，大约能让人看到其声律说的总体相貌和审美意义：诗文用字，要讲究音节的变化，色彩的相互显示，轻重、清浊的互换，从而形成高低抑扬、交错和谐的声韵之美，即音调流畅的美感。唯有领悟了这些奥妙，才可谈论诗文写作。② 这也是彼时盛行的永明体创作的基本原则。

　　与以往那些或类似格言，或残缺不全的诗文评相比，刘勰（约 465—520）的《文心雕龙》可谓真正的文论大全。作者在 50 篇文章中探讨了诗文的形式和内容问题，这已体现于书名。每篇以"赞曰"亦即一首四言诗结尾，总结全文旨意。《文心雕龙》是在刘勰入定林寺的后期写成的，因其"体大而虑周"，本身就是中国典籍中最系统的著作之一。该著起首几篇，论"文之枢纽"，也是全书之纲领，要求一切本之于道，稽诸于圣，宗之于经。后文则不断通过新的例证来加强前说，可见作者遵从儒家思想绝非口惠而实不至。

----

① 　《文赋》："伊兹文之为用，固众理之所因。［……］济文武于将坠，宣风声于不泯。［……］被金石而德广，流管弦而日新。"
② 　参见《宋书·谢灵运传论》："若夫敷衽论心，商榷前藻，工拙之数，如有可言。夫五色相宣，八音协畅，由乎玄黄律吕，各适物宜。欲使宫羽相变，低昂互节，若前有浮声，则后须切响。一简之内，音韵尽殊；两句之中，轻重悉异。妙达此旨，始可言文。"

　　该书几乎一半内容讨论文体，刘勰在《文心雕龙·体性》中说："若总其归途，则数穷八体：一曰典雅，二曰远奥，三曰精约，四曰显附，五曰繁缛，六曰壮丽，七曰新奇，八曰轻靡。"刘勰在讨论内容和形式的关系时，认为形式依附于内容，内容则须借助形式来表达。然文采只是修饰，依附于作者的情志，如粉黛只能装饰外容，丽质才是根本。他在《文心雕龙·情采》中说：

　　　　夫铅黛所以饰容，而盼倩生于淑姿；文采所以饰言，而辩丽本于情性。故情者文之经，辞者理之纬；经正而后纬成，理定而后辞畅：此立文之本源也。

　　《声律》篇专论声律的运用，涉及双声、叠韵、平仄的配合以及和声、押韵等。鉴于刘勰正处于四声初步形成的时期，他对声律的研究和理论阐释，对后世诗歌中的平仄问题具有很大影响。在《事类》篇中，刘勰讨论了诗文中的征引问题，其中既包括引用前人事例或史实，又包括引证前人或古书中的言辞，目的在于"援古证今""明理""征义"。该篇最后以加工木材为喻，要求精约准确：出色的工匠度量山中树木，后世文人选取儒家经书；木材的美好取决于斧子的砍削，事义的美好在于笔墨功夫。如此，文人士子才能无愧于古代善于斫石者。① 该文"赞曰"如下（德邦认为，诗中"文"字，颇为精巧，既有"文学"之义，亦含"纹理"）：

　　　　经籍深富，辞理遐亘。皓如江海，郁若昆邓。
　　　　文梓共采，琼珠交赠。用人若己，古来无懵。

　　在《养气》篇中，作者在创作的精神状态问题上似有顾虑。文学艺术的坏处，在佛教意识中并不陌生；而古时道家思想也认为言语惑众，至

---

　　①　《文心雕龙·事类》："夫山木为良匠所度，经书为文士所择，木美而定于斧斤，事美而制于刀笔，研思之士，无惭匠石矣。"

少视之为非自然的无用之物。刘勰则谈论另一个话题，即"钻砺过分，则神疲而气衰"。曹操曾说过分操劳会折寿，陆云曾感叹过度用心会困神。刘勰主张的是中间道路：人要抒发情怀，然创作不宜太伤神，要保持精神爽朗，如该篇"赞曰"所云：

> 纷哉万象，劳矣千想。玄神宜宝，素气资养。
> 水停以鉴，火静而朗。无扰文虑，郁此精爽。

刘勰在《总术》篇论述"文""笔"之分以后，在《物色》篇中对"象声"进行阐释，可见其深谙声喻之法，并且"岁有其物，物有其容；情以物迁，辞以情发"，要求根据物象的特点来写作，极为精辟地揭示出创作与自然的关系。而"以少总多"的原则（即《宗经》篇所言"辞约而旨丰，事近而喻远"）则提倡言简意赅，反对华丽的汉代辞赋之"繁而不珍"。

《文心雕龙》多少还能接受沈约在声韵方面的作为，沈约也看重刘勰之作。而在沈约去世以后，也就是《文心雕龙》之后，钟嵘（约468—约518）发表《诗品》，明确反对永明体和四声八病说，即刻意追求声律带来的做作弊病。《诗品》以五言诗为主，将两汉至梁的122位诗人分为上、中、下三品：上品中有谢灵运、陆机，中品中有曹丕、嵇康、沈约、陶渊明。德邦认为，把陶渊明列入中品实出人意料。这一诗歌品评未必完全准确，却是中国同类著述中的第一部专著。《诗品·序》开篇即论诗歌的发生："气之动物，物之感人，故摇荡性情，形诸舞咏。"据此，德邦认为钟嵘同曹丕一样，把"气"看作精湛诗文之肯綮。

在中国这样一个把诗看作人性之最高表达形式的国度，谈论诗文的基本准则自然不只见于专论，也会出现在杂说、信札、序跋、漫笔中，甚至出现在诗中。唐代诗人和散文家韩愈（768—824）在《答李翊书》中，以"水"与"物"来比喻"气"与"言"，旨在说明为文在于务本，在于深厚的道德修养功夫，故"气盛则言宜"（德邦将"气"译为"精神"）：

> 气，水也；言，浮物也。水大而物之浮者大小毕浮。气之与言

犹是也，气盛，则言之短长与声之高下者皆宜。

韩愈另一名篇《送孟东野序》则突出了为文的心理动力，运用比兴手法，从物不平则鸣写到人不平则鸣：

> 大凡物不得其平则鸣：草木之无声，风挠之鸣；水之无声，风荡之鸣。其跃也，或激之；其趋也，或梗之；其沸也，或炙之。金石之无声，或击之鸣。人之于言也亦然，有不得已者而后言，其歌也有思，其哭也有怀。凡出乎口而为声者，其皆有弗平者乎？

这一命题与后来欧阳修（1007—1072）《梅圣俞诗集序》中的一个很有社会学意义的观点相近。换言之，该文的立意、结构和论争、叙事方式，明显继承了韩愈的《送孟东野序》。文章起笔突兀，开篇便说："予闻世谓诗人少达而多穷，夫岂然哉！盖世所传诗者，多出于古穷人之辞也。"欧阳修感情深挚地记叙了他的好友、北宋诗人梅尧臣（字圣俞）一生的坎坷遭遇。在论证了诗与穷的因果关系之后，韩愈提出"然则非诗之能穷人，殆穷者而后工也"的名言。他认为"内有忧思感愤之郁积，其兴于怨刺"，所以能写出"人情之难言"的作品来。德邦指出，尽管教养和诗文能力在中国与仕途密切相关，但也有一类诗人，他们同西方人所想象的诗人相去不远。同样，仕途失意、深感世态炎凉的杜甫也在其《梦李白二首·其二》的末句证实了这一点："千秋万岁名，寂寞身后事。"

（三）第三阶段（约 8—19 世纪）

8—9 世纪，中国士人转向神秘主义，或许也与唐朝衰败有关。同此前一样，道教和佛教往往很难分而论之。尤其是中国佛教亦即禅宗，主张教外别传、师徒相传，故名"祖师禅"。禅宗不依文字，与老庄思想颇为合拍。禅宗初祖菩提达摩于 5 世纪末到达中国，禅宗的一段教义出自菩提达摩之口，见于文字，可能出自南泉普愿（748—834）之手：祖师禅不立文字，不借言教，回绝言思，直指心源，顿同佛体……

　　唐代诗人贾岛(779—843)早年出家为僧,其《送僧》诗所言"言归文字外,意出有无间",深得其中奥义。同样,在当时的诗文评中,"言外之旨意"是很常见的。禅僧皎然(约730—799)在其理论著述《诗式》中便议论"文外之旨""采奇于象外"。不过,这并未妨碍他探讨诗歌的形式问题,如卷一"诗有四不"谓"气高而不怒,怒则失于风流;力劲而不露,露则伤于斤斧;情多而不暗,暗则蹶于拙钝;才赡而不疏,疏则损于筋脉","诗有六至"谓"至险而不僻,至奇而不差,至丽而自然,至苦而无迹,至近而意远,至放而不迂",另外还有"诗有二要""诗有七德"等。

　　在晚唐诗人、诗论家司空图(837—908)那里,"味外之旨""象外之象"等思想发展到极致。他是一个坚定的儒家。唐哀帝被弑,他绝食而死。他的诗论继承了皎然之说,至少在其集大成诗论《二十四诗品》中,神秘意蕴四散,当为老庄哲学之底蕴。《二十四诗品》将诗的风格和意境分为二十四种:雄浑、冲淡、纤秾、沉着、高古、典雅、洗练、劲健、绮丽、自然、含蓄、豪放、精神、缜密、疏野、清奇、委曲、实境、悲慨、形容、超诣、飘逸、旷达、流动,每品用十二句四言韵语加以描述,形式整饬且很形象,但言辞似有意晦暗,以致用来说明旨意的四言诗相差很大,读者经常无法断定某句诗是比喻说明还是作者自己心理的写照。正是这种开放性,使得这部诗论在东亚直到现今还颇受欣赏。虽说每格一品,每品有一首说明性诗作,但有些诗相去不远,似乎可以互换。试举两首为例:

高古

　　畸人乘真,手把芙蓉。泛彼浩劫,窅然空踪。月出东斗,好风相从。

　　太华夜碧,人闻清钟。虚伫神素,脱然畦封。黄唐在独,落落玄宗。

实境

　　取语甚直,计思匪深。忽逢幽人,如见道心。清涧之曲,碧松之阴。

一客荷樵，一客听琴。情性所至，妙不自寻。遇之自天，泠然希音。

对于中国文学批评史来说，尤为重要的是司空图《与李生论诗书》中提倡的"咸酸之外"的"味外之旨"、"近而不浮，远而不尽"的"韵外之致"，这一理念在宋代成为主导思想。当然，禅宗的视角和用词与道家观点时有重合，诗性顿悟常与禅宗思想交接在一起。江西诗派首开诗文派别，彼时禅宗流行，"宗派"原为禅宗名词，其代表人物黄庭坚（1045—1105）习禅甚深，他和不少诗派成员都是江西人，名称由此而来。

将诗与禅相结合之最著名者，当数严羽。[①] 其《沧浪诗话》尤其反对江西诗派，他反对的自然是江西诗病，而非其诗论。《沧浪诗话》中第一篇《诗辨》尤为重要，要求诗道之"妙悟"。他认为诗有"别材"，即别样的才能，不关乎书本知识；诗有"别趣"，即别样的意趣，不关乎对事理的探究。但不多读书，不多穷究事理，作诗就不能达到极致。然不刻意表现理路、不落窠臼者，才最高明。[②] 德邦指出，受佛教术语影响的"情性"是严羽最为重视的。真正的诗人在于吟咏内心情志，《诗辨》五中说：

诗者，吟咏情性也。盛唐诸人惟在兴趣，羚羊挂角，无迹可求。故其妙处，透彻玲珑，不可凑泊，如空中之音，相中之色，水中之月，镜中之象，言有尽而意无穷。

在严羽看来，当世诗歌"一唱三叹之音"（《诗辨》五）终究不如古人的诗。因此，他说自己不怕得罪当世君子，借禅理来比喻诗理，认为这是其独创，并"推原汉、魏以来，而截然谓当以盛唐为法"（《诗辨》五）。德邦认为，严羽的评判不是没有问题的：他推崇李白和杜甫，反对宋人苏

---

① 严羽生卒年不详，生年约为 1192—1197 年，卒年约为 1241—1245 年。

② 《诗辨》五："夫诗有别材，非关书也；诗有别趣，非关理也。然非多读书、多穷理，则不能极其至。所谓不涉理路、不落言筌者，上也。"

东坡和黄庭坚只在字句上下功夫，而忽略了杜甫同样喜于用典，用字必有来历。但他强调"平淡"诗风，却是后世的一大准则。

德邦指出，宋代诗话丰富，不可胜数。对于诗集、诗句甚至一首诗的某个用词，几乎都有辨析和论说的文字流传下来。南宋魏庆之（生卒年不详）在 1240 年前后辑录的《诗人玉屑》，上自《诗经》《楚辞》，下迄南宋诸家，以诗格和作法分类，排比成卷，其中亦有《沧浪诗话》等作品。德邦认为，对认识及接受中国诗来说，《诗人玉屑》是无法绕过的，可惜西方读者对此还所知无几。①

在元代异族统治后的明代，主要文学流派倡导复古运动。茶陵诗派的核心人物、"前七子"中的李东阳（1447—1516），传严羽之衣钵，提倡言由心生、诗文真情和平淡，但也强调格律和声调。他严格区分了诗与散文各自不同的"法"，主张返回韩愈的风格。从这个意义上说，他是散文学派最早的缔造者。"前七子"的领袖李梦阳（1473—1530）和何景明（1483—1521），更主张"学古"和"论法"。他们的文学理念是李梦阳提出的"文必秦汉，诗必盛唐"②，"格古调逸"（李梦阳《潜虬山人记》）为其总纲。

人们总是把"格调说"与"后七子"的代表人物李攀龙（1514—1570）和王世贞（1526—1590）联系在一起。李梦阳曾定义说："高古者格，宛亮者调。"（李梦阳《驳何氏论文书》）师承"前七子"尤其是李东阳之说，格调成为"后七子"诗歌理论中的决定性环节，也就是李梦阳提倡的"诗必有具眼，亦必有具耳，眼主格，耳主声"，而这只见于宋代之前的诗作，故应从格调入手，效仿汉魏、盛唐的诗歌。

针对明代复古思潮，出现了不少特立独行的思想家。王阳明（1472—1529）首开先河，开创阳明学，继承陆九渊（1139—1193）"心即是理"的思想，提倡心学、"致良知"，即在内心寻找"理"。阳明文章的博大昌达和

---

① 德邦此论后不久，吕福克的博士论文《诗人玉屑：一个经典文学批评家眼中的诗歌世界》（Volker Klöpsch, *Die Jadesplitter der Dichter: Die Welt der Dichtung in der Sicht eines Klassikers der chinesischen Literaturkritik*, Bochum: Brockmeyer, 1983）问世。

② 《明史·李梦阳传》286 卷，7348 页，北京，中华书局，1974。

俊爽之气，对其弟子产生了深远的影响。后有自由学派鼻祖、以"异端"自居的李贽（1527—1602）信奉阳明心学，将"自然之性"推向极致，在文学思想上提出"童心说"，如他在《童心说》中所言：

> 夫童心者，真心也。若以童心为不可，是以真心为不可也。夫童心者，绝假纯真，最初一念之本心也。若失却童心，便失却真心；失却真心，便失却真人。[……]童心既障，于是发而为言语，则言语不由衷；见而为政事，则政事无根柢；著而为文辞，则文辞不能达。

　　李贽的了不起之处，亦见于他对文学更迭和变迁的赞扬，批判"前七子"、"后七子"的复古主张：诗歌何必总是推崇《文选》；散文，何必非得见重先秦？他认为历来不入流的传奇、院本、杂剧、《西厢记》、《水浒传》，还有应科举的八股文，就是"古今至文"①。这些异乎寻常的文字正符合李贽离经叛道的精神，也使他最终被诬入狱而死。

　　曾问学于李贽并执弟子之礼的袁宏道（1568—1610），甚至把《水浒传》置于"四书五经"之上。他是明代反对文学复古的主将，与其兄袁宗道（1560—1600）、其弟袁中道（1570—1626）并称"公安三袁"（湖广公安人），世称"公安派"。兄弟三人反对"文必秦汉，诗必盛唐"的拟古风气，力主袁宏道提出的"独抒性灵，不拘格套"的性灵说。

　　金圣叹（1608—1661）承袭了"性灵"概念，被视为中国白话文运动的先驱，也是通俗文学最早的提倡者。他博览群籍，评点古书甚多，主要成就在于文学批评，合称《庄子》《离骚》《史记》《杜工部集》《水浒传》《西厢记》为"六才子书"，将之与儒家"六经"相对应，足以见出其狂放不羁的特

---

　　①　李贽《童心说》："天下之至文，未有不出于童心焉者也。苟童心常存，则道理不行，闻见不立，无时不文，无人不文，无一样创制体格文字而非文者。诗何必古选，文何必先秦，降而为六朝，变而为近体，又变而为传奇，变而为院本，为杂剧，为《西厢曲》，为《水浒传》，为今之举子业，皆古今至文，不可得而时势先后论也。故吾因是而有感于童心者之自文也，更说什么"六经"，更说什么《语》《孟》乎！"

点。赋予小说与戏曲以应有地位，是他的最大贡献。由此，他的同时代人李渔（1611—1680）撰写了中国最早的、颇为完整的戏剧理论和批评著作。

在清代许多文论思想中，两种思潮尤为突出。其一为清初杰出诗人、文学家王士禛（1634—1711）诗论中的"神韵说"，受宋代音韵思想的影响，但主要承接严羽"妙语""兴趣"之说，用严羽的"羚羊挂角，无迹可求"来解释"神韵"的含义。王士禛论诗以"神韵"为宗，即以诗的神情韵味为诗的最高境界，开一代诗风，他也因此名声大噪。同时，他也同严羽一样，以汉魏、盛唐为楷模。对于"神韵说"，也不乏批评观点。后来，清中叶颇负盛名的诗人袁枚（1716—1798）试图走中间道路，继公安派、竟陵派而持性灵说。针对严羽借禅喻诗，他在《随园诗话》中指出："诗不必首首如是，亦不可不知此种境界。"其折中思想亦见于《随园诗话》中的观点：

> 诗宜朴不宜巧，然必须大巧之朴；诗宜淡不宜浓，然必须浓后之淡。

在这段话中，原本为道家所推崇的"朴"和"淡"概念有机地结合在一起。"真""活""新"也是袁枚喜用的概念，亦为其自己的创作追求。抒写性灵是袁诗文学思想的主要特点，因此，他的性灵说同其同时代人沈德潜（1673—1769）将格调作为诗的最高标准不同。奖掖士类，亦广收女弟子的袁枚，用美人来比喻创作佳品的特色，如他在《随园诗话补遗》卷六中所言：

> 余以为诗文之作意用笔，如美人之发肤巧笑，先天也；诗文之征文用典，如美人之衣裳首饰，后天也。至于腔调涂泽，则又是美人之裹足穿耳，其功更后矣！

如前所述，中国文论史上倡导白话文者寥寥无几；纵使宣扬白话，也只在小说和戏曲范围内。时至 20 世纪的新文化运动，随着与西方文化的不断接触，推翻两千多年的文言文才成为旗帜鲜明的口号，倡导白话文学。与胡适 1917 年的纲领性文章《文学改良刍议》所提出的八不主义相呼应，陈独秀发表《文学革命论》，提出三大主义："推倒雕琢的阿谀的贵族文学，建设平易的抒情的国民文学；推倒陈腐的铺张的古典文学，建设新鲜的立诚的写实文学；推倒迂晦的艰涩的山林文学，建设明了的通俗的社会文学。"这些诉求也意味着废除旧诗文的套路，以利于无拘无束地表现生活情感。纯粹的中国文论至此告终，取而代之的是国际文学对话。

三、德邦论《沧浪诗话》

如前一章节中所述，《沧浪诗话——中国诗学研究》①是德邦的教授资格论文，作者以此开启了德国汉学界的中国古典诗学研究。嗣后，德邦还出版了《中国文章理论的基本概念及其与诗歌和绘画的联系》(1978)②、《中国诗歌：历史，结构，理论》(1989)③等专著，致力于挖掘中国传统艺术的文化精神，对儒家自我修养的观念与中国画论的关系、"句眼"等重要文学艺术命题多有论述，并从思想史角度探寻了中国古代艺术思想的本质。另外，德邦在德中思想和文化比较研究方面的成就亦很突出。④

德邦译注《沧浪诗话》全书共 258 页，主要分"导论"与"译文"两大部分，以及译注、阐释、附录等。本篇主要概述德邦"导论"的主要内容和

① ［德］德邦：《沧浪诗话——中国诗学研究》，威斯巴登，Harrassowitz，1962 (Günther Debon, *Ts'ang-Lang's Gespräche über die Dichtung. Ein Beitrag zur chinesischen Poetik*, Wiesbaden: Harrassowitz, 1962)。

② Günther Debon, *Grundbegriffe der chinesischen Schrifttheorie und ihre Verbindung zu Dichtung und Malerei*, Wiesbaden: Steiner, 1978.

③ Günther Debon, *Chinesische Dichtung: Geschichte, Struktur, Theorie*, Leiden: Brill, 1989.

④ 参见［德］德邦：《西方东方相去无几：德国与中国的文学、艺术和哲学十三讲》(Günther Debon, *So der Westen wie der Osten: 13 Kapitel zur Dichtung, Kunst und Philosophie in Deutschland und China*, Heidelberg: Guderjahn, 1996)。

他所关注的问题。德邦先从理论的效用出发展开讨论：作为文学研究之基本组成部分的诗学被用于考察和评价外国文学，会更有意义。而研究中国文学这样一种在语言上如此不同的文学，诗学更是不可或缺的。他认为，西方人的目光很少能够把握中国文学的用词及其语义的精到之处，西方人的耳朵太不熟悉中国诗歌的节拍和声调，而这些在任何文学中都是极为重要的。特别之处还有，中国诗歌数不胜数（尤其是唐代以降），而且作诗的本领在中国还同仕途有关。西方对中国文学知道得太晚，而且是在西方的价值判断已经固定下来之后。

因此，人们有必要更好地了解中国诗学，以回答如下问题：中国人评价文学的视角是什么？① 这些标准在千百年的各种思潮中经历了哪些变化？它们在多大程度上符合西方的价值尺度？西方人以为在一首中国诗中所看到的东西，是否与西方人自己的感受有相通之处？依据什么来评判风格特征亦即区别，并以此见出中国诗歌发展的不同时期？

作为一种"艺术"活动，作诗在中国从来不是孤立的。诗在中国一直被视为人性的最高表现形式，故中国诗学总是美学的一部分。同时，中国诗人多为士大夫，从而离不开道德哲学。尤其在宋代之后，诗人多半还是画家，画家亦为诗人，诗学著述必然也是对画论的补充，西方人对宋代以降画论的了解程度超过对文论的了解程度。这番导引性的议论之后，德邦开始谈论诗歌在中国的地位，并由此转向严羽及其作品。

（一）严羽其人及《沧浪诗话》

对于诗的思考，中国古已有之。孔子编订的《诗经》经久不衰，并对中华民族有着独特的意义。尔后，关于诗的意义和目的的讨论从未停息过，孔子本人就留下了不少名言。在《论语》中，他有一次告诫弟子说：

小子，何莫学夫《诗》？《诗》可以兴，可以观，可以群，可以怨。

---

① 德邦注释说，文学在中国主要指诗歌，小说和戏剧在中国很不发达，算不上高雅文学。

迩之事父，远之事君。多识于鸟兽草木之名。

他还说：

兴于《诗》，立于礼，成于乐。

又说：

《诗》三百，一言以蔽之，曰："思无邪。"

这些语录，或者说孔子的解释，明白无误地让人看到，评价标准不是审美之维，而是道德观念。东汉卫宏（生卒年不详）所作《诗大序》可视为最早的诗论，我们从中同样能看到国家和伦理层面上的论述。该文起首即说："诗者，志之所之也。在心为志，发言为诗；情动于中而形于言。"

早期文论的重要著述，在中国已有较详尽的研究。《诗大序》而外，还有曹丕（187—226）的《典论·论文》，作者视"文气"为文学的主导概念，并首次将审美与伦理区分开来。陆机（261—303）的《文赋》追求的是形式与内容之间的平衡。还有公元 6 世纪萧统为《文选》所写的"序"。另有两部极为重要的作品是刘勰的《文心雕龙》和钟嵘（约 468—约 518）的《诗品》。《诗品》的重要意义，是将两汉至梁的 122 位诗人分为上、中、下三品。在作者看来，上品源于"气"，中、下品则注重"声韵"。

起始于晚唐的许多思潮，在宋代得到了发展。晚唐诗人司空图（837—908）的诗论《二十四诗品》，充满道家思想和神秘韵味，实为审美意义上的作品论、创作论和接受论的独特组合。对于这部作品，俄国汉学家阿列克谢耶夫 1916 年就有专著问世①。另外，该著作还有英语和法

---

① 参见本书关于阿列克谢耶夫及其《司空图〈诗品〉翻译与研究》的相关论述。

语译本①。

　　唐代的艺术成就颇为丰硕，然艺术理论并不多见，这就更使得在喜于反思的宋代出现多姿多彩的诗学著述。有唐代大量完美的诗歌在先，加上能从禅宗中汲取养料，宋代诗论非同凡响，不啻中国文学批评的高潮之一。而这类作品中之最重要者，当数南宋严羽的《沧浪诗话》。②

　　严羽之事不见于《宋史》。关于严羽其人，资料非常有限。德邦的严羽介绍，仅依据陈衍等人编纂的《福建通志》中的简略记载。德邦认为，严羽自号"沧浪逋客"，或许可以让人理解为何人们对他的生平所知不多。"沧浪"含义颇多，首先表示青苍色，多指竹、水、天的颜色；也是古水名，《书·禹贡》称汉水为沧浪，郦道元《水经注·夏水》中说夏水古文为沧浪。《孟子·离娄上》："有孺子歌曰：'沧浪之水清兮，可以濯吾缨；沧浪之水浊兮，可以濯吾足。'"屈原的《渔父》中亦有此歌。苏舜钦（1008—1048）被贬逐后，在苏州修建沧浪亭，隐居不仕，自号沧浪翁，并作《沧浪亭记》。元代画家、诗人倪瓒（1301—1374）散尽家财后，浪迹太湖一带，亦有别号"沧浪漫士"。另外，清代不少名人都以沧浪自号。翟理斯和马守真主编的两部《华英辞典》均译"沧浪客"为"a vagabond"③（漂泊者）。这些都有利于我们理解严羽的"沧浪逋客"自号。

　　据《福建通志》所叙，严羽同严仁、严参并称"邵武三严"。他与江湖派著名诗人戴复古（1167—1248后）感情甚笃，曾作《送戴式之归天台山歌》。戴复古《祝二岩》诗曰："前年得严粲，今年得严羽。我自得二严，

　　①　见［英］翟理斯：《中国文学史》，179～188 页（Herbert A. Giles, *A History of Chinese Literature*, London: William Heinemann/ New York: D. Appleton and Company, 1901）；［法］波尔佩：《唐代文选》，68～78 页（Bruno Belpaire, *T'ang Kien Wen Tse: Florilège de Littérature des T'ang*, première série, Paris: Editions universitaires Paris, 1957）。

　　②　德邦此说，参见郭绍虞：《中国文学批评史》，235 页，上海，新文艺出版社，1955；朱东润：《沧浪诗话参证》，载《文哲季刊》，1933（4）。

　　③　［英］翟理斯主编：《华英辞典》，上海，别发洋行，1912（*A Chinese-English Dictionary*, ed. by Herbert A. Giles, Shanghai: Kelly & Walsh, 1912）；马守真主编：《华英辞典》，上海，美华书馆，1931（*A Chinese-English Dictionary*, ed. by Robert H. Mathews, Shanghai: China Inland Mission and Presbyterian Mission Press, 1931）。

牛铎谐钟吕。[……]羽也天姿高，不肯事科举。风雅与骚些，历历在肺腑。持论伤太高，与世或龃龉。长歌激古风，自立一门户。"戴复古曾与王子文和严羽探讨诗歌创作，写下《论诗十绝》，其中有言"欲参诗律似参禅，妙趣不由文字传"，完全符合严羽看重禅喻诗、强调"妙悟"的诗观念。严羽对自己的评价，见于他给表叔吴陵（字景仙）的一封信中。他说南宋禅宗大师宗杲是精研禅学之人，自己则是精研诗歌之人。他又引哪吒太子自喻，称自己论诗精严，辨析毫芒。① 充分体现出他在诗学上的自负，甚至认为"李杜复生，不易吾言矣"②。

《四库全书总目提要》收入《沧浪先生吟卷》（又名《沧浪集》），"诗话"置于诗集之前为第一卷，也就是说，《沧浪诗话》并非该著原名。《四库全书总目提要》亦述及严氏《答出继叔临安吴景仙书》，附于诗集之后。在这封书简中，严羽讨论了吴陵论诗的不少命题，其中不少段落可视为《沧浪诗话》的补充论述。另外，作者还点评了李白的诗。《沧浪诗话》另被收入不少丛书，莫友芝的《邵亭知见传本书目》所列丛书有明祁承㸁辑"淡生堂余苑"、明陈继儒辑"宝颜堂秘籍"、明毛晋辑"津逮秘书"、清何文焕辑"历代诗话"。杨家骆编纂的《丛书大辞典》(1936)共辑十七种收录《沧浪诗话》的丛书名。另外，南宋魏庆之辑录的《诗人玉屑》，分散辑录了《沧浪诗话》的五节文字，《古今图书集成》同样如此。

(二)《沧浪诗话》的基本思想

常见的中国诗话，评说时代、诗人和诗句，点评文本，叙说逸事等，或多或少也有相应的结构。与这类诗话相比，《沧浪诗话》在编排上就有明显不同的布局和特色，按主题分为五篇。第一篇《诗辨》为其核心，是《沧浪诗话》的总纲，依照理想的诗概念，粗略地把不同时代和诗人分为不同等级。第二篇《诗体》讨论诗歌的体制、风格和流派及其发展阶段。

---

① 参见严羽《答出继叔临安吴景仙书》："妙喜（自注：是径山名僧宗杲也）自谓参禅精子，仆亦自谓参诗精子。尝谒李友山论古今人诗，见仆辨析毫芒，每相激赏，因谓之曰：'吾论诗，若哪吒太子析骨还父，析肉还母。'友山深以为然。"

② 严羽：《答出继叔临安吴景仙书》。

第三篇《诗法》很短，泛泛而谈作诗的方法，以及一些警示，还算不上严格意义上的诗法。第四篇《诗评》论说历代诗人诗作，进一步展开作者的基本观点，这一篇与第三篇是对第一篇的补充。第五篇《考证》辨析一些诗作及其作者和写作年代等。

《沧浪诗话》的重点在第一篇，篇幅较短，展示了严羽的诗学信念。后人援引或阐释《沧浪诗话》，几乎只援持第一篇的文字。严羽在给吴陵的信中强调了《沧浪诗话》的基本立场和贡献：《诗辨》乃澄清和裁决千百年来悬而未决的诗学问题，实属前所未有之论，且结论无可非议。其中对江西诗病的论说，在紧要处下手，抓住了核心问题。而以禅喻诗，亦非常贴切。①《四库全书总目提要》评价严羽《沧浪诗话》：

> 大旨取盛唐为宗，主于妙悟。故以如空中音，如象中色，如镜中花，如水中月，如羚羊挂角，无迹可寻，为诗家之极则。

我们再用"神韵说"之父王士祯（1634—1711）在《分甘余话》中对严羽的评价来做比较：

> 沧浪论诗，特拈"妙悟"二字，及所云"不涉理路，不落言筌"，又"镜中之花，水中之月，羚羊挂角，无迹可寻"云云，皆发前人未发之秘。

类似赞语还有很多，都极为精到地揭示出严羽诗论的基本思想。

接着，德邦重点叙写严羽"以禅喻诗"的特色。《沧浪诗话》将斯时盛行的禅道引入诗道，以此表明其基本立场。《诗辨》说："辄定诗之宗旨，且借禅以为喻，推原汉魏以来，而截然谓当以盛唐为法，[……]"（《诗辨》五）又说："大抵禅道惟在妙悟，诗道亦在妙悟。"（《诗辨·四》）可见，

---

① 参见严羽《答出继叔临安吴景仙书》："仆之《诗辨》，乃断千百年公案，诚惊世绝俗之谈，至当归一之论。其间说江西诗病，真取心肝刽子手。以禅喻诗，莫此亲切。"

沧浪论诗，以佛禅为喻，意在诗道。德邦指出，《沧浪诗话》谓禅极为丰富，因而要像郭绍虞提出的那样①，须分别对待，即区分严羽以禅释诗与以禅喻诗：前者见诸前文所说"不涉理路，不落言筌"，或"如空中音，如象中色"；后者指"学者须从最上乘、具正法眼，悟第一义"（《诗辨》四），或"入门须正，立志须高"（《诗辨》）。以禅释诗在于揭示禅本质与诗本质的相触之处，以禅喻诗则将禅法的适用之处用于诗法。德邦认为，另一区分同样重要：将佛禅概念用于诗歌领域，以之为喻来彰显诗的品质，使懂得佛禅概念的人更好地理解诗，此其一；其二为推究诗中的佛禅精神。

德邦接着说，且不论禅宗冥想和妙悟是否真的能够运用于"世俗的"诗歌，或严羽在多大程度上谙达佛教或禅宗（后文将会论及这两点），《沧浪诗话》各篇能够让人看到何为严羽眼里的理想诗作：用以吟咏内心情志（"情性"）的诗，当自然、纯朴、平淡，富有别趣，透彻玲珑，言有尽而意无穷。他反对像韩愈那样以才学为诗，反对悉心用典，或孟郊之诗的"憔悴枯槁"、卢仝之诗的怪异、李贺之诗的瑰诡，还有苏东坡和黄庭坚讲究辞藻，以及当代把"以文字为诗，以才学为诗，以议论为诗"的江西诗派视为正宗，诗道至此则沦为"重不幸耶"（《诗辨》）。

在这个上下文中，前引严羽致吴陵信函中的一段文字同样很能说明问题。严羽认为，不宜用"健"字概括盛唐诗歌气象。他在《答出继叔临安吴景仙书》中以书法喻诗，把盛唐诗比作颜真卿字，苏轼和黄庭坚的诗则如米芾字，虽"劲健"但"浑厚"不足：

> ［吴陵］又谓："盛唐之诗，雄深雅健。"仆谓此四字，但可评文，于诗则用"健"字不得。不若《诗辨》"雄浑悲壮"之语，为得诗之体也。毫厘之差，不可不辨。坡、谷诸公之诗，如米元章之字，虽笔力劲健，终有子路事夫子时气象。盛唐诸公之诗，如颜鲁公书，既笔力雄壮，又气象浑厚，其不同如此。只此一字，便见吾叔脚根未点地

---

① 参见郭绍虞：《中国文学批评史》，238～241 页。

处也。

德邦认为，以书法为喻，比在诗歌中更为昭著；从颜真卿到米芾，书法风格发生了从盛唐到宋的重大变化。将米芾的笔力用于形容同样是书法家的苏轼和黄庭坚，足以见出严羽的用心。无论如何，他的批评锋芒是明确的，并要明辨是非，淋漓尽致地把自己的诗学宗旨说明白，如他在《答出继叔临安吴景仙书》中说：

> 仆意谓：辨白是非、定其宗旨，正当明目张胆而言，使其词说沉痛快，深切著明，显然易见；所谓不直则道不见。虽得罪于世之君子，不辞也。

在德邦看来，直到 20 世纪的文学革命，中国诗学理论和论争从不涉及诗韵学问题。清中叶持性灵说的袁枚亦对传统韵律深信不疑。7 世纪和 8 世纪以降，诗韵已经不容更改，争取自由与恪守传统的斗争只涉及诗的表达和主题。严羽只字不提宋代诗人为了自由表达真实感受和新思想，尤其是苏轼之后颇受人喜爱的长短句诗（宋词），这是很典型的，但在西方读者看来是不可理解的。认为一代文学有一代之"专"的焦循（1763—1820），便在其《易余龠录》中强调唐诗宋词为"一代之所胜"。

(三)论辩的矛头所指

如前所述，严羽的非难直指以黄庭坚为首的江西诗派。黄氏在文学上的声誉，在很大程度上归功于同他有深交并在作诗风格上相近的苏东坡。他的诗与苏轼诗齐名，二人常被放在一起谈论。在《沧浪诗话》中，评说苏、黄或江西诗派都是一回事。诗语言的风格变化源于苏轼，而早年受知于苏轼的黄庭坚使之成为一代风气。黄庭坚诗风奇崛瘦硬，其"夺胎换骨"之说，试图在师承唐诗之意的基础上突破唐诗的束缚。同为"苏门四学士"之一的张耒(1054—1114)曾写诗赞誉黄庭坚"不践前人旧行迹，独惊斯世擅风流"(《读黄鲁直诗》)。德邦对黄庭坚评价颇高，他仿照王光祁曾把杜甫比作中国诗歌史中的巴赫①，称黄庭坚为贝多芬。

人们常认为苏轼、黄庭坚之诗矫揉造作，德邦对此表示不理解。为此，他援引张戒（1135年前后）的《岁寒堂诗话》中的发难之辞：

> 诗以用事为博，始于颜光禄［颜延之，384—456］而极于杜子美［杜甫］；以押韵为工，始于韩退之［韩愈］而极于苏、黄。［……］苏、黄用事押韵之工，至矣尽矣，然究其实，乃诗人中一害，使后生只知用事押韵之为诗，而不知咏物之为工，言志之为本也。风雅自此扫地矣。
>
> 自汉魏以来，诗妙于子建［曹植，192—232］，成于李、杜，而坏于苏、黄。

张戒所用语句，几乎就是后来严羽的说法："子瞻［苏轼］以议论作诗，鲁直［黄庭坚］又专以补缀奇字，学者未得其所长，而先得其所短，诗人之意扫地矣。"（《岁寒堂诗话》）江西诗派成员多受黄庭坚影响，重读书和文字技巧，善吟咏书斋生活，提倡"以故为新"，常用冷僻典故。这些都是严羽极力反对的，这才会有"诗有别材，非关书也"之说。可是这一常被援引的观点，常让人忘记接下来的一句话："然非多读书、多穷理，则不能极其至。"（《诗辨》五）其实，黄庭坚与严羽都主张师承前人之辞。严羽在《诗辨》一中说：

> 先须熟读《楚辞》，朝夕讽咏，以为之本；及读《古诗十九首》，乐府四篇，李陵、苏武，汉、魏五言，皆须熟读，即以李、杜二集枕藉观之，如今人之治经，然后博取盛唐名家酝酿胸中，久之自然悟入。

---

① 参见王光祁：《论中国诗学》，载《中国杂志》，1930（5）（Wang Guang Ki, "Über die chinesische Poetik", in *Sinica* 5, 1930, S. 245-260）。

严羽认为，江西诗派虽盛极一时，但在黄庭坚之后，后继者诗力不足，诗坛趋于颓败。另外，他也同南宋后期诗坛的"永嘉四灵"①保持一定的距离。这一流派宗法晚唐诗歌，反对"资书为诗"之晦涩的江西诗派。其时，如严羽所诟病的那样，江西诗派又转向贾岛和姚合（约779—约855）工于雕琢的"清苦之风"（《诗辨》五）。继"永嘉四灵"而兴起的江湖诗派亦号称崇尚晚唐，严羽则讥之为非盛唐正道。可见，严羽同宋代各种诗派扞格不入，他只是例外地赞赏那些师法唐诗（并非局限于盛唐）的诗人：王禹偁（954—1001），杨亿（974—1020），刘筠（971—1031），盛度（968—1041），欧阳修（1007—1072），梅尧臣（1002—1060）。

（四）传承与独创

中国的相关研究已经一再指出，《沧浪诗话》中的一些基本思想其实亦见于江西诗派的诗学主张，而严羽的申饬却指向这一文学流派。如果我们看到严羽批判的是江西诗派的诗作，而非其诗学立场，那么这个悖论就不怎么明显了。

我们可以援引陈师道（1053—1102）《后山诗话》中的一句话，即诗文"宁拙毋巧，宁朴毋华，宁粗毋弱，宁僻毋俗"，郭绍虞视之为江西诗派之诗学主张的中心追求②。

在此，我们几乎听到了严羽的声音，只是他在"宁僻"上或许有所保留。

更引人注目的是江西诗派的不少成员习禅甚深，并以"参禅"为喻，这也是《沧浪诗话》的旨趣所在。经唐代禅宗之强有力的推进，佛禅思想逐渐浸染中国精神。佛禅本来口口相传，在宋代发扬光大，并沉淀于《碧

---

① 浙江永嘉人赵师秀（号灵秀，1170—1219），翁卷（字灵舒，生卒年不详），徐玑（字灵渊，1162—1214），徐照（字灵晖，？—1211）。

② 参见郭绍虞：《中国文学批评史》，219页。

岩录》和《无门关》。① 这一宗教形式最后在 13 世纪空前繁盛，其深远影响也见于佛禅画家的水墨画，如梁楷（1140—约 1210）和牧溪（？ —1281）的作品。

不难理解，身为儒家的苏轼同样受到佛禅思想的影响，同其挚友黄庭坚一样，后者的禅诗颇为有名。作《江西诗社宗派图》的吕本中（1084—1145）专以黄庭坚为典范，是后期江西诗派最重要的诗论家。他在《吕氏童蒙训》中说：

> 作文必要悟入处，悟入必自工夫中来，非侥幸可得也。如老苏之于文，鲁直之于诗，盖尽此理矣。②

因为精神上的相近之处和相互渗透，佛禅与道教对诗道的影响有时是很难区分的。江西诗派"三宗"之一的陈师道③在其《答秦少章诗》中写道："学诗如学仙，时至骨自换。"以学仙为喻，未尝不是参禅妙悟之法。学诗功夫深时，便能"点铁成金"（黄庭坚）。江西诗派骁将韩驹（1080—1135）的《赠赵伯鱼》，是一首著名的以参禅之法学诗的理趣诗，诗中写道：

> 学诗当如初参禅，未悟且遍参诸方。
> 一朝悟罢正法眼，信手拈出皆成章。

韩驹的弟子范季随所辑《陵阳先生室中语》述韩驹语云："诗道如佛

---

① 《碧岩录》是宋代著名禅僧圆悟在宋徽宗政和年间（1111—1117）所评唱的雪窦重显（980—1052）的《颂古百则》，后经其门人编辑而成。《无门关》为宋代临济宗杨岐派僧人无门慧开（1183—1260）所著。

② 吕本中：《童蒙诗训》，见《宋诗话辑佚》下册，594 页，北京，中华书局，1980。

③ 黄庭坚因其诗歌成就和诗学主张，赢得众多学诗者的拥戴。陈师道即尽焚旧作，转学黄诗。他自称："仆于诗，少好之，老而不厌，数以千计。及一见黄豫章，尽焚其稿而学焉。"（《答秦觏书》）后来，陈师道成为江西诗派的核心人物之一。

法，当分大乘小乘，邪魔外道，唯知者可以语此。"江西派诗人吴可（生卒年不详）亦有引禅入诗的名言，如在《藏海诗话》中说："凡作诗如参禅，须有悟门。"如此引禅入诗、以诗喻禅，实开《沧浪诗话》之先声，我们在严羽那里能够找到几乎同样的语句。[①]

德邦认为，严羽将一个诗人归入正统或旁门左道时，或在阐释妙悟之前提时，是在把一些佛禅概念用于诗人和写诗。其核心思想见之于"诗有别趣，非关理也"，且"言有尽而意无穷"。就此而言，用拒绝逻辑、常以言语所不及、机微证悟的禅宗来支持严羽的基本主张亦即"言意观"，应当是很恰切的。然仔细根究，严氏想象并非佛禅不可，也可以是道家思想，甚至是中国人的一般认识。

严羽说及"一唱三叹之音"（《诗辨》五），此语出自《礼记·乐记》：

> 是故乐之隆，非极音也；食飨之礼，非致味也。《清庙》之瑟，朱弦而疏越，一倡而三叹，有遗音者矣！大飨之礼，尚玄酒而俎腥鱼，大羹不和，有遗味者矣！是故先王之制礼乐也，非以极口腹耳目之欲也，将以教民平好恶，而反人道之正也。

可见，此处用喻纯属道德范畴，而不是审美倾向。就审美而言，已见之于西晋陆机的《文赋》，但与他所认同的"艳"不相符："虽一唱而三叹，固既雅而不艳。"而在刘勰的《文心雕龙》中，"余味"二字一再出现，即严羽所说"言有尽而意无穷"。与严氏之说更为贴近者，是钟嵘《诗品》中的"文已尽而意有余"。诚然，这一思想在钟嵘那里不是审美信条，而是对"兴"的诠释。赋、比、兴是他概括诗歌（《诗经》）风格的三大范畴（"三义"）。因《诗经》为哲理性抒情诗，而非情趣诗，"兴"所涉及的只是道德意义。《沧浪诗话》"言意观"之真正的先声，当为司空图的《二十四诗品》。他同严羽一样，主要成就不在诗歌而在诗论。《诗品》依托于老庄思

---

① 德邦关于严羽之前或同时代人引禅入诗的讨论和征引文献，主要依托于郭绍虞《中国文学批评史》中的相关部分。

想来评价诗的品格，将诗的风格和意境分为二十四种，该作为他赢得
殊荣。

严氏"言意观"的出发点，已见于司空图《与李生论诗书》中关于诗味
的解说，即从"辨味"阐释"韵外之致"，"味外之旨""象外之象"也是司空
图论诗的核心。① 该文开篇即说：

> 文之难，而诗之难尤难。古今之喻多矣，而愚以为辨于味，而
> 后可以言诗也。江岭之南，凡足资于适口者，若醯，非不酸也，止
> 于酸而已；若醢，非不咸也，止于咸而已。华之人以充饥而遽辍者，
> 知其咸酸之外，醇美者有所乏耳。[……]近而不浮，远而不尽，然
> 后可以言韵外之致耳。

承接司空图之说且另添新意者，还有不少事例。欧阳修在其《六一诗
话》中，转引梅尧臣与他论诗时的一段文字：

> 圣俞尝谓予余曰："诗家虽率意，而造语亦难。若意新语工，得
> 前人所未道者，斯为善也。必能状难写之景，如在目前，含不尽之
> 意，见于言外，然后为至矣。"

王安石的同路人魏泰(生卒年不详)亦在其《临汉隐居诗话》中强调"韵
味"概念。杨万里(1124—1206)在《习斋论语讲义序》中以品茶之喻来体会
"味外之味"：

> 读书必知味外之味；不知味外之味而曰"我能读书"者，否也。
> 《诗》曰："谁谓荼苦，其甘如荠。"吾取以为读书之法焉。夫食天下之
> 至苦，而得天下之至甘，其食者同乎人，其得者不同乎人矣。同乎

---

① 在这个部分中，德邦亦参考了朱东润《沧浪诗话参证》和郭绍虞《中国文学批评史》中
的相关论说。

人者，味也，不同乎人者，非味也。

姜夔(约 1155—约 1235)在《白石道人诗说》中写道：

> 语贵含蓄。东坡云："言有尽而意无穷者，天下之至言也。"山谷
> 尤谨于此。《清庙》之瑟，一唱三叹，远矣哉！后之学诗者，可不务
> 乎？若句中无余字，篇中无长语，非善之善者也；句中有余味，篇
> 中有余意，善之善者也。

不仅黄庭坚用了"一唱三叹"之喻，苏东坡也是如此，如在《答张文潜
书》中，和在他对柳宗元的评价中(文见魏庆之辑录的《诗人玉屑》)。苏东
坡同时还征引了司空图的"咸酸之外"的说法，《诗人玉屑》卷十《含蓄》，
罗列了一系列语录和事例。

所有这些论述会让人感到，严羽对其时代的相关话语来说，似乎没
有带来任何新意。那么，是什么令人把他而不是前人——司空图之
外——看作"言意观"的代表人物？关键在于思想的表达形式，他的独创
借助于佛教术语的包装。严羽用"羚羊挂角，无迹可寻"的意象开创出前
所未有、印象深刻的隐喻，即便其出处暗含着印度来源。

独特的不是思想而是表述，亦见之于严羽归纳出的"五俗"①。尽管
江西诗派——如朱东润所指出的那样②——也倡导除俗，但严羽的说法
影响至日本。③ 不算创新的还有引佛禅妙悟入诗(如前所述)，而严羽的
成就和意义在于把这一思想同盛唐诗歌联系在一起。至于这一联系是否
恰当，下文即会论述。

---

① 《沧浪诗话·诗法》一："学诗先除五俗：一曰俗体，二曰俗意，三曰俗句，四曰俗
字，五曰俗韵。"
② 参见朱东润：《沧浪诗话参证》，707 页。
③ 参见［德］本尔：《17 世纪之前的日本诗学的发展》，108 页，汉堡，Cram, De
Gruyter，1951(Oscar Benl, *Die Entwicklung der japanischen Poetik bis zum 16. Jahrhundert*,
Hamburg: Cram, De Gruyter, 1951)。

(五)悖论与问题

　　《沧浪诗话》的基本思想中主要是诗学与佛禅的比较，即把宗教概念嫁接于世俗的艺术，这成为后来不少人攻击严羽的依据。需要注意的是，严羽所要求的妙悟并非指向僧侣文学，这只是他在评价诗之品格时顺带而过的。他更多地将之用于一般被视为儒家诗人的作品，或像李白那样一般被看作受老庄思想影响的诗人。而参禅悟理的王维可以说是公认的彻底禅化之人，严羽却只字未提。这就更加深了我们的一个印象，即严羽绝非志在宗教事务。

　　人们可以如此解释：妙悟在绘画中至多被画成一个环绕虚无的圆环，就像我们在教化禅宗学徒的《十牛图》中所看到的那样。而妙悟用于诗文，则代表沉寂。《无门关》第三十九则"公案"题为《云门话堕》，说的也是同样的意思：

　　　　【公案】云门因僧问："光明寂照遍河沙……"一句未绝，门遽曰："岂不是张拙秀才语？"僧云："是！"门云："话堕也！"［……］
　　　　【颂曰】急流垂钓，贪饵者著。口缝才开，性命丧却！

　　在《十牛图》第九图"返本还源"中，得妙悟者面对平常风景，正与青原惟信禅师在《五灯会元》卷十七中所说相仿：

　　　　未参禅时，见山是山，见水是水。及至后来，亲见知识，有个入处，见山不是山，见水不是水。而今得个休歇处，依前见山只是山，见水只是水。

　　据此，人们可以看到艺术中得妙悟的可能性。佛禅画家的水墨画形象地说明了两个原本不相干的东西如何相映相融，中国艺术的深邃和成熟也正得益于此。同样，这里也能见出引禅入诗的可能性。然而，在《钝吟杂录·严氏纠谬》中，冯班(1602—1671)引刘克庄(1187—1269)《题何秀才诗禅方丈》语，阐释禅与诗的区别：

> 诗家以少陵［杜甫］为祖，其说曰："语不惊人死不休。"禅家以达摩为祖，其说曰："不立文字。"诗之不可为禅，犹禅之不可为诗也。

又曰：

> 凡喻者，以彼喻此也。彼物先了然于胸中，然后此物可得而喻。沧浪之言禅，不惟未经参学南北宗派大小三乘，此最是易知者，尚倒谬如此，引以为喻，自喻亲切，不已妄乎？

冯班确实指出了严氏文中的错误，但也有不少苛刻之论，甚至出于敌意，说严氏"胸中不通一窍，不识一字，东牵西扯而已"（《严氏纠谬》）。另外，他还说严羽"须参活句，勿参死句"（《诗法》十三）之说滥用佛教术语，自然是没有道理的。作为反驳，我们援引宋代重要词人叶梦得（1077—1148）《石林诗话》中的说辞。虽为"戏谓"，却说出了引佛禅语言入世俗诗歌的特定形式，而这很可能就是严羽所理解的"活句"（严氏未举例说明）：

> 禅宗论云间有三种语：其一为随波逐浪句，谓随物应机，不主故常；其二为截断众流句，谓超出言外，非情识所到；其三为函盖乾坤句，谓泯然皆契，无间可伺。其深浅以是为序。余尝戏谓学子言，老杜诗亦有此三种语，但先后不同。"波漂菰米沉云黑，露冷莲房坠粉红"为涵盖乾坤句；以"落花游丝白日静，鸣鸠乳燕青春深"为随波逐浪句；以"百年地僻柴门迥，五月江深草阁寒"为截断众流句。

并不是所有反对严羽诗学主张的人都赞同刘克庄和冯班的非议，其他反对者主要是讥弹严羽习禅不深，如徐增（1612—?）在《而庵诗话》中所说："沧浪病在不知禅，不在以禅论诗也。"

　　禅宗精神给宋代绘画带来的发展亦在文学中有所体现。的确，如前所说，宋代诗人自苏东坡起，在其艺术创造中颇为青睐佛禅。就像洒脱的"水墨游戏"所展现的那样，追求别趣和妙悟的艺术，倾向于摆脱僵化的成规。江西诗派所标举的艺术主张，在很大程度上关乎妙悟。而严羽却以为妙悟首先体现于盛唐，这也是严氏诗学的最大问题。德邦认为很多人没有看到这一悖论，他称严羽标榜盛唐并扩展至汉魏的诗风为"古典主义"，这也是严氏"言意观"而外的中心追求，而佛禅之喻却与宋代的时代精神息息相关。

　　若无佛禅在内，仅言意诗作就能与盛唐之古典主义相吻合吗？这也是值得怀疑的。其实，严羽只把李白和杜甫看作妙悟的卓越代表，或许还有孟浩然。至于他在精神和造诣上究竟还将哪些诗人归入盛唐，我们不得而知。若说他把那个时代的所有诗作归入盛唐，这是不可信的；假如真的如此，则是不可取的。尤为推崇《沧浪诗话》的"神韵说"之父王士禛在《居易录》卷二十中说："予谓不惟坡［苏轼］、谷［黄庭坚］，唐人如王摩诘［王维］、孟浩然、刘眘虚、常建、王昌龄诸人之诗，皆可语禅。"杨绳武（1595—1641）在为王士禛所写的碑铭中说，陶渊明、孟浩然、王维、韦应物，均为"象外之音，意外之神"①的代表人物。德邦认为，这种说法是恰当的。

　　醒目的是，李白、杜甫不在其中。人们确实要问，严羽在议论妙悟的语境中突出李、杜二人，是否与他那个时代景仰诗圣、诗仙的普遍风气有关？尽管李白豪放飘逸、空无依傍，但他的诗中少有神秘深邃的色彩，正如我们在其《山中问答》②或《玉阶怨》③中所看到的那样。同样，"语不惊人死不休"的集大成者杜甫，或用黄庭坚之说：杜甫诗作"无一

————————

　　①　杨绳武：《资政大夫经筵讲官刑部尚书王公神道碑铭》，转引自郭绍虞：《中国文学批评史》，455 页。

　　②　李白《山中问答》："问余何意栖碧山，笑而不答心自闲。桃花流水窅然去，别有天地非人间。"

　　③　李白《玉阶怨》："玉阶生白露，夜久侵罗袜。却下水晶帘，玲珑望秋月。"

字无来处"①，其全部作品中只有很少一部分符合严羽的倡导，且只见于其晚期作品，如《登岳阳楼》，多半也只是在"老去诗篇浑漫兴"②的状态中。

前文所论《沧浪诗话》的基本问题和诗学观点，主要涉及该著第一篇《诗辨》，若将之同其他诸篇比较，还能发现不少矛盾之处。第一篇的完整性，令人怀疑《沧浪诗话》是否为统一著述谋篇而成的。其他四篇的箴言性质让人猜测该著的写作是在一段较长的时间里完成的，这也可以解释不少龃龉的来由。

作者在第二至五篇中几乎没有顾及其诗学纲领，这有点不可思议。至少在《诗法》和《诗评》中（其他两篇与主题无关），读者会期待第一篇中的一些概念有所运用；或者，假如这两篇写于第一篇之前，那也至少会在第一篇中有所体现。第一篇而外，再也未提"妙悟"。所谓诗有五法，只是"气象"还出现过多次；而诗有九品，只是前两品"高""古"出现在两处，第七品"飘逸"还出现过一次。另外，《答出继叔临安吴景仙书》亦提及"雄浑"和"悲壮"二品。严羽把"高""古"作为一对概念加以引用，并将李白之"飘逸"与杜甫之"沉郁"（不见于九品）做对照。（《诗评》二十二）因此，我们显然不能用现代标准来衡量严羽的诗品排列。诗之大概，即"优游不迫"与"沉着痛快"（《诗辨》三），后来全然未提。

《四库全书总目提要》除了强调《沧浪诗话》的妙悟之外，还指出其大旨取盛唐为宗。其实，严氏诗论还让人看到，他几乎同样推崇冲淡旷达的汉魏诗文。汉魏诗韵也有自己的特色，而 5 世纪以降，诗韵拘囿越来越严，直到唐代格律诗达到极致。对于这一矛盾之处，严氏自己的原注是："后舍汉、魏而独言盛唐者，谓古律之体备也。"另外，德邦还辨析了严氏著作中的汉、魏或汉、魏、晋、唐的分期等问题。关于其他一些舛误，德邦提示了冯班的《严氏纠谬》和钱曾（1629—1701）的《读书敏求记》

---

① 黄庭坚说："老杜作诗，退之［韩愈］作文，无一字无来处。盖后人读书少，故谓韩、杜自作此语耳。古之能为文章者，真能陶冶万物，虽取古人之陈言入于翰墨，如灵丹一粒，点铁成金也。"（黄庭坚：《再答洪驹父书》，见《山谷内集》，第 19 卷）

② 语出杜甫《江上值水如海势聊短述》。

中对严羽的正误和批驳。

（六）后继者与反对者

德邦说，对后世文学批评和诗学来说，《沧浪诗话》影响巨大，延续至今。因文献繁多，只能粗略论之。后人借用严羽文字，或征引其整段说辞，不知凡几。在此只以元中期著名诗人杨载（1271—1323）为例，他在《诗法家数》中说：

> 诗之为体有六：曰雄浑，曰悲壮，曰平淡，曰苍古，曰沉着痛快，曰优游不迫。诗之忌有四：曰俗意，曰俗字，曰俗语，曰俗韵。

中国文学批评轻视宋代，推重唐代并视之为中国诗歌的黄金时代，严羽在这方面的影响是显而易见的。并非严氏评价有多独到，而是在他之前或许没人像他那样如此强调二者的区别。这么做是否有理，则是另一个问题。德邦指出，直到他所生活的那个年代，西方人，其实对宋代诗文所知不多。鉴于久远的时间距离以及汉语这一如此陌生的语言及其音韵，西方人不能无视中国文学批评的上述看法。此类判断在西方人眼里也许是可疑的，就如彻底否定浪漫派文学旨在崇拜歌德和席勒，或如在音乐中看轻贝多芬和勃拉姆斯旨在仰慕巴赫。然而，对于向前看的西方与立场保守、向后看的前现代中国来说，历史公正性概念不是一回事。

尤其在明朝这样一个文学反顾的时代，古典主义思潮颇为流行。明弘治时代的文章领袖李东阳（1447—1516）在《怀麓堂诗话》中写道：

> 唐人不言诗法，诗法多出宋，而宋人于诗无所得。所谓法者，不过一字一句，对偶雕琢之工，而天真兴致，则未可与道。其高者失之捕风捉影，而卑者坐于黏皮带骨，至于江西诗派极矣。惟严沧浪所论，超离尘俗，［……］

弘治时代以李梦阳（1473—1530）、何景明（1483—1521）为首的“前七子"，提倡诗必汉、魏、盛唐，明显受到严羽"以汉魏晋盛唐为师"的影响，不管是直接受其启发，还是借助李东阳的宣扬。① 明嘉靖、隆庆年间"后七子"的领袖人物李攀龙（1514—1570）、王世贞（1526—1590）主要受到李梦阳的影响，反对宋元诗文，继续崇尚古体，强调文必秦汉、诗必盛唐。这个文学宗派声势浩大，影响及于清初。他们在艺术风格上讲究格调，首先源于李梦阳、何景明，后又发展至清代诗人沈德潜（1673—1769），论诗主格调，其诗论一般也被称为"格调说"。再往前追溯，格调说及至《沧浪诗话》。

此外需要研究的是，李攀龙所编的著作《唐诗选》在多大程度上受到严羽诗论的影响。该书 465 首诗中，孟郊仅选 1 首，贾岛仅选 2 首，李商隐只选 3 首，卢仝、李贺全然缺席，杜牧也未入选。而这些诗人在其他诗选中颇受重视，足以见出李攀龙的选编尺度。

诗文承"后七子"余风的胡应麟（1551—1602），笃信严羽诗学主张，在其《诗薮》中说："严仪卿［严羽］崛起烬余，涤除榛棘，如西来一苇，大畅玄风。"德邦说，"一苇"即佛教禅宗初祖菩提达摩，与基督教世界的神之显灵（Epiphanie）相仿。《四库全书总目提要》援引了胡应麟之说，以突显《沧浪诗话》的重要性。然而，这并不妨碍胡氏对严羽著述的正误工作。

《沧浪诗话》或许对清代文坛一代宗师王士祯（1634—1711）的"神韵说"影响最大。王氏号阮亭，又号渔洋山人，为同"后七子"中的王世贞区别开来，人称王渔洋。评价王氏颇为不易，他的诗风及诗论有过两次改易：早年崇尚唐代，中年推重宋代，晚年重回唐代，"神韵说"见于早晚二期。清初诗坛盟主之一钱谦益（1582—1664）的《渔洋诗集序》对王士祯的诗创作评价颇高，称赞其"谈艺四言，曰典，曰远，曰谐，曰则"。同样的意思，在《沧浪诗话》中另有表达。在《池北偶谈》中，他亦仿效严羽以禅喻诗。

下面两段引文，足见王士祯与严羽诗论的紧密关联。第一段引文中的例句出自《蚕尾续文》卷二《画溪西堂诗序》，可视为对《沧浪诗话》言说

---

① 　参见朱东润：《沧浪诗话参证》，693 页；郭绍虞：《中国文学批评史》，247 页。

立场的上佳补充:

> 严沧浪以禅喻诗,余深契其说,而五言尤为近之。如王[王维]、裴[裴迪]《辋川绝句》,字字入禅;他如"雨中山果落,灯下草虫鸣","明月松间照,清泉石上流",以及太白"却下水精帘,玲珑望秋月",常建"松际露微月,清光犹为君",浩然"樵子暗相失,草虫寒不闻",刘眘虚"时有落花至,远随流水香",妙谛微言,与世尊拈花,迦叶微笑,等无差别,通其解者,可语上乘。

第二段语录,已见于王士禛著前揭书之文字。①

清代书法家、金石学家翁方纲(1733—1818),在文学和诗论上崇拜王士禛。他在《神韵论》一文中指出:

> 盛唐之杜甫,诗教之绳矩也,而未尝言及神韵。至司空图、严羽之徒,乃标举其概,而今新城王氏[王士禛]畅之。

又曰:

> 神韵者彻上彻下,无所不该。其谓"羚羊挂角,无迹可求",其谓"镜花水月,空中之象",亦皆即此神韵之正旨也,[……]

翁方纲亦将"神韵说"与苏轼和米芾联系在一起,而他们也是严羽的批判对象。可见,"神韵说"极为复杂,这就需要我们研究不同流派时格外审慎。

上述不同文学流派和人物援持严羽诗学主张,必然招致他们的反对者连带攻击《沧浪诗话》。清代诗人、诗论家赵执信(1662—1744)就是较

---

① 王士禛《分甘余话》:"沧浪论诗,特拈'妙悟'二字,及所云'不涉理路,不落言筌',又'镜中之象,水中之月,羚羊挂角,无迹可寻'云云,皆发前人未发之秘。"

为典型的例子，他是王士禛甥婿，早先相互唱和、彼此欣赏，最后却在诗论上各执一端而相互诟厉。赵执信的观点见于其《谈龙录》，为辩驳王士禛的"神韵说"，他特地翻出冯班的《严氏纠谬》。冯班对《沧浪诗话》的讥评主要针对严氏以禅喻诗，并不无道理地指出严氏对佛禅的一些误解，而不是批驳其"言意观"，这是冯班自己也赞同的。

吴乔（1611—1695）名气不大，但其断言很重要，他的《围炉诗话》与冯班《严氏纠谬》是赵执信《谈龙录》的主要依托。吴乔在《围炉诗话》序言中写道：

> 诗于唐人无所悟入，终落死句。严沧浪谓诗贵妙悟，此言是也；然彼不知兴比，教人何从悟入；实无见于唐人，作玄妙恍惚语，说诗、说禅、说教，俱无本据。

"格调说"和"神韵说"都或多或少崇尚《沧浪诗话》，而明清时代的另一个重要诗学概念"性灵说"则与严羽的主张离得较远，其代表人物是袁枚，他是清中期著名诗人、散文家和诗评家，还是美食家，广收女弟子。在考据成风的乾嘉时期，袁枚倡导抒写性情和真实感受，这完全与他的激情有关。在诗创作上，这位天才人物崇拜唐代李白和温庭筠，宋代杨万里、元代萨都剌、明代高启、清代黄任，可见其趣味之广，亦表现出他与《沧浪诗话》的精神相去甚远。

然而，郭绍虞讨论"性灵说"时论及《沧浪诗话》，并举例说"察其意所侧重者，毕竟还在神韵方面"[1]，这应当引起我们的重视。袁枚自己也在其《随园诗话》中说：

> 严沧浪借禅喻诗，所谓"羚羊挂角，香象渡河，有神韵可味，无迹象可寻"。此说甚是，然不过诗中一格耳。阮亭[王士禛]奉为至论，冯钝吟[冯班]笑为谬谈，皆非知诗者。诗不必首首如是，亦不

可不知此种境界。[……]

德邦"导论"的最后部分，可称为"余论"。

从简要的梳理中可以见出，《沧浪诗话》如何错综复杂地体现在各种诗学主张之中。其中还未涉及不同的政治、社会、宗教和哲学背景，它们肯定也对诗学论争中的赞同或腹诽产生了影响。在一个更全面的考证中，当然还要观照古文运动及其诗论在不同文学流派和追求中的体现以及它们之间的相互关系。最后，在术语的历史查考中（如王士祯的"神韵"与严羽的"入神"①的联系或区别），不能忽视语义转变或指称变化。多恩赛夫（Franz Dornseiff）不无道理地指出，语义转变是所有哲学发展的动力之一。② 这当然也会在审美术语的讨论中发挥作用。日本名僧遍照金刚③撰中国古代文论史料《文镜秘府论》，德邦认为，该著序文中所说的卷帙浩繁、要义不多、名称不一、意思相同，其实不只是中国的现象：

> 贫道幼就表舅，颇学藻丽，长入西秦，[……]阅诸家格式等，勘彼同异，卷轴虽多，要枢则少，名异义同，繁秽尤甚。

德邦进而指出，在数不胜数的文献中梳理出关键思想，当为开发中国诗学的最终目的，并为中西文论的比较创造条件。不只是庞德对中国诗和哲学的兴趣，还有时兴的"新批评"方法，都已表明这种比较的可能性。英美现代诗人所理解的 connotation（隐含意义、联想含义、引申意义）④，

---

① 严羽《诗辨》三："诗之极致有一，曰入神。诗而入神，至矣，尽矣，蔑以加矣！惟李、杜得之，他人得之盖寡也。"

② 参见[德]多恩赛夫：《德语语汇类别》，61 页，柏林，de Gruyter，1954（Franz Dornseiff, *Der Deutsche Wortschatz nach Sachgruppen*，Berlin: de Gruyter，1954）。

③ 即日本真言宗祖师空海大师（俗姓佐伯，名空海，774—835），"遍照金刚"是其在中国求法时的法号。

④ "新批评"所理解的这个与 denotation（指示意义、所指意义）相对的概念，是指隐含意义、言外之意。

objective correlative（客观对应物）①，ambiguity（模棱两可、多重含义）②
等概念，以及"非个性化"③理论与新古典主义，让人看到它们与宋代诗
论，尤其是《沧浪诗话》的某种本质上的亲和之处。而在不亲和之处，能
够见出东方古典思想与西方现代思想之间的差别。

四、马汉茂论《李笠翁曲话》

　　20 世纪下半叶德国汉学的领军人物之一、波鸿大学中国语言文学讲
座教授马汉茂（Helmut Martin，1940—1999），以其博士论文《李笠翁曲
话：一部 17 世纪的中国剧评》（1966）奠定了他在李渔（1611—1680）戏曲
理论研究中的学术地位。1967 年，他获得博士后奖学金，赴台湾大学从
事中国古典文学研究。1969 年，日本尊经阁藏李渔的白话短篇小说集
《无声戏》由台北古亭书屋影印出版，书前附有马汉茂的长篇论文《李笠翁
与〈无声戏〉》。他编辑的有史以来第一部《李渔全集》（十五册），1970 年
由台北成文出版社刊行，其中有其长篇导论。马汉茂的开创性工作，对
海外的李渔研究做出了很大贡献。④

　　《李笠翁曲话》是后人辑录李渔的得意之作《闲情偶寄》（1671）中论述
戏曲的《词曲部》《演习部》，单独印成一书。现代著名学者曹聚仁（1900—
1972）当为第一人，他编辑并标点的《李笠翁曲话》，1925 年由上海梁溪

---

　　①　这个概念是艾略特（T. S. Eliot）在《哈姆雷特和他的问题》（1919）一文中创造的，要求
诗作不应直白地表达内心感受，而要借助相应事物。20 世纪中叶，这个概念在不少西方批评
家中颇为流行。

　　②　模棱两可或多重含义被不少批评家视为诗语言的前提。

　　③　艾略特的"非个性化"诗歌理论（the impersonal theory of poetry）是"新批评"的理论来
源之一，对现代诗歌的发展产生了重大影响。艾略特认为，诗人的创作并非表现个性，诗人
只是艺术表现的特殊工具，各种印象和经验透过诗人的心灵以出乎意料的方式组合成诗。

　　④　关于马汉茂的生平及学术成就，参见［德］雷丹等编：《中国与他的履历——马汉茂
纪念文集》（*China in seinen biographischen Dimensionen. Gedenkschrift für Helmut Martin*，
hrsg. von Christina Neder，Heiner Roetz，Ines-Susanne Schilling，Wiesbaden：Harrassowitz，
2001）。关于李渔作品在海外传播和研究的总体状况，参见羽离子：《李渔作品在海外的传播
及海外的有关研究》，载《四川大学学报（哲学社会科学版）》，2001（3）。

图书馆印行。嗣后，《李笠翁曲话》之名流传开来，以《李笠翁曲话》或《笠翁曲话》《笠翁剧论》为书名的各种版本相继问世。[①] 马汉茂的博士论文，便是《李笠翁曲话》的德译本，附以长篇研究导论、详尽的译文注释及参考文献、附录等，共 400 页。[②] 本篇叙写的内容，主要源自马氏导论中的相关论述。

（一）整体和比较视野中的李渔曲论

马汉茂译著《李笠翁曲话》（下称《曲话》）的"前言"开头即说，考察中国文学，应采取"另当别论"的态度。中国学界几乎只局限于自己的中国文学史视野，对西方文学所知无几，对文学理论和方法论兴趣不大。[③] 这番话语自然要从马氏译注《曲话》的年代来理解。福赫伯（Herbert Franke，1914—2011）则说："在汉学领域，几乎没有哪个门类像文学史那样需要补很多课。"[④] 就当时的情形而言，在西方通常的文学研究中，中国文学一如既往地只被当作异域风情之类的东西，东亚经典在西方读者心目中没有任何固定位置，仅有的个别中国文学史纂至多只是初阶而已。文学研究的参考文献有限，专著更是奇缺。好在作品翻译不少，多少能使西方读者对中国文学有一个大致印象。

自 19 世纪末起，西方在艺术研究领域内已有一些探讨中国绘画、书法和文学的著述问世，马汉茂则要以中国剧论研究加入其中。此时，两个视角在他看来至关紧要：其一，了解中国批评家对艺术的定义、描述、

---

① 参见杜书瀛：《关于〈李笠翁曲话〉——中华书局版〈李笠翁曲话〉前言》，载《艺术百家》，2015(1)。

② ［德］马汉茂：《李笠翁曲话：一部 17 世纪的中国剧评》(Helmut Martin, *Li Li-Weng über das Theater*: *Eine chinesische Dramaturgie des siebzehnten Jahrhunderts*, first printing, Heidelberg, 1966, reprinted by Mei Ya Publications, Inc, Taipei, 1968)。

③ 参见［德］马汉茂：《李笠翁曲话：一部 17 世纪的中国剧评》，前言，1 页。

④ ［德］福赫伯：《中国文学》，见艾因西德尔主编：《世界各种口头和文字传承的文学》，1227 页，苏黎世，Kindler，1964(Herbert Franke, "Die chinesische Literatur", in *Die Literaturen der Welt in ihrer mündlichen und schriftlichen Überlieferung*, hrsg. von Wolfgang v. Einsiedel, Zürich: Kindler, 1964, S. 1219—1238)。

分类和术语；其二，了解那些能够让人认识特定作品之布局和结构的实际手段。而他全文译介《曲话》只是过渡行为，或者说是权宜之计，不少内容对于他的论题来说并不重要。马汉茂认为，从晚近的美学观念来看，《曲话》在总体上是无法令人满意的：术语是贫乏的，体系无从说起，具体观点也不都很明确。马氏对自己的期待是尽力而为。此时，他也怀有彼时哈佛大学汉学教授海陶玮（James Hightower，1915—2006）的那种想法："鉴于政治和教义所强加的乖僻，我很愿意承认，中国人本该最有发言权，判断何为中国文学中的糟粕，何为二流作品。而在这一让步之后，我以为我们同样有能力在这个领域做出我们的重要贡献。"①

马汉茂在"前言"中说，中国戏剧（准确说法当为"戏曲"）总的说来属于通俗文学，亦即消遣文学，是文人为布衣百姓而创作的；剧作家不会很上心，也不会讨论严肃问题。奥尔巴哈（Erich Auerbach，1892—1957）对西班牙"黄金时代"（Siglo de Oro，16、17世纪）戏剧的评说，可以毫无保留地运用于中国戏曲："一切都是那么花花绿绿、热热闹闹，唯独没有生活底蕴的涌动。"②同常见的白话文学一样，戏曲缺乏思想底蕴和观点交锋。虽说"世界是剧场"这一说法在亚洲也未尝不可，但对中国读书人来说，剧场从来不是世界。③

马汉茂尤为关注对戏剧具有普遍意义的问题；其中一个重要特色是不同审美体系之间的比较。马氏指出，不存在一种"亚洲戏剧学"作为其探讨《曲话》的背景，这同欧洲的情形完全不一样。在几百年的欧洲历史中，直到布莱希特（Bertolt Brecht，1898—1956）的非亚里士多德（Aristotle）戏剧理论，有着模仿、改造、拒绝亚里士多德、贺拉斯

①　[美]海陶玮：《研修中国文学的功能和技艺》，见《高等汉学研究所杂编》，第2卷，524页，1960（James R. Hightower，"L'étude de la littérature Chinoise，Tâches et Techiniques"，in Mèlanges，publiés par l'Institut des Hautes Études Chinoises II，1960）。另见马汉茂：《李笠翁曲话：一部17世纪的中国剧评》，8页。

②　[德]奥尔巴哈：《摹仿论：西方文学所描写的现实》，319页，伯尔尼，Francke，1946（Erich Auerbach，Mimesis. Dargestellte Wirklichkeit in der abendländischen Literatur，Bern：Francke，1946）。

③　参见[德]马汉茂：《李笠翁曲话：一部17世纪的中国剧评》，3～4页。

(Quintus Horatius Flaccus)之经典剧论的发展轨迹可循。但在印度、中国和日本，找不到类似关联性，至多只能显现出不同剧论在各自传统中的内在效应。

只有印度的剧论可追溯至公元前(婆罗多《乐舞论》[Natyasastra，约2世纪，又译《演剧论》])，并对印度后来的戏剧发展产生影响，其意义与亚里士多德剧论对欧洲舞台的意义相仿。日本从能剧和世阿弥(Zeami)的著述《世阿弥十六部集》起，亦有传统可言，但那只传授给个别艺人，大多数演员和观众迄今对之所知无几。而在中国古代，几乎没有探讨戏剧特色的专论。产生于17世纪中期的李渔曲论与其说是一个起点，毋宁说是传统中未受任何影响的中国戏曲的终结。①

尽管马汉茂认为传统中只有欧洲戏剧学，但他还是试图在论述中将《曲话》与一些戏剧理论做比较。他的做法是避开欧亚剧论之间的区别，注重那些对各自的戏剧发展具有重要意义和影响的论述。除亚里士多德、贺拉斯、印度神话剧作家婆罗多、日本能剧作家世阿弥外，他还援引后来的一些戏剧理论，如莱辛(Gotthold E. Lessing，1729—1781)、弗赖塔格、布莱希特的理论，以此来揭示一些基本问题，以便让人看到中国戏曲家李渔的剧论与其他批评家的相通之处。在这些方面，尤其能见出马氏论题的比较诗学特色。

在"导论"(共79页)中，马汉茂首先以介绍性的文字概述中国的艺术论和戏曲论，接着阐释了李渔著述与中国戏曲传统的关系。在这一部分中，马氏主要讲述了中国戏曲的一般发展，李渔对当时戏曲之糟糕状况的批判态度，及对一些著名剧目的见解和评说，如《西厢记》《琵琶记》等。马氏认为，李渔更是一个南戏作家和戏曲行当的熟手，因而细节知识有余，而创造性思维不足。对于那些用词高雅却有碍理解，从而背离戏曲本质的作品，李渔主张重口语、"贵显浅"，并竭力摆脱仅从文学立场出发的戏曲批评。马氏提醒说，今人看问题的眼光不同于彼时，我们也不是李渔眼中的读者。然《曲话》的剧论标准和批评准则，以及许多关于南

---

①   参见[德]马汉茂：《李笠翁曲话：一部17世纪的中国剧评》，3～4页。

戏情形及其先前发展的历史事实，都是弥足珍贵的，能让我们很好地了解彼时戏曲作品、演出技艺和时代趣味。①

何为李渔在曲论传统中的位置？他接续了什么？李渔虽未提及王骥德(？—1623)的《曲律》(该著序言写于 1610 年)，但这部承上启下的戏曲论著当对李渔曲论产生了重要影响。该著篇幅超过《曲话》，凡四十章，涉及戏曲、散曲创作的诸多方面。其中有些前人几乎未曾论及的内容，比如戏曲结构、戏曲科诨、论须读书，尤其是宾白，后来在李渔那里得到更翔实的论述。总的说来，王骥德主要研究的是理论问题，未对戏曲实践和演员职能做深入探讨，忽视了戏曲的舞台性特点。②

李渔自己认为，他的著述不依傍他人，力戒陈言、追求独创。③ 针对以往的戏曲发展，他批评说："独于填词制曲之事，非但略而未详，亦且置之不道。"④就《曲话》的整个篇章结构以及李渔对那个时代的戏曲批评而言，这一说法是可以理解的。对于词采、音律或戏曲的文学价值，前人已有论述。"置之不道"的是从舞台角度来阐释戏曲亦即"登场之道"，李渔认为自己是开拓者。其实在《曲话》之前 50 年，吕天成(1580—1618)的《曲品》(1602)⑤对于相关问题虽未深入探讨，至少已经提及。《曲品》在下卷中提出的十条戏曲标准，在很大程度上已是中国戏剧学的先声，如"凡南戏，第一要事佳；第二要关目好""第五要使人易晓"。而另外两条标准，

---

① 参见[德]马汉茂：《李笠翁曲话：一部 17 世纪的中国剧评》，23 页。

② 参见[德]马汉茂：《李笠翁曲话：一部 17 世纪的中国剧评》，18～19 页。

③ 李渔在《闲情偶寄》卷首《凡例》中写道："不佞半世操觚，不攘他人一字。空疏自愧者有之，诞妄贻讥者有之，至于剿窜袭白，嚼前人唾余，而谓舌花新发者，则不特自信其无，而海内名贤亦尽知其不屑为也。"(《闲情偶寄》上，杜书瀛译注，22 页，北京，中华书局，2014)余怀(1616—1696)在为《闲情偶寄》所作之序中说："今李子《偶寄》一书，事在耳目之内，思出风云之表，前人所欲发而未竟发者，李子尽发之；今人所欲言而不能言者，李子尽言之；其言近，其旨远，其取情多而用物闳。潦潦乎！缊缊乎！汶者读之旷，塞者读之通，悲者读之愉，拙者读之巧，愁者读之怡且舞，病者读之霍然兴。此非李子《偶寄》之书，而天下雅人韵士家弦户诵之书也。"(《闲情偶寄》上，2 页)

④ 李渔：《李笠翁曲话》，上海，中华书局，1933(在下文中，凡引《李笠翁曲话·词曲部》文字不另注，只写《词曲部》中的子标题，如《结构第一》等)。

⑤ 吕天成的著名曲学著作《曲品》与王骥德的《曲律》，并称明代戏曲理论著作之"双璧"。

甚至直接与《曲话》的术语有关："第六要词采""第九要脱套"①。

　　在记述了李渔与戏曲传统及现实的关系以及他对一些作品的阐释之后，马汉茂开始分析《曲话》亦即李渔的戏曲观。这是马氏"导论"的中心内容，也是本篇所要重点介绍的部分。

　　马汉茂首先表明自己所要深入探讨的三个问题，也就是超出中国舞台范畴、所有戏剧传统都须回答的三个问题：戏剧作品的功能问题；选材问题(特别是如何处理历史题材)；形式和结构问题。在这之前，马氏从剧论所依托的一般问题或曰出发点展开其讨论。

　　在公元前 4 世纪的希腊，戏剧创作不是小小不言之事，圆形露天剧场可容纳 15000 人，剧作家们为赢得桂冠而在那里争奇斗艳。亚里士多德的《诗学》(现存部分)，从哲学家而非作家或演员的立场出发，主要讨论悲剧。他以埃斯库罗斯(Aeschylus，公元前 525—前 456)、索福克勒斯(Sophocles，公元前 496—前 406)等悲剧作家的著名剧作为例，探寻戏剧的特点和规律，同时讨论了悲剧的构成要素、写作和风格等。《诗学》中还未构成完整体系的原则和方法，后来尤其在法国古典主义那里获得过度阐释。如亚里士多德并未明确强调"三一律"，在亚氏看来，艺术的本质是模仿，旨在引起观众对剧中人物的怜悯和对无常命运的恐惧，而使情感得到净化("卡塔西斯")。

　　婆罗多《乐舞论》(Natyasastra，约 2 世纪)认为，印度戏剧起源于对话体的吠陀赞歌，《乐舞论》乃奉梵天之命而作。同亚里士多德《诗学》一样，后人一再注释《乐舞论》，出现了不少《乐舞论注》。该著对印度戏剧的发展产生了深远影响，同类著作还有《十色》(Dasarupaka，10 世纪)、《舞镜》(Natyadarpana，12 世纪)、《情光》(Bhavaprakasa，12、13 世纪)、《文镜》(Sahityadarpana，14 世纪)等。《乐舞论》涉及戏剧的起源、性质、功能、表演和观赏，是一部梵文诗体著作，采用史诗格律，附有

---

　　①　李渔在戏曲创作中只写南戏，其《曲话》也是针对南戏而写的。斯时，南戏备受欢迎，优秀杂剧似乎也失去了光彩。《曲话》中只有一次顺带提及关汉卿；唯一的例外是《西厢记》被一再称道。

一些散文用以解说。这部体制庞大的著作(共 37 章)比《诗学》更具约束力：戏剧不是日常生活，上演的是神圣的故事(吠陀)，对技艺的要求超过宗教仪式。梵天警告说："谁要是有意违反规矩排戏，将会遭到惩罚，来世将是低级动物。""谁在这个秩序中懂得表演艺术，并将戏剧理论和表演艺术付诸实践，将获得这个世界的最高荣誉。"马汉茂指出，印度戏剧中的音乐、歌唱、舞蹈，诗句和口语的交替，简易的背景，象征性动作等，与中国戏曲有相似之处，也不违背李渔曲论。①

日本室町时代初期猿乐演员、剧作家和戏剧理论家世阿弥的著述，完全围绕表演艺术，这同《曲话》的第二部分《演习部》形成某些联系。对世阿弥来说，戏剧乃理所当然之事，不用多加阐释；他所关注的是戏剧表演及其功能，并通过秘传把他的艺术延续下去。其影响在芳泽菖蒲(1673—1729)的谈艺录《菖蒲草》中依然可见。② 世阿弥的著述吸取他的父亲观阿弥的思想，结合自己的实践，讲述如何将精湛的演技传授给后来人中最有天赋的演员，使其成为绝技传人。许多秘传书直到 20 世纪初才为外人所知。马汉茂认为，世阿弥的戏剧理论和演艺观当属亚洲最精微的剧论之一。③ 在世阿弥眼里，剧作家与演员在演剧艺术中的作用密不可分："一出戏的作者和演员若不是同一个人，演员不管多么在行，也无法完全解读脚本、领会作者的心愿。若是自己写的，吟唱和动作才能恰到好处。一个不具备诗人天分的演员，也无法写出猿乐脚本。这是我们的艺术的生命。"④

(二)戏曲的性质和功能与李渔的思考和实践

历述戏剧在古代希腊、印度和日本的地位及相关思想之后，马汉茂

---

① 参见[德]马汉茂：《李笠翁曲话：一部 17 世纪的中国剧评》，41~42 页。
② 芳泽菖蒲是歌舞伎"女形"(男扮女)表演艺术的首创者和集大成者，《菖蒲草》是其表演心得以及有关艺术、演技、口授技艺等问题的谈话录，由"狂言"作家福冈弥五郎记录并整理，收录于八文字屋自笑编《役者论语》(1776)。
③ 参见[德]马汉茂：《李笠翁曲话：一部 17 世纪的中国剧评》，43 页。
④ 世阿弥语，转引自[德]马汉茂：《李笠翁曲话：一部 17 世纪的中国剧评》，43 页。

将目光转向古代中国戏曲亦即戏曲的卑微处境，并借助李渔的观点来评
说戏曲在中国的定义和功能。马氏指出，在中国人的意识中，戏曲从来
就被正统文人所不齿，是微不足道的"末技"，即李渔在《结构第一》中所
说"填词一道，文人之末技也"，"从来名士以诗赋见重者十之九，以词曲
相传者犹不及什一，盖千百人一见者也。"但戏曲对黎民百姓来说还是喜
闻乐见的，甚至在不少文人那里也是如此，这就出现了口是心非、不愿
明说的情形。马氏认为这种情形源于两个根深蒂固的观念：其一，戏曲
难以与诗文媲美，看戏乃凡夫俗子之事；其二，戏曲中的社会批判常被
视为心术不正。①

　　戏子没有任何社会地位，这自然会殃及戏曲作家。于是，士大夫若
要偷闲编写戏曲剧本，往往会匿名刊行。《元人百种曲》中有 23 部为匿名
所写，或用没多少人知道的笔名，作者不用亮相。另有一些像李渔那样
的文人，由于科举失利而投身于戏曲创作。② 正是这些人，往往在表面
上履行儒家赋予戏曲的职责，实际上却以其作品来宣泄羡憎情结和对社
会的不满。③ 在儒家传统社会中，以文字对抗正统观念的人虽然不多，
但其中不少人是戏曲家，时常导致官府采取压制措施。中国素有禁戏传
统，清朝则是禁戏最严的一个朝代。④ 乾隆皇帝曾不止一次下诏审查
剧本。⑤

　　李渔在《曲话》中试图破除对戏曲的成见，尤其从文学价值之维来论
说，即赋予戏曲以应有的与其他文学门类平起平坐的地位，他在《结构第
一》中说：

---

　　①　参见［德］马汉茂：《李笠翁曲话：一部 17 世纪的中国剧评》，44 页。
　　②　周绮《曲目新编》"题词"曰："今古才人聚一编，尤、吴、李、蒋最堪怜。［……］尤
西堂、吴梅村、李笠翁、蒋莘畲四家所制词曲，为本朝第一。"
　　③　其实，小说文学中也常有类似情形。
　　④　参见［日］青木正儿：《支那近世戏曲史》，518～535 页，东京，弘文堂，1930。
　　⑤　乾隆四十五年十一月十一日(1780 年 12 月 6 日)下诏："前令各省将违碍字句之书籍
实力查缴，解京销毁。现据各省督抚等陆续解到者甚多。因思演戏曲本内，亦未必无违碍之
处，如明季国初之事，有关涉本朝字句，自当一体伤查。"

历朝文字之盛，其名各有所归，"汉史""唐诗""宋文""元曲"，此世人口头语也。《汉书》《史记》，千古不磨，尚矣。[……]元有天下，[……]使非崇尚词曲，得《琵琶》《西厢》以及《元人百种》诸书传于后代，则当日之元，亦与五代、金、辽同其泯灭，焉能附三朝骥尾，而挂学士文人之齿颊哉？此帝王国事，以填词而得名者也。由是观之，填词非末技，乃与史传诗文同源而异派者也。

在论说戏曲功能时，李渔因循中国文论中丰富的资源，强调伦理上的老生常谈，也就是同样适用于其他文学门类的泛泛而论。从中足以见出李渔也把戏曲看作在民众中宣传儒家道德的工具，试图以此摆脱文人对戏曲的反感，视戏曲为异端和放纵之事。[①] 老生常谈之一，是出自《左传》的"劝善惩恶"，这也是小说文学所标榜的准则。这一准则就是通俗文学中好人坏人之分、善良战胜邪恶之结局的套路，戏曲中更是如此。至于向谁宣扬"劝善惩恶"，李渔在《戒讽刺》中写道：

> 窃怪传奇一书，昔人以代木铎，因愚夫愚妇识字知书者少，劝使为善，诫使勿恶，其道无由，故设此种文词，借优人说法，与大众齐听。谓善者如此收场，不善者如此结果，使人知所趋避，是药人寿世之方，救苦弭灾之具也。

就内容而言，忠、孝、节、义是四个关键概念。借助于此，便能在总体上把握儒家思想脉络中的戏曲作品。不过，戏曲家一般不会过于强调这些概念，这既是理所当然之事，也是意识形态强加于戏曲的外在因素。而另一观念则是从戏曲出发，如小说文学一样来界定表现艺术的功能，即表现"离合悲欢"这一老生常谈。李渔赋予这一套语以新的内涵，对之进行深层阐释。在他看来，"情"而非情节是表演的主要功能和一切舞台艺术的缘由。由此，马氏离开一般论述，转向《曲话》的见解。李渔

---

① 参见[德]马汉茂：《李笠翁曲话：一部17世纪的中国剧评》，46页。

不看重戏曲故事的意义，而是从新的立场出发，批评通俗文学以情节来
扣人心弦的常见做法。一切可见之物，当为表达情感的媒介。①

　　李渔认为，舞台上对人性的模仿和刻画应有普遍性和典型意义。对
具体人物的讽刺是不可取的，甚至是"行凶造孽"。他的喜剧《风筝误》讲
述才貌双全与貌丑才劣二女，绝无影射之意。如传说中说《琵琶》为讥王
四而作（因琵琶二字上有四个王字），李渔认为万万不可。他在《戒讽刺》
中说：

> 凡作传奇者，先要涤去此种肺肠，务存忠厚之心，勿为残毒之
> 事。以之报恩则可，以之报怨则不可；以之劝善惩恶则可，以之欺
> 善作恶则不可。

为了强调这一观点，他曾写下《曲部誓词》，一再将之收入自己编著的
书中：

> 余生平所著传奇，皆属寓言，其事绝无所指。恐观者不谅，谬
> 谓寓讥刺其中，故作此词以自誓。②

这并不意味着李渔作品没有人物原型，他只是否认讥刺和中伤，从而与
明清小说和戏曲中常见的含沙射影、引人揣测的现象背道而驰。纵有誓
词在先，他多年为人訾议、受谣言困扰却是事实，他在《戒讽刺》中的辩
词可以作证：

---

　　① 见李渔《闲情偶寄 • 词采第二 • 戒浮泛》："填词义理无穷，［……］予谓总其大纲，
则不出情景二字。景书所睹，情发欲言，情自中生，景由外得，二者难易之分，判如霄壤。
以情乃一人之情，说张三要像张三，难通融于李四。景乃众人之景，写春夏尽是春夏，止分
别于秋冬。［……］善咏物者，妙在即景生情。"（《李渔全集》，第3卷，22页，杭州，浙江古
籍出版社，1991）
　　② 《笠翁一家言文集》，见《李渔全集》，第1卷，130页。

而好事之家，犹有不尽相谅者，每观一剧，必问所指何人。噫，如其尽有所指，则誓词之设，已经二十余年，上帝有赫，实式临之，胡不降之以罚？

蒋瑞藻（1891—1929）在其《花朝生笔记》中记载了一段"隐射"故事：李渔传奇《奈何天》是据其《无声戏》中的话本小说《丑郎君怕娇偏得艳》改编而成的，讲述丑旦联姻的故事。奇丑无比的阔人阙里侯，接连娶了才貌双全的邹氏、何氏和吴氏三位佳人，却都遭遇厄运，先后被佳人鄙弃。因"阙里"为孔子故里，蒋瑞藻认定"所云阙里侯者，盖指衍圣公而言"①。传言说，《奈何天》第一部分刊行之后，衍圣公买通李渔，令其在第二部分中翻转了羞辱：因阙里侯尚义行善，玉皇派变形使者把他改造成俊美男子，皇帝赐封他为尚义君，三位佳丽均被封为一品夫人。因此，《曲话》中的辩词显然是有针对性的。②

马汉茂认为，儒家学说在戏曲功效中的体现在整部《曲话》中被视为异物，这就使李渔一再陷入矛盾境地。他在《戒讽刺》中说戏曲旨在"与大众齐听"，在《忌填塞》中又说应雅俗共赏，"戏文做与读书人与不读书人同看"。他先说："人间戏语尽多，何必专谈欲事？"接着在《戒淫亵》中又说："如讲最亵之话虑人触耳者，则借他事喻之，言虽在此，意实在彼，［……］"因此，我们要充分重视《曲话》中的潜台词，从中窥见李渔传奇的真实意图。他所追求的是《重机趣》中所说的"谈忠孝节义与说悲苦哀怨之情，亦当抑圣为狂，寓哭于笑"。他要的是一种喜剧效果，即《重关系》中所说的"雅中带俗，又于俗中见雅；［……］于嬉笑诙谐之处，包含绝大文章"。从戏曲开场"劝人对酒忘忧、逢场作戏"（李渔《重机趣》），到收场之"团圆之趣"（李渔《大收煞》），不难看出他是在讨论喜剧艺术。

---

① 蒋瑞藻：《小说考证》，167 页，上海，上海古籍出版社，1984。
② 李渔《闲情偶寄·结构第一·戒讽刺》："予向梓传奇，尝埒誓词于首，其略云：加生旦以美名，原非市恩于有托；抹净丑以花面，亦属调笑于无心；凡以点缀词场，使不岑寂而已。但虑七情以内，无境不生，六命之中，何所不有。幻设一事，即有一事之偶同；乔命一名，即有一名之巧合。"（《李渔全集》，第 3 卷，7 页）

关于《曲话》对戏曲功能的探讨，我们可以看到三个层面交错在一起：表层是在民众中传播儒家伦理，接着是把舞台界定为表达情感的场所，最终是能让观众享受喜剧带来的愉悦。而这三个层面在李渔那里的重要性，与上文所述之先后顺序正好相反。①

在叙写了李渔关于戏曲性质和功能的相关思想之后，马汉茂进一步联系日本、印度和欧洲戏剧，旨在把握中国戏曲的总体特征。

世阿弥的能乐理论著作与中国戏曲思想形成了鲜明的对照。与立足于今世、强调社会功用的中国舞台不同，杰出的能剧艺人同其戏班受聘于神道教和佛教寺院，在春季和秋季的各种庆典上举行艺能表演，这一职业性质决定了其浓重的宗教性。尤其是艺人的模仿艺术所富有的审美感染力，使剧作的思想内涵显得不那么重要，也使理论家专注于表演的审美特点，而不会为能剧在艺术领域之外的职责多费心思。世阿弥的志向是不受任何外来伦理要求的制约，为观众表演最精湛的艺术。

按照婆罗多的《乐舞论》，印度戏剧的功能范围要广得多，它模仿世界的活动，表现各种境况，并行走于人间和天界。戏剧表演中的各种追求，调和了东方戏剧中常见的伦理与审美之间的矛盾。所有智慧、艺术、事件、情感和人物形象，均可体现于戏剧。婆罗多对八种常情（爱、笑、悲、怒、勇、惧、厌、惊）的细致划分，以及演员如何以其形体动作来表现各种情感的具体描述，都同世阿弥的追求一样，但更具理论意涵，旨在保证模仿艺术的审美效果。这一论著的基本特征是强调戏剧的教育功能，这对印度戏剧发展产生了决定性影响。

同样，欧洲戏剧也不像中国戏曲那样片面关注道德因素。亚里士多德《诗学》把戏剧的根源归于两个基本要素，即模仿和愉悦。就戏剧观赏者而言，模仿即学习之始，而学习不只对哲学家来说是愉悦之事，对其他人也是如此。因此，亚里士多德把模仿和愉悦与戏剧的教学功能联系起来。所谓愉悦，就是对艺术的审美愉悦；即便是现实生活中令人生厌的事物，亦可通过艺术表现而变成有趣现象。贺拉斯后来把这一思想归

---

①　参见［德］马汉茂：《李笠翁曲话：一部17世纪的中国剧评》，54页。

纳为"寓教于乐"，这也是西方所有戏剧理论中探讨艺术的益处和乐趣问题的源头。

马汉茂认为，统观这些传统戏剧体系可以发现，儒家思想对于中国戏曲的要求偏于极端，而且狭隘。不过，那终究只是期望而已，戏曲家往往会巧妙地对付约束，这不仅与他们的社会地位有关，也源于对剧作之艺术价值和独特性的思考。中国戏剧的现代发展受到西方戏剧的启迪，这不仅对借鉴西洋舞台的话剧具有重要意义，也对传统戏曲舞台提出了新的要求。①

(三)传奇才是戏：戏曲的选材、形式和编排

视戏剧为宣教讲坛与净化场所的剧作家，一般喜于选择历史素材，旨在用无可辩驳的历史事件的说服力来说教。不足为奇，一些戏剧专家正是在历史剧中见出中国戏曲的精品的。② 李渔是如何看待历史素材或虚构情节的呢？怎样设置剧情呢？为此，他在《曲话》中专设一个章节进行论述。他的看法是，若是虚构，就须自始至终("是谓虚则虚到底也")。而对历史题材，他在《审虚实》中提出了自己的如下观点：

> 若用往事为题，以一古人出名，则满场脚色皆用古人，捏一姓名不得；其人所行之事，又必本于载籍，班班可考，创一事实不得。非用古人姓字为难，使与满场脚色同时共事之为难也；非查古人事实为难，使与本等情由贯串合一之为难也。

李渔对"古事实多"的说法不以为然。就像劝人尽孝那样，找出一个孝子，稍有相关之事，凡属孝子应有之品行，都加在他身上；又如殷纣王之不善，因其居下流之位，天下之恶都归于他，其实未必如此恶劣。

---

① 参见［德］马汉茂：《李笠翁曲话：一部 17 世纪的中国剧评》，54～57 页。
② 参见陈季同：《中国人的戏剧——比较风格研究》，157 页，巴黎，Calmann Lévy，1886(Tcheng-Ki-tong, *Le théâtre des Chinois. Étude de mœurs comparées*, Paris：Calmann Lévy, 1886)。

这些都被看作历史事实，实为传说，或曰篡改历史。

对于"熟悉"与"不熟"之素材，李渔同样有其原则性思考，这里涉及其戏曲观中关于作者及其作品的独创性问题。贺拉斯劝告诗人注重现成的熟悉素材，不要贸然在舞台上尝试新的人物形象。李渔则不然，他认为只有求新求奇才更能赢得观众，传奇才是戏。他的戏剧小说《比目鱼》起首诗曰："无辜年来操不律，古今到处搜奇迹。"李渔以此扭转了在他之前戏曲创作中重"曲"轻"剧"的倾向，重回戏曲的本源。他在《小收煞》中说："戏法无真假，戏文无工拙，只是使人想不到、猜不着，便是好戏法、好戏文。猜破而后出之，则观者索然，作者赧然，不如藏拙之为妙矣。"

不过，戏曲家自然也有权把未尽其情、描画不全的古事写成杂剧，[①]但要避免陷入荒唐。他在《戒荒唐》中说："凡作传奇，只当求于耳目之前，不当索诸闻见之外。无论词曲，古今文字皆然。"如此，李渔的选材原则凸显而出：选取可能的、虚构的或符合艺术真实的素材，拒绝部分真实的史料。将李渔的这些观点与他的曲本相对照，很能显示其曲论特色，此时还当顾及李渔的两部评话小说《无声戏》和《十二楼》。马汉茂认为，李渔未认识小说和戏曲之间的本质区别，常在小说和戏曲中运用同样的素材，这在欧洲戏剧中不总是理所当然之事。[②] 应该说，老的素材对李渔来说只是启迪而已，他会大刀阔斧地改编，远远超出了加工的范畴。他在《戒荒唐》中说："使人但赏极新极艳之词，而竟忘其为极腐极陈之事者。"如《蜃中楼》选取早已流传的"柳毅""煮海"故事合二为一[③]，使

---

① 李渔《戒荒唐》："此言前人未见之事，后人见之，可备填词制曲之用者也。即前人已见之事，尽有摹写未尽之情，描画不全之态。"（《李渔全集》，第 3 卷，14 页）

② 在论述戏剧"选材"时，马汉茂此说从西方戏剧史出发，有其立理理由。然而，若从根本上说李渔"未认识小说和戏曲之间的本质区别"，显然是不妥当的。李渔在《〈三国演义〉序》（醉耕堂本四大奇书第一种）中明确指出："愚谓书之奇当从其类，《水浒》在小说家，与经史不类，《西厢》系词曲，与小说又不类。[……]"（《李渔全集》，第 18 卷，538 页）李渔颇为独特地视小说为"无声戏"，凸显出小说与戏剧的相互关系，如二者均以叙述故事为首要因素。然而，李渔与其前辈和同辈不同，看到了同为叙事艺术的戏曲与小说的不同特点，明确区分了以案头阅读为主的小说与以舞台演出为主的戏曲，这才会有"填词之设，专为登场"之说，指出了戏曲艺术的重要特性。

③ 元曲《柳毅传书》与《张生煮海》这两部旧曲均根据唐代民间传说故事写成。

作品结构趋于完美。而他的《凰求凤》则当被理解为明代戏曲《凤求凰》的反题作品。①

　　要求素材之纯粹的历史真实（"是谓实则实到底也"），或把纯粹的幻想看作另一种可能，都体现于李渔的作品中。不过，历史素材在他那里只是细枝末节，他在《语求肖似》中所说的"能出幻境纵横之上者"对他更具吸引力。其实，他的历史素材理论，并没有在作品中得到真正的运用，叙写明朝正德皇帝与妓女刘倩倩爱情故事的传奇《玉搔头》也是他根据前人的零星记载对历史做了大胆想象和虚构的作品。的确，想象和虚构是李渔戏曲和小说的主要源泉。

　　李渔之前和之后的中国戏曲表明，像他那样对历史真实的严格要求是极为罕见的。就这点而言，日本能剧基本上顺应了中国的通行观点和做法。能剧要么取自本土史书、史诗、诗歌和虚构作品，要么源自中国题材，都与李渔的严苛要求格格不入。对《乐舞论》来说，印度戏剧绝不会明确提出类似的问题，原因在于诗人们所依托的是来自传说的素材或奠基于想象的混合素材。而亚里士多德为古希腊戏剧所阐释的观点是：诗人在一般意义上讲述现实，既可以是他所相信或听说的是什么或曾经是什么，也可以是他所认为的应该是什么。这里可以见出现实、主观描述和范式要求的不同层次。诗人的职责不是叙写已经发生的事，而是表现必然或可能发生的事。按照亚里士多德的见解，包括悲剧在内的诗比史纂更富哲学性，因而也更重要，因为它所表现的是普遍性，而历史记载的是特殊性。这一观点迄今还是欧洲戏剧学的根本。②

　　就戏曲的形式与编排而言，李渔曲论带有浓重的经验色彩。他从自己的舞台经验出发，特别讲究戏曲的格局和编排，首创"结构第一"，即把结构看作戏曲创作的首要问题。他在编剧技巧方面做了系统、丰富且精到的论述，并就戏曲结构提出了"立主脑"（立言之本义）、"密针线"（布局结构，情事连接）、"减头绪"（"头绪繁多，传奇之大病也"）、"脱窠臼"

---

①　参见［德］马汉茂：《李笠翁曲话：一部 17 世纪的中国剧评》，61 页。
②　参见［德］马汉茂：《李笠翁曲话：一部 17 世纪的中国剧评》，57～66 页。

等方法。另外，他对表演形式和演唱技巧的思考处处着眼于观众亦即观赏，这也是其曲论的立足点。不管是"家门"（开场白）、"冲场"（开场第二折），还是"科诨"或"收煞"（结尾），各有其特定功能，一切都旨在娱情之乐。[①]　就艺人的表演而言，李渔反对俗套和非白即黑的程式，要求真正的个性化和特性化，即在《语求肖似》中提到的"设身处地"表演：

> 言者，心之声也，欲代此一人立言，先宜代此一人立心。若非梦往神游，何谓设身处地？［……］务使心曲隐微，随口唾出，说一人，肖一人，勿使雷同，弗使浮泛，［……］

马汉茂认为，李渔属于不多的一些严格区分戏曲与诗文、戏曲创作与舞台表演的戏曲家之一。他以曲立论，重视戏曲的舞台性，强调"填词之设，专为登场"（《李笠翁曲话·演习部·选剧第一》）。他在《闲情偶寄·填词余论》中批评金圣叹之评《西厢记》："乃文人把玩之《西厢》，非优人搬弄之《西厢》也。文字之三昧，圣叹已得；优人搬弄之三昧，圣叹犹有待焉。"他的戏曲实践的一个重要特点是强调戏剧性，突出与"曲文"（抒情性）相对的"宾白"（以叙事为中心）。[②]　为此，他在《曲话》中写了两章文字（《宾白》《教白》），可见这在其曲论中的重要性，这也是李渔注重戏曲叙事性和舞台表演性的标志之一。《宾白第四》片段如下：

> 尝谓曲之有白，就文字论之，则犹经文之于传注；就物理论之，则如栋梁之于榱桷；就人身论之，则如肢体之于血脉，非但不可相无，且觉稍有不称，即因此贱彼，竟作无用观者。故知宾白一道，当与曲文等视，有最得意之曲文，即当有最得意之宾白，但使笔酣

[①]　李渔《风筝误》末尾诗曰："传奇原为消愁设，费尽杖头歌一阕；何事将钱买哭声？反令变喜成悲咽。惟我填词不卖愁，一夫不笑是吾忧；举世尽成弥勒佛，度人秃笔始堪投。"（《李渔全集》，第 2 卷，203 页）

[②]　明代徐渭《南词叙录》释"宾白"曰："唱为主，白为宾，故曰宾白。"可见说白在戏曲中的地位之低。

墨饱，其势自能相生。

　　宾白在李渔那里有着不同一般的意义，在其曲本中的比重也是前所未有的。[①] 朱东润指出，李渔重视宾白："开前人剧本所未有，启后人话剧之先声。"[②]李渔自己在《词别繁减》中也说："传奇中宾白之繁，实自予始。"的确，他在中国戏曲史上最先重视宾白，也是宾白成就最高的戏曲家。

　　最后，马汉茂简述了《曲话》的影响问题。对于《曲话》在戏曲家中会产生影响，李渔肯定不会有丝毫怀疑，可是这一期待至少在当初还是落空了。《曲话》出版后一百年，已经被人忘却。[③] 儒家学说对戏曲的片面要求，中国人对古戏的效仿嗜好，注重典雅的诗文观，重写意和抒情（诗性），重填词轻说白（即重抒情而轻叙事），对折子戏的过度青睐，尤其是传统社会鄙视戏曲这一"贱业"，都不是一个人的努力所能扭转的。乾隆禁戏时期许多曲本被销毁，李渔的作品也在被禁之列，这自然也殃及《曲话》，使之在一个世纪中默默无闻。后来，京剧不断发展，逐渐取代了李渔曾竭力推动的昆曲的地位，这也使《曲话》的内容显得不合时宜。

　　直到民国时期，人们在重估一切价值的五四运动以后接受了西方戏剧风格，同时也在追溯自己的戏剧传统，这才把李渔奉为中国最伟大的戏剧家，把他同六朝的刘勰和钟嵘相提并论。人们甚至把《曲话》之于中国的意义，等同于亚里士多德《诗学》在西方艺术批评中的意义。若就效应而言，《曲话》在民国时期之晚到的声誉更多的是一种心理现实，人们急于寻找传统，这要胜过对《曲话》观点的评估。重估价值的风暴过去以后，中国人依然把李渔看作最伟大的戏剧家。[④]

----

　　① 朱东润：《中国文学批评史大纲》，131 页，上海，古典文学出版社，1957.
　　② 朱东润：《李渔戏剧论综述》，见《李渔全集》，第 20 卷，114～134 页。原载《文哲季刊》，1934(12)。
　　③ 参见胡梦华：《文学批评家李笠翁》，见郑振铎编：《中国文学研究》，742 页，香港，中国文学研究社，1963. 原载《小说月报》，1927(6)。
　　④ 参见胡梦华：《文学批评家李笠翁》，朱东润：《李渔戏剧论综述》。

　　马汉茂认为有必要提及外域剧论中的一些命题，那是李渔曲论中所没有的，或许也是中国戏曲土壤中无法产生的。首先源自希腊人对戏剧的悲剧和喜剧之分，其如法则一样见于欧洲所有剧论，无视这种戏剧二分法的剧作家或戏剧理论家，只能被看作例外。而在中国，"悲剧"和"喜剧"是后来才有的两个外来概念。另外，西方戏剧结构规则"三一律"也不见于中国戏曲。① 马汉茂最后指出，从西方视角来看，人们更应把《曲话》看作最后一部产生于一个独立传统的剧论，其命题和论述体现出一种特定的民族戏剧风格。从普遍性层面来看，《曲话》是认识戏剧本质的另一个维度；就特殊性而言，李渔曲论清晰地描绘了中国舞台相貌，是对理解那些被翻译成西方语言的中国戏曲作品的有益补充。②

五、傅熊论《诗品》

　　《中国第一部诗学著作：钟嵘的〈诗品〉》③是现任伦敦大学亚非学院汉学教授傅熊的博士论文修订稿。他于 1994 年在维也纳大学获博士学位之后，在马汉茂教授领衔的德国波鸿大学东亚系中国语言文学研究所从事教学和研究工作，并在这期间修订出版了这本书。傅熊于 1990 年在台湾大学中文系取得学士学位，他对《诗品》的浓厚兴趣可追溯到就读台大时期。作者在该书摘要中，将其汉译为《钟嵘〈诗品〉德译疏析》。也就是说，这部总共 578 页的文献的主干是译作。译文和翔实注疏而外，还有长篇导论及附录和索引材料。本篇叙写的内容，主要选取傅氏导论中的相关论述，即通过对《诗品·序》的分析来解读钟嵘的思想及其特色。傅熊喜欢联系经典文论，尤其是刘勰的观点来阐释问题。

---

　　① 参见［德］马汉茂：《李笠翁曲话：一部 17 世纪的中国剧评》，72～74 页。

　　② 参见［德］马汉茂：《李笠翁曲话：一部 17 世纪的中国剧评》，78 页。

　　③ Bernhard Führer, *Chinas erste Poetik*, *Das Shipin（Kriterion Poietikon）des Zhong Hong*（467？—518），Dortmund：projekt，1995.

(一)《诗品》的文体和风格

关于南朝批评家钟嵘《诗品》的文体和风格，傅熊首先指出，若说简明是语言表述的理想形式，那么钟嵘的概念工具本身并未对此做出多大贡献。为此，他援引福尔曼(Manfred Fuhrmann)关于亚里士多德《诗学》特征的一段话语："他一般只用最简洁的表述来呈现其观点和学说，时常只关乎不得不说的东西。再有毅力的解析艺术，也很难令人满意地解析晦涩说辞的要旨。"[①]傅熊认为，这段话中的一部分可用于《诗品》。钟嵘之用词和修辞的隐晦，不断让人回忆起他与对手的政治斗争。在一些带着政治敏锐性的段落中，无法见出他在上书君王时的那种直言不讳或在其诗作中所展示的直白。他显然对中国诗和哲学中常见的多义性感兴趣。傅熊认为，这正是《诗品》的缺陷，同时也是其魅力所在。

在《诗品》中，钟嵘不仅有意把多义性(比如"风"的多种含义)当作修辞方法，还在其诗学观念中修正了文论术语中的中心概念如"兴""比""赋"，赋予其以"味"等新的意涵。《诗品》对一些术语没做任何解释，我们因而可以假设钟嵘是以这些术语为人所知为前提的，然而他把哪些术语看作人们所知悉的呢？

显然，除了《诗品》提的早先的文论著述外，钟嵘还参考了同时代的重要著述。人们虽然还不能确定无疑地说他参考了刘勰(约 465—520)的《文心雕龙》，但这两部作品在文论语汇方面的相近解读或有意为之的别样说法，还是体现出了文风上惊人的相似之处，另外还有评价诗人时的用词，都能见出钟嵘对《文心雕龙》的体例和论述是颇为熟悉的。或许正因如此，傅熊在其论述中一再援引刘勰的观点加以对照。

在那个时代的文人圈子里，谁也无法绕过沈约(441—513)的文论观点。他的著述，尤其是其《宋书·谢灵运传论》，钟嵘肯定也是知道的。

---

① ［德］福尔曼：《古代诗论》，3 页，达姆施塔特，Wissenschaftliche Buchgesellschft，1992(Manfred Fuhrmann, *Die Dichtungstheorie der Antike*, Darmstadt：Wissenschaftliche Buchgesellschft, 1992)。

而他对萧子良(460—494)周围的那些文友名士的创新理论究竟有多了解①，这在《诗品》中不得而知。无论如何，尽管《诗品》还不具备完整的文学理论体系，但这部中国古代第一部诗歌理论专著对后世产生了重要影响。清代章学诚(1738—1801)在《文史通义·诗话篇》中称之为"诗话之源"。

傅熊论著的明显特征是将他眼中的《诗品》中的疑难之处与前代、同代和紧随其后的一些类似著述相对照，以揭示相关论述的含义。而他所征引的一些材料，并不都是文论范畴中的文字。他的做法是先钩稽一些隐喻或说法的出典，然后分析其在《诗品》语境中蕴含的意味。在此基础上，他得出结论说，《诗品》中的许多文字都是双关的，人们可以从中推断钟嵘的不少言外之意，如此绕道阅读，很能解读钟嵘的一些真实想法。傅熊的中心追求是揭橥钟嵘论说的含义，阐释其诗论准则。

傅熊认为，关于《诗品》的写作原因，后人很少关注《诗品》本身，而多以唐代李延寿撰《南史·钟嵘传》中的一段文字为依据：

> 嵘尝求誉于沈约，约拒之。及约卒，嵘品古今诗为评，言其优劣，云："观休文众制，五言最优。齐永明中，相王爱文，王元长等皆宗附约。于时谢朓未道，江淹才尽，范云名级又微，故称独步。故当辞密于范，意浅于江。"盖追宿憾，以此报约也。

除了这一说法外，似乎再无其他材料能够证明钟嵘这个小官员与负有众望的沈约之间的龃龉，亦即沈约对钟嵘的拒绝态度。若是完全接受李延寿的"以此报约"之说，整个《诗品》或其中的一部分就会被看作"秋后算账"。《诗品》将两汉至梁有成就的诗人区别等第，分为上、中、下三品加以品评，沈约被列入中品，这遭到后世中国文学批评家的诸多诟病。谢灵运(385—433)之后，无人被列入上品。南朝齐(479—502)的最高品

---

① 萧子良结交的诸多有才之士中，以范云、萧琛、任昉、王融、萧衍、谢朓、沈约、陆倕最为著名，时称"八友"。

位，仅有谢朓（464—499）、江淹（444—505）同居中品。南朝梁（502—557）共有四人被列入中品：范云（451—503）、丘迟（464—508）、任昉（460—508）和沈约（441—513），这已是谢灵运之后的最高品位了。与刘勰不同，钟嵘《诗品》做了很大限定，只论已故诗人的五言诗。①

鉴于钟嵘在评说下品诗人时，毫不含糊地排摈沈约所代表的诗论立场，李延寿的说法似乎也不是全无缘由。若采信这一说法，那么《南史·刘勰传》中的一段文字也同样是可信的：刘勰以《文心雕龙》取定于沈约，大为沈约所重，认为该书"深得文理"，这才决定了《文心雕龙》的命运及其在后世的重大影响。② 人们完全可以把沈约看作萧子良身旁儒士中的关键人物，故而钟嵘对这些人颇多挞伐。

与建立在李延寿说辞基础上的对《诗品》写作动机之猜想不同，《诗品》文本中其实已能见出其明确意图。钟嵘在描述斯时文坛状况时指出，王公缙绅以写诗为时髦，然标准难定，意见不同，好坏难辨。时人刘绘（458—502）不满此乱象，欲做当代诗评，但未成书。钟嵘有感于此，仿汉代"九品论人，七略裁士"先例，作《诗品》以纠正当时诗风衰落之局面。③ 他在论述前人和当时众说纷纭的思想时，采用了范晔（398—445）《后汉书》中的"数家"说法，即一经有数家，一家又有若干说的状况，直到郑玄（127—200）遍注群经，辨析学术，考溯源流，如《后汉书·郑玄传》所云："郑玄囊括大典，网罗众家，删裁繁芜，刊改漏失，自是学者略知所归。"傅熊认为，上述两个例子或许更贴近《诗品》的成书动因。

此外，如中国史纂中司马迁的"成一家之言"之追求，钟嵘论五言诗的创作和接受亦当有着同样的追求。如同亚里士多德的《诗学》在很大程

---

① 被奉为儒家经典的《诗经》，主要是四言诗。魏晋南北朝时期，五言诗逐渐成为占主导地位的诗歌形式，但保守的重四言、轻五言倾向依然存在。刘勰在《文心雕龙·明诗》中主要论述了五言诗，却依然在说"四言正体""五言流调"。钟嵘则提出四言形式已经过时。

② 《文心雕龙》"既成，未为时流所称。勰自量其文，欲取定于沈约"。沈约"大重之，谓为深得文理，常陈诸几案"（《南史·刘勰传》）。

③ 钟嵘《诗品·序》："观王公缙绅之士，每博论之余，何尝不以诗为口实。随其嗜欲，商榷不同。淄渑并泛，朱紫相夺，喧议竞起，准的无依。近彭城刘士章，俊赏之士，疾其淆乱，欲为当世诗品。口陈标榜，其文未遂，感而作焉。"

度上也有"诗歌之敌"柏拉图的一份功劳,萧子良结交的诗人圈子中的不少新的诗论思维定然也对《诗品》这部中国历史上第一部诗论(或曰"诗话")起了很大作用。傅熊认为,对于这一学术门类而言,"百代诗话之祖"《诗品》完全有着类似《史记》之于史学的典范作用。

钟嵘论述了创造性、写作和作品审美问题,以及诗作的接受和效应,并从这些方面评点了五言诗。因此,认为"钟嵘的诗论只是其个人的文学哲思,而不是现代意义的文学批评或文学理论"①,丝毫改变不了这部作品在中国文学批评史中的价值和重要地位。在所谓个人的文学哲思中,钟嵘的探索及其对文学之价值尺度的阐释具有中心意义,他也以此来评判优劣。他所依托的标准并非缘于个人的品位,而是从论说对象出发,从事物特性中提炼准则。面对当时五言诗创作"庸音杂体,人各为容"(《诗品·序》)的状况,钟嵘要正本清源,彰显其理论立场。他指陈弊端,流露出明显的文化悲观主义倾向,即对当时诗坛的厌恶。②

(二)论诗歌的起源和效应

钟嵘以源自儒家经学传统的基本观点开启其诗论。他通过强调诗人与周围物象之间的关系来阐释诗的生存根源及其在人间的作用和效应,并直接援引《诗大序》中的动天地、感鬼神来显示诗的力量。如他在《诗品·序》中说:

> 气之动物,物之感人,故摇荡性情,形诸舞咏。照烛三才,晖丽万有,灵祇待之以致飨,幽微藉之以昭告。动天地,感鬼神,莫

---

① 王靖献:《中国文学批评中的术语命名》,载《亚洲研究杂志》,第 38 卷,1979(3)(Ching-hisen Wang, "Naming the Reality of Chinese Criticism", *The Journal of Asian Studies*, Vol. 38, 1979, No. 3, pp. 529-534)。

② 例如,钟嵘几乎全盘否定了时髦的"声律说":"士流景慕,务为精密。襞积细微,专相凌架。故使文多拘忌,伤其真美。余谓文制,本须讽读,不可蹇碍。但令清浊通流,口吻调利,斯为足矣。至平、上、去、入,则余病未能;蜂腰、鹤膝,闾里已具。"(《诗品·序》)

近于诗。

中国古代典籍记述了乐以及诗的起源，即物之感人、触景生情，另有"诗言志"①之说。然对其缘由，古代经书并未多加说明。而钟嵘从乾坤整体及其变化来解释诗的创造性，则是一个新的认识维度。他认为诗的起因在于天地万物，或曰阴阳二气，如《周易·系辞下》所云："天地氤氲，万物化醇。男女构精，万物化生。"充盈万象、催生变化的天地之气，在钟嵘眼里是诗兴的终极前提。透过这一诗的起源，他把诗人的创造性从主观的"志"即体现于歌和舞的情和性，转向客观的"气"即物感，也就是节气的轮换所引发的感荡。《礼记·乐记》中言：

> 地气上齐，天气下降，阴阳相摩，天地相荡，鼓之以雷霆，奋之以风雨，动之以四时，暖之以日月，而百化兴焉。

透过阴和阳，或如《礼记》接着所写的"乐者，天地之和也"，"气"生发四季轮换。可见，早在陆机（261—303）和刘勰之前，人心感荡亦即诗兴的一个意象已经存在。见于陆机和刘勰的文字，如陆机在《文赋》中说："遵四时以叹逝，瞻万物而思纷；悲落叶于劲秋，喜柔条于芳春。"刘勰在《文心雕龙·物色》中说"春秋代序，阴阳惨舒，物色之动，心亦摇焉"。钟嵘则通过具体景象表达出相同的意向，即四季让人触景生情而表现于诗。如他在《诗品·序》中说："若乃春风春鸟，秋月秋蝉，夏云暑雨，冬月祁寒，斯四候之感诸诗者也。"

在整部《诗品》中，"气"的概念具有多重含义。全文起首之"气之动物，物之感人"，与刘勰的"自然之道"一样，道出自然的生命力和强大生机，令人想起亚里士多德使用的本质概念"pneuma"（元气，气息，活力，

---

① 先秦两汉论诗，推崇"言志"。《尚书·尧典》云："诗言志，歌永言。"《庄子·天下》云："《诗》以道志。"《荀子·儒效》云："《诗》言是其志也。"《毛诗序》云："诗者，志之所之也，在心为志，发言为诗。情动于中而形于言。"《说文解字》云："志，意也，从心之声。"孔颖达《正义》云："在己为情，情动为志，情志一也。"

灵）。钟嵘主张以自然为诗歌创作的最高审美原则，在《诗品·序》中提出"自然英旨"说，这是颇为独特的。所谓"自然英旨"，就是讲究诗歌情感的自然流露、自然之美即真情、真美，具有清新的风格与意境。而要达到"自然英旨"，唯"直寻"得之："观古今胜语，多非补假，皆由直寻。"①这一观念贯串《诗品》始终。

钟嵘所论之"气"亦与曹丕《典论·论文》中的"气"概念相仿，即以"气"来解释诗人的个性及其独特创造力（"文以气为主"）。据此，《诗品》中的"气"指诗人天生的特性或作品的内在品格，常能与"风"相提并论。关于人的内在品质与外部世界之间的紧密关系，儒家传统中早有论述，并已见于《论语》："知者乐水，仁者乐山；知者动，仁者静。"水之动、山之静亦被《礼记》用来阐释音乐的起源："人生而静，天之性也。感于物而动，性之欲也。""凡音之起，由人心生也。人心之动，物使之然也。感于物而动，故形于声。"

傅熊指出，卫宏毫无保留地将乐用于诗②，故"音"这一术语不只局限于"乐"，上文《礼记》中的观点亦可用于诗文。《诗品》在激发和感应的框架中所描述的乐和诗的产生过程，完全可以相提并论。"物之感人"即外界物象对诗人的触动，使诗人产生并抒发情感。③ 另外，激发及由此而生的感应的通连，也使天地、作者和作品联系起来。诗人对外界物象的感受是即兴的，对于这个问题，陆机、刘勰、钟嵘的观点是一致的。刘勰在《文心雕龙·明诗》中说：

---

① "直寻"是钟嵘诗论的核心思想之一，与"自然英旨"意思相近。"直寻"创作方法即诗歌创作中的直觉，不假借用典用事，而是心感于物，情蕴其中："至乎吟咏情性，亦何贵于用事。"钟嵘尖锐地批判了"终朝点缀，分夜呻吟"，诗歌中竞尚用典的弊端："颜延、谢庄，尤为繁密，于时化之。故大明、泰始中，文章殆同书抄。近任昉、王元长等，词不贵奇，竞须新事。尔来作者，浸以成俗。遂乃句无虚语，语无虚字，拘挛补衲，蠹文已甚。"（《诗品·序》）

② 朱熹以后，卫宏被看作《诗大序》的最后辑录者和写定者。

③ 如梅尧臣（1002—1060）所说"因事有所激，因物兴以通"（《答韩三子华韩五持国韩六玉汝见赠述诗》）。

人禀七情，应物斯感，感物吟志，莫非自然。

傅熊认为，钟嵘援持《诗大序》，不可过高评价。《诗品》篇头论及儒家经学之后，不再停留于前人之说。与儒家倡导诗的和谐和秩序功用不同，钟嵘强调诗与天地万物的关系，旨在进一步把论述拓展至审美范畴。[①] 他注重从审美立场评判五言诗的倾向是显而易见的。

中国古代经典著述的一个常见现象是，文本的第一个字就道出最关键的概念。比如，刘勰的《文心雕龙》，或曹丕的《典论·论文》，都以"文"字发端。大多数论述诗文（诗歌）之本质、起源或功用的文章，也以"诗"开头，然后是刻画和描述，如"诗者……也"。而在《诗品》中，钟嵘似乎在突出一种渐进的论述方式，第49个字才是"诗"，也就是这个主题单元的最后一个字。

《诗品》的第一个字是"气"，很能体现作者的诗学理想，同时也是贯穿这部诗学著作的基调。"气"被看作诗文的最高境界，是上佳作品的源泉，渗透于创作的全过程，并转化为审美上的"风力""滋味"。

（三）生产美学与效应美学

《诗大序》称诗歌的风、赋、比、兴、雅、颂为"六义"。孔颖达（574—648）把《诗经》在内容上分为风、雅、颂三类，在形式上则将之分为赋、比、兴。[②] 钟嵘采纳了这三种表现手法，并以此论及整个诗歌创作。他在《诗品·序》中写道：

故《诗》有三义焉：一曰兴，二曰比，三曰赋。文已尽而意有余，

---

①　钟嵘虽摘引了《毛诗序》之"动天地，感鬼神，莫近于诗"之说，却省略了"正得失"以及"先王以是经夫妇，成孝敬，厚人伦，美教化，移风俗"的思想，开篇便突出其诗歌应抒发个性情感即吟咏性情的观点。

②　孔颖达《毛诗正义》曰："风、雅、颂者，《诗》篇之异体；赋、比、兴者，《诗》文之异辞耳。［……］赋、比、兴是《诗》之所用，风、雅、颂是《诗》之成形。用彼三事，成此三事，是故同称为义。"

兴也；因物喻志，比也；直书其事，寓言写物，赋也。宏斯三义，
酌而用之，干之以风力，润之以丹彩①，使味之者无极，闻之者动
心，是诗之至也。

通过颠倒经书中给定的表现手法之先后顺序，把"兴"放在第一位，
钟嵘突出了诗歌的艺术思维特征，亦即在他看来最具有效果品质的表达
手段。文辞已完而意有余的"兴"，乃托物起兴②，即托诸"草木鸟兽以见
意"，先言他物来引发所咏之词。"兴"强调诗语言的言外之意、韵外之
旨。这种审美手段连接内与外，连接激发与反响，一切尽在"滋味""余
味"之中，在意余言外的浓郁诗味之中。诗人之言所生之意象需要人们的
联想能力，这样才能认识和解读所咏之言的关联，体会诗人的真实思想。
不过，不见于文字的东西往往需要阐述和评论才能揭示其意蕴。

"比"即类比、比喻，以彼物比此物，并将物质世界的"物"与诗人的
思想、情感或"志"联系起来，即在写景叙事时寄托情志（"因物喻志"）。
以情寓于象中、借物比情是很常见的，很能引发联想和想象。一般说来，
用来做比喻的物象浅近而生动，或因传统用法而一目了然。也正是"因
物"，"志"和情感的表达增添了独特韵味。

"赋"为铺陈直叙，"直书"景观物象、事态现象、人物形象和性格行
为。而在钟嵘注重表现力的诗歌艺术思维中，诗不追求模仿功用，纯粹
的模拟因而也是不合适、不足取的。在他看来，"赋"之表现手法，除了
状写物象之外，还当用作有寓意的语言，体现诗人的思想和情感。事与
物是被用来展示的外在现象，即庄子所言"籍外"；描写物象时，当呈现
诗人的内心世界。只有做到"寓言写物"，达到相应的艺术效果，赋才是
表达诗人真情实感的手段。傅熊认为钟嵘的这一观点与刘勰所说的"体物
写志"③相仿。

---

①　关于"丹彩"，曹丕《典论·论文》有"诗赋欲丽"之说，陆机《文赋》中则说："诗缘情
而绮靡。"

②　刘勰《文心雕龙·比兴》："兴者，起也。"

③　刘勰《文心雕龙·诠赋》："赋者，铺也，铺采摛文，体物写志也。"

　　尽管钟嵘更多地标举"兴"和"比"的表现力，但他终究还是强调上乘之作须兼用兴、比、赋三者之长。而真正完美的作品须有"风力"，如刘勰所言"风骨"①。这是一首诗的骨架，然后润之以文采。"风力"是钟嵘论诗的最高标准，他对自己最为推崇的诗人曹植(192—232)的品评其实也是其最高诗歌理想："其源出于《国风》。骨气奇高，词采华茂。情兼雅怨，体被文质。粲溢古今，卓尔不群。[……]"②

　　钟嵘要求诗能达到内心感受与外部世界的融合，傅熊认为这与我们今天的效应美学所探讨的问题直接有关。感官的"味之""闻之"生发相应的享受和感触，钟嵘所说之"味"与刘勰所言"隐"和"味"相近，需要接受者借助审美力来发现"隐秀"③并成为"知音"，也就是王充(27—约97)所说的"言瞭于耳，则事味于心"④。

　　钟嵘从其诗学理念出发，强调酌情运用兴、比、赋"三义"，即它们之间的互相作用。否则，单用"比兴"会导致晦涩难懂，单用"赋"则会意浅，文辞烦冗累赘。他在《诗品·序》中说：

　　　　若专用比兴，患在意深，意深则词踬。若但用赋体，患在意浮，意浮则文散，嬉成流移，文无止泊，有芜蔓之累矣。

　　傅熊指出，钟嵘的观点无疑是重要的，可是令人诧异的是，这些写作上的缺陷亦见于被他归于上品的诗人的诗作中。擅长比兴的阮籍(210—263)的《咏怀》，很能让人领略何为"意深"。所谓"意浮"，刘桢(186—217)《赠五官中郎将诗四首》中的第一首便能见出。而王粲(177—217)的一些诗中，亦能遇见钟嵘所批评的弊端。钟嵘在其追求完美的审美理念中，借鉴了陆机《文赋》"辞浮漂而不归"之生动比喻，突出文辞之

────────────

　　①　刘勰《文心雕龙·风骨》："若风骨乏采，则鸷集翰林；采乏风骨，则雉窜文囿；唯藻耀而高翔，固文笔之鸣凤也。"
　　②　钟嵘《诗品上·魏陈思王植诗》。
　　③　刘勰《文心雕龙·隐秀》："使玩之者无穷，味之者不厌。"
　　④　王充《论衡·自纪》。

"流"，用水的"深""浮""流""泊""漫"之喻，形象地描写诗歌语言中的思想表达。

（四）诗之目的：激发和治疗效应

《诗品》起首言"物之感人，故摇荡性情，形诸舞咏"，来自对"感应"的认识。令诗人动情的"感"，是创造力之根源。钟嵘所论"比兴"的思维和手法，建立在对外部物象的观察和感触基础之上。诗歌是为外物所感而引发的诗人主观情感的冲动，由外物激发而兴情，而后把情感寄托于物象之中。根据古代经典乐论，文学理论家和批评家陆机、刘勰、钟嵘看到了四季更迭与文学创作之间的密切联系。钟嵘深信"四候之感诸诗者"。陆机强调四季中的触景生情，尤其是春秋给人带来无限灵感，他在《文赋》中说："遵四时以叹逝，瞻万物而思纷；悲落叶于劲秋，喜柔条于芳春。"同样，刘勰肯定了四时循环对文学的深刻影响，春夏秋冬实为诗歌灵感的源泉，他在《文心雕龙·物色》中说：

> 春秋代序，阴阳惨舒，物色之动，心亦摇焉。［……］四时之动物深矣。［……］是以献岁发春，悦豫之情畅；滔滔孟夏，郁陶之心凝。天高气清，阴沉之志远；霰雪无垠，矜肃之虑深。岁有其物，物有其容；情以物迁，辞以情发。

钟嵘认识到源于宇宙之"气"的阴阳变化的激发功用后，把目光转向人类世界的激发现象，他在《诗品·序》中说："嘉会寄诗以亲，离群托诗以怨。"这样的描述往往与具体的个人及其命运有关，而钟嵘更多地是想呈现一种常见的类型。从这个意义上说，屈原不只局限于他的个人命运，而具有原型功能。在中国的创作论中，"怨"有着中心意义，故而司马迁笔下的屈原在文学家眼中是一个原型人物。钟嵘在其诗论中尤为推重诗歌要抒发怨情，"哀怨""凄怨"或"清怨"，可以助"风力"。《诗品》中的大部分上品诗人很能见出生平与作品的直接联系，钟嵘认为这些诗人的作品是其个人遭遇的体现，怨艾是其明显特征，他在《诗品·序》中说：

　　至于楚臣去境，汉妾辞宫。或骨横朔野，或魂逐飞蓬。或负戈
外戍，杀气雄边。塞客衣单，孀闺泪尽。或士有解佩出朝，一去忘
返；女有扬蛾入宠，再盼倾国。

　　从一般到特殊的论述之后，钟嵘用颇为近似江淹的《恨赋》和《别赋》
的笔触举例说明他的观点，并借用孔子之言，用问答的方式得出结论。
如他在《诗品·序》中说：

　　感荡心灵，非陈诗何以展其义？非长歌何以骋其情？故曰：
"《诗》可以群，可以怨。"

　　孔子赋予诗以四种功能①，当然专指《诗经》，而《诗品》中的"诗"概
念绝不只限于《诗经》。如前所述，钟嵘强调诗歌文学的独立位置，从而
摆脱了儒家经学的束缚。他更赏识"群"和"怨"的视角，即人际交往与个
人哀怨的抒发。尽管这两个方面主要涉及创作动机，或曰一种感召，但
在诗文的交际亦即社交功用中，钟嵘还看到了诗歌以治疗为目的的效应。
并且，他强调审美追求的"可以怨"，已经少了"美刺"的社会功能，而成
了哀的情感和美的愉悦功能，是"清怨"。他在《诗品·序》中说：

　　使穷贱易安，幽居靡闷，莫尚于诗矣。故词人作者，罔不爱好。

　　与此极为接近的文字，见嵇康的《琴赋·序》②，其中一些观点乃至
行文，与钟嵘的论述基本相似。当然，嵇康以阐释音乐为中心，论域相
对狭窄。而如前文所论及的那样，钟嵘也把音乐的概念范畴纳入其诗论

----

　　①　《论语·阳货》："子曰：'小子，何莫学夫《诗》？《诗》可以兴，可以观，可以群，可
以怨。[……]'"
　　②　嵇康《琴赋·序》："处穷独而不闷者，莫近于音声也。"

范围。他用主要吐露悲苦的"长歌",将读者带入"可以群""可以怨"的境地。此时,人们很容易联想到《列子·汤问》,这个故事体现出歌曲的巨大感染力,或消解愁闷忧伤,或令人欢快起舞:

> 昔韩娥东之齐,匮粮,过雍门,鬻歌假食。既去,而余音绕梁欐,三日不绝,左右以其人弗去。过逆旅,逆旅人辱之。韩娥因曼声哀哭,一里老幼悲愁,垂涕相对,三日不食。遽而追之。娥还,复为曼声长歌,一里老幼喜跃抃舞,弗能自禁,忘向之悲也。

六、卜松山与《中国的美学和文学理论》

德国汉学家卜松山所著《中国的美学和文学理论——从传统到现代》一书,可谓德国汉学研究在中国古典美学、中国古代文论领域的集大成者。相较于常见的只针对单篇文章、单一命题或单个人物发言的零散式研究,卜氏书明显更具系统性、完整性和统一性,对中国古代文论形成了自成一体的阐释体系,为近来西方汉学研究之仅见。全书以历史时序进行架构,分中国古代文论为"周至汉代""汉唐之间""唐代""宋代""明代""清代"六期,但在具体叙述时并未拘泥于绝对的时间先后顺序,时常隔空拈出一些重要概念,考察其在整个中国古典时期的流变及意义。[①]这些论述或集中或分散,但在行文中无不旗帜鲜明地服从统一的主旨,显现出了卜氏勾连中国古代前后各期、寻找中国古典核心精神的雄心。这表明,他对中国古典时期的认识已经超越了盲人摸象、管中窥豹的阶段,在正确"认知"的基础上形成了具有强烈个性色彩的"阐释",对3000

---

① 卜松山在对"神""境界""自然"等概念进行探讨时,皆运用了这种超越具体人物、具体时代而进行宏观把控的研究方法,他能有如此研究视野,能准确地体悟诸多超文学、超艺术领域的中国古代核心价值,应该归因于他对中国古代思想史的钻研。卜氏曾在一次采访中说道:通过对境界的研究,我发现了中国美学和哲学、宗教的亲缘关系,于是开始系统钻研中国思想史。参见刘慧儒:《"把陌生文化当作一面镜子"——访德国汉学家卜松山教授》,载《哲学动态》,2001(5)。

年来的中国古典文论提供了一套独到的解释体系。我们完全可以认为，这样一套完整的有机系统已经具备了主体性，为"他者"——相对于西方的"他者"正是我们——提供了充分的对话冲动与契机，一个西方式的中国古典视域因此具备了与中国式的中国古典视域进行融合的无限可能，而站在中国的立场与西方价值观进行对话，正是本文试图进行的工作。我们相信，解析这样一套颇为完备的话语体系，透视其背后的运转逻辑，有助于我们审视和厘析西方汉学研究的意识形态，也能够促使我们反思汉学话语权力体系和国人对西学的态度等问题。

（一）关于过去之认知

从"认知"层面来看，卜氏书成功规避了以往汉学研究中常见的只见树木不见森林的零散化问题，呈现了中国古典文论的全貌，达到了相当的认识水平。

以具体研究为例，卜松山对中国古文论的探究首标"诗言志"传统，并认为"志"这一古代文论中至关重要的概念，应该"［一方面］理解为带有个人情感的'意愿'，［……］另一方面，'志'必须首先作为政治的、公开的意愿来看待"；"志"是对应于"作为社会生物的人的"，所以"诗言志"应该同时具备"表现的和实用的观点"①。卜氏的判断和把握，无疑是十分准确的。历史地看，"诗言志"之说在产生之初是从发生学意义上对诗之来源的认识，即诗发于人心。从这一层面来讲，其与后世的"诗缘情"说在本源上并无根本差别。② 这正是卜氏对"志"的第一层理解——"带有个人情感的'意愿'"。而此后，周室礼乐文化起、诗教思想兴，继而传入儒家之手，"志"日渐染上浓厚的政治道德色彩，成为礼乐文化、儒家教义

---

① ［德］卜松山：《中国的美学和文学理论——从传统到现代》，25、67 页。
② 郭绍虞持此论，他引唐孔颖达之论认为，"'志'与'情'是一个东西，'言志'与'缘情'是一个东西"。参见郭绍虞：《中国历代文论选》，第 1 卷，3 页，上海，上海古籍出版社，2001。

的体现，而这种教义的价值观可以概括为"为公"。① 所以说，用"理性"
"感性"之别来置换"志""情"之别其实是不甚合理的，这一对概念的核心
分歧，应是"公"与"私"的对立。如果用更为现代的语汇来诠释这种"公"
的取向，其积极的一面大概可以用"道德"来指称，消极的一面则近似于
阿尔都塞（Louis Althusser，1918—1990）式的意识形态。因此，卜氏将
儒家化后的"志"理解为"政治的、公开的意愿"，是很有道理的。② 而他
使用艾布拉姆斯（Meyer Abrams，1912—2015）的"表现""实用"分类法来
描述"诗言志"的这种双重特征，吸取的是刘若愚（James Liu，1926—
1986）汉学研究中以西方理论诠释中国文论的经典经验，这也具有相当的
合理性。

卜松山以刘勰的"比显而兴隐"（《文心雕龙·比兴》）说为基础，对
"比""兴"这一对中国诗学经典概念进行了分析。他对刘勰观点的介绍
如下：

> "比"是一种"清晰、明确的"（显），而"兴"则是"不明确的"（阴）
> 比喻。也就是说，"比"指的是将一件事物和另一件直接地、明确
> 地——比如通过"如"——进行比较，而且比喻的两部分，即喻体和
> 本体都是明确的，[……]"比"因此也被解释为直接的比喻，或一目
> 了然、形象的表述。
>
> [……]与同样也经常选用自然景色的"比"不同的是，这里的景

---

① 春秋战国诸子，尤其是儒道法墨等大家大派，所挂怀者皆一"公"字，这也成为中国
士人数千年来一致的心结，故前有孔圣"仁者爱人"之说，后有张横渠"为天地立心，为生民
立命，为往圣继绝学，为万世开太平"之论。对"公"的理解虽有儒、道之分和人间、天际之
别，但由于道家思想长期以来在中国文化中属于暗流，所以"志"所秉持的"公"价值主要是儒
家的，也就是说，是驻足于人间、基本上可用"社会"一词涵盖的。

② 关于"志"的政治意味，卜松山早前曾有更为直接的表述，"'志'这个词有着它确定
的儒家意义：最初使用时，它指的是官吏的政治抱负；而在理学的含义中，它指的是一个人
必须固守儒家道路的意愿和目的，即'志于（儒家的）道'"。这样的认识与《中国的美学和文学
理论》相比略显极端，但更为突出地揭示了"志"的意识形态色彩。参见［德］卜松山、王文兵：
《论叶燮的〈原诗〉及其诗歌理论》，载《河北师院学报（社会科学版）》，1997（4）。

象（喻体）与人类世界（本体）之间的关系并非清晰明确的，而是间接的，晦暗不明的。确切地说，它们之间的关系大多来自一种理解习惯或阐释传统。［……］因此"兴"也就被理解为"间接比喻"或者"隐喻"。①

可以看到，卜氏是从明喻与暗喻之分的角度去理解"比""兴"的，这样的切入角度恰到好处地揭示了两者在形式上的差异。尤其难能可贵的是，他还看到了两者表现的其实都是"自然界与人类世界以及人类情感世界之间的某种富于启示的相关性"②，即都承载着沟通人与自然、人与人的功能。"比"通过直接的比拟，将人事与人事、人事与自然之间的关联清晰地呈现出来；"兴"看似是自然和人事的平行并列，但其间隐含着"理解习惯或阐释传统"的逻辑链条，两者在其中其实也是交织在一起的。卜氏进一步谈到，人与自然的比照构成了中国诗歌情景交融的本质，而人事与人事的碰撞则迸发为"言外之意""意境"等中国美学价值观念的原初表达。这样的论断勾连贯通了千年中国诗歌史，并直达中国美学理念之精髓③，其中体现出的两种倾向——审美化古代中国和试图以单一概念诠释中国古典时期，也正是卜松山中国古代文论研究的主要立场。

卜松山能够认识到先秦时期"《诗三百》的诗句是出于修辞以及政治外交目的，［……］不存在完全独立的艺术"④，通过对"气"的探讨也看到了"中国古代学者将文学艺术作品看成是鲜活的，是生命力的流露"⑤，并能洞悉中国古代思维方式是非对立的、非相互征服的、追求多元和谐的⑥。这充分说明，他对中国古代思想的基本精神体悟颇深，这些思想

---

①　［德］卜松山：《中国的美学和文学理论——从传统到现代》，28～29 页。

②　［德］卜松山：《中国的美学和文学理论——从传统到现代》，29 页。

③　卜松山对"正"与"变"和"法"与"悟"两对不同时期的对立概念之间的类比也体现出他同样的洞见。参见［德］卜松山：《中国的美学和文学理论——从传统到现代》，31 页。

④　［德］卜松山：《中国的美学和文学理论——从传统到现代》，45 页。

⑤　［德］卜松山：《中国的美学和文学理论——从传统到现代》，51 页。

⑥　卜松山在论述钟嵘《诗品》、王夫之《姜斋诗话》等文献时均表露此意。参见［德］卜松山：《中国的美学和文学理论——从传统到现代》，157、293 页。

史研究成果帮助《中国的美学和文学理论》在认知层面达到了相当的高度。无论是《诗大序》对诗歌三功能的认识①，还是孔子对诗歌作为道德、社会、修辞之学的看法②，抑或是孟子养气说的道德含义③，卜松山都从思想史的高度对之进行了审阅。他对庄子"斋心"之义、刘勰思想中的儒道成分、"通变"概念勾连传统与创新的意图、"气韵""境""境界"的定义、司空图"韵外之致"的非单义性追求、苏轼的道家气质、王夫之融通"情""景"的努力等，也都进行了深刻分析。作为一名叶燮思想研究专家，他还对叶燮的唯物倾向之超验特质进行了很有启发性的研究。④卜氏有力地批驳了将叶燮理解为原始唯物主义者的倾向，指出叶燮看似将文本理解为"反映论意义上的模仿"的产物，但这种反映的对象——"理""事""情"，并非实际现实，而是一种"深层现实"。细观叶燮《原诗》，我们会发现卜氏之论并非虚言。叶燮追求"克肖自然"的境界，其所谓"在物之三"皆是"自然之理"，是与"在我之四"——主体的属性——相对立的。"自然"乃道家学脉的概念，主要指的是"自然而然"这样一种状态，与"各得其宜""无为而无不为"等状态类似，都是对至高之"道"的描述，而非现今我们所说的自然界。所以粗略说来，中国古代汲汲于"自然"者往往带有道家倾向，其目光所向，一般在超验之天际而非现实之人间，叶燮自然也是如此。因此，卜松山将"理""事""情"理解为"深层现实"而非实际现实，是十分准确的判断，是在思想史研究的基础上对叶燮美学做出的合理评价。

(二)基于当下之阐释

卜松山的书的确达到了相当的"认知"水准，但我们也不应忽视其"阐释"层面所存在的倾向性。这并不是要对卜氏阐释做"正""误"评判，而是试图从中国的立场对之进行回应，并探寻西方汉学研究中隐在的意识

---

① 卜松山认为《诗大序》肯定诗歌的三种功能：反映社会和政治现实、教化和讽谏、宣泄情感。参见[德]卜松山：《中国的美学和文学理论——从传统到现代》，31页。

② [德]卜松山：《中国的美学和文学理论——从传统到现代》，42页。

③ 参见[德]卜松山：《中国的美学和文学理论——从传统到现代》，49页。

④ 参见[德]卜松山：《中国的美学和文学理论——从传统到现代》，309～310页。

形态。

上文已经提及，整部《中国的美学和文学理论》贯串着两大倾向：审美化古代中国和试图以单一概念诠释中国古典时期。前者表现为研究中历史性的相对缺失，后者表现为预设的理念先行，而两者之间又是紧密相连的。认为卜松山的书欠缺历史性，并不是说他的研究缺乏历史维度。实际上，整部专著的历史线条是清晰而贯通的，只是其历史维度完全属于思想史范畴，政治史、社会史的背景被排除在了研究之外。让人在意的是，这样的现象不可能是"认知"水平造成的。如此一来，我们便只能在"阐释"层面寻找原因，而结论正是：一切皆因卜松山对中国古代时期的描述存在一种将其审美化的倾向。所谓审美化，是指将中国古典文献的政治性与社会性剥离，仅保留其"文学性"。在"文学"概念狭义化后，这种尊重文学学科独立性、专注于文学场域的态度，是大多数当代文学学人都会做出的选择。但不可否认的是，"文学"的定义并非从来就是如此狭窄，其意涵的缩小实际上意味着"文学"司职功能的丧失：社会、政治、文化方面的职权皆遭剥夺，仅被允许拥有审美和表"情"的合法性。而这一进程在中国所反映出的，正是传统文化阶层——士人群体统治地位的丧失，以及"文"所载之"道"的权威没落。因此，卜松山以审美化的方式进入古代中国，本质上是以现代"胜利者"的标准对古代"失败者"的言说进行评判。这样的态度并没能完全沉潜入古代中国的语境中，从同情和体认角度来说，存在一定的问题。

无历史性的研究在中国古文论研究领域其实并不罕见，刘若愚已开其端绪。刘氏名著《中国文学理论》在结构上不是以历史维度架构而成的，他对艾布拉姆斯的"世界、作品、作者、读者"四要素进行了中国化加工，改"模仿说""表现说""实用说""客观说"为"形上理论""决定理论与表现理论""技巧理论""审美理论""实用理论"，并按此标准为中国古典文论分别贴上了标签。① 这样的结构方式，以及刘氏对"形上理论"的偏爱，使得其书呈现出历史感薄弱的特点。他以当代西方理论评议古代中国思想的

---

① 　参见［美］刘若愚：《中国文学理论》，杜国清译，南京，江苏教育出版社，2005。

做法，虽在探讨理论问题时表现出鲜明的优势，能够通过比较研究提供相当多的新鲜视角，但由于缺少对中国古代思想产生环境、目的影响等问题的历史性分析，因而难以避免认识上的纰缪，且颇有以今非古之嫌。刘若愚对曹丕《典论·论文》和《诗大序》等文献的认识均反映出了这一问题。

刘若愚认为，曹丕所谓"盖文章，经国之大业，不朽之盛事"，乃倡导文学实用性之言。但是，如果仔细考察彼时魏国的政治生态，我们会发现，曹丕此言很有可能只是在诱导"建安七子"：表面上抬高文学的地位，实则试图将七子诱入所谓纯粹的文学领域，使之不问政事。因此，从目的来看，此语或许是为将文学从政治中驱逐而出、抽离文学的政治性而设计的话语策略。① 另外，对于《诗大序》等"实用理论"，刘若愚也始终颇有微词。在他看来，《诗大序》杂"表现说""审美说""实用说"等为一体，自相矛盾、语焉不详。但实际上，中国古代思维之精髓正在和谐共存而非对立征服，多元杂糅本不会造成困扰，况且"表现说"所表之"情"在中国古代早期主流的形态正是具有公共性的"志"，两者之间并无根本矛盾。刘若愚立足于西方现代个人主义思维，且持守二元对立框架，对《诗大序》的认识自然难免有所偏颇。

卜松山的研究极力避免刘若愚的问题，较之刘氏来说在"认知"层面达到了更高的程度，其思想史背景也基本是中式而非西式的。但他同样表现出回避政治、社会、历史维度的倾向，只是用一种美学偏好取代了刘氏的哲学偏好②。

卜松山的审美化中国古代文论研究方式有其明确的精神导师——李泽厚，他对李氏的钦慕在书中随处可见，常引用或化用李氏论断作为自

---

① 对此问题孙明君论之甚详，见孙明君：《曹丕〈典论·论文〉甄微》，载《清华大学学报（哲学社会科学版）》，1998(1)。

② 卜松山十分赞同徐复观、刘纲纪等人的"中国的传统文化是审美"这一类论断。参见［德］卜松山：《中国的美学和文学理论——从传统到现代》，1～2 页。

己的结论。① 李泽厚借用贝尔(Clive Bell，1881—1964)之"有意味的形式"概念对中国美学、文学形式的探讨，对中国古代艺术线条性特征的论证，对中国古代重内在生命意兴的表达、重和谐融通精神气质的概括，都堪称中国古代思想研究的经典之论。不过，李泽厚书虽不乏对中国古典文化的溢美之词，但细析之却不难发现，其民族自豪情绪，并没能完全摆脱近代中国自卑心理的控制。李氏对古代中国的称许均是以去政治性为前提的，这也就意味着，诸多被今人视作"文艺作品"的文献与其产生时最核心的意义——政治价值、社会价值——被人为地割裂了；诸多在当时被视作具有重大社会意义、哲学意义的思想，经过专门的筛选，仅得以保留其中可归属"美学"的部分。这样一种处理方式，正是我们所说的审美化古代中国。它并非李泽厚所独创，近代以来中国学人大多热衷于此，反映的正是百年屈辱史下形成的放弃与西方在社会组织方式、政治运转理论等方面争雄的自卑心理。

对中国古代作审美化处理，从根本上来看是服膺西方价值观念的表现。持此态度的学人或有意或无意地迎合西方人的东方想象，将中国描绘为一个文化型的、政治无序的、感性化的、优美温柔的东方神秘国度，以与实干、理性、政治机器高度发达、强悍伟岸的西方形象形成鲜明对比；或为证明"我也有"，而竭力按照西方标准打造中国美学形象。李泽厚对中国古代建筑、绘画、文学等文艺做出高度评价，就是建立在西方的"理性"标准之上。② 他将属于政治、历史的部分从中国古代思想中排除了出去，并按照西方人的审美模式对中国古代的审美元素进行了包装，试图通过这种方式实现中国与西方的比肩而立。这种方法虽然有利于西

---

①　如他对孔子文学观中的道德意味、对中国矛盾结构强调对立面的协调而非冲突、对苏轼意义的强调等，皆体现出李泽厚思想的痕迹。卜松山著作对李氏言论极其重视，多次以斜体字列专段引述其观点，将之与古文献语句做相同处理，可见他有着鲜明的以李氏之论为"经典"的意识。

②　比如，他对中国建筑艺术的评价是"实用的、入世的、理智的、历史的因素在这里占着明显的优势"。参见李泽厚：《美的历程》，66页，北京，生活·读书·新知三联书店，2009。

方世界对中国文化的接受，也在一定程度上缓和了国人的自尊焦虑，但一个被抽离了灵魂的中国空壳毕竟是不丰满的，也不够真实。而且，"如何在西方霸权话语下找回自我"这一困扰中国一个多世纪的问题并没能从中得到解决。

卜松山对李泽厚等人的行为有着清醒的认识，他明确指出"本世纪初中国人面对西方开始为自己定位时，把本国文化视作一种美学文化"①，只不过他是以欣赏的口吻做出这一判断的。作为一名西方学者，卜氏可能并没有像李泽厚那样强烈的抬高古代中国的冲动，但他相当乐于接受审美化后的中国形象，也十分认可这种处理方式。他曾亲口承认，自己青睐美学，因为这一领域能够"形成一个非政治性的空间"，而且西方美学思维与中国的传统多有相通之处。可见他是在有意识地进行审美化古代中国的工程，并承认其目的在于"去政治化"②。在李泽厚思想的指引下，卜松山有意识地淡化了中国古代思想中的政治意识和社会意识，而这一倾向在《中国的美学和文学理论》一书中最明显的表现就是儒家的消失和道家的尊大。从前文可以看到，卜氏对儒家的思想内核有着深刻的洞悉，但在准确的"认知"背后，却是"阐释"层面的系统性的忽略。在书中，儒家思想高度发达的汉代只占不到十页的篇幅，而凡是具有道家倾向的思想家如庄子、苏轼、王国维等，则均得到了大书特书。在儒学内部，偏重事功的荀子学派也几乎没有得到书写，而继承孟子思想、"援佛入儒"的宋明理学、心学，则都得到了相当多的关注。③ 卜松山从不掩饰自己对佛、道学说的推崇，他曾撰写过专文论及佛、道两家的思想，明

① ［德］卜松山：《以美学为例反思西方在中国的影响——刘纲纪〈德国美学在中国的传播与影响〉德文版序》，载《青岛海洋大学学报（社会科学版）》，1998（1）。
② ［德］卜松山：《以美学为例反思西方在中国的影响——刘纲纪〈德国美学在中国的传播与影响〉德文版序》。
③ 一直以来，卜松山都表现出以孟子派、宋明派为儒学正宗的倾向，他早年的文章中对儒学的解读完全是宋明以来的新儒学路子，"修身""修齐治平""仁学""诚"等成为儒学唯一的面向，荀子学派、礼治等思想是完全缺席的。参见［德］卜松山：《儒家传统的历史命运和后现代意义》，载《传统文化与现代化》，1994（5）；［德］卜松山、国刚：《中国传统的世界性价值是什么》，载《教育艺术》，1995（1）。

确地表达了对道家追求世界"统一性"和消解"二元性"的态度的认可，并将之与基督教的悖论立场（上帝之"善"包容"恶"却又必须在与"恶"的对立中才能显现自身）进行了比较，认为"道家对事物的理解和领悟，是把万事万物的二元性或者说相对性质看作是'道'的外观，并进而——在超越了对立性的彼岸——得到超脱"①。我们可以从中感受到卜氏对道家思维的钦慕，也因此他才会遵从道家"自然""无为""自修"等理念，进而站在与老子一样的立场上批判讲求人事、秩序、公共性的儒学。②

举例来说，卜松山虽然明晰"志"的含义，但却对其公共意识、社会关注性不予置评，甚至颇有不满之意。在论及《诗大序》的"诗言志"思想时，卜氏止于对《诗大序》文本义的解读，对其中表现出的建构"尊尊"等级秩序、重视诗歌之感染力和维持秩序的能力等政治关注以及较低的士人姿态所隐含的社会历史意义均不在意。他对汉儒说《诗》之论虽有精确论述，但却称这种将"微小的个人伦常一直到整个王朝的秩序"与诗歌相关联的做法为"道德演绎"③，不信任感跃然纸上。而实际上，《诗》在早期的礼乐文化中起着相当重要的作用，是礼仪、外交政治等活动不可或缺的工具，为"公"本是其题中之意。④ 朱熹对其所做的私情化阐释肇因于宋明理学由集体秩序之学向个体道德之学的转向，卜松山的审美化理解方式其实也基于启蒙时代以来相仿的价值理念。《文心雕龙》一书，是刘勰继承荀子、扬雄等人的"原道""征圣""宗经"意识，力图以"文"为中心重建文质彬彬的社会秩序的一次重要尝试。卜氏却基于上述立场，避

---

① 参见［德］卜松山：《道其不可道者——老庄的"道"和龙树的"空"》，载《武汉理工大学学报（社会科学版）》，2014(2)。

② 老子扬"无"黜"有"，凡是有悖于世界之"整一性"、堕入"有形"状态的皆落二义，这实际上从根本上将人间贬斥到了一个较低的位置。所谓"智""巧"等务实之学，在老子看来皆是执迷于"有"之障，未能识天地之至理——"道"，故而是低级的、荒谬的。《道德经》中不少地方对以儒学为代表的"事功"学说进行了直接的指责，"失道而后德，失德而后仁""天地不仁"等都是对尚"有"之学的抨击和打压。

③ ［德］卜松山：《中国的美学和文学理论——从传统到现代》，34～35 页。

④ 陈来论此甚详，参见陈来：《春秋礼乐文化的解体和转型》，载《中国文化研究》，2002(3)。

而不谈刘勰此层意图。他对刘勰"比兴"思想的使用也是如此，基本上按照文学领域的逻辑对其进行理解，有意回避了刘勰寄寓于其中的政治意识。①

卜松山之所以会如此强烈地想要将文学从政治、社会的漩涡中抽离出来，也许是身为德国人的他对纳粹极权思想的反思所导致的。灾难性的记忆恐怕是他抵制政治、反感集体性的主要原因，再加上后现代反理性思潮的影响和他一贯的反基督教一统权威的立场②，卜氏对偏于实际、理性、追求大一统的儒家学说没有好感其实并不奇怪。而且，他虽然反对西方世界以"西方人明显的偏爱"和纯粹放任的"创造性误解"的方式来拥抱道家，但他确实认为道家的神秘自由主义气质和批判文明与文化的价值取向与现代西方的精神风貌十分契合，所以他相信对新宗教的渴望、后现代主义社会观念、现代西方哲学等都能从道家那里找到自己需要的资源。事实上，卜松山完全可以称得上是一个"道学"（道家之学）家，整部《中国的美学和文学理论》大有以道家"自然"精神为中国美学思想之主导的意味，即使是儒道互补、儒释道合一的情况，在卜氏看来也基本是以道家、佛释为主而以儒家为辅的。这样的观点与实际的历史情况之间虽然可能有一定的距离，但这确实是卜松山理解古代中国精神的根本方式。

卜松山对道家的偏爱和推许③，还可以从他拒绝承认道家学说缺陷的态度中见出，这与其对于儒家的苛刻态度形成了鲜明的对比。卜松山

---

① 刘勰于"比""兴"之中更偏重"比"，述之更详。这是因为"比"者"附理，切类以指事"，偏于公共；而"兴"者在"起情"，偏于私人。刘勰特重儒道，故偏于言理之"比"，这是对文学之政治性的倡扬。也正因为这样的儒学倾向，使得卜氏将其弃置不论。

② 卜松山在多篇文章中都对从基督教传统而来的西方逻各斯中心主义倾向表达过不满，将之斥为"荒谬的""无稽的"，认为这是一种"战斗的教条"，是一种"狂妄的道德说教"。参见［德］卜松山：《道其不可道者——老庄的"道"和龙树的"空"》，载《武汉理工大学学报（社会科学版）》，2014(2)；［德］卜松山：《普遍伦理与跨文化对话》，载《读书》，2001(11)；［德］卜松山：《普遍性和相对性之间：与中国作跨文化对话之路》，载《传统文化与现代化》，1998(3)。

③ 道家思想常被表述为"富于启示性的"，并在各个方面得到体现。

肯定庄子的"斋心"之论在"主体与客体的统一"①方面的贡献，却无视这种拜"天"价值观可能导致的主体性丧失和人间性沦丧的危险。他相当认可道家对多样性的追求，但拒绝历史地考察在王纲解纽的时代，这样的论调可能导致的社会无序与混乱问题。在论述明季复古派、公安派之争时，卜氏洞悉了二者对真性自然的共同追求，但也忽略了这种倾向所导致的与政治的疏离，其实是宋明学的重要悖论。实际上，宋代理学本是作为对佛老逃离人间倾向的反拨而面世的，但宋儒并没能彻底跳出佛道学说的体系框架，故其解决方案仍囿于个人领域中，而未能诉诸集体，最终形成了"援佛入儒"的局面。邵康节"以物观物"说正是佛老影响的极致表现，其《伊川击壤集序》一文对个人之"身"和集体之"时"均做了否定，倡导主体性的绝对丧失，主张将自我完全交付于天地，听任天地自然之大法，这是非常典型的道家思想。所以，无论宋儒如何努力自修，他们始终开不出"外王"，难以重现汉唐盛世，因为他们的起讫点和道释两家并无根本区别，都是指向天际而非人间的。宋明以来，中国的政治哲学始终在私与公、天与人的矛盾泥潭中挣扎，其缘由正在于佛老之学的统治。就像卢梭（Jean-Jacques Rousseau，1712—1778）要为法国大革命负责、浪漫主义与尼采要为纳粹意识形态负责一样，佛老之拜"天"哲学也应该对近代中国之困局负有责任。卜松山极力推崇的佛老思想可能正是近代中国积贫积弱的思想根源，这或许是值得我们思考的一个大问题。

（三）对于未来之启迪

如果从更为历史性的角度来看，儒家思想及其所代表的对文学政治性、社会性的要求才应该是中国古代文论的主流。就目的来说，中国古典时期可能并没有严格意义上的专注于"文学"之"理论"。无论是儒还是道，他们所关心的其实都是社会、政治、道德问题，也就是"道"的问题（尽管对于"道"的理解各不相同）。现代意义上的文学、艺术对于他们来说，只是达"道"的工具和途径，通过它们实现自我信奉之"道"才是其真

---

① ［德］卜松山：《中国的美学和文学理论——从传统到现代》，64 页。

正的目的。这其实与卜松山对于中国古典时期的态度有相似之处。按照一种去政治化、审美化的方式来理解古代中国，多少有理念先行、以（预设的）单一概念诠释整个中国古典时期的嫌疑。这样的阐释方式放弃了对中国古典文化做多元化理解，没能完全视之为平等的对话对象，只是将其作为证明自己"前理解"的引证，因此很难实现真正的体认。作为汉学家的卜松山所追求的，或许只是把古代中国打造为一个能够让现代西方学人逃离资本主义经济控制、逃离极权主义政治控制的心灵栖息地和幻想中的伊甸园，就像儒家的"三代"、严羽的"盛唐"一样。

　　儒家虽多言"三代"，但并非意图返回历史上曾具体存在过的"三代"，而是以"三代"为一种理想。实际上，从孔子开始，儒家就对作为具体制度的周礼多有改良，最典型的就是对"尊尊""亲亲""贤贤"三合一制度的去血统化。"亲亲"本是周人用于确定自己族群优势和凝聚力的话语建构，但随着系族泛化发展，周人关系逐渐不再限于真实的亲缘关系，也开始包括各种情况下以"亲亲"关系比拟与认定的非亲缘关系。之后，儒家以"仁"的理念对之进行进一步改造，使其中维护贵族世袭的成分降至最低点，同时不断发扬"合爱"精神，最终使得"亲亲"发展成为"尊尊"的对立面，被打造为倡扬"父爱"的标语。① 儒家作为春秋战国时期崛起的士人阶层，不可能主张回归旧时代的"血统"决定论、放弃自己的"能力"优势。他们之所以将权威性归于已经逝去的、被神化了的"三代"，完全是为了以周礼为蓝本，制定出一套匹配于士人阶层的新秩序制度。

　　严羽的"盛唐"也同样如此。观沧浪之言，反"书"、反"理"而推崇"兴趣"，扬襄阳而黜退之，这些都表现出他关心"性""神"等个人天才因素，这是对彼时占据统治地位的理学——"学术"——的反动。反对过多的思想性，倡扬文学之文学性，按照"寓教于乐"的话语模式来说，就是主张以"乐"为主、以"教"为辅。所以，严羽并非真复古派，恰恰相反，"古"——文化、学术——正是他反对的对象。他之所以推尊"盛唐"，并

---

　　① 阎步克对此论述甚详，参见阎步克：《士大夫政治演生史稿》，北京，北京大学出版社，1996。

不是想使文学处处拘泥于所谓盛唐规矩，而是号召向其时的无规矩、任自然状态学习。所谓"盛唐"对于严羽来说，同样不过是一个具有权威性的符号而已。

同理，卜松山的"古代中国"也是如此。他并非真正认可古代中国的社会状况，而只是以之为自己预设理念的一个权威符号，其所指是被剥离了了的，所剩下的只是能指的空旷的外壳。自然、自由、多样、天际、"神秘化"①等预设主题被植入其中，而秩序、集体、公共性等原始主题则被强行抽离。从这个层面来讲，尽管卜松山始终小心翼翼，也确实一直在质疑充斥着"战斗的教条"的西方普遍主义，认为"道德也需要本土基础，因为道德存在于一种特殊的环境中，存在于一种文化传统中"，呼吁西方世界向"非西方价值中的普遍意义"张开怀抱②，但他在潜意识中还是没能摆脱西方中心主义思想。他对于中国精神有着十分准确的把握，但在体认、同情等方面可能尚不如他的那些并没有那么了解中国的先辈们（最典型的应该是布莱希特）。③ 这使得他没能发现也许是中国文化能够提供给世界的最大财富：秩序建构的经验，大型集体的组织方式，稳定性结构的模范以及对文学之政治性、公共性、社会性的要求。④ 不过，即使是这样的态度，也足以给中国学人以相当的启发：作为一种特定文

---

① 卜松山有"中国文人贯串整个历史的神秘化倾向""中国哲学和文学批评的一个特征是对事物本质的直觉领会，而非理性把握"等言论，完全忽略了儒家代表的理性精神。参见［德］卜松山：《中国的美学和文学理论——从传统到现代》，293、310 页。

② ［德］卜松山：《普遍伦理与跨文化对话》，载《读书》，2001(11)。

③ 卜松山确实看到了布莱希特和白居易精神上的相通，但他明显更愿意从"实用和愉悦"之"愉悦"的维度去对他们进行认同，对于他们对"实用"的追求始终没有比较积极的评价。参见［德］卜松山：《中国的美学和文学理论——从传统到现代》，172～173 页。

④ 事实上，卜松山对中国古代政治思想的优势并非完全没有认识，他曾明言，"中国的政治思想最重视社会的和谐与稳定，［……］把个人利益置于公共利益之下"，并认为这样一种对社会、个人的看法有其合理性和优点。但也许是因为十数年来个人观点的变化，也许是潜意识中西方意识的根深蒂固，也许是学科讨论的局限，在《中国的美学和文学理论》中我们几乎看不到这样的对中国古代政治理念的认可，而只是将之作为一种对文学的压抑性存在。可是无论如何，政治气息、家国情怀毕竟是中国古代文论最重要的命题。参见［德］卜松山：《普遍性和相对性之间：与中国作跨文化对话之路》，载《传统文化与现代化》，1998(3)。

化立场之代表的研究者真的应该去追求所谓世界主义吗？某种中心主义难道不是主体生命力旺盛的标志吗？对西学的探究不应该以中国当下的问题为旨归吗？因此，无论我们从怎样的角度去评价卜松山的《中国的美学和文学理论》一书，它无疑都起到了沟通东西文化的作用，在海外中国古代文论研究史上写下了浓墨重彩的一笔。

第四章　中国文论在俄苏

中国文学在俄罗斯传播的历史为俄罗斯人了解认识中国文论提供了基础。中国文学自 18 世纪开始传入俄国,在 19 世纪彼得堡大学的汉语教学中,瓦西里耶夫在向学生讲授中国人的知识体系时,提到涉及文学理论的中国书籍。俄罗斯人关注真正意义上的中国文学理论是在 20 世纪,赴欧洲访学的彼得堡大学留校毕业生阿列克谢耶夫的演讲,极大地推动了欧洲对中国文学理论的认知。20 世纪一二十年代,以阿列克谢耶夫为主导的俄罗斯汉学开始关注中国的文学理论,他们的翻译作品和研究成果在俄国乃至欧洲产生了广泛影响。从 20 世纪 50 年代起,在苏联汉学家关注中国文学的热潮中,同文学领域的其他内容一样,中国文论的相关翻译和研究都达到了前所未有的规模。在阿列克谢耶夫院士和康拉德院士的带动下,波兹涅耶娃、利谢维奇、波梅兰采娃、戈雷吉娜、克拉夫佐娃等汉学家在中国文论研究方面做出了卓越贡献。

一、中国文学知识在俄国的早期积累

(一)俄国早期来自欧洲的中国文学知识

俄国关于中国文学的早期知识来自欧洲,缘于 18 世纪至 19 世纪中叶俄国社会生活与文学需求。

虽然中俄两国有记载的直接交往始于 17 世纪,但由于 17 世纪俄国的

文化仍处于以教会为中心、通过宗教对民众实行劝诫教化的阶段，宗教文
学是文学的主要形式，其内容仅限于神学经文书、宗教辩论集、布道书等，
如《阿瓦库姆行传》《莫诺马赫家训》等。尽管当时以歌颂重大历史事件为主
要题材的传统民间口头文学已流传广泛，但尚缺乏接纳世俗文化的整体环
境。18世纪，彼得一世的"引俄入欧"使俄国的文化领域经历了革命性变
化，一大批俄国贵族青年先后被派往欧洲学习，俄国国内也开办了一些新
型学校。在彼得一世推崇世俗文化的氛围中，接受欧洲教育的人士将18世
纪欧洲强调理性的世俗哲学带回俄国。彼得一世在科学和文化上面向欧洲
之时，尊重君主国家的利益、维护王权与国家的统一、号召为国家利益牺
牲个人利益的欧洲古典主义思潮，恰好暗合彼得一世统治下俄国所希望的
发展。因此，这一时期俄国文学接受了17世纪法国君主制极盛时期的古典
主义思潮，开始学习和模仿西方，进入一个崭新的时代。18世纪40年代
起，古希腊、古罗马文学论著被译介到俄国。西欧的诗歌体裁包括颂诗、
哀歌、讽刺诗、寓言、史诗、长诗、悲剧和喜剧等，都被移植到俄国，文
学的政论文也是俄国18世纪初的25年间的主要体裁之一。

　　欧洲古典主义由接受欧洲教育的俄国先进贵族带给俄国，这也使俄国古
典主义文学反映出这些文学传播者的世界观。俄国接受欧洲古典主义之时，
在法国，启蒙主义已取代古典主义，提倡以知识打破愚昧，为人类带来光明，
恢复理性的权威，倡导开明君主制度。因此，俄国在接受欧洲古典主义的同
时，也深受启蒙主义思潮的影响。带有启蒙色彩的18世纪俄国古典主义文学
对俄国文化现状进行鞭辟入里的讽刺，成就了俄国古典主义文学有别于欧洲
古典主义文学的特征；其主要题材不是古希腊、古罗马，而是俄罗斯本民族
生活，俄罗斯丰富的民间故事，以及现实生活中的迫切问题。俄国古典主义
文学主要通过一些易于接受的诗歌形式出现：讽刺诗、颂诗、抒情歌谣、寓
言等。如康捷米尔（Д. Антиох Кантемир，1708—1744）的讽刺诗、特列季科夫
斯基（К. Василий Тредиаковский，1703—1769）的长诗、罗蒙诺索夫
（М. Василий Ломоносов，1711—1765）的颂诗，以及苏马罗科夫（П. Александр
Сумароков，1717—1777）的寓言戏剧（传播知识，反映文学成就等）。政论文章
也是当时比较流行的文学体裁。除普罗科波维奇（Феофан Прокопович，

1681—1736)外，波索什科夫（Т. Иван Посошков，1652—1726 ）、塔吉舍夫（Н. Василий Татищев，1668—1750)等人，都创作了不少优秀政论作品。

在彼得一世开创的文化局面的基础上，俄国古典主义文学在 18 世纪后半叶的叶卡捷琳娜二世（Екатерина II，1729—1796)统治时期得到进一步发展。杰尔查文（Р. Гаврил Державин，1743—1816)、冯维辛（Н. Денис Фонвизин，1745—1792)、卡拉姆津（М. Николай Карамзин，1766—1826)、诺维科夫（И. Николай Новиков，1744—1818)、拉季舍夫（Н. Алексей Радишев，1749—1802)等文学家以及俄国启蒙运动思想家的作品，在将俄罗斯文学转向感伤主义的同时，也将俄罗斯文化带入欧洲启蒙运动。同时，在 18 世纪至 19 世纪上半叶俄国引进欧洲思想文化和文学作品的同时，流传于欧洲的中国文学作品也被引入俄国，丰富了俄国文学。叶卡捷琳娜二世时期，在大量翻译欧洲经典和欧洲盛行的东方知识的热潮中，俄国著名文学家、宫廷翻译家维廖夫金（И. Михаил Веревкин，1732—1795)①于 1786—1788 年在彼得堡摘译出版了法国耶稣会士钱德明②的 16 卷本《关于中国历史、科学、艺术、风俗、道德、习惯之记录》③，俄译本为六卷

---

①　维廖夫金是 18 世纪俄国知识界的重要人物，翻译家、文学家。曾为莫斯科大学、喀山中学等教育机构的负责人，1763 年起受女皇委托专门翻译西欧书籍。1790 年维廖夫金在彼得堡翻译出版了钱德明的《孔子传》(原为《关于中国历史、科学、艺术、风俗、道德、习惯之记录》之第十二卷)。

②　钱德明，法国耶稣会士，1750 年入华，1751 年抵达北京，在北京期间经历了 1773 年的罗马耶稣会解散，被称为是冯承钧译，耶稣会最后一位在华传教士。详细信息可参见［法］费赖之：《在华耶稣会士列传及书目》下册，873～905 页，北京，中华书局，1995；康志杰：《最后的耶稣会士——钱德明》，载《世界宗教文化》，2002(3)。

③　费赖之的《在华耶稣会士列传及书目》下册，880 页中记载：德明所遗之撰述，业经其忠诚明智之友人伯尔坦、比尼翁、鲁西埃暨《关于中国之记录》之刊行人巴特(Battrux)、布雷克吉尼(de Breequigny)等在法国刊布。其标题为《关于中国历史、科学、艺术、风俗、道德、习惯之记录》，北京诸传教师合撰。一五卷，四开本，一七七六至一七八九年巴黎出版。［第十六卷由萨西(Sylvestre de Sacy)于一八一四年刊行，在巴黎和斯特拉斯堡两城出版。］……一八一五年刊《百科杂志》评是书云："任何国家之记录，无如是编之可宝贵，凡不偏不党，具有见识之人，所欲得之一切重要参考资料，皆备载焉。是为吾国教士传布信仰，发扬科学热心之成绩。"

本。① 欧洲最早关于唐诗的记载②在法国问世后四年，即成为俄国最早的
唐诗记载。

　　1780—1790 年，彼得堡戏剧舞台以法文上演伏尔泰创作的 7 部悲剧
作品，其中之一便是伏尔泰根据耶稣会士马若瑟翻译的《赵氏孤儿》改写
的《中国孤儿》，该剧在彼得堡反响强烈，有学者称伏尔泰的《中国孤儿》
感动了彼得堡。1788 年，俄国诗人涅恰耶夫（Василий Нечаев）以长诗的
形式将伏尔泰的《中国孤儿》译成俄语，"中国风格"在俄文长诗中更为突
出。在舞剧舞台上，狄德罗（Denis Diderot，1713—1784）以中国人为主
要角色的舞剧《汉姬和陶》一度成为 18 世纪末、19 世纪初经年上演的热
剧，普希金（C. Александр Пушкин，1799—1837）的长篇诗体小说《叶甫
盖尼·奥涅金》中便有取材于此的形象。③ 在戏剧方面，18 世纪进入俄罗
斯文学视野的还有作为悲剧的元杂剧《窦娥冤》《元夜留鞋记》，作为喜剧
的《樊素：善变的女仆》等。此后直至 19 世纪，关于中国戏剧的译文和文

────────────────

　　① 　М. Веревкин（пер.）. *Записки，надлежащие до истории，наук，художеств，нравов，
обчаев и проч. Китайцев，соиненные проповедниками веры христианской в Пекине.* Изданы в
Париже с воли и одобрения короля в 1776 г.，на российский же язык переложены в 1785 г.，
губернии Московской，Клинской округи，в сельце Михалеве. Т. 1-6. М.，униве. Тип. У
Н. Новикова，1786—1788. Т. 1，1786，5＋364 с.（История）. Т. 2，1786，267＋10 с. Прил. ＋
（1）с.（Буквы китайцев：Та-гио，Тшон-ущнг），т. е.《》Дасюэ》и《Чжунъюн》）. Т. 3，1786，318
с.（Древности китайцев，доказанные памятниками. Объяснение рисунков и таблиц》）Т. 4，
1787，345 с.（Розыски об египтянах и китайцах，шелковичные черви，хлопочатобмажные
растения》）Т. 5，1788，3＋272 с.（Великие мужи народа Китайского》）Т. 6，1788，252 с.，1
портр.（Великие мужи，растения и кусты》）
　　② 　参见王丽娜：《唐诗在世界各国的出版和影响》（上），载《中国出版》，1991(3)。
　　③ 　В. М. Алексеев，Пушкин и Китай，-В. М. Алексеев，*Пушкин в странах заррубежного
Востока.* М.，1979，с. 324.

章仍屡见于俄国的书刊报端。① 在古典主义思潮为主导的 18 世纪，康捷米尔②的诗歌讽刺保守、愚昧，批判封建等级制度，开创了 18 世纪至 19 世纪初俄国文学的批判讽刺潮流，也使诗歌成为 18 世纪俄国文学最重要的文学体裁，许多古典主义文学家都留下不少诗歌作品。中国诗歌在俄国古典主义文学时期就进入俄国文学家的视野，俄国书刊发表的译自欧洲的中国诗歌及相关文章至少有 4 种。③ 作为古典主义文学的重要任务之一，道德说教是这一时期俄罗斯文学的重要主题。政论文章面向广大民众发出呼吁，直接对社会思潮产生影响，推动俄罗斯民族文化和社会思想的发展。而寓言、童话和民间故事，则以生动的语言和有趣的故事，潜移默化地说教。转译自欧洲语言和直接译自汉语或满语的中国寓言、

---

①　据斯卡奇科夫（П. Е. Скачков）所编《中国书目》（Библиография Китая：систематический указатель книг и журнальных статей о Китае на русском языке 1730—1930，М. -Л.：Государственное социально-экономическое издательство. 1932），19 世纪中叶俄国主流报刊上发表的中国戏剧有 5 种：1841 年问世的《中国话剧》：Китайская драма. *Отечественные записки*，1841，8，стр. 66-67。1847 年问世的《中国戏剧》：Китайские театры. *Репертуар и Пантеон театров*，1847，9，стр. 91-93。1849 年问世的《中国戏剧》：Китайские театры，*Журнал для чтения воспитанников военно-учебных заведений*，1849，No 310，стр. 244-247。1852 年问世的《中国戏剧》：Зин-Занг или Китайский театр. *Отечественные Записки*，1852，10，стр. 208-213。1853 年问世的《戏剧在中国》：Синг-Сонг. *Театр в Китае*. Пантеон，1853，4，стр. 21-26。

②　康捷米尔，俄国著名诗人、外交家、教育活动家。

③　查阅斯卡奇科夫所编《中国书目》可确知如下几种：1800 年问世的《中国诗歌选》：Льв. Пав.（перев.）. *Земледелец*. Из китайского стихотворения соч. Кн-Тин-Тзичинга. Перев. Пав. Льв. Ипокрена или утехи бюбословия，1800，35，стр. 140-144。1812 年问世的《中国诗歌》：Олин В.，Китайские стихотворения. *Журнал Древнего и нового словесности*. 1812，4，стр. 159；6，стр. 97-101。1826 年问世的《中国诗歌》：Н. П. Гоа-тзина. Кит. поэзия. *Московский Телеграф*，1826，2，18，стр. 116-131。1837 年问世的《中国女诗人》：Китайские женщины-поэты（из《Tevue Bretanique》）*Библиотека для Чтения*，1837，6，стр. 56-64。

传说达十余种①，也发挥了这一作用。《明心宝镜》两次在俄国发表，《雍正传子遗诏》等具有教化、讽喻意义的文章也被翻译成俄文发表。②

　　小说作为一种主要的文学体裁，在 18 世纪上半叶的俄国古典主义文学中开始出现。1730 年，彼得堡科学院印刷厂出版了特列季科夫斯基③翻译的法国作家保尔·塔尔曼（Paul Tallemant，1642—1712）的长篇爱情小说《爱岛之旅》（*Езда в остров любви*），这是第一部以俄语出版的小说译作。俄罗斯文字理论界认为，特列季科夫斯基的这部译作为俄国文学

────────────

　　① 举例如下：1776 年问世的《中国寓言》，Леонтьев Алексей. *Китайские басни*. СПБ，1776。1792 年问世的《中国传说》，В. С. Друг，из сочинений г. Арнода. Рассказ о двух друзьях времен китайского императора Яо（2557 л. До н. э.），без указания откуда—видимо перевод. *Чтение для вкуса，разума и чувств*，ч. 5，1792，1. стр. 365-389。1800 年问世的《中国寓言》：Льв. Пав.（перев.）. Ласточки，баснь，сочинение Заема-Куанчана，министра китайского императора. Пер. Пав. Льв. Ипокрена или утехи любословия. 1800. 36，стр. 145-147。1821 年问世的《中国笑话》：Китайские анекдоты.（перевод с маньчжурского）. Взято из рукописи，хранящиеся в императорской библиотеке.，*Журнал Департамент Народного Просвещения*，1821，3，стр. 279-284；547-551。1823 年问世的《中国笑话》：Китайские анекдоты. *Журнал Департамент Народного Просвещения*，1823，3，стр. 279-457。1827 年问世的《中国童话》：Три брата. Китайская сказка. Перев. Из. Изд. Абель Ремюза. *Московский Телеграф*. 1827，20，стр. 173-202。1828 年问世的《中国童话》：Абель-Ремюза. Обнаруженная клевета. Китайская сказка. Перев. Албель Ремюза с франц. *Русский зретель*，1828. 3-4，стр. 53-55。1843 年问世的《中国传说》：Китаец，утвердившийся на середине，или 12 жемчужин ожерелья. Китайское сказанье. Библиотека для Чтения，1843，58，стр. 55-73。

　　② 见斯卡奇科夫所编《中国书目》，有 1837 年问世的《明心宝镜》：Даниил，архим.（пер.）. Перевод с китайского языка из книги под заголовке：*Драгоценное зеркало для просвещения ума*. Ученые Записки Казанского университета. 1837. 2. стр. 139-158；3，стр. 100-110. Отд. Отт. Қазан.（1837，32 стр.）. 1839 年问世的《明心宝镜》：Алексей Владыкин（перевод）. *Золотое зеркало или мысли китайского богдыхана Тай-Дзуна，династии Тан*，жившего в 7 столетии по р. х. с китайского и маньчжурского перевел Алексей Владыкин. Сот，1839，10，стр. 97-104。

　　③ 特列季科夫斯基，18 世纪俄国著名学者、诗人。1723 年起在莫斯科斯拉夫-希腊-拉丁语学院学习，1726 年前往荷兰学习，同年辗转前往巴黎，在索邦大学学习数学和哲学。1730 年回到俄国，同年翻译出版《爱岛之旅》，引起轰动。该译作还附有特列季科夫斯基以俄语、法语和拉丁语创作的诗篇。另外，在译作的前言中，特列季科夫斯基在俄国文化史上首次提出文学创作应使用俄语的思想（此前使用教会斯拉夫语）。特列季科夫斯基也是俄国诗音节声调并重作诗法的创始人。1732 年进入彼得堡科学院工作，1745 年被推举为彼得堡科学院院士。

带来一种前所未有的题材，直接挑战莫斯科公国时期的传统禁欲主义。特列季科夫斯基也因此被视为俄罗斯第一位职业作家。随后，18 世纪 60 年代的一批冒险小说更加丰富了俄罗斯文学。

　　早期入华传教士译介的中国小说也被译成俄语发表。① 大多数译自欧洲语言的作品而外，俄国东正教驻北京使团的返俄成员也从汉语和满语翻译了不少关于中国的知识，其中已有少量涉及中国文学的内容得以在书刊上发表。

(二)俄罗斯汉学中的中国文学知识的早期积累

　　俄罗斯对于中国文学的朦胧知识，初期源自教学中的中国幼学蒙童教材，"宝卷"和《三字经》《千字文》《二十四孝》《小儿论》《薛文清公读书录》《古文渊鉴》等资料，被传授给学习汉语的俄国人。中国人周戈 1739 年在莫斯科开办的汉语培训班就是如此，1741 年，俄国东正教驻北京使

---

　　① 查阅斯卡奇科夫所编《中国书目》可确知如下几种：1763 年问世的《中国小说》：Китайская повесть.（из английской книги：The citizen of the World or letters from a Chinese philosopher.），*Ежемесячные сочинения и известия об ученых делах*，1763，октябрь，стр. 348-353。1775 年问世的《中国小说》：Из китайских повестей. *Собрание новостей*，1775，декабрь，стр. 43-48. 3/1788：Вознагражденная добродетель. Китайская повесть переведенная с английского. Избранная библиотека арабских，турецких，китайских，английских，французских пастушечьих，волшебных и других повестей，переведенных из различных иностранных книг. Ч. 2. -М.，Моск. Сенатская типогр.，1788，стр. 112-153. 1792：Благодетель и мудрец. Китайская повесть. *Чтение для вкуса，разума и чувствований*，1792，1，стр. 107-131。1827 年问世的《谈巴黎新问世的中国长篇小说(雷慕沙翻译)》：Г. С. О новом китайском романе，изданном в Париже（перевод Абель Ремюза Ju-Riao Li. On Ies deux Cousines）. *Азиатский Вестник*，1827，янв.，стр. 53-55. 1827 年问世的《文学史·中国与欧洲的长篇小说比较，选自雷慕沙译长篇小说〈玉娇梨〉法译本前言》：Р.（Рожалин）. *История словесности*. Сравнение романов китайских с европейскими，из предисловия г. Абель Ремюза к роману Ю-Киао-ли или двоюродные сестры. Москва，1827，3，стр. 22-50；отрывок романа，10，стр. 121-148. 1828 年问世的《中国小说〈玉娇梨〉节选》：И. КР.（пер.）. *Ю-Киоа-Ли. Китайская повесть.* Атеней，1828，20，стр. 323-344. 1832 年问世的《四卷本中国长篇小说〈好逑传〉》：*Гаю-Киу-Чуэнь или благополучный брак*，китайский роман в четырех частях. Пер. с франц. - М.，в тип. Лазаревского Института восточных языков，1832，ч. 1，8+190+5 стр.；ч. 2，219 +2 стр.；ч. 3，216 + 2 стр. ч. 4，206 + 3 стр. 1847 年问世的《中国小说》：Друзья за гробом. Китайская повесть，*Отечественные Записки*，1847，3，стр. 63-73。

团返俄成员罗索欣在彼得堡科学院开办的汉语学习班也是如此。

1837 年，俄国喀山大学创立东方系汉语教研室，汉学进入俄罗斯起步不久成立高等教育体系，俄国东正教驻北京使团返俄成员西韦洛夫成为俄国第一位汉语教授。[①] 在汉语教学中，教材以自编为主，不同时期的文选教材逐步介绍了中国文化和文学的基本典籍。同其他语种的教学要求一样，喀山大学汉语教学也根据教授编制、大学董事会确认的教学大纲展开。西韦洛夫为汉语教学所编的教材摘译自四书五经等经典，并训练学生的翻译能力，他自译自编了汉语文选教材。1844 年，西韦洛夫因病离开喀山大学，他于 1855 年将自己翻译的《道德经》《诗经》《尚书》《孟子》等手稿寄给亚洲司，这些手稿至今保存在档案馆。他的继任者沃依采霍夫斯基也是东正教使团成员，他也为汉语教学编写了文选教材，其中一种是《用于练习汉语的文学文章》。

1855 年，俄国政府为整合资源，决定将俄国当时所有的东方语言教学集中于彼得堡大学东方语言系，其汉语教研室由喀山大学硕士生瓦西里耶夫[②]主持，他曾随东正教使团去过中国。瓦西里耶夫延续喀山大学

---

① 喀山大学成立于 1804 年，是俄罗斯继莫斯科大学和彼得堡大学之后成立的第三所大学。1807 年开设东方系，当时的专业有阿拉伯-波斯语专业、土耳其-鞑靼语专业、蒙语专业。1837 年创建的汉语教研室是欧洲继 1814 年法兰西学院开设汉语教席之后的第二个大学中的汉语教席。

② 瓦西里耶夫，俄罗斯汉学史上第一位以汉学为方向的科学院院士，自 1850 年由俄国东正教驻北京使团返回俄国后开始在俄国最早设立汉语和满语教席的喀山大学执教。1855 年喀山大学的东方语言教学合并到彼得堡大学东方语言系之后，他一直主持汉语和满语教研室到 1900 年溘然长逝。他在中俄语言交流领域耕耘半个世纪，在中国语言、文学、思想文化方面都留下了卓著的成果。

汉语教学的传统，编写了三册《汉语文选》①，1884 年出版的第三册《汉语文选》即为节译本《诗经》。此外，瓦西里耶夫开设了"中国文献史"课程，中国文学成为他介绍中国经典的重要内容。在其讲义"中国文献史资料"②中，瓦西里耶夫将中国文学典籍分为美诗文、历史小说、中短篇和长篇小说、诗体小说、话剧、歌谣等，"美诗文"部分包括中国古代不同时代的诗或文集 32 种③。至此，在俄罗斯汉语人才的培养中，中国文学连同中国其他典籍得以大略介绍给学生。1886 年，在彼得堡出版的"世界文学史"系列中，包含瓦西里耶夫整理的"中国文献史资料"，冠名《中国文献史》④。该书就是李福清（Л. Борис Рифтин, 1932—2014）、李明滨

---

① 第一册最初为石印本，无印刷年代，1883 年重印，1890 年又再次石印。В. П. Васильев, *Китайская хрестоматия*, изданная для руководства студентов профессором В. П. Васильевым. Т. Ⅰ, (б. Г.), печатня М. Алисова и А. Григорьева, 162 с. кит. текст. (литогр. изд.)第二册内容为《论语》节译，首印于 1868 年，后于 1894 年重印。*Китайская хрестоматия*, изданная для руководства студентов профессором В. П. Васильевым. Ч. Ⅱ. - Лунь－юй, лит. Григорьева, 1868, с кит. Текстом, 89 с. 第三册内容为《诗经》节译（附中文），1868 年初印，1898 年在彼得堡再次印刷。1882 年瓦西里耶夫石印出版了一本《诗经译解》（*Перевод и толкования Ши－Цзина*. -В кн.: Примечания на Ⅲ выпуск китайской хрестоматии, СПб., 1882, Ⅺ+160 с.〔Литогр. М. И. Алисова〕.），该书附录部分是为第三册《汉语文选》所做的注释。В. П. Васильева, *Китайская хрестоматия*, изданная для руководства студентов профессором Санкт-Петербургского университета В. Васильевым. Выпуск третий. Китайскаие классики: Шицзин. СПБ, лит. А. А. Ильина. 1868, 185＋18 стр. (кит. текст литографир.)

② *Материалы Истории Китайской Литературы*. Лекции, читанные заслужинные профессором С. -Петербургского Ипраторского университета В. П. Васильевым. Лит. Иконникова, П. Рыбаук. ул. Д. 8. С разрешением проф. Васильева скрепил В. Ловяшин.

③ *Материалы Истории Китайской Литературы*. Лекции, читанные заслужинные профессором С. -Петербургского Ипраторского университета В. П. Васильевым. Лит. Иконникова, П. Рыбаук. ул. Д. 8. С разрешением проф. Васильева скрепил В. Ловяшин. 356～361 页，32 种诗文具体如下：《文选》，李善编；《东汉文》；《全唐文》；《皇清文颖续编》；《汉魏三百家集》；《全金诗》；《元诗选》；《明诗宗》；《明二十四家诗定》；《历代赋汇》；《唐诗别裁集》；《宋诗钞》；《唐诗纪事》；《宋诗纪事》；《九家集注杜诗》；《杜诗注解》；《李太白文集》；《苏文忠公诗编注集成》；《李主山诗文全笺集注》；《杜樊川注诗》；《渔隐丛话》；《李穆堂文全集》；《研经堂集》；《文章游戏》；《郁郁斋古文观止新编》；《古文觉斯全集》；《古文释义新编》；《古文析义》；《古文精言详注合编》；《古文发蒙集》；《中古账》；《古唐诗合解》。

④ В. П. Васильев, *Очерк истории китайской литературы*. СПб., 1880, 163 с.

等学者曾撰文介绍的"世界上第一部中国文学史"。俄文中"литература"一词兼具"文学""文献"之义。

1866年，曾随第十四届东正教使团入华的斯卡奇科夫应瓦西里耶夫之邀，到彼得堡大学从事汉语口语教学。他以《红楼梦》《金瓶梅》为蓝本，组织口语练习和汉俄口译。后来，斯卡奇科夫前往中国任驻天津领事，东正教使团归国成员佩休罗夫（А. Дмитрий Пещуров，1833—1913）接任口语教学，他把《好逑传》增添为教材。1874年，彼得堡大学东方系毕业生翻译发表了王勃的《滕王阁序》。嗣后，留校任教的伊万诺夫斯基（О. Алексей Ивановский，1863—1903）于1889年发表《汉语文选》①。他在该书中提出，"文学"（литература）一词在中国特指具有应用文意义的文学哲学体裁，即"文"，俄文当以"美文学"（изящная словесность）译之。他赓续了瓦西里耶夫在彼得堡大学东方系讲授"中国文献史"时采用的"文学"用词。1890年，伊万诺夫斯基发表《中国人的美文学：话本小说、长篇小说和戏剧》②，进一步彰显了"美文学"概念。这为后来的俄罗斯汉学家理解中国文学奠定了基础：专指讲究辞章字句、具有哲学内涵或实用意义的"文学"，这一译法沿用至今。此外，彼得堡大学东方系毕业生格奥尔吉耶夫斯基于1892年发表其专著《中国人的神话观念和神话》③，在世界汉学界首次关注和系统研究中国神话，探索中国古代神话的起源。

1900年，俄国为满足远东地区对汉语人才的大量需求，在海参崴创办了以实用语言教学为主旨的东方学院。东方学院自编大纲和教材，利用与中国相邻的优势，语言教学效果突出。这个学院在汉语教学中也选用了一些小说、杂剧作为教材。1921年，该院毕业生帕什科夫（К. Борис

---

① А. О. Ивановский，*Китайская хрестоматия*，изданная для руководства студентов восточных языков. СПб. 1890.

② А. О. Ивановский，Изящная словесность у китайцев，их повести，роман и драма. Лекция в Музее Восточно-сибирское отделение Русского географического обшество. -ВО，1890，6. стр. 4-5.

③ С. М. Георгиевский，*Мифические воззрения и мифы китайцев*. СПб. ：Тип. И. Н. Скороходова，1892.

Пашков，1891—1970)发表了《聊斋志异》中的一些小说译作；1926 年，该院毕业生什库尔金（В. Павел Шкуркин，1868—1943）在哈尔滨节译出版了《列仙传》；1909 年，该院教师施密特（П. Петр Шмидт，1869—1938)节译出版《今古奇观》。

　　1901 年在彼得堡大学毕业留校，后又于 1902—1905 年游学于中国和英、法、德等国的伊万诺夫（И. Алексей Иванов，1878—1937），为中国文学在俄罗斯的传播发挥了很大作用。他先后开设了"17—19 世纪的中国文学"(1905)、"历史小说和通俗小说"(1907—1908)等课程，以现代学术思想进行中国文学史教学。1907 年，他还翻译发表了京本通俗小说《十三郎》；1909 年摘译发表《聊斋志异》。毕业并任教于彼得堡大学东方语言系的阿列克谢耶夫认为，中国文学以诗人为核心，研究中国文学当以诗人为出发点。在这一思想指导下，他于 1916 年完成了以司空图及其《诗品》为研究主题的硕士学位论文答辩，首开俄罗斯研究中国文论之先河，在方法论和研究原则上对俄罗斯的中国文论研究产生了很大影响。

二、阿列克谢耶夫与中国文论在俄罗斯的传播

(一)学术影响深远的起点：阿列克谢耶夫的《司空图〈诗品〉翻译与研究》

　　1904 年，阿列克谢耶夫在彼得堡大学东方语言系毕业留校，"准备取得教授称号"①，按自己的计划研修两年②，后被派往欧洲学习，大英

---

　　① 从毕业到成为教授，路程漫长。阿列克谢耶夫在中国、欧洲游学之后回到彼得堡，开始在艾尔米塔什博物馆工作，同时在彼得堡大学兼职从事教学工作。

　　② 这两年时间是留校的阿列克谢耶夫准备硕士入学考试和下一步教学的时间，他为自己制订了严格的研修计划。现存于阿列克谢耶夫档案全宗的显示内容，是以瓦西里耶夫主持的彼得堡大学东方语言系的汉学教育为基础的四年学习计划，内容宽泛，涉及书目内容长达 80 页。参见 B. M. Алексеев, *Китайская поэма о поэте Стансы Сыкун Ту*（837—908）. Перевод и исследование（с приложением китайских текстов）.《诗品》，（唐）司空图撰. M.：Издательская фирма《Восточная литература》РАН. 2008. стр. 590。

博物馆、巴黎的国家图书馆和集美博物馆都留下他孜孜以求的身影。"四年的彼得堡大学东方语言系生活、两年的自主研修和两年的欧洲游学，这八年的时间使阿列克谢耶夫脱胎换骨般地爱上了中国，而 1906 年起的中国之行又使阿列克谢耶夫的知识和头脑发生了决定性的转折。"①在中国，阿列克谢耶夫关注中国文学，大量阅读中国古典文学作品，其中包括司空图的《诗品》。② 欧洲游学期间英法博物馆中的丰富的古钱币、民俗作品等收藏与阿列克谢耶夫在彼得堡艾尔米塔什博物馆的相关收藏相呼应，引发了他浓厚的研究兴趣。他在中国期间大量购买收集中国年画，一度想以之作为硕士学位论文的研究对象。由于当时难以筹措到经费出版作为论文依据的年画，经过反复思考，他把论文的研究范围定于中国文学，最终确定为司空图的《诗品》研究。阿列克谢耶夫认为，对于中国古典文学来说，不背诵便不能达到对原文的可靠理解。他在 1909 年向中国先生学习的日子里，便将司空图的《诗品》背诵了下来。

　　阿列克谢耶夫 1910 年回到俄国时，俄国东方学（汉学）人才奇缺。他开始的工作单位是科学院亚洲博物馆，20 世纪初科兹洛夫（К. Петр Козлов，1863—1935）和鄂登堡（С. Сергей Ольденбург，1863—1934）各自在中国西部考察所得大量资料（如敦煌文献等）全都藏于该馆，阿列克谢耶夫的工作是为馆藏整理编目，每周占去 34 小时。这一年的 1 月，阿列克谢耶夫成为彼得堡大学东方系的在编待聘副教授，备课也需要大量时间。他把自己对司空图《诗品》的兴趣与教学结合起来，在 1910—1911 学年里，除语言实践课和其他各类课程外，他开设了"唐代诗人司空图《诗

---

①　参见 В. М. Алексеев, *Китайская поэма о поэте Стансы Сыкун Ту* （837—908）. Перевод и исследование（с приложением китайских текстов）.《诗品》，（唐）司空图撰 . М.：Издательская фирма《Восточная литература》РАН. 2008. стр. 591。

②　现存阿列克谢耶夫 1906—1909 年的中国之行的 3 份总结，其中的第二份提到"我竭尽全力厘清中国诗歌的规模、宗旨、根本特性，我早就想读司空图著名的《诗品》，这篇文章以'二十四品'囊括了对上述问题的深刻解答。但这篇文章几乎全是术语，非常难读"。1909年夏天，阿列克谢耶夫随其中国先生在北京郊区寺庙避暑，6 月 21 日的日记中提到这一年夏天他的学习计划是每天午饭前阅读 3 小时，午饭后阅读 3 小时，阅读的内容包括李白诗歌、柳宗元生平、司空图《诗品》、蒲松龄《聊斋志异》等。参见前引书 591～592 页。

品》中的中国诗歌思想、象征及基本特点"的课程，两年后又开设"研究实例：司空图《诗品》的深入分析"课程。在此期间，他还需要经常去俄国民族学博物馆整理中国部的藏品①。他一直苦于繁重的整理工作，以至于几近无暇钻研《诗品》，但他并没有放弃这项工作。1912 年 1 月和 2 月的日记表明，他依然在废寝忘食地研究《诗品》：注释、翻译、分析，以至于他在日记中感叹：以自己在《诗品》上付出的努力，足够写好几篇文章。1912 年，他在致伯希和（Paul Pelliot，1878—1945）的信中说："我在研究司空图，也许这只是一场空想。"②他又在 1913 年致沙畹的信中说："我在一心研究司空图，用上了我所有的空闲时间。"③英国汉学家翟理斯曾于 1905 年翻译出版了司空图的《诗品》，但阿列克谢耶夫认为，翟理斯完全没有从学术角度研究中国文学史，因而其译本问题较多。《诗品》成为阿列克谢耶夫这一阶段的全部学术兴趣所在。为了翻译、研究《诗品》，他查阅各种辞典，收集各类相关评论。在把握各种资料、线索的基础上，他还要求自己能够有所发现，以体现一个研究者的立场。他的《诗品》研究进行得极其艰难，比如《诗品·二十·形容》花去了他近两个月的时间，查看阿列克谢耶夫当时的日记，可以窥见其《诗品》翻译研究的艰难过程。④ 下面是阿列克谢耶夫 1913 年的日记片段：

3 月 9 日。第二十品很复杂，越来越难。

3 月 18 日，星期一。我决定把《诗品》中的各品标题先放到一边，先理解所有内容再说。第一行就看不懂。

3 月 21 日，星期四。看《诗品》，但还是不顺利。今天过得很不好。

---

① 阿列克谢耶夫在亚洲博物馆和民族学博物馆整理编目和进行相关研究为相关领域的发展发挥了很大的推动作用。1911 年，阿列克谢耶夫当选为俄国地理学会、俄国考古学会成员，其研究文章获得了亚洲地理学会颁发的金奖。

② М. В. Баньковская Алексеев и Китай. М.：Издательская фирма "Восточная литература" РАН. 2010. стр. 265.

③ М. В. Баньковская Алексеев и Китай. М.：Издательская фирма "Восточная литература" РАН. 2010. стр. 265.

④ М. В. Баньковская Алексеев и Китай. М.：Издательская фирма " Восточная литература" РАН. 2010. стр. 273-274.

3月22日，星期五。还是第二十品，还没看就烦了。

3月26日，星期二。第二十品前四句进行得很慢，总得看注解。论文还是不开窍，一放下《诗品》，干起编辑工作就来劲了。

3月28日，星期四。思考《诗品》论言语时还是不够专心，思路总是被打断。

4月3日，星期三。第二十品终于有进展了，不过我还是不满意，不懂的地方太多，这感觉真不好。罗森（А. Фридрих Розенбург，1867—1934）①称赞司空图的《诗品》，劝我不要过分解读。我很难过，还是没弄懂《诗品》。

4月23日，星期二。面对《诗品》，我还是像以前一样孤立无援。我看了贾柏莲做的《庄子》摘录，找到了点感觉。不看《庄子》看不通《诗品》！真令人沮丧，我躺了一会儿，几乎要哭出来了。

4月27日，星期六。读《道德经》中一些有用的章节，没收获，抓不住要害。我最担心的是，不管怎么看《庄子》，遇到最重要的有用的东西，找什么都找不到。

4月30日，星期二。第二十品终于接近尾声了，但还是没弄完。拖得太久了！我不死坐在一个地方，边散步边思考，头脑里是各种对话和独白。

5月4日。终于啃下了第二十品。

几年的《诗品》翻译研究中，阿列克谢耶夫越来越品味出其中的道家思想。1913年，他确认《道德经》是从事《诗品》翻译研究的重要文献；由此，《道德经》便成了他的钻研对象。《道德经》八十一章，连同大量中文文献，特别是有些文献对《道德经》的解读观点与《诗品》相反，使他困扰其中。最后，阿氏终于将两者勾连起来，比如，他把《诗品》第二十二品中的"落落欲往"与《道德经·三十九章》中的"落落如石"结合起来理解。

1914年1月，经亚洲博物馆馆长鄂登堡提议，科学院历史和语言局

---

① 罗森，波斯研究专家。1890年毕业于彼得堡大学东方语言系，1924年被推举为苏联科学院通讯院士。当时为阿列克谢耶夫的同事。

批准出版《司空图〈诗品〉翻译与研究》①一书。该书近八百页，由绪言、上篇、下篇、附录四大部分组成。绪言非常简短，简要说明该书意义和任务，并对选题、写作、出版过程中给予帮助的师友表示感谢。上篇题为"关于《诗品》及其作者及研究条件"，内容厚重，分为描述篇、考据篇、作者生平篇、方法论篇。在描述篇中，作者分五章阐释《诗品》的诗歌属性及其内容，分析其在中国文学和世界文学中的意义，并对《诗品》各品的标题、构成特征、语言特征、其中蕴含的道家思想、形象表达以及语言方面如语法、代词、连词的特点逐一进行细致研究。在考据篇中，第一章介绍了《诗品》的版本刊刻情况；第二章是中国历代对《诗品》的解读；第三章细致研究翟理斯《诗品》英译本，结合中国历代学者对《诗品》的理解，认为《诗品》英译本没有学术价值；第四章论述《诗品》的仿拟，分析中国诗歌、书法、绘画之间的内在联系。作者生平篇则介绍司空图的生活时代和生平事迹，分析司空图的个性特点、其人其诗，以及现存司空图其他诗文作品。在方法论篇中，阿列克谢耶夫介绍该研究的任务和前景，翻译注释的思想原则，现有翻译和该研究的条件，《诗品》中的核心词和历代中国注释者。下篇题为"翻译与注释"，分成四个部分："司空图《诗品》的翻译与注释"；"司空图《诗品》的仿拟"；俄文索引表、中文原文（即《诗品》原文和阿氏研究中引用的中文原文）；研究中使用的俄文和西文参考文献。第一部分《诗品》的俄文翻译和注释，以直译和意译两种形式呈现《诗品》内容，每一品的标题注释和逐句注释内容极其丰富，每一品六句原文的注释篇幅都长达一万五千字以上。第二部分包括黄钺《画品》译文和注释，《书品》译文和注释，袁枚《司空图〈诗品〉续》译文和注释。

　　《司空图〈诗品〉翻译与研究》也是作者的硕士学位论文。论文答辩委员会成员来自科学院和彼得堡大学东方系：鄂登堡、罗森、克拉奇科夫

---

① В. М. Алексеев, *Китайская поэма о поэте Стансы Сыкун Ту* (837—908)：Перевод и исследование（с приложением китайских текстов）. Издание императорской Академии наук. ПТГ, фотот. и тип. А. Ф. Дерсслера，1916，IX＋481＋155 стр.

斯基（Ю. Игнатий Крачковский，1883—1951）①、符拉基米尔佐夫
（Б. Я. Владимирцов，1884—1931）②、拉德洛夫（В. Василий Радлов，
1837—1918）③、伊万诺夫、叶利谢耶夫（Г. Сергей Елисеев，1889—
1975）④。鄂登堡对阿列克谢耶夫的评价很高，在该书的清样校订期间，
他在给阿列克谢耶夫的信中称其干了一件大事。该书出版后，鄂登堡认
为该书最重要的成就在于其研究方法展现了中国普世性的一面，成为俄
罗斯学术研究的代表性著作。克拉奇科夫斯基称赞阿氏研究与翻译的方
法，特别赞赏阿氏采用的历史—语文学视角。符拉基米尔佐夫认为这部
专著是一篇非常出色的学位论文。彼得堡大学东方系的评价则完全相反，
伊万诺夫、叶利谢耶夫和斯梅卡洛夫（Ф. Георгий Смыкалов，1878—
1955）⑤都不赞同阿氏研究。旅日访学的聂历山（А. Николай Невский，
1892—1937）⑥则在给阿列克谢耶夫的信中说，"我们全都惊叹于您的书，
它为汉学注入新的力量，指明了当以何种方法对第一手资料展开研究。

---

①　克拉奇科夫斯基，阿拉伯学家，1921 年被推举为彼得堡科学院院士，1925 年被推
举为苏联科学院院士。

②　符拉基米尔佐夫，东方学家、蒙古学家，1929 年被推举为苏联科学院院士。

③　拉德洛夫，原为德国一城市的警察局长之子，在柏林大学学习时受葆朴（Franz
Bopp，1791—1867）的历史比较语言学影响，为学习乌拉尔各语言和阿尔泰各语言而来到俄
国，并于 1858 年加入俄国国籍。是突厥各民族、语言历史比较研究的先驱，著名突厥学家、
人种学家、考古学家。

④　叶利谢耶夫（中文名"叶理绥"），早年在彼得堡大学东方系日本专业学习，后留学于
德国柏林大学、日本东京大学，是第一个在日本接受高等教育并毕业于日本东京大学的欧洲
人，毕业后继续在东京大学攻读研究生。1914 年回到俄国，1916 年成为彼得堡大学的副教
授、俄国外交部翻译。1920 年一度被捕，被释放后与家人一起秘密逃往巴黎，在巴黎索邦大
学、东方语言学院等机构执教，1930 年加入法国国籍。1932 年应邀前往美国，1934 年起担
任哈佛大学燕京研究所所长、中国日本研究中心主任，主持哈佛大学的日本、中国、朝鲜、
蒙古研究 25 年。1944 年，叶利谢耶夫作为第一主编与其他学者一起推出日语教材，该教材
之后多次再版，是美国第一部大量出版的日语教材。1946 年获得法国政府颁发的荣誉骑士勋
章。1968 年从哈佛大学退休，一年后回到巴黎。1975 年在巴黎去世。

⑤　斯梅卡洛夫，1902 年毕业于彼得堡大学东方系，1903—1907 年在中东铁路北京局
工作，担任中俄学校教师、《远东报》翻译。1908—1910 年担任尼古拉骑兵学校教师，1910
年在财政部工作，1911 年到彼得堡大学教授汉语。

⑥　聂历山，苏联语言学家，亚洲一系列语言的研究者，日本学家、虾夷研究大家、汉
学家。

您不应止步于《诗品》，而应沿着这个方向继续研究，推及整个中国诗学，那将会为汉学做出极大贡献，并为未来所有对作为世界诗歌一环的中国诗歌的研究奠定基础"①。

不仅汉学界认为阿氏《诗品》研究独树一帜、价值非凡，俄国当时一些重要的文化人都对阿氏研究有所反应，列依斯涅尔（М. Лариса Рейснер，1895—1926）②、恩格尔加尔德（Н. Александр Эгельгардт，1867—1942）③等人都评论了这部专著。直到十月革命后的 1934 年，在苏联作家协会代表大会上，布哈林（Н. Иванович Бухарин，1888—1938）在其报告中还引用了阿氏《司空图〈诗品〉翻译与研究》。④

（二）阿列克谢耶夫与苏联中国文论研究

19 世纪末，中国成为西方和俄国人眼中的"热土"。俄国的在华活动日益活跃，来自中国的信息也日益增多，俄国对中国文化的兴趣也不断提高。汉学家自然承载了为俄国社会阐述中国的历史使命。在俄罗斯思想文化发展过程中，文学是其直接体现，或者说，早期的俄罗斯哲学体现在文学文本之中。阿列克谢耶夫也把中国文学看作中国文化的文本表现，试图通过文学向俄国社会阐释中国文化。在他眼里，《诗品》凝聚着诗歌这一中国文学主要形式的奥秘；《诗品》在向俄国读者展现中国文学的同时，也为理解中国文化提供了一把钥匙。《诗品》研究的反响鼓舞了他，他计划研究《道德经》在陶渊明、李白诗歌中的体现⑤，继续通过文

---

① В. М. Алексеев，*Китайская поэма о поэте Стансы Сыкун Ту*（837—908）．Перевод и исследование（с приложением китайских текстов）．《诗品》，（唐）司空图撰．М．：Издательская фирма 《Восточная литература》РАН．2008．стр. 610。

② 列依斯涅尔，记者，苏联著名作家。

③ 恩格尔加尔德，著名作家、诗人、文学理论家。

④ М. В. Баньковская，*Алексеев и Китай*．М．：Издательская фирма 《Восточная литература》РАН．2010．стр. 278。

⑤ В. М. Алексеев，*Китайская поэма о поэте Стансы Сыкун Ту*（837—908）．Перевод и исследование（с приложением китайских текстов）．《诗品》，（唐）司空图撰．М．：Издательская фирма 《Восточная литература》РАН．2008．стр. 617。

学打开中国文化世界。另外，1916 年出版的《司空图〈诗品〉翻译与研究》印数只有 200 册，除答辩前赠送朋友用书和答辩用书外所剩无几。因此，他早就酝酿该书的修订再版，并委托其学生为该书做文献索引。从《诗品》研究出发，阿列克谢耶夫在 1917 年发表的《论中国文学中"文"的定义和中国文学史家的任务》[①]一文中提出，必须厘清"文"的概念和"文"的明确范畴。他仔细查考了中国古代作家的创作实践与社会环境的关系，以及作家的世界观和创作基础。这篇论文成为俄罗斯中国文学研究的里程碑。由此，俄罗斯汉学家对中国文学的关注由业余爱好转向真正的学术研究。

如果阿列克谢耶夫的计划能够实现，中国文论研究势必成为俄罗斯中国文学研究的一个重要方向，《司空图〈诗品〉翻译与研究》的良好开端将得以延续下去。遗憾的是，苏维埃政权建立早期的社会动荡以及后来的政治运动及战争，使阿列克谢耶夫不能如愿以偿。十月革命胜利后，苏联为东方研究提出了新的任务：关注亚洲和非洲殖民地和非独立国家的现实状况，解释东方正在发生的经济、政治、社会和文化的复杂发展过程，理解历史对当代事件的影响，展望东方各国的未来发展。[②]

1920 年，在彼得堡出版的"世界文学"丛书中，阿列克谢耶夫为《东方文学》第二册撰写了"中国文学"部分。第一部分论及中国文学的基本概念时，他提及刘勰《文心雕龙》将"道"视为文学的内容，并翻译了《文心雕龙·原道》中自"文之为德也大矣，与天地并生者，何哉"至"辞之所以能鼓天下者，乃道之文也"的大段内容，以说明中国人的文学观。之后在论及中国文学中"文"的范畴时，他又大段翻译萧统《文选·序》中的文字（"自姬汉以来，眇焉悠邈"至"都为三十卷，名曰《文选》云尔"），以说明中国的文学范畴，即何者可为"文"的问题。在谈及诗歌理论时，他首先提到《文心雕龙》，认为其中对文学现象的评论和对诗歌韵律的展现都是

---

①　Об определении китайской литературы и об очередных задачах ее историка. *Журнал Министерства народного просвещения*. 1917，ч. 69，май，с. 45-57.

②　Н. А. Кузнецова，Л. М. Кулагина，*Из истории советского востоковедения 1917—1967*. М.：Издательство《Наука》. Главная редакция восточной литературы. 1970. стр. 7.

很深刻的。他接着指出，若说刘勰只是在理论上进行论述，司空图《诗品》则将理论转变成对诗学形象的论述；《画品》《书品》与《诗品》相呼应，还有待全文翻译并充分理解。1924 年，波利瓦诺夫（Д. Евгений Поливанов，1891—1938）在科学院大会上做报告《论中国作诗法的格式问题》[①]，是科学院对中国古典诗词的早期关注。

1926 年，阿列克谢耶夫应法兰西学院之邀，在法兰西学院和吉美博物馆举办了六场中国文学讲座[②]，其中多次涉及中国文论。他在第四讲"中国诗歌：思想与观念"中指出，中国文学的核心是诗歌，中国诗歌的思想和创作直接缘于孔子，孔子奠定了中国诗论的基石，儒家思想贯串中国诗论的始终。他逐句翻译《诗大序》中关于诗歌本质的观点："诗者，志之所之也，在心为志，发言为诗。情动于中而形于言，言之不足故嗟叹之，嗟叹之不足故永歌之，永歌之不足，不知手之舞之，足之蹈之也。"还有"情发于声，声成文谓之音。治世之音安以乐，其政和；乱世之音怨以怒，其政乖；亡国之音哀以思，其民困"。阿列克谢耶夫从儒家善恶观入手，阐释诗歌反映社会现实的思想。在分析了"象"与"乐"之后，他引入《文心雕龙·明诗》所言"舒文载实，其在兹乎！诗者，持也，持人情性"，点明中国诗歌含义和教化作用。在论述中国诗歌创作时，他援引刘勰的创作论，以曹植、王羲之、李白、杜甫诗歌为例，分析其中所体现的儒道思想。他认为，汉学的任务不是将中国诗歌介绍给不懂汉语的读者（他认为这是翻译的任务），而是阐明中国诗歌的性质及其对美的追求，以呈现诗人超人的想象，展示中国诗歌非现实、非理性的迷人形式

---

① Е. Д. Поливанов, О метрическом характере китайского стихосложения. Из кн. *Доклады Российской Академии наук*，Л.，1924，ср. В，октябрь—декабрь，с. 156-158.

② 第一讲：中国文学（Китайская литература），内容是前述 1920 年阿列克谢耶夫的"中国文学"一文，其中涉及中国文论；第二讲：中国文学及其译者（Китайская литература и ее переводчик）；第三讲：中国文学及其读者（Китайская литература и ее читатель）；第四讲：中国诗歌：思想与观念（Китайская поэзия：очерк идей и преставлений）；第五讲：中国诗歌的诗学世界（Поэтический синтез китайской поэзии），内容为阿列克谢耶夫《司空图〈诗品〉翻译与研究》一书中的总论部分；第六讲：中国诗歌语言的变革——从胡适的书谈起（Реформа китайского поэтического языка）。

中的内在真谛。1929 年，德国汉学家卫礼贤邀请阿列克谢耶夫前往柏
林、哈勒、汉堡、莱比锡大学举办讲座，他本来计划将法兰西学院讲座
的第四讲用于德国之行，但最终由于政治原因，他称病委婉拒绝了这一
邀请。1930 年，阿氏《中国诗歌：思想与观念》在德国发表。① 1936 年，
阿列克谢耶夫在列宁格勒(今圣彼得堡)历史哲学语言学院(ЛИФЛИ)②
开设关于刘勰文论的专题课程。

　　在阿列克谢耶夫法国讲座 11 年后的 1937 年，他的六次讲座内容得
以在法国出版。③ 这在苏联大清洗运动最严酷之时，被解读为背叛苏维
埃国家。他所在的苏联科学院东方学研究所指责他没有拒绝该书的出版。
东方学研究所学术负责人穆拉托夫(И. Хасан Муратов，1905—1941)等
人于 1938 年 5 月 31 日在《真理报》上发表《苏联院士头衔下的伪学者》一
文，谴责阿列克谢耶夫挑战共产党权威。嗣后，阿列克谢耶夫被禁止从
事字典和语法之外的其他任何学术研究，大学取消了他的中国文化课，
并禁止他参加所有会议和研讨活动。他在 1939 年夏天回复过去的学生切
尔沃涅茨基(Д. Тихон Червонецкий)的问候时说："《真理报》上的文章发
表后，我被公开咒骂，成为苏联汉学家中最末流的一个，不排除被科学
院开除的可能。"④

　　政治恐怖没能阻止阿列克谢耶夫探索中国文学的脚步，他的成就也
使苏联汉学界难以将其拒之门外。1940 年，东方学研究所编写出版了
《中国》⑤一书，全面展现苏联汉学的成就。阿列克谢耶夫在其撰写的"中

---

①　参见 Sinica. 1930，Juni，V，Ht 3，c. 117-133。

②　1931 年由列宁格勒大学划分出来独立办学的一所大学，1937 年后又被并入列宁格
勒大学。

③　*La Littérature Chinoise：Six conférences au Collège de France te au Musée Guimet*
(*Novembre* 1926) *par Basile Alexéiev.* -Fnnales du Musée Guimet. Bibliothèque de Vulgarisati-
on.，1937，t. 52.

④　В. М. Алексеев，*Труды по китайской литературе. В двух книгах.* Кн. 1. М. 2002. стр. 147.

⑤　*Китай. История，* экономика культура，*героическая борьба за национальную
независимость.* Сборник статей под ред. акад. В. М. Алексеева， Л. И. Думан и А. А，
Петрова. М. -Л.，1940.

国文学"部分中指出，文学批评是中国文学领域的重要成就，这些成就既
体现为将诗人按"品"进行分类的形式（钟嵘《诗品》），也体现于韵律结构
（刘勰《文心雕龙》），还体现于诗评的形式（司空图《诗品》）。可惜这些很
有价值的文献至今未被完全利用，特别是未被欧洲人利用。第二次世界
大战期间，与苏联科学院学者一道被疏散到哈萨克北部边城鲍罗沃依的
阿列克谢耶夫得以暂时摆脱政治风暴的冲击，他利用这段时间全力投入
中国文学的翻译，包括《唐诗选》《文选》《古文珍宝》《古文观止》等作品，
文论方面有曹丕的《典论·论文》、陆机的《文赋》。

　　《司空图〈诗品〉翻译与研究》确立了东西方文化比较研究的合理性，
阿列克谢耶夫因此将陆机《文赋》与贺拉斯《诗论》做对比研究。在东方研
究和中国研究中，他的一贯原则是"从整体出发，抛开民族的、历史的差
异，理解全人类的文学及广义的文化遗产"①，首开东方语文学研究的比
较流派。为了使读者能理解《文赋》译文，也鉴于学术需求，他与学生艾
德林（З. Лев Эйдлин，1910—1985）②制定了调查表，调查对象是人文科
学不同学科的学者，以及一些从事自然科学研究的学者，从十六个方面
了解苏联的学术需求，涉及文章风格、译文风格、译文是否符合俄罗斯
人的阅读习惯，以及翻译和注释等问题。阿列克谢耶夫的译文在学界反
响很好，③ 很多东方学学者相信中国诗人作品的内在力量。"我在莫斯科
苏联作家协会朗读自己的译文时，明显感到大家很感兴趣，以前对此闻
所未闻。中国诗歌的翻译以新的形式丰富了世界（俄罗斯）文学。我在科

---

　　①　М. В. Баньковская，*Василий Михайлович Алексеев и Китай. Книга об отце*. М. ：
Издательская фирма《Восточная литература》РАН，2010. стр. 368.

　　②　艾德林，阿列克谢耶夫的学生，一生从事中国古典文学研究，翻译中国古典诗词。
1937 年毕业于莫斯科东方学学院，1942 年通过以《白居易的四言诗歌》为题的学位论文答辩，
1969 年以专著《陶渊明和他的诗歌》通过答辩获得博士学位，一生发表论著近 300 种，多次荣
获苏联奖章。

　　③　回收的大量调查表的意见多种多样，很有实际意义。如著名作家萨亚诺夫
（М. Виссарион Саянов，1903—1959）在其《词语的力量》一文中说："读了阿列克谢耶夫《罗马
人贺拉斯与中国人陆机论诗艺》的手稿，我深深感到，对于文学理论来说，重要的不仅是了
解欧洲诗学，了解亚洲各民族博大精深的诗学体系也同样重要。"而曾将普希金的诗歌翻译成
法语的汉学家波列伏依在回信中与阿列克谢耶夫探讨诗歌翻译问题。

学院语言文学学会宣读《罗马人贺拉斯与中国人陆机论诗》时，第一次将
比较方法运用于中国诗歌、韵文，我的报告在会上成了一个大家从不曾
听到过的学术新闻。"①战争结束后，学者们重返莫斯科，一切又恢复了
战争前的常态，当然，苏联意识形态之下要求与马列主义文艺学原则保
持"思想一致"也如"二战"前一样，阿列克谢耶夫研究成果的发表仍然受
到限制，以至于汉学界没有人敢沿着阿列克谢耶夫引领的方向深入下
去②，阿列克谢耶夫直到去世的 1951 年一直处于思想禁锢的枷锁之中。

三、20 世纪 50 年代以来苏联和苏联解体后的俄罗斯中国文论研究

20 世纪 50 年代，在中苏友好关系的推动下，苏联汉学发展迅速。
1953 年斯大林（В. Иосиф Сталин，1878—1953)病逝后，苏联社会文化在
党性观念、思想原则、大众性等要求方面有所变通。苏共十九大之后，
苏联科学院东方学研究所的指导方针也有所调整。苏联科学院主席团为
东方学研究所提出的任务中，第二项是全面研究东方的文学和语言问题，
特别是中国、印度和日本的相关问题。③ 这一政策使俄罗斯汉学关注中
国文学的传统得以延续。④ 1953 年，阿列克谢耶夫的高足、长期在中国
从事外交工作的费德林出版了他研究和思考中国文学的专著《当代中国文
学》⑤。在该书的基础上，费德林又在 1956 年出版了《中国文学》一书，

---

① М. В. Баньковская，*Василий Михайлович Алексеев и Китай. Книга об отце*. М.，
2010. стр. 373.

② 当时的一些事实表明，汉学家对于追随阿列克谢耶夫展开研究还心存芥蒂，担心受
到株连。比如阿列克谢耶夫与艾德林的调查表，尽管作家、科学家等都对之赞赏有加，但汉
学家却不敢说真话。费德林在收到调查表后劝艾德林不要搞这个调查。

③ Н. А. Кузнецова，Л. М. Кулагина，*Из истории советского востоковедения 1917—
1967*. М.：Издательство《Наука》. Главная редакция восточной литературы. 1970. стр. 141-142.

④ 自喀山大学创立东方系汉语教研室起，中国文学就被纳入了汉学教育的系统，在教
学过程中，教师自编中国文选作为教材，彼得堡大学东方系的中国文学日渐丰富，最终促使
阿列克谢耶夫关注中国文学并以自己的翻译和研究引导俄罗斯汉学家关注中国古典文学。

⑤ *Очерки современной китайской литературы.*

由此揭开苏联汉学界翻译与研究中国文学的新篇章。

（一）辩证唯物主义美学观之下的中国文论：费德林、克里夫佐夫的研究

1956 年苏共二十大的召开，成为苏联历史的重要转折点。赫鲁晓夫（С. Никита Хрущев，1894—1971）在会上所做的题为《关于个人崇拜及其后果》的报告，使苏联的社会思潮摆脱了教条主义束缚，开启了"解冻"时期。恢复列宁主义原则、克服对斯大林的个人崇拜是这一时期苏联党和国家生活的主调。在科技、教育、文化整体良性发展中，中国古典文学颇受青睐。

1957 年，郭沫若与费德林共同主编四卷本《中国诗歌选》①，遴选古今诗歌共 600 多首译成俄文，在国家文学出版社出版。郭沫若在其简短序言中介绍了诗歌在中国文学中的位置："抒情诗歌是中国诗歌的主流，具有抒情性、现实性，浑然天成，形式精炼。"②费德林则为《中国诗歌选》撰写了三万言长篇绪论，全面梳理了中国诗歌自《诗经》起的发展历程，论说诗歌在中国古代文化中的地位："中国古典文学研究通常把诗歌视为文学艺术中最重要、最基本的财富。在中国，学人不仅要拥有诗歌知识，同时还应该会作诗。在旧中国的教育体系中，研究诗歌是必修课。"③另外，他借助中国古代诗论阐释古代诗歌创作及其表现形式："中国诗歌在数千年间走过了复杂的发展之路，不断丰富内容和完善形式。中华民族的成长和精神上的不断充实，促使诗歌也随之成长和充实。唐代之前，诗歌已经日臻成熟和完善，这是之前数百年发展积累的结果。屈原之前，中国诗歌一直处于《诗经》的影响之下，四言诗是主流。到了汉代，四言诗已逐渐减少。汉代之后，诗人只在特殊场合才采用四言（曹

---

① *Антология китайской поэзии*，перевод с китайского. Под редакцией ГоМо-жо и Н. Т. Федоренко. Москва：Государственное издательство художественной литературы. 1957.

② *Антология китайской поэзии*，перевод с китайского. Под редакцией ГоМо-жо и Н. Т. Федоренко. Москва：Государственное издательство художественной литературы. 5 页。

③ *Антология китайской поэзии*. перевод с китайского. Под общей редакцией ГоМо-жо и Н. Т. Федоренко. Кн. 1，М. 1957. стр. 8.

操、陶潜等）。汉末，四言诗被五言诗取代，此后七言诗得到很大发展。古代诗歌创作的特殊之处在于：诗行数量不固定（最短的只有两行，最长的达 395 行），创作时不考虑声调色彩、停顿（汉字有固定的声调，在不同方言中声调不一）。诗歌节奏的特殊规则也不存在，没有严格的韵律规则。但是自 5 世纪起，中国诗人开始关注声律，逐渐产生诗歌节奏和韵律的复杂规则。诗人沈约在这一过程中发挥了决定性作用，创立了声律理论和声调分布理论，以"八病说"而闻名。声律问题的研究在 6 世纪还在继续，当时出版了五卷本韵书，把发音和声律不同的 16158 个字分成 206 类。如此渐渐在中国形成了新的诗学和诗创理论，即按规则作诗，要求诗人具有很高的技艺。唐代刊刻了新的字典《唐韵》。

在中国诗歌的创作规律方面，费德林也从中国古代诗论的角度展开论述："中国自古就有对诗歌的浓厚兴趣，对于诗歌创作规律的理解非常深刻，历史保存了中国哲人和诗人论诗的大量论述，这些论述很有价值。其中大多数人认为，诗歌语言产生于深厚的情感和心灵的震撼。所以中国古代著名的详解字典《说文》中说，'诗，情也'①。在不少《春秋》注疏中，把诗解释为'诗歌是借助词语表达的情感'。中国古代著名思想家朱熹写道：'诗歌为我们提供了表达情感的可能性'。'诗乐统一'的思想早在六朝时期便已出现，很有价值，'诗歌是思想与词语，[……]思想用词语表达出来，这就是诗歌，用音乐表达出来，就是歌曲'。中国著名的文学理论家刘勰在《文心雕龙》中也表达了这一思想：'声为乐体，诗为乐心'。"②

"解冻"时期，苏联文学理论界对普列汉诺夫（В. Георгий Плеханов，1856—1918）文艺理论进行了全面研究。在美学领域，马克思列宁主义美学对于文学与生活，文学与政治，经济生活在政治、心理、道德、哲学等方面对文学的影响等问题的看法，也体现于苏联汉学家的中国传统文

---

① 这里原文如此。实际上《说文解字》中对诗的解释是"志也"，而非"情也"，见《说文解字》，第 3 卷上，二五一。

② *Антология китайской поэозии.* перевод с китайского. Под общей редакцией Го Мо-жо и Н. Т. Федоренко. Кн. 1, М. 1957. стр. 8.

论研究。1958 年，费德林出版专著《〈诗经〉及其在中国文学中的地位》①，
他在"《诗经》的诗学与中国的诗学传统"一章中指出，《诗经》展现了古代
社会生活、精神旨趣、抒情哲学和哲学内涵、诗歌和讽刺的全景画面，
并由此揭示出远古时代人的社会关系和内心世界。费德林从美学的阶级
性出发，认为《诗经》全面反映了中国人民丰富多样的古代文化，是中国
人民的灵魂，《国风》更是直接表现出文学与生活、与人周围的世界之间
深刻的联系，体现了真正的现实性，可以帮助我们了解古代中国的生活，
了解这个伟大民族的内心世界。在他看来，《诗经》中的不少作品反映了
艺术的阶级性，对富人的自私及其对劳动人民的掠夺发出了鲜明的抗议。
费德林关于《诗经》的看法以及 20 世纪 60 年代关于中国传统文论的研究，
均在普列汉诺夫文艺理论的总体框架之中，反映出当时苏联盛行的辩证
唯物主义美学。这既是苏联美学研究的一个重要阶段，也是苏联汉学界
之中国文学研究的重要阶段。在苏联辩证唯物主义美学大潮中，也在苏
联汉学家研究中国古代文学的热潮之中，诞生了一批涉及中国古代文论
的论著。1961 年出版的《马列主义美学基础》和《古代和中世纪的美学思
想》两书，都关注到了中国传统文论思想。长期派驻中国的外交官、当时
在苏联驻上海总领事馆工作的汉学家克里夫佐夫②，在《古代与中世纪的
美学思想》③一书中发表了《古代中国的美学观点》④《中世纪中国的美学观
点》⑤和《王充的美学观点》⑥。1963 年，克里夫佐夫总结自己对中国传统
美学思想的研究，以"公元前 6 世纪到公元 2 世纪的中国古代美学思想"

①　Н. Т. Федоренко，" Шицзин " и его место в китайской литературе. АН
СССР. Институт китаеведения. М. ：наука. 1958. 167 с.

②　弗拉基米尔·阿列克谢耶维奇·克里夫佐夫，生于莫斯科，1940—1941 年参加苏联
红军。1949 年毕业于莫斯科东方学学院，1950—1968 年在苏联外交部任职，其间 1951—
1955 年和 1963—1966 年派驻中国。1968 年起在莫斯科大学东方语言学院工作，同时身为苏
联科学院远东研究所研究员、副所长，是多枚苏联奖章获得者。

③　Из эстетической мысли древности и средневековья. М. ：Издательство Академия Наук
СССР. 1961.

④　Эстетические взгляды древнего Китая. с. 34-39.

⑤　Эстетические взгляды средневекового Китая. с. 41-50.

⑥　Эстетические взгляды Ван Чуна. с. 214-230.

为题通过了副博士学位论文答辩。

(二)全面梳理：由古典文论到 19 世纪末 20 世纪初中国文学思想的演进

20 世纪 50 年代，中苏关系处于"蜜月期"，中苏之间"永远的友谊"使得苏联汉学家在其研究中基本保持与北京官方一致的看法。而随着中苏关系的破裂，苏联汉学家逐渐不再需要顾及北京对一些问题的意见，其研究才在相对自由的气氛中开始走向独立和客观。随着对不断深入的苏联文学理论研究成果的吸收，苏联的中国文论研究出现了一批重要的成果，形成了自己的特色。

从 20 世纪 60 年代起，苏联汉学家开始从理论上关注中国古典文学。在 1964 年出版的《东方国家的文学和美学理论问题》一书中，李福清[①]和谢曼诺夫[②]分别把中国戏曲理论和中国的叙事文学理论介绍给苏联学界。1966 年，毕业于苏联外交部莫斯科国际关系学院的戈雷吉娜[③]在苏联科学院东方学研究所通过了以《19 世纪末 20 世纪初中国文学理论的主要流派》为题的副博士学位论文答辩。这一时期戈雷吉娜所关注的中国文论问题有桐城派的美学思想、林纾的美学观[④]、王国维和鲁迅的美学思想[⑤]，以

---

① Б. Л. Рифтин, Теория китайской драмы（12 — начало 17 вв.），из кн. *Проблемы теории литературы и эстетики в странах Востока*. Академия наук СССР, институт мировой литературы им. А. М. Горького. М.：Издательство "Наука". 1964. стр. 131-160.

② В. И. Семанов, Теория прозы в Китае на рубеже 19-20 вв.，同上书，161～206 页。

③ 吉里娜·伊万诺夫娜·戈雷吉娜（К. И. Голыгина，1935—2004，中文名"郭黎贞"），研究方向为中国传统文学理论、中国小说与俗文学。1983 年通过以《3—14 世纪中国小说的产生与形成》（Генезис и формирование новеллистической прозы в Китае：III-XIV вв.）为题的语文学博士学位论文答辩。一生发表论著 40 多种。

④ К. И. Голыгина, Литературно-эстетические взгляды Линь Шу, —— *Проблемы теории литерутуры и эстетики в странах Востока*. М.：Наука, 1964. С. 207-220.

⑤ К. И. Голыгина, Из истории литературно-эстетических учений в Кттае в начале 20 вв.：（Ван Го-вэй и Лу Синь），*Краткие сообщения Института народов Азии*（Ан СССР）. №84. Литературоведение. М.，1965. с，83-108.

及中国古代诗歌体裁问题①。1967 年，戈雷吉娜在《东方民族的文学与俗
文学》一书中发表了《"诗"的体裁的诗学理论问题》②一文，从"诗"的定
义、重要范畴、创作主体几个方面介绍了桐城派后继学者方东树的文学
思想。

　　20 世纪 70 年代前后，中国文论在苏联的东方研究，特别是东方文
学研究中占有重要位置。苏联东方学界经常召开以东方文学为主题的学
术会议，如"东方文学理论问题研讨会"③"远东文学研究理论问题研讨
会"④"中国的社会与国家"研讨会⑤等。莫斯科大学首任汉语教研室主任
波兹涅耶娃、后来的苏联科学院东方学研究员利谢维奇、戈雷吉娜等在
这些会议发表的关于中国文论的文章，或收入重要学术文集，或收入教
材。除文论研究会议论文外，重要期刊上也不乏中国文论研究的文章，
如波兹涅耶娃 1971 年在《莫斯科大学学报》，第 14 卷之《东方学卷》第 2
册上发表的《论公元 3—6 世纪的中国诗学典籍及其哲学传统》⑥，1971 年
在《文学问题》上发表的《中国的中世纪与文艺复兴时期之争》⑦；利谢维
奇 1969 年在《文学问题》上发表的《中世纪东方文学的方法》⑧等。1974

---

　　①　Некоторые проблемы поэтической теории жарна ши. Литература и фольклор народов
Востока. М.：Наука，1967．с. 39-55.

　　②　К. И. Голыгина, Некоторые проблемы поэтической теории жанра Ши, из кн.
"Литерктура и фольклор народов Востока：сборник статей"，Академия наук СССР. Институт
Народов Азии. М.：Издателльство "Наука". Главная редакция восточной литературы.
1967. стр. 39-55.

　　③　Симпозиум по теорестическим проблемам восточных литератур.

　　④　Научная конференция теоритеческих проблем изучения литератур Дальнего Востока.

　　⑤　Научная конференция "Общество и государство в Китае"，苏联科学院东方学研究所
中国部于 1970 年组织召开了第一届会议，此后一直保持每年召开一次，是展现俄罗斯汉学
家代表性研究成果的"名牌"会议。

　　⑥　Л. Д. Позднеева, Трактат о китайской поэтики 3－6 вв. и их философская основа.
Вестник МГУ. Сер. 14，востоковедение. вып. 2. 1971，с. 40-45.

　　⑦　Л. Д. Позднеева, К спорам о средневековье и Возрождении в Китае. Вопросы
литературы. 1971，№7，с. 165-168.

　　⑧　И. С. Лисевич, Метод в средневековой литературе Востока. Вопросы лите
ратуры. 1969. №6，с. 75-93.

年，苏联出版了第一部用作中学教师教学参考资料的《文学理论术语词典》①，利谢维奇为该词典撰写了"中国诗学"词条。这说明中国文学理论知识不再局限于汉学圈或外国文学研究圈，已进入苏联基础教育的知识体系。

　　1969 年，苏联科学院东方学研究所和世界文学研究所共同推出了一部关于中国古代文学的文集，利谢维奇在这部文集中发表了《中国文学中文体概念"风""雅""颂"的产生》②。在文中，利谢维奇结合《毛诗序》和刘勰的《文心雕龙》分析了"风"，结合《诗经》和司空图的《诗品》分析了"雅"，结合《毛诗序》、曹丕的《典论·论文》、陆机的《文赋》和《文心雕龙》分析了"颂"，指出中国最早的文体范畴"风""雅""颂"与"赋""比""兴"，是一套对于中国古代诗歌具有系统意义的完整体系。以"风""雅""颂"为例，我们可以审视中国文学思想从日常民间的音乐分类走向伦理哲学范畴，又从伦理哲学走向审美判断，最终走向对作品总体特征的研究这一演化过程。③ 1979 年，利谢维奇发表的专著《古代和中世纪之交的中国文学思

————————

　　① Л. И. Тимофеев, С. В. Тураев, *Словарь литературоведческих терминов.* М.：Просвещение. 1974. с. 510. 主编季莫菲耶夫(1904—1984)为苏联著名文学理论家，苏联科学院通讯院士，莫斯科大学教授。1941—1970 年担任苏联科学院世界文学研究所苏联文学部主任，研究方向为马克思主义美学思想、诗歌创作理论、诗学理论、社会主义现实文学的风格与手法、18—19 世纪俄国文学。编写多部关于文学理论和文学史的大学教材、中学教材，主编大型学术丛书"俄苏文学史""苏联各民族文学史"等。季莫菲耶夫的论著被译成多种语言出版，一生四次获得勋章，多次获得奖章。季莫菲耶夫主编的本词典是苏联第一部关于文论的中学教师参考书。词典中对于文学理论、文学手法和流派特点的一些重要概念和术语都有详细的解释，以俄国、苏联和世界经典文学的资料揭示理论问题，所有词条都附有基本的参考文献。1985 年，在本词典的基础上又出版了《文学理论术语简明词典》。两部词典已成为苏联文学理论的经典之作，一直沿用至今。

　　② И. С. Лисевич, Возникновение понтия жанра в китайское литературе (фэн, я, сун), из кн. *Летиратура Древнего Китая.* М.：Издательство "Наука", Главная редакция восточной литературы. стр. 210-221.

　　③ И. С. Лисевич, Возникновение понтия жанра в китайское литературе (фэн, я, сун), из кн. *Летиратура Древнего Китая.* М.：Издательство "Наука", Главная редакция восточной литературы. стр. 219-221.

想》①将这一视角进一步延伸，通过对中国古代文学思想中一些范畴的梳
理和解读，分析了中国古代文论思想的本质，并总结了中国古代美学和
文学思想的民族特征。

利谢维奇：关于中国古代至魏晋南北朝的中国文论研究

利谢维奇的中国文论研究，在文学理论的起源、中国的传统诗学、
中国古代文学思想的形成、魏晋南北朝时期中国文学思想的繁荣几个方
面颇有建树。

1. 中国文学理论的起源

利谢维奇认为，中国文学明显有别于世界其他民族文学之处在于其
传统的连续性，中国文学数千年连续不断地发展，为从理论层面上观察
中国文学体裁、艺术形式、文学思想、题材的演化提供了可能。② 通过
梳理中国文学理论特别是诗论的源头，他发现荀子和毛苌的文学观点可
能是中国早期文学理论的萌芽。③ 利谢维奇写道，荀子第一个从文学的
角度研究诗歌，他从相对意义上关注风、雅、颂，并对每一个体裁都进
行了具体研究。荀子认为"道"才是作品的艺术灵魂，对文学作品的评价
应该以是否存在绝对精神——"道"为标准；与此同时，他并不忽视文学
形式，利谢维奇引用荀子之"故《风》之所以为不逐者，取是以节之也；
《小雅》之所以为《小雅》者，取是而文之也；《大雅》之所以为《大雅》者，
取是而光之也；《颂》之所以为至者，取是而通之也"来证明这一点。在他
看来，荀子看重抒情民歌的音乐性，相信韵律、词语和道都是诗歌的独
特之处，并认为一切诗歌都应该体现这三者。荀子之后，毛苌在《诗大
序》和《诗小序》中进一步阐发风、雅、颂这三个范畴，但其见解并不是完
全独立的，而是遵循今文经学和古文经学的儒家传统。我们在《诗大序》

---

① И. С. Лисевич, *Литературная мысль Китая на рубеже древности и средних
веков.* М. : Наука, 1979. c. 266.

② И. С. Лисевич, *Изучение китайской литературы в СССР : успехи и перспективы.
Великий Октябрь и развитие советского китаеведения.* М. , 1968. стр. 124.

③ И. С. Лисевич, Из истории литературной мысли в дервнем Китае.《Три категории》.
Народы Азии и Африки. 1962. №4. стр. 157.

中不难发现与《尚书》等先秦典籍的相通之处，因为毛苌力求勾勒出诗歌的完整轮廓，以对多个世纪儒家先贤在理论上的加工进行总结。这种总结立足于汉儒的立场，与荀子的理解多有不同。虽然毛苌按诗歌体裁的相对意义所划定的体裁顺序与荀子相同——风、雅、颂，但他从内容的角度评价体裁本身，对于诗歌的特点只字不提。利谢维奇引用《诗大序》中的话证明这一点："是以一国之事，系一人之本，谓之风；言天下之事，形四方之风，谓之雅；雅者，正也，言王政之所由废兴也。政有小大，故有小雅焉，有大雅焉。颂者，美盛德之形容，以其成功告于神明者也。"由此，利谢维奇认为，在对《诗经》体裁的诠释中，毛苌更多地从描写对象出发，同时也重视怎样描述、从什么立场描述，把文学范畴与哲学伦理范畴联系在一起。毛苌和他的后继者都只强调《诗经》的教化作用，把教化作用看成是《诗经》的主要价值和原初本质，这也正是汉儒对于《诗经》的基本态度。以"风"为例便更为明显，"风"是《诗大序》中唯一详细展开的范畴："上以风化下，下以风刺上，主文而谲谏，言之者无罪，闻之者足以戒，故曰风。"①

利谢维奇认为，王充和曹丕对于中国文学思想的发展影响很大。比较王充的《论衡》和曹丕的《典论·论文》，可以看出曹丕对王充的怀疑论思想并不陌生。曹丕对于文学创作的四种体裁、文学之树的本与末、创作主体的"气"与创作灵感、古代性与现代性等问题的探讨，都与王充的思想关系密切。在《典论·论文》中，我们可以看到汉代作家敏锐、简洁的特质，曹丕为他那个时代作家所带来的，正是这些文学特质。但这又在很大程度上削弱了曹丕文章的创新性，特别是如果考虑到曹丕关于诗歌体裁的著名定义，几乎不是自己的想法，只是重复了扬雄的说法。若在王充的文章以及前人的创作中继续挖掘，曹丕思想的传统性会更加明显，我们甚至可以发现其关于古今文学的论断，与汉初陆贾的"新流"论十分相似。利谢维奇认为，曹丕的创新只不过是后来思想在传统底色上

---

① 　 И. С. Лисевич, *Литературная мысль Китая*. М.：Наука，1979. стр. 144-146.

的画影涂形。①

　　利谢维奇继续阐述诗歌的三种体裁——风、雅、颂，认为刘勰的《文心雕龙》完成了对毛苌思想的发展。毛苌把"风"作为"道德修正"的手段，《文心雕龙》则进一步把"风"理解为作品的"道德伦理"因素，视之含有主导作家和作品的高尚动机，并坚信离开了这个动机就没有真正的文学。

　　利谢维奇认为，第二种体裁"雅"，是介于民歌"风"和高尚体裁"颂"之间的一环，其独立存在的机会最少，通常只以其转义存在，并广泛应用于中国的文学批评。"雅"成为各类美学范畴的组成部分，比如"典雅"即典范凝练，这个概念我们可以在刘勰给出的第三种体裁"颂"的定义中找到。刘勰之后的司空图在其《诗品》中以"雅"表示诗歌的三种灵感之一，另有很多论者在各类文章中使用"雅"。

　　利谢维奇根据对毛苌《诗大序》、陆机《文赋》和刘勰《文心雕龙》的研究，梳理了"颂"这一范畴的演变。毛苌在《诗大序》中界定"颂"这一概念时，以《诗经》为基础，有意将鲜活的诗歌创作实践抽象化。所以说，在毛苌的时代，鲜活的"颂"还没有进入《诗大序》的"颂"概念。如此，"颂"很快就完全失去了其偶像意义，就如"颂"在欧洲一样，演化成颂诗、赞美诗。被赞美的可以是帝王或杰出人物，也可以是某个事件或物品（如马融的《长笛赋》）。在汉代，"颂"还没有发展成熟，很多作品仍较为粗陋，赞美诗逐渐融入了颂诗。"颂"之名称被沿用，但作为一种体裁，其形式和内容并不确定，这使它失去了独立意义。毛苌之后，陆机首先为"颂"定义。他在《文赋》中详细讨论了文学体裁，从形式的角度进行衡量，从而形成了他的"颂"概念："诗缘情而绮靡，赋体物而浏亮"。这是陆机的创见。利谢维奇认为，对于陆机来说，最重要的是风格。在陆机的时代，修辞特点是能区分"颂"与其他相近体裁的唯一特征。比如常用于歌颂的"赋"这一体裁，陆机强调"赋"的继承性即具体性和描写性，以及叙述上

————————

　　① И. С. Лисевич, Литературные взгляды Ван Чуна（27-100）и Цао Пи（187-226）. *Теоритические проблемы литератур Дальнего Востока.* Тезисы докладов 7-й научной конференции. Л. , 1976. М. , 1976. стр. 46-47.

的明确性，以此将其区别于"颂"。

　　刘勰对于"颂"的分析最为细致，是第一个全面描述"颂"体裁的人。利谢维奇指出，刘勰笔下的"颂"作为一种诗歌体裁概念，与如今的理解已十分接近。刘勰给予"颂"的形式以主要位置，并将之与作品的内在内容联系起来，认为作品的内容通过"情"表达出来。利谢维奇根据《文心雕龙》之说，"原夫颂惟典懿，辞必清铄，敷写似赋，而不入华侈之区；敬慎如铭，而异乎规戒之域；揄扬以发藻，汪洋以树义，唯纤巧曲致，与情而变，其大体所底，如斯而已"，认为刘勰的研究是从体裁之关键性质的总和——其功能、内容和形式特点出发的，这种研究视角超越了前人。利谢维奇写道，"颂"与其他体裁一样，对于刘勰来说，是一个历史范畴，是一个以时间衡量的现象。刘勰介绍了从古代神话中的帝王时代到陆机的时代"颂"的演化过程，但在构建作为体裁的"颂"的时候，刘勰的着眼点是未来而非过去。利谢维奇据此得出结论：刘勰是中国第一个从总体上、从体裁史视角研究文学体裁的人，他在前人相关论述的基础上创立了文学作品的体裁理论，对中国文学思想的发展意义重大。①

　　2. 中国的传统诗学

　　关于中国的传统诗学，利谢维奇认为，中国人早就看到创作活动中的绝对思想——"道"，作品中也能见出"道"。在这方面，刘勰更重视内在的、本质的、隐藏的内容，这种内容在作品中先于外在的、可见的内容而存在。同时，中国一直对辞藻华丽有着崇拜倾向，文学中词语华丽相当于"掌握了文学之门的钥匙"，"唯有词语"能使文章触及本质。

　　六义——风、雅、颂、赋、比、兴，是首次对文学和具体作品的结构进行分析的尝试。其中，风、雅、颂是古代诗歌的具体形式，赋、比、兴则是叙述的手段和方式。风是抒情作品，也被理解成文学的伦理基础；雅是伦理抒情作品，后来演变成文学中的"雅"；以表达崇拜、赞美为主题的颂，后来演变成颂诗体裁，蕴含戏剧情节。利谢维奇认为，中国诗

---

　　①　И. С. Лисевич, Возникновение понятия жанра в китайской литературе（фэн，я，сун）. *Литература древнего Китая*. М.：Наука，1969. стр. 210-221.

歌的分类接近于欧洲的史诗、抒情诗、戏剧三分法，但中国与欧洲的这种相似是相对的，中国诗歌各种类之间的界限模糊不清，这是文学本身的混合性造成的。①

利谢维奇通过对古体诗、汉赋、汉乐府、格律诗、词、曲、骈体文的描述，介绍了中国文学主要体裁的形式特点。他首先结合汉语的语音特点介绍了中国诗歌的写法。

他写道，中国的作诗法与我们熟知的欧洲系统大相径庭。中国的作诗法自古就以诗行中词语的韵律交替为基础，词语在音高和发音性质上相互区别（平上去入四声等）。在最早的诗歌总集《诗经》形成时，汉语中只有两个声调：平声和入声。平声可拉长，入声则是声音发出即收止。所以古代中国作诗是依节律而作。诗歌在当时完全是可唱的，诗由乐决定；诗行中的音节数量不定，但以四音节为主。这种诗歌与欧洲的节律诗的区别，主要在于其特有的韵律（环韵、交叉韵），只有戏剧性崇拜的颂诗有较长的诗行。公元元年前后，汉语发生了很大变化，形成了一些新的声调，韵律也发生了变化，旧的作诗系统开始转变。受此变化的影响，自由体作品"赋"逐渐成为古代后期（公元前 3 世纪至 3 世纪）的主要诗歌形式，这些作品后来成为中国文学不可或缺的一部分。赋介于诗和文之间，但常常被归于"文"类，它的韵律奇巧（有时是内在的），能够形成独特的韵律组织，这种组织在一行中由固定的音节数组成。当时的这种诗歌常以唱为主，其中仍有（灵活的）韵律。节律又形成旋律，旋律由诗行的长度决定，这就是"乐府"。

"乐府"不是一种体裁，而是一些体裁的集合，包括抒情诗歌、保存着来自古代民间故事的独立歌唱片断的抒情叙事诗等。利谢维奇认为，我们应当特别注意"乐府"中的歌谣——民歌这一体裁。歌谣是一些叠句，不需要音乐伴奏或在特殊的响板的伴奏之下表演。一般篇幅不长，多为四句，每句字数一致（5 个字或 7 个字），突出特点是最大限度地节省语

---

① И. С. Лисевич, Китайская поэтика. *Словарь литератураведческих терминов.* М.：Наука，1974. стр. 126.

言，准确而又凝练。领唱是"谣"体裁中为数不多的诗学形象之一，它的应用很广，多为自然界进入歌曲的形象。"谣"的独特之处，在于其主题通常比较具体，且多为大众喜闻乐见，常常带有讽刺或幽默意味。歌谣能够触动民众之心，这些特点使之与俄罗斯的四句头或其他民族的警示民歌相近。

5世纪末，汉语的新声调系统最终形成，导致中国诗歌出现新的作诗系统——格律诗。作诗法开始有别于以往的歌谣，具有每行字数固定、声调变换和韵律变换严格的新特点。白居易、杜甫、王维、李白写的就是这样的诗。这种经典诗歌历时14个世纪，至今还未完全消失。

与格律诗同等地位的还有词，诗与词共同构成了中国古代诗歌。词以城邑民歌为基础，产生于公元8世纪或更早，似乎是延续乐府诗的路线而形成的一种独立文学体裁。与乐府诗不同的是，词需要严格押韵、平仄音变换。词与诗的区别在于其每行的长短不一，每首的长度也各不相同。词每行都有韵脚，但韵律又不像诗那样严格。总的来说，词的形式取决于音乐。在内容上，词具有很大的抒情性，大多为爱情题材。抒情（感怀伤事）也是当时与词同时代的诗的主要内容。在中国戏剧领域，唱词流传很广，其变体"曲"与诗、词相比更为自由，表演过程中可以添加插入语、加重语气的语气词等，其语言更接近口语。

句法对比在中国文学中应用广泛，具有语义内涵，在规范的"诗"中常见。广泛使用平行结构是美文范畴中大多数体裁的共同之处，平行结构与文章的韵律有密切关联。在骈体文中，心理对比和句法对比更为广泛。骈体文在数百年间一直主导着古代文学，对于后世有着不小的影响。这一体裁中，不仅有文学作品（比如后来的"赋"），还有书信、奏疏、笺注等。

在总结了中国古代诗歌创作的形式和方法后，利谢维奇总结道，在公元前7世纪至5世纪，零散的民歌作品被编辑成古代诗歌的卓越典籍《诗经》，中国的诗歌创作已达到很高的发展水平。在编辑整理《诗经》的过程中，编者将诗歌作品分为几类，这是思考古代全部诗歌作品并将之分类的最早尝试，《诗经》各部分的名称就是中国最早的文学范畴。后来，随着诗歌创作技艺的日臻完善，出现了对文学经验的进一步概括，公元前6世纪至3世纪的哲学家荀子、孟子、庄子、墨子等人的著作中就有这样的内容。他还认为，中国古代美学思想最有价值的典籍是已经失传的《乐经》，《礼记》《周礼》中也存在一些古代中国审美观点的信息。不过，专门关注文学思想的著述还要到晚些时候才出现。①

3. 中国古代文学思想的形成

利谢维奇认为②，汉代是真正承担中华文明形成之历史使命的时代。这一时期形成了中国古代传统两个分支的综合：拥有儒家思想传统、以黄河流域为中心的北方与深受道家影响、以长江流域为中心的南方。汉代成就了中国精神文化的基本模式，构成一直发展到20世纪的古代中国文化的精神基础（苏联科学院院士康拉德关于中国汉代和西方希腊化时代的比较研究是很有价值的）。汉代是总结和反思过去的时代，是统一和多元的时代，是收集文化遗产、整理古代文学的时代。在整理古代遗产的过程中，出现了语文学、目录学、史料学的萌芽；在儒家注疏的过程中，则出现了反映文学思想的第一部典籍《毛诗序》。毛苌的《诗大序》探讨了诗歌规律、诗歌的社会功能及其进化、社会变化对诗歌的影响以及诗歌对社会道德完善的影响等问题，尤为强调诗歌的教化作用，还分析了《诗经》中的诗歌体裁。

在利谢维奇看来，为中国文学思想史做出巨大贡献的第二个人物是著名的《太玄经》作者扬雄。扬雄的《法言》从传统儒家观点出发，称赞五经，认为没有五经就不可能达到精神完善（"舍舟航而济乎渎者，末矣。舍五经而济乎道者，末矣"）。扬雄重视内容，批判汉赋作者过分追求辞藻华丽，批判唯名论的诡辩。但是，他理解意义与词语和谐的必要性，肯定了汉代最著名的赋作者贾谊和司马相如的创作实践。扬雄认为辞赋创作是欲讽反劝，作赋乃是"童子雕虫篆刻"，"壮夫不为"。此外，扬雄

---

①　И. С. Лисевич, Вопросы формы и содержания в ранних китайских поэтиках. *Народы Азии и Африки*, 1968, No1, стр. 91-92.

②　И. С. Лисевич, вступительная статья части《Китай》, из Книги *Восточная поэтика*, М. : Наука, 1996. стр. 13-18.

还从"诗人之赋丽以则，辞人之赋丽以淫"的角度评判了楚辞和汉赋的优劣得失（见《法言·吾子》）。扬雄关于赋的评论，影响了赋的发展和后世对赋的评价，对刘勰、韩愈的文论也颇有影响。

利谢维奇继续按照时间顺序介绍中国古代文学思想的形成过程：后汉时期，刘歆继承其父刘向之业，继续整理古代典籍，作《七略·六艺略》。后来班固以此为基础，撰写《汉书·艺文志》，梳理文学遗产。班固著名的《两都赋》，提出了当时特有的观点，即古代与当代平等。他写道，"大汉之文章，炳焉与三代同风"，闪耀着古代黄金时代的光芒。汉代的新文学在必须尊崇儒家古风的同时，努力确认自身的价值。稍晚一些的怀疑论思想家王充也持同样立场，其著作《论衡》的所有章节都指向文学问题。他否定无条件的厚古薄今，这就与古代儒家规范"述而不作"发生冲突。王充反对无休止地死记硬背和反复诵读文学中的旧东西，捍卫作家的创新权利。

建安时期，旧的帝国在形式上仍然存在，但生活已然按照新的现实进行，这就为以民歌、新的作诗法、口头语言为基础的新变奠定了基础。曹氏父子不仅赋予文学以巨大的意义，他们本身也具有非凡的文学天赋。曹操把全国最好的诗人集中在首都邺城，其中最杰出者以"竹林七贤"之名进入中国文学史。曹植被认为是中国最伟大的诗人之一。曹丕即魏文帝，不仅写有诗作，还是中国第一个为后世留下审美著述之人。旧世界的剧变和旧教条的式微，不仅导致新诗歌的诞生，更促进文学思想的解放。在曹丕和曹植的诗文中，我们可以看到对文学及其创造者完全不同的态度，他们十分强调创作个性，有了文学批评的成分。"二战"时期，苏联科学院院士阿列克谢耶夫在被疏散到哈萨克期间翻译了《文选》中曹丕的《典论·论文》，后来利谢维奇也曾翻译这一名篇。两个译本的目的都是试图在中国文学发展的早期查考中国文学思想的演进：从纯教化及社会意义的立场向审美立场演进；从把辞章看作现象在总体中进行解读、无视个性，向评价个人创作演进；从面向过去、无条件地崇尚理想模式，向确认当代文学的自足价值、着意于评价新人、面向未来演进。①

4. 古代与中世纪之交中国文学思想的繁荣

利谢维奇写道②，中国于4—6世纪开始对流传的文学财富进行理论反思，促使沈约、钟嵘特别是刘勰创造出结构完备清晰、具有划时代意义的文学理论。六朝是中国文学发展的必经阶段，是中国文学将要腾飞的准备阶段，这种腾飞发生在7—9世纪。

5世纪末至6世纪初，是中国文学美学思想繁荣的时期。之前数百年的诗歌实践以及中国文学发展的整个历程，在这一时期都得到了理论反思。古代中国的文学家对文学艺术之复杂现象的分析，首先是在伦理意义上展开的，他们看重文学的社会功能，看重文学对"矫正道德"和培养民性的贡献。在古代与中世纪之交的世事纷扰时期，竹林七贤的观点在曹丕的《典论·论文》中得到了表达："诗赋欲丽"成为强调诗歌语言之特殊性的评价标准。曹丕也区分了其他体裁的基本特征，准确地论述了同时代的创作特点，认为文学创作的决定性因素是"气"，"气"体现于人则是生命力，同时也是精神的起点。换言之，天赋是主要因素，没有天赋，内容和形式上的完美便无从说起。与古代作家的实用立场相比，曹丕等人对艺术形式的兴趣显著提高。8世纪时中国诗歌的发展达到如此完善的程度，正在于理解了诗歌创作的内在规律。但随着时间的推移，追求形式越来越成为中国诗歌发展道路上的障碍。

利谢维奇认为，沈约著名的《四声谱》概括了诗歌实践的经验，为后来的以平上去入四声变换为基础的古典诗歌创作奠定了理论基础。沈约不是第一个在诗歌中运用声调变换的人，也不是第一个对此进行理论反思的人，但他将诗歌的乐声理论发展为一个完整的体系。他的所有见解都在为一个合乎逻辑的目的服务：使作品的韵律多样化，消除单一和呆板，使诗歌更具音乐性。

---

①　И. С. Лисевич, вступительная статья части《Китай》, из Книги *Восточная поэтика*, М. : Наука, 1996. стр. 13-18.

②　И. С. Лисевич, Литературноая мысль（Китая）. *История всемерной литературы*. Т. 2. М. : Наука, 1984. стр. 105-107.

与沈约的古体诗取向相反，其后的谢朓、徐陵将以四声规律为中心的今体诗运用于诗歌实践，后来又由此派生出三种形式：绝句、律诗、排律。沈约注重语言结构与诗行乐声的一致性，力求语言结构与诗行乐响之间的协调，其学说能够体现语言结构的特殊性。不过，为诗歌写作制定过分详尽的规则，最终不仅使形式绝对化而有损于内容，也会使形式本身蒙受损失，令诗歌失去自然美，反倒方便了模仿作诗的人。

利谢维奇认为，刘勰的《文心雕龙》是对文学创作形式问题的回应。刘勰在著作中概括了在他之前中国文学思想所取得的所有优秀成就，同时又向前迈进了一大步。《文心雕龙》成为中世纪中国理论思想的高峰，并对文学理论在中国的进一步发展产生了巨大影响。刘勰根据中国传统构建文学理论，其文论建立在道家思想的基础上。道是存在和宇宙运动的法则，就像旋转轮子的轴一样在运动中本身不变，却是无处不在的绝对思想，体现于人的精神生活之中。就像天上的星辰和地上的风景一样，其存在不过是人眼视力所至，人的视力所反映的是看不见的存在的本质。文学作品的文字也是一种视力所及，而这视力所反映的正是道的绝对思想，《文心雕龙》第一章中描述了这种文学思想。刘勰深入分析了一些文学现象，特别重视文学现象与周围现实之间的联系。他反对空洞的词语堆砌，强调文学的"内容"。在他看来，作品乃三位一体：精神上充实，结构上均衡，词语上丰富。思想与感情是作品的灵魂，事实与评判是其骨架，词语和装饰是其血肉和皮肤。

钟嵘的《诗品》常被与刘勰《文心雕龙》相提并论，但就理论而言，《诗品》并无建树，论述对象也比较狭窄，只涉及五言诗。但这毕竟是中国古代文学思想的一种，即对单个诗人之文学创作的评论。钟嵘提出了中国诗歌发展的两个平行脉络，一个是由民歌《诗经》而起，一个是由《楚辞》而起。钟嵘把所有诗人分为三品——上品、中品、下品，他不写在世者，但《诗品》却充满争议，因为他像刘勰一样，反对滥用形式，反对没有思想的装饰，赞赏诗歌的自然之声。无论是对刘勰来说还是对钟嵘来说，最主要的都是内容。钟嵘认可作品具有隐含意义和言不尽意，这一点对于整个中国诗歌来说都是非常重要的。①

　　钟嵘在这一时期的中国文学史上占有特殊地位，是与其时代分不开的。在某种程度上，这一时期酝酿了前所未有的唐代文学高峰，从理论上对文学特别是诗歌的全部历程进行了反思，提炼出了新的标准。正是在 5 世纪和 6 世纪之交，中国诗歌得到了总结。5 世纪 80 年代，沈约等人创造出了中国诗歌的声律说，这一学说后来成为唐诗甚至整个古典诗歌创作的基础。6 世纪初，刘勰写出了著名的《文心雕龙》，将中国文学思想发展为一个细致均衡的体系。6 世纪初，萧统所编的《文选》被看成未来作家的标杆。萧统赞同刘勰的观点，《文选》收录了哲理的、历史的文章和公文，将"文"的概念与文学的概念拉近。徐陵接着编纂了一部与正统的《昭明文选》相对应的选集《玉台新咏》，将历代爱情抒情诗歌结为一集。这是中国文学史上的一个重要时代，时间不过百年。这百年间还出现了紧随刘勰《文心雕龙》的钟嵘《诗品》。《诗品》是钟嵘传世的唯一一部作品，该书篇幅不长，不过三卷。开篇绪论概述了诗歌艺术以及该书所要论述的五言诗，并简要介绍了近 120 位诗人。虽然钟嵘的著作只对五言诗做了笼统、个别的分析，但其卓越之处在于他以新的视角审视文学。

　　刘勰与其前辈学者一样，最关注"文"对"道"的体现。一些作家只关注"文"的某一方面和某些规则，一些作家的创作实践只是作为插图式材料拿来审视。钟嵘则完全不同，他是第一个把诗学个性作为具有独立自主意义的对象进行观照的人。当然，一般认为"个性"一词与东方中世纪文学格格不入，但利谢维奇相信，东方在数千年的发展中绝非一成不变。非常明显，唐代的人相比于周人，已经在很大程度上有了个性的自我意识，而诗歌恰好是这样一个更能发现自我意识之所在。诗歌把人从习惯的关系中解放出来，在创作时赋予人以绝对的自由，把人置于世界之上。按刘勰的理论，诗人顺应于灵感，"思接千载；悄焉动容，视通万里。吟

---

① И. С. Лисевич，Литертурноая　мысль　（Китая）. История всемерной лите ратуры. Т. 2. М.：Наука，1984. стр. 105-107.

咏之间，吐纳珠玉之声；眉睫之前，卷舒风云之色：其思理之致乎！"

　　这样的人卓尔不群，即体现出了自己的个性。关注这样的创作个性，而不是关注无所不包的"文"，这是时代的要求。只有钟嵘率先把诗歌作为创作个性的总和来观照，他的功绩也在于此。如果说陆机和刘勰都是文学理论家，那钟嵘就是第一位文学评论家。在谈到具体诗歌个性时，钟嵘不可避免地要面对两个问题，即怎样评价诗歌的个性、怎样将诗歌的个性与其他因素联系起来。钟嵘的决定完全符合时代精神，他把诗人按成就分为上、中、下三品。20世纪的人难以接受这种将才性划分等级的行为，认为这一做法实际上难免流于简单，就像现代人常常按学位来评价学术成就一样。但在6世纪的中国人看来，这种划分是非常自然的。的确，如果人很聪慧，那就能在科举考试中表现出来。聪慧就可以用三品体系来评价，那为什么不能用此来评价诗才呢？钟嵘的同时代人都采取了这种做法：庾肩吾把书法家分成九等，谢赫把画家分成六等，甚至圣人神佛也被分为三品，每品又分九等。欧洲文学评论中的等级视角也屡见不鲜，古希腊评论家阿里斯托芬也曾把诗人分类分等。

　　利谢维奇认为，如果直接进入钟嵘的诗学特点，首先应关注其形象性。

　　思维的形象性并不是中世纪所特有的，特别是中世纪的东方。语文学家还不习惯以解剖家的冷血去解剖诗歌，所以只是以诗的语言论诗。陆机在论及自我表达的痛苦探索时笔法华丽："于是沈辞怫悦，若游鱼衔钩，而出重渊之深；浮藻联翩，若翰鸟缨缴，而坠曾云之峻。"刘勰的语言也非常形象，力求用语准确，他曾发出这样的感叹："固知翠纶桂饵，反所以失鱼。"利谢维奇指出，钟嵘浓墨重彩地向读者勾画出他头脑中的诗人形象："陈思之于文章也，譬人伦之有周、孔，鳞羽之有龙凤，音乐之有琴笙，女工之有黼黻。俾尔怀铅吮墨者，抱篇章而景慕，映余晖以自烛。故孔氏之门如用诗，则公干升堂，思王入室，景阳、潘、陆，自可坐于廊庑之间矣。"利谢维奇认为，这种看待诗歌的角度不是分析性的，而是综合性的。当然，在刘勰的笔下，或在陆机的笔下，我们或多或少也能看到这一点，因为这就是当时的诗歌所要体现的，但这种体现在钟嵘笔下更为明显。

钟嵘《诗品》的"形象性"特点，有别于中国文学史上此前所有。此前，史学家论及诗人较多，比如司马迁对屈原、司马相如的描述，是真正的有较高艺术水平的散文，以历时的原则为我们呈现典型人物。"文"论家也曾论及诗人，但只限于一带而过。钟嵘在《诗品》中创造了中国文学的全新体裁——文学肖像画。钟嵘用语简洁，不做生平描述，只谈自己对作为文学现象的诗人的理解。比如，他谈到被俘于匈奴、留下思国名诗的汉将李陵："其源出于《楚辞》。文多凄怆，怨者之流。陵，名家子，有殊才，生命不谐，声颓身丧。使陵不遭辛苦，其文亦何能至此！"

利谢维奇联系 20 世纪五六十年代中国文学理论界的观点指出，中国文论家大多认为钟嵘赞成有内容的文学，反对矫饰和形式繁复的篇章，并把内容与形式的完美统一当作其理想。文论家特别强调第一点，但也论及钟嵘诗论的历史局限性等。利谢维奇则认为，若说钟嵘蹈刘勰之覆辙，实际上同一观点在钟嵘笔下发展得更为深刻和细致，时代的影响也在《诗品》中体现得更为明显。此外，钟嵘是中国文学思想史上第一位由研究无所不包的"文"转向研究单一体裁的"专家"，他把自己的研究限定于五言诗，由此得以深入细致地分析这一体裁；尤其是他依托于具体诗歌，分析了中国诗歌的传承现象。

中国人从来认为，古代文学典籍已非常完善，诗人作诗应继承经典。的确，传统在诗歌中的作用颇为强盛。但也正是钟嵘，为读者呈现出诗歌传统，彰显有影响的具体事实和诗歌创作的联系。他在《诗经·国风》中看到曹丕的创作来源；他也看到曹植对于陆机创作的影响，以及陆机对后辈诗人的影响。如前所述，钟嵘追究中国诗歌的赓续，看到中国诗歌的两个独立源头，由此产生两个诗歌流派，其一来自民间的《诗经》，其二来自《楚辞》。利谢维奇不赞同有些中国学者之说，认为钟嵘在 5 世纪时就把中国诗歌分为两个流派，即现实主义和浪漫主义。在他看来，钟嵘那里既无浪漫主义亦无现实主义理念。可以肯定的是，两个方向的一个来源是民间无名歌者，另一个来源则是文学诗篇，其中含有大量意象和方法，包括以艺术表现现实的手法。毋庸置疑，中国诗歌发展的两个方向和两种反映现实的方式，使得《诗经》和《楚辞》这两座丰碑更富有生气。

利谢维奇认为，钟嵘对中国文学思想的另一大贡献，是他对有别于其他文学形式的诗歌创作之基本特性的理解。钟嵘笔下著名的诗之三义，都观照了诗外之义，构成某种具体语境。三义之一的"兴"，表示"文已尽而意有余"，这适用于所有诗歌（钟嵘之后，"兴"也被后世如此理解）。每一诗行不是语义单一的，诗行背后应有第二层、第三层含义。他对写诗的要求是力求"言不尽意"，同时认为这并不只是对于诗的要求。唯有如此，才能使作者在一些作品中探索自己所需要的新意。①

戈雷吉娜论桐城派及 19、20 世纪之交中国美学思想的演进

1970 年，戈雷吉娜出版专著《文论》②，该书是作者关于中国文论研究的代表性成果。作者以桐城派文学思想的发展为核心，研究了中国文论思想在 19 世纪末 20 世纪初从古代文论经由桐城派向新学、西方文论思想接近的过程。戈雷吉娜首先梳理了桐城派古典散文理论的哲学思想基础，认为儒家思想是桐城派文学思想的来源，虽然其中不无佛教和道教思想的影响，但儒家经典具有不可动摇的地位，其影响无所不包，这也是中国文学数千年发展的传统。这一传统不仅体现于思想体系，还体现于表达方式的经学化。就思想发展的体现而言，见之于早已为人所知的重新注疏典籍。对于桐城派文论思想，戈雷吉娜做了全面而深入的梳理，方苞、刘大魁、姚鼐直至方东树都得到充分评述。

关于方苞的"义法"理论，戈雷吉娜写道："方苞的'义法'即方法，从广义上说，方法确定叙述原则和风格规范。'义'即叙述原则，应以儒家思想为基础，这种叙述原则承认'文'的实用性，要求作品体现应有的思想。'法'是'风格规范'，指导作家追随古典文章的典范。方苞的后继者刘大魁对于'义'没有异议，但却强烈反对'法'，认为古典散文的风格无

①　И. С. Лисевич, *Великий китайский критик Чжун Жун. Общество и государство в Китае.* Вып. 1. М. , 1972. стр. 201-207.

②　К. И. Голыгина, *Теория изящной словесности в Китае.* 文论 . М. : Главная редакция восточной литературы издательства Наука. 1970. 289 с.

一定之规，'风格规范'一说是没有根据的。"①她指出，尽管刘大櫆追随
其师方苞，重视文学作品的实用性，但其文学观点在很大程度上与儒家
正统思想相背离。刘大櫆试图构建作品艺术性的原则，认为古典作品的
"文"是一个复杂现象，由三个层面组成：第一个层面是"神和气"，它是
文学最微妙的本质，即所谓"神气者，文之最精处也"；第二个层面是"字
和句"，这是作品的最粗略之处，即所谓"字句者，文之最粗处也"；第三
个层面是"音乐韵律图景"，即所谓"音节"，它介于微妙本质"神和气"与
粗略材料"字和句"之间。这三个层面相互关联，不能独立存在②，"盖音
节者，神气之迹也；字句者，音节之矩也"。

　　对于桐城派姚鼐的文学思想，戈雷吉娜认为③，姚鼐代表着桐城派
理论思想的繁荣，他对文学的一系列问题有着独特的阐释，并将这些问
题从文学领域引入哲学领域，对中国古代的"文"进行了哲学性反思。她
指出，姚鼐关注文学和作家的本质，关注文学和作家在社会中的作用，
其思想观点体现出对《易经》思想的偏好。姚鼐最早将"美"的思想引入桐
城派理论，这与他将"文"作为艺术进行阐释有关。姚鼐认为，美存在于
文学艺术与儒家思想的结合中，作家应具有三个方面的能力：义理，考
证，文章。戈雷吉娜把方苞、刘大櫆、姚鼐所代表的桐城派看作这个学
派发展的第一时期，以正统儒家思想为其思想基础，这也决定了他们对
文学问题的基本看法。18 世纪至 19 世纪初，叙述散文已有所发展，但
桐城派文学观念仍以"崇高文学"为主，绝口不提已在中国文化中发挥数
百年作用的小说和戏剧，强调"文"之"高""远""简"。在否定了方苞的风
格规范之后，桐城派在章句的旋律结构中寻找到了"美"的依据。④

---

① К. И. Голыгина，*Теория изящной словесности в Китае*. 文论 . М . : Главная редакция
восточной литературы издательства Наука 1970. стр. 67.

② К. И. Голыгина，*Теория изящной словесности в Китае*. 文论 . М . : Главная редакция
восточной литературы издательства Наука 1970. стр. 69.

③ К. И. Голыгина，*Теория изящной словесности в Китае*. 文论 . М . : Главная редакция
восточной литературы издательства Наука 1970. стр. 83-84.

④ К. И. Голыгина，*Теория изящной словесности в Китае*. 文论 . М . : Главная редакция
восточной литературы издательства Наука 1970. стр. 84-85.

　　论述方苞、刘大櫆、姚鼐之后，戈雷吉娜主要讨论了方东树的理论。她认为方东树的理论视角与刘大櫆的较为接近；而在高尚体散文方面则继承了方苞和姚鼐的一些立场。在诗学理论方面，方东树表现出了与严羽《沧浪诗话》相似的佛教影响痕迹。戈雷吉娜通过《昭昧詹言》研究了方东树在文学理论方面的建树，从"诗"与"文"的关系、儒家思想与文学的融通关系、作家和作家个性的形成等问题入手展开讨论。戈雷吉娜写道，方东树的"诗""文"定义颇为全面："'诗'与'文'都要求特殊才能，而才能与已有原则和规律无关。""诗文以环怪玮丽为奇，然非粗犷伧俗，客气矜张。"①"诗文与行己，非有二事。以此为学道格物中之一功，则求通其词，求通其意，自不容已。"②方东树认为，文学即高尚的"文"与"诗"，不以解释成规为旨归。而传统儒家通常认为"文"是为已有规则做出解释。在方东树眼里，所有艺术形式有其共同特点："大约古文及书、画、诗，四者之理一也。其用法取境亦一。气骨间架体势之外，别有不可思议之妙。凡古人所为品藻此四者之语，可聚观而通证之也。"③他相信作家（诗人）的"性"与"情"决定作品是否"真"，作品是作家的直觉表述，借助锤炼的形式来真诚地表达作家的内心世界，即"欲成面目，全在字句音节，尤在性情"④。"诗不惟体，顾取诸性情何如耳。若不惟性情，但以新声取异，安知今不经人道语，非他日陈言乎？万古常新，只有一真耳。"⑤戈雷吉娜认为，方东树的诗学秉承了《尚书》"诗言志"的传统，他曾引用顾炎武的话说："诗言志，诗之本也。"⑥在解释诗之来源时，他说："诗以言志。如无志可言，强学他人说话，开口即脱节。"⑦儒家常常论"诗言志"，要求诗歌须有内涵，诗人的情感和思想应符合这一儒家教义。方东

---

① 方东树：《昭昧詹言》，汪绍楹点校，28 页，北京，人民文学出版社，1961。
② 方东树：《昭昧詹言》，2 页。
③ 方东树：《昭昧詹言》，30 页。
④ 方东树：《昭昧詹言》，20 页。
⑤ 方东树：《昭昧詹言》，484 页。
⑥ 方东树：《昭昧詹言》，481 页。
⑦ 方东树：《昭昧詹言》，2 页。

树接受了儒家正统，但又没有完全照搬，对他而言，诗之真理与儒家真理是并存的。他的儒学修养使之能以儒家观念界定诗歌，认为诗人首先应该"理真"。诗人若不"理真"，"则言之无物"，因为"诗以言志"。[①] 戈雷吉娜认为，方东树创建了丰富的诗歌理论，是其后儒家诗学理论的典范，这在其分析创作、界定诗歌的作用时体现得尤为明显。同时，他运用禅宗思想，旨在回避儒家思想中薄弱的诗论。[②]

叙述完桐城派文学思想，戈雷吉娜将目光转向林纾，借助其文学思想追索彼时中国传统文论思想的演进。她认为在 20 世纪初，旧式审美标准与中国启蒙思想家努力创建的新文学理论并存。著名翻译家、后来极力反对新文学的林纾，便一直恪守旧的审美规范。林纾在确认文学创作的承接性时，既肯定艺术是艺术家自我表达的形式，也不否定思想的作用（"义"）。他视思想为作品的原则，作品按这个原则构建出来。他说"思想是理智的建构，而作品则是思想的建构"，思想赋予文学作品以伦理价值。作品应当是真诚的，这就要求艺术家本人是真诚的，依据《诗经》和《书经》，以人文思想和责任为基点，而且知识当随生活经验而深化。由此可以看到林纾完善诗人个性的儒家理想。林纾对于"意境""声调""风趣""情韵""神昧"以及灵感、创作过程等文学范畴的阐述，足见他的审美观来自儒家思想，但在绘画理论方面又深受道家思想的影响。[③]

戈雷吉娜指出，在 20 世纪早期，中国传统文学思想与西欧学说相融合，后者在 20 世纪中国新的文学观和审美观中发挥了不小的作用。被接受的各种思潮和思想主要是那些能够回答中国现实社会问题的部分，首先是进步思想家能够用以与儒家教条做斗争的思想资源，比如尼采

---

　　① *Литература и фольклор народов Востока*，сборник статей，Москва：Издательство Наука，Главная редакция восточной литературы，1967，стр. 42-43.

　　② *Литература и фольклор народов Востока*，сборник статей，Москва：Издательство Наука，Главная редакция восточной литературы，1967，стр. 54-55.

　　③ К. И. Голыгина，Литературно-эстетические взгляды Линь Шу（1852—1924），АН СССР институт мировой литературы им. А. М. Горького，*Проблемы теории литературы и эстетики в странах Востока*，Москва：Издательство《Наука》1964. стр. 207-220.

(Friedrich Nietzsche，1844—1900）、卡莱尔（Thomas Carlyle，1795—1881）、华兹华斯（William Wordsworth，1770—1850）以及叔本华（Arthur Schopenhauer，1788—1860)等人的思想。另外，20 世纪早期的中国文学家接受了康德（Immanuel Kant，1724—1804)的美学思想——“无目的的合目的性”(无法之法)、“共通感”等，并逐渐思考文学特征的问题。18 世纪至 19 世纪的德国美学思想(康德、席勒、叔本华、尼采)、英国的浪漫主义思想(卡莱尔、拜伦[George Byron，1788—1824])在中国发挥的作用，在于其有助于否定儒家的实用主义文学观。

在五四新文化运动中，中国美学进入一个新时期，价值理念全面转向西方，将传统视为儒家封建思想的体现，对其持否定态度。陈独秀、胡适、钱玄同都对桐城派进行了批判，认为他们没给社会带来任何益处。胡适认为，桐城派的纲领和创作远离社会实际需要，指斥他们“胸中无物”“其文非才造”。胡适在 1917—1918 年间发表于《新青年》的《文学改良刍议》和《建设的文学革命论》，是其倡导文学革命的基本原则。其实，胡适没有说出任何带有根本性的新思想，只是重复和提倡了 20 世纪初由王国维、蔡元培甚至一些桐城派文学家所代表的思想。胡适在《文学改良刍议》中指出，所有文学都是特定历史时期的文学，随时间变化，每个时代的文学都与时代相关。在《建设的文学革命论》中，他否定古典散文的追随者，责备其不懂文学的趋势和发展，号召重建数千年历史的中国文学。这当然引起了极大争论。胡适探讨了从文言向白话过渡的历史趋势，提出“八事”(一曰，须言之有物。二曰，不模仿古人。三曰，须讲求文法。四曰，不作无病之呻吟。五曰，务去滥调套语。六曰，不用典。七曰，不讲对仗。八曰，不避俗字俗语)，即所谓“八不主义”。此“八事”尽管不免消极，但要求文学表达要“言之有物”。胡适以杜威实用主义赋予传统的实用文学以新的含义。

胡适文章之后，《新青年》杂志发表了陈独秀的《文学革命书》。作者主张“推倒雕琢的阿谀的贵族文学，建设平易的抒情的国民文学；推倒陈腐的铺张的古典文学，建设新鲜的立诚的写实文学；推倒迂晦的艰涩的山林文学，建设明了的通俗的社会文学”。陈独秀提出这一更为具体的纲

领，意在使文学接近生活、人民和社会问题。无论是胡适还是陈独秀，
都强调白话在文学中的重要地位。戈雷吉娜认为，20 世纪前 20 年对于
中国文学史和美学思想史的主要意义在于，这一时期提出了文学理论的
基本任务，即与 1919 年五四运动相关的"文学革命"。苏联十月革命对中
国的哲学美学思想产生了重要影响，推动了马克思主义美学在中国的产
生和发展。戈雷吉娜强调指出，中国的历史关注总是很独特的，对于后
来的文学史家来说，中国固有的美学思想比如桐城派文学理论，以其对
中国文学的整体贯通和对规律、特点的把握，定然具有长久的价值。①

（三）苏联高等院校教材及《世界文学史》《美学思想史》中的中国文论

1971 年，莫斯科大学教授波兹涅耶娃为苏联高等、中等教育部审订
了苏联国立大学教材《古代东方文学》②一书，并撰写了其中的"古代中国
文学"部分，其中的第七章为《语文学与诗歌理论——儒教和道家异端的
形成》。波兹涅耶娃介绍了从《毛诗序》（《诗大序》）开始的中国传统美学，
"其中一部分涉及诗学的描述性内容，意在确定诗歌创作的各种体裁与风
格，另一部分则涉及一些美学问题"③。她把《毛诗序》中的"六义"之"风"
"雅""颂"作为体裁问题来看，把"赋""比""兴"作为中国诗歌理论中对风
格问题的认识。波兹涅耶娃认为，《毛诗序》承认诗歌创作的认识论意义，
其中"国史明乎得失之迹，伤人伦之废，哀刑政之苛，吟咏情性，以风其
上，达于事变而怀其旧俗者也"，意在把诗歌作为理解过去的材料进行研
究，但并不把记事与诗歌相提并论。诗歌中的情感也有助于增进对历史

---

① К. И. Голыгина, *Теория изящной словесности в Китае.* 文论．М．：Главная редакция восточной литературы издательства Наука. 1970. стр. 258-259.

② Л. Д. Позднеева, Литература Дервнего Китая. из кн. *Литература Древнего Востока*. М．：издательство Московского университета. 1971. стр. 249-387. 波兹涅耶娃分 7 个部分介绍中国古代文学：第一章，神话；第二章，民歌；第三章，口头艺术和哲学流派；第四章，第一批诗人：屈原、宋玉、贾谊、司马相如；第五章，乐府；第六章，史料学；第七章，语文学与诗歌理论，儒教和道家异端的形成。

③ Л. Д. Позднеева, Литература Дервнего Китая. из кн. *Литература Древнего Востока*. М．：издательство Московского университета. 1971. стр. 376.

事件的了解。《毛诗序》试图在反映政治生活的历史事件中寻找诗歌所表达的情感——乐、苦、怒，展现诗歌创作对现实的反映，尽管作者没有道家反映自然和模仿自然的意识，即"治世之音安以乐，其政和；乱世之音怨以怒，其政乖；亡国之音哀以思，其民困"。波兹涅耶娃认为，《毛诗序》的另一个美学意义，在于其对"主文而谲谏"的提倡，"谲"指委婉深切的言辞表达。关于创作活动，《毛诗序》把艺术创作看作人类活动的特殊形态："情动于中而形于言，言之不足故嗟叹之，嗟叹之不足故永歌之，永歌之不足，不知手之舞之，足之蹈之也。"《毛诗序》以"志""情"和产生情感的现实生活阐释创作过程，体现了其对艺术的唯物主义理解。当然，"正得失、动天地、感鬼神"等表述，令人感到作者的意思有些前后不一，因为这表明诗歌不仅作用于人，也对自然、天神产生影响。

另外，波兹涅耶娃把中国诗论与印度诗论做比较，认为印度诗论在词语雕琢方面有直接、间接、暗示三种表达方式，这与中国诗论中的"赋""比""兴"三种手法有相通之处。她认为，《毛诗序》根据作品的实际用途确定诗歌的体裁，说明中国古代诗论不像古代希腊人那样将文学分成不同的类别和体裁。

成立于1755年的莫斯科大学一直是俄罗斯的科学和文化中心。自1943年起，奥夫相尼科夫（М. Ф. Овсянников，1915—1987）开始在莫斯科大学哲学系开设"美学思想史"课程，以该课程的讲义为基础，1977年出版高等学校教材《美学思想史》①一书，成为苏联经典教材。1984年，

---

①　М. Ф. Овсянников, *История эстетической мысли*. М.：Высшая школа. 1977. 352 с. 该书内容为从古代至马克思主义产生之前这一时期的美学思想历史。书中分析美学发展的主要阶段：古希腊和古罗马奴隶制社会的美学、中世纪美学、文艺复兴时期的美学、古典主义美学、启蒙运动时期的美学、德国古典美学、19世纪现实主义美学，注重美学思想史上对美学科学进步、现代学术有推动作用和重要意义的核心，反映了作者以人文主义思想和国民性为基础的美学观点和坚持艺术真实的原则。作者奥夫相尼科夫为莫斯科大学哲学系主任、《莫斯科大学学报·哲学卷》主编。

作者出版了修订版,① 其中第二章"中世纪美学"部分介绍了美学在中国、印度、拜占庭这几个东方文明大国的发展状况。作者在"中国"部分中写道:"中国的美学观点产生于远古,但直到封建中世纪,中国的美学思想才得到详细研究。"②作者认为,随着中世纪中国文学艺术和哲学的高度发展,美学思想迅速形成。中国古代思想家如孔子、老子和荀子的思想成就,为美学在中国的发展提供了基础。在儒道思想并行发展的情势之下,道学成为中世纪中国美学思想的重要支撑。王充在《论衡》中阐释了与事实一致的文学创作,他把"气"看作万物之源,以及他对道德之美和内容之美的关注,终结了中国美学的古代阶段,开启了中国美学的中世纪。作为中国中世纪的早期美学家,曹丕与王充一样关注"气"的范畴,提出"文以气为主,气之清浊有体,不可力强而致",强调形式之美。接着,奥夫相尼科夫将文学审美之"气"与中国古代画论中的"气韵"联系起来,认为谢赫《古画品录》中的"六法"是中国美学先贤思想的具体化。作者通过介绍王维的画论、张彦远的《历代名画记》、惠洪的《冷斋夜话》、苏轼的画论、荆浩的《笔法记》、王绎的《写像秘诀》,以及清初王概的《芥子园画谱》,阐述中国美学发展的本质特点,这是中国美学理论对世界美学思想发展的重要贡献。③

20 世纪 80 年代是苏联社会发展的一个新阶段,苏共中央在 1985 年 4 月通过新的政治战略决定,为社会生活的各个领域带来革命性的变革;1986—1990 年苏共中央的几次重要会议使苏联社会的精神生活发生了较大转向,其中最重要的一点就是改变对文化遗产的态度。以往的阶级利益观

---

① М. Ф. Овсянников, *История эстетической мысли*. М. : Высшая школа. 1984. 该书共包括八个部分:第一章,古希腊和古罗马奴隶制社会的美学;第二章,中世纪美学:中国,印度,拜占廷,西方中世纪美学;第三章,文艺复兴时期美学;第四章,古典主义时期美学;第五章,启蒙时期美学:英国,法国,德国;第六章,德国古典美学(18 世纪末至 19 世纪初):康德,席勒,费希特,浪漫主义,谢林,歌德,黑格尔;第七章,西欧其他国家美学发展的主要流派:法国,英国,意大利;第八章,马克思主义美学的产生。

② М. Ф. Овсянников, *История эстетической мысли*. М. : Высшая школа. 1984. стр. 43.

③ М. Ф. Овсянников, *История эстетической мысли*. М. : Высшая школа. 1984. стр. 44-46。

被放弃，在苏共的政治思想工作和社会意识中确立了全人类价值的优先地位，确立了尊重不同思想和观点多元化的态度。① 这也促使苏联文学理论界在 20 世纪 80 年代将目光投向世界各国文学，其中就包括中国文论。

从 1983 年起，苏联科学院组织文学研究权威专家编纂了大型学术丛书《世界文学史》②，其宗旨是展现世界各民族自古代至 20 世纪初的文学发展历程。"中国文学"内容被划入中世纪文学的"东亚与东南亚文学"部分，汉学家艾德林是该卷编委会成员。从事汉代至宋代中国古典文学翻译、研究的汉学家热洛霍夫采夫（Н. Алексей Желоховцев）③、利谢维奇、

———————————

① 1985 年 3 月 11 日，戈尔巴乔夫当选苏共中央总书记。同年在苏共中央四月全会上，戈尔巴乔夫提出要对苏联社会进行改革。1987 年，戈尔巴乔夫出版《改革与新思维》一书。1988 年戈尔巴乔夫在苏共代表会议上又提出了政治体制改革的一系列重大措施，乃至后来酝酿和出炉"民主化、公开性、多元论"的思想，在很大程度上为社会精神生活领域打破苏联近 70 年的"思想一律"提供了依据。参见［俄］M. P. 泽齐娜、Л. B. 科什曼、B. C. 舒利金：《俄罗斯文化史》，刘文飞、苏玲译，329～331 页，上海，上海译文出版社，2005。

② История Всемирной литературы. Ред. коллегия тома： Х. Г. Короглы， А. Д. Михайлов（ответственные ред.），П. А. Гринцер， Е. М. Мелетинский， А. Н. Робинсон， Л. З. Эйдлин. М.：Наука，1984. 672 с. 该套文学史最初设计为十卷本，但临近问世时第十卷《1945—1960 年的文学》被撤下，第九卷成为最终卷。而实际上，虽然该套书在内封上标明"九卷本"，但在 1983—1994 年只出版了八卷。第九卷原定为《1917—1945 年的文学》，虽然已撰写完结，但由于"苏联文学中的一些现象还有待再评价"而决定不出版。其中第二卷《3 世纪至 13 世纪的文学》中涉及中国文学，内容包括：3 世纪至 6 世纪诗歌；陶渊明、谢灵运、鲍照的诗歌创作；文学思想；哲学散文；汉译佛教文学；叙事文学；唐代诗歌(7 世纪至 9 世纪)；哲学散文(7 世纪至 9 世纪)；唐代传奇；宋代诗词(10 世纪至 13 世纪)；哲学散文(10 世纪至 13 世纪)；宋代话本(10 世纪至 13 世纪)。

③ 热洛霍夫采夫，语文学副博士，俄罗斯科学院远东研究所高级研究员，1933 年出生于莫斯科，1958 年从苏联外交部莫斯科国际关系学院毕业后进入苏联科学院东方学研究所工作，1965 年通过以"作为文学体裁的话本小说"(Повесть хуабэнь как литературный жанр)为题的副博士学位论文答辩。1965—1966 年在北京师范大学进修。1969 年起在远东研究所工作，研究方向为中国的文学艺术。一生发表论著 200 多种。

李福清①、苏霍鲁科夫（Т. Валерий Сухоруков，1929－2003）②、切尔卡斯基（Е. Леонид Черкасский，1925－1998）③、艾德林参与了这一部分的编写工作。该书写道，在多个世纪文学实践的基础上，5世纪末至6世纪初，出现了中国美学思想的繁荣期。曹丕对诗歌语言特殊性的论述及对其他文体主要特征的概括，表明诗人开始关注文学作品的形式。沈约关于诗行声律的思考，则反映出语言结构的实际特点。这体现了诗人对诗歌技巧的内在规律的理解不断深化，诗歌艺术不断发展。同时，对形式的过度关注也越来越成为中国诗歌发展的障碍，妨碍诗歌的自然表达。④

　　《世界文学史》第二卷关于中国文学思想的论述，认为刘勰的《文心雕龙》是中国中世纪文论思想的顶峰，并对文论的进一步发展产生巨大影响。虽然刘勰在佛教藏经楼开始其智慧人生，最后出家入佛，但《文心雕龙》并未体现其佛教观点，其著作完全遵循传统，以道家思想构建其文学理论。《世界文学史》（涉及3—13世纪各国文学）对中国文学思想的介绍仅限于这一时期，即魏晋至宋元时期，钟嵘的《诗品》也是探讨对象之一。书中论及钟嵘反对夸大形式的意义，认同诗歌语言的自然性，认为内容是最重要的，并肯定诗歌语言具有"言不尽意"的特点。萧统《文选》也被

---

　　①　李福清，俄罗斯科学院院士，俄罗斯科学院世界文学研究所首席研究员、亚非文学部主任，俄罗斯国立人文大学教授，一生致力于中国民间文学、中国古典文学的研究，在国际学术界享有很高的声誉，发表论著300多种。

　　②　苏霍鲁科夫，1929年2月19日生于伊尔库茨克，1955年毕业于列宁格勒大学东方系，1964年在北京大学进修，1968年以"闻一多的生平与诗歌创作"为题获语文学副博士学位，1967—2003年为俄罗斯科学院东方学研究所研究员，发表论著50多种。苏霍鲁科夫在学术生涯中翻译活动活跃，节选翻译了《列子》《道德经》《礼记》《庄子》《战国策》《申子》《韩非子》《世说新语》以及王维诗歌，还翻译过鲁迅、巴金、老舍、闻一多、瞿秋白的作品以及当代作家王安忆等人的作品。

　　③　切尔卡斯基（中文名"车连义"），1951年毕业于苏联军事外国语学院东方系，1960年起在苏联科学院东方学研究所工作，1962年通过以"曹植的诗歌"为题的副博士学位论文答辩，1965—1966年在中国进修，1971年通过以"20世纪20年代中国的新诗"为题的博士学位论文答辩。一生发表论著260多种。

　　④　*История Всемирной литературы*. Т. 2，М. ：Наука，1984. стр. 105.

看作中国文论思想的体现，尽管他从"文"的概念出发，甄选出历史和哲学文章。此后，文学创作的特殊性逐渐受到重视，"美文"开始区别于其他文体形式。

　　同样是在 20 世纪 80 年代，苏联科学院哲学所美学研究室陆续推出六卷本《美学思想史》，其中第一卷①、第二卷②和第四卷③均涉及中国传统美学思想。1982 年出版的第一卷内容论述"古代世界、欧洲中世纪"，其中"古代东方各民族的美学观念"一章设有"中国"一节（共 16 页），基于中国古代哲学思想的发展，论述中国古代美学思想。书中写道，中国的美学思想在公元前 6 世纪至 3 世纪的哲学家的思想中已得到明确表述，同美学理论的基本状况一样，古代中国以对自然与社会的关系之哲学思考为基础，提炼出美学观念和术语。在哲学典籍中，艺术实践和创作过程体现为认识世界的审美观念的派生物。例外现象是，公元前 3 世纪的《韩非子》是分析语言创作的最早尝试，以及《诗大序》奠定了纯诗学的基础。之后，类似的理论著述直到中世纪才在中国出现。

　　《美学思想史》第二卷出版于 1985 年，内容为"中世纪东方和 15—18 世纪的欧洲"，其中第二章为"中国"，以 24 页的篇幅介绍了中世纪时期中国的美学思想发展历程。俄罗斯汉学家把魏晋至清中期的文学称为中国文学史上的"中世纪"。书中提到，在这一漫长历史时期，中国美学有两种趋势，即在很大程度上由儒家思想与道教－佛教之世界感受所决定的发展。中国古典文论中以儒家思想为主导的古典美学强调艺术的可信性和生动性，以及艺术与人生经验的一致性，认为美学是直观的象征与教化，写作是创作技巧的最高体现，只有拥有渊博的文史知识和品评艺

---

　　① *История эстетической мысли*. В 6-ти т. Т. 1. Древний мир. Средние века в Европе. Институт философии АН СССР. Сектор эстетики. М. : Искусство. 1982. 464 с.

　　② *История эстетической мысли*. В 6-ти т. Т. 2. Средневековый Восток. Европа в 15—18 веков. Институт философии АН СССР. Сектор эстетики. М. : Искусство. 1985. 456 с. 第二卷出版于 1985 年，内容涉及"中世纪东方和 15—18 世纪的欧洲"，其中第二章即为"中国"。

　　③ *История эстетической мысли*. В 6-ти т. Т. 4. Вторая половина 19 века. Институт философии АН СССР. Сектор эстетики. М. : Искусство. 1987. 456 с. 第四卷出版于 1987 年，内容涉及"19 世纪后半叶"，其中第一章即为"中国"。

术技巧的能力，才能确保人的艺术感受力。而以道教和佛教思想为主导的古典美学思想，与宗教神秘主义密切相关，揭示或暗示言不尽意之理，以及永恒的体现：永恒即瞬间，是无尽虚空的空间。创作是灵感和天启，真正的艺术发生于不知不觉中，创作与感受之间并无界限。技巧是多余的，甚至会妨碍求真。

《美学思想史》第四卷出版于 1987 年，内容为 19 世纪后半期各国美学。在"东方各国美学"部分，第一章即为"中国"，以 18 页文字介绍了桐城派至 19 世纪末 20 世纪初林纾、王国维等人的美学思想。文中写道，在 19 世纪，特别是 19 世纪前 25 年间，中国的美学思想仍在宋明理学的轨道上发展。19 世纪中国美学理论被分为三个发展时期：19 世纪初为第一时期，这是文学艺术流派积累形成的时期；思想高度发达的 19 世纪后半叶为第二时期；第三时期是 19 世纪末至 20 世纪初，传统美学思想系统化，美学理论家借助西欧观点反思中国传统美学思想，创立了新的美学体系和术语。在德国古典哲学和日本理论的影响下，中国非传统美学体系逐渐形成。一些西方美学范畴和术语经由日本进入中国，日本的学术观点发挥了中西美学思想的中介作用。

20 世纪 50 年代起，苏联的中国古代文学研究进入重要时期，中国文论的研究也在这一时期不断丰富，影响不断扩大，最终进入苏联哲学界视野，成为苏联学界所关注的世界各国美学思想之一，为俄罗斯文化的发展提供了养分。

(四)苏联解体后俄罗斯的中国文论研究

1991 年冬，苏联宣告解体，近七十年来作为苏联意识形态唯一主体的马克思列宁主义轰然崩塌，人文科学以人为核心的标准重新确立，而"文化"作为自然本质之后的第二本质，成为人文科学重点关注的内容。一时间文化学研究在俄罗斯呈蔚为大观之势，大学将文化学作为必修课，新出版的高校文化学教材达数十种之多，期刊上与文化学相关的文章屡见不鲜，专业杂志、文化学词典、丛书也大量涌现。① 在这样的学术背景下，文化学视角也被应用于汉学研究②和中国文学理论研究，"文化学是汉学研究的新趋势。这一领域的主要研究方向，是确定整体文化体系中的内在联系"③。

1995 年，克拉夫佐娃出版了《中国古代诗歌选：文化学分析初探》④。她认为，俄罗斯汉学界介绍中国诗人和文学创作，翻译中国文学作品以及对作品思想性和艺术性的阐释，与中国国学研究的注释传统相似。人们应注重中国文学发展的连续性，在理论上揭示中国诗歌的类型学特点和中国文明特征。全书由两大部分组成。在第一部分中，作者梳理了古代中国文化背景下的诗歌传统，以此研究中国诗歌与中国文化的内在联系。通过对中国上古史的叙述，整理出中国诗歌的《诗经》和《楚辞》两大源头，并在此基础上分析了中国古代民族文化的多样性，进而分别介绍了古代中国的中原地区文化和南方文化。在第二部分中，作者梳理了中国古代诗歌的创作起源、发展历程以及社会教化功能，分析了上层统治者的诗歌创作、儒家传统中的诗歌创作以及中国古代南部诗歌的传统。

戈雷吉娜于 1995 年出版的专著《1—14 世纪文学与文化中的中国世界模式》⑤，也是从文化学角度对中国诗歌进行的理论研究。作者从中国

---

①　参见张百春：《文化学研究在俄罗斯》，载《国外社会科学》，1998(6)。

②　1999 年，俄罗斯科学院东方文献研究所研究员克拉夫佐娃出版了《中国文化史》(История культуры Китая)一书，成为俄罗斯教育部推荐使用的高校文化学专业的教材。

③　К. И. Голыгина, В. Ф, Сорокин, Изучение китайской литературы в России. М. : Издательская фирма "Восточная литература" РАН. 2004. 58 с.

④　М. Е. Кравцова, Поэзия Древнего Китае : (Опыт культурологического анализа). Антология художественного переводов. СПб. : Петербургское Востоковедение, 1995. 544 с. 作者克拉夫佐娃，1975 年毕业于列宁格勒大学(现圣彼得堡大学，前身为彼得堡大学)东方系，1983 年通过以"沈约的诗歌创作"(Поэтическое творчество Шэнь Юэ：441—513)为题的副博士学位论文答辩，1994 年通过以"中国传统诗歌的艺术美学经典的形成：以中国古代和中世纪的诗歌作品为中心"(Формирование художественно-эстетического канона традиционной китайской поэзии：на материале поэтического творчества древнего и раннесредневекового Китая)为题的博士学位论文答辩。2003 年调入圣彼得堡大学哲学与政治学系，现任该系东方哲学和文化学教研室教授。

⑤　К. И. Голыгина, Великий предел : (Китайская модель мира в литературе и культуреI-XIV вв.). М. : Восточная литература. 1995. 363 с.

文化整体性的立场出发，运用苏联文艺学中文学作品的语言修辞分析方
法，论述了中国古代诗歌。例如，通过对《关雎》的分析，将"关""雎"二
字与远古占星联系起来，再以《尔雅》中的释义为依据，挖掘中国古代诗
歌所体现的文化和艺术传统。

　　21 世纪以来，随着中俄关系的发展，有关中俄交往史、中俄文化联
系的研究不断增多，俄罗斯汉学界也对其研究成果进行了总结。2004
年，戈雷吉娜和索罗金（Ф. Владислав Сорокин，1927—2012）①出版了一
本总结 18 世纪以来俄罗斯的中国文学研究成就的小书，并在"文学理论
与美学思想"部分②中写道，"文化学是汉学界文学研究的新趋势。这一
领域的主要研究方向，是确定整体文化体系中的内在联系"③，"汉学界
文学研究领域正在形成一种研究方向，即在总的文化学视角下，依托于
整体研究文学文本、事实、现象的方法，尊重文化、语文学内在规律的
总体理论"④。

---

① 　索罗金，1950 年毕业于莫斯科东方学学院，1958 年通过以"鲁迅创作道路的开端"
为题的副博士学位论文答辩，1979 年通过 以"13—14 世纪中国古典戏剧：起源、结构、形
象、主题研究"为题的博士学位论文答辩。1950 年起先后为莫斯科东方学学院、莫斯科大学
历史系、苏联外交部莫斯科国际关系学院教师，1957 年起为苏联科学院中国学研究所、亚洲
各民族研究所、远东研究所研究人员，一生发表论著 260 多种。

② 　К. И. Голыгина，В. Ф. Сорокин，*Изучение китайской литературы в России*. М.：
Восточная литература. 2004. стр. 29-32.

③ 　К. И. Голыгина，В. Ф. Сорокин，*Изучение китайской литературы в России*. М.：
Восточная литература. 2004. стр. 31. 2006—2010 年俄罗斯科学院远东研究所集俄罗斯汉学三
百年成就之大成，出版了六卷本大型中国文化百科全书《中国精神文化大典》（Духовная
культура Китая. Энциклопедия. М.：Издательская фирма "Восточная литература"РАН.），关
于该套丛书可参见柳若梅：《评俄罗斯科学院远东所〈中国精神文化大典〉》，载《国外社会科
学》，2009〔4〕。该套丛书的第二卷为《文学、语言和文字卷》，其总论性部分的"中国文学在
俄罗斯"取自戈雷吉娜和索罗金的这部小书，其中对中国"文学理论与美学思想"的介绍也取
自戈雷吉娜的这部分内容。

④ 　К. И. Голыгина，В. Ф. Сорокин，*Изучение китайской литературы в России*. М.：
Восточная литература. 2004. стр. 31.

第五章　意大利汉学界的中国文论研究

一、引言

意大利现当代的中国文学研究经过一段时期的酝酿与发展之后，已趋较为繁荣的局面，远远超越了 16 世纪意大利传教士刚刚接触中国语言与文化时的状况。相对而言，意大利对中国文论的研究则起步较晚，也一直没能在大学里设置专门的研究专业，大约到 20 世纪 60 年代，意大利学者才真正步入这一领域。在研究的全面性和系统性上，意大利学者的成就还不能与其他一些欧美国家的汉学研究相比，以致这些成果在很大程度上未能得到应有的关注。

第二次世界大战结束后，意大利汉学界与海外的交流始趋活跃，一些学者的研究引起国际汉学界的瞩目，并获得了一定的认可和赞扬，如白佐良（Giuliano Bertuccioli，1923—2001）和兰契奥蒂（Lionello Lanciotti）便是其中最为著名的两位。法国著名汉学家戴密微，① 就曾赞扬同行白佐良问世不久的《中国文学史》："我祝贺你新出的《中国文学史》，它不仅包含丰富而有益的书目，而且它和你之前出版的出色作品相比进步很

---

① 　兰契奥蒂在 1957 年翻译了戴密微的作品，而到 20 世纪 60 年代意大利学术界只有一部关于中国学的书，那就是戴密微的。兰契奥蒂和白佐良是当时意大利人了解中国文学的最大功臣，也是意大利真正开始对中国文论研究有所涉入的学者。戴密微的意大利译本名为 Paul Demiéville，*Letteratura cinese*，Roma，Casini，1957。

大。我看，目前它是西方语言领域内数一数二的好作品。"①与此同时，
白佐良和兰契奥蒂在还没有意大利语版的《中国文学史》的 20 世纪 60 年
代，便开始对中国文学进行了较为全面的研究，他们的著述中也出现了
一些对中国文论的介绍和述说，可将之看作 20 世纪 60 年代中国文论研
究的关键性成果；随后，这一领域中也出现了一批重要的意大利文翻译。
在中国文论研究领域做出重要贡献的意大利汉学家还有那不勒斯大学教
授史华罗（Paolo Santangelo），他自 20 世纪 80 年代以来所进行的"情感
论"研究引起不少学者的注目，不仅令欧美汉学界耳目一新，也赢得了中
国学术界的赞同。除以上几位学者之外，我们也需要关注那些尚未引起
充分注意的中国文论研究成果，并从意大利汉学史研究的角度对这些学
者的中国文论与文学思想研究做出系统的梳理与展现。

二、早期的中国文学研究：传教士汉学与世俗汉学（1600—1960）

从意大利汉学史来看，传教士对儒家与道家经典思想所进行的研究
与汉学的形成及发展有重要关系。有关当时的传教士汉学，意大利学者
曾经做过一些研究，并取得不少成果。其中罗马智慧大学汉学系的学者
们的一些研究尤其值得注意，这也体现在白佐良和兰契奥蒂的著述中。②
可以毫不夸张地说，在欧洲汉学谱系中，意大利的汉学研究是最为悠久

---

①　"Je vous félicite cordialment de votre nouvelle histoire de la littérature chinoise qui,
avec le grosse et utile bibliographie et tout le reste, est tellement au progrès sur le première déjà
excellente. Je n'en vois guère de meilleure pour le moment en aucune langue d'Occident."（见
1969 年 1 月 12 日戴密微给白佐良的信）参见 Federico Masini, "Italian translations of Chinese
literature", in Viviane Alleton, *De L'un Au Multiple*: *Traductions Du Chinois Vers Les Lan-
gues Européennes*, Clermont-Ferrand, Maison des Sciences de l'Homme, 2000, p. 46。

②　关于汉学史研究，白佐良教授和兰契奥蒂教授主要写过四篇文章：Giuliano Bertuc-
cioli, "Per una storia della sinologia italiana: prime note su alcuni sinologi e interpreti di
cinese", *Mondo cinese*, no. 74, 1991, pp. 9-33; Giuliano Bertuccioli, "Gli studi sinologici in I-
talia dal 1600 al 1950", *Mondo cinese*, no. 81, 1993, pp. 9-22; Lionello Lanciotti, "I compiti
attuali dei sinologi italiani", *Mondo cinese*, no. 24, 1978, pp. 15-27; Lionello Lanciotti, "Gli
studi sinologici in Italia dal 1950 al 1992", *Mondo cinese*, no. 85, 1994, pp. 3-11。

的，不少学者认为西方汉学产生于意大利人的推广。① 如白佐良所述，
欧洲第一次"发现中国"源于葡萄牙人到达广州及意大利耶稣会士到达北
京。② 就意大利汉学的渊源而言，首先应当追溯到最早抵达北京并被明
神宗允许长居京城的耶稣会士利玛窦。③ 16、17 世纪常驻中国的一批意
大利传教士编纂了有关中华文明各个方面的著作，其中包括历史、文学、
信仰、帝国制度等，并以自己独特的理解方式将中华文化传播至欧洲，
影响了当时欧洲对远东的认识。④ 早期的介绍与研究，主要集中在先秦
时期儒家、道家经典中的基本思想。在华耶稣会士对儒学十分崇拜，
1593 年利玛窦已将"四书"译成拉丁文。17 世纪至 18 世纪，西方天主教
因为传教士对儒学崇拜问题提出质疑，产生了关于中国传统礼仪是否违
背天主教教义的激烈论争，传教士编辑的著述对中国儒道思想或多或少
地出现了一些歪曲。⑤ 就传教士对儒家思想的介绍和述说而言，远在
1615 年，明末来华的另一位传教士金尼阁就将利玛窦的《中国杂记》，即
《基督教远征中国史》(De Christiana expeditione apud Sinas)翻译成拉丁
文并发行于奥格斯堡，这大概是意大利汉学史上有关儒家思想文化的最
早描述之一。⑥

---

① Federico Masini, in Viviane Alleton, *De L'un Au Multiple*: *Traductions Du Chinois Vers Les Langues Européennes*, 2000, pp. 34-57.

② Giuliano Bertuccioli, "Gli studi sinologici in Italia dal 1600 al 1950", 1993, p. 10.

③ 白佐良所说的"汉学"一词指有关中国文化研究的各个方面，例如，语言、文学、历史、艺术、宗教等。对白佐良而言，汉学家必不可少的工具就是中国语言，因此在他眼里，利玛窦就是意大利的第一位汉学家。参见 Giuliano Bertuccioli, "Gli studi sinologici in Italia dal 1600 al 1950", 1993, p. 11。

④ 关于耶稣会士在中国的传教活动参见 Liam Matthew Brockey, *Journey to the East*: *The Jesuit Mission to China* 1579—1724, Boston: Harvard University Press, 2009。

⑤ 关于传教士对中国文化的推广，参见 Lionel M. Jensen, *Manufacturing Confucianism*: *Chinese Traditions & Universal Civilization*, Durham: Duke University Press, 1997；李勇：《西欧的中国形象》，北京，人民出版社，2010。

⑥ 有学者发现，金尼阁版本和利玛窦的原始版本有一些区别。金尼阁删除了一些有关礼法的内容，学者们认为这是因为金尼阁希望强调儒家思想的非宗教性方面。有关这些参见 Lionel M. Jensen, *Manufacturing Confucianism*: *Chinese Traditions & Universal Civilization*, 1997, pp. 66-67。

　　自 17 世纪中叶开始，传教士将大量中国古典文学翻译成拉丁文。
1662 年出现了西西里岛耶稣会士殷铎泽和葡萄牙耶稣会士郭纳爵合译的
《大学》，取名为《中国的智慧》(*Sapientia Sinica*)。因为这次翻译的目的
是将儒家思想介绍给年轻传教士，① 所以先将它用木刻印制，发行于江
西建昌，然后带回欧洲去。殷铎泽还翻译了《中庸》，取名为《中国的政治
伦理》(*Sinarum Scientia Politico moralis*)，于 1667 年和 1669 年分两期
在广州和印度果阿出版，并于 1672 年附上《孔子传》在巴黎再版。《论语》
最早的译本也出自这两位传教士之手，并刻于印度果阿，但暂无法确定
刻年。② 1687 年，在巴黎刊行了一部名为《中国哲学家孔子》(*Confucius
Sinarum Philosophus*)的综合性书籍，《大学》《中庸》和《论语》等最主要
的儒家作品均包括在内。书末附有孔子小传和一篇讨论儒家思想与中国
古典文学的描述性文字，这一附录包含一定的文论要素。③

　　由此可见，意大利人最早是通过传教士的翻译和介绍接触儒家、道
家经典著作的。17、18、19 世纪的意大利传教士除了翻译以外，还编辑
了不少有助于西方不同读者阅读中国作品的工具书，例如，词典和文章

　　① 参见 Liam Matthew Brockey，*Journey to the East：The Jesuit Mission to China
1579—1724*，2009，pp. 148-151。
　　② 参见杨平：《评西方传教士〈论语〉翻译的基督教化倾向》，载《人文杂志》，2008(2)。
　　③ 这本书的完整题目为 *Confucius Sinarum Philosophus，sive Scientia Sinensis latine
exposita studio et opera Prosperi Intorcetta，Christiani Herdtrich，Francisci Rougemont，Phi-
lippi Couplet，Patrum Societatis Jesu*（Confucius，Philosopher of the Chinese；or，The Chinese
Learning，a Latin exposition by Propser Intorcetta，Christian Herdtrich，Francis Rougermont，
Philippe Couplet，Father of the Society of Jesus），由 Daniel Horthemels 于 1687 年在路易十四
的命令下发行于巴黎。该书大致为传教士译述的组装产品，由比利时耶稣会士柏应理汇编为
一册，附加了一年前柏应理单独刊行的中国皇帝年表（the Tabula Chronologica Monarchiae
Sinicae 2952 B. C. —1683)。可参见 Lionel M. Jensen，*Manufacturing Confucianism：Chinese
Traditions & Universal Civilization*，1997，p. 325；Giuliano Bertuccioli，"Gli studi sinologici
in Italia dal 1600 al 1950"，1993，p. 12。

选集。① 各种文章选集中最值得一提的是《中国文学选集》(*Cursus Litera-turae Sinicae*)，白佐良曾认为，这是 1950 年以前在西方世界最具影响力的选集之一。该书包括 1878 年至 1882 年之间耶稣会士晁德莅所收藏的中国文学的各种译本，② 目的是帮助年轻传教士阅读中国文学作品。可是后来因为书中用的拉丁文复杂难读，1891 年上海耶稣会传教团决定先将它翻译成法文出版。③

　　总体来讲，自 17 世纪初一直到 19 世纪末，至少在白佐良所界分的意大利传教士汉学时期，除了《中国哲学家孔子》和《中国文学选集》二书之外，没有其他重要的与中国文学相关的著作出版。虽然意大利传教士们更多关注的是儒家思想，但其中包含的对中国文学的若干解释却为未来这一领域的研究打下了基础。

　　19 世纪，作为一门学科的欧洲汉学正式确立。虽然早在 1732 年，耶稣会传教士马国贤(Matteo Ripa，1682—1746)从清朝康熙皇帝宫廷返回之后就已经创建了一所专门研究东方文化的独特的教育机构——中国

---

① 17 世纪末方济会士叶尊孝(Basilio Brollo，1648—1704)编纂了第一本中文拉丁文字典。这本字典分别于 1694 年和 1699 年发行于南京，可是因为实际上的一些问题，包括出版费用高昂，1813 年才发行于巴黎，名为《中文、拉丁文及法文字典》(*Dictionnaire Chinois，Français et Latin*)。虽然《中文、拉丁文及法文字典》的最早版本(Chrétien-Louis-Joseph de Guignes，*Dictionnaire Chinois，Français et Latin，le Vocabulaire Chinois Latin*. Paris，Imprimerie Impériale，1813)的封面上显示的不是叶尊孝的名字，而是曾任法国驻广州领事的小德金(Chrétien-Louis-Joseph de Guignes，1759—1845)的名字，但是法国学者雷慕沙和德国学者柯恒儒发现小德金原来是抄了叶尊孝一直以手抄本形式流通的字典，以此来应付法国政府 1808 年派他负责编纂字典的任务。参见 Giuliano Bertuccioli，"Gli studi sinologici in Italia dal 1600 al 1950"，1993，p. 13。小德金 1808 年还写了一本游记(Chrétien-Louis-Joseph de Guignes，*Voyages a Pékin，Manille，et l'île de France*)。关于小德金著述的更具体信息，参见 John McClintock and James Strong，*Cyclopaedia of Biblical，Theological and Ecclesiastical Literature*，New York：Harper & brothers，1891，p. 1028。
　　② 晁德莅的作品名为 Angelo Zottoli，*Cursus Litteraturae Sinicae*，Shanghai，Imprimerie de Tou Se We，vv. 1-5，pp. 1878-1882。
　　③ 参见 Giuliano Bertuccioli，"Gli studi sinologici in Italia dal 1600 al 1950"，1993，p. 21。

学院，① 但西方现代汉学的起点则应当从 1814 年 12 月 11 日法国学者雷慕沙在法兰西公学院主持第一次汉学讲座算起。② 这位博学多才的汉学大师的研究成果涉及中国历史、语言、文学、宗教、地理学等领域，曾培养许多意大利汉学家的儒莲就是他的得意门生之一。当时在意大利没有专门的汉语班，想学习中国语言与文学的意大利学者只能去法国就学。儒莲的学生中有两位后来成为著名汉学家的意大利人，即安得罗齐（Alfonso Andreozzi，1821—1894）和赛维理尼（Antelmo Severini，1828—1909）。这两位学者能够取得重要成就，也在于他们能遵循其师的道路，对传教士未曾触及的远东白话文学做了深入的研究。赛维理尼自 1863 年起于佛罗伦萨皇家高等研究院任"远东语言"教师。他最初所关注的是儒家思想，研究成果包括一部介绍孔子思想的著作，题为《中国人的神人》（*Il Dio dei cinesi*）。③ 其后，赛维理尼还研究了日本通俗文学，并翻译了柳亭种彦（1783—1842）的一些作品。④ 安得罗齐虽然总体上没有赛维理尼那样的重要成就，但从其对中国文学研究的角度来看，却能够与赛

---

① 中国学院（Collegio dei cinesi）是以培训并教育年轻的传教士为重要目的的，中国语言与文化都包含在内。中国学院 1732 年 4 月 7 日于那不勒斯正式成立，定名为"耶稣基督圣家庭会众学院"（Collegio della Congregazione Sacra Famiglia di Gesù Cristo），它是现在那不勒斯东方大学的前身。可参见 Giuliano Bertuccioli，Federico Masini，*Italia e Cina*，Bari e Roma，Laterza，1996，pp. 191-197. 更详细的信息，可参见那不勒斯大学哲学与政治教授梵第卡（Michele Fatica）的文章，例如 Michele Fatica，"L'Istituto Orientale di Napoli come sede di scambio culturale tra Italia e Cina nei secoli XVIII e XIX"，in *Scritture di storia* no. 2，2001，pp. 83-121；Michele Fatica，"Gli alunni del Collegium Sinicum di Napoli，la missione Macartney presso l'imperatore Qianlong e la richiesta di libertà di culto per i cristiani cinesi 1792—1793"，in S. Carletti，P. Santangelo，M. Sacchetti，eds.，*Studi in onore di Lionello Lanciotti*，Vol. II，Napoli，1996，pp. 525-566。

② "法兰西公学院"（Le Collège de France），亦可称为"法兰西公开学术院"，还可称为"法国学院"，是由法国国王弗朗索瓦一世（François I）成立于 1530 年的一个学术机构。

③ 这部作品的印本藏在那不勒斯"维托里奥·埃马努埃莱三世"图书馆，发行时间未知，作品全名为 Antelmo Severini，*Il Dio dei cinesi*，Firenze，Fodratti，[18. .]。

④ 参见 Riu-Tei-Tane-Hico（tr. Antelmo Severini），*Uomini e paraventi，racconto giapponese*，Firenze，Successori Le Monnier，1872，Vol. II，fasc. IX（sept. 1872），pp. 161-165。

维理尼相提并论。他还在 1883 年将《水浒传》的一部分译成意大利文,①
并对此书做了介绍。②

　　在刚统一的意大利王国(1861),虽然传教士汉学具有举足轻重的影
响,但"世俗汉学"也在形成之中,并对提高中国文学的研究水平起了重
要作用。在赛维理尼的得意门生中,普意尼(Carlo Puini,1839—1924)为
意大利汉学的发展起了很大的推进作用。他自 1877 年至 1921 年在佛罗
伦萨高等研究学院(Istituto di studi superiori di Firenze)担任东亚历史与
地理教授,研究涉及儒家、道家、佛教、西藏文化等,并翻译了《礼记》
的第 23、24、25 篇。③ 普意尼同时也是意大利最早研究中国古代公案小
说的汉学家,他译出了《龙图公案》中的几篇故事,名为《改编自明〈龙图
公案〉的七个短篇》④,书后不仅对中国古代政治司法制度及思想做了介
绍,对中国古代公案文学的体裁特征也做了描述。

　　中国白话文学也在 19 世纪受到特别关注。在意大利学界颇富声望的

---

　　① 　Shi-Nai-An (tr. Antelmo Severini), *Il dente di Buddha*, *racconto estratto dalla Storia
delle Spiagge e letteralmente tradotto dal cinese*, Firenze, Dotti, 1883.

　　② 　白佐良认为安得罗齐尽管没当过中文老师,可他的汉语口语能力非凡,有关中国文
论思想的研究态度非常认真,理解能力很强。参见 Giuliano Bertuccioli, "Gli studi sinologici
in Italia dal 1600 al 1950", 1993, pp. 17-18。

　　③ 　普意尼最重要的作品有:《平等的概念:儒家政治学说》(Carlo Puini, *Del concetto
d'uguaglianza*:*nelle dottrine politiche del confucianesimo*, Scansano〔GR〕, Tip. ed. degli Ol-
mi, 1899);《西藏的佛教:根据 P. Ippolito Desideri 前所未有的游记》(Carlo Puini, *Il bud-
dhismo nel Tibet*:*secondo la relazione inedita del viaggio del P. Ippolito Desideri*, Firenze,
G. Carnesecchi, 1899);《道家:哲学与宗教》(Carlo Puini, *Taoismo*:*filosofia e religione*,
Roma, Atanòr, 1983[新版本]);《礼记有关宗教的三篇:翻译、评论及注释》(Carlo Puini,
Tre capitoli del Li—ki concernenti la religione:*traduzione commento e note*, Firenze, Succes-
sori Le Monnier, 1886);《论佛教的社会价值》(Carlo Puini, *Sul valore sociale del buddismo*,
Scansano, Tip. Degli Olmi, di C. Tessitori, 1914)等。

　　④ 　Carlo Puini, *Novelle cinesi*:*tolte dal Lung-tu-kung-an e tradotte sull'originale cinese*,
Firenze, Giuseppe Tedeschi, 1872.

佛罗伦萨教授诺全提尼（Lodovico Nocentini，1849—1910）①翻译了一些中国白话小说和神话，并就这种文学体裁的特征写了一篇名为《宝贵镜子的纯洁之心。中文轶事意大利语翻译》②的文章。巴罗内（Giuseppe Barone，1866—1946）③的研究重点在中国古代医学、中国语言和中国文学等领域，他辑录并翻译了一些古代短篇小说④，撰写了一篇题为《中国文学中的长篇小说及短篇小说》⑤的论文，对后来意大利汉学的发展产生了一定的影响。

在文学翻译领域，卡斯泰拉尼（Alberto Castellani，1884—1932）贡献最大，他最早把《道德经》完整地翻译成意大利文（1924），书末附有道家思想的大致介绍。卡斯泰拉尼还研究了唐代诗歌的韵律体系，撰有一篇

---

① 诺全提尼教授获得讲师职称一事值得一提，他在佛罗伦萨皇家高等研究学院被任命为赛维理尼及普意尼的助教，在那不勒斯大学执教近十年之久，也是东方研究学会（Accademia degli Studi Orientali）的成员。这个学会创办的《东方研究杂志》（Rivista degli Studi Orientali，创刊于 1907 年）直到现在仍是意大利汉学领域最重要的杂志之一。他也是罗马大学远东语言文学教授。有关他本人更详细的书目信息参见 *Rivista degli Studi Orientali*，no. 5，1913。

② Lodovico Nocentini, "Specchio prezioso del cuor puro. Massime tradotte dal cinese", *Rivista degli Studi Orientali*，no. 1，1907，pp. 81-116，617-648；no. 2，1908—09，pp. 767-804.

③ 巴罗内在汉学史研究范围内经常被忽视，可他当时却很有名气。在《意大利当代文学家、记者传记及其作品目录》（*Letterati e giornalisti italiani contemporanei-dizionario bio-bibliografico*）一书中，有这样一段文字："巴罗内是那不勒斯一位非凡、多产的作家和研究员，文学、哲学和东方语言的博士，以及大量作品（数百部）的作者。"Teodoro Rovito, *Letterati e giornalisti italiani contemporanei-dizionario bio-bibliografico*，Napoli，Stabilimento tipografico N. Jovene & C.，1922.

④ 例如《包公的智慧：〈龙图公案〉中的短篇小说》（Giuseppe Barone, *La saggezza del giudice Pau. Racconto tradotto dal cinese*，Sarno，Fischetti，1910）；《中国民歌：活埋的女人，诗歌形式》（Giuseppe Barone, *Canti popolari cinesi. La sepolta viva. Versione metrica*，Napoli，Festa，1920）。在比较文学领域的研究，可参见《赵氏孤儿：伏尔泰和梅塔斯塔齐奥所模范的中国悲剧》（Giuseppe Barone, *Tsao-si-ku-el Tragedia cinese imitata da Voltaire e da Metastasio*，Sarno，Fischetti，1908）。

⑤ 参见 Giuseppe Barone, *La novella e il romanzo nella letteratura cinese*，Salerno：Tipografia fratelli Jovane，1912。

涉及中国诗论的文章《关于中国诗歌》①。此外，华嘉（Giovanni Vacca，1872—1953）的研究也兼涉中国的文学批评。华嘉任教于意大利非洲与东方学院（IsIAO），该机构的前身是杜齐（Giuseppe Tucci，1894—1984）②和秦梯利（Giovanni Gentile，1875—1944）这两位卓越的东方学研究者于1933 年建立的意大利中东远东高等学院（IsMEO）。华嘉在诺全提尼去世之后担任罗马大学远东语言文学教授，和卡斯泰拉尼一样以每年可续聘的方式分别在佛罗伦萨及罗马任教，研究领域包括陶渊明诗歌、唐代诗歌和其他古文作品、元杂剧等。华嘉在其《中国文学中的戏剧》③一文中介绍了中国戏剧的主要特征及其历史发展，并在此基础上进一步探讨中国戏剧在取材方面与其他文学体裁的关系。④

第二次世界大战结束后，意大利汉学在一度停顿后又逐渐获得复苏。

---

① 参见 Alberto Castellani, "Saggio sulla poesia cinese", *Il Contemporaneo. Rivista mensile di letteratura e d'arte* no. 2, 1924, pp. 721-730。卡斯泰拉尼还写了有关中国文学的《远东文明与文学：书与文章》（Alberto Castellani, *Letterature e civiltà dell'Estremo Oriente. Studi e saggi*, Firenze, Le Monnier, 1933）。

② 杜齐教授是远东学领域中地位独一无二的学者。他精通多种欧洲语言，还会梵文、孟加拉语、巴利语、俗语、汉语和藏语，一生中发表过许多重要著作，一直任教于罗马大学直到去世。杜齐不但被认为是西方佛教研究领域的创始人之一，还编辑了许多有关中国、印度和西藏文学的作品，其所采用的研究角度对同代和后来的意大利汉学家颇有影响，尤其是在道家和佛教思想研究方面。杜齐的重要著作有：《西藏宗教》（*Le religioni del Tibet*, Roma, Edizioni Mediterranee, 1976）；《道家辩解》（*Apologia del Taoismo*, Milano, Luni, 2006）；《意大利与东方》（*Italia e Oriente*, Roma, Isiao, 2005）；《中国智慧：孔子、孟子、墨子、老子、杨朱、列子、庄子和王充》（*Saggezza cinese. Confucio, Mencio, Mo-ti, Lao-tze, Yang-chu, Lieh-tze, Chuang-tze, Wang ch'ung*, Roma, Astrolabio Ubaldini, 1999）。

③ Giovanni Vacca, "Il Dramma nella letteratura cinese", *Bollettino dell'Istituto Italiano per il Medio ed Estremo Oriente*, no. 1, 1935, pp. 295-299.

④ 华嘉写了不少有关中国文学的文章，例如：《中国，文学》（"Cina, letteratura", in *Enciclopedia Italiana*, Vol. X, Roma, Istituto Giovanni Treccani, 1931, pp. 306-309）；《韩愈，论伟大人物》（"Han Yü. Discorso sui maestri", in *Enciclopedia Italiana*, Vol. X, Roma, Istituto Giovanni Treccani, 1931, p. 307-308）；《陶潜：五柳先生传》（"Tao Ch'ien. Biografia del maestro dei cinque salici", in *Enciclopedia Italiana*, Vol. X, Roma, Istituto Giovanni Treccani, 1931, p. 307）；《苏轼〈赤壁赋〉》（"Su Shih. Grotta rossa", in *Enciclopedia Italiana*, Vol. X, Roma, Istituto Giovanni Treccani, 1931, p. 308）。关于华嘉更多的消息，参见 Lionello Lanciotti, "Giovanni Vacca (1872—1953)", *East and West*, no. 4, 1954, p. 40。

"二战"后对中国文学的研究有两篇文章值得一提，这就是意大利耶稣会士德礼贤(Pasquale D'Elia，1890—1963)撰写的《中国诗歌的渊源》①和齐艾吉(Emilio Cecchi，1884—1966)撰写的《中国长篇小说和短篇小说》②。德礼贤也是白佐良和兰契奥蒂的老师。③

三、中国文论研究的开场与发展("二战"以后)

虽然意大利的汉学研究在欧洲是最古老的，而且在 19 世纪中期已经日趋精深，但是作为专业汉学，却是在"二战"以后才真正得以确立的，这可能是由于此前意大利还没有多少学校设立中国语言文学的课程。"二战"结束以后，意大利的中国语言与文化教学与研究快速增长。到 20 世纪 60 年代，意大利那不勒斯东方大学、罗马智慧大学和威尼斯卡佛斯卡里大学都已经设立了中国语言与文学专业。一些学术杂志也在这个时期创刊，例如意大利中东远东高等学院创办的《东方与西方》(*East and West*)杂志、意中基金会(Fondazione Italia Cina)创办的《中国世界》(*Mondo Cinese*)杂志、意中协会(Istituto Italo Cinese)创办的《中国》(*Cina*)杂志等。

直到 20 世纪 60 年代，意大利尚未出现有关中国文学通史的著作，但不久就有了白佐良和兰契奥蒂主编的两部《中国文学史》。④ 白佐良和兰契奥蒂这两位学者在中国文学史、文学翻译、文学批评等方面都为意大利汉

---

①　Pasquale D'Elia, "Le origini della poesia in Cina", *Poesia*, no. 1, 1945, pp. 213-215.

②　Emilio Cecchi, "Romanzi e novelle cinesi", *Cina*, no. 1, 1956, pp. 117-121.

③　有关德礼贤更多的消息参见 Giuliano Bertuccioli, "D'Elia Pasquale", in *Dizionario biografico degli italiani*, Vol. XXXVI, Roma, Istituto della Enciclopedia Italiana, 1988, pp. 632-634。

④　参见 Giuliano Bertuccioli, *Storia della letteratura cinese*, Milano, Nuova Accademia, 1959; Lionello Lanciotti, "Letteratura cinese", in O. Botto (diretta da), *Storia delle letterature d'Oriente*, Vol. IV, Milano, Vallardi, 1969, pp. 1-210。需要说明，白佐良教授后来将书的内容予以补充并重新发行于米兰，参见 Giuliano Bertuccioli, *La letteratura cinese*, Milano, Sansoni-Accademia, 1968。

学做出了重要贡献，两部《中国文学史》均涉及中国文论的内容。

　　白佐良与亚洲的关系较深，他曾经被任命为意大利驻韩国、越南、菲律宾大使。直到 1980 年辞世，他一直是罗马大学中国语言及文学教授。白佐良的研究领域涉及中国文学各个时代，并对唐代诗歌、明清小说等均有研究。他所写的《中国文学史》从历史角度研究文学作品，同时也运用一些西方文学理论和方法去观照中国文学的特点。他以分章的方式介绍中国历代文学时，会将一些文论家的思想引入自己的论述。例如，在介绍汉代文人的写作观点时，提及东汉杰出思想家王充《论衡》中的一些观点。在白佐良看来，《论衡》在思想和表达上都有悖于汉代儒家正统思想，他甚至将王充称为"文学革命的先行者"。①

　　白佐良的研究涉及中国近现代维新派的"文学界革命"及白话文运动中有关文学思想的论述，他对这些中国知识人的关注很有可能跟当时欧洲特殊的政治状况对意大利学者的影响有关。"二战"后的社会混乱和流行文化的出现，或多或少都对意大利知识人的思想有某种冲击。白佐良因而特别关注中国近现代以来的社会转型，他所写的《中国文学史》中最长的一个章节是描绘近现代中国文学革命。他不仅论及新文化运动的思想家们的古典文学研究成果，还介绍了《新青年》中倡导"新文学"的文章，以此反映当时的文学倾向。② 能够放在"中国文论"这一框架里的还有白佐良的其他几篇文章，如《中国古代批评及当代批评理论中的李商隐的"无题"诗歌》《晚明文学家》等。③这些文章也采用西方文学批评理论和中

---

①　Giuliano Bertuccioli, *La letteratura cinese*, 1968, pp. 118-119.

②　Giuliano Bertuccioli, *La letteratura cinese*, 1968, pp. 326-416.

③　Giuliano Bertuccioli, "Critica tradizionale e critica moderna delle poesie 'senza argomento' di Li-I-shan", *Accademia dei Lincei. Rendiconti della classe di scienze morali*, *storiche e filosofiche*, s. 8°, no. 4, 1949, pp. 439-444; Giuliano Bertuccioli, "Prosatori della tarda dinastia Ming", *Rivista degli Studi Orientali*, no. 26, 1951, pp. 150-157.

国现代文学概念相融合的方法。①

　　在中国文论研究方面，兰契奥蒂或许是更为重要的学者，他曾担任威尼斯卡佛斯卡里大学中国语言和文学教授(1966—1979)、那不勒斯东方大学中国文献学教授(1979—1997)。他自1966年起担任意大利中东远东高等学院副院长，这所学院是中西学术交流的重要平台，其主要任务之一是编辑出版《东方与西方》(*East and West*)、《中国》(*Cina*)、《日本》(*Giappone*)和《非洲》(*Africa*)四种刊物。这些反映学院教学和科研成果的学术期刊，在发表学术成果、促进学术交流、推动亚洲学发展、培养人才、传播中东和远东文化研究等方面发挥了重要作用。兰契奥蒂从1974年到2002年一直主管"威尼斯和东方"研究所，在杜齐创办的《东方与西方》担任联合主编，至今已编辑30多册《中国》丛书。1956年创办的《中国》杂志是当时研究中国思想、中国艺术批评和历史批评尤其是中国文学批评的最重要的意大利杂志之一。像白佐良一样，兰契奥蒂的研究领域以中国古代文学、中国古代思想和中国美学为主，尤其注重中国古代文学渊源流变的研究。

　　在文论研究领域，兰契奥蒂通过对王充《论衡》的研究，探索中国文学审美的起源。一篇精彩论文题为《论中国古代文学审美观：王充及独立文学的起源》②，文中分析了《论衡》提出的一系列文学批评理论的原则和方法，认为王充的"务实诚"和"疾虚妄"的思想不仅是《论衡》最基本的原

---

　　①　除了一大批翻译作品外，白佐良对中国文学(兼涉文学思想)的论述值得一提的还有：《康有为的意大利旅行》(Giuliano Bertuccioli，"Il viaggio in Italia di K'ang Yu-wei〔3-13 maggio 1904〕"，*Cina*，no.4，1958，pp.82-91)；《古代文学》(Giuliano Bertuccioli，"La letteratura classica"，in G. Melis e F. Demarchi〔a cura di〕，*La Cina contemporanea*，Roma，Edizioni Paoline，1979，pp.605-620)；《有关梁启超的意大利统一剧本：新罗马(引言，翻译及注脚)》(Giuliano Bertuccioli，"Un melodramma di Liang Qichao sul Risorgimento italiano：Xin Luoma〔Introduzione，traduzione e note〕"，*Catai*，no.1，1981，pp.307-349)。

　　②　Lionello Lanciotti，"Considerazioni sull'estetica letteraria nella Cina antica：Wang Ch'ung ed il sorgere dell'autonomia delle lettere"，in *Orientalia Romana. Essays and Lectures*，no.2，1967，Roma，IsMEO，pp.171-203. 兰契奥蒂有关王充的论文还有《反传统观念的王充》(Lionello Lanciotti，"Wang Chong l'iconoclasta"，Venezia，Libreria Editrice Cafoscarina，1997)。

则，而且开辟了文学审美的新纪元。另外，法布里齐奥（Fabrizio Prega-dio）也对《论衡》有所研究，撰有《王充和道家思想——翻译并讨论〈论衡〉中的"道虚"篇》一文。[①] 但他主要研究道家思想，这一研究还不能归入"中国文论"的范畴。

　　兰契奥蒂另有一篇探讨"中国美学"的论文。他从比较的视角出发，认为"美学"（aesthesis）一词虽然来自希腊语，但在中国古代文献中也可找到其踪迹。该文旨在由此发掘"中国美学"的起源和发展。兰契奥蒂认为，所谓"中国美学"的起源，大概可定位于佛教传入两汉时期，在汉代和六朝之间初步形成文学批评中的审美原则。而在追溯"中国美学"原初起源时，他又通过具体分析《论衡》所含的社会观、历史观、文学观，并借鉴一些研究成果，指出王充对汉儒"新不如旧"看法所持的批判态度有其特殊的时代意义，因此也可视之为"中国美学"发生的一个理论起点。

　　兰契奥蒂还撰写了《中国小说：一种不受儒家欢迎的文学体裁》《中国文学史：中国和西方释义》《文集在中国》等值得重视的论文[②]，或多或少涉及中国古代审美观以及中西文学史研究方法之差异等方面的问题。他

---

　　① Fabrizio Pregadio，"Wang Chong e il Taoismo. Traduzione annotata del Lun Heng，cap. 24，Falsità sul Dao"，*Cina*，no. 18，1982，pp. 7-49.

　　② 参见 Lionello Lanciotti，*La narrativa cinese，un genere letterario malvisto dai confuciani*，Torino，Società Italiana per l'Organizzazione Internazionale，1960；"La storia della letteratura cinese：sue interpretazioni in Cina e in Occidente"，in *Problema e problemi della storia letteraria*，Roma，Accademia Nazionale dei Lincei，1990，pp. 131-140；"L'antologia in Cina"，*Critica del testo*，no. 2，1999，pp. 1-11。兰契奥蒂的另外一些文章中也多少涉及中国的文学思想，如《刘鹗〈老残游记〉引言及第一章翻译》（"Il sogno del 'vecchio rifiuto'［Introduzione e traduzione del Lao-ts'an yu-chi di Liu E]"，*Cina*，no. 1，1956，pp. 101-115）；《关于诗经》（"Dal 'Libro delle Odi'"，*Cina*，no. 3，1957，pp. 77-79）；《日本与中国小说》（"Il Giappone e la narrativa cinese"，*Il Giappone*，no. 5，1965，pp. 123-126）；《中国文学》（"La letteratura cinese"，in *Pan. Enciclopedia Universale*，Vol. IX，Roma，G. Casini Editore，1968，coll. 149-186）；《历史和文学的发展》（"Lo sviluppo storico-letterario"，in *Cina a Venezia. Dalla dinastia Han a Marco Polo. Catalogo a cura di Museo della Storia cinese di Pechino*，Seminario di Lingua e letteratura cinese dell'Università degli studi di Venezia，IsMEO，Milano，Electa，1986，pp. 50-51）；《蒲松龄的作品介绍》（"An introduction to the work of Pu Songling"，*Ming Qing Yanjiu* 1993，1993，pp. 67-80）。

的研究特点表现在通过对儒家文献与道家文献的梳理，寻找并阐述中国文学中的审美意识，尤其是深入分析儒家文献中所包含的审美特征及其演变。他的研究不停留在浮浅、表面的介绍性层面，而有其深刻独到的见解，极为有助于意大利学人深入了解儒家思想整体，更好地把握中国文人对审美、文学、艺术的有益探索。

《中国文学史：中国和西方释义》一文最能代表兰契奥蒂的方法论模式。这篇文章以分析文学观念在中西文化中的差异为主，阐述了先秦儒家文学思想的形成过程及其理论特征。他认为，在先秦尚未形成系统性文学理论的情况下，孔子思想在传统文学理论建构中具有重要地位，而《论语》的"文学为生活之师"（magistra vitae）这一概念，是古代审美观的基本原理，也是文学批评的原点。另外，虽然《论语》中已经出现"文学"一词，但到6世纪中国才把"经学"和"文学"分为两种不同的学问。在兰契奥蒂看来，南朝刘勰的《文心雕龙》是文学理论和批评史上的第一部专著。兰契奥蒂还认为，直到20世纪初，中国还没有真正的、系统的"中国文学史"著述，这与中国文人的传统文学观有关。20世纪初的中国学人才开始在西方的影响下进行这方面的研究。为了更好地阐述这个观点，兰契奥蒂还从比较角度探讨了中西不同的"中国文学史"撰述所依据的不同原理。胡适、鲁迅、戴密微、白佐良等学者的观点多少涉及两种文化对文学的不同见解，以及由此形成的审美差异。

白佐良和兰契奥蒂两位学者的研究与课程是促成中国文论研究在意大利传播的前提和关键。在他们的推动下，意大利汉学家对中国文学批评、文学理论和文学观念的研究更趋深入。20世纪五六十年代，中国四大名著中的《水浒传》《西游记》和《红楼梦》的意大利译本相继出版，[①] 吸引了更多学者去研究中国文学观和审美观，很多中国文学理论范畴进入学者的研究视野。《红楼梦》由马熹（Edoarda Masi，1927—2011，又译为

---

① Wu Cheng'en，（tr. dall'inglese）Adriana Motti，*Lo scimmiotto*，Torino，Einaudi，1960；Cao Xueqing，（tr.）Edoarda Masi，*Il sogno della camera rossa di Ts'ao Hsüeh-ch'in*，Torino，Einaudi，1964；Shi Nai'an，（tr. dal tedesco）Clara Bovero，*I Briganti*，Torino，Einaudi，1956.

玛西)直接从中文译成意大利语出版(1964)。① 马熹曾在意大利中东远东高等学院学习汉语、中国法制与俄语。1957 年，她和后来的意大利知名记者、汉学家、翻译家和作家皮苏(Renata Pisu)一起抵达北京，成为最早在北京大学学习的意大利学生。

马熹是一位超前的汉学家，在中国文学作品译介上做出了重要贡献。马熹的主要研究领域是中国文学观念以及五四运动以后的知识分子思想遗产。她写过一篇虽短但很精彩的文章，题为《关于思想遗产》②。这篇文章主要梳理冯友兰 1956 年至 1957 年间在中国媒体上所发表的文章，及其 1958 年出版的《中国哲学史论文集》所涉及的诸多问题。③ 马熹的文章以一个重要问题为探讨起点：如何解决中国思想遗产的继承问题？这也是冯友兰在其文章中试图解决的一个大问题，用他的话来讲，"我们近几年来，在中国哲学史的教学研究中，对中国古代哲学似乎是否定的太多了一些，否定的多了，可继承的遗产少了"。马熹认为冯友兰是"中国哲学史研究领域目前在世的最伟大的学者"④，所以在他撰写的文章中当能找到上述问题的答案。为此，她重点讨论了冯友兰述及的包括中国哲学命题在内的诸问题，并在文章最后提到当时批判冯友兰的一些文章。她认为这些所谓的当代马克思主义者太多地否定了中国古代哲学和思想，将中国哲学做了静止的、简单化的处理；相反，只有冯友兰才真正地以马克思主义理论为工具，对中国古代哲学遗产进行了全面的总结。

在中国文论研究领域，马熹最值得瞩目的是她在"红学"中所做的研

---

① 马熹还编辑了《中国文学一百部杰作》(*Cento capolavori della letteratura cinese*)，这是从五六世纪直到毛泽东时代的一个中国文学作品大略，它不仅从中西文学批评角度上解读了中国古典名著及现代小说，例如，中国古代哲学思想著作《荀子》、长篇章回小说的开山之作《三国演义》和蒲松龄的《聊斋志异》，还包括意大利汉学史上曾被忽视的几部中国文学杰作。Edoarda Masi, *Cento capolavori della letteratura cinese*, Milano, Rizzoli, 1991.

② Edoarda Masi, "A proposito dell'Eredità del pensiero", *Cina*, no. 6, 1961, pp. 81-87.

③ 参见冯友兰：《中国哲学史论文集》，上海，上海人民出版社，1958。

④ Edoarda Masi, "A proposito dell'Eredità del pensiero", 1961, p. 83.

究。1963 年，她发表了《有关〈红楼梦〉新的解读理论》①一文，重点分析
了"新红学派"创始人胡适和俞平伯两位学者所倡导的方法。马熹认为，
俞平伯的考证方法和理论把《红楼梦》的研究往前推进了一大步，在"红
学"研究领域具有最为重要的地位。很值得注意的是，马熹的文章并没有
给意大利读者解释"新红学派"如何为"新"的原因，也没有谈到五四运动
以后的知识分子批判所谓"旧红学派"的理由，以及他们在建立"新红学
派"的过程中都提出了哪些观点，更没有论及"新红学派"对"旧红学派"的
批评与否定含有哪些新的内容，而是直奔主题，进而展开对俞平伯的文
学思想的讨论，并集中讨论俞平伯在《红楼梦简论》(1954)一文中所涉及
的文论思想。这或许也从另一角度显示出，当时的意大利汉学家对"中国
文论"已经有了比较深入的了解，并基于自己的立场展开对中国文学思想
界内部论争的对话式研究。

　　在具体论述中，马熹认为俞平伯的研究颇具价值，这是因为他对某
些历史事实做了细致的考证，从而对胡适提出的问题做了进一步的发掘
与拓展，而其结论是可靠的，即认为《红楼梦》不是一本旨在批评封建制
度的著作，而是曹雪芹对自己生活经验的描述。马熹不仅对俞平伯的这
些解读法做了充分的肯定，而且还站在"新红学派"的立场上批评李希凡、
蓝翎二人写的批判文章《关于〈红楼梦简论〉及其他》，认为这篇文章带有
浓厚的政治色彩，其论述已经远远超出《红楼梦》研究的范畴。除此之外，
马熹还翻译了鲁迅的许多作品，通过《而已集》中的《革命时代的文学》等

---

① Edoarda Masi, "Nuove interpretazioni dello Hongloumeng", *Cina*, no. 7, 1963, pp. 68-85. 马熹翻译《红楼梦》以前，意大利只有一些未完成的该书译本，如 Cao Xueqing, *Il sogno della camera rossa*（第一章的翻译），*Cina*, no. 5, 1959, Roma, IsMEO, pp. 105-115。当时还有从德语译成意大利语的《红楼梦》版本，名为 Cao Xueqing, (tr.) Clara Bovero, (tr.) Carla Pirrone Ricci, *Il sogno della camera rossa*, Torino, Einaudi, 1958。马熹的译本以后还出现了其他《红楼梦》节选的译本，如 Cao Xueqing, (tr. di Allampresco Luciano) "Specchio di vento e luna. Il sogno infinito di Bao Yu", in Jorge Luis Borges, Silvina Ocampo, Adolfo Bioy Casares, eds., *Antologia della letteratura fantastica*, Roma, Albatros, 1989, pp. 549-551; Cao Xueqing, (tr.) Guadalupi Gianni, "Il sogno di Pao-yu. Lo specchio di vento-e-luna", in AA. VV., eds., *L'ospite tigre*, Milano, Mondadori, 1979, pp. 119-125。

杂文，向意大利学界介绍了鲁迅的文学思想。①

　　上述研究大概都可以归为广义或狭义的"中国文论"范畴。由此可见，20 世纪 60 年代的意大利汉学已经走向专业化，进入汉学的繁荣期。就中国文论而言，这一时期的汉学家已不限于从文学史的角度分析作品，而是把中国古代、现代文学作品放置在古今中外所形成的文学批评、文学理论的视域中加以考察和把握，借用古今中外的各种文学评论资料来完成对中国文学和文学思想的探察。随着汉学的专业化，意大利汉学界的中国文学、中国文论研究的思维路向也日趋复杂化。与此同时，中国现代文学批评理论也受到广泛关注。导致这种现象的原因可能有二：首先，在 20 世纪六七十年代欧美的特殊政治状况下，欧美汉学家或多或少都对中国革命抱有一些理想化的认识与期待，意大利汉学家也不例外；其次，自 20 世纪 60 年代起，中国在意大利的影响日益扩大，直到 1970 年中意建交，将两国之间的关系推入纵深发展的历史时期。

四、意大利"中国文论"研究的繁荣时期

　　在中意两国文化交流日益活跃、汉学研究日趋兴盛之际，意大利汉学学者愈益感到译介中国文论著作的重要。随着兰契奥蒂和白佐良出版《中国文学史》，② 鲁迅的《中国小说史略》也被翻译成意大利文并在罗马发行。③ 1975 年，冯友兰的《中国哲学小史》被从英文转译成意大利文。④

---

①　Lu Xun, "La letteratura di un epoca", in Edoarda Masi, eds., *La falsa libertà*, Torino, Einaudi, 1968, pp. 128-135.

②　1970 年又出现一部新的《中国文学史》，由柯拉蒂尼（Pietro Corradini, 1933—2006）教授所撰（Pietro Corradini, *Storia della letteratura cinese*（Milano, Fabbri Editore, 1970）。因为柯拉蒂尼教授所涉及的问题也多停留在表面，所以这里只提及而已。

③　本书的译本分为两本，参见 Lu Xun（tr. dall'inglese di Luca Pavolini e Gaetano Viviani）, *Storia della letteratura cinese. La prosa I*, Roma, Editori Riuniti, 1960 和 Lu Xun,（tr. dall'inglese di Renato Angelozzi e Gaetano Viviani）, *Storia della letteratura cinese. La prosa II*, Roma, Editori Riuniti, 1960。

④　Fung Yu-Lan,（tr. dall'inglese di Mario Tassoni）*Storia della filosofia cinese*, Milano, Oscar Mondadori, 1975.

这本以西方哲学概念完成的中国思想史著作是意大利大学中国哲学史和文学史课程中必用的教材，并成为 20 世纪 70—90 年代意大利学者了解中国思想和与之相关的文学观念的主要门径之一。

20 世纪 70 年代有关中国文论研究的若干文章，几乎均刊于《中国》杂志。在该刊第 13 号（1976）上，柯拉蒂尼（Piero Corradini）发表了重新讨论中国批评界有关"红学"论争的文章《〈红楼梦〉和西方的关系》①。该文主要围绕《红楼梦》一书中所含的"西方因素"，探讨《红楼梦》的时代背景、主题思想、人物形象。作者首先提及毛泽东 1954 年写的《关于〈红楼梦〉研究问题的信》这篇支持李希凡、蓝翎两个"小人物"对《红楼梦》解读的文章，接着展开对《红楼梦评论集》（1975）的深入讨论。尽管这次具有批判资产阶级色彩的斗争已经超出我们为"中国文论"所划定的时间范围，但是柯拉蒂尼的观点还是值得一提的，因其也涉及对古代作品的文学批评。柯拉蒂尼的立场介于"新红学派"和"当代红学派"之间，认为《红楼梦》中虽然不存在"好人物""坏人物"的对立，可它一定含有社会批判的要素，因为故事中出现的西方物品与具有"西方特征"的人物都将小说推向一种理想化的境地。于此可以推断，小说含有反封建意识，只是其批判力度不够。

1978 年，中国迈入了改革开放的新时期。随着中国的国际环境日渐宽松，中国和意大利两国的交往也日趋频繁，这自然会对意大利的汉学研究产生影响，这一时期的汉学研究呈现出丰富多彩的面貌。20 世纪 80 年代，意大利的中国文论研究主要在两个层面进行：一是与 20 世纪六七十年代的研究有着某种延伸和继承的关系，即清末民初文坛上的思想论争越来越受到意大利学者的关注；二是将中国文学批评史上重要的文论著作翻译成意大利文并进行文献和思想的分析。20 世纪 80 年代也是史华罗开始其独特的中国文学思想研究的时期，虽然他的著作主要是在 90 年代以后才真正产生影响的。

_____

① 　Piero Corradini, "I contatti con l'Occidente nel 'Sogno della Camera Rossa'", *Cina*, no. 13, 1976, pp. 61-68.

　　20 世纪 80 年代有关中国文学思想与批评研究的论文，大多还是发表于兰契奥蒂主编的《中国》杂志，该杂志是当时展开中国文论研究的最主要平台。其中，1980 年白莱慕（Annamaria Palermo，1943—2017）的《1918 年五月的〈新青年〉杂志》①、卡多纳（Alfredo Cadonna）的《关于五四运动时期文言与白话之争：胡适及其有关唐宋时期白话文献的研究》②、史华罗的《陈独秀 1915 年至 1919 年思想中的"个人自由"概念》③，1982 年卡萨齐（Giorgio Casacchia）的《鲁迅〈中国小说史略〉中的通俗文学研究》④等文章，都带有文论研究的特征。

　　白莱慕的《1918 年五月的〈新青年〉杂志》一文，主要围绕新文化运动期间《新青年》杂志上倡导"新文学"的那些文章，通过分析胡适、陈独秀、鲁迅三人的文学思想，探讨了中国知识分子的新美学与现代文学的审美特征。该文以胡适发表于 1917 年的《文学改良刍议》一文中提出的文学"八个主张"——后来改为"八不主义"——为讨论对象，阐释"八不主义"涉及文学内容与形式的观点，进而探讨鲁迅在《新青年》杂志上发表的有关新文学审美特征的文章的意义。

　　卡萨齐的贡献主要是白话短篇小说翻译。⑤ 他的《鲁迅对于中国通俗文学的研究》一文着重分析鲁迅的中国小说史研究。他将鲁迅的研究活动

---

①　Annamaria Merlino Palermo, "La rivista Xin Qingnian nel Maggio 1918", *Cina*, no. 16, 1980, pp. 229-263.

②　Alfredo Cadonna, "Il dibattito linguistico avviatosi con il movimento del quattro maggio: Hu Shih e le ricerche sul cinese 'vernacolare' in epoca T'ang-Sung", *Cina*, no. 16, 1980, pp. 133-154.

③　Paolo Santangelo, "Il concetto di 'libertà individuale' nel pensiero di Chen Duxiu nel periodo fra il 1915 e il 1919", *Cina*, no. 16, 1980, pp. 295-304.

④　Giorgio Casacchia, "La letteratura in volgare negli studi di Lu Xun sulla narrativa cinese", *Cina*, no. 18, 1982, pp. 131-139. 有关鲁迅文学思想的文章还有《鲁迅与 20 世纪初中国文化：书目及其"日本时期"〔1902—1909〕作品的重读》(Filippo Coccia, "Lu Xun e la cultura cinese del primo Novecento: note bibliografiche e rilettura degli scritti del periodo giapponese (1902—1909)", *Annali dell'Istituto Universitario di Napoli*, no. 43, 1983, pp. 83-132)。

⑤　卡萨齐主要翻译了冯梦龙的许多短篇小说，见《古典白话小说集》(Giorgio Casacchia, *Apparizioni d'Oriente. Novelle cinesi del Medioevo*, Roma, Editori Riuniti, 1986)。

分为八个方面，并认为鲁迅的《中国小说史略》和1924年在西安大学的讲义《中国小说的历史的变迁》关乎中国通俗文学研究。卡萨齐指出，鲁迅的研究深受近代维新派人物和胡适实验主义的影响。尽管鲁迅在很多方面同意胡适的看法，例如，他也认为《红楼梦》是曹雪芹根据自传而写的，但他绝不接受胡适的调和主义立场。卡萨齐文章的第二部分细致分析了《中国小说史略》的主要内容和研究方法。他认为，鲁迅的观点与以往许多说法迥然不同，其最值得重视的研究成果可归纳为以下四点：

　　一、有关小说来源。鲁迅认为唐人已有"有意为小说"的倾向，这意味着唐人已经开始认识小说的审美功能，这当然也意味着唐代传奇注重的是小说的愉悦性情的功用，而不是说教功用。卡萨齐也赞同鲁迅认为唐代传奇植根于古老传说的看法。

　　二、鲁迅认为《水浒传》是施耐庵所著，由罗贯中整理。

　　三、鲁迅认为清末小说《海上花列传》是中国近代文学史上最早的一部白话方言小说。

　　四、鲁迅最早提出"讽刺小说"这个概念，他以《儒林外史》为例，对清代讽刺小说进行了开拓性的探究。卡萨齐还指出，鲁迅虽然深爱讽刺小说，但还是觉得吴趼人的讽刺方式过于直接，含有语言暴力。

　　卡萨齐进而介绍了鲁迅的研究方法，他认为《中国小说史略》主要以专题研究的方法为主，对语言研究的重要性有所忽视。最后，卡萨齐还探讨了《中国小说史略》的成书目标，认为作为大学教材的《中国小说史略》的目标主要是培养学生的批判能力。1982年，佛卡尔蒂（Gabriele Foccardi）在他的《12、13世纪的中国文人及文艺人》[①]一书中，也探讨过通俗小说的来源问题，其所受鲁迅思想的影响也非常明显。

---

　　①　Gabriele Foccardi, *Cantastorie e letterati in Cina nei secoli XII e XIII*, Venezia, L'altra Riva, 1982.

　　威尼斯大学教授卡多纳在其《关于五四运动时期文言与白话之争》一文中评析了胡适的学术思想和文学批评思想，他将胡适的思想分为三期：

　　一、白话研究初期，即"五四"之前的研究，包括《文学改良刍议》《历史的文学观念论》和《建设的文学革命论》等文章。
　　二、胡适从欧洲返国之后所写的文章。
　　三、20世纪五六十年代，胡适关于慧能弟子神会等研究。

　　卡多纳通过对"五四"前后胡适言论的论述，分析了胡适所发动的思想批判运动的根源及其特点。该文的第二部分则对敦煌史料进行了独特的解读，并探讨了胡适所用的语言研究方法。卡多纳认为胡适的研究方法虽然还不够成熟，但其对"古白话"的研究仍然具有启示意义。

　　1990年，史芬娜（Stefania Stafutti）出版专著《胡适与文言白话论争——〈白话文学史〉中的白话文学历史渊源》①。作者主要探讨胡适在论述白话文学的发生与发展时所依据的理论，清晰地描述了白话文学的历史渊源，深入分析了当时中国知识分子是如何以不同的审美观和价值观跳出与超越了传统文学思想的藩篱的。该书尽管未得到学界应有的关注，却以全新的思路与结构框架揭示出中国新文学的发展与特质，具有开创性意义。全书分三大部分。在第一部分中，作者简述了胡适在《白话文学史》一书中所持的态度，并介绍了有关本书的一些评论。在全面回顾了新文化运动之后，作者试图重新评估胡适的文论思想。史芬娜认为，"五四"之后，由于政治风云的变化以及知识分子受极左思想的影响，对胡适的这部著作一直缺乏客观评价。第二部分主要着力探讨《白话文学史》的研究方法及其成就。作者分析了《白话文学史》的理论构成，指出胡适将中国文学史描绘成自汉代以来白话文学不断战胜文言文学的历史，尽管

---

　　① Stefania Stafutti, *Hu Shi e la "Questione della lingua", Le origini della letteratura in baihua nel Baihua wenxue shi. Storia della letteratura in lingua volgare*, Firenze, Le Lettere, 1990.

具有开拓性意义，但其理论前提却是有问题的。在第三部分，作者节译了《白话文学史》的部分内容，偏重于选择带有论辩性和突破性的文学批评思想。

20世纪八九十年代在《中国》《中国世界》等杂志上刊发的许多研究"白话论争"、现代文学的产生、现代文人思维模式的论文，均未能达到上面著述的思想深度。不过，其中也有一些优秀论文，例如，布落内蒂（Mino Brunetti）的《中国政治思想论争中的一部16世纪小说》①，克斯谭蒂尼（Vilma Costantini）的《清末中国：革命与文学》②，罗密欧（Sebastiana Romeo）的《20世纪初中国小说的更新换代：梁启超的角色》③，克加（Filippo Coccia）的《鲁迅与20世纪初的中国文化：书目及日本时期作品的重读》④等。从论文标题可以看出，白话小说当时在意大利汉学界受到较多关注。与之相应，当时还出现了翻译中国通俗小说和相关理论的热潮。在文论研究方面，最值得一提的是1982年佛卡尔蒂发表的《12、13世纪的中国文人及文艺人》，只是她的研究尚欠深度，更多停留于一般性介绍。

20世纪八九十年代意大利对中国文论的关注，突出表现在对文论原典的翻译上。1982年那不勒斯东方大学的珊德拉着手翻译南朝作家刘勰的文学理论著作《文心雕龙》，这是一项具有相当难度的工作，译作直到1995年才于米兰正式出版。⑤为将这部中国文学理论史上的代表性著述介绍给意大利读者，珊德拉花费了很大心血。在该译著的前言中，珊德

---

①　Mino Brunetti, "Un romanzo del XVI secolo al centro della discussione politico-ideologica in Cina", *Mondo Cinese*, no. 13, 1976, pp. 17-28.

②　Vilma Costantini, "Letteratura e rivoluzione in Cina alla fine dell'Impero", *Cina*, no. 15, 1979, pp. 283-289.

③　Sebastiana Romeo, "Il rinnovamento della narrativa cinese agli inizi del XX secolo: il ruolo di Liang Qichao", *Mondo Cinese*, no. 62, 1988, pp. 61-77.

④　Filippo Coccia, "Lu Xun e la cultura cinese del primo Novecento: note bibliografiche e rilettura degli scritti del periodo giapponese (1902—1909)", *Annali dell'Istituto Universitario di Napoli*, no. 43, 1983, pp. 83-132.

⑤　Alessandra Lavagnino, *Liu Xie. Il tesoro delle lettere: un intaglio di draghi*. Milano, Luni Editrice, 1995.

拉系统介绍了刘勰的生平、写作背景、该书架构和主要内容，从文学批评的角度对《文心雕龙》做了深入探究。同时，她又取古希腊、古罗马、中世纪以及现代修辞学理论与中国传统修辞方法进行对比，以加深对《文心雕龙》的理解，为此书的阅读呈现开阔的认知视野。珊德拉还探讨了中国古代文论术语的用法，首先便是书名中的"文""心""雕""龙"四个字，通过将这几个概念与相近的意大利用语进行比较，梳理出此书的主导思想及贯串其中的文学观念。为了解决一些翻译问题，她总会从语言文化的角度进行对比，进而对中国文论中一些重要概念做出确定的解释。译者认为，尽管《文心雕龙》一书中只有"般若"（prajñā）一词属于佛教词汇，但它多少还是受到佛教思想的影响。据此，她认为《文心雕龙》不但发展了儒家的审美观念，尤其是中庸原则，而且也融合了道家和佛教思想中的某些审美因素。当然，构成《文心雕龙》美学思想核心的仍然是儒家思想。关于刘勰的创作动机、态度和原则，珊德拉也提出了值得注意的观点。她认为，《文心雕龙》的一个写作动机便是在腐败的社会中构建出文学的审美理想，将有益的相关思想要素重新联结在一起。对审美原则的强调是时代的需要，与刘勰同时代的理论家谢赫也在其画论中提出了"六法"说，可作为关联性的参照。除了翻译《文心雕龙》，珊德拉还撰写了不少涉及中国文论以及《文心雕龙》的论文，比如，《刘勰及其文学创作模式》①《研究中国古代 3—6 世纪的文学评论资料》②《刘勰的"文学基石"：〈文心雕龙〉的翻译、引言和注释》③等。珊德拉的另一篇重要论文《翻译〈文心雕龙〉的若干术语问题》④，对《文心雕龙》多个主题范围内的概念命

①　Alessandra Lavagnino, "Liu Xie e i modi della composizione letteraria", *Annali dell' Istituto Universitario di Napoli*，no. 44，1984，pp. 135-150.

②　Alessandra Lavagnino, *Materiali per lo studio della critica letteraria della Cina antica（III-VI sec. d. C.）*，Napoli, Opera Universitaria Istituto Universitario Orientale, 1984.

③　Alessandra Lavagnino, "'I cardini della letteratura' secondo Liu Xie. Introduzione, traduzione e note di alcuni capitoli del Wen xin diao long", *Annali dell'Istituto Orientale di Napoli*，no. 45，1985，pp. 239-286.

④　Alessandra Lavagnino, "A proposito di alcuni problemi terminologici nella traduzione del Wen xin diao long", *Cina*，no. 18，1982，pp. 49-61.

名做了系统梳理与分析，并探讨了这些概念和术语如何译为意大利文的问题。这一研究所采用的方式是：先探讨《文心雕龙》中一些词语的用法，然后联系一些相关的中国文论概念，最后提出自己认为最为贴切的翻译。她所探讨的术语包括："颂"，译为"elogio"；"碑"，译为"stele"，等等。珊德拉还发现，刘勰对当时的许多应用文没有设专目论述，"赞"一词用得有点模糊：他有时将"赞"称为"赞辞"，即歌唱之前的说明性词句，有时又称"赞"为总结性文辞。因此，珊德拉提出两种不同的译法，分别译成"encomio"或"epitome"。

在文论翻译方面，白佐良用意大利文译出钱锺书的《旧文四篇》，发表于 1986 年的《中国世界》杂志。① 此译也是文论翻译史上的难得之举，可惜译文不带任何评述。2002 年，卢斯科尼（Anna Rusconi）从英文转译西晋文学家、书法家陆机的《文赋·戒雷同》。② 另外，威尼斯大学古汉语教授艾帝（Attilio Andreini）的论文《写作、模仿、编纂：古代中国的文本传播》③主要研究中国古文字以及中国古代文本理论与实践。

罗马智慧大学文学博士狄霞娜（Tiziana Lioi）于 2013 年发表的《用别人的词——钱锺书比较研究方法中的引用》④一文，亦可归入中国文论研究范畴。该文通过《管锥编》《谈艺录》《七缀集》等著作，分析钱锺书引述意大利文著作的原因和方式。钱锺书的著作，尤其是《谈艺录》和《管锥编》，大量征引外文著作，《管锥编》里的引用甚至成为每一章最重要的部分。因此，狄霞娜认为研究钱锺书的外文引用，有助于理解钱锺书的思想和理论，钱锺书正是通过不断援引中国古代文论与西方文论来证明自己的论点的。狄霞娜还认为，钱锺书引述外文著作的方法达到了融通的

① Giuliano Bertuccioli, "Qian Zhongshu: lo scrittore e lo studioso che si interessa alla nostra letteratura", *Mondo Cinese*, no. 53, 1986, pp. 23-37; Qian Zhongshu, (tr. di Giuliano Bertuccioli)"Quattro saggi sulla letteratura antica", *Mondo Cinese*, no. 53, 1986, pp. 35-57.

② Lu Ji, (tr.) Anna Rusconi, *L'arte della scrittura*, Parma, Guanda, 2002.

③ Attilio Andreini, "Scrivere, copiare, inventare: la trasmissione testuale nella Cina antica", *Annali di Ca'Foscari*, Vol. XLIII, no. 3, 2004, pp. 271-292.

④ Tiziana Lioi, "In Others'Words-The use of quotations in Qian Zhongshu's comparative method", 载《比较文学与世界文学》，2013(1)，北京大学期刊。

地步。作为一门学科的比较文学一般来说会对不同民族的文学或文化成品中的观念进行比较，而钱锺书征引的外文段落往往很长，而且总会利用外文中的某段资料引出自己的结论。

五、史华罗与"情感论"研究

史华罗是意大利乃至国际汉学界声名卓著的教授之一，他频繁参加意大利国内外的各种国际会议，长期致力于中国历史、文化、社会及文学的研究。学术生涯后期，他的研究范围逐渐收聚到明清时期的文化研究，尤其注重明清时期道德表现、民俗、心理状态与思想观念的演变等。除了具有教授、中国文学评论家、中国文化研究学者等称号以外，史华罗也是一位翻译家，翻译了明末小说家董说创作的《西游补》①及其他明清时期的作品。

史华罗的"情感论"研究得到了国际学界的高度认可。这首先是因为其研究所使用的方法已经超出一般的纯文学与历史学领域，同时将文本材料的分析与心理学、文学批评学、历史学方法结合在一起，采用多学科交叉研究的方式，对中国文明某一历史时期的文学和非文学资料进行综合性研究，展示出多焦点跨科解读和分析的路径。史华罗的研究起点依托于两个重要假设。首先，情感是产生于某一社会的文化现象，也就是说，情感总会受到文化的影响，因此不同的社会有不同的情感表现模式。其次，文学作品和其他书面文本题材不仅体现了作者个人的情感经验，同时也会体现社会集体的情感经历，而情感的书面传播也会影响社会的演变和发展。史华罗企图证明情感意义和社会价值系统之间存在着密切的联系，而这样的视角也可用于对某一社会价值观的分析。

史华罗的研究起步于1980年在《中国》杂志上发表的一篇文章，题为《陈独秀1915年至1919年思想中的"个人自由"概念》。这篇文章虽然篇

---

① Dong Yue，(tr. di Paolo Santangelo) *Il sogno dello scimmiotto*，Venezia，Marsilio，1992.

幅不大，但已经呈现出史华罗未来学术走向的思想雏形，他通过阅读陈独秀1915年至1919年所写的文章，探讨了陈独秀对"人权自由"概念的解释。史华罗认为，陈独秀对"人权自由"概念的重视与20世纪初中国社会的历史背景密切相关，不仅反映出了陈独秀的个人思想经历，也是社会集体意象的一种投射。

史华罗最重要的研究成就是他对中国古代文学资料的查考，通过文本去探讨作为文化核心的"情感"在中华帝国时期社会中的意义与地位。史华罗在此课题上所撰的文章和作品很多，早在1987年和1991年就分别发表了《善与恶的观念，试论中华帝国晚期的积极力量和消极力量》①和《中国的"耻"：14世纪中叶到19世纪中叶新儒学中的善与恶》②。在这两篇文章中，史华罗的研究思想已趋成熟，他不仅分析了明清两代文学作品和哲学论述中的善恶观，同时也力图去理解这两个时期中国文人的价值取向。

史华罗的代表作是《中国之爱情：对中华帝国数百年来文学作品中爱情问题的研究》③。该书从比较文化的视角展开探讨，分析了中国、欧洲两个文化系统中的爱情概念和爱情崇拜方式，展示了中国文学作品和哲学论述中的爱情观、善恶观，以及"仁"与"情"等概念、中国爱情观与西方世界爱情观之间的差异。该书特别将视角聚焦于明清时期，不仅分析了理学思想对爱情的影响，也致力于发掘明清两代的文学作品中存在的像西方宫廷文学中显示的具有理想化色彩的浪漫爱情，以此揭示中欧之间在文化思想上存在的异同。而对"情感论"做出最为深刻与全面阐述的，应当是其专著《理学伦理与哲学中的"情"和"欲"》④。该书不只停留于分

---

①　Paolo Santangelo, "The Concept of Good and Evil, Positive and Negative Forces in Late Imperial China. A Preliminary Approach", *East and West*, no. 37, 1987, pp. 373-398.

②　Paolo Santangelo, *Il ' peccato' in Cina. Bene e male nel neoconfucianesimo dalla metà del XIV alla metà del XIX secolo*, Bari, Laterza, 1991.

③　Paolo Santangelo, *L'amore in Cina, attraverso alcune opere letterarie negli ultimi secoli dell'impero*, Napoli, Liguori, 1999.

④　Paolo Santangelo, *Emozioni e desideri in Cina. La riflessione neoconfuciana dalla metà del XIV alla metà del XIX secolo*, Bari, Laterza, 1992.

析和解读明清文学作品中的"心态结构"问题，而更为深入地探讨了清朝文化与意识形态对情感行为所产生的影响。

　　1992 年，史华罗创办《明清研究》杂志。该刊是意大利汉学系统中研究明清文学的最重要的杂志之一，而且，这份英文杂志在追求学术质量的提升、促进国际学术交流等方面起了很大作用。史华罗还在那不勒斯东方大学建立了一个项目小组，参加这一项目小组的学者采用跨学科的方法研究中国文学和非文学文本，重点是对明清两代众多史料中有关情感和心态的资料进行系统整理与描述。项目小组的重要目标之一是收集有关情感和心态的词汇，以便更深入地理解、更全面地认识中国某一时期的"心理与心态世界"。收集工作当然也有助于深入分析特定社会系统中的意识形态与情感之间的关系。2003 年，该项目小组的研究成果被收集在一起，题为《中国历史中的情感文化：对明清文献的跨学科文本研究》①，同时被译成汉语在中国出版。

---

　　① 　Paolo Santangelo, *Sentimental Education in Chinese History: An Interdisciplinary Textual Research on Ming and Qing Sources*, Leiden, Brill Academic Publisher, 2003. 另外，史华罗还以"情感研究"为题写了很多书和文章，其中有《中华帝国晚期的情感表达——明清时期激情观念衍变的连续性》("Emotions in Late Imperial China. Evolution and Continuity in Ming-Qing Perception of Passions", in V. Alleton et A. Volkov, eds. , *Notions et perceptions du changement en Chine. Textes présentés au IX Congrès de l'Association Européenne d'études chinoises*, Paris, College de France, 1994, pp. 167-186);《中华帝国传统社会中的"妒"》(*Gelosia nella Cina imperiale*, Palermo, Novecento, 1996);《传统中国的激情》(*Le passioni nella Cina imperiale*, Venezia, Marsilio, 1997);《明清中国的梦》(*Il sogno in Cina. L'immaginario collettivo attraverso la narrativa Ming e Qing*, Milano, Raffaello Cortina Editore, 1998);《中国文学中的欲望》(*I desideri nella letteratura cinese*, Venezia, Cafoscarina, 2001);《传统中国里"诱"的概念》(*La seduzione nel Celeste Impero*, Palermo, Sellerio, 2002);《生态主义与道德主义：明清小说中的自然观》(见《积渐所至：中国环境史论文集》, 917-970 页, 台北, Academia Sinica, 1995);《对中华帝国晚期的情感与思想倾向的考察，一个初步的结果》("A Research on Emotions and States of Mind in Late Imperial China. Preliminary Results", *Ming Qing Yanjiu 1995*, 1995, pp. 101-209);《部分明清文学作品中表示"勾引"的词汇》("The Languages of Seduction in Some Ming-Qing Literary Works", *Ming Qing Yanjiu 1996*, 1996, pp. 120-184);《近代中国文学来源中的身体和其感情表达方式》("The body and its expressions of emotions: stereotypes and their presentations in Late Imperial China literary sources", *AION Annali dell'Istituto Universitario Orientale di Napoli*, no. 60-61, 2000-2001, pp. 375-446);《欧洲和中国传统文化的情感评价：差异和类比》("Evaluation of Emotions in European and Chinese Traditions: Differences and Analogies", *Monumenta Serica*, Vol. LIII, 2005, pp. 401-427), 等等。

　　不久前，史华罗还出版了两部著作。一是《山歌——苏州的明代爱情歌》，研究冯梦龙收集的民间歌曲所反映出的爱情观念。在该书的前言中，史华罗论述了山歌的起源、发展、传统等，探讨了作者对民间歌曲的重视和其文选的爱情观念。对史华罗而言，《山歌》反映的是对"真情"的重视，由此也自然地包含了对文人爱情观的批评。二是对清代笔记小说《子不语》的翻译，内文借之讨论了"缘分""天命""报应"等概念的意义。史华罗认为，这部作品通过悖论式的荒谬，表达了人类无法理解的存在的事实。

　　欧洲汉学中的"情感论"多学科研究，也通过相关会议来展示自己的成果。这些会议均由史华罗发起，而且大多数是在欧洲境内举办的。例如，1995 年 7 月在德国波恩大学召开的"中国的忧郁和中国社会"国际学术研讨会（International Conference on Melancholy and Society in China），1995 年在挪威召开的"中国古典文学中的心态"国际学术研讨会（International Conference on Mental States in Traditional Chinese Literature），2001 年 11 月在意大利的科尔托纳召开的"中国情感与史料分析"国际学术研讨会（International Workshop Emotions and the Analysis of Historical Sources in China），2003 年在罗马召开的"东方的激情：亚洲文明中的情感和色情"（Convegno Internazionale Passioni d'Oriente：Eros ed emozioni nelle civiltà asiatiche）等会议。这些会议的论文大多涉及中国文学思想的议题。除了意大利各大学的学者外，与会者还来自澳大利亚、比利时、德国、法国、捷克、美国、日本、瑞士、新加坡、斯洛伐克、英国等国的大学，且不限于汉学学科，也有来自心理学、社会学、语言学等专业的学者，这与史华罗所倡导的研究理念相吻合。比如，出席"中国情感与史料分析"国际学术研讨会的学者，不少人并非专治文学，他们多半因对跨学科研究方法的兴趣而参与其中，这使文本分析有了更为广阔的视野。意大利汉学的中国情感论研究正日趋走向繁荣，在专业化的基础上形成了自己的特点。

　　举例而言，威尼斯卡佛斯卡里大学古汉语教授艾帝在"中国情感与史料分析"国际学术研讨会上发表了《郭店一号楚墓竹简儒家文本中"情"的含义》(The Meaning of 'Qing' in the Confucian Texts from Guodian Tomb no. 1)一文。[①] 该文对竹简中的《性自命出》抄本进行了研究，探讨了其中"情"字的意义。艾帝认为，《性自命出》中的"情"，不仅属于内在心理经验，也是一种外在表现。"情"有两个方面的意思，一是"由心理状态转化为行为过程中的透明性"，二是行为产生的具体结果。艾帝还将郭店抄本中的"情"和当时的人性论论辩，以及儒家的其他经典如《孟子》和《荀子》做了比较，认为郭店抄本中的"情"更趋"微妙"和"温和"。

也是在这次国际学术研讨会上，德国波鸿大学的贾钦托(Licia Di Giacinto)发表了《在意识形态和理性之间：汉朝统治下的"怒"》(Between ideology and rationality：rage under the Han)一文。该文通过分析汉代史料，描述刚形成五行哲学之汉代社会的情感画面。贾钦托所分析的史料有《春秋繁露》和《白虎通》，他不仅对"怒"的哲学及其意识形态做了阐释，而且讨论了"天怒"和人的情感的对应问题，其中也涉及王充《论衡》中"怒"概念的含义。美国艾姆赫斯特学院的中国文学教授曾佩琳(Paola Zamperini)的研究范围，也属于广义的中国文论研究范畴，她的博士论文题目是《晚清小说中的迷失之身、妓女形象和表征》(Lost Bodies，Images and Representations of Prostitution in Late Qing Fiction，1999)，她在"中国情感与史料分析"国际学术研讨会发表的论文为《花的秘密：晚清小说中的爱、梅毒和死亡》(Le secret des fleurs：love，syphilis，and death in Late Qing fiction)。论文重点分析晚清小说中性别和情感的关系，将小说中的身体、情感与性别描写放在一起加以考察，讨论了晚清意象中"花"与欲望、女性、美丽和死亡之间的复杂关系。这事实上涉及中国小说传统中的一种惯用方法，即用"花"来形容女性身体的美丽、变化和死亡。"花"经常用来描写美丽女子，"花"和变化的"化"也是同音字，

---

① 有关"中国情感与史料分析"国际学术研讨会所提的内容，按照叶正道教授的《中国情感与史料分析国际研讨会后记》，四川大学蓝色星空站，2003；Paolo Santangelo (a cura di)，*Passioni d'Oriente*，*Eros ed Emozioni nelle Civiltà Asiatiche Sezione Asia Orientale*，*Atti del Convegno*，*Roma*，*La Sapienza*，29-31 *Maggio 2013 Supplemento n. 4 alla Rivista degli Studi Orientali*，Nuova Serie，Vol. LXXVIII，Pisa-Roma，Accademia Editoriale，2007。

一方面可形容女性身体的变化，另一方面则形容女性身体的死亡。

　　加利福尼亚大学伯克利分校的魏浊安（Giovanni Vitiello）的研究领域之一，是明清两代色情作品和非色情小说中的情感表现以及同性恋形象。他提交的会议论文《一个丑陋的男孩的奇幻之旅：晚明色情小说中的同性恋和救赎》（The Fantastic Journey of an Ugly Boy：Homosexuality and Salvation in Late Ming Pornography），探讨晚明色情小说中的"男同性恋"与"救赎"之间的关系，意在发掘明代小说世界中表达同性恋的特殊方式及其意义。①

　　意大利东方大学教授巴德尼（Paola Paderni）的会议论文题目是《"羞愤"的语言：关于18世纪中国女性自杀的进一步思考》（The language of anger and shame：further consideration on women suicides in 18th century China）。该文分析了清代《大清律例》和《刑科题本》两种非文学性文本的言语，以此理解"羞耻感"和"愤怒感"在女子自杀中所起的极大作用。巴德尼有关受屈女子心理的研究和哈佛大学教授安守廉（William P. Alford）20世纪80年代以来的研究相似。② 巴德尼认为，这些律例和刑科文本所记录的法官带有偏见的言语，引起女子的"羞耻感"和"愤怒感"。巴德尼进一步分析受屈女子如何经历"羞耻"和"愤怒"两种虽然不同但密切相关的感受。这完全符合史华罗的"情感论"研究所提倡的研究方式，他认为文学和非文学文献均可反映社会的情感世界。庭审记录人员总是按照律例文本来记录人的行为和言语，或多或少含有编辑的因素，律例文本和庭审现场的真相不完全一样。另外，记录者会很自然地按照社会集体价值观来判断人的行为，这些文本也会在一定程度上反映出时

---

　　① Giovanni Vitiello, "The Dragon's Whim：Ming and Qing Homoerotic Tales from the Cut Sleeve", *T'oung Pao*, no. 78, 1992, pp. 314-373; "The Fantastic Journey of an Ugly Boy：Homosexuality and Salvation in Late Ming Pornography", *Positions*, no. 4(2), 1996, pp. 291-320; "Exemplary Sodomites：Male Homosexuality in Late Ming Fiction", Ph. D. dissertation, Berkeley, University of California, 1994.

　　② William P. Alford, "Of Arsenic and Old Laws：Looking Anew at Criminal Justice in Late", *California Law Review*, no. 72(6), pp. 1180-1257.

代的价值观及对情感的态度。

在"东方的激情：亚洲文明中的情感和色情"国际研讨会的与会者中，两位意大利学者探讨了中国文学中的情感表现，即罗马智慧大学的德保罗（Paolo de Troia）和毕玉玲（Barbara Bisetto）。德保罗的主要研究领域虽然是意大利汉学史，并偏重传教士汉学，但也曾主持过有关"中国情感论"的几项研究。他在本次研讨会上发表的文章，题为《清末中国的"爱情"和"激情"：苏州的〈吴门画舫录〉》①。该文通过《吴门画舫录》中涉及妓女情感世界的三个文本，探讨妓女形象、妓女的心理世界及其社会地位。德保罗查考了涉及情感和心态的词汇，将之置于清末青楼文学，讨论清代妓女的情感世界与社会结构及价值观之间的关系。德保罗认为，清代青楼文学对妓女情感世界的描写不像西方宫廷文学那样浪漫，而是更多地反映出社会对她们的压迫及她们所承受的痛苦。

卡塔尼亚大学的李蕊（Lavinia Benedetti）的两篇论文，亦可归入"中国情感论"研究范围，分别是《超自然现象与中国古代公案小说》②和《清初公案小说中的"道义观"》③。前者首先介绍古代公案小说世界中的超自然想象和官员的独特关系，然后借助托多罗夫《奇想——一个文学样式的结构研究》中的"奇想论"来分析超自然现象对于"书内"人物和"书外"读者的作用，及由此引起的反应和情感。《清初公案小说中的"道义观"》一文，通过对石成金《雨花香》中的第四种《四命冤》和《施公案》两篇包含公案因素的清代小说的分析，探讨了公案小说作品中"道义观"的变迁。

---

① Paolo de Troia, "Love and Passion in Late Imperial China: the Painted Boats of Suzhou", *Rivista degli Studi Orientali*, *Nuova Serie*, Vol. LXXVIII, 2007, pp. 83-92.

② Lavinia Benedetti, "The Supernatural and Chinese Crime Fiction", *Asian Journal of Literature*, *Culture and Society*, Vol. IV, no. 2, 2010, pp. 117-134.

③ Lavinia Benedetti, "Justice and Morality in Early Qing Dyanasty Chinese Crime Fiction: a Preliminary Study", *Ming Qing Studies* 2013, 2013, pp. 17-46.

六、结论

兰契奥蒂曾经说过，"意大利的汉学研究，在欧洲是最古老也是最年轻的"①。这句话也可用于意大利的"中国文论"研究，它在 20 世纪中期才真正起步。那时的意大利学者不仅采用各种西方文学理论来分析中国文学作品，也开始关注中国现代文学早期的文学批评和理论。至 20 世纪七八十年代，意大利的中国文论研究有了很大发展，最明显的标志就是将研究的范围扩展至中国古代文学理论与批评，一些中国古代文论著作的意大利译本也相继问世。在这一趋势的推进下，20 世纪 80 年代以来意大利学者的中国文论研究呈现出斑驳陆离的景观。90 年代，意大利汉学开始在中国文论与文学思想研究的领域形成自己的特色，尤其是史华罗所倡导的"情感论"研究为之提供了新的方向。随着"中国情感论"研究的日益发展与成熟，意大利对中国文论的独特研究方式引起了国际汉学界的瞩目，并极大地促进了中国文论研究领域的互动与对话。

---

① 　Lionello Lanciotti, "Breve storia della sinologia. Tendenze e considerazioni", *Mondo Cinese*, no. 23, 1977, pp. 3-12.

外编　发明中国，抑或从中国美学中发明思想

——朱利安关于中国美学的研究

朱利安①是当代法国著名的汉学家、思想家，由于他"跨越了东西方之间的边界，力促双方互相了解，且远在世界认识到中国崛起之前，他便已从中国思想中悟得端倪"，从而成为 2010 年度汉娜·阿伦特奖的获得者。② 朱利安以汉学家的身份从事哲学家的工作，通过迂回中国来反思欧洲思想，试图开掘思想的新的可能性。他将汉学视为工具而非目的，因此，他的研究显示出一种特立独行的学术风格，这使他在当前的哲学界和汉学界、欧洲和中国都受到异乎寻常的关注。

一、朱利安汉学研究的主要议题

朱利安著述十分丰富，其汉学研究所涉及的主要问题域如下：

（1）诗学或审美问题。《隐喻的价值：中国传统中诗歌诠释的范畴》（*La Valeur allusive*，*Des catégories originales de l'interprétation poétique dans la tradition chinoise*，Ecole Française d'Extrême-Orient，

---

① 弗朗索瓦·朱利安(François Jullien)又译为弗朗索瓦·于连或余莲(台译)。本文在行文中统一用"朱利安"，在引文或脚注等处与所引文献保持一致。特此说明。

② 参见王胡：《法国汉学家弗朗索瓦·于连获阿伦特奖》，载《中华读书报》，2010-12-15。

1985)，《淡之颂：论中国思想与美学》(*Éloge de la fadeur*，*A partir de la pensée et de l'esthétique de la Chine*，Picquier，1991)，《本质或裸体》(*De l'Essence ou du nu*，Seuil，2000)，《大象无形：或穿越绘画的非对象》(*La Grande Image n'a pas de forme*，*ou du non-objet par la peinture*，Seuil，2003)等是这一论域的代表性著述。朱利安认为，与西方诗学强调对文本进行客观的分析不同，中国诗学主要是通过隐喻产生阅读的快感。在中西思想的分歧点，朱利安挖掘出"平淡"这一符号，从西方思想家对中国之平淡的描述入手，指出平淡具有改变特征的功能。平淡不为任何一种特性所界定，处于变易之中，提供无限丰富的意蕴，是各种艺术比如音乐、绘画、诗词的理想境界。在《本质或裸体》中，对比西方艺术中的裸体，他提出并思考这一问题：为什么在中国艺术中，裸体是不可能的？他对这一问题的解释是：裸体在西方艺术中具有本体性的地位，裸体即本质，作为一种纯粹形式，它超越感性和理性、情欲与精神、自然与艺术之二元对立，召唤人们静观理念；而中国思想文化中缺乏二元分立的明确意识，中国古典艺术主要追求"神似"和气韵生动，静态的、纯形式的裸体没能入中国艺术家的法眼。然而，在中国古典艺术中，是什么取代了裸体在西方艺术史上的优势地位呢？这是他在《大象无形》中思考的重要问题，即中国文人山水何以可能？大象无形何以可能？

　　(2)推理或意义策略问题。《迂回与进入：中国和希腊意义策略》(*Le détour et l'accès*，*Stratégies du sens en Chine*，*en Grèce*，Grasset，1995)是这方面的代表性著作。朱利安在意义策略的研究中企图寻找的是中国和希腊在推论方式、意义策略上的不同。希腊传统重视正面交锋，而中国思想则强调侧面进攻。正面交锋，结果一目了然，意义马上就结束，没有悬念；侧面迂回，则可以牵制对手，诱导局势向自己预期的方向转变，并产生自己想要的结果。在该著作中，朱利安从军事策略、政治话语、对外交往、历史叙事及诗学言说等不同方面逼近意义生产这一核心问题。他的早期著作《隐喻的价值》也同样致力于这一问题，然而却主要是在诗学领域展开的。

　　(3)效率问题。朱利安在较早的著作《势：中国的效力观》(*La Pro-*

pension des choses，Pour une histoire de l'efficacité en Chine，Seuil，1992)中就开始思考效率问题，后来他又撰写了《功效论》(*Traité de l'efficacité*，Grasset，1997)来深化自己在效率问题上的观点。面对中国的"势"，他发现了西方动、静二元对立思维的有限性，这种对立思维方式不能思考介于二元之间的事实。而"势"这个汉字摇摆在动与静二者之间，从变化的角度来面对现实，既标示了位置，又预示了事物发展的趋向。中国人对势的论述和利用除了表现在军事、政治领域，中国古典艺术的主要门类如书法、绘画、诗词文章都很重视势的运作。朱利安认为，中国人的效力观揭示了一种顺应形势、顺应自然的智慧，这种在中国极为普遍的智慧之所以在希腊没有得到发展，原因在于希腊思想的"现代化"及其导致的理论与实践的断裂。他在近年出版的《间距与之间》(*L'écart et l'entre*，Leçons inaugurale de la Chaire sur l'alterité，Galilée，2012)中，深入地探讨了用"间"来缝合理论与实践之裂缝的可能性。

(4)道德问题。《道德奠基：孟子与启蒙哲人的对话》(*Fonder la morale*，*Dialogue de Mencius avec un philosophe des Lumiéres*，Grasset，1995)是这一论题的代表。朱利安一直主张中国和欧洲(希腊)因为互不相干而没有可比性，但他认为"道德领域是进行比较的天然领域"，因为中西思想在道德层面可以发现一种共同的基础，即孟子所说的"恻隐之心"。欧洲启蒙运动以来，从卢梭、康德到叔本华，怜悯之所以一直是个悬而未解之谜，就在于欧洲思想中的我思"主体"的局限。作为主体的"我"和他人彼此区分，如何能够体味他人痛苦？而在中国传统中，不存在主体概念，自我没有被区隔出来，人们对道德情感的理解建立在彼此关联、设身处地的换位思考基础上，因此怜悯很容易得到解释和理解。在道德领域，中国和欧洲既存在经验的重合，又存在思想的分歧，《道德奠基》意在阐明这些重合与分歧之处。

(5)哲学本身的问题。在《圣人无意，或哲学的他者》(*Un Sage est sans idée，ou l'autre de la philosophie*，Seuil，1998)中，朱利安考察西方哲学和中国智慧的元问题，提出智慧并非哲学的童年时代。他力图澄清西方思想界有史以来对中国的成见。西方思想家一般认为中国思想处于前哲学阶段、中国没有哲学，这些观点都源于他们对中国缺乏了解。德勒兹提出"地理哲学"概念，企图使西方思想走出地域限制，接触其他思想。但由于语言的限制，西方思想家仍未能突破欧洲思想的樊篱，走出欧洲。朱利安则凭借汉学家的工作和身份，越出了欧洲思想的封闭圈。他发现在欧洲思想之外的其他思想形态并非不发达，而是不同选择的结果，并以自身的研究来指明欧洲曾经存有的对中国思想的偏见。

　　以上只是朱利安汉学研究的几个主要论题，事实上，他的二三十部著作涉及了更为全面、丰富的论域。而且，他的每本书都天马行空，跨越众多领域。他曾谈到过自己著作之间的关系，"初看起来，这些书的主题十分不同，但实际上是互相联系的，好像一部书中的不同篇章。我的研究以问题为线索，从一个点到另一个点，形成一种问题网络。我试图在中西思想间建构这样一张网，借以捕捉双方都没有思考的东西。一部书就是这张网上的一个网眼"①。

　　由是观之，强烈的问题意识、迂回的思想策略、解构的积极性和建构的使命感是朱利安汉学研究与思想探险的基本特征。一直以来，中国古典人文学术面临着现代转换的问题，但是仅依靠内部的古典研究传统似乎无法完成这一转型，而西方学术范式直接运用其上又存在武断、牵强之嫌疑。中国古典思想是中国传统人文经验未经分化的产物，用现代分门别类的科学思想来切割显然是不适宜的，这就要求借助一种现代学科体系之外的独特的考察视角。朱利安身为汉学家，熟悉中国典籍；身为哲学家，致力于开掘思想的开创性。这种双重角色使他的汉学研究既有经验上的贴近感，又有思想上的创造力。而他竭力摆脱西方理性框架以求换一种方式来思考的企望，使他具备了超越现代学科壁垒限制的自由。作为一个迂回到中国的西方学人、一个哲学界和汉学界的边缘人、一个后现代语境中的希腊学者，他的研究正好可以提供中国古典学术所

———————————

　　① ［法］弗朗索瓦·于连：《新世纪对中国文化的挑战》，载《二十一世纪》（香港），1999（4）。

欠缺的那种外部视角。而这一视角对释放中国古典思想的活力并协助思考中国古典人文学术的范式转换，将具有重要意义。

二、对朱利安汉学研究的回应

朱利安独具个性的汉学研究引发了西方学界和中国学界的共同关注，为汉学界和哲学界、中国和欧洲研究中国古代学术思想但秉持不同方法和立场的学者提供了一个对话、交流和反思的平台。学者们纷纷从不同的视角和问题出发，对他的中国研究展开积极的思考和评价，有赞扬的，有批判的，也有不置可否的。在西方，首先出现的是汉学界的热议与争锋，其次是哲学家们的回应。在中国学界，由于其著作逐渐被译介过来，近几年朱利安已成为人文学者关注的焦点之一。

（一）来自汉学界的回应

一些汉学家从宏观层面上评价了朱利安的工作。法国儒学大家汪德迈曾谈到朱利安的研究对当代汉学的重要意义："弗朗索瓦·于连首先以自称哲学家打破了传统汉学的习惯。他的著作的特异性超越了形式，是一种思想的特异性，这种思想要在中国和西方之间寻找一条思考之路，用以沟通这两种根本不同的世界观。"①法国的中国社会史专家谢和耐对朱利安的研究持否定立场，他从传统汉学研究所要求的实证性原则出发，认为朱利安的研究缺乏严密的考证，脱离具体的历史语境，没有任何合理性可言。法国汉学家巴斯蒂（Marianne Bastid-burguiere）在一次访谈中承认，朱利安做汉学的方法与自己不同。她说朱利安是用思想、理念做文章，而自己则是用材料做文章。她同时认为朱利安的研究有其价值所在，"如果有人可以创造一些新思路，这是很好的事情"②。这基本上代

---

① ［法］弗朗索瓦·于连、狄艾里·马尔塞斯：《〈经由中国〉从外部反思欧洲——远西对话》，张放译，107 页，郑州，大象出版社，2005。

② 顾钧：《巴斯蒂教授访谈录（附：巴斯蒂教授在荣获科学院院士佩剑仪式上的答谢词）》，见任继愈主编：《国际汉学》第 12 辑，51 页，郑州，大象出版社，2005。

表了汉学家对朱利安的三种不同态度。此外，还有一些汉学家针对朱利安的研究进行专题讨论。

　　法国汉学家蓝齐(Rainier Landelle)探讨了朱利安所提出的迂回的意义策略，也就是间接表达模式在中国阅读艺术中的实际运作。蓝齐认为，汉学不应被视作科学，而是一种技能。朱利安娴熟地掌握了这一技能，他对间接表达模式的揭示使得中国文本成为"可读的"了。这种可读性意味着避免在阅读过程中"过多地表现自己的意图"，因为"领会真正的中国的唯一机会，不是去制造古老的诱惑，而是让它自身焕发出光彩"，也就是说，要尽可能避免主观性的阐释，努力贴近文本去阅读。蓝齐认为，占主导地位的古典汉学的"提问方式始终与某种思想保持着分离"，致使它在表现出博学的同时，"还意味着某种意识的消亡"。换言之，传统汉学沿袭知识论的路径，缺乏自我反思意识，造成与异质思想的阻隔。而朱利安的汉学研究运用迂回的、间接性的意义策略，让思想在中国传统中运行，为反思汉学知识提供了可能的渠道。这种思想活动并不围绕概念来进行，而是"任由文本和阐释两方面持续不断地相互作用"，"说到底只不过是与另一种传播活动相结合的一种阅读活动"。蓝齐认为"中国的批评文化已经达到一种卓越的高度"，并以金圣叹的诗学批评为例，分析了这种间接表达法的运作方式。通过这种分析，蓝齐认同朱利安的"迂回即进入"的说法，认为正是隐喻的距离使得意义的产生成为可能，但意义的微妙性、直观性也使人们"无法最终掌握中国思想中所有的细枝末节"①。

　　德国汉学家顾彬立足于当前汉学的深刻危机(也就是侧重传统中国研究的欧洲汉学和重视现代中国研究的美国汉学[中国学]之间的冲突，用顾彬的话说，就是老欧洲与少年美国之间的文化斗争在汉学领域的呈现)，认为朱利安的汉学研究冲破了美国汉学所重视的"政治正确性"的障碍，延续了欧洲汉学的良好传统。顾彬认为，由于英语世界在全球化过

---

　　① 参见[法]蓝齐：《论间接表达模式：从中国阅读艺术谈起》，见乐黛云、[法]李比雄主编：《跨文化对话》第17辑，175～189页，上海，上海三联书店，2005。

程中占据的有利地位，其汉学家的著作能够在世界范围内得到传播，但由于其自身处于优势地位，必然以自己封闭的语言体系和思想体系来设立标准，而不会"将目光投向其他语言和不同的思想"。由此，便形成了一种以英语为主导的单一化的思维模式，在汉学研究领域表现为强调东西方平等的"趋同"研究，例如，美国汉学喜欢"没有什么不同"的论调。站在"老欧洲"重视"异"的立场，顾彬明确提出"最令人不安的是政治正确性这种意识将西方作为评论中国的唯一标准"。显然这种政治正确性是以表面的平等来掩盖事实上的不平等，以全球同质化来抹消不同文化的异质特征。而朱利安的汉学研究不仅延续了欧洲汉学重视古典中国的传统，而且在阐释中国的策略上以否定性的方式指出中国与西方的差异：古代中国没有"存在""上帝""自由"等概念。顾彬认为，朱利安的这种阐释策略显示出他不愿将中国强行纳入西方价值体系和思想框架的自觉意识，体现了他对异质思想的尊重。因此，对于那些主张政治正确性的人来说，朱利安的汉学研究方式和立场意味着一种挑战。站在反对世界之美国化的立场上，顾彬如此评价朱利安的研究："从政治正确性的标准来看，他是完全不正确的，但从科学的角度来看，他是完全正确的"①。

朱利安的研究致力于解决当代哲学解释学提出的问题：我们如何在迂回的道路上了解他人并了解自己？顾彬认为，朱利安迂回到中国的思想冒险，展示了哲学家追求真知的勇气。从他者的视野审视自我，开启了欧洲思想新的可能性。顾彬也坦承，朱利安迂回中国所得出的对欧洲的认识是什么，自己尚不清楚。朱利安穿越中国之旅还未结束，尚未返回欧洲，但是他对中国古典哲学的解释已经"达到了一种意想不到的深度"，一种超越了中国古典研究者的深度。朱利安的成就与他从外部考察中国的立场和视角有关。他利用另外一种哲学语言，从另外一个思想体系来阅读和阐释中国思想，才会发现差异，产生疑问，并在此基础上发掘出曾被欧洲先哲判断为缺乏价值的中国思想之价值所在。

---

① ［德］顾彬：《汉学何去何从——试论汉学状况》，见张西平主编：《国际汉学》第17辑，71～72页，郑州，大象出版社，2009。

　　瑞士汉学家毕来德（Jean Billeter）对朱利安的看法与顾彬截然不同。毕来德与朱利安之间的论争由毕来德的小册子《驳于连》（*Contre François Jullien*，2006）①的出版而引发。事实上二者之间的论争由来已久。在朱利安1989年出版《过程或创造：中国人文思想引论》（*Procés ou creation. Une introduction á la pensée des lettrés chionis*）的时候，毕来德就撰写了《如何阅读王夫之？》（Comment Lire Wang Fuzhi?），发表于《中国研究》（1990年春季号）。他从汉学、哲学和比较三方面批评朱利安在理解和阐释王夫之思想中存在的误读和矛盾。

　　毕来德在《驳于连》中，对朱利安的治学方法和学术思想展开了综合批判。他认为朱利安对中国传统思想的阐述是片面的，建立于误读的基础上。朱利安的"全部著作是建立在中国的相异性（altérité）这一神话之上的。他的书有一个一以贯之的观念，即中国是一个与我们的世界完全不同的，甚至是相对立的世界"②。朱利安之所以"取悦于公众，是因为他给这种已经深入人心的神话添砖加瓦，又因为他用汉学的和哲学的学术新枝叶打扮了这种神话"③。毕来德回溯了中国作为一个异域他者之神话的来源及生成过程，揭示了这一神话的意识形态内涵。他认为将中国绝对他者化沿袭了欧洲传统中的中国—西方相对立的观念，不利于促进中西双方彼此的了解，而是"加强了彼此的封闭"，也即将中国封闭在相异性的神话里、封闭在意识形态幻象里。毕来德指出，朱利安在对中国思想的考察中主要论及的是中国文人思想，但他将中国文人作为中国思想之集体传承者、将文人思想等同于中国思想，遮蔽了中国思想中的其他成分。毕来德认为朱利安汉学研究中存在着随意性、笼统性、非历史性

---

　　①　毕来德《驳于连》的副标题为"目睹中国研究之怪现状"，具有强烈的批判意味。大陆中译版由郭宏安译，作者在篇首"告读者"中介绍了他与朱利安论争的详情，载《中国图书评论》，2008（1），后转载于2010年出版的《国际汉学》，第19辑。台湾译本由周丹颖译，高雄无境文化2011年出版。

　　②　［瑞士］毕来德：《驳于连》，见张西平主编：《国际汉学》第19辑，219页，郑州，大象出版社，2010。

　　③　［瑞士］毕来德：《驳于连》，见张西平主编：《国际汉学》第19辑，221～222页。

的问题，由于语境抽离，他所阐释的中国并非真正的中国。他在中国和希腊之间所做的比较确实开阔了视野，"点出了一些可能会发生的相遇，但是这些相遇最终并未发生，因为他总是一个人在那说话"①。他在两种思想之间进行的比较，总是一个相对于另一个缺席或沉默的比较，并不具有实际意义。毕来德担心朱利安关于中国的著述会"造成一种雾里看花又迟滞耽搁的效果"，对读者理解中国思想造成新的遮蔽。

毕来德批评朱利安将"内在性"（immanence）规定为中国古代思想的本质是不妥的。"内在性"在西方神学思想中是与"超越性"（transcendance）相对的一个概念，"超越性""特指人所不能感知、绝对超越于人的认知范围的实在，即上帝"，而"内在性"是指"内在于某个发展过程的内部规律"②。朱利安没有意识到，"内在性思想"天生与中国封建时期的等级秩序相关联，同封建秩序一样具有封闭性的特征。故此他理想化了"内在性思想"，不但将之视为中国思想的本质，还将之设置为西方思想的对立面。这种观念导致他对中国的当下境遇（比如寻求民主）视而不见。毕来德并不认为"内在性思想"从根本上具有优越性，在他看来，"内在性思想"与帝国专制主义的密切联系阻碍了"个人"在中国的出现。他明确指出，"我与于连的分歧，不是治学方法上的分歧，而是更加根本的分歧。这个根本问题是：作为主体的人，是完全还是不完全地被内在于社会生活的一些规律或规定所制约，是否对之有某种'超越性'。这不但是我们两个人之间的分歧，而且反映了欧洲当代思想中的一个重要问题"③。同时毕来德认为，他和朱利安的分歧也是中国知识分子所要面对的根本课题。

（二）来自西方哲学界的回应

法国哲学家谢弗（Jean-Marie Schaeffer，又译夏埃费尔）从人类学的

---

①　［瑞士］毕来德：《驳于连》，见张西平主编：《国际汉学》第19辑，231页。

②　［瑞士］毕来德：《对李春青教授文章的回应》，载《中国图书评论》，2008(6)。

③　［瑞士］毕来德：《对李春青教授文章的回应》，载《中国图书评论》，2008(6)。

角度去解读朱利安，借助其汉学研究方法探讨比较文化研究可能性的条件，以避开传统"比较主义"的陷阱。谢弗认为，首先，"于连所做的工作为哲学自身所坚持的某些观点敲响了丧钟，即哲学自主建立，通过对其内在原则和自生根源的探讨再自行重建的思维模式"。也就是说，哲学提出问题的方式本身就预定了想要得到的答案，"起源只是通过提问题得出的实验性的假象"。正是站在这一认识高度，朱利安超越了自我设定的思维模式，"用'另一种'思想来思考哲学，向我们揭示哲学的本土性、区域性和由此而来的偶然性"，"于连的思想不是原型科学，更像地理图形学——从逻各斯到图形的过渡，便是中国异质性作用于西方哲学的杠杆之一"。其次，比较主义是哲学人类学的一个翻版，所有相异都是区分本质的符号。从根本上说，比较之目的在于文化身份的建构。谢弗认为，朱利安避开了"比较主义"的陷阱，因为中国思想对朱利安而言不是（西方）哲学的对立面，而是"一个在实验装置里使用的工具，即中国思想对西方哲学的介入和干预"。谢弗将朱利安的思想定位为一种"经过移位过后再安置下来的思想"。最后，朱利安的这一思想实验的主要结果，不是用一种文化间哲学或跨文化哲学来替代西方哲学，"也不是将中国思想移植到西方，更不是用中国思想代替西方哲学"。关键在于中国思想可以以非哲学的方式回答哲学上难以言明的问题，"使哲学的不可思考性显得空洞无物"。谢弗还以《淡之颂：论中国思想与美学》为例证，说明"于连既没有在本体论上大张旗鼓，也没有在概念上有所逾越，而是像一个扫雷员一样卸下了哲学战争（关于'美'和所有与之相关概念的争论）的引火装置"[①]。通过"平淡"这一语词，不仅中西思想的差异显示出来，而且蕴含于美学中的哲学思想也偶然性地显露出来，还有中国思想所散发出来的魅力，以及朱利安拆解哲学本体论的智慧都得以彰显。

谢弗认为，朱利安的研究证明，中国思想的作用不仅仅局限于反思哲学自明性的工具，它还将人们带到一个可以分享并已被分享的"实在"，

---

① ［法］谢弗：《从哲学到人类学》，见乐黛云、［法］李比雄主编：《跨文化对话》第17辑，153~159页，上海，上海三联书店，2005。

即西方哲学和中国思想的相互对视所开辟的共享空间。正是从这一点出发，谢弗发现朱利安的研究与某些人类学研究有相似之处（尽管朱利安认为人类学方法不适用于中国思想）。他看到了从哲学转入人类学场域的可能性，认为人类学可以在哲学理论工具所忽略的地方展开自己的工作。

另一位法国哲学家比特鲍罗（Michel Bitbol）从科学哲学角度对朱利安的研究进行考察。在其论文《让科学思想步入异国他乡》中，他认为朱利安的工作为欧洲学者提供了"从外部审视孕育了科学的哲学母体"的视角，由此释放了科学自身的能力。透过中国这一外在视角，人们发现哲学普遍性的假设存在偏差，毋庸置疑的确信中含有偶然性，哲学及从哲学母体中诞生的科学事业"显得像是一种简单的特例"。比特鲍罗从朱利安的研究中获得可应用于科学的启示：第一，由于这种异域思想的激发，从曾被抛弃不顾的导向性意象中重新发现其丰富性成为可能；第二，经常颠覆科学研究中的成规，扰乱科研人员的思路，重新激起科学的有组织的怀疑精神；第三，对暗中支配科学的价值观进行拓展，以便科学能接受原先遭到它排斥的研究方法。他认为"要发现思想中隐匿的趋势，具有不安于现状的态度比体悟到新颖的意象更为重要"，这种不安分的态度是对毋庸置疑的东西进行质疑的前提。如果说中国思想可以为西方提供某种疗法的话，只有通过朱利安所倡导并实践的哲学上的再陈述间接获得。因为我们只有通过"再概念化的手段"，也即重新分类，才能够理解中国。比特鲍罗对朱利安重新分类表示赞同。他将西方哲学中的重要概念如真理、存在、实体、自由和客观性等搁置，而重视调节、过程、和谐等边缘概念，这一策略有助于走出科学的僵局，重构科学的思想路线。比特鲍罗认为，承载西方科学价值观的核心概念"客观性"并非"大自然的馈赠，而是一份持久的战利品"。他意识到，欧洲科学思想中的"盲目的文化确信"将具有旺盛生命力和含蓄的价值观的中国思想拒之门外，使这种思想成为不可见、不可读、无法命名的。因此他主张，"让我们的思想步入异国他乡吧。因为只有这种身在他乡为异客的感受，才有可能使我们最终观察到、体悟到此时在科学设想的最深层发挥作用的东西，并能够为之命名"①。

　　法国哲学家利奥塔（Jean-François Lyotard，1924—1998）在关于《效力论》的简短书评《螃蟹的效力》中大大赞扬了朱利安和他的这本著作。他沿着朱利安的思路陈述了朱利安的动机："想搬去一块堵塞我们思想的'石块'"，挪动一台"禁锢西方人思想的机器"。具体而言，挪动的路径是什么呢？利奥塔说，"他走的是旁门左道。直指症状，而不去定义，也不去关注特性的问题"。这类似螃蟹的效力，也就是螃蟹横行的方式，迂回曲折，随性而为。利奥塔认为朱利安在关于效力的论述中娴熟地采用了中国的效力谋略，不建构，不辩驳，不建议。研究对象和论说方式契合在一起，将读者带入论述的快乐之中。但在朱利安对中国效力观的反反复复的阐说中，利奥塔也察觉到了隐匿在角角落落的对这种中国谋略不耐烦的征兆。这种不耐烦的情绪在《效力论》的结尾爆发出来，这时候朱利安站在精明的谋略家的对面，对中国不言而喻的效力观念进行指责，赞扬欧洲式的激情、立场和明确性。因此，在对效力观念进行充分讨论之后，他"反其道而行之"，站在了反效力的立场，也即欧洲理性的立场。利奥塔认为，以朱利安作为汉学家及哲学家所拥有的丰富学识和天赋，他日后有可能写出一本《反效力论》来。这间接指出了朱利安汉学研究左右开弓的特征，以及于认同中有批判、于批判中有认同的学术理念。

　　德国学者何乏笔（Fabian Heubel）的身份也与朱利安近似，既是哲学家又是汉学家。他从生命哲学和生命政治的角度审视朱利安的研究。在《调节生命的能量经济学：于连庄子研究及其政治意含》中，何乏笔主要针对朱利安的《养生：远离幸福》（*Nourrir sa vie*，*A l'écart du Bonheur*，2005）一书的观点，"透过生命美学的概念来展开生命政治与生存美学之关系的跨文化研究"。他从该著的第一章感受到了全球化效应："跨文化的动态发展开始威胁哲学在欧洲的基本面，而中国现代性的普遍性潜力传入（欧洲的）现代性之中。尽管于连习惯于将中国视为域外以产生欧洲

_____

　　①　［法］比特鲍罗：《让科学思想步入异国他乡》，见乐黛云、［法］李比雄主编：《跨文化对话》第17辑，160～174页，上海，上海三联书店，2005。

方面的解构效果，却可由此看到一种值得注意的哲学移动。"这种哲学移动不仅是西方哲学在当下危机中的一种反应，同时也是朱利安迁回中国思考的一种效果。何乏笔认为，思想界对"养生"问题的关注与现实语境相关。由于基督教在西方思想中的退隐，人们对幸福的追求不再涉及彼岸世界，英雄主义神话也已破产，对于个体而言，"所剩的只不过是管理个人'生命资本'的集体要求"。这种去基督教和反形而上学的思想倾向与中国文化中的某些方面相呼应，使得"养生"成为哲学反省的一个新主题。

　　因为朱利安的讨论不断地围绕生命、养生、调节、管理等主题展开，何乏笔认为该著的政治含义触及了生命政治主题，是对庄子的一种生命政治学的解读，这种解读"对当今政治经济学的能量论趋向进行批判性的反思"。所谓生命政治，无论是从个体还是从集体层面而言，都意味着对生命能量的调节（régulation）和开发。但现代生命政治意味着"灾难性的失败"，蜕变为"死亡政治"（thanatopolitica），即"创造力的增长伴随着破坏力的爆发"。从生命政治的视角审视"养生"，就触及了内在性思想的批判功能问题。朱利安质疑庄子的批判潜力：在内在性思想背景中，批判何以可能？朱利安强调，"批判所要求的是一种能够面对权力甚至能够站在权力对立面的'立场'"，然而中国文人并没有为自己建构这样一种立场，过于强调过程和和谐，致使他们面对国家机器时只能采取一种"毫无乌托邦价值的逃避"。朱利安对内在性和批判之间的紧张关系无能为力，转而求助于西方乌托邦话语。何乏笔认为，福柯在"将批判构思为考古学/谱系学的双重结构时，已有效地克服此一困难"。他借用福柯提供的思路，强调内在性哲学的批判潜力。何乏笔认为，中国对欧洲人而言早已失去"域外"的角色，转而进入当代跨文化哲学的力量场域之中。朱利安的研究对于哲学的位移具有重要意义，但朱利安对内在性思想批判能力的质疑影响了他的思想的进路。事实上，《庄子》对反省当下思想处境提供了一种不可或缺的资源。

（三）来自中国学界的回应

　　中国学界较早对朱利安的汉学研究进行回应的学者是张隆溪。他们的交锋发生在 1999 年，借助香港《二十一世纪》杂志展开。《汉学与中西文化的对立》一文是张隆溪对陈彦关于朱利安的访谈录《新世纪对中国文化的挑战》的读后感。张隆溪对朱利安汉学研究的动机、前提和假设提出了质疑，他指出，"做学问不可以先有结论"，"了解异国文化固然最终是为了丰富自己，但既然是了解，就须以他国的实际情形为依据，获取真知，不能预设某事某物其必有或必无，也不能预期其文化传统与我必同或必异。有无同异之类，应当是认真研究的结果，不是也不应当是预定的结论，这似乎是做一切学问的一个基本准则"①。而朱利安的研究则违背了这一基本准则。朱利安认为中国没有灵感、创作概念，对此张隆溪指责道，"把希腊与中国、人为创造与自然进程对立起来，就完全否认中国诗人运思作文的艰辛和技巧，忽略了他们殚精竭虑、苦心经营的艺术"②。事实上，张隆溪所批判的正是朱利安对中国的"他者化"建构。在他看来，朱利安"数十年来连篇累牍的论说，都贯穿了中西文化对立的观念"③。他反对欧洲由来已久的中西文化对立论，认为"能够熟读中西典籍，超越语言文化的障碍，以具体的材料和合理的分析论证同中之异、异中之同，那才是真学问，也才是对 21 世纪的挑战做出的最好和最有力的回答"④。

　　陈来关注的是跨文化研究的方法和意义问题。他在为朱利安《迂回与进入》所写的书评中说，他面对朱利安的著作时感兴趣的"不是本书对中国文化的某些特征所做的具体刻画和描写，而是作者'为何'研究中国文化、'怎样'研究中国文化，以及这种研究对于所谓'跨文化研究'所提示的意义"⑤。一般认为，跨文化对话的三种态度就是：沟通与了解，学习与吸收，会通与融合。但是朱利安的《迂回与进入》则展现了跨文化研究

---

①　张隆溪：《中西文化研究十论》，114 页，上海，复旦大学出版社，2005。

②　张隆溪：《中西文化研究十论》，119 页。

③　张隆溪：《中西文化研究十论》，128 页。

④　张隆溪：《中西文化研究十论》，123 页。

⑤　陈来：《跨文化研究的视角——关于〈迂回与进入〉》，见乐黛云、[法]李比雄主编：《跨文化对话》第 2 辑，142 页，上海，上海文化出版社，1999。

的另一种路径和立场，它不是为了将异文化视作一个客观对象，从而掌握这一对象的知识，也不是为了产生一种新的融合，而是为了反思自身。陈来认为，这种迂回的方法和明确的问题意识值得中国学者借鉴。他还注意到，"作者强调跨文化研究的迂回方法的正当性，与作者为何注重研究中国文化的间接性现象，是两个不同的问题"。也就是说，"中国文化的迂回倾向"和跨文化研究的迂回方法，二者之间似乎存在契合的关系，朱利安对此未做说明。陈来认为，朱利安对中国文化之间接性的讨论令人赞佩，对中国经典的理解深刻睿智，但他将中国和西方对立起来描述的方式会让人产生误解，认为中国文化全都是迂回的，而西方文化则都是直接的。我们看到，此类误解也恰恰是毕来德批评朱利安的主要原因。另外，陈来还批评朱利安在结论部分所显示的西方文化优越感。"如果跨文化的研究归根结底只是为了更深地认识自己的优点，这会不会降低这种研究的意义？这个问题对中国知识分子自己的跨文化研究，也同样适用。"①这对于所有偏颇的文化优越论者都是一种委婉的批评。

　　北京大学的杜小真是朱利安著作《迂回与进入》的译者，也是朱利安在中国的对话者之一。她从法国现象学传统中的"他者"论题出发，指出朱利安研究中国采取了现象学的方法，延续了法国20世纪后半叶哲学中关注"他者""差异"，探究本源的思想传统。杜小真认为，朱利安著述中最吸引她的东西就是注重和"他者"对话的执着精神。朱利安汉学研究的重要意义就在于，从哲学角度对诸多中国概念进行解读和阐释，从而"创建了一条不一样的中西思想对话的途径"。朱利安所进行的工作是在精神内部进行的对话，其研究的价值不在于他对中国思想进行的个案研究，而在于他"不一样地阅读'他者'和'他者'对话的勇气和思路"。另外，朱利安的研究确立了不同思想之间对话的基础，即相异性。"承认自己和他者的相异性这个前提，其实就是尊重他者，也是尊重自己，只有在'差异'深层意义上的互相尊重才能够使对话有价值，只有这种尊重才是真正

____

　　① 陈来：《跨文化研究的视角——关于〈迂回与进入〉》，见乐黛云、［法］李比雄主编：《跨文化对话》第2辑，148页。

意义上的'尊重'。"①

　　赵毅衡较早介入毕来德和朱利安之间的论争。他在 2007 年 3—4 月号的《新左派评论》(*New Left Review*)上发表了《挑战孔子》(Contesting Confucius)一文，详细介绍了朱利安和毕来德论战的学术背景。朱利安认为中国思想和西方思想彼此"无关"，为解决中国思想的可读性问题，他采取了一系列建构策略，"试图创造出一些时髦的术语，至少在法语里非常整洁，让中国哲学看起来有异国风味，同时又可以理解，这不仅比西方的术语优越，而且让西方人觉得有高度的解释力"②。正是这种建构策略成为毕来德批评他的口实。毕来德将朱利安定位为欧洲关于中国他者神话传统的新的传播者。朱利安的研究强化这一他者神话，同时隐藏了他的意识形态含义。事实上他者神话阻碍着中国和西方的相互理解。毕来德认为朱利安对中国的建构由于去政治化而远离了真实的中国。赵毅衡认为，"于连对中国哲学传统的去政治化和毕来德的坚持政治化理解"都是失之偏颇的。"问题不在于中国到底是具体的还是普遍的；在一定程度上，中国既是具体的又是普遍的。"他认为，对于中国人来说，强调中国文化的独特性和优越性的他者神话具有危害性。"对于他者的哲学猜测一旦推向极端，将面临危险的吸引人的风险。多样性可以被鼓励，同时不需要把区别变成辨认不出来的无法企及的东西。当他者变成神话，它可能既不能为文化内的人也不能为文化外的人服务。"③显然，站在中国的立场，中西文化差异论和同一论都具有危险的意识形态含义。

　　毕来德《驳于连》中文版 2008 年在《中国图书评论》的发表，将这场主要发生在西方世界的思想论战引入了中国学界。中国学人积极地发表了自己的看法。李冬君在《真理之辨——读毕来德〈驳于连〉》一文中鼎力支持毕来德，认为朱利安所讨论的中国只是虚构的中国，而非"事实上的中国"。朱利安的汉学研究是非历史的自说自话，他"陶醉在内在性里，显

---

　　① 杜小真：《为什么、如何与他者对话？——由于连思想引起的几点思考》，见张西平主编：《国际汉学》第 17 辑，81 页，郑州，大象出版社，2009。

　　② 赵毅衡：《挑战孔子》，吴万伟译，见中国儒学网。

　　③ 赵毅衡：《挑战孔子》。

然没有意识到其中隐藏着深不可测的风险——王权，以政治大一统为前提的内在性，归根结底，是一种精神上的大一统"①。毕来德不仅指出了朱利安"在中国问题上的荒谬"，而且指出了其"在民主问题上的窘迫"。毕来德由于在民主问题上的态度和立场，而被认为站在真理一边。刘军平在《艰难的文本旅行》一文中谈到中国哲学的翻译问题，认为"中国语言中的概念范畴与西方语言中的对等物是不同的"。朱利安翻译中国概念"道"时，选择"Voie"而不用"Dao"，体现了他"采用归化的用心"。② 张远山的《为毕来德中国观作证》认为，朱利安和毕来德的分歧在于二者研究的重点和关注的中心不同，"两种持之有故、言之成理的观点，再次证明存在两个中国"，即庙堂中国和江湖中国。毕来德认为朱利安以庙堂中国遮蔽了江湖中国。张远山描述了庙堂中国之伪遮蔽江湖中国之真的历史路径，以此为毕来德的中国观做见证。③

李春青在《为于连一辩——兼谈对中国古代文化的阐释立场与方法问题》中认为，朱利安和毕来德的分歧并非偶然现象，正像毕来德所说，也不仅仅是汉学界的问题，还是中国知识界面临的问题。这涉及"对中国古代文化的评价问题，而且关涉对理论言说方式的选择与建构问题"。他分别归纳了朱利安和毕来德的主要观点，认为对朱利安的观点很容易产生认同感。因为朱利安面对中国思想所采取的外部视角和方法，使他对中国古代言说方式和思维方式的阐释颇具新意，能揭示中国古代思想资源中有价值的，但囿于视角的中国学者不易发现的东西。"在他的比较之下，中国古代思想与古希腊哲学两大传统各自的长处与局限被凸显了出来，这对于中西学界反思自身传统及探求今日哲学研究路向来说都具有重要参考价值。"不过，毕来德对朱利安的批评也"言之成理、切中肯綮"。李春青认为，朱利安的学术理路是"从今日意义建构的目的出发来关注古代思想中蕴含的普遍价值"，毕来德则是"从揭示历史真相出发来时时扣

① 李冬君：《真理之辨——读毕来德〈驳于连〉》，载《中国图书评论》，2008(5)。
② 刘军平：《艰难的文本旅行》，载《中国图书评论》，2008(5)。
③ 参见张远山：《为毕来德中国观作证》，载《中国图书评论》，2008(5)。

住古代思想产生的具体的历史原因与效果"。二者的分歧产生的问题是：在中国古代文化的阐释活动中，何种立场是合理的？李春青认为，二者"代表的是两种可以并行不悖的研究路向"，即以追问真相为目的的意识形态阐释路向和以意义建构为目的的超越性路向。两种路向在人类思想的演进中共同发挥作用。①

吴兴明认为，朱利安对中西比较研究的一个重要贡献在于将中西思想之间的比较从观念中心论推进到了意义论。所谓"意义论"也就是对中西文化不同意义的集结—传达方式的研究，在西方这是一种告别了意识哲学之后的后形而上学式的研究。中国的文学理论研究还没有从观念（意识）中心论向意义论转型。其实中国古典诗学有丰富、壮观的诗意探究的思想财富，但被 20 世纪以来占统治地位的意识哲学的分析方式给遮蔽了。朱利安的研究对于开启文学理论、中西文论比较研究中的意义探究具有重要价值。他从意义论的角度切入中国古代思想，以揭示"在中国传统世界人们如何示意、传达、控制，以及与这种示意、传达、控制的特殊性内在相通的幽深关联。或者可以说，于连所要做的是对汉语世界意义传统的语用学研究"。吴兴明认为，朱利安的迂回分析主要从三方面展开：第一，迂回作为一种策略，属于智慧运作的范畴；第二，迂回具有效力，迂回的示意是一种艺术；第三，迂回与意义的微妙性相关，在中国思想传统中，意识与世界的关系不是一种认识反映关系，而是一种情感激励关系，意义扩展通过"兴"得以展开。吴兴明认为，在全球同质化的今天，从哲学向智慧的返回是一条重获生命之路。这种返回意味着哲学与智慧的共生状态，意味着对文化异质性的看护。他提倡"将中国的意义发展方向纳入欧洲文明的内部"，这"既是一种思想方式的'迂回'，也是一种意义发展方向的'迂回'"②。

韩军在《迂回与进入：弗朗索瓦·于连的中国研究述评》一文中考察

---

① 参见李春青：《为于连一辩——兼谈对中国古代文化的阐释立场与方法问题》，载《中国图书评论》，2008(6)。

② 吴兴明：《迂回作为示意——简论于连对中国文化"意义发展方向"的思索》，载《文艺理论研究》，2007(5)。

了朱利安所使用的一套来自西方的理论反思工具，如"原始皱褶""普遍性""差异""工具""外在"等，分析了他将中国思想由相对于西方哲学的"无关性"变为"相关性"的路径。韩军总结道，朱利安的迂回中国并非"同情之理解""温情与敬意"的表达，而是为了在中国思想和希腊传统之间构建互为外在的"相关性"，借以思考两种思想传统中作为基点、视而不见的根本之根本的因素。这一根本之根本的哲学思考并没有现成的规则和模式可循，必须面对中心问题，深入思想的细枝末节，一点一点地编织思想之网。这一思想工程之浩大意味着始终处于过程之中，在发现中拓展思想的空间。从迂回的目标来说，强调普遍性要避免"划一性"，前者是理性概念，而后者是生产概念。朱利安的迂回策略不是要消灭差异，而是要在对照反思中、在理解的基础上重构差异，恢复两种思想本身的活力。韩军认为，朱利安迂回中国的思想路向"带来的问题确实是全新的、根本的，直接指向各自的思想皱褶之处的，从而也是难以最终回答的。不过，能够引发思想的交锋，并且能够从对视中意识到自身的有限性，也是于连的工作所具有的重要意义之一"①。

在朱利安《〈经由中国〉从外部反思欧洲——远西对话》一书的书评②中，叶隽从欧洲思想传统出发，认为朱利安"不仅是这一传统中的异类，更可能是一种'范式转换'的代表和先驱"，因为此前的欧洲思想家少有对异质文明做深入探究者。他认为朱利安尽可能避免了一叶障目现象和自我中心的问题，比照康德、黑格尔、马克思、韦伯（Max Weber，1864—1920）等先贤，朱利安上述著作的思想史意义就凸显出来。"汉学家的身份使于连的中国认知更具学术基础，而哲人的角色又使他能纵横驰骋，不为考据之学所累。"他对朱利安的思想策略表示了足够的理解与宽容。孙景强对朱利安的研究路向表示认同与支持。虽然朱利安强调中西哲学互不相干，但这种异质性并不表示取消了比较和对话的可能性。朱利安

---

① 韩军：《跨语际语境下的中国诗学研究》，219～220 页，武汉，华中师范大学出版社，2009。

② 参见叶隽：《理解法国思想的方法——兼评〈经由中国〉从外部反思欧洲——远西对话〉》，载《博览群书》，2006(6)。

借助个案研究与文本阐释，搭建一种可以让中西哲学思想并置的平台，从而打破彼此的无关性，让它们在相互对视中发现己所"未思"，释放中西哲学各自应有的创造力。显然，站在哲学创新的角度最容易对朱利安的汉学研究产生认同。①

　　根据对相关文献的考察，西方和中国学界对朱利安的研究和评介主要从意识形态向度、方法论向度、哲学向度来展开。从意识形态向度来看，有认同朱利安的他者视角以对抗美国汉学的政治正确性的，有反对朱利安将中国绝对他者化而主张汉学研究中的历史主义视角的，还有对强调差异的相对主义立场和强调同质的普遍主义立场保持警惕的。从方法论向度来看，有对朱利安所揭示的中国古典思想的"迂回"意义策略进行深入探讨的，有对中西跨文化研究的方法进行探讨的，还有对阐释中国古代的方法和立场进行探讨的。而哲学家审视朱利安的视角主要有人类学视角、科学哲学视角和生命哲学视角。然而，来自美学视角的考察显然是不够充分的，事实上是很欠缺的。本文选择从美学角度切入，以朱利安对中国古典文论与美学的研究作为主要考察对象。

　　中国学者对朱利安的研究一般来说侧重于对其方法论的借鉴，而往往认为其研究本身无关紧要。然而，手段和目的、预期和结果、工具和对象并不能截然分开。工具和对象的问题已经涉及理论与实践的关系问题，我们长期以来已习惯将理论与实践割裂、将工具与对象分开，而这恰是当代思想中诸多问题的症结所在。朱利安关于势能和功效的论述正是紧密围绕这个思想史上致命的问题展开的。中国学人在此认同朱利安的说法，即在阅读和理解中国古典文本上并不具备特别的优先权。这也就意味着在认可他独特的研究方法的同时，也需承认他的中国古典思想研究本身的价值。因此，朱利安汉学研究的结果和方法都将被纳入考察范围。在这个过程中，我们可以观察朱利安如何思考理论与实践的分裂问题，并如何在自己的研究中行之有效地弥合理论与实践的裂缝。

---

　　① 参见孙景强：《中西哲学比较中的几个关键问题——俞宣孟与于连的对话》，载《世界哲学》，2006(3)。

　　朱利安的特立独行在很大程度上缘于他的位置：在汉学家和思想家之间。其学术研究的目的是思想，汉学是工具，中国是工具。他对中国美学思想与文论的考察和研究皆为思想开辟进路，这决定了他与汉学家及中国学者在研究视角上的根本差异。他不是通过比较、发掘差异的方式来建构一种比较美学或比较诗学的，也不是凭借诠释理解的思路来构建中国经典的欧洲诠释学的，而是在中国和欧洲两种思想之间通过位移，也就是他所说的打开间距，① 来推进思想的。当然，在这个过程中他并不排斥诠释与比较，而且还以它们为具体研究手段。由此，他的考察不限于中国欧洲双方皆有但存在差异的现象，还在有/无、在场/缺席之间穿梭，考察一方有而一方没有的现象，而且他更重视缺席。他曾提及，"在我对各种文明进行的比较中，最难分析的——也是最重要的——经常是那些没有出现的东西：如果这使平行的方法归于失败，那正面对峙的退避反过来指明暗含不露的选择"② 。这是症候阅读与中国道家虚无相生精神的共同体现。沿着这种思路，他发现了"淡"的审美理想、"势"的艺术效力、"迂回"的意义策略、"裸体"的不在场、"大象"的本源性价值、"之间"的丰富潜能，等等。

三、淡（fadeur）：中国审美理想

　　在《淡之颂：论中国思想与美学》这部著作中，朱利安思考了"平淡"。平淡与思想的相似性是朱利安关注、思考并赞颂平淡的出发点。③ 因为平淡"这个主题对不同的知识领域彼此之间所建立的界线毫不在意"，它

---

　　① ［法］朱利安：《间距与之间：如何在当代全球化之下思考中欧之间的文化他者性》，2012 年 12 月在北京"思想与方法：全球化时代中西对话的可能"国际高端对话暨学术论坛上的演讲，见方维规主编：《思想与方法：全球化时代中西对话的可能》，北京，北京大学出版社，2014。

　　② ［法］弗朗索瓦·于连：《迂回与进入》，杜小真译，47 页，北京，生活·读书·新知三联书店，2003。

　　③ "平淡"具有不确定性、生生不息、转瞬即逝等特点，使它与西方后现代思想诉求在一定程度上相契合，而且平淡一如思想本身，始终在途中、在变化中，内蕴无限潜能。

天生具有一种越界倾向与解构性能，显示一种非知识论的诉求。它"既是一切事物的起点，又是各种艺术共同的理想"①。因此，我们有必要考察平淡，但又不可能在西方知识论视野之内进行这项工作。"淡"这个非知识论的对象，或者说非对象（no-object）挑战了知识论的极限，朱利安的对策是通过符号学的操作和现象学直观来捕捉平淡。

　　在西方，平淡意味着单调乏味、平淡无奇。② 黑格尔在《哲学史讲演录》中批评《论语》语言平淡无味，认为中国思想缺乏理论建构和逻辑论证，没有思辨，称不上哲学。法国当代符号学家罗兰·巴特（Roland Barthes，1915—1980）在中国体验到由"符号的缺席（a lack of signs）"而导致的"对我们感官上的贪婪的悬搁（suspension of our sensual avidity）"③，对中国这个异域用"平淡"来概括。在这个平淡的场域，巴特未能成功地倒转"平淡"这个符号，就像他在《S/Z》中所做的那样。但朱利安要继续尝试倒转"平淡"，如果它可以是个符号的话。他借助朱熹对《论语》中孔子"发愤忘食，乐以忘忧"的诠释来倒转"平淡"的含意。朱熹将孔子的生活区分为发愤求索而忘食的时刻和抵达喜乐而忘忧的时刻，两个时刻交替作用造成生命的张力和节奏。朱利安认为这种生命的张力比任何知识论的结果都更重要，因为"这种持续想要超越的欲望，就在它自身里面找到它的目标"④，

----

① ［法］余莲：《淡之颂：论中国思想与美学》，原序，台北，桂冠图书股份有限公司，2006。

② 《淡之颂》的英译本将"淡"（fadeur）译为 blandness，blandness 有沉闷乏味、温柔、爽快等几层意思，并不能包含中国之"淡"的全部涵意。在欧洲语言内也许找不出一个最合适的语词来翻译积极的、丰赡的、值得赞颂的"淡"，这也说明，面对中国式的"平淡"，朱利安的英译者未必全然可靠。也许英译者更了解法语，中译者更能体会非对象性的"淡""势""迂回"等中国古典主题，故此，本章的阅读也在英译本和中译本之间迂回切换。

③ François Jullien, *In Praise of Blandness: Proceeding from Chinese Thought and Aesthetics*, trans. Paula M. Varsano, New York: Zone Books, 2004, p. 28.

④ ［法］余莲：《淡之颂：论中国思想与美学》，7 页。

从而促进了生命的自我更新。① 通过这种再度诠释，朱利安成功地告诉（西方）读者，平淡不只意味着单调乏味，还有其正面内涵。在中国文化中，平淡意味着文化的根本价值。他要求西方读者放弃思维定式，搁置平淡的负面意义，转而进入中国文化的价值域，直面平淡。并且他保证，虽然对平淡的谈论远离理论的方式，但也不会陷入神秘主义的窠臼。因为平淡是具体可感的，一旦接近它、直面它，你会发现原来它"一直本然地（fundamentally natural）内在于我们里面"②。

（一）"淡"的思想渊源

淡乎其无味：道家之淡

"淡"的主题虽然与儒释道思想都存在渊源，但"仍是在与道家思想那最初也是最终极的'道'相连之后，才在中国有了特殊的意义"③。"淡"所意味的，是"道"的味道。老子提出"道之出口，淡乎其无味"，即"在其无限圆满和无穷更新中，现实之底蕴呈现给我们的恰是'淡'与'无味'"④。朱利安从这种寡淡与丰富的辩证法中获得启发：

> 凡味道都使人垂涎，同时又令人失望；它只诱导过客"停步"，"引诱他"，但没有满足他。味道只是一种直接而短暂的刺激，一如乐器发出的声音，刚刚听见就随即消逝。与这些肤浅的刺激相反，我们要上溯那"取之不竭"的源头，它总在开展，而从未停留于任何

---

① 这是朱利安对朱熹之诠释的再诠释，当然有他自身的用意——在欧洲思想之内为孔子翻案，不过也许（刻意）模糊了悟道与求知的界限。融于"道"而引发的"忘食""忘忧"之乐与目的明确的对求知欲的满足完全是两回事，求知欲永远不可能得到满足。至于"道"，孔子说"朝闻道，夕死可矣"。这与他的"发愤忘食，乐以忘忧，不知老之将至云尔"指的是一样的生命境界，也意味着与"道"一体而超越自我生命。

② François Jullien, *In Praise of Blandness*: *Proceeding from Chinese Thought and Aesthetics*, p. 28.

③ ［法］余莲：《淡之颂：论中国思想与美学》，18 页。

④ François Jullien, *In Praise of Blandness*: *Proceeding from Chinese Thought and Aesthetics*, p. 41.

具体的呈现，从未任凭感官完全逮住，超越一切特殊的实现，并且富有潜在的能力。

　　任何实现都意味着限制，因为味道一旦成为现实，就排除其他所有可能的演变。所以，那只能是一种给定的味道，被它自己无法改变的特点限制住。反之，当没有任何味道出现时，"品味"就更有意义，因它不能被指定，它溢出其偶然性之外，向各种变化敞开。[①]

　　正是由于没有任何味道出现，感官的直接捕捉能力就失效了。这要求一种别样的感知方式——"品味"。任何给定的味道都没有太多"品"的余地，"品味"只能开始于"无味"之处，是对"道"的体知方式。因此，"淡乎无味"意味着对感知能力的释放和提升。不过，一个在语言上自相矛盾的命题出现了——"味无味"，以及"为无为""事无事"。而这一矛盾揭示的正是事物运作的内在性逻辑。"智慧在于察知事物的对立项之间彼此不停地矫正和沟通，而不在于退缩到它们各自排他性的独立存在中。"[②]事物的内在物理与人的内在能力相呼应。矛盾遭遇智慧而转化为和谐，圣人由其内在的漠然（detachment）而能悬置判断，不偏不倚。"将所有潜伏着的可能性，维持于'平等'状态，让生存内在的逻辑自然运作。独那偏爱才是纷争之源，独那优宠才是有缺陷的。偏爱和优宠使自然运作失去其透明澄清，使事物之间合宜的分配因此混乱"[③]，无为而治由此成为一种政治理想。故此，"平淡以十足的正面特性造就自然"[④]。

中庸之意：儒家之淡

　　思想史往往将儒家和道家作为对立的两种思想来处理。朱利安认为，平淡依凭内在性逻辑跨越了这种区分，从而成为儒道思想之交汇点。在他看来，不管是儒家还是道家，"中国人的兴趣在于阐明通向所有现实的

① ［法］余莲：《淡之颂：论中国思想与美学》，19 页。

② François Jullien, *In Praise of Blandness：Proceeding from Chinese Thought and Aesthetics*, p. 42.

③ ［法］余莲：《淡之颂：论中国思想与美学》，22 页。

④ ［法］余莲：《淡之颂：论中国思想与美学》，23 页。

共同潜能（德），以及这种潜能从最渺茫直至最显明的所有存在阶段。若没有这种潜能，世界将不再自我更新，生命也将停止绵延"①。

对于儒家来说，使世界和谐运作的效能源自中庸之道，它在"天"的运行和圣人的实践中体现出来。中庸之道不是简单的折中主义，也不是亚里士多德所谓"中介"（mesotēs），而是不偏不倚、维持"中立"从而保存圆满动力的德性。它没有明显的标记，与物浑融，难以察觉，最普通也最难持守，总是潜在地发挥功效。一如圣人之德，不引人瞩目，不峥露锋芒，如此才能避免损耗，达成完美圆满。中庸之道将"淡"这个主题引向德性的修持。圣人之德一如味道的品质，不在于其暂时的刺激性，而在于其像风那样具有薰化和穿越能力。

在朱利安诠释的"淡"与中庸之道的关联中，"淡"不再是无味，而是淡薄的味道，是能对周围环境发生潜移默化之影响的味道，是正在走向显明、浓烈的味道。同时，中庸之道的调节功能会避免出现极端而促使逆转的发生，现实总是处于经常性的转变之中。因此，

　　　　平淡是整体的调性，它使人的视线投向最远之处，使人去感觉这个世界，去感受这个狭窄的眼界之外的真正生活。如果平淡是智慧的味道——唯一可能的味道——那不是因为放弃和失望，而是因为它是基本味道，是万物的"本"味，最本真的味道。②

平淡作为整体的调性，将人们的视线导向真正的生活，导向对生存智慧的探寻。由此，儒家"中庸"之"淡"与道家"无味"之"淡"呈现分歧。道家更偏向自然之"淡"，而儒家则向平淡人生开展。这种分歧表现在社交和性格中，就是道家主张社交中的率性自真，崇尚涤尽机心的真纯交往；儒家出于真诚和信实的价值观，推崇"君子之交淡若水"。平淡不仅

---

①　François Jullien，*In Praise of Blandness*：*Proceeding from Chinese Thought and Aesthetics*，p. 48.

②　［法］余莲：《淡之颂：论中国思想与美学》，31～32 页。

表现儒家同天德的关联，是内在性的一种体现，而且作为一种真诚的保证，"与中庸的绝对普遍性之价值会合"①。从个人性情而言，平淡个性意味着内在平衡，是个体心理和生理相协调的结果。君子的平淡品性可避免偏差及恶，并向所有可能性开放，与世界相协调。中国文人在出仕和退隐之间进退自若是平淡智慧的彰显，而非见风使舵的机会主义行为。

　　儒道关于"平淡"的思想分歧，不仅表现在社交与人品中，更在审美领域产生深远影响。朱利安从淡默之音、平淡之文、散淡之书与淡然之画中观察平淡，我们可以透过他的观察感受儒道思想在建构平淡审美理想过程中的张力。

（二）淡默之音

"遗音"与儒家音乐美学思想

　　早期人们以调味比喻政治发展，将水之味作为理想的至味，在此基础上发展出遗音遗味说，成为后世"淡雅"音乐观的思想源头。它充分体现了中国早期美善混一，体现了艺术的审美效果与教化功能不加区分的实用主义美学观念。《礼记·乐记》中说，"是故，乐之隆，非极音也，食飨之礼，非至味也。清庙之瑟，朱弦而疏越，一倡而三叹，有遗音者矣。大飨之礼，尚玄酒而俎腥鱼。大羹不和，有遗味者矣"②。这种遗音遗味的思想，目的不在于音乐与味道，而在于"礼"、在于乐与味的余留绵延产生的薰化效果，即由不完美的音乐、味道引发对极音、至味的期盼，对"和"之完美德性的向往。朱利安对"遗音"发展的内在逻辑做了非常富有意味的诠释：

　　　　极致的音效反而叫人对它不再有任何期待，我们一听到它，整个人就立即感到饱胀了。与此相反，最不完美的乐音，反而是最有发展潜力的音乐，当它们——琴音或人声——尚未完全被乐器表达

---

① ［法］余莲：《淡之颂：论中国思想与美学》，37页。
② 《礼记·乐记》。

出来，尚未外在化的时候，中文用"遗音"这个美妙的词句来形容它。这些乐音甚至能在听者的意识里渐行渐远、渐行渐深，因为它们尚未被固定下来，仍然有开展的空间，藏有某种隐秘的、潜在的东西，所以扣人心弦。①

所谓遗音，是尚未外在化的乐音，它具有潜藏的力量，能够扣人心弦；而遗味也是由简单素朴的淡味所引发的，具有"用之不尽的潜在性"，更加诱人品尝。②

不过，遗音遗味说在美学上也提出了接受能力、品味能力的问题。遗音只有对善于倾听、善于捕捉的耳朵才能渐行渐远、渐行渐深，而遗味也只有对善于品尝和体味的舌头才能发挥作用。因此，"遗音遗味"在美学思想史上的地位不仅在于它体现了儒家的价值旨归，还在于它符合音乐的内在性逻辑，具有开启美学思考方面的潜质。

"大音希声"与道家音乐理想

与儒家提倡遗音（余音）不同，道家主张"大音希声"的音乐观念。像"味无味"一样，"大音希声"也在语言上呈现矛盾。这个命题的提出基于中国古代思想对"声"和"音"的区分："声是一种人所发出的纯粹的物理现象，音则是声所具有的调和潜能。中国早期思想将声—音这对概念推向对立，甚至将它们看作像前—后，高—低，大—小一样的对立项。"③声的发出总是以破坏音之和谐为代价，"真正的和谐只能维持在一切分辨之前"④，因此，为了维护没有亏损的和谐的"大音"就必须"希声"。道家通过"大音希声"这一美学命题将音乐的存在导向沉默。不过，沉默并非不在场，而是意味着一种圆融未分化的理想境界。此时无声胜有声，是天

---

① ［法］余莲：《淡之颂：论中国思想与美学》，49 页。

② ［法］余莲：《淡之颂：论中国思想与美学》，50 页。

③ François Jullien, *In Praise of Blandness : Proceeding from Chinese Thought and Aesthetics*, p. 71.

④ François Jullien, *In Praise of Blandness : Proceeding from Chinese Thought and Aesthetics*, p. 72.

籁之声。

儒道抗拒现实化断裂(actualizing rupture)的不同策略

　　任何声音、符号的呈现和任何味道的形成都以否定其他声音、符号和味道为前提，都造成"道"的断裂。这种由现实化（实现）而导致的断裂在儒家、道家看来都是令人忧虑的。基于维护"和"的共同理想，儒道思想都致力于对抗这种断裂。"遗音"与"大音希声"体现出儒道所采取的不同策略。朱利安通过三个故事来探讨儒道不同策略之间的关系。

　　与遗音思想相对应的是儒家经典《论语·先进》中记述的"子路、曾晳、冉有、公西华侍坐"的故事。在这个人们耳熟能详的故事中，孔子要弟子各述其志。三个弟子一个比一个谦虚而谨慎地申明志向，都未得到孔子赞同。曾晳作为最后一个出场的人物，以一种延迟的方式伴着"遗音"的渐行渐远更谨慎地道出自己的志向："暮春者，春服既成，冠者五六人，童子六七人，浴乎沂，风乎舞雩，咏而归。"[①]朱利安诠释这个故事的重点落在"遗音"发生处："点尔何如？鼓瑟希，铿尔，舍瑟而作。"[②]他认为，稀稀落落的琴音发生在其他人的政治关怀与曾晳截然不同的志向之间，造成停顿和间歇，从而改变了期待视野，将人从现实世界中抽离出来，转而归向悠然自得的生存境界。[③]这是淡薄稀疏的遗音对现实化所造成的断裂的缝合和弥补。

　　昭文鼓琴的故事绝妙地注释了道家"大音希声"的思想。如果说儒家如同"亡羊补牢"，是在现实化的途中对抗断裂的发生，那么道家则防患于未然，根本不提供现实化断裂发生的机会。这就表现在昭文拒绝鼓琴，而将音乐维持在沉默的和音里。"昭文放弃鼓琴，也就是拒绝进入特殊的存在形式里，拒绝进入截然分开的个别性当中，拒绝最后落入是非之中。

---

　　①　《论语·先进》。

　　②　《论语·先进》。

　　③　François Jullien, *In Praise of Blandness: Proceeding from Chinese Thought and Aesthetics*, p. 75.

他因此能站在音乐的最高境界，一如站立在智慧的最高境界。"①鼓琴总是一种特殊现实，总是挂一漏万。对于完美主义者来说，放弃鼓琴、置身是非之外是最好的选择，可以保持最美妙的音乐萦绕心中，维持"道"之圆满无损。显然，道家在以一种更谨慎或者更彻底、更决绝的态度对抗断裂。

第三个故事是关于陶潜"素琴"（无弦琴）的。"潜不解音声，而畜素琴一张，无弦，每有酒适，辄抚弄以寄其意。"②"不解音声"的陶潜弄琴是为了"寄意"，琴之无弦则避免了"不解音声"而造成的破碎和断裂，从而达到寄意的目的。朱利安对陶潜故事的解读重在抚弄琴的动作姿势，他认为，"这既不是一种幻觉，也不是纯粹虚构的模仿。的确存在抚弄琴弦的姿势，这姿势虽然粗疏，却由于手指弹奏乐器的整体动作而真实生动。它维系着音乐所有品质的潜在可能性，并包含着所有可能声音的整体和谐能力"③。由此我们可以意识到，在陶潜抚弄无弦琴的动作里，儒家和道家对抗现实化断裂的策略融合在了一起。这里有儒家不废弹奏的现实化行为，但这种现实化没有导致断裂的结果，当然也就无须遗音作为停顿、转移、延续去补救断裂，而是归于道家"大音希声"的沉默。这也喻示了儒道两家思想上分分合合的态势。苏轼诗句在沟通儒道音乐思想上与陶潜的无弦琴有异曲同工之妙："点瑟既希，昭琴不鼓。此间有曲，可歌可舞。"④从稀疏的余音逐渐进入沉默，从可闻之音逐渐过渡到无声之境，音乐引领我们触及一切和谐的本源。

---

① ［法］余莲：《淡之颂：论中国思想与美学》，57页。不过要注意的是，朱利安意在阐明"淡"的正面价值。事实上，沉默的未必都是"大音"、无形的未必都是"大象"，滥竽充数的故事可以为证。

② 《宋书·陶潜传》。

③ François Jullien, *In Praise of Blandness : Proceeding from Chinese Thought and Aesthetics*, p. 77. 在对陶潜抚琴姿势的解读中，朱利安的另一个主题"势"凸显出来。"势"是他的《势：中国的效力观》考察的对象。

④ 苏轼：《十八大阿罗汉颂》（第十六尊者）。全诗为："盆花浮红，篆烟缭青。无问无答，如意自横。点瑟既希，昭琴不鼓。此间有曲，可歌可舞。"朱利安认为，苏轼此诗超越了儒释道思想的分歧。

(三)平淡之文

平淡由音乐延伸入文学，是通过余音在诗歌中的开展实现的。中国古代有"余音绕梁，三日不绝"的故事，来说明余音在时间上的展开。李白亦有诗句："清风吹歌入空去，歌曲自绕行云飞。""余韵度江去，天涯安可寻。""余响入霜钟"等，描述了余音在空间中的穿越能力及其细致微妙的程度。而白居易则发现了"淡"的内蕴的丰富性，"入耳澹无味，惬心潜有情。自弄还自罢，亦不要人听"，"心静即声淡，其间无古今"①。这不仅回应了陶潜的无弦琴，还与前面所引苏轼诗句有相通之处，那就是对"淡"所引导的精神超越的感通。虽然文学实践中不乏对"淡"的关注，但这一主题在文论史上的开展却比较复杂。

"淡"在诗学中的转换：淡乎寡味→余味→淡俗→冲淡

朱利安考察到，在中国文学中，"淡"并非一开始就被视为正面价值。"淡"从消极的负面意义转化为正面价值经历了相当长的时间。在推崇铺张扬厉文风的汉代，平淡是一种瑕疵，是文学上不够成熟的表现。魏晋依然如此，在这个文学与审美意识获得自觉的时代，人们关注修辞，喜欢奢靡文风。陆机在《文赋》中将遗音遗味视为作文的缺陷，提倡"艳"的价值标准。② 这也许是文学为摆脱"文以载道"的纠缠而采取的形式主义策略。

流行于永嘉时期的以"清虚"为风尚的玄言诗被钟嵘批评为"理过其辞，淡乎寡味"。③ 当时平淡无味因其负面价值遭到诟病。不过，朱利安认为，正是玄言诗内蕴着"淡"的转机，使诗人们摆脱了公式化地谈虚论空，转而在情景交融之中自然而然地表达所体悟到的玄理哲思。这时，"诗被用来以可见事物捕捉不可见事物，以形象召唤虚空"④。平淡因其

---

① 白居易：《船夜援琴》。

② 陆机在《文赋》中批评遗音遗味"或清虚以婉约，每除烦而去滥。阙大羹之遗味，同朱弦之清氾。虽一唱而三叹，顾既雅而不艳"。

③ 钟嵘：《诗品》。

④ François Jullien, *In Praise of Blandness*: *Proceeding from Chinese Thought and Aesthetics*, p. 87.

召唤无形事物、意味悠长的特点受到认可，逐渐走出负面阴影，转而成为一种对诗人群体产生积极影响的境（atmosphere）。此后，"淡"与"味"发生密切关联，人们习惯于以味论诗。文学韵味因其情景交融、虚实相生的特点拓展出深远的审美意境。文学风味则结合儒家"风化"与"遗味"特征，在时空中绵延弥漫，刘勰以"深文隐蔚，余味曲包"①形容，由此提出"余味"的概念，余味在当时是个不带价值倾向的中立概念，不过，随着人们品味能力的提升，余味越来越向道家之"平淡无味"发展，也就是"味无味"，最丰富的可能性蕴藏在"无味"之中。可见，"淡"所具有的调节功能逐步引导人们对它的美学潜质进行开掘。

据朱利安的考察，"淡"在诗学史上第一次以正面价值出现是与"俗"相伴（淡—俗），那是在唐代皎然的《诗式·冲淡》中：

> 此道如夏姬当垆，似荡而贞。采吴楚之风，虽俗而正。古歌曰：华阴山头百尺井，下有流泉彻骨冷。可怜女子来照影，不照其余照斜领。②

显然，在这首肯定"淡"的诗中，淡的正面价值是由它与俗之间的张力来确定的③，在诗的内部显示为几组对立的因素：荡—贞，俗—正，高山—深泉，斜领—其余。夏姬表面上的荡被其内在的贞洁和美德所否定，吴楚民歌的俚俗由其雅正之质作为弥补，静默高山与深井流泉相呼应，斜领暗示其余之美。所有可见事物都含蓄矜持地指向内在的、隐藏的、其余的丰富，后者反过来确证前者的价值。二者形成张力场，淡就在这

---

① 刘勰：《文心雕龙·隐秀》。
② 皎然：《诗式校注》。
③ 这种张力表现在淡与俗相牵连，但又拒斥并化解俗，由此指向俗的对立面。淡若与俗之间没有张力，那就成了负面意义上的寡淡无味，毫无余味、余意可言，无法暗示内在之"贞"与"正"，也就无法打开无限丰富的隐藏世界。夏可君在《平淡的哲学》（北京，中国社会出版社，2009）中探讨了"淡"之有余、无余的问题。有余之淡即朱利安所赞颂的具有正面价值的"淡"，是至味；无余之淡则是没有任何潜能的负面意义上的"淡"，是乏味。

种张力场中升华为一种蕴藉的审美风格。

《二十四诗品》中的"冲淡"则完全站在正面立场歌颂平淡：

> 素处以默，妙机其微。饮之大和，独鹤与飞。
>
> 犹之惠风，荏苒在衣。阅音修篁，美曰载归。
>
> 遇之匪深，即之愈稀。脱有形似，握手已违。①

朱利安的解读认为，第一节意在阐明这种诗歌体验的"存在之本（对西方读者也可说是形上之本）"源于和谐。只有以淡漠心态面对日常世界，才能洞察现实之精微绝妙并重归和谐，这个过程伴随着精神境界的提升。第二节描述平淡的出场方式：微妙、间接无法见证（never substantiated）。"平淡之美无法固定、无法分离且无法占有，相反，它通过一切事物的活力来运载，人们只能从整体上去体验。它远离任何个性化的呈现方式，只在个性化从它们的瞬息存在中涌现之时，以及回归之时，才与它们接近。"②第三节归纳平淡自然、自在却难以把握的特征。另外，朱利安也关注到了"冲淡"主题的协调能力。如果说"淡俗"的主题将平淡与可感事物之表象（俗）融在一起，具有诗歌分类上的意义，那么"冲淡"就不是一个旨在分类整理的概念，它意指两个术语之间吸纳互补而达成的内在平衡。这种平衡不限于"冲淡"一品，而普遍存在于二十四品。③朱利安由此捕捉到了中国诗学由"冲淡"所建构的效能机制。

宋代诗学平淡观的意识形态蕴含

平淡在宋代终于被确立为诗学理想，缘于其渐行渐深、内蕴丰富的

---

① 《二十四诗品·冲淡》。20世纪90年代，有学者对《二十四诗品》作者的真伪问题提出质疑，在相当长的时间内引发激烈的学术讨论，从事古典诗学研究的学者对此众说纷纭。这里暂不将司空图与《二十四诗品》相提并论。

② François Jullien, *In Praise of Blandness：Proceeding from Chinese Thought and Aesthetics*, pp. 90-91.

③ François Jullien, *In Praise of Blandness：Proceeding from Chinese Thought and Aesthetics*, p. 92.

特性，也源于中国诗学思想的成熟。因此，宋代诗学中的"平淡"是绚烂
之极的回归，是力量的沉潜内敛，是一种内在退隐。① 朱利安察觉到，
虽然平淡得到普遍认同，但它却包含着两种不同甚至相反的意识形态：
儒家和道家，因此导致平淡向两个方向开展。

儒家借平淡来维护正统。所谓"正"，"不仅在定罪非正统的意识形
态，不仅表示眷念那种使人升华的持之以恒地努力的美德，还具有一种
情感的向度"②。它能统合道德与情感：

> 对中国人而言，人是对外界有所"感"才心中有所"动"。我们内
> 心感受的深刻程度，与我们对其有反应的外在事物之重要性成正比。
> 我们内在的感动愈深，这种感动就愈不具有个人特色，愈不受个人
> （以自我为中心）利益限制。③

它能让我们感受到自身与世界的一体相关性，产生群体意识。故感
动越深，越能触及并维护万物之本。因此，欧阳修提倡"辞严意正"的古
淡文风——"辞严意正质非俚，古味虽淡醇不薄"，这古淡文风来自儒家
大羹不调的"遗味"典故——"子言古淡有真味，大羹岂须调以齑"。④

据朱利安的分析，这里的"真"一方面具有儒家"中"的德性含义，它
使我们能真诚担当并与世界一体相关；另一方面，它引导个体放弃虚假
欲望的满足，超越自身，从而成为自我修养（苦行）的源头。⑤ 由此，平
淡通过"真味"与"古硬""苦"发生联系——"近诗尤古硬，咀嚼苦难嗫。初
如食橄榄，真味久愈在。"⑥

---

① François Jullien, *In Praise of Blandness*: *Proceeding from Chinese Thought and Aesthetics*, p. 96.

② ［法］余莲：《淡之颂：论中国思想与美学》，86 页。

③ ［法］余莲：《淡之颂：论中国思想与美学》，86 页。

④ 欧阳修前句出自《读张李二生文赠石先生》，后句出自《再和圣俞见答》。

⑤ ［法］余莲：《淡之颂：论中国思想与美学》，88 页。

⑥ 欧阳修：《水谷夜行寄子美圣俞》。

　　宋代诗学中儒家意识形态的意象出现了——橄榄。橄榄的古硬、苦涩如何能与平淡牵连？联系唐末宋初精致绮靡的诗风大概就能明了。这种要求努力咀嚼才能获得的真味，是对前一时期精致审美品位的"冲淡"与纠正，也是事物自我平衡能力的发挥与运用。是故，平淡不仅是一种内在修养途径，也是"事物之理"①。

　　道家平淡的象征物是水，橄榄与水喻示了宋代诗学中平淡的两个不同走向："努力"苦行以求超越的"道德"向度和无拘无束、出神入化的"玄秘"向度。② 由此我们可以理解，为什么陶渊明和杜甫都被宋人视作平淡的典范。

"淡"向内向外拓展审美空间

　　"淡"在空间上的开展也就是味在空间上的开展。"淡"之出神入化的能力使它在推进味的现实化的同时借助味留下踪迹。对"淡"的追踪必须基于回味原则，这是因为在中国，阅读与饮食的快感逻辑都在于"回味"③，在于细嚼慢咽，在于涵泳。在诗学上，这种回味向内外两个向度开展。

　　中国诗学"韵外之致""味外之味、象外之象""言外之意"的命题都意在向外开拓审美空间。回味的发生不在感官的直接经验之内，而在这种经验终止之处，在内外之间的边缘开启，并向外无限蔓延。意在言外，故语言越精短，回味就越早发生，意义也就越丰富。"那首准备作无止境的变化的诗的特色，就是平淡。"④平淡总将人们的目光引向邈远的"之外"，使人期待并体悟目光所不能及的丰富性，并在这种体悟中实现审美超越。在思考"之外"时，朱利安遭遇到了中欧思想的差异：欧洲思想对"之外"的思考是形而上的绝对的"之外"；中国思想中的"之外"则是与"之内"连接着的，平淡穿越二者而存在。

　　平淡不但可以向外开展，还可以向内聚敛，由此形成"中—边"的空

----

① ［法］余莲：《淡之颂：论中国思想与美学》，89 页。
② ［法］余莲：《淡之颂：论中国思想与美学》，90～91 页。
③ ［法］余莲：《淡之颂：论中国思想与美学》，95 页。
④ ［法］余莲：《淡之颂：论中国思想与美学》，97 页。

间结构。这是苏轼"外枯中膏"命题给予的启示，它启发朱利安对味道的"边缘"与"中心"的思考。"外枯中膏"的诗学命题深受佛教中观派思想的影响。由此，思想再一次聚焦于"中"，但并非"中庸"之"中"，而是"中观"之"中"。它"超越了存在与不存在、肯定与否定、乐与苦的两极对立"①。这种"中"的味道如何体味呢？

　　　　只有当人懂得不被限制、不迷恋任何一种特殊的味道但也不消除任何特殊的味道时，只有当人不特别高举某种味道而忽略其他味道时，当人随时都能接受各种味道时，当人通过所有味道而自由自在地变化时，当各种味道之间的不相容消失时，他才可领会中心的味道。那是"清"的味道，那种以它的平淡使各种味道结合起来，并且使它们互相融合的味道。②

　　任何特殊的味道是"边"，那种能融合所有味道的"清"是"中"。"'边'的平淡不再引起张力，而在使我们超越一切具有限制性的固定：这种平淡产生缓和放松。"③对味道之"中—边"的理解再度引起朱利安比较的热情。他反观欧洲思想，发现在希腊神话和基督教神学中，包裹着真理的味道之"边"起着面纱或外衣的作用，它激发人们撩开面纱发现隐藏的真理。它遵循的是象征的逻辑，"乃在表面的形象和其意指之间制造最大的张力。从这种张力延展出严格的意义要求及承载的内涵"④。

　　如果说"味之外"邀请人们上路，摆脱各种味道羁绊，去远方旅行，体验真味，在体验中实现超越；那么味道的"中—边"则留人在家中，勘透真味，在各种特殊味道的包围中轻松自在地实现超越。

---

　　①　[法]余莲：《淡之颂：论中国思想与美学》，111 页。
　　②　[法]余莲：《淡之颂：论中国思想与美学》，113～114 页。
　　③　[法]余莲：《淡之颂：论中国思想与美学》，116 页。
　　④　[法]余莲：《淡之颂：论中国思想与美学》，116 页。

(四)散淡之迹与淡远之画

平淡总是溢出任何的分类企图。事实上，在开掘审美空间上，书法
与绘画也一样成就卓著。苏轼从平淡的审美理想出发，认为魏晋书法胜
于集古今笔法之大成的盛唐书法。王羲之的平淡书风得到苏轼的推崇：
"钟、王之迹，萧散简远，妙在笔墨之外。"朱利安对此的诠释颇具后现代
色彩：

> 因为魏晋时期的书法本质是"简朴纯真"，笔迹显得稀疏"零散"，
> 仿佛只是被毛笔弃于该处，而不是全神贯注的成果，不是经过深思
> 熟虑的艺术作品。这些书法笔迹不把它们的力量强加给我们，也不
> 展示坚实性或生命力，它们似乎丧失了一些密度，不复全然显现，
> 好像即将出发去他方。好像它们小心地不与世俗为伍，不接触现实，
> 不太在世上生根。一种从别处来的灵感所引起的稍纵即逝的痕迹，
> "远远地"赋予它们生命，它们因此眷念着那些痕迹。书写的笔迹只
> 能被当作"痕迹"觉察："钟王之迹，萧散简远。"①

他用"痕迹"(trace)概念来诠释萧散简远之书法，颇有意味。显然，他
在王羲之散淡的笔迹中感受到与后现代思想的某种默契。不过，散淡
之迹得来自然，散落随意；而后现代思想对"踪迹"则是穷追不舍，刻
意征用。

山水画在朱利安对平淡的考察中，既是入口(《淡之颂：论中国思想
与美学》第2章)又是出口(该书倒数第2章)，那是因为在山水画里人们
可以召唤到难以捉摸的平淡。② 最能呈现平淡美的是元朝画家倪瓒的山
水画。岸边的几棵树、流水、若有若无的山丘、无人的亭子，是倪瓒画
了一生的素材。倪瓒平淡的画风也有一个日益单纯素朴(淡化)的趋向，

---

① ［法］余莲：《淡之颂：论中国思想与美学》，101～104 页，引文有改动。
② 见［法］余莲：《淡之颂：论中国思想与美学》，9 页。

到老年简(减)到不能再简(减),也淡到了极致:"无一事物追求煽动或引诱,无一事物力图挽住观赏者的目光。"①朱利安了解到,倪瓒的生活遭遇促使他超脱、淡然,放下执着。因此,他得以达到海德格尔所谓"诗意地栖居"——自由自在而居无定所,一叶轻舟漂流水上任其逍遥。这是一幅中国隐士和得道高人的生活图景,也是朱利安对倪瓒生活状态理想化的结果。

与这种平淡美学相反的风格的代表是倪瓒的朋友王蒙的山水画。王蒙之画表现出力的滥觞与扭曲,令人情绪紧张。同样的山水,不同的风格,源于不同的处世态度。画为心声,这无须多言。通过倪瓒与王蒙山水画的比较,朱利安想要探讨的是力量问题。平淡之画表面看来淡泊闲远,缺乏力量感,实则力量隐蔽而深入,蕴含丰富的潜能;繁复细致、笔触强劲的绘画,则在自我表现的同时因将力量用到了极致而变得无力。

当然,两种风格具有不同的审美价值,没有必要厚此薄彼。否则,我们就局限于一种平淡的风格,而远离了平淡的真意。

通过追踪"淡"在中国不同艺术领域呈现之轨迹,朱利安得出结论:"平淡是人意识中一种全面性的经验,它以最根本的方式表达我们的在世存有。"②"它是潜入(简朴、天然、本质)之道,是疏离(特殊、个别、偶然)之途。这种超越不是向上打开一个世界,而是在其内实现。从这一点来看,超验性与内在性这两个语词不再对立,平淡是这种与自然和解并且摈弃信仰的超越性体验。"③通过朱利安的分析我们得以知道,经由平淡所实现的内在超越与基督教神学依靠绝对他者所实现的外在超越迥然不同,那是水和盐的分别。"大羹不调",水是平淡自然拒绝区分的内在性标志;"契约之盐",盐"作为神圣的祭祀用品(调味品),是差异的符

---

①　[法]余莲:《淡之颂:论中国思想与美学》,12 页。
②　[法]余莲:《淡之颂:论中国思想与美学》,135 页。
③　François Jullien, *In Praise of Blandness*: *Proceeding from Chinese Thought and Aesthetics*, pp. 143-144.

号，甚至表征绝对的（categorical）对立"①，那是绝对他者——上帝与人的对立。

不过，对水与盐的区分仍然违逆了水的自然本性，任何区分总是权宜之计。我们可以试着从不同的侧面触及平淡：在全部可感知的现实世界里，与浓烈之味相对，"淡"作为一种丝微稀薄的味道存在（淡—浓），比如，书法和绘画中的轻描淡写；在可感知世界的开始或末端，也就是未分化的世界，与所有分化了的味道（包括淡味）相对立，"淡"作为理想的至味而存在（无味—五味），比如陶潜诗的平淡自然；从整体上看，"淡"摆脱任何规定性，不站在任何一端，而是作为一种调节机制发挥作用，令任何对立双方吸纳互补，从而在维持平衡的同时推进事物的发展，如"冲—淡"。另外，我们还可以在时间轴上接近平淡：在任何现实化开始的瞬间遭遇的平淡，是自然天真之淡，如水之"清淡"；在任何现实化的终端遭遇的平淡，是绚烂之极而后回归的平淡，是成熟睿智之淡，如宋儒的"苦淡"；还有在现实化的途中察觉到的平淡，那是任由事情发生，以不分别之心伴随并穿越任何差异事物的平淡，是佛教中观派的智慧。

四、势（propension）：审美运作机制

"淡"作为一种审美理想，展示了一个具有无限潜能的场域。如何使平淡所蕴藏的潜能得到有效发挥，是"势"的运作问题。事实上，在对"淡"的中庸之义的诠释中，在对"淡"之审美调节功能的思考中，"势"的主题已经有所显明。不过真正让朱利安把"势"纳入研究视野的原因，则是"势"在拆解西方范畴体系方面具有的工具潜能：首先，势跨越了动静二元对立，从而把介于动静之间的状态纳入思考范围，如寓动于静，或静中寓动；其次，势超越空间局限在时间维度中展开，引发力量与时间

---

① François Jullien, *In Praise of Blandness*: *Proceeding from Chinese Thought and Aesthetics*, p. 45.

关系的思考，朱利安在《势：中国的效力观》引言中借许慎对该字的解释建立它与时间的关系（时—势）；① 最后，势能化解理论与实践的对峙，实现知行合一，从而将效能发挥到最大化。朱利安发现，"中国人的势的观念正好处在我们西方人的'理论'与'实践'之间，因而能化解这两者之间的对峙关系，并将执行的概念转变成一种随着正在运作的情势而发展的过程；其中既无犹豫迟疑也无损耗，也就是说，既无减弱也无'摩擦'（friction）"②。

朱利安考察了中国早期军事战略和政治权力对势的运用，认为战略局势和政治势位都显示出一种操纵的逻辑。③ 这种逻辑存在把人工具化的倾向，而且还"暗示拒绝一切说服他人的努力，因其从根本上就不信任言说的力量"④。也就是说，这种逻辑缺乏道德与民主的向度。但他认为，势在艺术领域的运作显示了其最无私的一面，是智慧令艺术潜能得到最大限度的发挥，从而达到最好审美效果的美学经营。比照西方再现论、模仿论的艺术观，他觉察到中国艺术中"模仿的缺席"：

> 艺术活动被视作一种现实化（actualization）过程，在此过程中内在于现实的动能以一种特殊的形态（configuration）呈现。这一现实化过程发生在表意文字的书写、山水画的创作或文学性的写作中，并在书法、绘画与文学作品中展现出来。这种接纳了形式的特殊布置具有传递宇宙动能的潜能，必须充分发掘这种潜能，它就在落定于笔迹之中的单个表意文字的各个组成部分活灵活现的那种张力中，

---

① ［法］余莲：《势：中国的效力观》，引言注释，北京，北京大学出版社，2009。"势即执，此字表示一只手执着某个东西，象征力量，随后又加上力作为部首。许慎认为这只手握着一块泥土，因此象征把某个事物放到某一个位置上面，放在一种'情势'里。由是之故，势在空间上与时在时间上是相呼应的，表示时机、机会；有时候，这两个字可以通用。"

② ［法］余莲：《势：中国的效力观》，16 页。

③ 参见［法］余莲：《势：中国的效力观》，第一卷结论。关于"势"在军事和政治领域的功效，在此只约略涉及。在 1997 年出版的《功效论》（Traité de L'efficacité，Grasset & Fasquelle，1997）中，朱利安对此论题进行了全面而充分的论述。

④ ［法］余莲：《势：中国的效力观》，48 页。

在画作形式所内蕴的力量及其动向中，在文学文本产生的效果中。因此，古代的战略模式也可用作美学理论的基础。我们可以用"势"这个术语，把艺术看作一种尽可能好的布置。①

(一) 书法之势：蕴含力量的形式

"势"这个美学概念在中国古代书论中用得最为普遍。究其原因，在于书法之形式不是静止不动的，而是寓动于静的。书法之形与势具有直接的内在关联，有形则有势。朱利安说：

> 中国书法艺术可作为形式内动能运作的最好例证，因为每书写一个汉字，一个特定的姿势就转换成了形式，恰如一个特定的形式会转化为姿势一样。在这一图式（schema）中，生成的字形与产生它的动作是等同的，人们可以谈论摹写汉字的笔势，如同谈论毛笔遗留下墨迹的字势。是同一种力量在运作，不过显示为两个不同的阶段，或两种不同的状态。因此，势可被定义为贯串字的书写形式并使它富有美学情趣的全部力量。②

他的这一认识比较符合中国书法的审美经验。我们往往通过落定在纸上的字势来谈论书写者的笔势、笔力等，反过来也通过笔法训练来营造笔势，从而形成某种理想的字势。因此可以说，笔势是字势在时间和空间中的开展运行，字势则是笔势在形式中的沉淀和定型。但从形式的意义上说，字势又不同于笔势，因为每个字都有其独特的形状，而书写者在书写时却会显示出同样或相似的笔势，这就是书法中的"异体同势"现象。此外，势还可以与"骨架"的概念结合生成"骨势"，来对抗因袭日

---

①　François Jullien, *The Propensity of Things Toward A History of Efficacy in China*, trans. Janet Lloyd, New York: Zone Books, 1995, pp. 75-76.

②　François Jullien, *The Propensity of Things Toward A History of Efficacy in China*, p. 76.

久的固定结构。因此，"它是一个过渡性的术语，有时指渗透并运行于书写活动中的不可见的具有主观色彩的宇宙能量，有时又指每个汉字最后定格下来的样态或形式。在后一种情况下，势倾向于与那些独特的字形融为一体"①。势由此可分为"气势"和"形势"。不过，流动之气势仍须借助字形来传达，因此在书法艺术中，形势是个最为根本的概念。朱利安认为，有形有势的字，

> 是一个积极的字，与有形无势的字体相较之下，势能使那字形生动活泼，深化其内涵，并使该字永远蓬勃发展，以超越它已经形成的静止状态。势不仅是产生字形的内在力量，也是由该力量营造出来的张力功效。于是，"形"生于其势。就是说，大家不该视其为简单的"形"，而应该将其视为正在形成之中。②

这体现朱利安对中国书法之"形"的理解：不是西方艺术中那种静止的、固定不变的形式，而是被势所推动、随时处于发展变化中的形态，是正在实现或形成的形。在这种意义上，"形式"的概念就不如"形势"来得贴切。

"势"既内蕴动能，又包含力量运行的审美效果。因此，如何布势就成为重要问题。在书法中，布势的问题具体而言关涉如何运笔。力量的畅通无阻形之于笔画的流畅不滞，故要求笔画对立而相连、对抗而呼应。如此布局的结果，使"字的笔画共同产生一个磁场，其张力达到极点并且显得和谐完美。所写成的字便成为现实演变进程中的一个活生生的象征：它总是以中央为基准来保持平衡，它是圆融饱满的处所，因为它能自我

---

① François Jullien, *The Propensity of Things Toward A History of Efficacy in China*, pp. 77-78.

② ［法］余莲：《势：中国的效力观》，59 页。

调适而永远活泼常新"①。

字的活泼常新通过势的连续流动来实现。书法在最终形态上显示为空间的艺术，却记录着书写动作的时间性流动。笔势要连续不间断，并在结尾留有余势，使内蕴的生气源源不断。草书可说是最能表现书法之流动连贯之势的体例，因它一气呵成，笔画游走之间易于带出余势，且可飞动增势，而楷书则难以经营余势。不过，重要的是笔画交替作用造成的气势贯通，而非笔画生硬牵连。朱利安指出："书法里真正的连贯性，是笔画在两极之间振动，不停地更新而变化。"②这种富有节奏的交替变化如人体血脉的运行那样贯通有序，也如游龙一般生趣盎然。我们往往用"腾云驾雾"形容好的书法产生的美感，这也指出了美感效果经营的另一要素：空间。在书法中其物质形式是纸面，书法之势在这个空间中展开并指向无限，这是书法布势的最终目的。

(二)绘画之势：包蕴张力的布局

"势"这个概念由书论延伸进入画论，刚开始用它谈论人物或马的绘制时，人们搞不准它指的是布局还是生命活力。在谈论山水画时，这个术语才定于一端，指布局构成。③ 因为中国山水画"试图通过风景的轮廓，重新找到宇宙中那持续不断的基本冲力"④。因此，画面的布置成为关键。朱利安观察到，"在毛笔艺术中，无论是绘画还是书写都适用同样的公式：必须持之以恒地努力'得势(obtain)'或'取势(achieve)'，因为

---

① ［法］余莲：《势：中国的效力观》，59～60 页。涂光社也认为"势"具有类似"场"的作用，不过在朱利安对书法之势的描述中，这个张力场是平衡的，是"圆融饱满"的；而涂光社认为这个场是不平衡的，会对置身其中的人施加强大压力，从而制约其思维活动(参见涂光社：《因动成势》，43 页，南昌，百花洲文艺出版社，2001)。

② ［法］余莲：《势：中国的效力观》，111～112 页。

③ François Jullien, *The Propensity of Things Toward A History of Efficacy in China*, p. 79.

④ ［法］余莲：《势：中国的效力观》，75 页。

很容易会'失势(missed)'或'去势(lost)'"①。

画家对势可谓是苦心经营。朱利安考察到山水画布势的基本策略是以形写势，首先是山势的营造。山作为山水画中的重要美学元素，"最能表现绘画里的势，因而它结合了画面上差异最大的各种张力"②。我们可以通过山景的高低远近、云蒸霞蔚或者山形的交替反差、收放起伏来写势。水必须是"活水"，不能太软、太硬或太枯，且须有力以显现跃动之势。山水画中的其他构图元素也依据以形写势的原则，比如岩石、树木等。山水画的美学布局"是引力、张力和位移共同作用的效果"③。

我们知道，中国文人作山水画的目的不在于山形水貌，而在于山水中流动的生命气息和内蕴的宇宙能量。如何通过有形山水写出无形之气势和动能？这就超出纯技术层面，而涉及山水画布局中的虚实相生原则，以及美学史上的形神问题。④ 朱利安认为"势"在由形到神的艺术观转变中扮演着重要角色：

> 从总体上说，中国美学史的演进，是从最初注重外形肖似，发展到企求通过与现实的"精神沟通"来超越对现实的纯粹"形式"再现，并最终传达那使现实生机勃勃的隐秘脉动(intimate resonance)。在这个过程中，势之张力效果居于中间阶段。笔可以捕捉形式结构，势可以传达内蕴的张力效果[⋯⋯]它促成了中国美学由形到神的转变进程。⑤

这个转变的发生，一方面在于势所具有的与风相似的传播功能，另

---

① François Jullien, *The Propensity of Things Toward A History of Efficacy in China*, p. 79.

② [法]余莲：《势：中国的效力观》，61 页。

③ François Jullien, *The Propensity of Things Toward A History of Efficacy in China*, p. 82.

④ 这个问题在他出版于 2003 年的著作《大象无形》中进行了深入细致的探讨。参见本章第七节。

⑤ François Jullien, *The Propensity of Things Toward A History of Efficacy in China*, pp. 82-83.

一方面取决于势在虚实之间出入自由的特性：

> 在构成山水画的要素当中，势所展现的力量具有近似风的象征
> 价值，因其通过形状来传播，并且使形状活动起来；势确实存在而
> 稍纵即逝，它只通过自身的效能来表现。不过，势的力量绝不会全
> 部现实化，因此更能激起观者的感受。画笔投出的线条总在启动阶
> 段，因此力量充沛，所画成的形状便产生永远悬置的状态。①
>
> 势活动在虚实之间，当隐含的意义使可见的形状更有深度时，
> 虚便有了暗示的力量（"有取势虚引处"），有限与无限则互相映照而
> 且相连。势首先是一种作画技巧（"凡用笔先求气韵"），但它肯定引
> 起观者的感动。又因势善于呈现形状，故总能立即使观者感受到生
> 命的悸动。这是最重要的关键，因为它使具体的形状能超越形象的
> 限制，并且不论通过哪一种表现载体，势总能达到艺术的基本作用，
> 即超越。有了势，可见的形状便能暗示无限：表征的世界因此具有
> 了精神向度，在可见世界的最边缘，指向不可见世界。②

这种总在现实化的过程中消解虚实边界的绘画对观赏提出要求：必
须后退。不后退则难以对画面有整体把握，难以发觉线条形状内在的力
量变动。而后退也导致整体上的缩小，形成一种微缩景观，达到一种大
千世界尽收眼底的功效。不过，这种微缩世界与地图上的微缩世界不同，
朱利安分辩道："地图上的缩小仅出于实用的目的，而绘画中采用的缩小
则具有丰富的象征意含。"③简言之，即通过线条的变化、形状的转化，

---

①　[法]余莲：《势：中国的效力观》，64 页。

②　[法]余莲：《势：中国的效力观》，译文参照英文版（84 页），有改动。在这里，势作
为一种作画技巧，指的是谢赫所言的"气韵生动"。中国画论史上，沈宗骞在《芥舟学画编·
取势》中第一个指出"气韵生动"乃指取势，这种解释能很好地沟通绘画中的心神状况和技艺
要求。谢赫把"气韵生动"放在首位，也许与当时绘画艺术中对形神关系的理解密切相关。

③　François Jullien, *The Propensity of Things Toward A History of Efficacy in China*, p. 96.

以有形传达无形。因此，我们可以明白，在中国绘画美学中，所谓整体布局不仅包含画面上的所有在场者，还包括画面之外、意识之中的精神世界，缺乏后者的布局就不是成功的布局。所以，"势非但存在于可见与不可见的界限上，也存在于决定画作成败的那个隐秘关键上。换言之，势确实是每一幅山水画所赖以'活现'的要素"①。

从这种整体观出发，山水画赖以'活现'的势须欲仰先俯、欲淡先浓，以逆势经营而产生回转之效；整个布局需虚实相生、前后呼应、互补平衡，为气势的贯通和穿越准备条件；从画轴的展开方式而言，其开阖都与画中景物、四季循环、生命节奏的更替相关。"一切都在打开的同时收阖，都'据理'相互作用并作为变动过程中的过渡状态呈现，因此落于画面之势，自发地凸显现实的内在一致性。"②

（三）文学之势：言语构造的效果

体势与文体

与书法和绘画不同，文学之势没那么直观。诚如涂光社所言，"文学毕竟是语言的艺术，文学之'势'的结构乃是以语言为材料的，它必须遵循语言形式固有的规律"③。语言形式的固有规律，刘勰在《文心雕龙·定势》中从整体上归结为："因情立体，即体成势。"④朱利安详细考察了《定势》中的"势"，他认为，"即体成势""循体而成势"意即"文本需要传达的主旨多种多样，因此它们的构造方式也千差万别。每种构造方式都能使文本产生某种潜势，某种源于特定文体形式的文学效果趋势"⑤。而作者的作用在于"确定这种潜势并充分有效地加以开采利用（势者，乘利而

---

① ［法］余莲：《势：中国的效力观》，81 页。

② François Jullien, *The Propensity of Things Toward A History of Efficacy in China*, p. 139.

③ 涂光社：《因动成势》，172 页。

④ 刘勰：《文心雕龙·定势》。

⑤ François Jullien, *The Propensity of Things Toward A History of Efficacy in China*, p. 84.

为制也）"①。在此基础上，他认为《定势》所讨论的问题是"文本应该被视为能产生良好效果的特殊言语构造"②，并提出："把文本视作一种特殊现实、一种文字构造物，把'势'看作文本的效果趋势。"③在他对"体势"这种形式化的诠释中，"情"的因素似乎被排除在外了，因他并不关注"因情立体"这一前提。

《定势》提出，文章的效果趋势有自然自发的属性，"如机发矢直，涧曲湍回，自然之趣也"。这取决于体势的规定性："圆者规体，其势也自转；方者矩形，其势也自安。文章体势，如斯而已。"不过，势"不仅从文本构造中自然生成，它还内在地反映这一文本结构"④。换言之，势由体生，但作者可以依据情势能动地使用文体。这就涉及刘勰提出经营文势的两个相反相成的基本原则："并总群势"与"总一之势"。"一方面，作者应该融合差异最大的文体，以图赋予文本最大的效能；另一方面，他应该顾及文本的整体同一性，以保持它必要的同质性（homogeneity）。"⑤因此，作者只有在保持文章内在协调一致的前提下，才能有"并总群势"的自由。

朱利安也意识到刘勰对"气势"这一概念的保留态度。作者个人的性情取向、品味习惯有可能影响文章的效果趋势，使其摆脱文类的束缚。"从这一视角来看，这样的势如同逸出文本的能量或气势的盈余，但这意味着过分专断地用投入文学创作中的'气'来解释文章的效果趋势，如同

---

① François Jullien，*The Propensity of Things Toward A History of Efficacy in China*，p. 84.

② François Jullien，*The Propensity of Things Toward A History of Efficacy in China*，p. 84.

③ François Jullien，*The Propensity of Things Toward A History of Efficacy in China*，p. 85.

④ François Jullien，*The Propensity of Things Toward A History of Efficacy in China*，p. 84.

⑤ François Jullien，*The Propensity of Things Toward A History of Efficacy in China*，pp. 85-86.

它在呼吸中那么重要。"①但事实上，文章的效果趋势与其力量气势还是两码事。"文之任势"，任的是自然自发之势，而非刻意牵强之势。因此，为效果计，过于强烈的气势需要加以浸润舒缓。

那么，是不是刘勰对个人性的"气"的态度导致朱利安对同样个人性的"情"这一文本结构要素搁置不理呢？根据涂光社的看法，"情→体→势"这个不容逆转的公式完整地诠释了文学文本构造的全过程：一个从无形转为有形最后归为无形的过程，一个由动入静再化静为动的过程。②朱利安对体势的诠释少了"情"的介入，使"体"的概念相对模糊，似乎具有某种先验色彩。

不过，朱利安还是明确地对中国"体势"概念与西方"文体"概念做了辨析。他承认体势（proprnsity）与文体（style）之间存在交合之处。中国人在文类意义上谈及"势"时，近似于西方古典修辞学从目的论出发把"文体"当作话语功效来对待；中国人将"势"与作者的性情倾向关联时，又与西方近代浪漫主义影响下的文体（风格）发生论相吻合。③ 不过，西方文体的这两重含义并非共时存在，而是历时性的，发生论取代了目的论；而中国文学中的"势"则具有多重含义，可以包括文类、性情倾向等，并不定于一端。

此外，文体的概念来自西方的形式哲学。"在此，有效力的形式在与质料内容的关联中得到理解。"也就是说，形式总是相对于内容而言的。不过在中国，"文学之势赖以实现的'形式'是一种自发运作以产生效果的特定结构。因此，中国文学批评文本中那个我们通常译作'形式'的概念并不与'内容'相对，而是现实化过程的最终产物，这一现实化过程的标

---

　　①　François Jullien，*The Propensity of Things Toward A History of Efficacy in China*，p. 86.

　　②　参见涂光社《因动成势》中对《定势》的分析。

　　③　François Jullien，*The Propensity of Things Toward A History of Efficacy in China*，p. 88.

志即所谓潜能的势"①。势能超越形式与内容的区分，如同在绘画和书法中一样，它穿越可见与不可见之间，参与诗境的营造和小说效果的经营。

诗境的构造与小说张力的制造

朱利安意识到，中国诗虽以真实经验为基础，但并不致力于真实的再现。"诗人与山水的亲密交流，使他能凭借直觉捕捉整体意义上的风景；他通过遥远的山川支脉来触及它，并将它开向无限，开向赋予它活力的生命气息。"②诗致力于精神超越，在超越过程中升华了山水，从而使山水具有了象征的力量。故此，"诗人的山水与画家的山水，都因有了象征的力量而更丰富。'世谓王右丞画雪中芭蕉，其诗亦然。'由不可能产生出来的张力，将使人超越日常普通的视觉，向梦境敞开"③。由此我们看到，山水诗与山水画共同的精神追求使它们注重空间的开拓以达到深远的效果。

所谓"诗的空间"，是"由诗内在的向度建构的，经由语言来制造效果的空间。这是一个理念空间，语言与意识的空间，但它也憧憬拥抱全部，它是由远方来的力量推动着"④。那远方来的力量就是诗中的"生命线（lifeline）"，即"势的力量"。势的作用使诗语言"浓缩精炼反而能超越文字的表象，使诗句的'空白'充满意义，也让语言无限地开展。诗句之间也出现极端的张力，字义的可能倾向也达到了极限：这种诗的形式因此产生了最大效力"⑤。

朱利安研究了中国作诗法《十七势》⑥，试图从形而下的技术层面解释中国诗的布置策略。研究的结果令他困惑不解：句构与谋篇，意象与

---

① François Jullien，*The Propensity of Things Toward A History of Efficacy in China*，pp. 88-89.

② François Jullien，*The Propensity of Things Toward A History of Efficacy in China*，p. 102.

③ ［法］余莲：《势：中国的效力观》，82 页。

④ ［法］余莲：《势：中国的效力观》，83 页。

⑤ ［法］余莲：《势：中国的效力观》，84 页。

⑥ 王利器主编：《文镜秘府论校注·地势》。

灵感，首句、落句与联句，杂乱并陈，毫无秩序。① 比照西方全景式的归类逻辑，他意识到中国思维的纵向性、过程性特征："中国人的逻辑进程就像一趟旅行中前后连接的种种可能的路程。其思考空间并不是事先设定好的，而是随着路程的延伸而逐渐发展的，并且日渐丰富；此外，一条路程并不表示不能走其他的路程，它们可能平行发展，也可能交叉。"②这种开展中的、过程不确定的诗学恰恰与其处于开展过程中的对象相契相伴，更能促进诗艺的提高和效果的发挥。

朱利安从这种过程化的作诗法中获得启发，将对诗之言语布置的思考从空间维度转向时间维度，这也恰巧符合诗势的运行轨迹。他讨论了言语布置策略：偷势，即通过模仿一首诗的主题而达到借势的目的；作势，即通过文句的安排布置"渐次连接诗中所有构成元素，促使诗内部的张力愈益丰富"③。具体而言，可以通过对比、对仗、交替互变等方式构成相吸相斥的张力，借助诗句旋律节奏的抑扬顿挫、言语结构的起承转合、气势意念的流动贯串来呈现隐藏的意义，创造深远、整体如一、"气象氤氲"的诗境。

从对叙事诗④波折之势的分析入手，朱利安展开对小说布局作势的考察。他以反问句式为"叙事艺术"下定义："如果不是在前一个事件与后一个事件之间成功地制造最大的张力，那又是什么呢？"⑤换言之，小说就是那种想方设法制造张力的艺术。"自然而然的，唯有当作者能在同一场戏里使叙述线索摇摆不定的时候，其情节发展的紧张才能达到最强烈

---

①   参见[法]余莲：《势：中国的效力观》，98 页。朱利安面对中国作诗法（以后还有种种诸如此类的中国式分类法）的这种困惑，与福柯面对"中国某部百科全书"中的动物分类而引发的震惊和笑声如出一辙。福柯的震惊和笑声促成《词与物》这部学术经典的问世。朱利安在这种困惑不安的引导下，更深地涉入中国这个"异质邦"，体验这种震惊和困惑，发掘并利用其背后所蕴含的思想潜能。

②   [法]余莲：《势：中国的效力观》，99～100 页。

③   François Jullien, *The Propensity of Things Toward A History of Efficacy in China*, p. 127.

④   朱利安借助金圣叹的注释分析了杜甫《临邑舍弟书至苦雨黄河泛溢堤防之患簿领所忧因寄此诗用宽其意》一诗的波折变化之势。

⑤   [法]余莲：《势：中国的效力观》，121 页。

的状态；此刻，叙事艺术臻至高峰。"①小说家要通过埋藏伏笔、对抗、突转、抑扬、反差、交替变化等方式在连续与断裂之间玩制造悬疑的游戏。小说文本中连续与断裂的交替互补，一方面保证了文脉的畅通，另一方面使文势错综复杂，避免了审美疲劳。朱利安认为，中国小说的情节演变总体上依据律诗的法则，依据内在的有节奏的、波动起伏的文势串联起前后密切相关的情节。② 这启发了势与龙的意象的相关联想。

龙的飞动游走的意象呈现在艺术中，是书法笔画连带的龙飞凤舞，是绘画线条的蜿蜒回转，是诗之言语的跳跃承转，是小说线索的埋伏突转。朱利安指出龙的象征意味：

> 蜿蜒曲折的龙体攒聚力量，龙身盘绕伸展是为了疾速前行。盘龙因此象征形式所能承载的、在不止息的实现中的一切潜能。此刻潜龙在渊，转瞬飞龙在天，其独特的行迹在于连续波动，通过从一端到另一端震荡不已促使能量源源不断，龙因此象征能量不停地自我更新。龙变化无定，永不可能固定它、圈牢它，或抓住它，它象征一种毫无定形因而深不可测的动能。最后，龙混融于云雾，其声势使得周围世界为之震颤：它恰好象征一种通过自身在空间扩散来强化周围环境、借助光环充实自身的活力。③

从中可以归结出艺术之势的几个方面的特征：蜷曲龙身表征那种注入形式的潜能，是一种沉潜待发的能量；龙之行迹给予的启示在于交替作用产生变化促使能量更新；神龙见首不见尾，难以捉摸，引发了艺术的超越向度；龙腾云驾雾的意象启发人们对艺术之境的开拓。因此，艺术中对势的经营也就跨出了可操作的客观层面，延伸到精神的超越层面。在

---

① ［法］余莲：《势：中国的效力观》，123 页。

② François Jullien，*The Propensity of Things Toward A History of Efficacy in China*，p. 149.

③ François Jullien，*The Propensity of Things Toward A History of Efficacy in China*，p. 151.

这种意义上，布局的张力不局限于笔画线条、言语情节的布置安排，还包括空白和断裂，更包括虚空（void）和彼岸（beyond）。朱利安得出结论："艺术不'模仿'（作为对象的）自然，它只是通过开掘可见与不可见之间、虚实之间的演化关系传达隐藏于自然之后的逻辑。"①他对龙之意象的解读，显然来自《易经》中的乾卦。在对"势"的探讨中，他已经触及下一部著作的主题：《易经》的哲学解读。②

　　朱利安对势之特征的把握、对中国传统艺术本性的理解，基本上与中国学人一致。不过由于他置身局外，有一种旁观的也更宏阔的视野，这使他的诠释别有一种意味。从西方的主体性观念出发，他更关注个人介入局势的可能，而对于顺应等待毫无兴趣；他重视的是势所内蕴的动能，而非它对个体的规约；他反复阐说势具有穿越可见与不可见的潜能，却对作为艺术原料的无形情感鲜有提及。他也与西方研究势能美学的前辈一样，在隐喻的意义上理解势能。即他延续了西方势能美学的误读。③

　　以上主要讨论艺术布势问题，朱利安对势的考察跨越战略政权、艺术布局和社会历史三大领域。战略政权之势被他称为"操纵的艺术"。社会历史之势在他看来是"两极交替作用而变化的封闭体系"，奉行"顺应"的逻辑。④前者使介入成为可能，英雄有了用武之地；后者则拒绝干预，除了顺应别无选择。而艺术之势则介于其间，既承认介入造势之可能，又以通达自然之势顺应内在之理为旨归。不过，无论如何，中国之"势"总令朱利安感到隔膜。他在《势：中国的效力观》（1992）出版数年后重归这一主题，不过不再局限于中国语境，而是在中西比较视域中展开讨论，

①　François Jullien, *The Propensity of Things Toward A History of Efficacy in China*, p. 161.

②　参见朱利安的《内在之象：〈易经〉的哲学解读》（*Figures de l'immanence, Pour une lecture philosophique du Yi king*, Grasset），出版于 1993 年。

③　参见蔡宗齐：《比较诗学结构：中西文论研究的三种视角》第七章《"势"的美学：费诺洛萨、庞德和中国批评家论汉字》，刘青海译，196 页，北京，北京大学出版社，2012。张隆溪也对西方势能美学的历史进行梳理并提出了批评，见张隆溪为王晓路《西方汉学界的中国文论研究》（成都，巴蜀书社，2003）所撰代序《自然、文字与西方的中国诗研究》。

④　参见朱利安《势：中国的效力观》第三卷结论。

即《功效论》(1997)。① 他在该书中指出，中国式的效力观付出了沉重的代价——自由的代价，这是中国思想家全都忽视的问题。他认为，"我们顺应势理，并被它携带前行，甚至到了缺此不可的地步；我们全然忘了沿途所丢弃的东西：主体概念所涵盖的主体性的无限可能。当然，还有激情，以及充分发挥自我而获取的快乐"②。是故，在该著结尾他转变立场，从赞颂顺应(facility)转而礼赞抵抗。也许，他急于将势做成一个普遍工具的企图使他忘记了势在不同领域的差异，强化了对势的顺应。不过，这也是他对出版于 1995 年的《迂回与进入》的某种回应。

五、迂回(détour)：意义的微妙性

《迂回与进入》可以说是对朱利安早期著作《含蓄的价值》的呼应、发展，同时也开启了后来《(经由中国)从外部反思欧洲——远西对话》的讨论。迂回这个主题探索的是意义的微妙性问题③，简言之，就是一种间接表达的话语及传播策略。它也是朱利安全部学术研究与思想开展的基本方式——"通过直面中国、远离希腊，我确实在努力接近希腊。事实上，我们越往前走，就越通向归途。这趟去往遥远国度的微妙旅行也是重返西方思想的一种邀约"④。绕道中国，以邀请西方思想再度上路，这是朱利安真正的意图。从这个意图出发，他思考中国迂回的表达策略引

---

① 该书中译本《功效论：在中国与西方思维之间》，林志明译，台北，五南图书出版股份有限公司，2011；《功效：在中国与西方思维之间》，林志明译，北京，北京大学出版社，2013。

② François Jullien, *A Treatise on Efficacy: Between Western and Chinese Thinking*, trans. Janet Lloyd, Honolulu: University of Hawai'I Press, 1996, p. 197.

③ 吴兴明认为，朱利安所考察的意义"不是价值(value)，不是对意义(meaning)为何的哲学解答，而是指语言、符号、行为方式对意义(meaning/significance)的聚集、切分和传达，换言之，是指一种文化中意义的原始集结——它的语义网络、意义意识和传达示意的方式，用于连的话说，是指中西文化不同的'意义(发展)的方向'"。参见吴兴明：《迂回作为示意——简论于连对中国文化"意义发展方向"的思索》，载《文艺理论研究》，2007(5)。

④ François Jullien, *Detour and Access: Strategies of Meaning in China and Greece*, trans. Sophie Hawkes, New York: Zone Books, 2000, p. 10.

发西方思想的震惊及震惊之余产生的疑惑①，他渴望了解迂回的间接表达何以比西方人的正面进入更有效，由此产生解码中国的兴致。如同其他主题的展开那样，他也在中国文化的各个领域看到迂回的普遍存在：在政治话语中被用来缝合意识形态裂缝，在兵术上被用作出奇制胜的法宝，甚至在日常生活领域还存在含蓄优雅的骂人艺术。简言之，迂回成了中国文化编码的基本方式。这里侧重考察与文学相关的迂回。

（一）在诗与政治之间，在事实与判断之间

政治话语的迂回具有操纵他人、达成一致默契的功能。在迂回之中，意识形态裂缝被巧妙地缝合，话语悄然不觉地建构了内在连续性和合法性。这种迂回的话语要求与之相应的交往方式：表现在内政上，是委曲婉转的批评方式；表现在外交上，是引言赋诗的沟通方式。同时，基于儒家正统史观，在历史书写上形成了微言大义的"春秋笔法"。

风刺：委婉曲折的政治批评

朱利安通过希腊神话的寓意阅读进入中国诗评传统。寓意阅读是哲学对神话的理性诠释，这种阅读让人们"'在'诗人创造的形象外衣'下''设想'一种理论教益，在另外的范围内重建和谐并使意义成为可理解的。因为，按照形象的古典定义，'寓意'意味着与它'口头'表达的东西不同的东西，它'要'让我们用另外的方法'理解'"②。意义所在的另外的领域是形而上学的领域。寓意其实是"解释者为使之符合自己的观点为文本宣布的意义，把古希腊诗歌从'非理性'中解救出来，洗去它们一切亵渎宗教的不洁"③。显然，寓意的阅读显示了理性的强制。朱利安从中国的《诗经》评论传统中看到了类似的强制性，不过在细节上存在差异：

---

① 见［美］阿瑟·史密斯《中国人的性格》(北京，人民日报出版社，2010)中对中国人迂回表达能力的评论。朱利安感觉到，在史密斯的描述中，某些东西在改变方向，迂回似乎产生了某种意义倾向性。这与《迂回与进入》第一章标题"'他是中国人'，'这是中文'"形成张力，朱利安在此暗示理解他者之可能。

② ［法］弗朗索瓦·于连：《迂回与进入》，48 页。

③ ［法］弗朗索瓦·于连：《迂回与进入》，49 页。

　　根据中国评论家的知识与思想规范，他们努力要在诗文中读出
的另外的意义不触及灵魂或神明的形态，它并不意在向我们揭示一
种"真理"：他们从中辨别的意义是社会性的，它同时是道德的和政
治的。这就说明，它的道德性不是从个体和心理的观点、由"灵魂"
的安排出发而设定的，而是从集体的、在对人的关系的和谐调整的
前景中设定的。①

　　众所周知，早期诗歌评论之目的是推行诗教，而诗教的对象主要是
王公贵族阶层。因此，对诗的解释、评价和判断便自然地渗透了评论者
对社会局势及时代风尚的价值评判。在这种情况下，诗歌语言就成了政
治意义的载体。诗评家"倾向于把这种政治意义设想为对政权进行批评的
迂回的但又不能公开承认的表达：语言的诗的特性可以遮掩可能指责过
于尖锐的地方"②。诗歌语言的委婉曲折不仅避免了锋芒毕露的危险，还
会使批评逐渐深入，从而加强批评效果。

　　借助中国诗评家的注释，朱利安考察了用于政治批评的具体迂回手
段：借用形象的迂回，如硕鼠；在时间上迂回，陈古刺今；留下一丝微
弱的迹象来暗示；以全然的沉默遥指弦外之音、言外之意。前两种方式
相对易于理解，最微妙的意义迂回来自后两种。以微弱迹象暗示的方式，
以《诗经・齐风・猗嗟》中的"兮"为例。朱利安采纳严粲《诗辑》对此的解
释，认为"兮"是一声叹息、隐蔽的评价，足以埋没对所颂之人的敬意。
这种微弱的迹象只不过稍微露出一点儿不协调的苗头，就被诗评家捕捉
到，并可能翻转诗的意象至矛盾对立面。似乎我们的古代诗评家在精神
分析发明之前，已经在从事症候阅读了。在对诗之沉默的开掘中，中国
诗评家的这种阅读诠释能力更是发挥到极致。在一首赞颂王后的诗(《诗
经・卫风・硕人》)中，诗评家沈德潜注意到诗中缺席的丈夫，从而猜测

---

① ［法］弗朗索瓦・于连：《迂回与进入》，49～50 页。
② ［法］弗朗索瓦・于连：《迂回与进入》，50 页。

该诗的弦外之音。这使朱利安可以用精神分析的语汇进行解释："意味深长的是没有说出的东西，全部意义在外边。""意谓是空洞的，它进行时自己并不在场，而效果在于沉默。""'不说'能够战胜与之接近的'说'并且使'人'偏离对'说'的注意；矛盾最终不是非逻辑的征兆，而是一种倾向——直至屈身——隐而不露地更清楚地表达出来的意见的信号。"①因此，这是一种通过迂回推翻陈述的不说之说，或无声言说。

间接的诗意批评产生的无穷意味与"风"的形象相吻合。"中国古代思想总让我们渴望风的威力：在风穿越原野时，看不见的吸附力（aspiration）拨弄最纤细的草芽使之颤抖；它无形的存在从未停止过侵袭，同时也赋予事物以生机。"②朱利安认为，"中国人想象诗的语言就像风无休止地出没于世界那样审慎地影响、不停地渗透"③。正是诗的语言类似风的这种灵活持久、散漫渗透的特征，使它能发挥"风刺"功能，如《诗大序》所言，"主文而谲谏，言之者无罪，闻之者足以戒，故曰'风'"。这表达了一种批评者与政权之间的默契关系。不过，这种默契也有代价：

　　诗的迂回减缓了对双方的打击：它减轻文人的过失，缓和王公的羞辱。因为这一问题的要紧处在于，在刚直不阿和愚昧鲁莽之间做出选择，并允许文人在尊重权力的同时履行自己的规诫职责。与此同时，它的不彻底性恰在于，它不过是在含蓄与明晰之间谋求平衡：它表达含糊且不坚持，并不停地改变方向。诗的迂回让批评像风一样引发共鸣，这样，迂回得以被接受：它有效地传达了批评，就像风不停地在事物间穿行一样，并且为了使批评易于被接受，它

① ［法］弗朗索瓦·于连：《迂回与进入》，54、55 页。
② François Jullien, *Detour and Access: Strategies of Meaning in China and Greece*, pp. 63-64.
③ François Jullien, *Detour and Access: Strategies of Meaning in China and Greece*, p. 64.

也弱化了批评。①

朱利安认为，"诗的语言的这种转弯抹角无非是为政治上的暗示提供便利"②。可见，中国文人与政权之间的默契也并非如批评家设想的那般理想化，而迂回并不必然能产生预期的效果。

事实上，迂回的表达成为惯例之后，"中国诗歌因此显露出一种戒备的精神，人们懂得怀疑意义：'现实'的描述性评语总被怀疑在无辜的外貌下隐藏着不愿承认的一种意图；任何颂扬都可能存在着旁敲侧击——但始终是潜伏的。总而言之，言语在此承受着沉默的重负，其中被指示的东西随身拖着自己的阴影"③。怀疑加重了文人的心理负担，也使文人与政权之间的通道不再那么畅通了。朱利安考察到，以明白晓畅诗风著称的唐代诗人白居易，在直言进谏不可能的情况下，转而利用民间传播通道来迂回地传达自己的想法。他的直白通俗诗作的目的在于绕道民间，使之作为民风民俗被政权采纳。这仍服务于曲折的目的，迂回从一种话语策略转而作为一种传播策略来运用。事实上，风的形象也隐喻了迂回的这种传播功能。

朱利安认为，中国文人与意识形态之间的微妙平衡其实是很脆弱的，在历史的演变中必然会发生倾斜，也就是文人顺应政权，或被招安，此外没有其他选择，因为文人充其量只不过是国家机器上的一个齿轮。儒家推行的"讯谏的手段取自启示它的宇宙原则和它据之表现自己的道德要求之间，所以它不能获得纯属政治的可靠性。[……]没有政治上的制度化，它只不过成为纯粹的原则，它不能改变诸种力量关系的走向，而始终听凭权力的支配"④。在政治极为敏感的时期，作为批评意见之伪装的

---

① François Jullien，*Detour and Access*：*Strategies of Meaning in China and Greece*，pp. 66-67.

② François Jullien，*Detour and Access*：*Strategies of Meaning in China and Greece*，p. 67.

③ ［法］弗朗索瓦·于连：《迂回与进入》，62～63 页。

④ ［法］弗朗索瓦·于连：《迂回与进入》，125 页。

诗的语言甚至会"反过来与作者对抗，而不是保护他"①。文人会成为自己的迂回策略的牺牲品，委屈也很难求全。

赋诗：断章取义的外交效力

借用中国评论家对李贺诗歌的影射解读，朱利安阐明一种迂回的暴力："迂回惯例深植于中国传统核心不可动摇，以至于到了这种地步——强制推行一种埋没创造性、抹除差异的阅读。显然，在这种阅读实践中，文学溢出自身之外，使诗也偏离自己的轨道，转而发挥一种力量。"②这就是外交场合引言赋诗的威力——一种面对面的迂回力量，这种戏剧性的外交手段使得迂回的效果更加直接显明。赋诗可以用于表达请求、化解冲突、瓦解意志，甚至包括寓有警告的颂扬。依据历史记载可以发现，"人们通过引诗向对方施加压力，干扰其心志，激发他以达成自己的目的"③。

不过，使诗发挥外交威力的缘由是什么呢？是"断章取义"的效果。李春青认为，"春秋时期的贵族们引诗的'断章取义'是以'误读'的方式来赋予那些本来没有价值的诗以价值；战国的策士们的'断章取义'则是改变诗的原有之意而使之符合自己言说的需要"④。外交场合赋诗正是通过改变或搁置原意来达到目的。朱利安认为，"'引用'诗的人不打算解释诗的原始含意，甚至不想对诗进行特殊的阅读。重要的仅是根据固定的表达方式'断章取义'（或更准确地说：'取义'）：诗文以节奏、形象构建某种情感的背景，每个人按其所好对之进行探索"⑤。必须注意这里的"固定的表达方式"，即诗所具有的约定俗成的规范化和程式化倾向。这是断章取义的基础。否则，个人化、特殊化的断章取义将取消交流沟通的可

---

① ［法］弗朗索瓦·于连：《迂回与进入》，132 页。

② François Jullien, *Detour and Access：Strategies of Meaning in China and Greece*, p. 73.

③ François Jullien, *Detour and Access：Strategies of Meaning in China and Greece*, p. 91.

④ 李春青：《诗与意识形态——西周至两汉诗歌功能的演变与中国诗学观念的生成》，130 页，北京，北京大学出版社，2005。

⑤ ［法］弗朗索瓦·于连：《迂回与进入》，81 页。

能性。① 意义正是通过规范化和灵活性之间的缝隙成功传递的，这种赋诗的艺术"与其说是通过辩论说服他人，不如说是动摇他人的意愿"②。

那么，这种动摇是如何发生的？这就涉及赋诗的内在心理机制，朱利安从清朝学者劳孝舆那里找到了讨论这一点的突破口。劳孝舆在《春秋诗话》第一章提到"诗之善移人情"，朱利安认为这种模糊的说法可以"同时表示引用诗'转移'他人的情绪和'改变'他人的精神状态。这两种意思在同一动词（移）内部的活动就令人想到引语的迂回只是由于让对手偏离他所维系的东西，只需凭借'移动'对手所关注的就得以改变对手的决定"③。由于用法文写作，朱利安禁不住玩起能指滑动位移的语言学游戏，他通过 motif 在"动机"和"主题"两种含义之间的游移来解释赋诗引发效果的心理动因：

> 对于引证者来说，《诗经》中的诗作为文学主题，提供给他们经常重复的，或逐节渐变的类型，它们都是相对规范的。通过这些主题，言说者以交际为目标，听任对方猜测他的愿望。同时，这些主题是变动的，作为动机，它们促使意志挪移。通过诗的主题，言说者谋求改变听者内在的精神倾向，使其按自己期望的方式行事，或者确切地说是做出反应——这种关系并非调解式的（mediated）。④

这的确不是一种平等的、通过斡旋而达成一致的外交关系。赋诗的外交

---

① 当然，这种赋诗的效力应归功于中国古代礼仪文化与诗教传统。"诗是一种仪式化的话语，其言说方式本身即带有某种神圣的色彩，因此也易于引起听者的高度重视"；而且，"诗还是一种'雅'的话语，是贵族阶层特权的标志，是受过教育的人才能言说的话语"（李春青：《诗与意识形态——西周至两汉诗歌功能的演变与中国诗学观念的生成》，71 页）。诗的仪式化保证了倾听的态度，在贵族阶层普遍推行的诗教使得约定俗成的断章取义畅通无阻。

② François Jullien, *Detour and Access：Strategies of Meaning in China and Greece*, p. 78.

③ ［法］弗朗索瓦·于连：《迂回与进入》，74 页。

④ François Jullien, *Detour and Access：Strategies of Meaning in China and Greece*, p. 81.

效果也只能发生在诗教传统内部，发生在认同这一迂回交往方式的人之间。一旦越出此范围，它将毫无效力，那也意味着诗与政治逐渐分途。

春秋笔法：微言大义的历史书写

朱利安比较希腊与中国的历史书写，认为希腊历史学家也进行间接的意义表达，但他们是通过叙述的安排来提供一种分析。而中国史书《春秋》"几乎没有对叙事的组织安排，而只有连续不断的记录；间接于是并不属于建构的结果，而源于被投射出来的意向——至少如同它的注释者们所破译或设定的那样"。① 因此，只有通过注释者的解码来体会暗寓褒贬的历史书写。

首先，要肯定言说或书写的价值。朱利安用现代话语理论来理解中国古代历史学家对"言"的看法，"提及某事，选择说而非保持沉默，这本身就在表明立场，因为说总是有选择地说，所以没有免除判断的纯粹符号。[……]不管人们说什么，总在传达自己的意见，不存在完全中立的陈述"②。他认为，"微言"作为一种高度凝练的表达技巧，用于通过事实本身来传达一种价值判断；在这种迂回的判断中，"中性成为间接发挥作用的圈套"③。

其次，要看记载了什么，遗漏了什么，因为"说一件事，就是把它从沉默中突出出来，说出它的重要性，强调它"④。这意味着一种写作原则："对事实仅仅记录下来的目的是让人看到对于事件或赞扬，或指责的评价。"⑤根据考察，最初只记录异常、偏离规范之事，即倾向于指责批评。不过，事情具有复杂性、特殊性，且反常之事过多，偏离频繁发生，也会导致原则的偏移。在春秋这段"礼崩乐坏的历史时期，'平常'与'非

---

① ［法］弗朗索瓦·于连：《迂回与进入》，108 页。
② François Jullien，*Detour and Access：Strategies of Meaning in China and Greece*，p. 95.
③ François Jullien，*Detour and Access：Strategies of Meaning in China and Greece*，p. 95.
④ ［法］弗朗索瓦·于连：《迂回与进入》，92 页。
⑤ ［法］弗朗索瓦·于连：《迂回与进入》，91 页。

常'渐渐改换了位置，这是合乎逻辑的：'非常'变成'平常'，这使'平常'
变得突出异常并且值得注意"①。在这种情况下，意义更加曲折，指向对
"常"的褒扬，同时暗寓对"异常"的贬斥。事实上，由于规范的失效，对
所记载之事的解释也变得摇摆不定，这使评价体系不得不保持开放状态。
同时，在这种历时上的异常变换之外，还有一种共时的标准，即"《春秋》
录内而略外，于外大恶书，小恶不书；于内大恶讳，小恶书"(《隐公十
年》)。也就是说，孔子为内外制定了两套不同的记录标准或者说书写规
范。这与孔子隐恶扬善的观点一致，目的是避免言传。而这一双重标准
也会遭遇复杂事件的挑战而变得自相矛盾，不得不向例外开放。

　　在人们对事实的解释实践中形成了一种历史书写的独特方法：春秋
笔法。"所谓春秋笔法是'微而显'，'志而晦'，'婉而辩'(昭公三十一
年)。在隐与显两极之间，二者分量相等，保持平衡。'晦'与'明'平分秋
色，但又互相补偿：明暗交接使色彩趋淡，晦暗的明亮使人猜测。"②这
显示为一种意义的过渡状态，在此，各种相反之物同时在场，"作者事实
上什么都说了，却又有所保留。在这过渡性的瞬间，意义变得显明，却
又审慎地留有余地"③。从而达到了微言大义的意向效果。

(二)在情与景之间，在有意与无意之间

　　在诗与政治的关联中，在历史与意识形态的纠葛中，迂回都"倾向于
缓冲或遮掩其意义"；一旦回归诗学话语内部，迂回则倾向于"揭示意
义"④。朱利安追溯"兴"(incitement)这一概念在诗学史上的发展轨迹，
并探讨诗学中迂回的意义走向，即迂回进入了什么。
　　迂回的诗学逻辑："兴"在情、景之间，在有意、无意之间
　　诗学中的迂回与"兴"的概念关系密切，因此，朱利安先从对"兴"的

---

①　[法]弗朗索瓦·于连：《迂回与进入》，95 页。
②　[法]弗朗索瓦·于连：《迂回与进入》，109 页。
③　François Jullien, *Detour and Access：Strategies of Meaning in China and Greece*,
p. 113.
④　François Jullien, *Detour and Access：Strategies of Meaning in China and Greece*,
p. 140.

概念梳理着手。他发现最初《诗经》评论中用"兴"来"描述许多诗篇的原初形象,这些诗篇起始于自然界现实状况,后来发展为人的主题"①。它主要起"引导"的作用。随着诗教的影响和讽谏的需要,兴的原初意义几乎被取消。因为,"在古代注释者看来,自然从来不是自然的,它永远只是反映王意;由于诗的动机对政治的依附如此紧密,以至无论什么样的诗都总要受到粗暴压制直至能够表现道德指令的地步"②。这种情况下,自然物与人的主题之间被强行建构一种关联性,导致比兴相混、难以区分。这显示了兴的导引和载道功能的冲突。③ 事实上,孔子提到"诗可以兴"及"兴于诗",指的"是一种感发志意、涵养性情的接受活动"④。最初,自然感发的美学特征与其道德教育功能并不相悖,兴的情感性和间接性特征使它能被用于教育目的。汉儒解诗的牵强附会才导致兴落入类比的逻辑之中。

　　将兴从类比逻辑中解放出来的转折点是宋代朱熹的评论。朱熹将兴界定为"先言他物以引起所咏之辞"(《诗经集传》),这里强调的不再是诗中"形象之间的关系,而是前后项的关系"⑤。即转而强调兴的"导引"作用。从这一视角出发,"物象的兴发价值确立在它激发情感和驱动言辞的能力之上,这种特别的联想能力应从结构上而非语义上去分析(尽管二者可以互相反映);此处的迂回涉及一种(情感的)反应现象而非(观念的)位移"⑥。而且朱熹还区分了比和兴:"'比'意虽切而却浅,'兴'意虽阔而

---

　　① François Jullien, *Detour and Access: Strategies of Meaning in China and Greece*, p. 143.

　　② [法]弗朗索瓦·于连:《迂回与进入》,150 页。

　　③ 袁济喜认为,"'兴'之中所蕴含的自然感发与诗以载道的矛盾,从根本上说,是文学的审美功能与认识和政教功能的冲突"(袁济喜:《兴:艺术生命的激活》,178 页,南昌,百花洲文艺出版社,2001)。

　　④ 袁济喜:《兴:艺术生命的激活》,18 页。当然,在孔子这里,兴的艺术效果及其在人格培养上的价值是自然兴发,而非刻意规定。

　　⑤ François Jullien, *Detour and Access: Strategies of Meaning in China and Greece*, p. 148.

　　⑥ François Jullien, *Detour and Access: Strategies of Meaning in China and Greece*, p. 148.

味长。"(《朱子语类》卷八十)所比之事虽不在场，但依据情理、规范并不
难推断，意义相对浅显；而兴则相反，"它没有被意义指令先行规定，主
题在它之后出现。因此，它在透明中失去的东西将在味中得到补偿"①。
兴的模糊性、不确定性反而使诗向任何可能的意义敞开。清代学者王夫
之提出"兴在有意无意之间"(《姜斋诗话》)，更突出了兴自然感发、物我
混一的特征。朱利安认为，在兴这种自发性活动中，"没有主体或客体，
也没有任何表象；外部世界充当内在心灵的伙伴，二者在同一进程中协
作"②。

　　由此，兴陷入一种悖论性的存在状况："从创造的角度看，它是最直
接的；从意义的角度看，它又是最间接的。"③这种直接和间接之间的张
力，是最丰富、最具创造性的张力。在此意义上，兴得以表征诗的本
质。④　就是说，它不再作为"赋比兴"三种话语模式中的一种，而是"摆脱
了话语形态的范围，并回归到诗现象的起源上去。它从根本上说明了意
识与现实之间的联系"⑤。也就是说，兴不仅是最丰富的诗学话语形态，
而且还是最直接的意识与世界的关联模式。朱利安明确表示：

　　　　在对兴所展开的分析中，我的兴趣不局限于诗歌艺术：通过诗
　　歌，我想弄明白在文化上制约着这种与实在的特别关系的因素。依
　　据诗在语言中的功能(by enacting it in language)，诗最易于阐明的
　　就是意识伴随世界形成的关系；诗将我们带到经验的源头。按照中
　　国人对诗的现象的理解，诗人借景抒怀：他被外部世界兴发，转而
　　搅动读者的情愫。在中国，诗产生于兴的关系而非再现活动；世界

---

　　①　François Jullien, *Detour and Access*：*Strategies of Meaning in China and Greece*,
p. 149.

　　②　François Jullien, *Detour and Access*：*Strategies of Meaning in China and Greece*,
p. 152.

　　③　[法]弗朗索瓦·于连：《迂回与进入》，151页。

　　④　将兴视为诗的本质的观点依据的是徐复观，不过朱利安认为，徐复观没有明确区分
起兴与语义功效的区别。

　　⑤　[法]弗朗索瓦·于连：《迂回与进入》，154页。

并非意识的对象，而是在互动过程中与意识结为伙伴。[1]

他认为刘勰对诗之起源的说明最具有普遍性意义："山沓水匝，树杂云合。目既往还，心亦吐纳。春日迟迟，秋风飒飒。情往似赠，兴来如答。"（《文心雕龙·物色》）刘勰这里强调作诗为文要自然，要以情兴为前提，而非为文造情。这里"兴"被英译本译者施友忠译为 inspiration（灵感）。的确，在解释诗的来源上，兴与灵感有相通之处。不过朱利安认为不能把这两个概念等同起来，原因在于"灵感隐含一种彻底的外在性（exteriority），它意味着诗从一个令人眩惑、心醉神迷的他处涌现。而在兴的作用下，诗在一种完美的内在性中展开，甚至可以说正是诗创造了那种彻底的内在性"[2]。这一点中国学者也有认识。[3]

从兴与灵感的区分出发，朱利安建构出一系列中西诗学的基本对立。第一，从本质上讲，中国诗是兴发，是现象；希腊诗是模仿，是创造。第二，从空间上讲，中国诗的开展方向由此及彼、由近及远，企望"神与物游"，"赞扬精神向任何直接的、有形的在场关闭而向远方打开的能力"；[4] 希腊诗的开展由神秘的彼处开向表象世界，作诗要求"如在眼前"，从视觉角度将不在场显形（visualization），从而引发惊奇。第三，在时间上，中国借古喻今的诗由过去影射现在，意在今；希腊英雄史诗则通过对过去的逼真再现把此刻置入过去的场景之中，意在昔。第四，在修辞上，中国诗是"非描述性的"，用约定俗成的用法"创造意境"；希腊诗以使场面视觉化的详尽描述来说服读者相信其真实性。第五，在对诗人的定位上，中国诗被认为是景与情相互感应兴发的结果，是自发性的产物，诗人毫无功劳；希腊诗人由于逼真地再现了不在场的彼世而被

---

① François Jullien, *Detour and Access*：*Strategies of Meaning in China and Greece*, p. 142.

② François Jullien, *Detour and Access*：*Strategies of Meaning in China and Greece*, p. 157.

③ 参见袁济喜：《兴：艺术生命的激活》，222 页。

④ François Jullien, *Detour and Access*：*Strategies of Meaning in China and Greece*, p. 159.

认为是"预言者(seer)"或"窃火者(stealer of fire)"①。第六，这一系列的差异导致对中西诗的不同读法：以情感的扩散和渗透为特征的中国诗作为一种兴的现象，需要兴味；以再现和幻象为特征的希腊诗则要求一种寓言的阅读。②

迁回不同于象征：意在言外、景外

朱利安发展出上面一系列的对立，意在为更重要的对比做铺垫：中西意义旨归的比较。事实上也就是以象征为参照来把握中国迁回诗学的意义走向，象征产生于对希腊寓言的哲学解读。朱利安指出，希腊寓言由形象和隐藏在形象之下的理论内涵两部分构成，它建构在可感世界与可知世界的二元分裂基础之上，意在让人们通过可见的形象探索神话的真理。③"形象虽然不是真理，但它导向真理。象征的阐释在提升形象使其愈益深奥的过程中逐渐远离形象。"④从这种观念出发考察中国诗学，朱利安以一系列的否定式来表明他的发现。

首先，影射(allusion)不是象征。⑤ 朱利安认为，在中国很难看到寓言，因为"暗寓分裂的寓意解释不受中国注释家的欢迎"⑥。在形式层面，他反对把兴与寓言相混淆。因为兴以并列的方式进行，物象与主题并置；而寓言则以替代的方式建构，形象被视作特定意义的代替。"注释家并不

---

①　François Jullien，*Detour and Access：Strategies of Meaning in China and Greece*，p. 164.

②　当然，这一系列的对立值得商榷。如果不是以中西诗的本源"兴"与"灵感"的讨论(也许这是二者最接近的地方)为前提，中国抒情诗与希腊叙事诗究竟有多少可比性还是令人怀疑的。朱利安为了超出诗学之外的目的如此比较，不过是一种权宜之计。

③　François Jullien，*Detour and Access：Strategies of Meaning in China and Greece*，p. 166.

④　François Jullien，*Detour and Access：Strategies of Meaning in China and Greece*，p. 166.

⑤　英语单词 allusion 具有多种含义：暗示、隐喻、含蓄、典故、影射，等等。这些含义都可归入迁回之中。在朱利安关于中国迁回与西方象征之关系的讨论中，这个词语显示出微妙的意义差异。此段与下段根据朱利安文本的具体语境，分别将 allusion 译为"影射""含蓄"和"典故"等。

⑥　François Jullien，*Detour and Access：Strategies of Meaning in China and Greece*，p. 166.

从普遍性和本质性的角度解释《诗经》中的形象，而是从政治的角度解读并寻找历史参照：不是寻找其中的象征意味，而是察觉影射。因此，正如余宝琳(Pauline Yu)所说，这不是寓意诠释，而是语境化的理解。"①也就是说，政治伦理维度的意义建构并不同于形而上学的意义建构，因为"内与外、心与物之间的关系并非物与理念之间的关系"②。在这种意义上，朱利安否认《离骚》是象征的。③

其次，含蓄(allusion)不是象征。从美学角度来看，含蓄几乎与象征有着同样的价值。朱利安讨论了《古诗十九首》之《行行重行行》的含蓄特征，这首诗用了典故(allusion)，这使它具有程式化倾向。这种程式化并没有导致枯燥乏味，反而令意义更加畅通，它给予诗超越个别陈述的契机。不过，这种超越并不指向"精神上的普遍性或象征解释的原则，而是诉诸文学记忆，从其语言纵深处呈现并激活诗主题的共同向度"④。这个共同向度是情感的向度，它总是通过诗的主题间接传达，并且始终寓有伦理内容。这使诗表现出微妙的意义走向。"这种迂回的微妙并非产生于语言的错综复杂（这里语言总是尽可能地简单），而产生于解释的含混。"⑤这种含混不定使诗中的情感"如灵魂的状态一般扩散蔓延"，制造了诗意味深长的美学价值。它也使含蓄不同于象征：含蓄以不言而喻的

---

① François Jullien, *Detour and Access*: *Strategies of Meaning in China and Greece*, p. 168.

② ［法］弗朗索瓦・于连：《迂回与进入》，176 页。

③ 这种判断很大程度上是为了推进思想的需要，事实上朱利安也曾明言，"这并不意味着中国思想不曾有抽象化，而是说中国思想并不能够通过抽象化建立本质的形态；这也不意味着中国思想不曾有象征化，而是说它没有用象征化发掘另一个世界"（［法］弗朗索瓦・于连：《迂回与进入》，386 页）。人们一般看到的都是朱利安根据西方范畴工具对中国思想进行的一个又一个否定性判断，不过他的这种否定性判断并不只针对中国，出于重建哲学的使命，他对欧洲思想的批判更为猛烈。

④ François Jullien, *Detour and Access*: *Strategies of Meaning in China and Greece*, p. 175.

⑤ François Jullien, *Detour and Access*: *Strategies of Meaning in China and Greece*, p. 177.

方式构成情感无限蔓延的诗境，象征则以"稳定和逻辑的方式"①建构抽象的、观念的世界。

最后，从理论层面来说，兴（incitement）与象（figuration）也都不是象征。兴在诗的开端引发诗的主题，也在诗的开展中作为诗在读者意识中的逗留，指向言外。言不尽意，因此，言外之意成了中国诗学的追求目标。不过，兴的意义发生依据相关性逻辑，与兴物本身的具体特征关系不大；而象征依据符号表征逻辑，从形象自身的属性出发来解读意义。此外，《易经》提供的"象"的概念也区别于象征。朱利安认为，中国诗中的"象"不是用于表征萃取意义，而是用于说明自然兴发与诗中形象的关系以及形象与读者的兴味之间的关系。② 兴—象用来指一种情景交融的状态，气—象指向一种超越言外的氛围。总体上说，中国诗学的意义指向言外、景外，追求言外之意、景外之境。也就是说，中国诗的迂回的目的在于制造含蓄蕴藉的诗境，它进入的"之外"虽无形可睹，但并非本体论意义上的不可见的"之上"，是与现实世界分离的另一个普遍的、抽象的、神圣的领域——那个西方思想奠基其上的领域。

诗的迂回将人们带入意境。朱利安考察到，这种进入是由迂回制造的距离促成的，他称之为"隐喻的距离（allusive distance）"。"通过迂回引起的距离，迂回挫败了意义的所有指令（直接的和命令的），为变化留下了'余地'，并且尊重内在的可能性。"③诗人对隐喻的距离的巧妙运用，是由景入境的窍门。具体而言，要制造语言与对象之间的距离，言在此而意在彼，诗题与诗句之间要保持张力，等等。在这方面，杜甫是制造张力的高手。迂回暗藏玄机，使进入成为可能。这不仅表现在诗的创作中，也表现在中国的戏剧和园林建筑中。中国戏剧不仅要模仿行动，也要制造意境；中国的园林布置要"曲径通幽处"。在这种制造距离的艺术中，迂回本身就是进入。朱利安由此发现"距离"的妙用，关于"间"的思

---

① ［法］弗朗索瓦·于连：《迂回与进入》，187 页。

② François Jullien, *Detour and Access: Strategies of Meaning in China and Greece*, p. 189.

③ ［法］弗朗索瓦·于连：《迂回与进入》，365 页。

想主题已经开始潜滋暗长。经过充分的酝酿，在 2013 年出版的《间距与之间》中，朱利安提出了打开"间距"以充分利用"之间"的对话策略。①

对文学领域迂回的考察并没能解决朱利安的问题：为什么在中国没有建构一个形而上的世界？他带着这个问题，继续将言说的迂回推进到思想领域。他发现，儒家的微言目的在于指示、调节，在于维持整体性平衡，并不致力于追求普遍真理；② 道家以避免言说的方式进入万物未分化的浑融整一之道。显然，中西思想之间世界观的差异与对语言的不同依赖程度有关。西方思想利用语言（逻各斯）将世界裂分为二：可见的此岸与可知的彼岸；中国思想则通过迂回暗示，微言甚至无言地顺应自然运行之道。孔子的话最贴切地证明了这一点："天何言哉？四时行焉，百物生焉，天何言哉？"③朱利安将中国思想归纳为一种关系性思想，他说，"在中国人眼中，世界就是潜在与显明之间的不断互换，是在不言明与言明两极之间的言语过程。[……]在中国，意义的迂回没有任何过分雕琢：因为当我说这一个时，另一个已经涉及，而说另一个时，我更深切思考的是这一个。这就是为什么迂回自身提供了进入"④。虽然说迂回本身即进入，但由迂回所进行的调节在现实中并非总能奏效。朱利安对中国知识分子状况的忧虑暗示他对迂回的负面效应的警觉。

迂回主要表现为一种政治谋略、外交辞令、诗学策略和思想进路。迂回的缘由从现实世界来说，是出于对形势的考虑，为了更有效地达成功利的目的；从文学角度来考虑，是为了更完美地达成言有尽而意无穷的审美效果；而从语言的角度来说，则出于对言说的不信任态度：言不尽意，然却必须借助语言传达意义，因此就以悖论的方式造成最夸张的迂回或者张力，由此得以使意义从言语的缝隙中穿越而过。迂回由此对接受者提出挑战，对话者或者阅读者必须具有相当的学养才有可能进入

---

① 关于"间"主题，参见本章第八节。

② 在《圣人无意，或哲学的他者》（闫素伟译，北京，商务印书馆，2004）中我们可以看到他对这个主题的发挥。

③ 杨伯峻：《论语译注》，188 页，北京，中华书局，1980。

④ ［法］弗朗索瓦·于连：《迂回与进入》，385 页。

游戏，使迁回生效；面对毫无经验的接受者，迁回只能是一场徒劳。

六、裸体(le nu)的缺席，或形式的缺席

在对"淡""势"与"迁回"的考察中，朱利安主要从正面切入主题，他关于裸体的思考则极其明显地采用了正反参照的方式，更确切地说，是从反面切入主题。"在形象的形成过程中，自我形象与他者形象的辩证关系亦即两者之间的相互照应和相互作用，实际上很难摆脱一种美学形式。这种形式的特征就是正反参照对比，[……]正反参照对比是一个有意或无意的文化对比，在这个对比过程中，一个文化是另一个文化的衬托物。通过这个背景衬托，另一个文化的特性便呈现在我们眼前。"①对朱利安来说，发现西方的裸体与发现裸体在中国的缺席是同步的。没有汉学家的经验，他不会对西方文化中司空见惯的裸体现象发生兴趣，正是裸体在中国古代艺术中的缺席使它在西方的源远流长富有意味。作为思想家的朱利安在《本质或裸体》一书中左右开弓，让中西思想相互激发，思考裸体在西方的可能性及其在中国的不可能性，"是什么阻止裸体在中国的发展，而又有什么其他的可能性比裸体更占优势以至于涵盖甚至阻绝它？"②他敏感地意识到，探索裸体与中国的关系有助于开启对艺术与思想之深层关系的思考。由于研究对象并不在场，他不得不以反面的方式或者说迁回的方式接近这一对象，由裸体所组构的中西思想剪辑显示出一种别有意趣的学术尝试。

(一)裸体的涌现作为事件，及它在中国的缺席

朱利安认为，裸体具有事件性的意义。它突兀地出现，"每次都造成

---

① 方维规：《中国灵魂：一个神秘化过程》，见[德]马汉茂等主编：《德国汉学：历史、发展、人物与视角》，82～83 页，郑州，大象出版社，2005。

② [法]弗朗索瓦·于连：《本质或裸体》，林志明、张婉真译，51～52 页，天津，百花文艺出版社，2007。本书英译本名为《不可能的裸体：中国艺术与西方美学》(The Impossible Nude: Chinese Art and Western Aesthetics)。

事件，特立独行"。它无法融入周遭情境，总像个破门而入的他者。这个骤然闯入我们视野的他者启示我们，"所有皆在于此"，"就是如此"，没有东西需要解除，也无须添加，"没有地平线，亦没有消逝处，没有任何的彼界"①。它成了可见世界中不可超越的可见之物，这种不可超越的自明性恰是裸体美感的来源：

> 构成裸体的，给予它地位的，在于它拥有一种更为根本的能力——这便是它能使可视者涌现（surgir）。它同时是在可视者之外，又是可视者之片段，又自其中分离而出：以至于，就可视者或彰显者之中，它建立了一个最可见或最彰显的事物。简言之，裸体之美乃在于它的自明性（é-vidence）。②

裸体的自明性仍局限于此在的经验世界。然而，真正造成事件、能引发"出境—狂喜"（Ex-tase）的裸体并非来自经验③，而是来自超验的神性世界或理念世界。神话人物必须保持以裸体的形态呈现在我们眼前，"如同来自另一个世界的形态，以及它在感性世界破门而入（effraction）即出境（extase）的能力；必须保留所有伟大的裸体每一次都具有的奇迹般的力量。这裸体乃是理想透过形式之流露，它是理式的显现"④。因此，伟大裸体的涌现会造成狂喜与不适。朱利安明确说："裸体'产生本质（fait l'essence）'，美的本质、真理的本质，乃至于善的本质。"⑤从某种意义上说，裸体具有道成肉身的意味。裸体的涌现即本质的涌现。

裸体的涌现，在朱利安看来具有"撬锁"的力量，也就是超越划分的力量：

---

① ［法］弗朗索瓦·于连：《本质或裸体》，5 页。
② ［法］弗朗索瓦·于连：《本质或裸体》，28～29 页。
③ ［法］弗朗索瓦·于连：《本质或裸体》，109 页。
④ ［法］弗朗索瓦·于连：《本质或裸体》，109 页。
⑤ ［法］弗朗索瓦·于连：《本质或裸体》，158 页。

　　因为它有这种涌现的能力，所以可以在感性世界之中撬锁——这就是我们所称的裸之涌现；它也在理论世界中进行撬锁，因为它松动了其中的范畴及既成布置。甚至，它也撬松了最初始的、最基础的对立，也就是"感性"和"理性"间的对立。加点幽默来说——这便是裸体摄影具有禅意的一面[……]①

　　在"感性"和"理性"的对立之外，还有物质与理念、情欲与精神、自然与艺术等的二元对立，"裸体正是熔炼这些对立项的熔炉，它们彼此强化对方也取消对方。[……]裸体的涌现产生于这些对立项的冲突与联结。"②

　　事实上，裸体作为本质的涌现，还以朱利安在裸体与赤裸、肉体之间做出的区分为前提。从词源学来讲，裸体（le nu）虽然来自赤裸（la nudité），但二者的语意却相反：赤裸意味着匮乏、"欠缺"，令人羞愧，引人同情；而裸体则显示为"盈满"，"使临在达其顶峰，供人静观"③。二者产生的境况也不同："如果说赤裸是在行动（生命之动态）中被感受到的，裸体则产生自停顿及固定。特别是由赤裸转为裸体时，我们抛弃主体的观点及意识，把裸体当作距离之外的客体（object）。"④此外，赤裸意味着生命"并不局限于此身躯"，而是"漫溢其外"，它是自我被剥夺被撕裂的存在状态，身体"是一个需要掩饰的瘢痕"；而在裸体中，"躯体自然地包裹着存有全体，既无缺陷亦无裂痕，也没有断裂：裸体以其自然包含着'灵魂'。甚者，是在这种形态的躯体中，在'都在这里'的限制里，存有才能达至完满：亦即一般所称的'美'"⑤。在这里，身体成为展示存在的对象。因此，朱利安归结说，赤裸是"动物性"的，它并不存在；而

---

　　① ［法］弗朗索瓦·于连：《本质或裸体》，34 页。

　　② François Jullien, *The Impossible Nude：Chinese Art and Western Aesthetics*, trans. Maev de la Guardia, Chicago：The University of Chicago Press，2007，p. 14.

　　③ ［法］弗朗索瓦·于连：《本质或裸体》，7 页。

　　④ ［法］弗朗索瓦·于连：《本质或裸体》，7～8 页。

　　⑤ ［法］弗朗索瓦·于连：《本质或裸体》，10 页。

裸体是"理想性"的，"它提供理念的'形象'，尽管它保有某种赤裸所披露的私密性，但并不感受为弱点，而是对这种私密性进行客观化，在这种有限性中揭露无限。裸体转向'神性'"①。

赤裸、肉体、裸体作为未着衣的身体具有共性，中国人很容易忽视其中的差异，但朱利安认为三者在一起是一种奇怪的并置——赤裸受羞耻心支配，肉体受欲望支配，裸体则受美支配。② 裸体并不转变或升华欲望：

> 裸体虽然使欲望变得不真实，却不会因此以意义的增添作为补偿，它不会使身体变成徽记，并且不会进入象征的森林之中；它也不会改宗，使得"肉"变成"灵"。不，它之所以卸载、倾析，只是为了保持其为裸体。它不受任何事物裹覆——甚至不受"意义"裹覆。这就是为何它仍是在己存在、本质；这是为何，欲望在它之前会变得充满思维，或者，［……］变得含糊。③

从赤裸、肉体、裸体的区分出发，朱利安开始考察中国传统艺术。竹林七贤之一、因光着身体而名垂青史的刘伶算不算是裸体呢？不算，因为刘伶从未被画成裸体。中国情色艺术中也没有裸体，只有肉体。朱利安从本质角度把裸体从赤裸和肉体中抽离出去的做法值得商榷，卡雷罗（Olivier Carrérot）从朱利安提出的裸体作为"十字路口"④的特征出发，主张裸体的多义性。他认为，裸体想搞分裂的愿望会归于失败，因为"几个概念之间相互交叉"，"分界线之间充满空隙"。他认为裸体可以与赤

① François Jullien, *The Impossible Nude：Chinese Art and Western Aesthetics*, p. 7.
② 见［法］弗朗索瓦·于连：《本质或裸体》，23 页。赤裸、肉体、裸体之中，也许肉体是最具动物性的；赤裸令人羞耻，已超出动物性范围，具有文化意味。
③ ［法］弗朗索瓦·于连：《本质或裸体》，23～24 页。
④ ［法］弗朗索瓦·于连：《本质或裸体》，45 页。

裸、肉体的价值相沟通。① 如果不限于绘画领域，卡雷罗认为刘伶可以作为中国式裸体的代表。② 刘伶虽然没有以裸体形象在艺术中出现，但已具备了脱除（尘俗）且自足的本质意含。不过，我们还是依循朱利安的思路，看看裸体在中国的不可能会带给我们什么。

（二）裸体之不可能的形式因素③

关于裸体在古代中国的缺席，不少学者都归为道德因素。而朱利安认为，以中国人的泛道德观为理由是站不住脚的，因为"裸露在西方也受社会排斥；而且，（裸）露也不等同于裸（体）"④。换言之，裸露是不道德的，而裸体则超越或凌驾于道德评判之上。朱利安告诉我们，身体可以"被大幅度地褪去衣物，却没有裸体的存在"，相反，"衣服并未完全脱去，裸体仍可以成立"⑤。这里起决定作用的是"形式"，是形式在证实裸体的自我一致性（self-consistency）。⑥

西方的"形式"概念，肇始于柏拉图的理式；亚里士多德将形式与质

---

① ［法］奥利维埃·卡雷罗：《西方的裸体》，见［法］皮埃尔·夏蒂埃、梯叶里·马尔歇兹主编：《中欧思想的碰撞：从弗朗索瓦·于连的研究说开去》，105 页，闫素伟等译，北京，中国人民大学出版社，2011。

② ［法］奥利维埃·卡雷罗：《西方的裸体》，见［法］皮埃尔·夏蒂埃、梯叶里·马尔歇兹主编：《中欧思想的碰撞：从弗朗索瓦·于连的研究说开去》，108 页。卡雷罗对刘伶的故事做了精彩有趣的发挥，他从三个层面解释刘伶所言"吾以天地为宅舍，以屋宇为裈衣。诸君自不当入我裈中，又何恶乎"。第一个层面从内在性出发，裤子—房屋—天下总是在里面，在"家"里，光着身子也无碍；第二个层面从比喻出发，房子是裤子，进而天地也可以是裤子，在这种意义上，"世界上任何人永远都不可能是赤裸的"，裸体"从本体论上来说就是不可能的"；第三个层面从穿衣方式上做区分，刘伶穿得十分宽大，可以任意"游戏于道"，逍遥自在，其他人则僵化死板（参见《中欧思想的碰撞：从弗朗索瓦·于连的研究说开去》，106～107 页）。我们往往将刘伶的这个故事解释为魏晋文人追求个性的行为。卡雷罗依据朱利安内在性思想对这个故事的发挥给我们提出问题：魏晋文人的个性追求（主体自由）与中国思想中的内在性逻辑（游戏于道）究竟契合到什么程度？二者又在何等意义上相对立呢？通过这个故事，我们是不是可以发现二者并行不悖的生存状态呢？

③ 这里的"形式"侧重存有论与形态学的意义，美学意义上的形式在下文论及。

④ ［法］弗朗索瓦·于连：《本质或裸体》，37 页。

⑤ ［法］弗朗索瓦·于连：《本质或裸体》，60 页。

⑥ François Jullien, *The Impossible Nude: Chinese Art and Western Aesthetics*, p. 49.

料相结合构成现实，事物因形式而是其所是。形式在其演变过程中包含
几层意思：第一，本体论意义上的不可见的理想形式；第二，现实世界
中事物可见的外在形式、轮廓；第三，美学意义上的造型。这使形式概
念显示出暧昧性，但正是这种暧昧性使裸体成为可能：

> 透过可感的形式，我们希望回溯到"最优先的形式"，亦即作为
> 模范与原型的"裸体"。因此，裸体不是众多形式之一，它就是形式
> 中的形式（不是此裸体，而是裸体本身）。它是感官呈现的根本形式；
> 一如反向的，它是回归理性—形式的感官形式；归根结底，我们从
> 未放弃在裸体中寻找形式的自存实体（hypostase）。①

人们在面对裸体时，面对的既是理式，也是美的原型。因此朱利安说，
是"形式确立了裸体的地位"②。这形式是静态的、原则上恒定不变的。
而中国的形式概念③却与之有别：

> 这形式只是一段演变过程暂时的实现，而且这演变也是所有生
> 命必然的过程；因此，形式此时只能被想为一团能量的个体化过程，
> 并且也因为此一个体化，进而暂时可见。这一团能量，就其根底而
> 言，虽是不可见的，却又不断展布，它的生灭不息构成了这个宇宙；
> 于是裸体所需要的浓度消失了，同时，也没有本质需要凝固。

> 这时，我们了解为何中国人对于希腊用以建立起思想、发展其
> 科学、固定其裸体的稳定形式并不感兴趣。对他们而言，既不存在
> 原型，也没有永恒的形式；既没有模范，更没有本质的天空。④

---

① [法]弗朗索瓦·于连：《本质或裸体》，78页。
② [法]弗朗索瓦·于连：《本质或裸体》，40页。
③ 在讨论书画艺术之"势"时已经提出，中国之"形"与"势"密切相关，甚至称为"形势"
比"形式"更合适。见本章第四节。在下一节关于"大象无形"的讨论中，将再度涉及形式这一
重要的美学和艺术概念。
④ [法]弗朗索瓦·于连：《本质或裸体》，40～41页。

　　朱利安认为中国的形式遵从一种过程的逻辑，总是处于不停地变动之中，表现的是从无形到成形、从成形到消失的状况，是变形而非常形。在此基础上，他解释中国画家为什么偏爱画山水而非人物，因为画家要"画整个世界。他在画中重新制造'虚'与'实'的伟大作用，可见与不可见之间的相互渗透：他不以模仿，亦不以选择（'美丽的自然'）来'再现'自然，他是要'再制'自然不断进行的过程"①。文人画家选择岩石、竹枝做题材是出于符合常理的考虑。依据苏东坡的说法，"人禽宫室器用，皆有常形。至于山石竹木，水波烟云，虽无常形，而有常理"（《净因院画记》）。所谓常理，也就是内在一致性。

　　中西形式观念的差别，揭示的其实是存有论的差别。因为裸体即本质，"千年以来，面对狮身人面像，以相同顽强的坚持，裸体所希望回答的正是相同的问题：一般而言，人，到底是什么？"②由于古代汉语中没有"是"这个词，朱利安判断说，"它不用存有的角度来构想这个世界，而是以过程（'道'）为角度。如果裸体在中国不可能，那是因为它找不到一个存有学的地位"③。赵敦华对此明确提出异议："把裸体的艺术建立在'存有论的基底上'，身体/灵魂的两分法就是必不可少的；而正是这种两分法，解构了古希腊以及从文艺复兴到十八世纪的古典艺术中裸体的'本

　　①　［法］弗朗索瓦·于连：《本质或裸体》，62 页。

　　②　［法］弗朗索瓦·于连：《本质或裸体》，66 页。尚杰认为，"裸体的传统又源于西方哲学一个根深蒂固的心理偏见，'裸'即验明正身，回答人或事物是什么的问题。就是说，'是'（存在）在没有察觉中变成了关于'存在'的本体论问题。在古汉语中，'是'这个词并非西方人的'being'，不是一个有严格逻辑作用的系词。作为补偿，汉语往往代之以表示相似性的术语，即文学中常说的赋、比、兴。于是，间接性或迂回遮盖的效果置换了直接性或裸的效果。换句话说，中国历史上的智者通常并不习惯于用'是'或者'不是'判断事物，而代之以'有'与'无'。其效果不是科学认识论的，而是美学或艺术的。究其原因，乃在于无论赋、比、兴还是有与无，都不等同于存在，或逻辑同一性意义上的系词"（尚杰：《"裸"与"遮"的艺术——读法国汉学家于连〈本质或裸体〉》，见杜小真主编：《思考他者：围绕于连思想的对话》，128～129 页，北京，北京大学出版社，2011）。

　　③　［法］弗朗索瓦·于连：《本质或裸体》，41 页。

质'地位。"①并且他认为："在中国的道德形而上学的存有论中有裸体的地位，但只是被否定、被谴责的地位。"②

朱利安认为，观想身体的不同方式也是中国古代裸体缺席的一个原因。西方裸体最早依据毕达哥拉斯学派的数字比例而被设想为数字化的结构，文艺复兴时期的艺术家将身体进行几何化处理，达·芬奇的《维特鲁威人》将人体置入一个圆形和一个方形之中，以探求大小宇宙之间的数学对应关系。数字化和几何化都是对人体的抽象化。几何化使身体具有量感，它依赖于解剖学知识。解剖学的身体，即经过分解的身体，能满足希腊人对分析的爱好，使细腻的模仿成为可能，因此成为西方绘画艺术的基础。③"对达·芬奇或欧洲的古典绘画而言，人体是一种屈服于肌肉张力与平衡等严格规则的物质性躯体。它同时在内部受到力量之因果而作用，在外部因为视觉法则而受观看。"④这提出了两方面要求：从内部来说，必须由解剖学导向机体学，从分析导向综合以构造身体整体与局部的和谐关系，身体从而成为一种有机架构；从外部而言，必须依据透视法原理对身体进行客体化，"裸体乃是最佳的客体化的身体"⑤。显然，西方裸体是建立在解剖学和机体学的身体之上的完全客观化、抽象化的存在。

与之不同，中国的身体受一种能量观支配。⑥ 在这种观点看来，人

① 赵敦华：《自然的身体和形而上的本质》，见杜小真主编：《思考他者：围绕于连思想的对话》，65 页。
② 赵敦华：《自然的身体和形而上的本质》，见杜小真主编：《思考他者：围绕于连思想的对话》，66 页。
③ 参见[法]弗朗索瓦·于连：《本质或裸体》，43、68 页。
④ [法]弗朗索瓦·于连：《本质或裸体》，68 页。
⑤ [法]弗朗索瓦·于连：《本质或裸体》，94 页。
⑥ 对中国身体观念的考察，详见朱利安的另一著作《滋养生命：远离幸福》(Departing Nourishment: Departing from Happiness, trans. Arthur Goldhammer, New York: Zone Books, 2007)。

体就是一个有许多洞穴的装载着能量的微妙容器。① 能量的传递也就是气的运行，依靠经脉进行。朱利安如此描述：

> 它的构想方式是一种和外在世界准确的对应关系，并且和它保持持续的联系，于是它本身就像是一个世界，同时是封闭的和开放的，全身都受到气在经脉中的流动所穿越，而生机也由此传递。身体就像是一个皮囊（经常呈现为椭圆形），在其中，就像在世界的其他地方一样，变易不断地发生；但这些变化只在内里进行，外表完全看不出来，除非是透过身上的孔穴，而它们有各自对应的内脏。②

由于气的变化难以察觉，故此，人物画需要借助衣服的波动来传递这不可见的气之运行。"只有服装编制出的波状网络能够敏锐地在外表现出内部经脉的网络。人体为能量之流所贯串，透过鼓动，传递出韵律的脉动。"③在此，形体只是气之运行的具体化，形与气之间并不存在西方的形式与质料之间的关系，身体也没有从周围环境中分离出来作为独立的客体，而是融入其中。身体不能静止，不能与衣物剥离，不能从环境中抽离，这也是裸体缺席的重要原因。

在沈清松看来，这些不同的看法都是对身体的概念包裹。他质疑：

> 究竟身体的裸露是否曾有过完全剥落任何概念包裹之时？其实，无论古希腊"开显的身体"（body as manifestation），或近现代"机体的身体"（body as organism），其形式本质与解剖学知识，都是某种身体的炼金术。即使面对裸体，我们也不能知道，究竟如何才是身

---

① 见［法］弗朗索瓦·于连：《本质或裸体》，69 页。赵敦华认为，"人体这个容器中装载的能量是有道德属性的，古人用'清/浊'或'正/邪'之分区别人的身体的善恶好坏。这种存有论明确地把人的身体与石头之类的形体区分开来"（赵敦华：《自然的身体和形而上的本质》，见杜小真主编：《思考他者：围绕于连思想的对话》，66～67 页）。

② ［法］弗朗索瓦·于连：《本质或裸体》，43 页。

③ ［法］弗朗索瓦·于连：《本质或裸体》，74 页。

体自身。我们只知道，传统中国文化与艺术选择了体验的身体（body as lived），古希腊选择了开显的身体，近代西方则选择了解剖的、机体的身体，其皆为某种身体的炼金术，至于其文化意趣，则迥然有别，虽皆富于深意，也都各有弊端。中国之弊端，在于不能衔接欲望的动力与形式的形成。①

的确，在中国，关于身体的构想忽略或者压制了欲望，而没能把这种动力转化为艺术创造力。

（三）裸体之不可能的美学因素

朱利安认为，裸体在中国的缺席还有审美因素。裸体作为一种不折不扣的展示对象，"主要是一种凝聚，临在的凝聚、闯入的凝聚，充满了暴力。它跟周边是断裂的，而且是一种形式的自我收缩，一种非常封闭的状况。而它之所以回到自身，正是追求一种完整自足的境界"②。它的呈现如同奇迹一般，借助外在轮廓与周遭区分并凸显自身。它所带来的审美体验是乍然涌现、一览无余，与中国人强调的平淡自然却余味无穷完全相反；平淡并不引人瞩目，而"裸体总是奇观"③。在此意义上平淡与裸体构成对立：

> 中国美学要求永远存有一"远处"（au-delà）的境界：言外之意、象外之象、余味无穷。形象的创作要能不断地延伸演变，才能成功，得到"景外之景"。然而裸体粗暴地把这些远处的境界取消：它固定目光、捕捉欲望、集中焦点。它的形式是终极而不可逆转的：裸体

① 沈清松：《裸露或穿衣：一个哲学问题——序于连撰〈本质或裸体〉中译本》，见［法］弗朗索瓦·于连：《本质或裸体》，序。
② 林志明翻译、整理：《文化撞击与未来的哲学——专访 François Jullien》，载台湾《文化研究》创刊号，2005（9），236 页。
③ ［法］弗朗索瓦·于连：《本质或裸体》，45 页。

是突然的静止（摆出的姿态，la pose），这一刹那便成为永恒。①

裸体凭借将瞬间凝定为永恒来表征超越，而平淡则在世界的潜移默化之中沟通有形与无形。表现在审美经营方式上，就是直接与间接的对立。

从朱利安对迂回的分析中我们知道，他认为中国文化对迂回的表达方式有特殊的偏爱，这种偏爱体现在社会生活的各个领域。在艺术中，强调审美布局经营要留有余地，虚实相生，在隐约含混之中营造意境。中国美学拒斥经验的分裂：主与客的分裂、内与外的分裂、情与景的分裂，"所有的真实形象活动都生自两者的遇合和互动，因此它和裸体所依靠的极私密之客观化十分遥远，而且正是裸体把这种力量推到顶峰"②。裸体是直接在场、全部在场：

> 裸体以它和存有面对面地英伟对峙，才能跃然而出，由此我们希望能看穿存有；我们盛气凌人地捉住它，想要找它的道理，揭它的谜：当艺术家面对模特儿时，它就像是直视着斯芬克斯的伊底帕斯（俄狄浦斯）。相对的，我觉得，如果中国传统忽略了裸体的可能性，正是因为它对"过度直接"产生反感。③

对于朱利安的这一判断，沈清松提出异议："与其说中国人对于裸体的'过度直接'有所反感，不如说中国传统艺术家在儒家影响下将礼视为合乎人性，并在人禽之辨的强调下，做了有意识的选择。"④事实上，选择直接还是间接的艺术手段，一方面取决于艺术对象的性质，另一方面依据审美效果的需要。更甚而言，是艺术对象选择着适合于它的艺术手段，审美效果召唤着趋近于它的表达方式。而西方艺术所放弃或忽略的、无

---

① ［法］弗朗索瓦·于连：《本质或裸体》，46 页。
② ［法］弗朗索瓦·于连：《本质或裸体》，47 页。
③ ［法］弗朗索瓦·于连：《本质或裸体》，46 页。
④ 沈清松：《裸露或穿衣：一个哲学问题——序于连撰〈本质或裸体〉中译本》，见［法］弗朗索瓦·于连：《本质或裸体》，序。

法对象化的艺术对象则必然超越直接与间接的区分。

　　但是，朱利安进一步提出疑问："中国的艺术家和审美家，他们是否追寻美？"①换言之，中国艺术是否有审美理想？在西方，美的观念始终与理想形式（美的原型）相关联，而裸体正体现了这种抽象化的理想形式。"当裸体摆起姿势，一旦它摆起姿势，便代表一个祭品奉献给艺术，而艺术就是'大写的''艺术'，只以自身为目标，自我确立，自证自身。"②在此，"模特儿摆姿态的抽象以及作为本质的抽象，两者相辅相成且两者皆在原型中会合"③。作为探索美的最佳工具，裸体将"美是什么"这一永恒问题凝聚并具体化于自身。④ 不过，朱利安认为，"中国并未认识到理想的观念，亦无理想形式的观念，因为它没有构想过程之外的世界"⑤。他进而认为中国并不存在纯粹感知判断的美学观。中国美学：

　　　　着重的是形象的内在回响（气韵）、焕发的光芒（神采）、流露出的气氛（风神）。中国的艺术家并不寻求在可见者中使最可见者涌现，也不寻求在其中包含理想；相对的，他们追寻以可见者捕捉不可见者：他们要捕捉的是无形的作用，或曰"神"，而无形的"神"是无限的，不断地穿越有形并使其生动。⑥

这种"传神"的艺术旨趣超越了形似，因此中国文人画家对山水竹石比对人物更感兴趣；此外，它要求一种澄怀味道的审美体验方式，也不同于裸体所引发的对理想的静观。

　　在讨论美的理想之后，朱利安仍心存疑惑："中国文人画如何避免了再现？""中国人都画些'什么'？"换言之，既不追求美的理想，又不模仿客

---

① ［法］弗朗索瓦·于连：《本质或裸体》，47 页。
② ［法］弗朗索瓦·于连：《本质或裸体》，118 页。
③ ［法］弗朗索瓦·于连：《本质或裸体》，135 页。
④ François Jullien, *The Impossible Nude：Chinese Art and Western Aesthetics*, p. 120.
⑤ ［法］弗朗索瓦·于连：《本质或裸体》，106 页。
⑥ ［法］弗朗索瓦·于连：《本质或裸体》，47～48 页。

观世界，那中国人画些什么呢？裸体作为西方"再现观念的化身"①，中国人不画裸体，就等于拒绝再现，那么他们画什么？他甚至从"写"与"画"（描出轮廓）的区别、从中国文人热衷"写意"出发，怀疑中国文人是否在绘画："在丢弃再现的功能时，'绘画'是否不能再维持它的本质？在与'画笔的作为'分离之时，它是否超越了界线、改变了类别，甚至异化了自身？"②

　　所有疑问都源自对绘画本质的再现论设定。朱利安说："中国并未思考'模仿'的问题。除了'模仿'原义中的模仿与再现之外，中国人也忽视'模仿'当中具有的与'世界'决裂，以及好似为抚平一个与自然间开放的伤口般地将'世界'加以复制。"③在《大象无形》的结尾，他表达了类似的观点：

　　　　中国思想从不区分发生的事实（现象）和再现的事实（形象）。简言之，它并没有隔离出一个对存在或对象进行复制模仿的层面。这一事实足以切断任何形象模仿的观念，也只能阻止再现理论在中国的发展。④

　　他所言的就是对美之理念的模仿和对客观世界的模仿。在西方，主体突出地平线获得自由的同时与世界分裂，并由此感受到痛楚；对世界的模仿是一种补偿，是对主客之间关系的一种想象性重建。中国传统思想拒斥分裂，绘画中的"象"作为"写意"的结果，并非全然客观化的对象，而是内生之象。

　　从再现论的立场看，朱利安在"裸体在中国的缺席"这一问题背后发

---

① ［法］弗朗索瓦·于连：《本质或裸体》，98 页。

② ［法］弗朗索瓦·于连：《本质或裸体》，118 页。

③ ［法］弗朗索瓦·于连：《本质或裸体》，98 页。

④ François Jullien，*The Great Image Has No Form*，*or On the Nonobject through Painting*，trans. Jane Marie Todd，Chicago and London：The University of Chicago Press，2009，p. 228.

现的中西美学上的对立言之有理。然而，若从非再现论的立场出发，"中西对裸体画的不同态度更在历史之中，而非形而上的本质论"①。李科林认为：

> 裸体的本质意义是通过解释被给予的，是出自对本质的形而上的思考。本质不过是赋予裸体的理性寓意、比喻罢了，若将理性阐释从中剥离，裸体只是一个物质现象、一个对身体的完全展现而已。②

如果从非再现论的视角来看中国绘画，也会发现与再现论迥然有别的绘画意义：

> 在一幅画中，也许包含了多种神，这些变化相互搭配，共同酝酿了一个正在发生的事件、一个画中世界，表达了异于现实生活或思考的可能性。这正是为何绘画的意义在于非再现和创造，胜于再现和模仿。③

这种对中国绘画艺术的海德格尔式的理解，从现象学视角出发，有助于释放被本体论所禁锢的艺术创造潜能，然而却不太符合中国古典绘画艺术的真意。

当然，换一种视角，朱利安由"不可能的裸体"所发展出来的一系列中西绘画观念的对立将会遭到质疑，而揭示这些对立恐怕也不是他

---

①　李科林：《遭遇他者——超越绘画再现论》，见杜小真主编：《思考他者：围绕于连思想的对话》，136 页。

②　李科林：《遭遇他者——超越绘画再现论》，见杜小真主编：《思考他者：围绕于连思想的对话》，138 页。

③　李科林：《遭遇他者——超越绘画再现论》，见杜小真主编：《思考他者：围绕于连思想的对话》，141 页。需要注意这里"创造"一词的意义。我们会发现，海德格尔思想已经成为今人理解绘画艺术——不管是西方绘画还是东方绘画——的根本出发点。然而，同样的逻辑起点、同样的思考对象，得出的结论却不同甚至相反。这一点值得深思。

的目的。透过裸体问题，朱利安想要探讨的仍是本体论问题。裸体在中国的缺席对朱利安而言实则意味着再现论的缺席，或本体论的缺席。

他在"作者前言"中说：

> 对于文化上的"西方"而言，裸体乃是其构成成分的派典（para-digme）之一。它展现出构成我们的哲学基础的一些基本立场：透过裸体出现的，乃是本质（essence）、"物自体"的问题，而这一段历史便沉积其中；它以最直接的——正面面对的——方式，同时也是最感性的方式，使人感受到本体论（ontologie）的可能性，也重新展开在我们面前。[①]

显然，他想借助裸体来思考本体论在遭到后现代解构之后的可能性，思考表征危机之后重建感性与理性关系的可能性。为了这个思想的使命，他还是给"不受任何事物覆盖"的裸体披上了一件本质的透明纱衣，或者说，他让本质在裸体中"道成肉身"。

从方法论上来说，如何思考缺席之物，朱利安为我们做了个示例。这说明，异质文化间的确可以通过有/无的相互参照来拓展思想的余地。在裸体缺席背后，揭示的是中国绘画的非再现、非模仿的价值取向。中国没有裸体，没有形式，没有美的理想，甚至没有"绘画"，这种推论当然很成问题。但在这里，这些结论不过是非结论的结论，或者貌似结论的非结论。他试图探究的是再现论艺术观之外的艺术思维方式的可能性。经过这一番对裸体缺席现象的考察，他已经摸索到了进入非再现论艺术思维方式的门径。从某种程度上说，裸体之缺席是他切入中国非再现论艺术观的前提和契机。在反面思考终结之处，正面的门径已然打开，那代替了裸体在中国绘画艺术中占据优势地位的东西就是山水画。因此，朱利安对裸体的思考可以看作以分析山水画为主的中国绘画论著《大象无形》的序曲或前奏。

---

① ［法］弗朗索瓦·于连：《本质或裸体》（作者前言），10 页。

七、大象无形，本源性的中国绘画①

康德式的追问"何以可能？"是朱利安楔入问题的主要方式。在《本质或裸体》中，他面对裸体在中国的缺席，思考裸体艺术在西方之可能性、在中国之不可能性。在《大象无形》中，他对裸体之不可能性的思考转而深化为对中国绘画艺术之可能性的思考："山水画何以可能？大象无形何以可能？即非对象（nonobject）之象何以可能？"②如果说西方裸体作为客体化的身体锁定本质，那么中国山水画则通过拒绝分化而为本源之思提供路向。这正是朱利安思考"大象无形"的目的，他说："我试图进入那种毫无阻碍的曾一度被科学和哲学抛弃的'万物之源'，在伟大的欧洲语言网络之中回溯这一本源是如此之难"③。为什么在汉语中，通过无形的"大象"回溯本源就变得容易或了无障碍呢？那是因为中国绘画与本源之道的亲缘关系，因为文人绘画"依凭一种存在的持续流动性（a continuum of existence）观念"，其思想根由恰在于道之增益与减损。④ 故而，读懂了中国绘画，也就触及了思想的本源。

（一）大象无形，中国绘画的本源价值旨归

海德格尔在《艺术作品的本源》中提出："本源一词在此指的是，一个事物从何而来，通过什么它是其所是并且如其所是。某个东西如其所是

---

① 《大象无形》是朱利安中西比较艺术学方面的扛鼎之作，他所考察过的、将要纳入考察的思想主题皆在该书中穿插呼应，构成了他全部工作的一个接合点。因此，该著在其全部著述中的重要性自不待言。然该著目前尚无中译本，故对该著的介绍较为详尽，篇幅相对较长，以试图尽可能全面地窥见原著风貌。

② François Jullien, *The Great Image Has No Form, or On the Nonobject through Painting*, p. xvi.

③ François Jullien, *The Great Image Has No Form, or On the Nonobject through Painting*, p. xv.

④ François Jullien, *The Great Image Has No Form, or On the Nonobject through Painting*, p. xvi.

地是什么，我们称之为它的本质。某个东西的本源就是它的本质之源。对艺术作品之本源的追问就是追问艺术作品的本质之源。"①海德格尔对本源的思考不得不纠缠于本质概念，而朱利安通过中国绘画来思考本源则成功避免了本质概念的搅扰。在朱利安看来，欧洲古典绘画以真理和本质为目的，拒绝模糊和变化；欧洲现代绘画强调革命性和颠覆性，更与古典艺术传统隔绝、断裂。故通过欧洲绘画艺术回归本源已不再可能。中国古代绘画从本源之道中流淌而来，且复归于道，始终保持着与传统的血脉联系。这种流转循环避免了形式的匮乏和本质的拘囿，使我们直接在可感范围之内触及思想之源头活水，故而能为本源之思提供可能。②

大象"无形"：绘画之本源与本源性的绘画

"无形"作为绘画之本源

中国画论资源丰富，且历来强调画与道的根本关联，因此成为朱利安思考本源的出发点。③ 朱景玄在其画论著作《唐朝名画录》序言中说，"伏闻古人云：'画者，圣也。'盖以穷天地之不至，显日月之不照。挥纤毫之笔则万类由心，展方寸之能而千里在掌。至于移神定质，轻墨落素，有象因之以立，无形因之以生"④。朱利安敏感地从中捕捉到道家思想与绘画艺术的亲缘性，对"有象因之以立，无形因之以生"做出如下阐释：

　　这里中国思想的两个对立互补的基本概念有象（figuration）和无

---

① ［德］马丁·海德格尔：《林中路》(修订本)，孙周兴译，1 页，上海，上海译文出版社，2008。

② 在此并不希望引发某种自大狂似的臆想症，而是应该发现转换视角所能打开的新鲜视野。

③ 陈传席认为："文人好发议论，又能发议论。他们要反复阐述自己的画如何高明，自己的高雅之情和想法，并要影响别人，所以，能画几笔画便不停地讲。有时，画得不如讲得多。不能画的文人，也要发点议论，表示对绘事的关心和自己的雅兴。所以，中国的绘画美学著作和诗文特别多。"而文人论画总离不开"道"这个中国哲学最高的范畴。陈传席：《中国绘画美学史》(上)，自序，北京，人民美术出版社，2009。

④ 朱景玄：《唐朝名画录》，见王世贞辑：《王氏画苑》卷之六。

形(form)被平行并置，不过这一次是论及绘画。换言之，可见和不可见构成一对对立项。同时，两个动词谨慎地标示两个相对概念之间的差异。有象作为一个物质基础确"立"自身，然而无形以一种先在的方式、作为纯粹的"生"见证自身。因此，考虑到它们之间的对应和差异，我们满可以把经由绘画进行的全部操作想象为一种返回无形之原初阶段的回归，无形构成有象从中流出并成为现实的本一源(foundation-fount)。本一源既是本又是源。所以说，正是无形充当着绘画的本源。事实上，尽管人们不证自明地认为绘画"象形是也"，然而"形者必藉于无形"(比如，唐岱，《画论丛刊》，235 页)。因此，无形不仅作为有形的源起点而先于有形，而且还是其有效生成之根本，有形源源不断地从无形中产生。①

　　一般来说，我们是把"有象"理解为画作中看得见的事物轮廓，而把"无形"理解为画作中看不见但可以感受到的精神气韵。② 而在朱利安的诠释中，有象(可见)和无形(不可见)这对对立互补要素之间的逻辑关系发生了转换，或者说，从一种平行对应的空间关系转换为一种线性流动的时间关系："无形"先于"有象"而生，构成"有象"存在的前提，也是"有象"得以实现的本源。因此，朱利安直截了当地声明："无形"即绘画之本源、有形之本源。

　　这种"有象"和"无形"之间逻辑关系的转换实际上恰是以老子对"有"和"无"之关系的论述为依据的。老子说"无名，天地之始，有名，万物之母"，"天下万物生于有，有生于无"③。此"无名"是老子对"未分化之本

---

　　① 　François Jullien, *The Great Image Has No Form, or On the Nonobject through Painting*, pp. 18-19.

　　② 　中国现代学界一般将"有象"的"象"解释为"艺术形象"，然而依据朱利安的说法，这个来自西方美学的概念并不适合用来解释中国绘画源自道家的"象"的概念。这里的"无形"，陈传席认为"可以指心中想象的内容，也可以指气势、韵度等感人的艺术魅力，但都是心的感受"。陈传席：《中国绘画美学史》(上)，228 页。

　　③ 　分别见《老子》第 1 章，第 40 章。

源"的称谓，"无"在此"作为一切差异性知识的起点"具有本源性的意义。因此，"任何有无之间的对立性差异转向事物在时间轴上展开之不同阶段的差异"①，看似对立的事物实质上同根同源，保持着一种内在的贯通性，由此搁置了差异、消解了对立。以此推论，有象和无形也并不存在根本上的差异和对立，而是同根同源，保持着内在的一致性。真正的绘画就是有象不停地从无形中生成同时不停地回归无形的过程，其实就是"道"本身，是世界之秘密在绘画中显现。②

作为绘画之本源的"无形"，"并非指没有明确固定形状的存在物，因此不能将之看作趋于某种形态的前－形态(a-morphous)，或什么都没有的空无(null)，或缺口(gaping)；也不能看作混沌(chaos)"③。也许石涛的"一画"能让我们更好地了解"无形"的含义。

"一画"开天辟地，具有道成肉身(incarnation)的意味

众所周知，中国文人绘画越到后来越偏向师古的程式化。然而，石涛虽处于中国古典绘画的终点，其画论却并未陷入明代以来文人画论的陈词滥调中去，而是"将绘画实践与文人思想的基础和使命相联系，言简意赅地设立了一个根基(radicality)，将由于因循传统而不可避免地陷入沉闷怠惰、缺乏活力的直觉解救出来"④。这个根基就是"一画"。《石涛画语录》开宗明义："太古无法，太朴不散，太朴一散而法立矣。法于何立，立于一画。一画者，众有之本，万象之根[……]。……此一画收尽鸿蒙之外，即亿万万笔墨，未有不始于此而终于此。"⑤朱利安认为，在中国思想语境下，石涛的一画论十分罕见，令人吃惊：

---

① François Jullien, *The Great Image Has No Form*, *or On the Nonobject through Painting*, p. 20.

② François Jullien, *The Great Image Has No Form*, *or On the Nonobject through Painting*, p. 23.

③ François Jullien, *The Great Image Has No Form*, *or On the Nonobject through Painting*, p. 19.

④ François Jullien, *The Great Image Has No Form*, *or On the Nonobject through Painting*, p. 24.

⑤ 道济：《石涛画语录》，俞剑华标点注译，3页，北京，人民美术出版社，1959。

　　他将自己的整体思想奠基于一种单一经验：一画，随着它在笔下涌现并延伸，"开辟"混沌而得以自立。在这种令人惊异的论述中，他不倦地思考从无形到有形的通道——最简单的形式，由单一分节构成，但这一画已是全部，自身蕴含了全部可能的形式。这最初的一画在纸上不停延展，在其行程中重现了事物持续不断的"造化"（creation-transformation）过程。在这一画中，你目睹可见之物从它不可见的源泉中穿越而出。尤为重要的是，由于线迹始终牵系太一（fundamentally one，石涛依据道教精神称为"太朴"，或未分化的"混沌"），一画在最初的未分化之源头的无形之"有"和构成形式多样性及事物持续更新而生成的繁多之"有"之间形成过渡。在二者的接合点，一画作为后续诸画的起始点，是涌现和提升的一画；然而由于诸画在其中达致极限而变得混融且失却个性，它又是沉没和回归的一画。在这一意义上，它返回初始阶段，或道家所提倡的"返璞归真"的"璞"的阶段。一画本身即"智慧"的载体，因为差异出于斯而归于斯；没有一画，差异将永远裂分以至于消耗殆尽。①

　　朱利安之所以觉得罕见和惊异，是因为他从石涛的"一画"论中发现了欧洲思想所熟悉的唯一（oneness），发现源自太朴的"一画"以其"绝对自然"具有取代任何神迹奇事的功能。他甚至不得不借用欧洲宗教术语来表述——"石涛赋予一画以天启或化身的权能（a power of revelation or incarnation）"，"甚至授予它与绝对者相联系的媒介功能"②。在他看来，中国思想没有想象上帝和造物主，也没有发明任何伟大的宇宙框架，不可见并不表征一个超越的彼岸，与可见之间没有根本性的区分，故而没有在场崇拜的中国人似乎根本不需要道成肉身这种神迹奇事来彰显在场。

---

　　①　François Jullien, *The Great Image Has No Form, or On the Nonobject through Painting*, pp. 24-25.

　　②　François Jullien, *The Great Image Has No Form, or On the Nonobject through Painting*, p. 25.

因此，在这种思想语境中，怎么可能产生石涛这样的观点呢？这开天辟地地站在本源和差异之间、无形和有形之间、一与多之间、不可见与可见之间的"一画"，究竟从何而来？

石涛曰："太古无法，太朴不散，太朴一散而法立矣。法于何立，立于一画。一画者，众有之本，万象之根。"显然一画源自太朴，从先秦典籍《易经》和《老子》中都能发现端倪。石涛又言："夫画者，从于心者也。山川人物之秀错，鸟兽草木之性情，池榭楼台之矩度，未能深入其理，曲尽其态，终未得一画之洪规也。"①这说明了一画的另一来源，即"心"。用心格物，深入其理，才能"得一画之洪规"。画从于心的观念虽说受到宋明理学的影响，但溯其根本，仍源于佛教。大乘经典《华严经》中有偈曰：

> 譬如工画师，分布诸彩色，虚妄取异相，大种无差别。
> 大种中无色，色中无大种，亦不离大种，而有色可得。
> 心中无彩画，彩画中无心，然不离于心，有彩画可得。
> 彼心恒不住，无量难思议，示现一切色，各各不相知。
> 譬如工画师，不能知自心，而由心故画，诸法性如是。
> 心如工画师，能画诸世间，五蕴悉从生，无法而不造。②

五蕴由心生，诸法由心造，佛教的这种唯心主义世界观，不正是石涛一画论的一个重要理论依据吗？佛教自东汉传入中国，对中国画影响颇大。石涛生在清初，少年出家，其绘画观念不免受到宋明理学和佛教思想的熏陶濡染。确切来说，一画论是儒道思想与佛教思想融汇合流的产物。明白这一点，一画所具有的那种启示性、肉身化的意味就不足为怪了。一画是无形到有形的通道，是一与多的接合点，是囊括万有的道的显现；

---

① 道济：《石涛画语录》，俞剑华标点注译，3页。
② 《华严经》(上)，实叉难陀译，林世田等点校，355～356页，北京，宗教文化出版社，2001。

它既是绘画的源始，也揭示了绘画自身的本源意味。

大象之"大"：本源的调性

无形即绘画的本源，然而这个本源却模糊难辨。它作为一种不确定性，又是"所有可能的确定性之基础"；"它没有与感性世界相分离，也没有切断与感性世界的联系，因此并没有一个可理解性的本质地位（the status of intelligible essences），不能经由抽象进行象征性的类比。因为它不'是'，也不可再现，甚至无法借助位移（transposition）或生动的意象来表述"①。本体论面对这个无法确定、拒绝客体化的对象全然无效。因此，刚刚展开的本源之思如何深入下去？究竟该如何来了解本源的调性？朱利安尝试利用三个语词来把握：模糊（vague），沉闷（drab）和不区分（indistinct），这三个语词有一定的相似性和关联性，显示了在认识本源上的三个层面。

模糊，是道给人的一种总体印象，也是老子消解对立的一种策略。②《老子》第 4 章曰："道冲，而用之或不盈。渊兮，似万物之宗。挫其锐，解其纷，和其光，同其尘。湛兮，似或存。吾不知其谁之子，象帝之先。"此言"道"以虚而能用，故为万物之源。这里老子含糊其词，用了几个似是而非、模棱两可的语词来形容本源，即"似""或""象"等。借由这几个不确定性语词，老子避免落入言筌，从而在最贴近"道"的情况下维护了道虚而能用的本性。朱利安对确定性和不确定性做了对比：

> 如同确定性伴随着人们有计划的"总是更多"（更多潜力，更多知识，更多有待拥有之物）得以进展，不确定性被人们导向重返、追求、运行，然而是通过减损、放弃、脱离、倾空、撤退等方式，纯粹存在之物（一种纯内在性的表达）脱离所有逻辑和理论的赘言而变

---

① François Jullien，*The Great Image Has No Form*，*or On the Nonobject through Painting*，p. 31.

② 前面提到老子以逻辑转换的方式把空间上的对立转化为时间上的流转循环，从而消解"有—无"之间的对立；在描述道的特性时，老子以含糊其词的方式来消融在场和不在场之间的对立。

得可见。这也正是道家思想者接受的训练。①

确定性的追求属于知识论，而不确定性的追求则属于本源论。对此，《老子》有更精妙的表达："为学日益，为道日损，损之又损，以至于无为。无为而无不为。"②老子所用的含糊其词的言说方式，正契合于"损之又损"的为道方式。这种方式由其模糊不定，从而避免了停滞和僵化，达到"无为而无不为"的效果。③　可见，道之模糊恰是其有效性的保障。老子论道之言模糊而又简洁，正符合道本身的模糊调性，这是一种"非排除性的模糊"，"如果道用更精确周详的话，就会有意指明（分类），从而错失本意"④。

然而，我们似乎仍然无法明白道之本性究竟如何？如果强要描述不可描述者，那么，"描述本源之模糊的唯一途径就是与特征化对着干，去特征化；画一幅画像（picture）的唯一方法就是不一画（de-pict）"⑤。老子如何不画而画呢？且看老子为士画像："古之善为士者，微妙玄通，深不可识。夫惟不可识，故强为之容：豫兮若冬涉川，犹兮若畏四邻，俨兮其若客，涣兮若冰之将释，敦兮其若朴，旷兮其若谷，浑兮其若浊。"⑥他用了一连串看不见或无法确定的事物来形容，与其说是描画，不如说

---

①　François Jullien, *The Great Image Has No Form, or On the Nonobject through Painting*, p. 30.

②　《老子》第 48 章。

③　本源是模糊的，然模糊的并非就是本源；大象无形，而无形的并非就是大象。朱利安提醒我们，"有必要区分两种模糊：冲淡在场—缺席之对立、敞亮未分化之本源的旋生旋灭的模糊，和仅作为混乱、冲突、矛盾之效果的模糊。我们别忘了本源的丰富性。无形的不可见性虽然不能提供完备的形式，但提供了一致性（coherence）"（François Jullien, *The Great Image Has No Form, or On the Nonobject through Painting*, pp. 34-35）。在此，他提醒我们，不要把混乱无序、杂乱无章混同于本源之模糊。前者是匮乏的，后者是丰赡的。

④　François Jullien, *The Great Image Has No Form, or On the Nonobject through Painting*, p. 49.

⑤　François Jullien, *The Great Image Has No Form, or On the Nonobject through Painting*, p. 32.

⑥　《老子》第 15 章。

是抹消擦除所画；与其说是确定道之特征，不如说是消解阻止任何特征的产生和显露，是在涌现的同时撤退返归未分化的边缘。① 在这种不提供任何明确性的比喻之外，老子也利用对立的方式进行自画像："众人皆有余，而我独昏遗。我愚人之心也哉，沌沌兮！俗人昭昭，我独昏昏；俗人察察，我独闷闷。"②这是一个沉闷单调、黯淡无光、微不足道的形象。这种沉闷的消极形象显然无法令我们满意，恰也证明了道不可言的本性。

由此，我们得出的结论就是道之模糊在于其拒绝区分的品性。因为不区分，故此不排除任何东西，故此内蕴丰富、潜力无穷。比照"模糊"在西方思想史上的地位，更能说明这一点。在西方，"模糊"没有存在的价值；面对模糊现象，"科学和形而上学用距离来处理模糊，模糊意味着没有重要性，不能作为再现之客体"③。西方绘画尽量避免模糊。这种状况是由西方的真理观决定的。西方的真实意味着明晰和确定，是经由区分、隔离的操作建构而成的。模糊不可区分，不能作为思维操作的对象，不能在"我"面前清晰分类排列，故此没有任何价值，是本体论抛弃的对象。这种选择性真理观以排除未思作为真理成立的条件，显示了自身的贫乏，也显示了哲学的暴力。西方思想家以区分的思想基础评价不区分，由此贬低了模糊的价值。然而，中国思想家（如老子）则反其道而行之，对确定性、明晰性损之又损，以不区分的方式对待不区分，以模糊言说

---

① François Jullien, *The Great Image Has No Form*, *or On the Nonobject through Painting*, p. 33.

② 《老子》第 20 章。

③ François Jullien, *The Great Image Has No Form*, *or On the Nonobject through Painting*, p. 36.

模糊，既未驱散模糊，也未损耗本源。① 这种不区分，正是大象之为"大"的根本。

《老子》第 41 章说"大方无隅，大器晚成，大音希声，大象无形"，就是在本源性的意义上强调道不可分的本性。大方不服从我们日常对矩形的规定性，它"从形式中解放出来而不允许具体化—客体化的形式特征发挥作用"②。大器也摆脱了我们平素对器物的定见。大音根本就是沉默之音。③ 大象则是无形之象，它作为本源之象，把我们从确定性的束缚中释放出来。④ "大"非具象之大，而是本源之大。它不区分、不排除，因而不黏着（nonattachment）于任何确定性，也就能够避免损耗，维持圆融和谐。

朱利安认为，"大"（greatness）这个术语一经提出就倾向于逃避。《老子》第 25 章曰："有物混成，先天地生。寂兮寥兮，独立而不改，周行而不殆，可以为天下母。吾不知其名，字之曰道，强为之名，曰大。大曰逝，逝曰远，远曰反。"可见，"大"一开始是老子强为道提供的无名之名，如同老子强为道家圣人塑画的单调沉闷的画像。这决定了"大"具有不确

---

① 关于道家讨论模糊的未分化性，虽然具有积极性意义，然朱利安比照西方思想亦提出批判。他认为这种未分化的思想导致两个结果：其一，道家没有历史，老子不可超越，后人总要不厌其烦地回归到老子那里；其二，中国文哲不分。（François Jullien, *The Great Image Has No Form*, *or On the Nonobject through Painting*, pp. 38-39.）历史即差异化的历史，本体论由于区隔离而生成自身的历史，中国道家思想拒斥分化也就等于了搁置了差异，取消了差异化的冲动，也同时放弃了操作历史。从共时的维度而言，文哲不分，甚至艺术与哲学不分，与西方思想史上自希腊以来一直发生着的诗与哲学之争形成鲜明对比。诗与哲学之间的裂缝，既构成西方思想的困境，同时也不断地打开思想的空间。从某种程度上说，中国道家的未分化思想，虽然蕴含丰富潜能，却抑制了创造性的全面发挥。故此，我们不应为西方汉学家赞誉我们的思想传统而志得意满，也不应为他们的批评或误解而心生不满、斥之无知，更不能因为他们的批评而诚惶诚恐，顿觉自身一无是处。朱利安的研究，是对中国和西方思想左右开弓、双向反思，在解构中建构，我们可以借鉴。

② François Jullien, *The Great Image Has No Form*, *or On the Nonobject through Painting*, p. 48.

③ 关于"大音希声"在前面平淡主题中有详细分析。

④ François Jullien, *The Great Image Has No Form*, *or On the Nonobject through Painting*, p. 49.

定性特征，"凭借'大'远不能构成一个平稳的特征，'大'一旦前行就会消逝。它捉摸不定且含蓄迂回，几乎尚未阐明，已经势欲隐退。事实上，表述处于一种不停改变的状态"①。从大→逝→远→反，"意义从一个词传递到下一个，每个词都开向下一个词。由于意义没有被固定于任何语词中，因此它们可以相互取代"②。朱利安注意到：

　　　　在这个连续的转变中，限定语（qualifing term）不用做"术语"，即它们并不界定（delimit）或终结（terminate）意义，而是传递意义。在这连续传递中，严格地讲，没有词语超越先前的一个，没有说出比前者更多的东西。每个词仅仅补回（retrieve）前一个遗漏的，把它从沉陷的确定性中挽救出来。反过来，它不终结（de-termines）前一个（de-在此用作一个否定前缀，与我们前面用过的动词"de-pict"一样）。如此，每一个语词都悬隔确指，无休止地耽搁，保持意义的敞开。③

显然，朱利安从这一意义流动中捕捉到"大"与后现代思想契合之处：术语本身的自我解构性、延宕性与敞开性。《老子》的去—本体论视角（姑且这么说）与解构思想发生了共鸣。④

　　鉴于"大"的不可分、自我解构、延宕敞开等非特征的特征性，它并非"小"的对立面，而具有无限兼容性；在外形上，"大"似不肖，是"不肖

---

①　François Jullien, *The Great Image Has No Form, or On the Nonobject through Painting*, p. 49.

②　François Jullien, *The Great Image Has No Form, or On the Nonobject through Painting*, p. 50.

③　François Jullien, *The Great Image Has No Form, or On the Nonobject through Painting*, p. 50.

④　《老子》中含糊其词或者迂回的言说策略，以后现代眼光看去，带有去—本体论色彩。然而，去—本体论应是以本体论的先在作为条件的。如果说中国古代没有过西方意义上的本体论，那就不能说《老子》具有去—本体论视角；如果说中国古代有自己的本体论，那就是由本而体的发生学的本体论（参见［美］成中英：《中西的本体差异与融通：本体互释与反思真理》，见方维规主编：《思想与方法：全球化时代中西对话的可能》，北京，北京大学出版社，2014），就更不能说《老子》是去—本体论的。

之似"，超越形似，给画论中的"妙在似与不似之间"提供了思想资源；在效能上，"大"如风一样，随意撒播，用之不竭。在中国山水画中，山求"容势"，即容纳对立元素，无限变换，画一山而兼万山，实现一与多的兼容并存。而且，在山、水、云之间，凡入画者一律被"大"所包容，在精神上保持等价，以无分别之心对待分别，彼此呼应融通。"将差异保留在感性范围之内，不在精神层面区隔，不对差异进行本体论的固定，将之归为在己存有或本质规定。"①——这恰是中国山水画具有超越性的缘由。我们知道知识论由区分在场—缺席、生—死、主—客而产生知识对象，然而，这个拒绝在精神层面做出区分的"大象"究竟是什么？我们到底该如何认识它？

大象非"对象"：介于成与未成之间

朱利安一开始即对自己的研究对象有明确认识："我着手探索原则上毫无追求意义并且难以设想的东西，因为我的对象是非对象（nonobject）：它过于朦胧－模糊－散漫－无常－混杂（hazy-indistinct-diffuse-evanes-cent-confused）而无法保持静止并孤立存在。"②从再现论视角来看，大象并非客体化的对象（object）。因此，他反复追问，中国画家画"什么"？③

"雨山晴山，画者易状，惟晴欲雨，雨欲霁，宿雾晚烟，既半复合，景物昧昧，一出没于有无间难状也。此非墨妙天下，意超物表者，断不能到。"④钱闻诗的这段画论在《本质或裸体》与《大象无形》两书中被朱利

---

① François Jullien，*The Great Image Has No Form，or On the Nonobject through Painting*，p. 57.

② François Jullien，*The Great Image Has No Form，or On the Nonobject through Painting*，p. xv.

③ 在《本质或裸体》中他已经提出这个问题，"裸体如何地，胜过其他各种'事物'，成为我们'再现'观念的化身？而中国的文人画，又是如何能免除了再现？我们可以以一个词来问——虽然这个词本身已然可疑：中国人都画些'什么'？"（[法]弗朗索瓦·于连：《本质或裸体》，98 页）在《大象无形》中，这个问题更成为探讨中国绘画艺术观的突破口。显然，朱利安意识到"事物"（thing）、"什么"（what）这类客体化的语词并不适合讨论中国绘画问题，然而眼前还没有更合适的工具来指称非对象的"大象"。

④ 钱闻诗：《子言论画》，见俞剑华编著：《中国画论类编》，84 页，北京，人民美术出版社，1986。

安反复引用①，意在指明，中国绘画"画模糊与流动的效果，也画变动。甚者，所有的事物都在不断变动"②。"中国画家画的是变形，他超越世界的差异性特征，在根本性的过渡中掌握世界。"③变形，即处于演变中的形态，不可描述，拒绝符号化，不存在本质同一性或范式恒定性。在中国绘画中，

　　　　在场被缺席冲淡并渗透。因此，事物不再引人瞩目，甚至不再往前凸显，画家画处于显—隐（merging-submerging）之间的世界而非静态世界。他依据伟大的交替呼吸原理，画世界从原初的混沌中产生或沉没其中的状况；在吸入与呼出中，世界被带入实在（existence）。他不渴求将世界固定为存在（Being）或确定为客体。他将世界绘在"有""无"之间。换言之，有与其反面不再代表悲剧性的对立，它们从根本上达成一致并相互沟通。在支配在场的"有"和全然融入缺席的"无"之间，画家同时抓取形式与事物的涌现及消逝。画家绘画依据形式或事物本身的路径，这并不关涉存在（或虚无）范畴，而是作为一个持续过程。④

中国画画的是变形，是动态，是过程，是"之间"。"大象"置身于有—无之间、在场—缺席之间、四季交替之间、昼夜明暗之间、生灭流转之间，它就是那种拒绝客体化的对象。⑤ 故而，大象无形，不仅模糊难辨，且流动不居，介于呈现和消隐之间，介于成与未成之间。由此，"大象"与

---

　　①　参见［法］弗朗索瓦・于连：《本质或裸体》，88 页；《大象无形》（The Great Image Has No Form），1 页。

　　②　［法］弗朗索瓦・于连：《本质或裸体》，90 页。

　　③　François Jullien，The Great Image Has No Form，or On the Nonobject through Painting，p. 1.

　　④　François Jullien，The Great Image Has No Form，or On the Nonobject through Painting，p. 2.

　　⑤　一般认为，"客体"和"对象"具有同样的意义。针对中国思想来说，也许用"对象"比"客体"更合适。对象倾向于一种平等、互涉关系，而客体更倾向于奴役、宰制关系。

"成"建立某种关联，老子说"大器晚成"，"大成若缺"。通过思考"成"与"未成"，我们可以进而把对"大象"的理解拓展到作品的维度。

西方艺术史上将完成的艺术品称为"作品"（work），将未完成之作称作"草稿"或"手稿"（sketch）。在古典艺术传统中，只有经过费神劳作而完成的具有展示价值的完美无缺的作品才拥有其艺术史上的地位。由于"完成的形式有终结欲望的功能"①，故"只有完成的形式、完全确定的形式，只有将起源之不确定性抛诸脑后的形式，才是可知的。只有它彻底存在。它不再发生变化；它就'是'"②。终结的艺术品完美得犹如神造，符合人们对绝对者再度临场的心理需求。而草稿尚未终结，没有展示价值，在艺术史上"缺乏强有力的根基，无法活跃在阳光下，只能作为一个旁白、一个备注、一个秘密介入其间"③。显然，作品之完美是擦除创造痕迹的结果。虽然艺术家明白草稿的价值，然而只有完成品才能为他们捞取声望。草稿的价值在艺术史上长期被忽视，其中所蕴含的创造潜能也长期遭受压抑。

这种状况在西方现代艺术中彻底改观。现代艺术家赋予"未完成"较高的价值，以对抗完美的艺术。他们努力发掘草稿中的创造性力量，批判完成品不过是"沉睡在确定性之中"的"创作热情的残渣"。在他们看来，完成意味着灾难，是艺术的毁灭。④ 因而，他们宁愿将作品保留在粗糙的未完成状态而不以完美的形式终结它。在此意义上，草稿并非有待继续加工制作的艺术品雏形，它本身"即一件成熟之作，甚至比完成品更成熟。[……]完成是某种沦陷、固守、停滞的经验，因为我们要从其他维度将作品视作一种生成效果，将它从画架上复生；草稿将作品保持在与

① François Jullien, *The Great Image Has No Form, or On the Nonobject through Painting*, p. 63.

② François Jullien, *The Great Image Has No Form, or On the Nonobject through Painting*, p. 64. 原文为"It is no longer becoming; it 'is'"。

③ François Jullien, *The Great Image Has No Form, or On the Nonobject through Painting*, p. 61.

④ François Jullien, *The Great Image Has No Form, or On the Nonobject through Painting*, pp. 59-60.

它的创造力最密切之处，在那种意欲腾跃而出的张力中"。它甚至能指出这样一种可能性："当我一丝不苟地去'完成'时，我甚至尚未开始。"①这种悖论式的表达说明艺术标准的转移——从确定性的在场封闭转移到不确定性的潜在与开放，从完美无缺转向若缺的成熟。

虽然西方现代艺术推崇草稿的价值，但对其合法性的理论阐释却不令人满意。透视法被动地将草稿的艺术效果归结为距离的作用，心理学用想象力的满足来解答，知觉现象学则以知觉的未完成性来解释草稿的未完成性。在朱利安看来，想象力的愉悦不过是草稿的一种效果，而知觉的未完成性也只是一种后置的、追加的解释，二者都未能摆脱客体化的思维方式，不能从根本上解释草稿的有效性何以发生。② 草稿这种未完成之作的成熟性，或者说未成之成，在欧洲思想内部无法纳入思考，然而道家思想却可为此提供支持。朱利安正是用老子的"大成若缺""大器晚成"思想来解释草稿之"成"。

首先，草稿未经完成，从而避免了损耗，其内部潜藏着最为丰富的创造能量，维系着所有的可能性而不会彼此排斥。其次，草稿由于未成之缺，依据内在性逻辑，自发召唤成熟的效果。朱利安依据"洼则盈"的原理提出，"效果来自对效果的召唤"③。完美无缺的作品不再发出任何召唤。也就是说，真正的效果源自世界本身的未完成性，而非知觉的未完成性；无为才能无所不为，刻意经营反而徒劳。从道家思想来看，草稿之"缺"并非需要弥补的缺憾，而是推进画作效果的构成性要素。"大成若缺，其用不弊。"朱利安认为，这种其用不弊的未成之成就是"大成"。

---

① François Jullien, *The Great Image Has No Form , or On the Nonobject through Painting* , p. 60.

② François Jullien, *The Great Image Has No Form , or On the Nonobject through Painting* , p. 66.

③ François Jullien, *The Great Image Has No Form , or On the Nonobject through Painting* , p. 68.

　　若有看起来未完成的"大成"，那是因为这种成一直在发挥功效，
应和各种各样的需求，开启各种各样的可能性，尚有很多事情要做
而没有被自鸣得意的特定的"一"成所阻碍。在"若缺"中，草稿正是
那种"大成"。即它兼容共存，不可被归结为阻滞现象——例如，轻
描淡写——少就是多。其优势不是因为简约，而是由于虚待（availa-
bility）。它不局限于实际效力，相反，它是过程中最有效的瞬间，
只不过"显得"缺欠。①

草稿由于"若缺"的效力而被定位为"大成"。由"大成若缺"自然触及"大器
晚成"这个老生常谈的成语。朱利安首先从翻译出发对这个成语的庸常理
解进行批判，否定了"晚成""慢成"等说法。他主张大器"免成"，要维持
草稿"若缺"的效力而免于沉陷停滞就需要"免成"。② 因而，成熟的草稿
就具有了大器"免成"、大成若缺、大象无形的本源意味。

　　文人绘画不就是利用大成若缺、大器晚成的原理来进行的吗？如此
一来，西方现代艺术垂青的草稿概念就与中国文人绘画在精神上相沟通
了。然而且慢，中国思想中有草稿的位置吗？朱利安对此是否定的。草
稿首先意味着技术上的未完成性，它预设了一种完成的、完美的形式作

---

①　François Jullien，*The Great Image Has No Form*，*or On the Nonobject through Paint-ing*，pp. 69-70.

②　François Jullien，*The Great Image Has No Form*，*or On the Nonobject through Paint-ing*，p. 70. 在列举"大器晚成"的各种翻译误读时，朱利安提出，"当语文学失去其立足点，封闭阅读（close reading）和任意诠释（free interpretation，'far' reading）相互支持时，哲学能够也必须转而澄清语文学"。他从文本结构和对《老子》思想的整体把握出发，认为"晚成"应理解为"免（avoid）成"，由于免成而若缺，而有效，而大成。关于"大器晚成"应理解为"大器免成"，早在 20 世纪 90 年代就有学者提出来［参见徐平福：《释"大器晚成"》，载《四川师范大学学报（社会科学版）》，1993（3）；孙启民：《"大器晚成"本为"大器免成"》，载《语文知识》，1998（7）］，后有多人持此论［参见董莲池：《〈老子〉"大器晚成"即"大器无成"说补证》，载《古籍整理研究学刊》，2000（5）；钱玉趾：《大器晚成·大器免成·大器曼成》，载《文史杂志》，2004（5）；侯洪澜：《"大器晚成"异义考辨》，载《秘书之友》，2009（6）；林一秋：《"大器晚成"原为"大器免成"》，载《羊城晚报》，2011-09-21］。不过，也有论者指出，"大器晚成"应为"大器免盛"，参见王光汉：《"大器晚成"初义辨》，载《合肥学院学报（社会科学版）》，2008（6）。

为目的或参照，其自身缺乏自我证明能力。个人以为，与其说草稿是大成若缺，倒不如说是"缺似大成"。中国绘画中的"未完成性"，或者不如说是非完美性，主要倾向于精神向度，超越"完美"与"缺漏"之分，达到大成若缺。中国人的草稿多在腹中，又曰"腹稿"，是"成竹在胸"而非未成之成。从根本上讲，草稿的未完成性和大成若缺、大器免成的中国绘画虽然在潜能和效力上相沟通，然而其前提与目的都相迥异。

中国绘画同样也没有作品的概念。首先，西方的作品以展示完美的形式为己任，通过艰辛的劳作而成。中国画作诠释的是大象无形，信奉的是大成若缺、大器免成，主张"画到生时方是熟"，完全迥异于作品的内涵；且文人画家胸有成竹，振笔落墨，得来全不费工夫。没有艰苦的劳作（work），哪里来的作品（work）呢？其次，作品（完成品）与草稿是一组相对的范畴，以成与未成作为区分标准。大成若缺、大器免成，超越了成与未成的区分，因此作为本源性的绘画，中国绘画没有草稿的概念，自然也没有作品的概念。中国绘画试图以不做区分的内在性方式把握生灭流转、变动不居的现象世界。

（二）不画之画：大象生成于形神之间

大器免成，大成若缺。大器大成，有赖于缺或虚的效力。虚实经营构成中国绘画形神关系的基础，虚实相生、形神兼备在中国画论中是老生常谈的话题。然而这种虚与实、形与神不做区分的本源性绘画还称得上是绘画（drawing）吗？从老子的无为而为思想来讲，我们可以称之为"不画之画"。

虚实相生：对器（vase）的精神性诠释

西方本体论神学提倡在场崇拜，以"实"来表征"精神"，发展到极端，由于过度充实、饱胀、拥堵、自我炫耀，导致了精神的沉沦与黏滞。通过对道家思想的理解，朱利安认为，有必要用虚去冲淡精神资源的浓度，以空缺的效力将精神性概念从思想的泥淖中救拔出来。然而，正如西方思想无法解释草稿的效力一样，在场形而上学并未给虚或空（void）留下讨论的空间。从本体论视角来看，虚空就是不存在，我们不可能拥有关于不存在的知识。诚如海德格尔所言，"求知欲并不欲求（will）驻足于对值得思想的东西的期待"①。知识论对虚空没有期待，那就必须在知识论传统之外来触及虚空。《老子》从效能角度来思考虚，给朱利安以启发："不能探讨虚的存在问题，因为人们持续地体验着它；虚优先于任何合法的知识，甚至优先于任何'对知识的追问'，虚就在生成的过程中。"②因此，对大器免成和大成若缺的讨论可以直接延伸进入精神层面，借助"器"来触及"虚"，给精神一条出路。

在对器的讨论中，朱利安列举了德国思想家海德格尔和法国精神分析学家拉康的观点，以比照《老子》的独特视角。在海德格尔看来，囊括着人类最初经验的中空之器具有本源性的意味。因此，他从揭示存在出发，把"器"（或"壶"，在此指任何由土烧制而成的中空器皿）从存在的遗忘之中拯救出来，提升至本体论层面。器具"是通过我们自己的制作而进入存在的"③。它以其虚空（die Leere）、以其无（dieses Nichts）而具有召唤、容纳和聚集功能；它向不在场者发出邀约，使隐藏之物无蔽地抵达，其本质"乃是那种使纯一的四重整体入于一种逗留的有所馈赠的纯粹聚集"④。在此，它作为一个事件存在，作为海德格尔意义上的四重在场，它所要召唤的是尚未命名的东西，"在召唤中被召唤的到达之位置是一种隐蔽入不在场中的在场。命名着的召唤令物进入这种到达。这种令乃是邀请。它邀请物，使物之为物与人相关涉"⑤。因此，它不再是一个空着的器皿，它自身即成为一个场域。器具本身"组织了人类伟大的神话—宗教事件"⑥。这一事件性意义使器在有用之物与完美自足的作品之间占有

---

① ［德］海德格尔：《在通向语言的途中》，孙周兴译，99 页，北京，商务印书馆，2004。

② François Jullien，*The Great Image Has No Form，or On the Nonobject through Painting*，p. 82.

③ ［德］马丁·海德格尔：《林中路》（修订本），15 页。

④ 孙周兴选编：《海德格尔选集》，1169、1173 页，上海，上海三联书店，1996。

⑤ ［德］海德格尔：《在通向语言的途中》，13 页。

⑥ François Jullien，*The Great Image Has No Form，or On the Nonobject through Painting*，p. 82.

着一个独特的中间位置。①

　　海德格尔通过器来反思存在，拉康则从符号学角度出发，转向意义建构。他将"器"视作"纯粹能指"，"因为，在其虚空中，它并非一个特定所指的能指。因此，'虚与实经由器导入世界，而世界本身对器一无所知。'因为，器导入世界的空只是其来源的本质虚空之再现，器被指派去再现'物'（the Thing），再现'实中之空'"②。在拉康的构想中，器是完全符号化的存在，它之存在就在于它内部盛载的虚空。作为一个空置的器皿，一个纯粹、空洞的能指，在它之内空无一物。器对世界毫无存在的意义，它内在的虚空才以否定的方式彰显意义。因此，意义并不在场。通过器，拉康看到的不是可见者或隐入不在场的在场者，而是器所敞开的空缺，是虚无。

　　老子对器的理解素朴简单，既不揭示存在，将器作神圣化提升；也不黏滞于意义，视之为匮乏的象征。他只是从"用"的角度说明虚之功效："埏埴以为器，当其无，有器之用。"③器经由空出、倾空、挖空这个操作而使自己成为有用的，空而能盛，集虚以用（available），它不涉及意义。通过老子对器之作用原理的说明，朱利安发现了虚与实、虚无与存在之间的内在关系：

　　　　在虚与实这两个语词中，虚之"无"证明自身作为效果之源，在构成实之"有"的阶段得以施展。让我们回到知识形成的过程：不是存在的两个层面，而是事物过程中的两个阶段，完全特定现实化的"有"的阶段与未分化之源头的"无"的阶段。［……］不但实从虚中生成现实（或持留在虚中而不显现），而且正是凭借虚并通过挖空—敞

---

　　① 海德格尔在《艺术作品的本源》中说，"器具既是物，因为它被有用性所规定，但又不是物；器具同时又是艺术作品，但又要逊色于艺术作品，因为它没有艺术作品的自主性"。［德］马丁·海德格尔：《林中路》（修订本），12 页。

　　② François Jullien, *The Great Image Has No Form, or On the Nonobject through Painting*, p. 82.

　　③ 《老子》第 11 章。

开的虚，实才能持续不停地产生其"实"效。[①]

　　掏空实而生虚，反之，依靠虚空实才得以敞开。虚和实并不形成两个对立分离种属，而是在结构上相互关联，一方凭借另一方才得以存在。[②]

器外之虚与器内之虚难道不是同一个虚空吗？本源之虚，使器之"实""有"成为可能；倾空之虚，使器之"用"也就是它的实效成为可能。持续不停的效能就来自持续不停地挖空、倾空、集虚。虚弥漫在实的周围，虚实相生，持续不断。在此，倾空之虚不再作为本源之虚的表征，不再昭示意义的匮乏，不再为空而空，不再陷入虚无而孤立无援。由此，本体论思想由于虚—实、有—无之间势不两立而无法得以破解的精神困境，凭借道家思想中的虚实相生、有无相生的内在逻辑，可以窥见一线生机。

　　不管是中国绘画提倡的虚实相生，还是欧洲绘画崇尚的充实、饱满、完美，二者都指向不可见之"神"。利用绘画来触及不可见在不同的文化之中具有共性。然而，必须提请大家注意的是：中西思想通过"器"而导入的精神性概念是无差别的吗？中国画论中提及的由虚实经营而生成的"神"的概念和欧洲思想中"神"的概念是一回事吗？何以中国绘画可以通过虚实操作而生成"神"，而欧洲绘画却通过完美形式来再现"神"？何以《大象无形》的英译者认为"把神（esprit）纳入一幅山水画比纳入精神领域

---

① 　François Jullien, *The Great Image Has No Form*, *or On the Nonobject through Painting*, p. 84.

② 　François Jullien, *The Great Image Has No Form*, *or On the Nonobject through Painting*, p. 84.

更令人不舒服"呢?① 显然,中西关于"神"的概念存在本质区别,我们可以通过朱利安对两种不可见的区分来辨识这种区别:

> 这(无形)是根本的不可见。它并不源于现实状况的差异,也不源自超感觉的真实,反而是在可感事物之最边缘吸收所有的差异,从具体层面已无法理解,因而见证为明灭无定(evanescent)。有待区分两种不可见性:一方面,是可理解的不可见,与可见事物具有本质差异的不可见性,如希腊可知(noeton)与可见(oraton)的对立;另一方面,是微妙难察的不可见,伴随可见事物的连续流动并将可见事物融入其中的不可见性。上帝或观念是绝对不可见但却本质上存在,然而,道就在可见事物的边界"似乎"存在过。②

上帝或观念是西方不可见的本义,而道则是中国不可见的内涵;西方的不可见是与可见截然对立的绝对不可见,中国的不可见则是与可见一体相关、混融无间的不可见。因此,根本无法思考虚空的西方之"神"是抽象的,要么在可见者之外、之上,如本体论神学意义上的神圣精神,通过指派的特定事物(如光环等)来彰显在场;要么在可见者之内,如心理

---

① Jane Marie Todd, "Translator's Note", in François Jullien, *The Great Image Has No Form*, *or On the Nonobject through Painting*, p. xiii.《大象无形》的英译者简·玛丽·托德在翻译法文 esprit(神)时感觉到困难,朱利安既用这个词指灵魂(soul),又用它指心智(agency of thought)。这涉及英语和法语之间理解和对话的可能性问题。无疑,由于朱利安讨论的是中国之"神",更使这一问题复杂化了。显然,这并不仅仅是一个发生在"伟大的欧洲语言"内部的理解问题,还是首先发生在中文和欧洲语言之间的理解问题。在欧洲语言内部,恐怕难以找到一个现成可用的语词来与中国画论中的"神"相对应。不仅如此,简·玛丽·托德在《译者记》中还指责朱利安将亚里士多德所谈的"空"(the void)和老子所谈的"虚"(emptiness)混为一谈。从本体论思想出发,虚与空显然具有本质区别,那是具体与抽象、有与无、物质与精神之间的截然分别。然而,朱利安通过"虚"与"空"(包括"无")在价值上的融通,获得的是现实的效益——驱使黏着沉滞的欧洲精神轻灵飞动起来。故此,在本体论的辙印之内阅读朱利安,仍是步履维艰的。

② François Jullien, *The Great Image Has No Form*, *or On the Nonobject through Painting*, pp. 30-31.

学意义上的主观精神，通过内在意识的外在化、客体化来"看见"灵魂。而无神论的中国精神则是具体的、生成性的，它"既不是目的论所祈望的对象，也不是象征性诱惑所抽出的对象"①，而是通过虚中取实、实中求虚的操作生成的东西，是经过精纯、提炼、净化而获得的，它有一个聚散的过程。中国精神不在之外、之内而在之间，不谈灵魂而谈气韵，不是浓密黏稠而是稀释散淡。词组"精气神"中的"气"很好地凸显了中国精神的特质——"通"，没有虚实之间的渗透贯通就无法生成精神。中国精神亦如"气"一般，既不黏着于在场，也不固执于退缩，而是在内外之间、在场—缺席之间畅通无阻。

不即不离：大象生成的逻辑理据

　　虚实之间的内在作用机制为：因虚的本源性而虚中生实→二者交换位置实中生虚→虚实相生，相互为用。虚实成为构造大象无形的结构性要素，由虚实的作用方式可以发展出大象无形的逻辑演绎。朱利安认为王弼关于大象无形的诠释最接近西方思想中的三段论演绎，王弼在《老子指略》开头提出：

　　　　夫物之所以生，功之所以成，必生乎无形，由乎无名。无形无名者，万物之宗也。

　　　　[……]

　　　　若温也则不能凉矣，宫也则不能商矣。形必有所分，声必有所属。故象而形者，非大象也；音而声者，非大音也。然则，四象不形，则大象无以畅；五音不声，则大音无以至。四象形而物无所主焉，则大象畅矣；五音声而心无所适焉，则大音至矣。故执大象则天下往，用大音则风俗移也。无形畅，天下虽往，往而不能释也；希声至，风俗虽移，移而不能辩也。②

---

　　① François Jullien，*The Great Image Has No Form，or On the Nonobject through Painting*，p. 89.

　　② 王弼：《老子指略》。

　　由此可以推导出：第一，"象而形者，非大象也"——有具形之象并非大象；第二，"四象不形，则大象无以畅"——离开具形大象也就无法畅通，等于取消了大象；第三，"四象形而物无所主焉，则大象畅矣"，"无形畅，天下虽往，往而不能释也"——大象之必要条件在于依托具象但不受具象之形的束缚掌控，传达沟通无形但不固执驻守于无形，即不黏着于神。

　　也就是说，不即不离既是对形式而言，也是对精神而言。大象不仅必须与形保持距离，同时也必须与神保持距离。不仅具象和在场会导致依附，产生排斥、自闭、沉陷，无形和缺席也一样会导致依附与排斥。不管黏着于形还是依附于神，都不可能有大象。大象并非全然属于不可见的精神领域，而是游离在可见与不可见之间、在形神之间。大象要消解的就是形与神的对立。

　　虚实，是大象的结构性要素；虚实相生，是大象的构成性机制；形神之间的不即不离，则是大象的结构原则。虚实相生，则形神兼备。反过来，形神兼备、不即不离的原则也呼吁、要求着虚实相生。虚实相生的目的是要达到形神的不即不离，继而成就大象。所谓不即不离，是形神关系的理想状况，也是虚实经营恰到好处的标志。大象在形神之间不即不离，有它生发流通的位置和空间，有其独特的操作原则，也留下不即不离的痕迹。

　　朱利安指出不即不离的位置：

　　　　既非"之外"（without），亦非"之内"（in），而是"之间"（between）：此"之间"非本体论模式。然而，"之外"让我们离弃具体并剥夺我们的具体性，"之内"使我们黏着具体并沉陷其内，"之间"令我们穿越具体自由移动并保持具体事物运作通畅。①

---

　　① 　François Jullien, *The Great Image Has No Form , or On the Nonobject through Painting* , p. 95.

这是最有效的位置，是保证精神畅通无阻的通道。如谢赫所言"其间韵自生动"。

不即不离的操作技术用两个字来概括，就是"取于"。取于并非如欧洲绘画那样是形式从事物本身到主体再到画布上的传递，不是形而上学的抽象，而是发生学意义上的现象。它不是简单地取形绘像或留出空白，而是依据呼吸作用原理，经由充分的操作训练，在技巧纯熟、得心应手之后才能够自在进行。通过取于留下痕迹或踪迹，是大象之迹，或曰迹象。朱利安对"迹"的描述十分精彩：

"迹"恰就在"有"与"无"之间。它的位置是现实的，但来自我们丢弃的现实；具有感染力，但并不黏滞；被释放，但立刻再度被占据；显而易见，甚至带出可见事物，然而仍保持为瞬时性故不受约束。它在场，但被缺席占据。而且，如果它是符号的话，也是告别的符号。它同时既虚又实，既呈现又闪避，既有形又逃脱。[①]

这使我们想起朱利安在《淡之颂：论中国思想与美学》中对书圣王羲之萧散简远的书法之迹的精妙阐释。[②] 这样的迹没有丝毫的约束力，不是欧洲艺术中向不可见、不在场的神圣者发出邀约的"神迹"，而是现象界的踪迹。中国绘画史上关于"深山藏古寺"的故事很能说明这种不即不离、若有若无的迹象。

然而，中国绘画中形神关系并非一直维系在这种不即不离的平衡状态。中国早期绘画与欧洲早期绘画同样追求"形似"效果，朱利安列举了古希腊画家宙克西斯(Zeuxis)的葡萄和中国五代时期画家黄荃(约903—965)的雏鸡作为例证。让他感到疑惑的是，"何以中国没有像希腊那样发

① François Jullien, *The Great Image Has No Form, or On the Nonobject through Painting.*, p. 102.

② 见本章第三节。

展出一种摹仿再现理论来用作艺术概念的基础？"①为何中西绘画在"再现"的意义上分道扬镳？西方的形似源于模仿再现论，其理论基础是本体论的形而上学视角，通过模仿生成的形象是形式的位移复制，形式、形象与本质之间存在同一性关系。依据亚里士多德的《诗学》，模仿的快乐来自形式或符号与物的关联，即艺术模仿在联系人为形式与客观事物的过程中为人提供快感。这种快感来自人与世界同一性的想象性重建，故此，西方艺术的客体是求知欲的产物。中国之象，如《易经》中出现较早的卦象，并非来自一种认识论的操作或认知的愉悦，也不用它来建构同一性，而是用来标示天象，记录能量的传递规律。中国之大象无形，其核心在于有用性、调节性，而不关心与存在的根本关联。因此，虽然中西都有形似逼真的传统，然而中国之真是现象意义上的真，是看不见然而可感知的过程的、绵延的、动态之真；西方之真是形而上学意义上的绝对真实，是不可见的、静态的永恒之真。两种不同的真实观决定了不同的艺术走向。

　　中国绘画从形似出发，越来越离形趋神，不停地挑战着形似的底线。通过中国画论中"难易"判断的变化可以观察到形神观的变迁。早期中国绘画有"犬马难鬼魅易"的说法，原因在于犬马有形，人所共睹，难以逼真；而鬼魅无形，可以随意发挥。②故而，形似逼真是评判绘画的首要标准。形似传统发展到宋代，欧阳修对此提出异议：

　　　　善言画者，多云："鬼神易为工。"以为画以形似为难，鬼神人不见也。然至其阴威惨澹，变化超腾，而穷奇极怪，使人见辄惊绝；及徐而定视，则千状万态，笔简而意足，是不亦为难哉！

　　　　萧条淡泊，此难画之意，画者得之，览者未必识也。顾飞走迟速，意浅之物易见，而闲和严静，趣远之心难形。若乃高下向背，

　　① François Jullien, *The Great Image Has No Form*, or *On the Nonobject through Painting*, p. 106.
　　② 参见《韩非子论画》，见俞剑华编著：《中国画论类编》，4页。

远近重复，此画工之艺耳，非精鉴之事也。①

以欧阳修的观点，不可见的无形的鬼神反而成为难画的了；达到形似不过是画工的标准，而非文人雅事。沈括在《梦溪笔谈论画》中也表达了相似的观点，"书画之妙，当以神会，难可以形器求也。世之观画者，多能指摘其间形象位置，彩色瑕疵而已；至于奥理冥造者，罕见其人"②。袁文更是明确指出："作画形易而神难。"③可见形似传统在宋代遭到挑战，传达理趣生意等精神内涵成为绘画追求的目标，形似的要求大大降低。

苏轼没有附和这种观点，而是从可见与不可见、常形常理的性质差异上去平衡绘画中的形神关系。"人禽宫室器用皆有常形，至于山石竹木水波烟云，虽无常形而有常理。常形之失，人皆知之；常理之不当，虽晓画者有不知。故凡可以欺世而盗名者，必托于无常形者也。"④苏轼认为，绘画中常形和常理的判断不是一个层次的问题。说犬马难而鬼魅易，放弃了常理的判断，不过是欺世盗名者的托词。在形似与传神这个问题上，苏轼主张"论画以形似，见与儿童邻；赋诗必此诗，定非知诗人。诗画本一律，天工与清新。边鸾雀写生，赵昌花传神。何如此两幅，疏澹含精匀。谁言一点红，解寄无边春"⑤。东坡此论画诗的前两句常被断章取义地抽取出来，作为他主张传神而贬低形似的证据。然而，通观全诗我们可以明白，他主张的是写生（形似）与传神不即不离，借有限之形（一点红）寄托无限精神意涵（无边春）。因此，苏轼的画论主张最符合朱利安所说的在形神之间不即不离的结构原则。

中国绘画的这种形神兼具的平衡，在宋代以后就不复存在了。伴随着文人画的崛起，画论越来越贬抑形似，走向精神超越的一面。元代山水画大家倪瓒声称，"仆之所谓画者，不过逸笔草草，不求形似，聊以自

①　欧阳修：《六一跋画》，见俞剑华编著：《中国画论类编》，42 页。

②　沈括：《梦溪笔谈论画》，见俞剑华编著：《中国画论类编》，43 页。

③　袁文：《论形神》，见俞剑华编著：《中国画论类编》，70 页。

④　苏轼：《东坡论画》，见俞剑华编著：《中国画论类编》，47 页。

⑤　苏轼：《书鄢陵王主簿所画折枝》二首之一。

娱耳"①。后世文人画家越来越对无形、过渡状态产生兴趣，绘画的难易评价完全逆转："雨山晴山，画者易状，惟晴欲雨，雨欲霁，宿雾晚烟，既泮复合，景物昧昧，一出没于有无间难状也。"②

综而观之，中国绘画中的难易判断早期从逼真的要求出发，认为寻常事物难以尽其貌，故难；反常事物人所不知，故易。后来转到写形易而传神难。这种转变从外形肖似提升到神韵气质的肖似，从可见可感之似转入不可见但潜在可能性的似、不似之似。由此，中国文人绘画在精神超越的轨道上越走越远，最终走向了程式化的窠臼，失去了形神之间的微妙平衡。然而，在文人绘画圈子之外，中国画论较少触及的民间绘画中一直延续了以形传神的绘画传统。③

不画之画(depiction)：**非再现论的中国绘画**

大象作为不可对象化的对象，不是画家目光凝定的客体；画家通过应和对象与对象精神沟通，和世界保持伙伴关系，④ 而非彼此分立对峙的主客关系；绘画讲求精神超越而不是形似逼真。从再现论的艺术视角来看，中国绘画不符合真理符合论原则，没有抽象，根本算不得绘画。这种源自"道"的本源性绘画，在现象学意义上可以称为"不画之画"：

> 道不与事物脱离，它并非存在，而是事物消失—出现的路径。鉴于它的恍惚，我们将不得不召唤事物，但不是在事物在场的客观化的丰富中，以其差异性特征完全暴露于凝视之下，而是在不可见的边缘、在它们涌现或消融的门槛。简言之，描述本源之模糊的唯一途径就是与特征化对着干：去—特征化；画一幅画(picture)的唯

---

① 倪瓒：《云林论画山水》，见俞剑华编著：《中国画论类编》，702 页。

② 钱闻诗：《子言论画》，见俞剑华编著：《中国画论类编》，84 页。

③ 参见[美]高居翰：《气势撼人：十七世纪中国绘画中的自然与风格》，李佩桦等译，北京，生活·读书·新知三联书店，2009。

④ 中国画论用"应物"和"神会"来讨论画者与对象的关系。

一方法就是不一画(de-pict)。①

不画之画既可以从西方绘画概念出发来理解，也可以从道家思想出发来
体会。在《大象无形》的后面几章，朱利安从"求真"这一可理解性的基点
出发，比较出中西绘画一系列的差异。通过这些对比，我们能更全面深
入地了解不画之画的含义。

前提条件：凝视(gaze)与神观(contemplation)

欧洲绘画以揭示存在之秘密为己任。从符合论真理观出发，眼睛在
绘画活动中的重要性高于一切。"视觉作为真理内在运作的试金石，被毋
庸置疑地视作一种理想的甚至是绝对的知识模式"②，我们平时所熟知的
"眼睛是灵魂之窗"的说法就来自西方视觉主义。因此，"欧洲思想持续赋
予视觉作为通向实在之工具的优先权，甚至将视觉作为进入实在的唯一
通道"③。理性主义的支持使得视觉主义成为构想绘画的唯一合法权威，
凝视成为画家固定客体、提升本质的必要条件。"画家好像能从涣散的视
觉和消散的事物中挽救事物一样，从画布到主题不停地来回打量，直到
能将事物升华至其本质层面——在己存有。"④这种视觉崇拜发展到极端，
竟提出"看即是画"(seeing is already drawing)的观点。⑤ 欧洲现代绘画对
视觉中心主义开始反思，认为"看见"本质是不可能的，凝视并不通向本
质，凝视构造的客体只能是个别的"这个"而非普遍之物。艺术中的视觉
霸权遭到质疑。

---

① François Jullien, *The Great Image Has No Form*, *or On the Nonobject through Painting*, p. 32.

② François Jullien, *The Great Image Has No Form*, *or On the Nonobject through Painting*, p. 160.

③ François Jullien, *The Great Image Has No Form*, *or On the Nonobject through Painting*, p. 160.

④ François Jullien, *The Great Image Has No Form*, *or On the Nonobject through Painting*, p. 159.

⑤ François Jullien, *The Great Image Has No Form*, *or On the Nonobject through Painting*, p. 161.

中国画论中也有"观"的概念，然而是"神观"而非眼观占据主导地位。郭熙的《林泉高致》中提出，山水对心有余裕的人才有价值："以林泉之心临之则价高，以骄侈之目临之则价低。""不此之主，而轻心临之，岂不芜杂神观，混浊清风也哉！"①可见在中国绘画中，视觉并不占有君临一切的权威地位，心比眼睛更为重要。神观不是将世界设置为与主体面对面的客体，不是向外盯视客体，而是要求人们从世界的束缚中摆脱出来，敛神内观，沉思冥想。朱利安认为，凝视与神观是一对相反的概念。神观观的不是一种表面的视觉真实，而是一种内在真实，是所谓"清风""清气"。由此，中国绘画提出了清修净化、澡雪精神的要求，这融合了物理和伦理两种维度，是物与人默契神会的混融自在之境。因此，神观对画家提出了忘、闲、游心等绘画的先决条件，最终达到主体消融、神闲意定，画家从而可以依据内在性逻辑毫不费力地不画而画。

绘画语法：句法结构与对应性原理(parallelism)

西方绘画以再现不可见的绝对他者为动机，以描绘细节达到逼真，画作具有强烈的说服力，能欺骗眼睛，为观者提供真实的幻象。然而，中国绘画不再现神秘的二度临场者，不注重细枝末节的惟妙惟肖，其目的在于增进和聚集生命的潜能。因此，中西绘画在构图方面依赖不同的规则。中西绘画在构思上都借鉴了语言学诗学的模式，故而可将构图规则称为构图语法。

借鉴语言学模式，西方绘画认为"画家应该循序渐进地从点到线，从线到面，由面成件（members），由件成体（bodies），由体成识（istoria）"②。这是严格按照语言学从字母到音节到词到句子的顺序类推而成的。这种由句法结构推导生成的绘画语法依据分析—综合的原则，保证画面局部和整体之间的一致性。

---

① 郭熙：《林泉高致·山水训》。

② François Jullien, *The Great Image Has No Form, or On the Nonobject through Painting*, p. 187. 古希腊语"istoria"的含义是"探索到的知识，探听到的情况"；对听到看到的情况的叙述，引申为"叙述""历史""科学的观察"（参见罗念生、水建馥编：《古希腊语汉语词典》，408页，北京，商务印书馆，2004）。在此试译为"识"，包含知识与叙述、描绘之多重意义。

　　在中国艺术构思中，依据《易经》中的阴阳变易逻辑形成的对应性原理（parallelism，也可译为对句法）起着举足轻重的作用。朱利安利用结构主义语言学思路分析了王维《山水诀》中的阴阳配置问题。《山水诀》中有两句曰："泛舟楫之桥梁，且宜高耸；著渔人之钓艇，低乃无妨。""酒旗则当路高悬，客帆宜遇水低挂。"①朱利安依据桥梁与钓艇、舟楫与渔人、泛与著、高与低、动与静之间一一对应关系，以及极性构造原理，将第一句逐字逐句地翻译并图示如下②：

The bridge	under which a sailboat	passes:	it is advisable that it be high;
↕	↕	↕	↕
the boat	on which a fisherman	is standing:	let it be low and not in the way.

　　在第二句中，酒旗与客帆对应，路与水对应，高悬与低挂对应，当与宜对应，亦可见于下图：

The sign of an inn	it is proper	at the side of the road	that it be hung high
↕	↕	↕	↕
the sail of the traveler	it is advisable	against the current	that it be bent low.

　　从他这种去本体论的翻译实践中，我们看到中国古代画论家在寻找和建构对应项上与结构主义语言学家的诗学分析方法相近似。③ 借助这种翻译实践，朱利安捕捉到了中国绘画的基本语法规则。④ 中国画家不依据主客关系和视觉原理再现世界，也不根据对称原理去处理局部和整体之间的关系，而是以能动的方式，凭借极性作用原理，通过两极之间

---

　　① 　王维：《山水诀》，见俞剑华编著：《中国画论类编》，592页。

　　② 　此处两幅图示引自，185～186页。François Jullien, *The Great Image Has No Form*, *or On the Nonobject through Painting*, pp. 185-187.

　　③ 　华裔法国汉学家程抱一在其代表作《中国诗画语言研究》中也融合结构主义诗学理论和阴阳极性原理阐释中国诗与中国画。

　　④ 　François Jullien, *The Great Image Has No Form*, *or On the Nonobject through Painting*, pp. 185-187.

的对立互补和循环流通来构图。中国画的生成机制与中国人的世界观保持一致，绘画作为世界进程的一部分，并不外在或对立于世界；绘画与世界利用同一种结构语法进行运作。① 这也是中国画论中"化机"概念的来源。

媒介工具：形色与笔墨

在西方绘画中两个必不可少的技术要素和媒介是"形式"和"色彩"。形式与知性相关，色彩与感性相关；形式抽象，色彩直观。故画家通过形式来抽取本质，再现在场，而"画作的形体一致性和在场效应以及所再现之客体的质量感，都由染色剂来承担"②。古代色彩附属于形式，现代色彩从形式中解放甚至具有优先权，它本身即情感之源。绘画史上不时爆发形式与色彩的战争，形色之战是西方思想中理性与感性之间冲突的表征。西方画家不在形色之间寻求平衡。

与西方"形色"相对应的中国绘画之基本技术条件和物质媒介是"笔墨"。然"笔"不等于"形"，"墨"不等于"色"。中国绘画是一个经由极性作用向前推进的链条式的能量循环传导过程，每一元素次第充当中介。在此过程中，"笔就是从心中——画家'心'中——越过手臂把生命节奏传输出去，并使墨与纸会合产生相互作用的导管"③。墨分六色，黑白、干湿、厚薄，经由水的稀释来实现，习惯上称为水墨。其中黑、干、厚的一极引导气的凝聚、集结，具体化为物形；白、湿、薄的一极引导气向精炼、朦胧、活泼飘逸发展。在持续不断的极性作用下，墨在稀释过程中由浓转淡的渐变状况不仅生成着物形，也不停地引导形神之间的转化。

西方形色对峙分立。中国绘画中笔墨不分彼此，亦如道之不分内外。

---

① François Jullien, *The Great Image Has No Form , or On the Nonobject through Painting* , p. 188.

② François Jullien, *The Great Image Has No Form , or On the Nonobject through Painting* , p. 193.

③ François Jullien, *The Great Image Has No Form , or On the Nonobject through Painting* , p. 195.

"笔墨会合中绘画自然而然地发生。"①有笔无墨、有墨无笔皆是绘事缺陷。中国文人推崇笔墨的平衡和适度，说明文人思考绘画的发生与思考其他任何事物的发生使用的是同样的逻辑：由内在动能驱动的过程逻辑，在语法上表现为平行结构，即笔墨不但不分，且依据对立互补的极性原理相互替换生成画作。②或者说，画作产生于笔墨之间的动态平衡。笔墨会合是绘画的过程，也是造化的过程。在此过程中，画家只是促成笔墨相遇、引导绘画过程发生的启动者，而非受制于在场诱惑的客体再现者，也非被创造观念驱动的冒险者。画家需要长期训练的是依据极性作用原理，联系笔墨的运作调节直到熟能生巧的程度，即与造化合一。画家操笔弄墨，与笔墨之间的自然会合，皆是内在性逻辑运作的结果。

绘画意图：真相与真意

西方绘画之目的已重复过多，不外乎纯粹抽象的、确定不变的形式、本质、真相。中国绘画也以"真"为目标，然而此真非彼真。朱利安说："绘画并不发明一个自己的纯粹虚构的世界，也不通过指涉和表征复制'真实'世界，而是在活的山水的近旁构筑自身。它彻底地向我们的知觉开放，并满足我们最深处的本意。"③这种本意超越了真假判断，不存在主客分裂，直指生命的本真。

中国文人绘画称为"写意"，因为书写（包括书法与诗文）与绘画使用同样的工具，依据同样的内在性逻辑。中国绘画所写之意，并非仅从主观方面来谈。"从现象上讲，凝结为气弥漫世界之意，如同摇荡人之情感一般扩散、浓缩，构成物形之意，通过气的调配使山水可见之意，与具有绝对优先权的四季更替之意，是同一个意。"④意与气相关，参与物势、

---

① François Jullien, *The Great Image Has No Form, or On the Nonobject through Painting*, p. 198.

② François Jullien, *The Great Image Has No Form, or On the Nonobject through Painting*, p. 197.

③ François Jullien, *The Great Image Has No Form, or On the Nonobject through Painting*, p. 144.

④ François Jullien, *The Great Image Has No Form, or On the Nonobject through Painting*, p. 148.

人情、时空转换，它是宇宙、自然和人所共享之意，是活泼跳脱、生气勃勃之意。它的兼容并包性、融会贯通性必然指向精神的超越，因此，历代文人画家皆强调"意"在言外、在笔墨之外。

"意"作为一个超越性的概念，依循内在性逻辑，从而抵制理论分析。在中国画论中，用不同的语词来写"意"。朱利安对"气、神、理、意"几个语词做出以下辨析：

> "气韵"较适于展示气的扩散模式，不知不觉释放出来，"到处"散发，无可归因；"神"则倾向于召唤超越得以实现的玄奥事物，及在感觉范围内发挥作用的效能；"理"传达那种渗透可见形体的不可见的一致性；"意"意味着流动，有情感——意指的特征，从根本上始终只是一种能量流。①

这种能量流自始至终贯串绘画全过程，它是绘画唯一的对象，是无法客体化的客体。毫无疑问，朱利安在声明大象之"非对象性"的同时，已经在一定程度上将大象"对象化"了。② 而这种对象化与解构西方本体论的尝试是同时进行的。他说，

> 去本体论（de-ontology）的任务要求我们在语言中清理出一条去（de-）路，不再是对完成、实现、获得整全本质（自我一致性中的"自我"）的"解构"，而是无为（undoing）、消沉（sinking under）、退缩（withdrawing）、回归（returning）、混沌意义上的去除，即去—描绘

---

① François Jullien, *The Great Image Has No Form, or On the Nonobject through Painting*, p. 220.

② 奥利维埃·卡雷罗曾说，"我们知道，哲学的真理通常是可逆的，有双重意义……只要我们提醒西方说它是裸体的——弗朗索瓦·于连试着做得很好——我们就不能不脱去一些中国的衣服。"［法］奥利维埃·卡雷罗：《西方的裸体》，见［法］皮埃尔·夏蒂埃、梯叶里·马尔歇兹主编：《中欧思想的碰撞：从弗朗索瓦·于连的研究说开去》，108 页。

(*de-picting*)，去——再现(*de-representing*)。①

换言之，他的解构策略不是否定在场，而是弱化在场；不是非此即彼地转入缺席，而是为在场、为事物的现实化留有余地，不将潜能损耗到彻底无力自我更新的地步。由此，他利用中国道家提供的本源论精神资源，以一种再现论视野之外的独特视角继续讨论了西方艺术中的再现批判话题。所谓"不画之画"，也是西方现代艺术在激烈反对再现论过程中提出的革命口号。然而，这并不等于说西方现代艺术与中国古代艺术持有同样的艺术观。事实上，西方现代艺术是反再现论的艺术，它以再现论为基础和参照、以再现论的艺术为其表明方向。② 而中国古代绘画是尚未分化的非再现论的艺术。

　　我们可以从两个层面来理解这种未分化的艺术。其一，它以未分化的缘故确立为艺术本源之标识，内蕴无限丰富的可能性；其二，它以不区分的特征区别于其他分化的艺术，从而成为与其他艺术并立平行的艺术种属，彼此互相参照。在这种意义上，它对含混的执着导致了自身的匮乏。从理论上讲，非再现论的艺术因处于未分化之本源，本应该能为其他任何艺术向度提供新的可能性，同时也能持续不停地自我更新。通过朱利安对中西艺术观念的双向批判，我们可以转换一下视角，重思中国绘画艺术之问题及其走向。

---

　　①　François Jullien, *The Great Image Has No Form*, *or On the Nonobject through Painting*, p. xvii.

　　②　朱利安在《大象无形》的扉页和结尾都引用了毕加索的一句话，"画家不必摹仿生活，只须像生活那样去劳作"(One must not imitate life, one must work like it)。他认为，毕加索与中国画家的接近是有限的，"最终他和中国人说的并不是一回事。他不能，即使他想逐字逐句地引用，即使他的经验可以与他们符合，而话语本身所指涉的内在意义却迥然有别。当他说这句话时，他始终依赖着的正是他想要扰乱的层面，他始终依靠在伟大客体的壮观没落之上"(François Jullien, *The Great Image Has No Form*, *or On the Nonobject through Painting*, p. 240)。事实的确如此。

八、间：思想工具或对话场地——朱利安与成中英之间关于"对话之可能性"的对话

朱利安对中国美学不同主题的思考似乎都落定在不即不离的"之间"。"淡"弥漫在深浅有无之间，"势"聚敛在动静高下之间，"迂回"发生在情景之间、有意无意之间，大象生成在虚实形神之间。"间"凸显出来，成为朱利安2012年新著《间距与之间》的中心议题。2012年12月在北京举行的"思想与方法：全球化时代中西对话的可能"国际高端对话暨学术论坛上，朱利安作为特邀对话者发表了主题演讲《间距与之间：如何在当代全球化之下思考中欧之间的文化他者性》。演讲概述了他的新著的基本内容。另一主要对话人成中英发表了题为《中西的本体差异与融通：本体互释与反思真理》的演讲。这场对话发生在欧洲哲学与中国儒学之间，发生在思想与文化之间。对话双方分别从自身立场出发，围绕"间"或"异"对全球化时代对话之可能性进行了充分的探讨与论证。朱利安提出"间距"说作为思考中欧之间文化他者性的策略，成中英提出"本体诠释"说来构建对话的根本原理与方法基础。通过二者的对话比较他们的观点和思路，我们可以了解海外汉学家在文化对话与学术研究上的不同路向和立场，也能更好地体会"间"的潜能，更清楚地把握朱利安用"间"的工具策略。

(一)"间距"说的内涵与打开间距的操作

朱利安的思考围绕他的忧虑，也是当前许多思想者的共同忧虑而展开。他说："我们今日要面对的问题，我们的世界正在全球化，我们还受到同一化的威胁：众多文化之间、种种思想之间的间距能走——开展——多远呢？我们因此还能旅行多远呢？"①全球同一化趋势所引发的思想匮乏，即缺乏孕育力，是他与中国思想对话的现实契机，也是他提

---

① ［法］朱利安：《间距与之间：如何在当代全球化之下思考中欧之间的文化他者性》，见方维规主编：《思想与方法：全球化时代中西对话的可能》，26页，北京，北京大学出版社，2014。

出"间距"对话策略的动因。他的"间距"说由一系列前后相续的概念操作构成。

放弃"差异"(différence)概念

在跨文化对话中，通常的做法是拿两种文化做对比，从而辨识差异。然而，涉及中欧之间的对话，不管是在自己的著作中，还是在面对面的对谈中，朱利安都拒绝使用"差异"这个概念。究其原因，首先在于从欧洲到中国，思想框架(cadre)发生了根本的改变。中国是个"他方、别处"，是福柯在《词与物》(Les Mots et les choses)中称为"异质邦"(l'hétérotopie)的地方。从欧洲到中国，语境改变必然引发框架改变，随之而来的是工具的改变。在一方适用的工具到另一方则面临失效的危险。朱利安曾多次表示，差异这个概念适用于印欧语系之内的比较研究；中国是个与欧洲互不相干、彼此漠然的存在，无关的二者就无法用差异概念来判断异同。①

其次，还因为差异内蕴"先入为主的成见"。众所周知，朱利安绕道中国的目的与一般汉学家不同，是为了返回欧洲，捕捉欧洲思想之"未思"，也就是那些深埋的，看不见的，被认为理所当然、不证自明的基底和成见。差异正是这样的成见中的一个，是思想要捕捉、照亮的对象，怎么可能用作反思成见的工具？朱利安认为，差异内蕴的成见既是理论上的，也是意识形态上的：

> 差异是一个认同的概念；我们观察到这一点的同时也注意到一个与之相反的事实，那就是不可能有文化认同。认同事实上至少用三种方式围绕着差异：一、认同在差异的上游，并且暗示差异；二、在制造差异时，认同与差异构成对峙的一组；三、最后，在差异的

---

①　通过"差异"和"无关"两个术语在词源学上的关联，我们更能理解为何用"差异"概念无益于对话。差异的英文是 different，无关的英文是 in-different，in-是否定前缀，in-different 可以解读为没有差异，这显然与"异质邦"的概念相反。差异和无关这一对表面上的反义词，实则同样怠惰、封闭、匮乏。差异这个概念在同质文化中归向同一性，在异质文化之间则导致更彻底的隔绝，它不会主动从无关状况中建构起相关性来。

下游，认同是差异要达到的目的。①

从理论上说，差异和认同不过是同一事物的一体两面，对差异的拒绝即对认同的拒绝。"差异概念一开始就把我们放在同化的逻辑里。"②它首先预设了一种共同类型的先验存在，然后在其内部区分差异；在差异形成过程中，差异与认同（异—同）背靠背地相互依赖；差异作为本体论界定事物本质的特有工具，最终指向某种特殊认同——下定义。故此，差异是个被认同所包围、所规定了的概念，是一个懒惰的整理排列存放的概念。面对思想的"异质邦"，差异除了同化什么都不做，它也无力改变二者彼此无关的局面。朱利安长期以来所做的正是要让中欧两种思想摆脱传统上的毫不相干，激发思想的活力。

在意识形态上，强调"差异"的文化多元论（相对论）与强调"认同"的普适论事实上也彼此勾连，并不能代表相对立的价值立场。普适论基于种族中心论的成见，信奉普遍认同的神话，把差异视作共同基底的多元变化，由此使差异自认为具有某些本质属性而彼此排斥。这导致懒惰的文化多元论与简单的普适论暗地里携手维护"文化认同"。但朱利安认为不可能有文化认同，不存在一种坚固的文化的本性。他以一种悖论式的说法来表示自己的立场：如果说文化有某种本性的话，其"本性"就是变化。③ 这种发生学的文化观取消了文化认同的可能；认同不可能，那么以认同为目的的差异也必须放弃。

最后，朱利安认为，识别并列出差异的动作暗示着一种超然的立场。实质上，在中欧思想之间并不存在这样的超然立场。在两者间操作并列出文化差异的"我"总是从属于某种文化，因此，用差异工具为文化贴标

---

① ［法］朱利安：《间距与之间：如何在当代全球化之下思考中欧之间的文化他者性》，见方维规主编：《思想与方法：全球化时代中西对话的可能》，23 页。

② ［法］朱利安：《间距与之间：如何在当代全球化之下思考中欧之间的文化他者性》，见方维规主编：《思想与方法：全球化时代中西对话的可能》，25 页。

③ 参见［法］朱利安：《间距与之间：如何在当代全球化之下思考中欧之间的文化他者性》，见方维规主编：《思想与方法：全球化时代中西对话的可能》，24 页。

签的行为本身并不能避免种族中心论的危险。①

做出"间距"（écart）

基于上述种种原因，朱利安启用"间距"这个概念，试图构建一种认同与差异之外的文化参与机制。他把间距作为差异的反义词来运用。较之差异，间距显示出优越的工具性能：第一，差异是个认同的概念，间距是个空间概念。思想者通过移位让两者面对面注视对方，从而打开两种思想之间的反思空间；第二，差异只做整理排列存放工作，缺乏孕育力（fécondité）；间距是打扰，以"探险开拓为志向"，遵从发现的逻辑，富有孕育力；第三，差异总以某些带有意识形态成见的普遍人性的假设为前提，间距则避免提出假设，而是邀请人们通过观察对方进行自我反思。

间距是操作出来的，"做出间距，就是跳出规范，用不合宜的方式操作，对人们所期待的、约定俗成的东西进行移位；简言之，即打破大家所认同的框架，去别处冒险，因为担心会在此处沉溺胶着"②。也就是说，做出间距的目的在于突破规范限制，遭遇别种文化以刺激自我思想的生发力。这样一个爱冒险的、深具发明功能的（inventif）、能照亮其两端所牵引的事物的概念，其作用机制在于朱利安称为"人性"的自我反思。他说：

> 通过世界上的文化所凸显出的并且使其发挥作用的间距而进行

---

① 参见［法］朱利安：《间距与之间：如何在当代全球化之下思考中欧之间的文化他者性》，见方维规主编：《思想与方法：全球化时代中西对话的可能》，24 页。

② ［法］朱利安：《间距与之间：如何在当代全球化之下思考中欧之间的文化他者性》，见方维规主编：《思想与方法：全球化时代中西对话的可能》，26 页。朱利安的"间距"概念与俄国形式主义文论中对抗"自动化"的"陌生化"概念有相通性。我们在距离、间距、之间、差异、差距等概念之间有点儿晕头转向时，从俄国形式主义"陌生化"这个概念来理解朱利安的"间距"，就不会感到困惑和费解了。陌生化，或曰疏离化，不就是要求与日常生活中司空见惯的东西拉开一段距离，换一个陌生的视角，从而挽救或激活被自动化、惯常化、规范化黏着而失去活力的文学对象吗？朱利安的间距操作与诗学上的自动化策略异曲同工，皆是通过偏离规范、颠覆成见、制造障碍以期达到创新与发明的目的。

　　　　自我探索，这就是人性自身在这条探索之路上借由这种面对面来自
　　　　我省察，也就是在他所具有的资源与可能性当中同时自我拓宽和自
　　　　我反思。从本义上说来，只有自我检验、自我探险，用种种方式在
　　　　自己里面打开间距的人，才是"人"；人的文化多元性，则是这样的
　　　　人之拓展。①

他将"人"界定为能在自己里面打开间距，具有自我反思能力的人。这种
自我反思、自我探索是通过操作间距来实现的。也就是说，操作外部间
距的目的是打开自我内部的间距②，注视对方的目的是回到自身（这里对
方充当竖立在自我对面的镜子）。来自不同文化的操作者通过间距不停地
探索他者并自我探索，通过不停地自我更新来启动共同的理解力
（l'intelligence du commun）。

　　　打开间距对于汉学家和哲学家来说有不同的意味。对于汉学家来说，
打开间距，一般指打开中欧思想之间的外部间距或者说与中国文化保持
距离，以免被同化；对于哲学家来说，打开间距更多指向思想的内部间
距，意味着打开思想的皱褶，揭开隐藏的成见，在未思之地垦荒。这是
西方哲学家的宿命，也是他们的雄心。在文化与思想之间的对话中，外
部间距与内部间距几乎同时被打开，同时发挥作用。

把"之间"（l'entre）工具化

　　　朱利安在文章中反复申明间距的孕育力、生产力、发明力。间距会
产生什么呢？他的回答是：间距产生之间。在汉语中这简直是同义反复。
朱利安通过与差异的生产能力做比较来解释他的说法。差异除了制造差
异，其他什么都不做，经过比较，差异的双方会重新回归互不相干的局
面。面对不可思议的"异质邦"，差异无所作为，间距则大有可为，通过
在两者之间的操作触及更多的"未思"，从而打开思想的皱褶。

―――――――――――――

　　　①　［法］朱利安：《间距与之间：如何在当代全球化之下思考中欧之间的文化他者性》，
见方维规主编：《思想与方法：全球化时代中西对话的可能》，30 页。
　　　②　在此我们又会发现"间距"与皱褶概念的关联。

　　"之间"是西方思想的盲点，西方思想的概念之网只能捕捉固定的存在。"之间"没有焦点，没有位置，没有任何属性，不引人注目，任由思想跨越，却总是回到不是自己的两端，逃离了存有论的捕捉，"是一切为了自我开展而'通过'、'发生'之处"①。它既不在此也不在彼，而是在途中，在虚待的凹状，在变易中。中国思想中蕴含着丰富的对"之间"的思考，世界在天地之间，生命在呼吸之间，文人画的生气在笔画之间（的留白），庖丁解牛之刀在关节之间，马之俊发意气在鞭策、皮毛之间。②

　　西方本体论思想由于无法立足于"之间"，转而发展对"之外""之上"的认知，也就是"形而上"（méta－physique），由此探索到一条外在超越之路。出于对西方本体论的批判立场，朱利安甚至怀疑柏拉图把思想从此处拉到彼处，是由于缺乏理论工具，因而无法思考尚在开展变化流动中的事物的结果。

　　朱利安通过打开中西思想间距而发现了"之间"这个取之不尽，用之不竭的矿藏。首先，他把"之间"作为他的工地，从而获得了外在于欧洲哲学的视角与立场，以迂回的方式解构形而上学；其次，"之间"不属于任何一方，这使他避免被汉化的危险，同时逐渐通过打开间距的工作将中国从"异质邦"中释放出来。③ 他将自己定位在"之间"这个"无处""非处"、没有位置的位置，不是地方的地方。没有任何特质的"之间"却最有用、最通达。

　　在西方思想谱系中，他想到了置身于诡辩家与道德家"之间"的先贤

---

　　① ［法］朱利安：《间距与之间：如何在当代全球化之下思考中欧之间的文化他者性》，见方维规主编：《思想与方法：全球化时代中西对话的可能》，31 页。这里"之间"概念易于引发我们对"通道"的联想。

　　② 在《大象无形》关于形神的讨论中，"之间"（between）是不即不离的位置，是虚实游戏、形神相依的场所，是大象生成的空间。"之间"气韵生动，不可赋值，拒绝定位。见《大象无形》第 7 章（François Jullien, *The Great Image Has No Form, or On the Nonobject through Painting*, pp. 94-96）。

　　③ 福柯对"异质邦"的建构是朱利安发现中国"他者"的契机，然而朱利安并不满足于将中国一直捆绑在"异质邦"，因此，将"之间"工具化也是为了使中欧思想之间的对话更加通畅。

苏格拉底，因为他怪异，不属于任何一边，无处容身，叫人尴尬，因此
被逼喝下毒酒。西方思想史中没有给"之间"留下余地，不过在全球化语
境下不同文化的人们却频繁地遭遇"之间"，一个现实例证就是翻译，翻
译在两种语言之间游走而不停留于任何一种语言里。"译者的本性是尽其
可能地保持'挺立'在语言之间的间隙上面，译者是这种使语言互相让位
给对方的谦虚英雄。"翻译应该"让人听见在另一种语言里那些抵抗翻译语
言的成分"。只有这样，"一种语言的可能才能默默地在另一种语言里前
行，用另一种语言打开这一种语言，因此逐渐地抵达可理解的共同之
处"①。

　　"之间"的开放性、流动性、畅通性使它能充当思考工具，去重新找
到那些被西方本体论哲学所淹没、遮蔽，只留下微渺痕迹的事物。这恰
是法国后现代思想的旨趣。此外，朱利安的"之间"概念还有构建文化他
者性的任务，以促成文化之间真正有成效的对话。

构建文化他者性(l'altérité)

　　朱利安在文章的题解处引用柏罗丁(Plotinus，204—270)的话表达他
的忧虑——"取消他者性，这将是模糊的单一和沉默。"他者性是朱利安用
来对抗思想同质化或钝化的工具，构建文化他者性是他思考中欧之间对
话的出发点，也是思想推进自身的必要工具。对"差异"去范畴化、操作
"间距"以使双方面对面、将"之间"范畴化(工具化)，通过这么一番操作，
朱利安铺设了通向他者性的道路。

　　在朱利安看来，他者性之所以必要，首先在于它能有效避免双方对
话中由于缺乏距离而导致的同化或异化的两端倾斜。同化和异化都是以
丧失对象的丰富性、特殊性为代价的，是对思想的取消、钝化，而不是
解构、生产。其次，他者性有助于建立对话双方之间的伙伴关系，因为
他者性在"间距"和"之间"之后来到，是没有任何特性的"之间"令他者凸
显，是"间距"和"之间"共同标示着它的存在。因此，朱利安说：

---

　　① ［法］朱利安：《间距与之间：如何在当代全球化之下思考中欧之间的文化他者性》，
见方维规主编：《思想与方法：全球化时代中西对话的可能》，35 页。

必须清理出之间以凸显出他者；这个由间距所开拓出来的之间，使自己与他者可以交流，因而有助于它们之间的伙伴关系。间距所制造的之间，既是使他者建立的条件，也是让我们与他者得以联系的中介。①

最后，他者性能有效地提升"共同的/共有"。"共有不是相似，它不是重复也不是统一/齐一，它跟它们正好相反。"②相似、重复、整齐划一作为机械复制的效果是思想与文化贫乏的表征，相似的二者之间缺乏充满张力的间距。而"共有"则来自间距并存在于"之间"，不是先验存有的假设，而是操作的结果，是打开间距令双方面对面的同时产生的，并在"之间"持续生成。它与自我、他者之间的张力相关，与双方自我反思、自我更新的效力有关，与对话沟通的效果有关。

朱利安的他者性概念，意在标示自我与他者位置的同时彼此向对方开放，以他者异于自我的特性不停地刺激自我反思，并更新自我与他者以及二者的共有。这样的他者性概念具有自我更新性和生产性特征，已迥乎不同于西方神学的绝对他者或神圣他者概念，绝对他者意味着绝对隔离，不可思议、不可沟通、不可言说；也不同于当代被完全世俗化、标准化的他者概念，他者的普遍化、标准化直接导致同化，并在实际上取消他者。既不隔绝又不取消，要使他者挺立在全球化语境下，并通过卓有成效的文化间谈（dia-logue）③成为建构真正多元文化格局的必要元素，朱利安必须对抗将他者神圣化和标准化两种倾向。为此，他借助黑格尔的间辩法（dia-lectique）④来改造他者性概念。他者"不是神话的客体

---

①　［法］朱利安：《间距与之间：如何在当代全球化之下思考中欧之间的文化他者性》，见方维规主编：《思想与方法：全球化时代中西对话的可能》，37页。

②　［法］朱利安：《间距与之间：如何在当代全球化之下思考中欧之间的文化他者性》，见方维规主编：《思想与方法：全球化时代中西对话的可能》，37页。

③　也即对话，不过在朱利安突出"间"的思想中译为"间谈"更有意味。

④　通常译为"辩证法"，这里朱利安的译者也是意在突出"间"字。

而是逻各斯之客体",作为逻辑的建构,"'他者'既是一切可行的逻辑间辩的元素,又是它们的媒介"①。辩证法中作为基本元素的双方并不限于相互沟通交流,还要不停地远离自身进入对方以便成为自己。他者不仅作为自我的对立项,还作为自我主体化的媒介。

> 他者免除了自我窒息、自我关闭,因而使"自己"维持进行中的状态。同样的,他者也让生活不停滞于任何定义当中,因为任何一方都不再孤立,也不再跌落;他者让双方总是"畅通"(fluide,flüssig),不停地在此"之间"里交流,永远都在开展的过程之中。②

经过辩证法改造的他者性概念,不仅不造成隔绝阻挠,反而使一切总是处于敞开状态。而且朱利安批判了黑格尔对辩证法之结局的设想,从而使这种对话与自我开展无限绵延,永在途中。朱利安这种永远开展、无限绵延的想法不能不说是受到了犹太教弥赛亚情结的影响,还带有德里达"延异"思想的痕迹。而自我与他者之间畅通无阻、彼此渗透、持续交流、不停进取的观念,在某种程度上又吸收了《易经》的阴阳变易逻辑。

朱利安认为真正的对话应该在自我和他者之间打开间距,不同文化应该在各自持有其独特性的同时进行自我反思,善于利用二者的间距构建并利用共有,进而提升自己。因此,知识者的责任就在于不停地打开间距、反思成见,为避免标准化语言造成的歧义横生现象而对概念工具进行去范畴化与再范畴化,为真正富有成效的对话创造条件。

(二)"本体诠释"说的意旨

成中英从中西本体概念的差异与沟通出发,结合中国儒学资源与西方哲学尤其是美国分析哲学资源,整合内在性与外在性两种视角,构建

---

① [法]朱利安:《间距与之间:如何在当代全球化之下思考中欧之间的文化他者性》,见方维规主编:《思想与方法:全球化时代中西对话的可能》,38 页。

② [法]朱利安:《间距与之间:如何在当代全球化之下思考中欧之间的文化他者性》,见方维规主编:《思想与方法:全球化时代中西对话的可能》,39 页。

了他的"合外内之道"的本体诠释学。① 在朱利安"间距"说的激发下，他进一步提出构建"本体间论"的想法。贯穿本体诠释学和本体间论的五易逻辑，可作为不同文化本体之间自我理解与相互理解应当遵循的对话原则。

本体诠释

探讨全球化时代不同文化主体之间对话与理解的可能性，必然要涉及前理解（pre-understanding）问题。"如何进入对方的前理解，仍是理解的问题；如何整饬我们自身的前理解，何尝不也是理解的问题？"②为此，成中英提出"本体整合"的诠释思路，即"把理解看成寻求本源以达到开放的统合条贯的整体体系（知识、价值与实践）的思考、认知与实践过程，也就是把理解看成一个具有本体结构而进行本体实践的过程，期能达到知物、知人、知己的目的"③。方维规认为，对理解活动的过程化认知，引导理解在时间轴上向前后两个向度开展，向本源与开放流变的未来开展；对理解活动的结构化与整体化构想，又使得这一活动能在空间上向各个向度开展，同时保持内部张力，具有整体意识；对理解活动的实践性要求，整合了儒家的知行合一观念和哲学解释学与之同行的思想，其目的指向"知人知物知己"。因此，这是一种整合了时间与空间、理论与实践、主体与客体、方法与目的的理解思路。

本体诠释思路的提出基于对"本体"概念的理解，这里的"本体"不是我们平时所熟知的西方形上学的本体，而是源自中国的创生形而上学。依据成中英先生的理解，本体的英文翻译应为 root-body，它——

---

① 这种本体诠释学，成中英自己命名为"发生的存在学"（generative ontology）或"创造的存有论"（creative ontology）。参见［美］成中英：《太虚中的本体之间：异而他、他而异、异而化——对朱利安教授的回应》一文"注解"，见方维规主编：《思想与方法：全球化时代中西对话的可能》。

② ［美］成中英：《中西的本体差异与融通：本体互释与反思真理》，见方维规主编：《思想与方法：全球化时代中西对话的可能》，5 页。

③ ［美］成中英：《中西的本体差异与融通：本体互释与反思真理》，见方维规主编：《思想与方法：全球化时代中西对话的可能》，5 页。

　　是以宇宙自然的创化（道）的存在以及人为自然所生而具有自然的创化力的存在为基础的理解。人们观察宇宙，见其整体性、机体性、本源性、发展性、差异化以及差异的关系性，进而反思自我的构成，也形成了对自我本体的理解。此一理解是以外在于我的天地之体与内在于我的生命之体两者的相互关联以及对应为基础的。①

　　其实也就是庄子所谓"以道观物"②的认知方式，是通过追本溯源的方式来勘察前理解的生成状况。由对宇宙本体的认知转而生成对自我本体的理解，这使本体这个概念有了由本而体的空间维度及由过去经由现在而通达未来的时间维度。而且，不同层次的本体之间的关联性也充分体现了本体概念穿越时空的能力。也就是说，作为本体的理解，即对理解对象之本体性存在的发生学理解，是一个随时而变、缘境而化的理解。这一观念源于对宇宙本体及生命本体进行考察的方法论启示：

　　　　本体是基于观察与反思以及体验的经验而形成的。"体"一词在中文中具有生命体的骨架与生态含义，表现为生命体的身体与肢体。自我在反思中获得实际而生动的身体整体，与其肢体互动形成机体的体验或体会，是理解自我的最根本起点，进而成为理解他者以及宇宙的经验模型与基础。故理解也可以看成对体之为体的认识的根本方式，及有贯通整体、部分形成一体的理的认识。理在中国哲学中是以动词的方式理解，因而理是一种心智的活动或宇宙结构化的活动，导向秩序与统合多元存在的一体存在，而非脱离气质，将存

---

　　① ［美］成中英：《中西的本体差异与融通：本体互释与反思真理》，见方维规主编：《思想与方法：全球化时代中西对话的可能》，6 页。

　　② 成中英在《中西的本体差异与融通：本体互释与反思真理》一文中谈到"理解是能够跨越存在层次的"，并在该文注解中讨论了庄子"以物观物"与"以道观物"的两种观照方式。本体诠释在宇宙本体与自我生命本体之间的反观比照就属于这种跨越存在层次的理解方式。

在对象化的指导规定。①

前面是理解从宇宙本体转而投射到自我生命本体的过程，是一个由外而内、由远及近的转换过程，这里从"体之为体的认识"出发，描述了一个相反的过程，也就是以对生命之体的自我反思所获得的经验知识为起点，由内而外、由近及远地拓展到对他者及宇宙之体的理解与认知。这一双向可逆的理解活动的根本前提在于对"理"的认识，也就是对本体之贯通整体性与多元统合性的认识。

基于对本体之属性的考察，具有本体结构的诠释也就不难理解了。它——

> 是基于对本源的探索与表述所产生与展示出来的意义体系，具有一贯性、整体性与整体不同部分的统合性。[……]是对本体的自觉或重新认定，也可以是或更可以说是基于前解对本体体系的重新编组，已达到与时俱进、与我俱进的目标。因而诠释是突出的理解，是更新的理解，是本体意识的提升与发挥。②

本体诠释所具有的一贯性、整体性与统合性特征使其本身成为一个充满张力的概念。

本体间论

在宇宙星空与"间距"思想的共同启发下，成中英先生在自己的"本体诠释"说基础上提出了更具辩证色彩的"本体间论"。夜空中群星璀璨的本体意义在于：

> 夜空中的星体是以本而体的方式存在的，它们分别从一个无形

---

① [美]成中英：《中西的本体差异与融通：本体互释与反思真理》，见方维规主编：《思想与方法：全球化时代中西对话的可能》，6页。

② [美]成中英：《中西的本体差异与融通：本体互释与反思真理》，见方维规主编：《思想与方法：全球化时代中西对话的可能》，7页。

而有形的本源中成长为宏伟的强力的元物质的存在。作为群星，它
们又形成了异而他、他而异的内在与外在的时空，彼此相引，也彼
此相斥，但却保持着一个彼此相持的多元一体的平衡。[……]本体
存在的星体在太空中罗列所形成的星体之间是一个动能空间，其动
能来自星体自身，也来自星体之间的时空间距，更来自创发星体的
原初的时空。①

这里对宇宙本体的诠释，引入了"间距"概念，关注到此动能空间张力的
具体运作状况，也就是本体发展的动能不仅来自本源，还来自本体自身
具有的内部张力与本体之间具有的外部张力。"由于各自有所本，因为各
自形成体，各自有其维护本体的合同性与发展性，同时也有张力与斥力
以抗拒同化或弱化其本体的存在。但两者的引力与张力不仅为个别的存
在所必要，也为其相对的存在所必须，如庄子所谓'彼出于是，是亦因
彼'（《齐物论》）。"②在全球化情况下，这种本体之间互联互涉、相生相克
的复杂状况提出了共同是非的问题。这也是个十分复杂的问题，它"涉及
充分的善意问题，对共同的善的认识问题，对未来共同的愿景的期待问
题，以及一个合理的补偿正义（compensatory justice）的接受问题"③。成
中英试图借助内在超越来构筑这一愿景：

　　如果我在精神上能够与我的天地合而为一，不管是通过孟子的
方式或庄子的方式，也就是扩充我自己或消减我自己，我与天地合
一就包含了本体的你与我，也就是主体的你与我，以及客体的你与
我。这样我一方面消除了你我之间的精神的空间与距离，另一方面

---

　　① ［美］成中英：《太虚中的本体之间：异而他、他而异、异而化》，见方维规主编：
《思想与方法：全球化时代中西对话的可能》，41 页。
　　② ［美］成中英：《中西的本体差异与融通：本体互释与反思真理》，见方维规主编：
《思想与方法：全球化时代中西对话的可能》，42 页。
　　③ ［美］成中英：《中西的本体差异与融通：本体互释与反思真理》，见方维规主编：
《思想与方法：全球化时代中西对话的可能》，43 页。

也保存了你我本体之间的自然的空间与距离。犹如天上的繁星，彼
此相照而又属于一体。距离的时空是为了分别，但也是为了连接，
更重要的是为了在连接中维护分别，在自然融合中孕育与凸显个别
本体的存在。①

这种在精神上与天地合一的内在超越，毫无疑问能消解本体之间的隔绝，
也能穿越理解的不同层次。不过问题在于，内在超越则无须分别也不用
凸显个别，所谓分别与凸显都是外在观察的结果。本体论与间距论的整
合仍然存在裂缝，理论融合不是那么容易就能实现的。

　　差异和他者也是本体诠释学的两个重要概念。成中英先生用易学"创
化"观念打破这两个概念与生俱来的封闭性，显明它们的本体生成性，使
其服从"创化"的逻辑。他提出"异而他、他而异"的双向命题，也就是说
"差异化导向他者化，他者化导向差异化"。② 显然，辩证法和易学思维
也是他改造或者说扩容西方概念，打造中西对话工具的两种核心资源。
经过改造，这种辩证的逻辑在融通不同文化方面显示出强大的诱惑力。

五易逻辑

　　成中英提出"变易就是变异"，由易变的逻辑来贯串他从本体论到本
体间论的理论构想。他总结出五易逻辑作为文化之间对话与理解的原则
与程序。

　　所谓"五易"也即变易、不易、简易、交易（交相为易）及和易。变易，
也就是生成他者的变异，他者源于变异，也将继续生变，而不会固守在
他者的封闭性里；不易，是在变化过程中相对不变的结构性关系，这些
关系决定了本体内在的贯通性；简易，是"把自我与他者的理解凸显为更
为精细或更为清晰的概念化的理解"的原则；交易（交相为易），指在简易
理解的基础上为了更富成效的理解而展开深度的相互诠释，关注他者的

---

　　① ［美］成中英：《中西的本体差异与融通：本体互释与反思真理》，见方维规主编：
《思想与方法：全球化时代中西对话的可能》，42 页。
　　② ［美］成中英：《中西的本体差异与融通：本体互释与反思真理》，见方维规主编：
《思想与方法：全球化时代中西对话的可能》，45 页。

特殊性，探讨适合他者的特殊方式，尽可能全面地彰显这种特殊性的生成逻辑，互通有无，相互吸纳；和易，是以更大的善与共同的善为目标，双方之间进行和谐发展与持续交往，以释放双方各自的潜能。五者之间的联系充分彰显了它们之间的结构关系，也即理解活动的内在构成状况。五易逻辑清晰地凸显出成中英针对文化间对话之可能所提出的"异而他、他而异、异而化"的思想路径。

（三）"本体诠释"说与"间距"说的沟通与分歧

"本体诠释"说和"间距"说的出台，是在全球化这一共同语境下针对同一议题，即中西之间对话之可能性的议题。二者之间存在以下相通之处：第一，都在中西思想之间作业，都致力于"通"的目的。成中英的本体诠释说会通中国儒学与西方哲学尤其是美国分析哲学，朱利安的间距说融合欧洲哲学与中国道家思想。二者都从自身立场出发，探讨中西之间真正沟通的对话策略。第二，都利用"易"或"化"的逻辑来构建自己的理论。成中英本而体的诠释思路，对差异与他者之间关系的"异而他、他而异、异而化"诠释，对五易逻辑的理论构建都源自"创化""易变"的逻辑；朱利安对"文化"的本性就是变化、变易，"人性"在于自我反思，"之间"是一切自我开展通过之处等的阐说，也是基于非静态的易变生成逻辑。第三，都在思想的关键领域探测到了中西思想之间的"间距"①，如关于自由意志的问题、道德问题、宗教信仰问题，等等。当然，二者对各自探测到的间距做了不同的处理，那就另当别论了。

然而，二者之间更多的是分歧。它们的分歧不仅表现在理论上，也表现在工具策略上。

首先，理论上的分歧。二者在理论上的最大分歧表现为本体性与他者性的对立。所谓本体性是内在性与外在性的统合，可以涵盖主体性与

---

①　这里也可以说"差异"，但是"差异"在中国传统思想中被"易变"的逻辑所遮蔽；在西方思想中，如朱利安所揭示的，遵循"认同"逻辑。因此，这个语词成为可疑的了。朱利安的"间距"概念在此也许更能传达我要表达的意思。

客体性，是超越的内在性。依据成中英的说法，内在性是以体验感悟认知世界的方式，外在性是基于外在观察认知世界的方式。本体性之所以能统合内在性与外在性，就是因为内在性与外在性的同根同源。也就是说，本体性是建立在同本通体的整体观之上的。① 由此出发，儒家思想强调"合"的理想，推崇"感同身受""推己及人"的价值关怀在本体性思想中得以传承。② 他者性则截然不同，他是对外在于我的存在的建构，是逻辑的发明，是操作"间距"与"之间"工具的产物。他者性思想否定事物之间具有共同的本源，否定认同，只承认存在可理解的共同之处，以此作为双方自我反思与激发思想的源泉。因此，它拒绝整体性，反对懒惰的差异性，构想一种能够维持差异又能彼此激荡、无限生成的多元文化景观。基于本体性立场，成中英很怀疑他者性的沟通能力。

其次，在对"差异"的思考上表现为易变逻辑与认同逻辑的分歧。朱利安认为差异遵循认同逻辑，是个懒惰的、缺乏孕育力的概念，其结果只能导致认同，而不能生产促使自我开展的他者。成中英用易变的逻辑来思考差异，认为差异和他者之间是可以双向生成的"异而他""他而异"的关系。朱利安对认同的敏感导致他对差异的拒斥，这是可以理解的。不过，在中国思想中，差异并非与间距相对立的概念，它本身就已经含有距离、间距的意思。中国思想对易变的理解使其不会仅满足于分门别类的差异，而总会为变化留下空间。

最后，在自我的形成方式上表现为内省与反思的对立。在本体性思想中，自我的形成方式是通过"内省"来实现的。"内省是一种能力，是一种可以将内外整合为一个不矛盾的整体的能力，以方便我们继续存在下

---

① 参见［美］成中英：《"面对面"之前的几点反思：与朱利安教授的对话》，见方维规主编：《思想与方法：全球化时代中西对话的可能》，55 页。

② 成中英称之为"仁者性"，将他的本体论哲学也称为"仁者哲学"，以对应朱利安的"他者性"和"他者哲学"。参见［美］成中英：《"面对面"之前的几点反思：与朱利安教授的对话》，见方维规主编：《思想与方法：全球化时代中西对话的可能》，53 页。

去。"①这是一种内在超越的能力。② 而在他者性思想中，自我生成的方式是通过自我反思，这种反思通过观察他者来实现，是从一种外在视角对自我的提升。内在性视角导致本体诠释学面对前理解问题走向探本溯源的诠释路径，而外在性视角则决定了间距说通过不停地位移③来远离自身，在解构自身成见的同时建构自我的理论路向。

本体诠释与间距说显示出不一样的工具策略。二者都在思想的关键领域、西方哲学的重大元素那里勘察到了中西思想的差异，但是不同的工具策略使它们对这些差异做出不同的处理。本体诠释的工具策略是使用共名来沟通差异，从而化解这些差异之间的间距，为对话与交流建立一个最起码的基点。譬如，成中英在易学生成论意义上诠释"本体"是由本而体，他将自己的本体论与朱利安所使用的本质主义的本体论做出区分；在"自由"问题上，他了解西方意志自由的基督教神学基础，但不主张由此断定中国没有自由，他认为中国也有自由，只不过与西方自由不同，是基于自然观而非宗教观的自由；在"宗教"问题上，他认为内在超越的儒教可以与其他宗教如外在超越的基督教等泰然相处；等等。这是一种双向诠释的策略，一方面，借用西方概念诠释中国思想；另一方面，用中国思想诠释西方概念，由此拓宽概念工具的内涵，使它适用于中国对象。由此可以譬见当下中西对话所遭遇的尴尬——共名不可信赖，但又必须依赖。作为对话的前提，共名给予进入的便利，但内涵分歧甚至截然相反的意涵反过来增加了进入的困难。共名既诱导进入，又在一定程度上拒斥深入。④ 最直接的并不总是最近的。

如果说本体论的工具策略可以归结为借用工具、诠释整合，那么间距论的工具策略简言之即解构定见、重新打造，也就是朱利安所谓去范畴化，然后再范畴化。在他构建间距论的过程中，这种工具策略鲜明地

---

    ① [美]成中英：《"面对面"之前的几点反思：与朱利安教授的对话》，见方维规主编：《思想与方法：全球化时代中西对话的可能》，54 页。

    ② 朱利安在《大象无形》中讨论的"神观"（contemplation）就是这样一种内在超越能力。

    ③ 改变立场或借用他者立场。

    ④ 依据朱利安对"共有"的思考，共名并非二者之共有，只是想象的共同点。

凸显出来。先是从反思成见出发，对"差异"去范畴化；然后从欧洲思想中征用"间距"概念作为与"异质邦"对话的专用工具，在"认同"逻辑之外重建中欧思想的关系模式；此后在中国田野发掘取之不尽，用之不竭的"之间"作为新的概念工具；最后在中欧思想之间改造"他者性"工具使之适用于双方。出于激发并维持思想之生产力，对抗全球化时代文化同质化、思想单一化危机的目的，朱利安对待中西之间"差异"的态度与成中英截然不同。他采取强化而非固化的策略。他不谈"差异"只是为了避免对差异的惰性处理，因为"差异"还不足以构成二者之间的批判与反思性关系，因此必须有力量介入。他用在他看来更具有张力的"间距"概念来铺设二者之间对话的通道——言下之意，双方没有共同点，不过可以将二者"之间"作为共有（对话场所）。显然，朱利安是在中西之间打造新的概念工具，从解构出发思考建构之可能。这也就涉及他更大的工具策略，那就是把中国打造成思想工具。①

　　由上所述可以窥见，本体诠释之灵魂在"化"，创化，生生不息；旨归在"和"，和谐，和易。其价值基点奠定在儒家仁者思想上，以统合主客体的本体的自我发展（内在超越）促进本体间的和谐。它用"易变"来诠释"本体"，以"过程"来论证"此在"之合理性。它的开展方向由时间而至空间。间距说核心在"间"，在皱褶（开合自如），在缝隙（开合有度）；②旨在"发现"（发明）、生产、自我开展。其思想动力源于欧洲哲学的他者性概念，是通过远离自我来成为自我，借助外在间距打开内在间距，以解构的方式思考建构。它的开展方向由空间而导向时间。

　　本体诠释与间距论分歧巨大，不过二者在运用于文化之间的对话中仍可发挥互补作用。本体诠释能融合间距论生成本体间论，间距论亦为

---

　　①　朱利安在自己的著作中反复申明他的这一思想策略。
　　②　"间"既可以是一个沟通的概念（通道），也可以是一个防御的概念（间隔、间离）。操作者可以依据情势选择沟通还是隔离、开通还是闭合，是为开合自如。朱利安提到"閒"（间）字的含义："两扇门之间有月光穿透照亮。"（［法］朱利安：《间距与之间：如何在当代全球化之下思考中欧之间的文化他者性》，见方维规主编：《思想与方法：全球化时代中西对话的可能》，36页）月光能穿透照亮"之间"的程度决定门开合的程度，故"间"还有开合有度的意思。

易变留有空间。本体诠释可以作为对话之基本原则，确立不同文化在文化生态中的合法位置，以维护差异之正义；其五易逻辑还可以作为对话之具体程序引导对话的深入。间距论可用作具体操作规则和实践工具，逐步勘测出不同文化之间的间距，在增进文化之间的沟通理解之基础上开掘思想的进路。①

　　在这场对话中，也凸显出海外学人对待中国文化的不同态度、立场。成中英的本体论强调中国文化由古至今的内在贯通性与一体性，并自觉承担传承中国文化的使命。朱利安没有明言，但他的思想探险和对话实践更像是通过中国这个他者来进行的自我与自我的对话。而且这个他者是静态的古代中国，而非活生生的当代中国，它存在于人迹罕至的人文遗迹（经典文本）之中。② 他强调中国与西方思想的"无关"，强调"他者性"，正是针对古代中国而言。现代中国与世界沟通，但这对建构文化他者性意义不大。他所致力的对话，在某种程度上可以看作是古代中国与希腊的对话，是两个博物馆、两个幽灵的对话。③ 他在幽灵之间招魂并搭建对话平台的目的是从已经丧失活力的资源中搜索尚可加以利用的思想原料。在他眼中，中国（古典）文化仅剩下资料或工具价值，而不是成中英所谓具有创生性的文化本体。这种现象也源于成中英与朱利安使命感的差异：一个为文化，一个为思想。不过毫无疑问，朱利安得在他忽

---

　　① 间距论与五易逻辑中的双向诠释、相互交易的对话原则有契合之处，都致力于对差异更加深入的理解。在一定程度上，可以把本体论借用西方工具来诠释中国思想的策略作为初步的、简易的对话原则，而后，就需要打开间距的复杂的诠释理解了，比如，朱利安对西方之"自由"与中国之"自在"的考察就很有启发意义（参见［法］朱利安：《回复成中英——北京2012》，见方维规主编：《思想与方法：全球化时代中西对话的可能》，61～63页）。朱利安充分打开"自由"和"自在"的间距，把它们做成一对相反的概念。那么，我们是否可以思考，自由和自在在何种情况下开始汇流？在二者汇流或分流的过程中，人们的心理机制和思想基础发生了什么样的变化？

　　② 朱利安只关注古代中国、文人文化的思想倾向不断遭到指责，围绕他的学术思想的论争经常涉及这一问题。他是到中国古典文本中寻找思想资源，然而又不能直言不讳地宣称他所说的不是中国，汉学和哲学的"之间"，就是他的工作场地、他的田野。

　　③ 成中英在《"面对面"之前的几点反思》中提到西方人对中国文化的看法，认为中国文化是已经消失或正在消失的文化，是以"博物馆"或"幽灵"的方式存在的文化。

视其存在的现代汉语中——这个欧洲语言与古代汉语的"之间"——进行这场对话。

　　这一场发生在中西之间，发生在儒学与欧洲哲学之间，发生在文化与思想之间的对话深具意味。依据朱利安的说法，美国与欧洲共享着同一语言体系（印欧语系）及思想体系，它们之间的差异可以算作是内部间距；中国则是外在于欧洲—美洲文化之外的他者。① 由此我们会看到，朱利安在做出中欧之间的外部间距的同时，也在维持欧美之间的内部间距；也就是说，他在对抗汉化的同时也在努力抗拒美国化的趋势。中国—欧洲—美国所构成的三角形关系潜在于这场关于对话之可能性的对话之中，这个中欧（或中西）"之间"往往并不是单纯的二者之间，而是三者甚至更多边的"之间"。从文化上说，这个"之间"的力量结构比较复杂，也许隐藏在思想与文化背后的意识形态力量才是在"之间"运势布局的主角。成中英站在中国与美国这两个文化本体之间，然后面对欧洲。他探测到了儒家哲学与美国哲学的某些通融之处，从而在思想上更与美国而非欧洲沟通。他是站在美国化的儒家整体观立场来与朱利安的欧洲思想对话，并规划全球化时代的文化格局。这里体现了美国哲学整体观与儒家天下观的沟通。虽然说多元互生、和同、和易的文化景观很令人期待，不过全球化文化现实中所呈现的同质化、单一化趋势也不容忽视。对于当下知识分子而言，其以何种价值立场进入中西或中欧对话场域，恐怕是绕不开的问题。

九、结语

　　朱利安关于中国的研究具有内在的关联性，一个主题将了未了，又打开另一个主题，主题与主题之间前顾后盼、相互支持、相互解释，构

---

　　① 朱利安《间距与之间》一文的副标题"如何在当代全球化之下思考中欧之间的文化他者性"暗示了这种复杂状况。美国文化恰好置身于中欧的"之间"，成中英的位置很好地代表了这种文化之间的复杂性。

成一个大的网络。他声称，"我在织一张网，把它伸向中国和欧洲，以捕捉它们的不可思因素"①。他是在借助中国美学和文论资源拓展思想的他处。为了思想的便利，他的汉学研究具有一种蒙太奇式的剪辑效果，对于西方知识分子而言，其"提供了能够迅速地了解'中国思想'的幻觉"②。瑞士汉学家毕来德为此批评朱利安"披上哲学家的权威外衣来为他的整体论述增加信用，而一旦这个论述惹起争议时，他就躲到哲学家不受约束的权利伞下寻求庇护。他利用了一个对他有利的形势，但对自己行为的后果却未曾负起责任"③。毕来德指的是朱利安的著作会引发人们对中国的误解，扩大中西文化的差异，造成彼此封闭，从而阻断真正富有成效的对话。他的担忧不无道理。我们该如何看待朱利安的汉学研究呢？抑或说，我们可以把"汉学"或"中国"视作朱利安为自己的学术研究挂上的招牌或标签吗？

当然，如果从主流汉学家的视角来看，朱利安无疑是汉学家中的另类；如果从哲学家角度来看，则又是另一种状况。哲学家们会质疑：如果哲学不研究普遍问题的话，那它还是哲学吗（这就是德勒兹的地缘哲学一直处境尴尬的原因）？朱利安的研究，归属于汉学似乎缺乏历史主义的维度，归属于哲学却又不够普遍。

谈及朱利安的中国经典研究，也许称作思想比哲学更为合适。思想的特征不就在于流动、变换、发明和创造吗？而思想的阐发不正缘于经典的支撑吗？因此，我们可以从经典阐发的角度，把朱利安的研究方法与汉学研究中的普遍方法结合起来思考。在某种程度上，它们之间的差别不正像中国清代汉学（朴学）与宋学（理学）之间的差别吗？④ 它们之间

---

① ［法］弗朗索瓦·于连、狄艾里·马尔塞斯：《〈经由中国〉从外部反思欧洲——远西对话》，256 页。

② ［瑞士］毕来德：《驳于连》，见张西平主编：《国际汉学》第 19 辑，230 页。

③ ［瑞士］毕来德：《于连，说到底》（摘译），黄冠闽译，见张西平主编：《国际汉学》第 19 辑，245 页，郑州，大象出版社，2010。

④ 谈及清代汉学和宋学，为避免概念混淆，最好将外国人的中国研究称作"中国学"，以区别于清代汉学。

的冲突也是如此。清代汉学和宋学各有其治学倾向，或考据，或义理，彼此之间论争不休，却又相互支持、相互渗透。① 显然，朱利安的经典诠释在中国有宋学传统为前鉴，在欧洲也有其师承——法国汉学家葛兰言。朱利安认为，葛兰言的汉学研究并非关闭了历史维度，而是其贡献不在于此，因为他首先"把中国当作思考对象，如果不说思考工具的话。其次，他在钻研语言、思想、宗教、数字等等这些本质问题的同时，还睿智地思考了中国与我们的差距。这一切显示了一个新的分类"②。葛兰言与朱利安皆是海外汉学中的另类，之所以在欧洲中国学研究领域成为异数，那是因为欧洲学界汉学研究的兴趣大多限于史料考证，从事深奥玄远的思想探索与诠释者甚少，且有相当的难度。当然，这也与从事中国学研究者的师承、知识谱系与思维倾向有关。

朱利安对中国思想的看法，也沿袭了他的欧洲前辈思想家黑格尔等人的观点。他在指责黑格尔没有发现中国文本的价值时，并非对黑格尔观点的全然否定，或不如说，他指责的是黑格尔的态度而不是结论。事实上，他从未站在与黑格尔对立的立场上来称赞、美化中国，也没有在前人的认识上驻足不前（这也是他与欧洲思想所保持的不即不离的有效距离）。他继续探索，结果他挖掘到了黑格尔所说的平淡无味之后潜藏着的无限丰富的可能性——思想的可能性。

然而，我们可以由此将他的中国经典研究解读为对中国思想的肯定和赞誉吗？我们可以自豪地认为西方思想家在西方思想的没落之际向更具有原始性的中国思想寻求解药吗？恐怕不能。原因有三点。

首先，他对中国思想的惊叹往往源于极度的好奇与震颤。这种惊叹不只是奇遇和收获的惊喜，还有不理解或不赞成的感叹——比如，他对中国人的和谐感到厌倦时会说"又是和谐"，还戏谑地称中国文人"爱玩平衡术"。他在好奇心的导引下对中国思想做剥皮剔骨般的深入研究，试图

---

① 参见罗检秋《嘉庆以来汉学传统的衍变与传承》（北京，中国人民大学出版社，2006）一书对清代汉学与宋学关系的梳理。

② ［法］弗朗索瓦·于连、狄艾里·马尔塞斯：《〈经由中国〉从外部反思欧洲——远西对话》，124 页。

挖掘出所以然的脉络。在他的每一项研究中，他最后都能挖出我们的老底儿来，挖出我们"大"后面的"小"来、"丰富"背后的"干瘪"来、精妙后面的妥协来。当然，他对欧洲思想也同样鞭辟入里。在中国和欧洲思想之间，他不停地变换立场，左右开弓，互相拆台，双向批判。他的立场就是思想的立场，哪里有思想延展的缝隙，哪里就有他探索的目光和批判的锋芒。在这种意义上，中国并非一个"具有解放性或补偿性的他者"角色，而不过是"一个转向未思的机会和工具"①。他者化不过是为了工具更上手而进行的打磨。

其次，我们不能把朱利安向欧洲人介绍的中国等同于我们自己观念中的中国，或我们置身其中的中国，或中国自身——如果中国有一个"自身"的话。德国汉学家傅吾康（Wolfgang Franke，1912—2007）曾明确指出："直至今日，西方的中国形象或曰对中国的认识，往往是从一个极端走向另一个极端；中国形象所显示的，更多的是观察者自身的立场，而不是观察客体本身。"②朱利安笔下的中国是被欧洲视野遮蔽的中国，即使他尽可能地维持一种客观的立场，并不停地对自身的欧洲立场进行反思，也仍然无法将这种遮蔽抹除净尽，何况中国这个研究对象是拒绝对象化的对象。我们自己观念中的中国又是什么样子呢？我们能够想象经典文本中的中国吗？我们如今已置身于没有古典精神熏染的他处，所感受到的不过是"一种形式的乡愁与乌托邦"③。

此外，必须考虑到朱利安的哲学家身份。哲学家也许从个别的、现实的、特殊的问题、现象、状况入手，但他们往往富有雄心，从未把目标放置在出发点上。这从他反复申明的"中国工具论"可以知晓。朱利安笔下的中国，作为思想工具，既不同于当代中国学者眼中的中国，也不

――――――――――

① François Jullien, *The Great Image Has No Form, or On the Nonobject through Painting*, p. xvi.

② 转引自方维规：《中国灵魂：一个神秘化过程》，见［德］马汉茂等编：《德国汉学：历史、发展、人物与视角》，86 页。

③ 方维规：《中国灵魂：一个神秘化过程》，见［德］马汉茂等编：《德国汉学：历史、发展、人物与视角》，80 页。

同于汉学家视野中的中国，更不同于现实中国。它是欧洲视野和思想视野双重遮蔽下的构造物，是朱利安自己的田野、工地。诚如法国哲学家巴迪约（Alain Badiou）所言，朱利安是在发明中国。对于西方而言，"中国从来不是一个现成的供我们去了解的客体，而是需要不断发明的"；"中国是我们讨论问题时的一个基本参照，需要不断地重新组合，重新书写，重新发明"。朱利安"所力求发明的中国绝对是为了对我们有点儿用处的，而不是为了让中国人对自己的存在认识得更清楚"①。朱利安的目标意向在于发明思想，"重建哲学"，故此，作为重建哲学之工具的中国不过是一名相，把它等同于真实的中国，也就过于断章取义、胶柱鼓瑟了。

　　为了他的思想发明和哲学建构，他对中国经典文本的诠释具有选择性（他行文中不可避免的后现代风格在此毋庸赘言，当然，这也是他的诠释与中国学人存在较大差异的缘由之一）。他的选择性表现在：为了做出差异，或者打开间距，他对中国思想的"异质性"和"他者性"的强调简直到了极端的地步。他不惜采用物理学上实验室的操作方法，对中国工地（或对象）进行理想化的处理或干预，滤除杂质，忽略含混暧昧、模棱两可的东西，纯化思想语境。也就是说，他基本上是在儒家和道家这两种本土思想资源的范围内进行操作的，即便他的研究主题已经延伸到了佛教传入中国后的很长历史时段，甚至到了清代，他仍然很少论及佛教。即使偶有触及，也马上一笔带过。因为佛教源自印度，与同属印欧语系的欧洲思想关系暧昧，佛教在他的纯粹"异质化""他者化"的思想实验中是个不受欢迎的扰乱者。

　　这也是不能把朱利安笔下的中国等同于中国（此处表达得十分含糊）的一个更深层的理由。个人认为把佛教这个极其重要的元素排除在外，就无法准确地诠释古代中国。当然，必须再度重申，醉翁之意不在酒，朱利安的中国研究之最终目的不在诠释中国，而在打造思想工具，激活

---

　　① ［法］阿兰·巴迪约：《发明中国》，见［法］皮埃尔·夏蒂埃、梯叶里·马尔歇兹主编：《中欧思想的碰撞：从弗朗索瓦·于连的研究说开去》，89～90页。

并拓展欧洲思想的进路。

　　这便导致另一个问题：朱利安汉学研究的可信度和合法性的问题。这个问题与毕来德提出的问题存在关联性。我们可以说朱利安用科学的方法进行了不十分科学的研究。我们也可以用对待科学实验的态度来对待他的汉学研究。那么，我们可以说，一方面，它能提供一定的关于中国的知识和关于中国的想象；另一方面，这些知识远非精准，想象也十分朦胧模糊。他笔下的中国是一种建构，也是一种偏见。不过，他建构中国这个虚拟实验室的目的已经达到了——激活并发明思想。他在噼里啪啦的左右开弓中，难道没有打开无数思想的皱褶吗？难道没有带给我们诸多玄妙的思想震颤吗？当中国经典在朱利安的诠释下熠熠生辉之时，我们难道不该反思，激活传统（这也是个大而无当的概念）的口号喊了许久，为何传统仍与我们基本隔膜，静默地沉睡在历史流传物的位置，散发着冰冷僵硬的死光？

　　陈来曾说，朱利安的汉学研究的意义在于方法论上的价值。① 的确如此，朱利安的研究可以给我们很多方法论上的启示。一般来说，对于同一研究对象，我们可以通过不同的途径，采用不同的方法策略。这种意识在相当大的范围内都是有效的，然而并非总是有效。在朱利安的研究中，似乎并不能对研究对象、研究目的与研究方法明确地做出界定。难道不正是非对象化的对象选择着契合它的研究方法，同时方法也在塑造、生产并发明着尚处于变动生成中的对象吗？因此，我认为，朱利安汉学研究的方法策略、目标对象都值得我们深思。摈弃佛教因素来看中国固然不够准确，但也给我们提供了思考的机会，可以让我们看到科学主义方法借用于人文研究的优势及劣势。

　　还有一个问题需要考虑：朱利安的中国研究摈弃了意识形态因素吗？思想往往打着普遍主义的旗号展示其超越性的特征，然而，每一个思想家却又都是对他所处时代的重大问题进行回应。面对欧洲思想的困境，

---

　　① 参见陈来：《跨文化研究的视角——关于〈迂回与进入〉》，见乐黛云、[法]李比雄主编：《跨文化对话》第 2 辑。

朱利安的回应是：将中国他者化。为什么他反反复复、不厌其烦地强调
"差异"，并声称迂回中国之旅"尚未上岸已踏上归程"？[①] 他所惧怕的就
是"被同化"。远一点的例子，在中国历史上屡有汉文化对其他文化的强
大渗透和同化发生；当下，以美国化为主导的全球同质化浪潮势如破竹。
朱利安作为一个法国人、一个欧洲人，有着强烈的忧患意识。他的著述
是写给欧洲同胞的。作为欧洲人，既要努力抗拒几乎不可逆转、千篇一
律的全球同质化（美国化），又要提心吊胆地避免被自己制造的"中国工
具"所吞噬。因此，他的"他者化""异质化"的思想策略与他作为欧洲思想
者的立场是完全相符的。由此可见，学者的立场无时无刻不在选择并打
磨着他的研究对象，决定着他的方法、策略，并参与着他的结论的生成。

---

① François Jullien，*The Great Image Has No Form*，*or On the Nonobject through Paint-ing*，p. xvii.

中西文人名对照表

A

阿德隆 Friedrich Adelung

阿德隆 Johann Ch. Adelung

阿克巴尔 Seid Ali Akbar Khatai

阿列克谢耶夫 М. Василий Алексеев

阿那卡西斯 Anacharsis

埃里森 Adolf Ellissen

埃施 Johann Ersch

艾布拉姆斯 Meyer Abrams

艾德林 З. Лев Эйдлин

艾帝 Attilio Andreini

艾度斯 Marc-Antoine Eidous

艾希霍恩 Johann G. Eichhorn

安得罗齐 Alfonso Andreozzi

安守廉 William P. Alford

安文思 Gabriel de Magalhães

奥尔巴哈 Erich Auerbach

奥尔吉耶夫斯基 М. Сергей Георгиевский

B

巴德尼 Paola Paderni

巴迪约 Alain Badiou

巴多明 Dominique Parrenin

巴罗 John Barrow

巴罗内 Giuseppe Barone

巴洛斯 João de Barros

巴特 Roland Barthes

巴赞 Antoine Bazin

白晋 Joachim Bouvet

白莱慕 Annamaria Palermo

白图泰 Ibn Battuta

白佐良 Giuliano Bertuccioli

拜伦 George Byron

柏拉图 Plato

柏应理 Philippe Couplet

班巴诺 Jacques Pimpaneau

比素 Renata Pisu

比特鲍罗 Michel Bitbol

彼得大帝 ПётрI

毕莱德 Jean Billeter

毕欧 Édouard Biot

毕玉玲 Barbara Bisetto

彪西 Charles de Bussy

波蒂埃 Guillaume Pauthier

波利瓦诺夫 Д. Евгений Поливанов

波梅兰采娃 Е. Лариса Померанцева

波索什科夫 Т. Иван Посошков

波兹涅耶娃 Д. Любовь Позднеева

伯德 Derk Bodde

伯乐提 l'abbé Le Peletier

伯努 Claude Bernou

帛黎 Théophile Piry

卜松山 Karl-Heinz Pohl

布尔热 Paul Bourget

布莱希特 Bertolt Brecht

布勒蒙 Émile Blémont

布鲁盖 François-André-Adrien Pluquet

布鲁诺 Ferdinand Brunot

布落内蒂 Mino Brunetti

C

察赫 Erwin von Zach

晁德莅 Angelo Zottoli

陈季同 Tcheng Ki-tong

程艾蓝 Anne Cheng

程抱一 François Cheng

D

达西 Guillard d'Arcy

戴密微 Paul Demiéville

德邦 Günther Debon

德保罗 Paolo de Troia

德庇时 John F. Davis

德菲利斯 Fortunato de Felice

德金 Joseph de Guignes

德勒兹 Gilles Deleuze

德里达 Jacques Derrida

德理文 D'Hervey de Saint-Denys

德礼贤 Pasquale D'Elia

德莫朗 Soulié de Morant

德斯特雷 Caesar d'Estrees

迪德里西斯 Eugen Diederichs

狄德罗 Denis Diderot

杜赫德 Jean-Baptiste du Halde

杜齐 Giuseppe Tucci

杜威 John Dewey

多恩赛夫 Franz Dornseiff

铎尔孟 Andre d'Hormon

E

鄂登堡 С. Сергей Ольденбург

鄂多立克 Friar Odoric

恩格尔加尔德 Н. Александр Эгельгардт

恩理格 Christian Herdtricht

F

法布里齐奥 Fabrizio Pregadio

法特尔 Johann Vater

范利安 Alexandre Valignani

腓特烈大帝 Friedrich der Große

费德林 Т. Николай Федоренко

费琅 Gabriel Ferrand

冯秉正 Moyriac de Mailla

冯维辛 Н. Денис Фонвизин

佛卡尔蒂 Gabriele Foccardi

弗莱舍 José Frèches

弗赖塔格 Gustav Freytag

弗雷莱 Nicolat Freret

弗雷斯奈 Fulgence Fresnel

弗雷泽 John Fraser

弗里德曼 Maurice Freedman

伏尔泰 Voltaire

符拉基米尔佐夫 Я. Борис Владимирцов

福尔曼 Manfred Fuhrmann

福柯 Michel Foucault

福兰阁 Otto Franke

傅尔蒙 Etienne Fourmont

傅海波 Herbert Franke

傅熊 Bernhard Führer

傅吾康 Wolfgang Franke

G

嘎伯冷兹 Hans Conon von der Gabelentz

歌德 Johann Wolfgang von Goethe

戈雷吉娜 И. Кирина Голыгина

格雷塞 Johann Gräβe

格鲁贝尔 Johann Gruber

格鲁贤 Jean-Baptiste Grosier

葛兰言 Marcel Granet

葛禄博 Wilhelm Grube

古龙 Louis Coulon

顾彬 Wolfgang Kubin

顾若愚 Hermann Köster

顾赛芬 Séraphin Couvreur

贵格利 Grégorie de Nysse

郭纳爵 Ignatius da Costa

H

哈尔芬 Jules Halphen

哈桑 Abu Zeid Hassan

海德格尔 Martin Heidegger

海陶玮 James Hightower

海西希 Walther Heissig

韩国英 Pierre-Martial Cibot

何碧玉 Isabelle Rabut

何乏笔 Fabian Heubel

何可思 Eduard Erkes

贺拉斯 Quintus Horatius Flaccus

赫鲁晓夫 С. Никита Хрущев

洪若翰 Jean de Fontaney

华兹华斯 William Wordsworth

华嘉 Giovanni Vacca

黄嘉略(黄日升)Arcade Hoang

J

季歇尔 Athanasirs Kircher

加莱 Joseph-Marie Callery

贾柏莲 Hans Georg von der Gabelentz

贾钦托 Licia Di Giacinto

杰尔查文 Р. Гаврил Державин

金尼阁 Nicolas Trigaut

K

卡多纳 Alfredo Cadonna

卡尔比 Ibn Juzay al'Kalbi

卡拉姆津 М. Николай Карамзин

卡莱尔 Thomas Carlyle

卡雷罗 Olivier Carrérot

卡萨齐 Giorgio Casacchia

卡斯泰拉尼 Alberto Castellani

康德 Immanuel Kant

康德谟 Max Kaltenmark

康捷米尔 Д. Антиох Кантемир

康拉德 И. Николай Конрад

柯宝山 Hermann Kogelschatz

柯恒儒 Julius Klaproth

柯拉蒂尼 Piero Corradini

科兹洛夫 К. Петр Козлов

克加 Filippo Coccia

克拉夫特 Barbara Kraft

克拉夫佐娃 Е. Марина Кравцова

克拉奇科夫斯基 Ю. Игнатий Крачковский

克里夫佐夫 А. Владимир Кривцов

克里斯蒂娃 Julia Kristeva

克路士 Gaspar da Cruz

克斯谭蒂尼 Vilma Costantini

L

拉达 Martin de Rada

拉德洛夫 В. Василий Радлов

拉季舍夫 Н. Алексей Радишев

拉康 Jacques Lacan

拉卢瓦 Louis Laloy

拉鲁斯 Pierre Larousse

莱斯 Simon Leys

莱辛 Gotthold E. Lessing

莱伊 George Lay

蓝齐 Rainier Landelle

兰契奥蒂 Lionello Lanciotti

朗格勒 Louis-Mathieu Langlès

勒贝 Julius Löbe

雷慕沙 Jean-Pierre Abel-Rémusat

雷诺多 Eusèbe Renaudot

雷乔治 Georg Lehner

雷斯 Abraham Rees

雷威安 André Lévy

雷孝思 Jean-Baptiste Régis

李福清 Л. Борис Рифтин

李明 Louis le Comte

李蕊 Lavinia Benedetti

利玛窦 Matteo Ricci

利谢维奇 С. Игорь Лисевич

梁弘仁 Artus de Lionne

列宁 И. Владимир Ленин

列维纳斯 Emmanuel Lévinas

列维-斯特劳斯 Claude Lévi-Strauss

列依斯涅尔 М. Лариса Рейснер

刘若愚 James Liu

刘应 Claude de Visdelou

卢斯科尼 Anna Rusconi

卢梭 Jean-Jacques Rousseau

鲁不鲁乞 Guillaume Rubruquis

鲁日满 François de Rougemont

罗蒙诺索夫 М. Василий Ломоносов

罗密欧 Sebastiana Romeo

罗明坚 Michel Ruggieri

罗森 А. Фридрих Розенбург

罗斯尼 Léon de Rosny

罗索欣 К. Иларион Россохин

吕福克 Volker Klöpsch

M

马国贤 Matteo Ripa

马汉茂 Helmut Martin

马克思 Karl Marx

马可·波罗 Marco Polo

马礼逊 Robert Morrison

马若瑟 Joseph de Prémare

马熹 Edoarda Masi

迈尔 Joseph Meyer

迈纳斯 Christoph Meiners

曼德维 John Mandeville

梅绮雯 Marion Eggert

门多萨 González de Mendoza

蒙特 Theodor Mundt

莫尔 Julius Mohl

莫里茨 Ralf Moritz

莫宜佳 Monika Motsch

穆尔 Christoph Murr

穆拉托夫 И. Хасан Муратов

N

尼采 Friedrich Nietzsche

聂历山 А. Николай Невский

涅恰耶夫 Василий Нечаев

诺全提尼 Lodovico Nocentini

诺维科夫 И. Николай Новиков

诺伊曼 Carl Neumann

P

帕什科夫 К. Борис Пашков

帕斯蒂尔 Marianne Bastid-burguiere

帕斯卡 Blaise Pascal

帕维 Théodore Pavie

庞德 Ezra Pound

佩雷拉 Galeote Pereira

佩休罗夫 А. Дмитрий Пещуров

皮尔勒 Heinrich Pierer

品达 Pindar

珀西 Thomas Percy

普莱沃 Antoine Prévost

普列汉诺夫 В. Георгий Плеханов

普罗科波维奇 Ф. Прокопович

普佩 Camille Poupeye

普希金 С. Александр Пушкин

普意尼 Carlo Puini

Q

齐艾吉 Emilio Cecchi

钱伯斯 William Chambers

钱德明 Joseph-Marie Amiot

切尔卡斯基 Е. Леонид Черкасский

切尔沃涅茨基 Д. Тихон Червонецкий

秦梯利 Giovanni Gentile

R

热洛霍夫采夫 Н. Алексей Желоховцев

儒莲 Stanislas Julien

S

赛维理尼 Antelmo Severini

沙畹 Édouard Chavannes

珊德拉 Alessandra Lavagnino

舍尔 Johannes Scherr

什库尔金 В. Павел Шкуркин

沈福宗 Michael Alphonsius Shen Fu-Tsung

施古德 Gustave Schlegel

施寒微 Helwig Schmidt-Glintzer

施密特 П. Петр Шмидт

施图尔 Peter Stuhr

施瓦茨 Ernst Schwarz

施舟人 Kristofer Schipper

史芬娜 Stefania Stafutti

史华罗 Paolo Santangelo

叔本华 Arthur Schopenhauer

司马涛 Thomas Zimmer

斯大林 B. Иосиф Сталин

斯卡奇科夫 Е. Петр Скачков

斯卡奇科夫 А. Константин Скачков

斯梅卡洛夫 Ф. Георгий Смыкалов

斯特莱茨 Volker Strätz

宋君荣 Antoine Gaubile

叟普瓦 Théobald Cepoi

苏霍鲁科夫 Т. Валерий Сухоруков

苏莱曼 Sulayman

苏西埃 Etienne Souciet

苏丹赛利姆一世 Salim I

孙璋 Alexandre de la Charme

索拉纳的威廉 Gulielmus de Solagna

索罗金 Ф. Владислав Сорокин

索瓦杰 Jean Sauvaget

T

塔尔曼 Поль Тальман

塔吉舍夫 Н. Василий Татищев

汤姆斯 Peter Thoms

陶德文 Rolf Trauzettel

特列季科夫斯基 К. Василий Тредиаковский

特维诺 Melchisédech Thévenot

W

瓦格纳 Rudolf Wagner

瓦哈比 Ibn Wahab

瓦赫勒 Ludwig Wachler

瓦西里耶夫 В. Павлович Васильев

汪德迈 Léon Vandermeersch

王光祁 Wang Guang Ki

王致诚 Jean-Denis Attiret

威尔金森 John Wilkinson

韦斯顿 Stephen Weston

维廖夫金 И. Михаил Веревкин

韦伯 Max Weber

卫方济 Franciscus Noël

卫匡国 Martino Martini

卫礼贤 Richard Wilhelm

魏德尔 Maurice Verdeille

魏世德 John Wixted

魏浊安 Giovanni Vitiello

温迪施曼 Karl Windischmann

沃依采霍夫斯基 П. Иосиф Войцеховский

X

席勒 Friedrich von Schiller

西韦洛夫 Д. Сивиллов

肖特 Wilhelm Schott

谢弗 Jean-Marie Schaeffer

谢和耐 Jacques Gernet

谢林德 Dennis Schilling

谢曼诺夫 И. Владимир Семанов

Y

雅可布森 Roman Jakobson

亚里士多德 Aristotle

亚冉 Jules Arène

亚瑟·伟利 Arthur Waley

叶卡捷琳娜二世 Екатерина II

叶利谢耶夫 Г. Сергей Елисеев

伊万诺夫 И. Алексей Иванов

伊万诺夫斯基 О. Алексей Ивановский

殷铎泽 Prospero Intorcetta

殷弘绪 François-Xavier d'Entrecolles

于雅尔 Camille Imbault-Huart

余宝琳 Pauline Yu
俞第德 Judith Gautier

Z

曾德昭 Alvarus de Semedo

曾佩琳 Paola Zamperini
翟理斯 Herbert Giles
张诚 Jean-François Gerbillon
朱利安 François Jullien

图书在版编目(CIP)数据

海外汉学与中国文论. 欧洲卷/方维规主编. —北京：北京师范大学出版社，2019.11
ISBN 978-7-303-22894-2

Ⅰ.①海… Ⅱ.①方… Ⅲ.①汉学－研究－欧洲 ②中国文学－古代文论－研究 Ⅳ.①K207.8②I206.2

中国版本图书馆 CIP 数据核字(2017)第 235426 号

营 销 中 心 电 话 010-57654738   57654736
北师大出版社高等教育与学术著作分社   http://xueda.bnup.com

HAIWAI HANXUE YU ZHONGGUO WENLUN
OUZHOUJUAN

出版发行：北京师范大学出版社   www.bnup.com
　　　　　北京市西城区新街口外大街 12－3 号
　　　　　邮政编码：100088
印　　刷：北京盛通印刷股份有限公司
经　　销：全国新华书店
开　　本：730mm×980mm   1/16
印　　张：32.75
字　　数：488 千字
版　　次：2019 年 11 月第 1 版
印　　次：2019 年 11 月第 1 次印刷
定　　价：98.00 元

策划编辑：周　粟　　　　　　　责任编辑：张　爽
美术编辑：李向昕　　　　　　　装帧设计：周伟伟
责任校对：丁念慈　包冀萌　　　责任印制：马　洁

版权所有　　侵权必究
反盗版、侵权举报电话：010-57654750
北京读者服务部电话：010-58808104
外埠邮购电话：010-57654738
本书如有印装质量问题，请与印制管理部联系调换。
印制管理部电话：010-57654758